Rolf D. Sabel

Agrippina – Kaiserin von Rom

scm R.Brockhaus

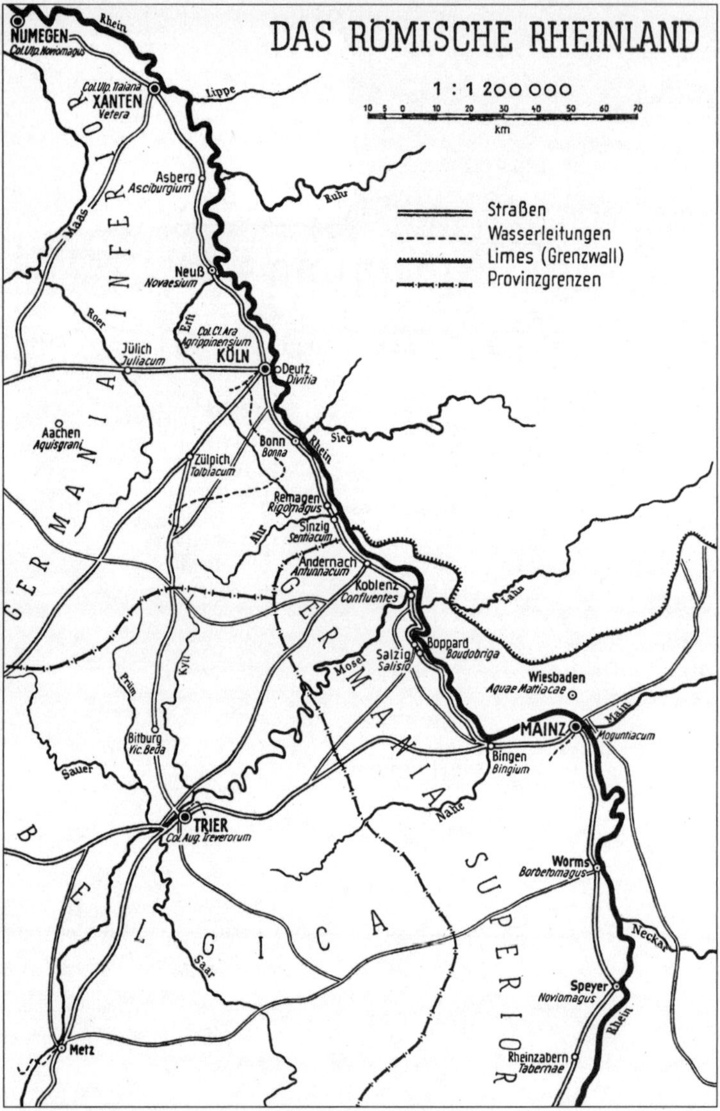

Entnommen aus: Peter La Baume, Die Römer am Rhein.
Sammlung Rheinisches Land, Band 4. Wilhelm Stollfuss Verlag, Bonn, 3. Auflage

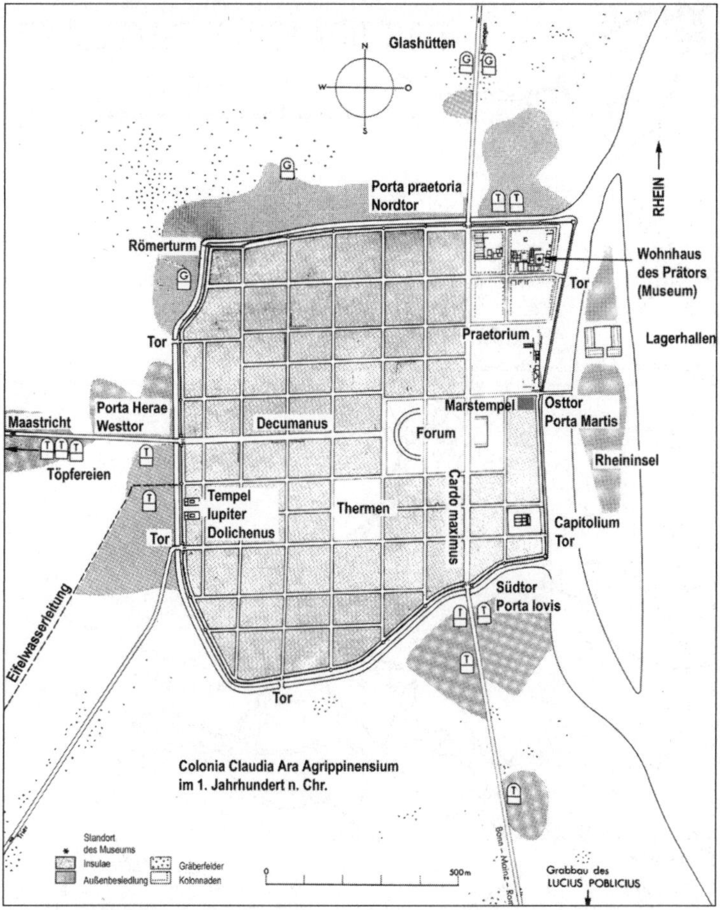

Bearbeitet nach einer Vorlage des Römisch-Germanischen Museums der Stadt Köln

»Agrippinas Geheimnis« und »Agrippinas Tod«
in einem Band!

RBtaschenbuch Bd. 731

Umschlag: Dietmar Reichert, Dormagen
Satz: Punkt für Punkt GmbH, Düsseldorf
Druck: CPI – Ebner & Spiegel, Ulm
ISBN 978-3-417-20731-6
Best.-Nr. 220.731

Agrippinas Geheimnis

Für Ursula, meine liebe Tochter

INHALT

Prolog

Tod eines Tyrannen

Es konnte nicht anders sein, als dass viele Leute Gaius Caligula, der sich zu solchen Verrücktheiten und Verbrechen verstieg, beiseite schaffen wollten. So fassten zwei Männer gemeinsam den Plan zu einem Anschlag und führten ihn aus: die Prätorianertribune Cassius Chaerea und Cornelius Sabinus.

Es war am 24. Januar des Jahres 41 n. Chr., ungefähr um ein Uhr des Nachmittags, als Gaius Caligula, noch unschlüssig, ob er seinen Platz im Theater verlassen solle, um sich zum Essen zu begeben, sich endlich auf Zureden seiner Freunde hin erhob. In einem Flur, durch den er gehen musste, bereiteten sich eben vornehme Knaben vor, die man aus Kleinasien zu einer Aufführung hatte kommen lassen. Der Kaiser blieb bei ihnen stehen, um ihnen zuzuschauen und sie aufzumuntern.

Über das Folgende liegen dem Chronisten zwei verschiedene Berichte vor: Der eine erzählt, dass ihn Chaerea während des Gespräches mit den Knaben von hinten mit einem Schwerthieb am Hals schwer verletzt habe. Vorher habe der Kaiser noch gesagt: »Tu es!« Darauf durchbohrte der Tribun Cornelius Sabinus von vorne Caligulas Brust.

Nach dem anderen Bericht habe Sabinus, nachdem das Dienstpersonal durch mitverschworene Offiziere entfernt worden sei, um die Losung gebeten. Caligula antwortete: »Jupiter«, und Chaerea rief aus: »So sei's denn erfüllt«, und spaltete dem Kaiser mit dem Schwert das Kinn. Während dieser schmerzverkrümmt am Boden lag und rief, er lebe noch, wurde er von den übrigen Verschworenen durch dreißig Hiebe erledigt. Beim ersten Lärm eilten des Kaisers Sänftenträger mit Stangen zu Hilfe, bald auch die Germanen der Leibwache, doch zu spät! Danach raste die Leibwache plündernd und mordend durch die Räume des Palastes, und wer sich nicht versteckte, fiel ihnen zum Opfer.

Claudius, der Onkel des Kaisers, hatte sich vor diesen Wirren im Hermaeum versteckt, einem Pavillon. Wenig später schlich er sich, erschreckt durch das Gerücht, der Kaiser sei ermordet, auf eine nahe Terrasse und verbarg sich dort hinter den Türvorhängen.

Ein zufällig dort vorbeikommender Prätorianer sah seine Füße, wollte wissen, um wen es sich handelt, erkannte ihn und zog ihn aus seinem Versteck. Und als sich Claudius voll Furcht dem Mann vor die Knie warf, begrüßte der ihn als neuen Kaiser. Darauf führte er ihn zu seinen Kameraden. Von ihnen wurde Claudius in ihr Lager getragen, wo er die Nacht verbrachte. Am folgenden Tag, als der Senat noch tagte, aber zu keinem Entschlusse kam, und die Menge einen neuen Herrscher verlangte, duldete es Claudius, dass die in Waffen versammelten Soldaten auf seinen Namen schworen und versprach jedem fünfzehntausend Sesterzen. Er war somit der erste Kaiser, der sich der Treue der Soldaten durch eine Belohnung versicherte. *(nach Sueton, »Leben der Cäsaren«)*

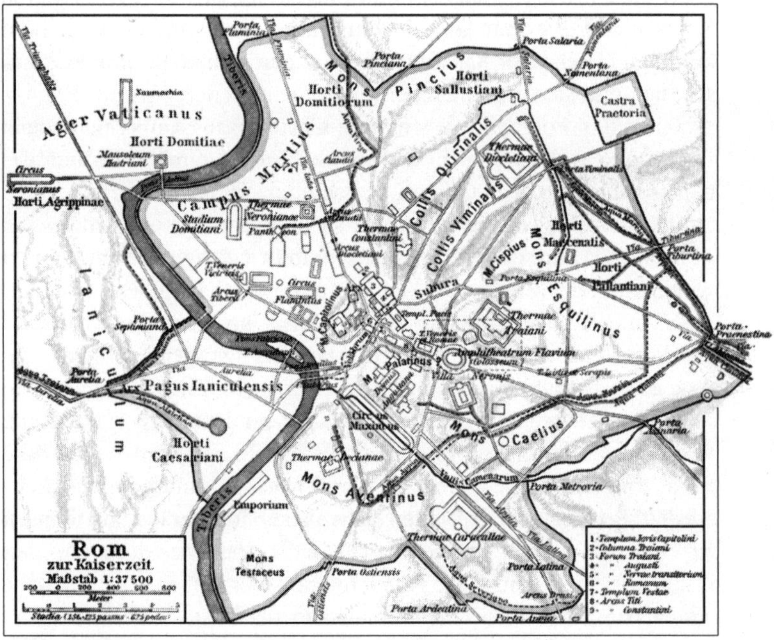

Entnommen aus: F.W. Putzgers Historischer Schulatlas zur Alten, Mittleren und Neuen Geschichte. Verlag von Velhagen & Klasing, Bielefeld und Leipzig 1927

I.

Der Auftrag

November des Jahres 53 n. Chr.

Schneidend weht der nächtliche Ostwind über den Rhein. Er bringt seit Stunden dichten Eisregen und vermischt sich mit den schnell treibenden Nebelschwaden zu einer undurchdringlichen weißen Wand. Gratus Vitellius lehnt sich an die Zinnen der neu errichteten Stadtmauer und betrachtet gedankenverloren das Naturschauspiel, seine klammen Finger streichen über den frischen Mörtel. Von Osten bläst ihm nicht nur der Eissturm ins Gesicht, aus dieser Richtung droht auch Gefahr. Vor allem der germanische Stamm der Sugambrer ist es, der den römischen Grenztruppen das Leben erschwert. Erst vor vier Tagen wurde eine römische Patrouille in einer Nacht wie dieser von den Germanen niedergemacht. Ebenso schnell und lautlos, wie sie mit ihren kleinen Booten über den Rhein gekommen waren, verschwanden sie wieder. Zurück blieben die geplünderten und entstellten Leichen von zehn Kameraden.

Gratus seufzt auf und wickelt sich noch tiefer in sein *Sagum*, doch auch der schwere Soldatenmantel vermag die Kälte nicht abzuhalten, die klamm und feucht an seinen Beinen heraufkriecht. Noch vor drei Monaten hat der Legionär im heißen Wüstenwind der Provinz Judäa Dienst getan. Die Versetzung in die *Provincia Germania* kam völlig überraschend. Nach dreiundzwanzig Jahren Dienst im Orient hat man ihn jetzt für die letzten zwei Jahre an den Rhein versetzt. Gratus schüttelt den Kopf. Er versteht diese Entscheidung nicht. Eine Begründung hat ihm sein Centurio natürlich nicht mitgeteilt: »Soldaten haben zu gehorchen« – das war das Einzige, was er zu hören bekam. Da tröstete es wenig, dass es den übrigen Kameraden seiner Kohorte ebenso ergangen war.

Ein dumpfes Geräusch in seinem Rücken lässt ihn herumfahren, aber sein Blick vermag die eisige Dunkelheit und die dahinjagenden Nebelschwaden kaum zu durchdringen. Aber es gibt wohl keinen

Grund zur Beunruhigung – hier, auf der Stadtmauer der vor gut drei Jahren neu gegründeten Provinzstadt *Colonia Claudia Ara Agrippinensium* muss man sich nur vor den äußeren Feinden in Acht nehmen. Gratus dreht sich wieder um, seine Hand umfasst sein Schwert, das schwer an seinem Gürtel hängt und ein Gefühl von Schutz und Sicherheit gewährt.

In der kurzen Zeit, in der er jetzt hier Dienst tut, ist ihm diese neue Veteranenstadt durchaus schon sympathisch geworden. Für ihn, der in den warmen Regionen Oberitaliens geboren wurde, dieses Gebiet aber schon mit sechzehn Jahren verließ, um seinen Militärdienst anzutreten, hat der Begriff Heimat längst seine Bedeutung verloren. *Ubi bene, ibi patria* – Wo es mir gut geht, da ist mein Vaterland. Ein wahrer Spruch! Er kann sich durchaus vorstellen, als Veteran den Rest seines Lebens hier zu verbringen.

Seine Gedanken wandern zu Thalia, der jungen Ubierin, die er vor einigen Wochen kennen gelernt hat. Mit ihren langen rotblonden Zöpfen, ihrem silberhellen Lachen und ihren spitzbübischen Grübchen hat sie ihn in kurzer Zeit verzaubert. Thalia! Noch zwei Stunden bis zum Ende der dritten Nachtwache, dann bin ich bei dir!

Wieder ein Geräusch. Schritte? Er blickt zurück, versucht angestrengt die Finsternis zu durchdringen.

»Ist da jemand?«, ruft er, doch der tobende Sturm verschluckt seine Worte.

»Valerian?« Für die Ablösung ist es eigentlich zu früh, aber manchmal ...

Keine Antwort! Nur der Wind heult und bläst ihm einen Schwall gefrorener Schneeflocken ins Gesicht. Für einen Augenblick reißt der Nebel auf und gibt den Blick frei auf die mächtigen Zinnen des Nordtores, doch Sekunden später verschlingt er wieder Tor und Mauern.

Nachdenklich lehnt sich Gratus an die Mauer, ein Frostschauer lässt seinen Körper erzittern, die erstarrten Finger klammern sich fester um den Schwertgriff. Sein Blick fällt auf den mächtigen Strom des Rhenus, der sich in dunklen Fluten dahinwälzt und die kleine vorgelagerte Rheininsel mit kalten, schäumenden Wogen umspült.

Wieder wandern seine Gedanken in die ferne Provinz Judäa. Die letzten drei Jahre war er in Jerusalem stationiert und hatte dort einer Kreuzigung beigewohnt, die ihn sehr verwirrte. »Vater, verzeih ihnen, denn sie wissen nicht, was sie tun«, rief der Verurteilte kurz vor seinem Tode. Ein seltsamer Mensch. Gewissensbisse bekam Gratus erst später, als er sich mit Anhängern des Gekreuzigten unterhielt und so einiges von dem erfuhr, was dieser ungewöhnliche Mensch gelehrt hatte. »Liebe deine Feinde!« – in den Ohren eines römischen Legionärs klang das verrückt. Sollte er etwa die Sugambrer lieben, die ihm Tag und Nacht nach dem Leben trachteten, oder die mörderischen Eburonen, mit denen Cäsar – den Göttern sei Dank! – aufgeräumt hatte?

Chrestos – der Gesalbte, so nannten ihn seine Anhänger. Das meiste von seinen Lehren hatte Gratus nicht verstanden. Seine Kameraden bezeichneten das Ganze als orientalischen Aberglauben und lachten über die scheinbar wirren Ideen des Hingerichteten. Doch hier, in der neuen Provinzstadt, kannte man diesen Mann offensichtlich nicht.

Wirklich nicht? In den langen dunklen Nächten wird auch in den Kasernen manches über die neue Lehre geflüstert und gewispert, heimlich nur, denn der Centurio ist ein eifriger Anhänger des Mithras-Kultes und duldet solche lästerlichen Reden nicht.

Wer weiß. Vielleicht ist das alles nur Unsinn, und doch ...

Gratus ergreift die Lanze, die neben ihm an der Mauer lehnt. Ein paar Schritte zu gehen tut gut bei der Kälte. Plötzlich heult der Sturm mit ungeahnter Kraft auf, reißt an dem *Signum*, das über der Mauer weht und droht es zu zerfetzen. Abgelenkt, bemerkt er nicht die leisen Schritte hinter sich – bis dem unachtsamen Legionär plötzlich ein eiskalter, blitzender Stahl durch den Rücken dringt.

Mit einem Gurgeln sinkt Gratus Vitellius zu Boden. Er lässt die Lanze fallen – und erblickt bei seinen letzten Atemzügen einen Vermummten, der sich über ihn beugt. Die vermummte Gestalt greift sich mit der Linken den Kopf des Toten, weil ihre Bluttat noch nicht vollendet ist ... Dann entfernt sie sich mit lautlosen Schritten und verschwindet in der tosenden Nacht.

***

März des Jahres 54 n. Chr.

Lange hatte die Hauptstadt des römischen Reiches unter der Last des ungewohnt kalten Winters geächzt, aber nun zogen die ersten milden Frühlingswinde, von Ostia kommend, durch Rom. Wärmende Strahlen der frühen Morgensonne legten sich über die erwachende Stadt.

Das *Forum Romanum*, Mittelpunkt des Reiches, ja der gesamten Welt, bevölkerte sich wieder mit Menschen aus allen Nationen. Langhaarige Britannier aus dem hohen Norden, stolze Libyer und geheimnisvolle Ägypter, blonde Barbaren aus dem fernen Germanien, Skythen, Parther und Medäer, dunkelhäutige Afrikaner in ihren bunten Gewändern, sie alle verliehen dem Treiben auf dem *Forum* Glanz, Farbe und einen Hauch von Exotik.

Dazwischen eilten Sklaven mit ihren Herrinnen geschäftig hin und her, um frühe Besorgungen zu erledigen. Sänftenträger, die ihre Herren zum Morgenempfang ihres Patrons trugen, forderten lauthals freie Bahn. Patrizische Damen schlenderten in eleganten Morgenroben über den weitläufigen Platz und zogen bewundernde Blicke auf sich, Plebejerfrauen eilten mit voll gepackten Körben nach Hause, Gassenjungen tollten und spielten inmitten der bunten, ständig anwachsenden Menge, dazwischen flanierende Müßiggänger und mancherlei Tagediebe, die ihren heimlichen Geschäften nachgingen. Nachtschwärmer, die gerade von einem opulenten Gastmahl nach Hause strebten, trafen auf Sklaven, die die Einladungen für das nächste Festessen überbrachten. Eine Kohorte Prätorianersoldaten, Mitglieder der kaiserlichen Leibgarde, marschierte quer über den Platz zum Wachwechsel und genoss die verzehrenden Blicke, die manche der Damen ihnen zuwarfen.

Auch in die zugigen, ausgekühlten Flure und Zimmer des kaiserlichen Palastes kehrte erste Wärme zurück, und man konnte auf das Anzünden der zahlreichen Kohlebecken verzichten. Eilfertig liefen Sklaven und Bedienstete durch die weitläufigen Hallen, um zu putzen und zu schmücken. Alte, verwelkte Blumengebinde wurden durch neue ersetzt, meist in der Farbe weiß, der Lieblingsfarbe des Kaisers. Ein Kommen und Gehen, Hasten und Rufen erfüllte die Gänge und Räume.

Die nägelbeschlagenen Soldatensandalen eines römischen Offiziers klirrten metallisch auf dem kalten Marmorboden und näherten sich den Privaträumen des Kaisers.

»Parole?« Die Stimme des Prätorianers ließ den Offizier abrupt innehalten.

»*Libertas*!«

»Danke, Tribun«, erwiderte der Leibgardist und ließ Marcus Valerius Aviola, selbst Prätorianer, vorbei. Der Kaiser hatte befohlen, dass niemand zu ihm gelangen dürfe, der nicht die täglich wechselnde Parole kannte. Seine Angst vor Anschlägen war übergroß, und so versuchte er sich durch eine Fülle von Wachmaßnahmen zu schützen. Dazu gehörte, dass auch Valerius sich nun im Vorzimmer seiner sämtlichen Waffen entledigte und geduldig eine Leibesvisitation durch einen weiteren Prätorianer über sich ergehen lassen musste.

»Salve, Tribun.« Lächelnd begrüßte Narcissus, der Leiter der kaiserlichen Kanzlei, den Offizier.

»Es ist schon merkwürdig, dass selbst die Offiziere der Leibgarde durchsucht werden, aber der Cäsar will es so. Was will man machen?«

»Kein Problem für mich«, lachte Valerius, und seine weißen Zähne blitzten, während er sich mit einer Hand durch die schwarzen Haare fuhr, die trotz seiner vierunddreißig Jahre in voller Pracht sein männlich schönes Gesicht umrahmten. Mit seiner Größe von sechs Fuß überragte er Narcissus um fast einen Kopf, vermied es aber tunlichst, auf ihn herabzublicken. Narcissus gehörte mit Pallas, dem Berater für Finanzangelegenheiten, und Callistus, dem für die Bittgesuche zuständigen Minister, zum Kreis der Freigelassenen, ehemalige Sklaven, die unter Claudius, teils schon unter seinem Vorgänger Caligula, bis in die einflussreichsten Kreise und Ämter vorgedrungen waren. In diesen Ämtern hatten sie viel Macht und auch Reichtum anhäufen können und vergalten dies dem kaiserlichen Haus durch völlige Loyalität, jedenfalls so weit, wie es ihren eigenen Interessen förderlich schien.

Eine Sonderstellung unter ihnen nahm ohne Zweifel Narcissus ein, der dem Kaiser am nächsten stand. Er war es, der die Verschwörung Messalinas und ihres Liebhabers Silius gegen den Kaiser aufgedeckt hatte, er hatte auch die Einschiffung des

Expeditionsheeres von Gallien nach Britannien überwacht und damit seinen Anteil geleistet an der einzigen und überaus erfolgreichen Kriegsaktion des Kaisers, der Eroberung und Befriedung weiter Teile Britanniens. Das vergaß ihm der Kaiser nicht, und Narcissus wusste das.

»Weißt du, was der Cäsar zu so früher Stunde von mir will?«, fragte der Prätorianertribun.

Narcissus lächelte wissend und zog die Augenbraue hoch. »Sicher wird er es dir sagen, aber es liegt nicht in meinen Händen, dir darüber Auskunft zu geben.«

Diese gestelzte Redeweise war typisch für Narcissus und die anderen Freigelassenen, die sich nun in ihrer neuen, mächtigen Stellung eine kaum zu übersehende Arroganz zugelegt hatten.

Pallas, der als besonderer Vertrauter Agrippinas, der Ehegattin des Kaisers, galt, ließ sich nicht einmal dazu herab, mit so minderwertigen Leuten wie Sklaven oder Freigelassenen zu sprechen, sondern verkehrte nur schriftlich mit ihnen.

In diesem Augenblick öffnete sich die Tür, und zwei Senatoren in weißer Toga verließen den Raum. Augenscheinlich hatten sie eine Standpauke des Kaisers über sich ergehen lassen müssen, denn ihre Köpfe waren so rot wie die Streifen an ihren Gewändern und die Lippen waren zu schmalen Strichen zusammengepresst.

Narcissus gab Valerius ein Zeichen, und sie betraten das Privatgemach des Kaisers, einen großen, schmucklosen, spärlich möblierten Raum, in dessen Mitte ein großer, thronartiger Sessel stand.

Tiberius Claudius Nero Germanicus, der allmächtige Kaiser des *Imperium Romanum,* saß auf diesem Sessel von blauem Brokat, der in starkem Kontrast zu seiner blütend weißen Toga stand. Allerdings wies die Toga einige Spuren der letzten Mahlzeiten auf. Mit seiner kräftigen, leicht rundlichen Figur bot der Imperator einen imposanten Anblick. Über seinen kurzen eisgrauen Haaren saß ein goldener Lorbeerkranz, der auf der rechten Seite etwas verrutscht war und so der kaiserlichen Erscheinung etwas grotesk Verzerrtes verlieh. Kleine, leicht blutunterlaufene Augen blinzelten den Ankömmling aus einem vollen Gesicht wohlwollend an.

Zur Linken des Kaiser saß ein kleiner dicklicher Mann auf einem Schemel. Halotus, Eunuch und Vorkoster des Kaisers, wich seinem Herrn nie einen Schritt von der Seite. Da Claudius im Übermaß zu essen pflegte, war auch Halotus nie ohne Beschäftigung. Schweigend blickte er den Tribun aus kleinen Schweinsäuglein an.

Während der Kaiser sich einige Weintrauben in den Mund stopfte, winkte er die beiden Männer zu sich. Dann wischte er sich die Lippen mit einem Seidentuch ab.

»Mein wackerer Valerius, sei gegrüßt. Ich habe Wichtiges mit dir zu besprechen. Möchtest du ein paar Trauben oder sonst eine Erfrischung?«

Valerius lehnte ab, obwohl er noch nicht gefrühstückt hatte. Claudius dagegen war mindestens schon beim zweiten Frühstück. Essen und Trinken gehörten zu seinen besonderen Leidenschaften, wie sein mächtiger Körper bewies.

»So höre denn, mein lieber Freund.«

Diese freundliche Anrede gebrauchte der Kaiser gegenüber Valerius nicht zum ersten Mal, und sie war ernst gemeint. Nach der Ermordung seines Vorgängers, des tyrannischen Gaius, den alle Welt nur Caligula nannte, waren marodierende Banden von Legionären und Prätorianern durch den Palast gezogen. Sie raubten, plünderten und brandschatzten. Claudius, der Onkel Caligulas, hatte dessen Herrschaft nur überlebt, weil er sich bewusst schwachsinnig stellte und so keine Gefahr für den grausamen Herrscher darzustellen schien. Nach dem blutigen Ende Caligulas hatte er sich vor Angst zitternd hinter einem Vorhang versteckt und gehofft, ein weiteres Mal zu überleben.

Ein Prätorianer entdeckte ihn, zog ihn hervor, nahm ihn jubelnd auf die Schulter und präsentierte ihn den johlenden Kameraden als neuen Imperator. Doch was als weinseliger Scherz gemeint war, sollte Wahrheit werden. Dieser Gardist war niemand anderes als Marcus Valerius Aviola gewesen, was ihm neben der Beförderung zum Tribun (für die er damals mit seinen 21 Jahren eigentlich viel zu jung war) das kaiserliche Wohlwollen auf Lebenszeit einbrachte.

Gegen den Willen des Senats, der nach den schlechten Erfahrungen mit dem Prinzipat wieder zur republikanischen Verfassung zurückkehren wollte, brachten die Prätorianer Claudius in ihr Lager und riefen ihn zum neuen Kaiser aus. Claudius erkannte die neue Situation schnell, versprach jedem Prätorianer 15 000 Sesterzen – was einem Sold von fünfzehn Jahren entsprach – und genoss die unerwartete Ehrung. Bei all seinen körperlichen und geistigen Defekten sollte er dennoch zu einem der besten Herrscher werden, die das römische Reich jemals lenkten.

Auch jetzt wackelte Claudius bedenklich mit dem Kopf, wischte sich den Speichel ab, der beständig aus seinen Mundwinkeln zu tropfen schien, und fuhr mit gesenkter Stimme fort: »Kennst du *CCAA*?«

Valerius blickte ihn erstaunt an.

»*Colonia Claudia Ara Agrippinensium!*«, wiederholte der Imperator ungeduldig.

Valerius schüttelte den Kopf. »Ich bedauere, ich habe diesen Namen nie gehört. Handelt es sich um eine neue Kolonie in Britannien?«

»Britannien? Das ist gut!« Der Kaiser lachte.

»Bei Augustus, das ist sehr gut! Nein, mein Freund, es ist eine Stadt, die wir erst vor kurzem gegründet haben. Sie liegt am *Rhenus* in der *Provincia Germania*, ich werde sie vielleicht sogar einmal zur Provinzhauptstadt machen. Sie steht unter dem besonderen Schutz meiner Gemahlin, der göttlichen Agrippina, die in eben jenem Örtlein geboren wurde. Deshalb liegt sie ihr besonders am Herzen, und was ihr am Herzen liegt, liegt auch mir eben dort.«

Er lachte kichernd, als habe er einen guten Scherz gemacht, und blickte schnaufend zu Narcissus herüber. »Ist es nicht so, mein Narcissus?«

»Ohne Zweifel, göttlicher Cäsar«, erwiderte dieser schmeichlerisch und blickte andächtig auf seine manikürten Hände, »ein Ort, der die Gnade hatte, die Geburt der göttlichen *Augusta* zu erfahren, verdient wohl besondere Beachtung.«

»Ich verstehe«, erwiderte Valerius und blickte den kichernden Kaiser ratlos an.

»Du verstehst gar nichts, mein trefflicher Valerius, und darin gleichst du all meinen Senatoren. Die verstehen auch nichts, träumen nur immer von ihrer Republik, von Consuln und Volkstribunen, von einem mächtigen Senat als Beherrscher des Reiches. Als wenn sich ein solches Reich von einer Versammlung seniler

Schwachköpfe regieren ließe! Die Macht gehört in die Hände eines Mannes!« Und mit einem Blick auf Narcissus ergänzte er: »... wenn er die rechten Berater hat«, was Narcissus mit einem dünnen Lächeln dankbar quittierte.

»Aber zurück zur *Ara Agrippinensium*. Ein nettes Städtchen an einem mächtigen Strom. Ich habe noch viel mit ihm vor. Doch in le... letzter Zei...«, seine Stimme geriet ins Stottern und wurde leiser, »Mo... Mo... Morde, eine Serie von Mordfällen hat es gegeben. Nicht dass dies etwas Besonderes wäre, jede Stunde sterben irgendwelche Menschen in unserem gr... großen Reich von gewaltsamer Hand. Aber hier ...« Er fuhr sich mit der Hand über die schweißglänzende Stirn, griff nach einem Apfel und biss hinein.

»Rätselhaft, alles rätsel... rätselhaft. Einfache Legionäre, Offiziere, Händler, Ver...Verwalt... Verwaltungsbeamte, ein Priester gar, Einheimische und Römer, Frauen und Männer. Ingesamt sind es sieben Tote gewesen, nicht wahr, mein Narcissus?«

»Mit Verlaub, Herr, acht Opfer sind von meuchelnder Hand gefallen. Die Nachricht vom letzten Opfer erreichte uns erst vor einigen Tagen«, wandte Narcissus ein und machte ein betrübtes Gesicht.

»Also acht«, fuhr Claudius fort, »was macht das für einen Unterschied? Und das Zeichen, dieses furchtbare Zeichen!«

»Ein Zeichen?«, fragte Valerius, der den Eindruck hatte, sich am Gespräch beteiligen zu müssen, und lehnte sich interessiert nach vorne. »Was für ein Zeichen?«

»Allen Opfern wurde auf ihrer Stirn mit einem Messer ein Buchstabe eingeritzt«, flüsterte Narcissus unheilvoll.

»Ein Buchstabe?«

»Ein N, schlicht und ergreifend, aber ebenso rätselhaft. Ein N!«, stieß Claudius schaudernd aus und warf den Apfel angewidert in die Schale zurück, als sei er die Ursache allen Übels.

»Es könnte auch ein M sein«, wagte Narcissus den Kaiser zu unterbrechen und erhielt dafür einen tadelnden Blick des Imperators.

Claudius richtete nun die arg in Unordnung geratenen Falten seiner Toga, stand auf und deklamierte in verzweifelter Pose: »Ein N oder ein M ... Wen interessiert das schon außer euch Ur... Ur... Urkundenkratzern? Ich aber habe ein Reich zu regieren. Ist es nicht furchtbar? In meinem Reich sterben die Men... Menschen durch frevelhafte Hand, und der Täter, dieser Un... Unhold, erlaubt es sich gar, sein Zeichen zu hinterlassen. Ein N, ein M, was mag das nur bedeuten? Die Kai... Kaiserin ist jedenfalls sehr beunruhigt, dass so etwas in der von ihr gegründeten Stadt geschehen kann. Die Behörden sind machtlos, der K... Kerl ist einfach nicht zu fa... fa... fassen.«

Er setzte sich wieder, faltete die Hände über dem gewölbten Bauch und wackelte ratlos mit dem Kopf hin und her.

»Er hinterlässt keine Spuren«, ergänzte Narcissus, »und zwischen den Morden scheint es keinen Zusammenhang zu geben. Das letzte Opfer war ein Legionär namens Gratus Vitellius, ein verdienter Soldat und Großneffe eines ehemaligen Konsuls. Du kennst Aulus Vitellius?«

Valerius nickte. Aulus Vitellius war vor einigen Jahren Konsul gewesen und galt in Rom als populärer und einflussreicher Mann.

»Seitdem lässt mir der Mann keine Ruhe mehr«, stöhnte Claudius, »ich soll etwas unternehmen, den Tät... Täter fassen, aber w... wie?«

Lauernd blickte der Kaiser seinem Tribun in die Augen.

Plötzlich zeigte er mit dem Zeigefinger auf den überraschten Prätorianer und rief: »Du, edler Valerius, du wirst mir helfen. Wir haben beschlossen, d... dich nach *Germania* zu schicken, damit du die Mo... Mordfälle aufklärst. Ein ge... geheimer Auftrag. Du wirst mein Sonderermittler sein, mit allen Vollmachten, die du benötigst. Hier ...«, er griff nach einer Schriftrolle mit dem kaiserlichen Siegel, die ihm von Narcissus gereicht wurde, und übergab sie dem Tribun. »Hier sind dein Reisebefehl u... und die Sondervollmacht, alles, was du brauchst. Wem immer du dies Do... Doku... Dokument zeigst, er wird dir zu Diensten sein und alles tun, was du ihm aufträgst. Aber mache nur in Notfällen Gebrauch davon. Offiziell wirst du in deiner Eigenschaft als Prätorianertribun den Aufbau der örtlichen Polizeitruppe leiten. Der kaiserliche Befehl liegt den Papieren bei. Alles Weitere wird dir mein guter Na... Na... Narcissus mitteilen.«

Mit einem Ruck raffte Claudius seine Toga zusammen und stand auf. Zu Halotus gewandt rief er: »Vergiss nicht, dass ich heute Abend Pilze wünsche, Pilze in *Garum*, und viele davon!«

Die Audienz war beendet, der Kaiser winkte huldvoll, während der Tribun zusammen mit Narcissus den Raum verließ. Narcissus führte den Offizier in einen schlichten Nebenraum und übergab ihm eine weitere Schriftrolle.

»Du wirst dich morgen in Ostia einschiffen und von dort mit der Aquila nach Massilia segeln. Das ist ein Schnellsegler, du wirst höchstens vier Tage brauchen. Dort wirst du dich einer Reitereinheit der *Legio XIII Gemina* anschließen. Wenn alles gut geht, bist du in drei Wochen in *Colonia Agrippinensium.* Unser Agent dort heißt Manlius Pertinax. Er residiert als schlichter Weinhändler, du wirst ihn leicht finden. Nach deiner Ankunft wirst du sofort Kontakt mit ihm aufnehmen. Er wird dir eine Liste aller Mordopfer geben. Vielleicht gelingt es dir ja, einen Zusammenhang herzustellen und Licht in diese ominöse Angelegenheit zu bringen. Er selbst hat auch schon begonnen zu ermitteln, und wir erwarten täglich seinen Bericht.«

Dann senkte sich seine Stimme. »Der Kaiser ist sehr beunruhigt. Er befürchtet eine neue Verschwörung. Es wäre nicht die erste, die ihren Beginn in einer Provinz nimmt. Wie du sicher weißt, hat kurz nach dem Tode des göttlichen Augustus, vor jetzt ungefähr dreißig Jahren, in eben jener Ubierstadt eine Meuterei stattgefunden, die sich gegen den göttlichen Tiberius, seinen Nachfolger richtete. Nur dem raschen Eingreifen des Germanicus, des Vaters unserer verehrten *Augusta,* ist es zu danken, dass sie sofort niedergeschlagen wurde. Den Göttern sei Dank!«

Leise fuhr er fort: »Also geh behutsam und diskret vor. Außer Pertinax soll dort keiner etwas von deiner Mission wissen. Mit den dortigen Magistratsbehörden arbeitest du nur zusammen, wenn es sich nicht vermeiden lässt. Selbst der Statthalter darf nichts von deiner eigentlichen Aufgabe wissen! Wem kann man heute schon trauen?«

Narcissus flüsterte, als sei der Raum voller unerwünschter Zuhörer: »Wenn du Berichte für uns hast, so übergib sie dem Pertinax, der für den schnellstmöglichen Transport nach Rom sorgen wird. Arbeite gut und arbeite schnell, es wird dein Schaden nicht sein. Versagst du aber, kann dir auch das Wohlwollen des Kaisers nicht helfen. Du hast mich verstanden?!«

Valerius nickte. »Ich werde mein Bestes tun, um den Cäsar zufrieden zu stellen. Wann soll ich aufbrechen?«

»Morgen schon! Mit der Garde hier ist alles abgeklärt. Offiziell nimmst du einige Monate Urlaub, um ein erkranktes Familienmitglied in ferner Provinz zu besuchen. Aus der Wachrolle bist du bereits gestrichen. Und vergiss nicht, auch hier in Rom darfst du mit niemandem über deinen Auftrag sprechen, mit niemandem! Die Götter seien mit dir.«

Damit war Valerius entlassen. Er hob den Arm zum Gruß und verließ Narcissus. Im Vorraum legte er seine Waffen wieder an und machte sich auf den Weg in seine Kaserne.

II.

Agrippina, Kaiserin von Rom

Die Flure hatten sich inzwischen mit Senatoren, Rittern und Verwaltungsbeamten gefüllt, die alle eine Audienz beim Kaiser oder seinen Beratern erhofften. Ein diffuses Stimmengewirr erfüllte die Gänge. Viele der Wartenden kannte Valerius, und er grüßte sie freundlich. Plötzlich ergriff jemand rau seinen Arm und zog ihn zur Seite. Es war Afranius Burrus, der oberste Prätorianerpräfekt und damit sein unmittelbarer Vorgesetzter.

»Salve, Valerius. Auf ein Wort.«

Bevor der überraschte Tribun antworten konnte, zog Burrus ihn in einen halbdunklen, menschenleeren Seitengang und legte warnend die Finger auf die Lippen.

»Die Wände haben Ohren hier, komm mit!«

Schweigend gingen sie den Gang entlang und gelangten in den Südflügel des Palastes.

Hier hatte die *Augusta* ihre Gemächer, wie Valerius wusste. Ein Wachgardist, der die Kommenden sah, grüßte mit erhobenem Arm und trat schweigend zur Seite. Burrus öffnete die Tür, und Valerius betrat einen prachtvollen Raum: die Wände bunt gekalkt und mit Motiven aus der griechischen Mythologie bemalt, die Decken azurblau mit goldener Einfassung, der Fußboden mit herrlichen vielfarbigen Mosaiken geschmückt. In der Mitte stand ein imposanter Tisch, mit Reliefs und Figuren verziert, Beine und Füße kunstvoll gedrechselt, um ihn herum mehrere Stühle gleicher Machart, mit weichen Samtkissen belegt. Welch ein Kontrast zu den kargen Räumen des Kaisers!

»Warte hier!«

Burrus öffnete eine kleine Seitentür und kam wenig später in Begleitung einer stolzen, noch sehr jugendlich wirkenden Frau zurück. Julia Agrippina! Tochter des Germanicus, Enkelin des Agrippa wie des Tiberius, Urenkelin des göttlichen Augustus, Schwester des verhassten Caligula, Nichte und Ehefrau des regierenden Claudius. Jeder Zoll eine Vertreterin der julisch-claudischen Dynastie und – wie viele meinten – die einzige und wahre Herrscherin Roms.

Die *Augusta* schön zu nennen, wäre verfehlt gewesen. Sie war hoch gewachsen und schlank. Dunkelblonde, zu strenger Frisur aufgesteckte Haare umrahmten ein ernstes Gesicht mit großen, blassblauen Augen. Die schmalen Lippen des kleinen Mundes wirkten leicht verkniffen. Das energische Kinn, trotzig nach vorne geschoben, drückte Ehrgeiz und Herrschsucht aus. Ihre blassrote, weit dekolletierte Tunika betonte ihre weiblichen Rundungen ebenso wie die durchdringende Kälte, die diese zielstrebige Frau ausstrahlte.

Agrippina öffnete die schmalen Lippen zu einem dünnen Lächeln, trat auf Valerius zu und legte ihm wohlwollend die Hand auf die Schulter.

»Es ist sehr freundlich von dir, meinem Ruf Folge zu leisten«, sagte sie mit kräftiger Stimme. »Wir haben ein Problem, das wir mit dir besprechen wollen.«

Sie forderte Valerius auf, Platz zu nehmen, goss ihm aus einer gläsernen Karaffe etwas Wein ein und blickte ihn aufmerksam an.

»Du warst beim Cäsar, meinem Gemahl?«

Das war mehr eine Feststellung als eine Frage.

Valerius nickte.

»Er hatte einen Auftrag für dich, nicht wahr?«

Valerius räusperte sich. »Verzeih, edle Augusta, aber es ist mir nicht erlaubt ...«

»... darüber zu sprechen«, unterbrach ihn Agrippina, und der Anflug eines Lächelns zog über ihr strenges Gesicht.

»Deine Diskretion ehrt dich, aber du musst wissen, dass der Cäsar vor mir keine Geheimnisse hat. Im Gegenteil, den Auftrag, den er dir erteilte, hast du erhalten, weil ich ihn darum gebeten habe. Und wisse auch, dass ich diejenige war, die ihm deinen Namen vorgeschlagen hat. Der Cäsar hatte eigentlich einen anderen für diese heikle Mission ausgesucht, aber ich habe Burrus gefragt, welcher seiner Offiziere für besondere Diskretion bekannt ist.«

Sie warf einen kurzen Blick auf Burrus.

»So ist es«, ergänzte dieser schnell, »die edle Augusta hat ein besonderes Interesse an der Lösung dieses Falles. Ich hatte mir erlaubt, ihr eine kleine Empfehlung zu geben.«

»Es ist meine Stadt!« Die Stimme Agrippinas wurde lauter und etwas schrill.

»Meine Stadt – und ich dulde nicht, dass ihr Name durch diese Mordfälle befleckt wird. Du musst wissen«, ihre Stimme senkte sich wieder und nahm einen vertraulichen Klang an, »dass es mein Großvater Marcus Vipsanius Agrippa war, der den germanischen Stamm der Ubier auf die linke Seite des *Rhenus* übersiedelte. Er hat sie als Statthalter Galliens in das Treueverhältnis zu Rom aufgenommen. In dieser Stadt wurde ich geboren, bevor sie noch Stadt war. Ich, nur ich habe den Cäsar bewogen, ihr die Stadtrechte zu gewähren, und meinen Namen trägt sie. Ich werde nicht weiter dulden, was sich dort ereignet. Im ganzen Reich spricht man schon darüber, und jeder Mord wirft einen Schatten auf meinen Glanz.«

Das war zweifellos maßlos übertrieben, aber Valerius spürte doch, wie ernst es der Kaiserin mit ihrem Anliegen war.

»Du wirst tun, was dir mein verehrter Gatte aufgetragen hat. Aber was immer du herausfindest, du wirst es mir zuerst berichten! Mir zuerst, und nicht dem Cäsar, und schon gar nicht seinem Lackaffen Narcissus, hörst du!«

Das war kein Wunsch, es war ein unmissverständlicher Befehl ...

»Ich habe in *Colonia Agrippinensium* einen Vertrauten. Er heißt Gaius Volturcius Crassus und hat das Amt des *Prätors* inne, er wird dich erwarten. Zu ihm wirst du nach deiner Ankunft zuerst gehen, nicht zu Manlius Pertinax, diesem lasterhaften Säufer.«

Die Kaiserin schien bestens informiert über die Pläne ihres Gatten. Valerius war mehr als verwundert.

»Du wunderst dich, nicht wahr? Ich weiß alles!«

»Du bringst mich damit in arge Verlegenheit«, wandte Valerius ein und rutschte unruhig auf seinem Stuhl hin und her. Schweißperlen traten auf seine gebräunte Stirn. Er schien mitten in eine Machtauseinandersetzung des kaiserlichen Paares geraten zu sein.

»Wenn du dem Befehl der Augusta gehorchst, begehst du keinen Treuebruch am Cäsar«, mischte sich Burrus ein und legte seine Hand begütigend auf das Knie des Tribuns.

»Die Kaiserin will nur das Beste für ihren Gatten. Der Imperator würde es auch so wollen, wenn er nicht unter dem Einfluss des schmeichlerischen Narcissus stünde.«

Das waren offene Worte, die Valerius jedoch kaum beruhigten. Die Kaiserin trat auf ihn zu und flötete sanft: »Hab' keine Sorge, du magst dem Cäsar alles berichten, was du herausfindest. Geh ruhig zu diesem Pertinax. Nur eben musst du mir vorher Nachricht geben. Was ist schlimm daran? Ich bin Enkelin, Schwester und Gattin eines Kaisers, Tochter eines der größten Feldherrn. Ich bin die Augusta! Werde ich etwas wollen, was dem Reich schaden könnte?«

»Ich werde tun, was du befiehlst, Herrin.«

Valerius hatte sich entschieden. Die Arme der Kaiserin reichten ohne Zweifel weiter als die ihres Gatten. Es war ein reiner Akt des Selbstschutzes, sich ihr nicht zu widersetzen. Vielleicht ließe sich ja noch eine diplomatische Lösung finden, die beiden Seiten gerecht würde.

»Nimm dies!« Die Kaiserin reichte ihm einen Beutel mit Goldstücken. »Es wird dir bei deinem Auftrag von Nutzen sein, denn Gold löst manche Zunge.«

Widerwillig nahm Valerius den Beutel an. Das sah nach Bestechung aus. Aber auch das schien Agrippina zu bemerken.

»Es ist nicht für dich. Deine Dienste werde ich zu anderer Zeit angemessen belohnen. Dies Gold soll dir nur, wenn erforderlich, die nötigen Informationen verschaffen. Gold öffnet auch die verschlossensten Münder! So, nun geh, mein treuer Tribun. Kläre den Fall auf. Aber was du auch tust, vorher gibst du mir Nachricht. Auf keinen Fall sollst du auf irgendeine Weise ohne meine Erlaubnis handeln. Wisse, deine Aufgabe ist es, Informationen zu sammeln und an mich weiterzugeben, zuerst an mich! Nicht mehr, aber – bei allen Göttern – auch nicht weniger!«

Noch bevor Valerius sich verabschieden konnte, öffnete sich wieder die kleine Seitentür, und ein rotblonder Junge, nicht älter als fünfzehn Jahre, betrat den Raum und lief auf die Kaiserin zu. Valerius erkannte ihn sofort: Lucius Domitius Ahenobarbus, Agrippinas Sohn aus erster Ehe.

Auf Betreiben Agrippinas hatte der Kaiser ihn vor drei Jahren adoptiert, obwohl es mit Britannicus aus der Ehe mit Messalina bereits einen Thronfolger gab. Mit 13 Jahren – zwei Jahre zu früh – hatte er die *Toga virilis* erhalten, zudem war ihm der Titel *Princeps Iuventutis* verliehen worden, der eigentlich nur Britannicus als legitimem Thronfolger zustand. Vor einem Jahr war er trotz seines jugendlichen Alters mit Octavia, der Tochter des Claudius, vermählt worden. In Rom galt es als ausgemacht, dass Agrippina dies alles nur ins Werk gesetzt hatte, um ihrem Sohn nach Claudius' Tod den Thron zu sichern.

Agrippinas Gesicht strahlte, und ihre Strenge wich mütterlicher Zärtlichkeit.

»Lucius, mein Liebster, komm und begrüße den Tribun Valerius Aviola, einen vertrauten Freund.«

Valerius musterte neugierig den Ankömmling, den er bisher nur selten im Palast gesehen hatte, weil ihm dieser Teil des Gebäudes nicht unterstand. Unter den rotblonden Haaren blickten ihm blaugraue, trübe Augen misstrauisch entgegen. Für sein Alter war er eher zu klein. Auffallend, dass die spindeldürren Beine in krassem Missverhältnis zu dem ausgeprägten Oberkörper standen. Rote Flecken verunzierten sein eigentlich ansehnliches Gesicht. Der Prinz trug eine rote langärmelige Tunika, die mit goldenen Ornamenten geschmückt war. Der Blick, den er dem Tribun zuwarf, war kaum freundlich zu nennen. Trotzdem verzog sich sein Mund zu einem gequälten Lächeln.

»Sei gegrüßt, Tribun.«

Valerius schlug seine Faust an die Brust und grüßte den möglichen Thronfolger mit einem Kopfnicken.

»Salve, Princeps!«

Lucius verschwendete keinen weiteren Blick an den Offizier.

»Beste Mutter«, rief der junge Mann, den spätere Generationen nur noch mit seinem Beinamen Nero nennen sollten, »wann kommt denn nun endlich Seneca? Ich möchte mich mit Antisius zum Spiel verabreden.«

»Er wird sicher gleich kommen, Lieber, und wenn du deine Studien in Philosophie und Griechisch erledigt hast, magst du dich mit Antisius treffen. Geh nur solange nach nebenan.«

Lucius warf einen scheelen Blick auf Valerius und verließ wortlos den Raum.

»Ich denke, wir haben alles besprochen.« Agrippina stand auf und blickte Valerius durchdringend an. »Die Götter mögen dich nach Germanien begleiten.«

Valerius hatte den Raum kaum verlassen, als er mit einem hastig eilenden Mann zusammenstieß.

»Lucius Annaeus Seneca, verzeih!«

»Ich habe dich um Verzeihung zu bitten, Tribun«, erwiderte der Angesprochene atemlos.

»Ich war in Eile, denn ich werde von der Augusta und dem jungen Prinzen zum Unterricht erwartet, und beide warten nicht gerne.«

»Ich würde gerne mit dir sprechen, ich habe da ein ...«

»Nicht jetzt«, antwortete Seneca, »keine Zeit! Wenn es wichtig ist, so komme im Lauf des Nachmittags in mein Haus, dann haben wir Zeit. So zur zehnten Stunde. Jetzt muss ich gehen, man erwartet mich.«

Mit einem flüchtigen »Vale« eilte er weiter.

Nachdenklich ging Valerius die langen Gänge entlang, drängte sich durch die Menge der Wartenden, grüßte nach hier und nickte nach dort, als er plötzlich einen leichten Schlag in die Seite erhielt.

»*Excusa me*!« Ein unbekannter junger Ritter hatte ihn angerempelt und entschuldigte sich freundlich, dann war er verschwunden.

Mit sorgenvoller Miene verließ der Tribun den kaiserlichen Palast. So vieles war noch zu regeln. Der plötzliche Befehl zum Aufbruch stellte ihn vor einige Probleme. Vor allem war da Cynthia, seine Verlobte, der er kaum seine plötzliche Abreise erklären konnte und die doch jetzt schon im Übermaß zur Eifersucht neigte. Cynthia Cornelia, aus dem uralten Geschlecht der Cornelier, ihm an Abstammung, Namen – und Reichtum – in vielfacher Hinsicht überlegen.

Sein Gesicht nahm einen zärtlichen Ausdruck an, als er an die junge, temperamentvolle Frau mit den lockigen schwarzen Haaren und den großen blauen Augen dachte. Seit vier Jahren kannten sie sich, seit einem Jahr waren sie verlobt. Die Hochzeit war für das kommende Jahr geplant.

»Es nützt nichts«, seufzte Valerius, »ich werde es ihr irgendwie beibringen müssen.«

Valerius hatte inzwischen das vornehme Wohnviertel des *Palatinus* verlassen und eilte über den *Clivus Victoriae* vorbei an den riesigen Getreidespeichern zu den Wohnsitzen der Cornelier.

»Haltet den Dieb! Haltet ihn!« Valerius' Aufmerksamkeit wurde plötzlich durch die durchdringende Stimme eines dickbäuchigen Mannes – der schmale Streifen an seiner Toga wies ihn als Angehörigen des Ritterstandes aus – in Anspruch genommen, der mit hochrotem Gesicht hinter einem jungen Burschen herlief. Offensichtlich war der mit der Geldbörse des Dicken unterwegs. Sekunden später waren beide hinter der nächsten Ecke verschwunden. Unwillkürlich tastete Valerius nach dem Goldbeutel der Agrippina, den er unter seinem Lederpanzer versteckt hatte. Seine Hände erfühlten aber nicht nur den Beutel, sondern auch einen kleinen zusammengerollten Papyruszettel. Nanu? Wo kam der her? Den musste ihm irgendjemand zugesteckt haben. Neugierig entrollte er den zusammengerollten Zettel, auf dem stand: »Vertraue nicht der Kaiserin! Ein Freund!«

Verblüfft blickte der Offizier auf die krakeligen Buchstaben. Die Szene im Palast fiel ihm wieder ein, der unbekannte junge Ritter, der ihn angerempelt hatte. Vergeblich versuchte er, sich das Gesicht des Mannes ins Gedächtnis zurückzurufen. Nein, nie gesehen! Warum diese Warnung? Unsinn, irgendein Wichtigtuer! Achtlos warf er das Papierchen weg.

Er stand jetzt vor der Villa Corneliana, einem der drei Stadtsitze der Cornelier. Auf sein Klopfen öffnete ihm der hochbetagte Türsklave.

»Salve, edler Tribun.« Das Gesicht des Alten leuchtete. Er mochte den schneidigen Offizier, der ihn nie hatte spüren lassen, dass er nur ein Sklave war.

»Gruß auch dir, Germaniolus!«

Wie bei vielen Sklaven hatte die Herrschaft für den Sklaven einen Namen gewählt, der seine Herkunft verriet. Allerdings war die Bezeichnung »kleiner Germane« höchst irreführend, denn der Alte verfügte auch jetzt noch über einen höchst stattlichen Körperbau, auch wenn ihn die Last des Alters drückte.

»Tritt ein. Ich werde sogleich die junge Herrin holen.« Mit schlurfenden Schritten entfernte sich der Alte.

Der Tribun blickte sich um, einmal mehr weideten sich die Augen des jungen Offiziers an der Pracht des Atriums. In der Mitte der Halle lag ein rechteckiges Wasserbecken. Eine Figur der Diana, aus weißem Marmor herrlich gestaltet, sorgte ständig für die Zufuhr frischen Wassers. Der Boden rings um das Becken war mit Mosaiken in allen Farben ausgeschmückt, die Szenen waren den *Metamorphosen* Ovids nachempfunden. Auf der einen Längsseite konnte man Pyramus und Thisbe erkennen, die unglücklich Liebenden, die durch eine Wand getrennt sich heiße Liebesschwüre zuflüsterten. Auf der anderen Seite Dädalus und Ikarus bei ihrem missglückten Flugversuch. Die Stirnseiten waren durch Bilder aus den vier Zeitaltern geschmückt, je zwei aus dem goldenen und silbernen und zwei aus dem bronzenen und eisernen. Zwei Bänke, ebenfalls aus weißem Marmor, luden zum Ausruhen und Betrachten der Mosaikszenen ein. Die Wände des Atriums waren von roter Farbe, zur Decke hin mit goldener Ornamentik und griechischen Mustern abgesetzt. Tische aus Marmor trugen Arrangements aus Obst und Blumen, die roten Säulen waren alle mit golddurchwirkten Weinranken umgeben, die sich bis zur Decke hoch schlängelten.

»Liebster!« Eine freudige Stimme unterbrach seine stillen Betrachtungen. Cynthia stürmte auf ihn zu und fiel ihm um den Hals.

»Ich hatte dich gar nicht erwartet. Oh, wie schön ist es, dich heute schon zu sehen.«

Sie drückte ihre vollen roten Lippen auf seinen Mund und schlang die Arme fest um ihn. Zärtlich erwiderte Valerius die Küsse, zog seine Verlobte dann aber behutsam zu einer der Bänke und versiegelte die sprudelnden Lippen mit seinem Finger.

»Cynthia, liebste Cynthia ... Was ich dir mitzuteilen habe, wird dich kaum erfreuen.«

Valerius berichtete ihr von einem Sonderauftrag, den er vom Kaiser persönlich erhalten habe und der ihn in das ferne Germanien fortrufe. Er unterließ es, Einzelheiten preiszugeben und ließ auch seine Begegnung mit Agrippina ganz aus.

Zornig blickte ihn Cynthia an, ihr Mund hatte sich schmollend verzogen, und die blauen Augen funkelten.

»Nach Germanien? In den finsteren kalten Norden, wo die langhaarigen Barbaren in ihren dunklen Wäldern zwischen riesigen

Bären und zotteligen Auerochsen hausen? Valerius, das kannst du mir nicht antun!« Ihre herrische Stimme überschlug sich.

»Und die blonden Germanenmädchen! Sicher wirst du unter ihnen einherstolzieren wie ein eitler Pfau. Nein, Valerius, das kommt überhaupt nicht in Frage. Ich werde gleich mit meinem Vater sprechen. Der wird zum Kaiser gehen und ...«

»Nichts dergleichen wirst du tun.« Die Stimme des Tribuns wurde schärfer, sein Blick streng. Er hasste solche Szenen, und er hasste es, Cynthia belügen zu müssen.

»Befehl ist Befehl! Ich werde den Auftrag ausführen. An meiner Treue hast du noch nie zweifeln müssen, oder habe ich ...?«

Ein Schwall von Tränen unterbrach die Rede. Cynthia verfügte ohne Zweifel über alle Waffen, die man in solch einem Gefecht brauchte.

»Du wirst mich vergessen und irgendeine Thusnelda oder Walburga lieben, ich weiß es genau. Aber geh nur, geh, wenn du unbedingt deine Cynthia verlassen willst.«

Sie hatte ihren Stolz und die patrizische Haltung aufgegeben und die letzten Worte im weinerlichen Tonfall eines kleinen Mädchens geflüstert, dem man soeben seine liebste Puppe wegnahm. Valerius versuchte, sie in die Arme zu nehmen, erntete aber lediglich ein zorniges Kopfschütteln. Mit einem leisen Schrei riss sich Cynthia los, versetzte dem überraschten Tribun eine schallende Ohrfeige und verschwand in einem der zahlreichen Zimmer, die an das Atrium angrenzten.

»Sie ist ein verwöhntes, trotziges Kind, du musst Geduld mit ihr haben!« Von den Streitenden unbemerkt, war Cynthias Vater in die Halle gekommen, Faustus Cornelius Sulla Felix, Senator und Consul des Vorjahres, ein stattlicher Mann. Obwohl er die 60 schon überschritten hatte, verriet sein volles Haupthaar kein Grau, die schlanke, hohe Gestalt überragte den Tribun noch um einen halben Kopf, und die fein geschnitten Züge seines Gesichts strahlten vor väterlichem Stolz. Seine blütendweiße Toga mit dem Senatorenpurpur verriet, dass er gerade von einem offiziellen Empfang zurückkam.

»Ich fürchte, ich habe ihr viel zu viel durchgehen lassen.« Der Senator seufzte lächelnd. »Was ist passiert?«

Valerius rieb sich die geschundene Wange. In kurzen Worten schilderte er den Grund der Auseinandersetzung, unterschlug aber auch in diesem Gespräch die Einzelheiten. Das Gesicht des Senators wurde ernst.

»Ein Sonderauftrag? Behalte ruhig die Einzelheiten für dich. Je weniger Köpfe es wissen, umso weniger Münder können es ausplaudern. Wenn der Kaiser einen Sonderbeauftragten ernennt, muss es sich um eine wichtige Mission handeln. Wie wäre es mit einer kleinen Erfrischung?«

Valerius lehnte trotz seines knurrenden Magens ab, er habe seine wichtigsten Sachen zu packen und wolle sich dann noch bei Seneca einfinden.

»Seneca? Ein kluger Kopf. Vielleicht der Beste im Reich.« Aus den Worten des Senators sprach Bewunderung.

»Ich will dich nicht aufhalten. Komm morgen vor deiner Abreise her. Cynthia wird sich bis dahin beruhigt haben. Möge *Mercurius* dich auf deinen fernen Wegen geleiten!« Die Männer umfassten sich zum Abschied am Arm.

III.

Seneca, der Philosoph vom Esquilin

Senecas Haus befand sich auf dem *Esquilinus*, nicht mehr als zwanzig Minuten von der Villa Corneliana entfernt. Valerius beschloss daher, nicht den Umweg über die Kaserne zu machen und seine Sachen erst später zu packen. Gemächlich schlenderte er durch die sonnendurchfluteten Gassen, passierte die Thermen des Tiberius und ließ die *Subura,* Roms geheimnisumwittertes Armenviertel, links liegen. Alles hier schien ihm vertraut, denn in diesem Viertel war er aufgewachsen. Er folgte der breiten Hauptstraße, dem *Argiletum*, die auf beiden Seiten mit zahlreichen Antiquaren und Bücherständen bestückt war, und bog dann in den nach rechts abzweigenden *Clivus Suburbanus* ein. In einer Garküche ließ er sich eine kräftige Portion Erbsensuppe servieren und trank mit Genuss ein großes Glas Falerner, freilich zur Hälfte mit Wasser vermischt. Vorbei an der *Porticus Liviae*, einer weiträumigen Säulenhalle, in deren rechteckigem Innenhof das Heiligtum der *Concordia* stand, passierte Valerius eine Brunnenanlage, in der quietschende Kinder zögernd ihre Füße in das kühle Wasser tauchten. Die Straße begann jetzt steil anzusteigen, und der Tribun überholte etliche Spaziergänger, die schnaufend stehen geblieben waren und sich den Schweiß von der Stirn wischten. Valerius hatte nun die *Porta Esquilina* durchschritten, das alte Stadttor aus Servianischer Zeit, und damit den *Esquilinus* erreicht. Ein Blick zur Sonne zeigte ihm, dass es etwa die zehnte Stunde sein müsse. Ohne Eile schlenderte er die wenigen Schritte zum Haus des Philosophen.

Senecas Haus war schon in Sichtweite, als er plötzlich schnelle Schritte hinter sich hörte. Abrupt drehte er sich um. Zwei hünenhafte, muskelbepackte Kerle, offenbar ehemalige Gladiatoren, standen wie aus dem Nichts hinter ihm. Ihre grimmigen Mienen und die tückischen Blicke ihrer vernarbten Gesichter verhießen nichts Gutes. Der Kleinere von ihnen hatte eine *Sica* in der Hand, die typische Meuchelwaffe der Straßenräuber, der andere ein

Kurzschwert. Ohne ein Wort zu sagen stürzten sich beide auf den verdutzten Tribun. Valerius hatte sofort sein Schwert gezogen, um sich zu verteidigen. An Kraft waren die Angreifer ihrem Opfer ohne Zweifel überlegen, nicht aber an Technik. Der Nahkampf mit Schwert und Dolch gehört zu der sorgfältigen Ausbildung bei den Prätorianern, und so hatte Valerius einem seiner Angreifer bald eine schmerzhafte Wunde am Arm beigebracht.

»Das sollst du büßen, du Hund!«, keuchte der Verletzte und stach mit dem Kurzdolch auf den unbewehrten Arm des Offiziers. Die Blöße, die er sich dabei gab, nutzte Valerius aus und stach ihm das Schwert in den Leib. Mit verdrehten Augen sank der Mann zu Boden, aus seinem Leib strömte ein fingerdicker Blutstrom und versickerte im sandigen Boden.

Der zweite Angreifer versuchte diesen Moment auszunutzen, um dem Tribun sein Schwert in den Brustkorb zu stoßen. Die Klinge prallte aber am harten Lederpanzer ab und verursachte nicht mehr als eine Streifwunde an Valerius' Arm.

»Ich werde dich lehren, einen Tribun des Kaisers auf offener Straße zu überfallen, du Strauchdieb!«

Mit mächtigen Hieben drang der Tribun auf den zweiten Gladiator ein, der schließlich über den Körper seines getöteten Kameraden stolperte und zu Boden fiel.

»Gnade!«, stammelte er mit aufgerissenen Augen.

»Was wolltet ihr? In wessen Auftrag habt ihr gehandelt? Sprich, wenn du dein Leben liebst!«

Das war kein normaler Straßenüberfall – in den unsicheren Straßen Roms durchaus an der Tagesordnung –, daran bestand für Valerius kein Zweifel.

»Auftrag? Was meinst du?«

Der Gladiator verzog den Mund zu einem verächtlichen Grinsen. Valerius richtete seine Schwertspitze genau auf den Hals des Angreifers.

»Weich mir nicht aus. Rede oder stirb!«

Die Augen des Gladiators blitzten tückisch auf, dann zog er mit einem Schrei beide Beine an, bäumte sich auf und trat Valerius in den Unterleib. Der Tribun krümmte sich in beißendem Schmerz zusammen. Im selben Augenblick schlug der Gladiator mit dem

Handrücken Valerius' Schwert zur Seite, wobei er sich eine klaffende Wunde zuzog, und landete mit seiner Rechten einen krachenden Fausthieb am Unterkiefer des Offiziers. Bevor sich Valerius erholen konnte, hatte sich der Mann blitzartig erhoben, war davongelaufen und aus seinem Blickfeld verschwunden. Mühsam und taumelnd rappelte sich Valerius auf. Die Straße war menschenleer. Wer eben noch vorbeiging, hatte sich schnell in eine sichere Ecke verdrückt und dort den Ausgang des Kampfes abgewartet. Ein hagerer, hochaufgeschossener Mann in einem schwarzen Mantel, der hinter einem Brunnen stand und die ganze Szene aufmerksam beobachtet hatte, zog sich schweigend zurück.

Valerius klopfte sich Schmutz und Staub von seiner Rüstung und nahm sein Schwert an sich. Er tastete nach dem Goldbeutel und den beiden Schriftrollen, alles war an seinem Platz. Eine kurze Durchsuchung des Toten ergab nichts. Kein Zettel, kein Abzeichen, kein Namensamulett, nichts! Die wenigen Schritte zu Senecas Haus ging er wieder mit festem Schritt. Auf sein Klopfen wurde ihm so schnell geöffnet, als sei der Kampf vom Haus aus beobachtet worden. Es war Seneca selbst, der die schmale eisenbeschlagene Holzpforte öffnete und nun mit aufgerissenen Augen auf die blutende Armwunde seines Gastes starrte.

»Bei den Göttern! Was ist passiert? Du bist verletzt!«

Valerius betrat den kleinen Vorhof des Hauses und erzählte in kurzen Worten, was geschehen war.

»Valia, Thisbe, schnell! Bringt Verbandszeug für unseren Gast. Und einen Krug Wasser. Schnell, ihr Mädchen, schnell!«

Valerius setzte sich auf eine Bank, während die herbeigerufenen Sklavinnen die Wunde säuberten und sie sorgfältig verbanden.

»Draußen liegt der eine meiner Gegner. Er ist tot. Könntest du jemanden schicken, der seine Leiche holt? Ich muss wissen, um wen es sich handelt und wer hinter dem Überfall steckt.«

Seneca schickte sofort zwei Nubier, riesenhafte Kerle, die aber Minuten später kopfschüttelnd zurückkehrten.

»Nicht da! Nicht Leiche.« Mit rollenden Augen radebrechte der Schwarze und schlenkerte mit seinen überlangen Armen.

»Was? Das ist unmöglich!«, rief Valerius und stürzte aus dem Haus. Aber der Platz, auf dem der mächtige Körper des toten

Gladiators liegen musste, war leer. Lediglich zwei große Blutlachen zeugten von dem Kampf um Leben und Tod, der dort eben stattgefunden hatte. Kopfschüttelnd kehrte der Tribun zurück.

»Mögen die Götter wissen, wohin er verschwunden ist. Auf eigenen Füßen ist er jedenfalls nicht gegangen, so viel steht fest.«

»Ich bedauere sehr, dass du solchen Gefahren ausgesetzt warst«, sagte Seneca mit betrübter Miene. »Aber nun sollten wir diesen schlimmen Vorfall erst einmal vergessen. Ich habe ein kleines Mahl für dich richten lassen. Einstweilen magst du dich im Bad von den Spuren dieses Überfalls säubern und dich erfrischen. Ich erwarte dich danach in der Bibliothek.«

In dem kleinen, aber geschmackvollen Baderaum seines Gastgebers legte Valerius seine Rüstung ab und wusch sich gründlich. Mit dankbarem Blick sah er, dass Seneca eine frische Tunika für ihn hatte bereitlegen lassen.

In Senecas Bibliothek standen an allen Seiten Schränke und Regale, die mit Buchrollen, Schriften und Dokumenten voll gestopft waren. Kleine rote Bändchen gaben den Autor an. Der Philosoph selbst saß auf einem bequemen Sessel und bedeutete Valerius, auf dem zweiten Sessel Platz zu nehmen. Der Tribun sah sich um. Auffallend waren die vielen gleichartigen Tischchen aus Citrusholz, die einen angenehm herben Duft abgaben. Der stadtbekannte Philosoph schien diese Art von Holz besonders zu lieben.

»Ein sehr komfortables Haus. Nicht zu groß, aber sehr geschmackvoll und gemütlich. Und so ruhig.«

»Ruhig ist es, in der Tat. Du müsstest mich einmal in meiner Wohnung in *Baiae* besuchen.«

Senecas Lippen umspielte ein feines Lächeln. »Die liegt über einer Badeanstalt. Das ist kein Spaß. Von allen Seiten umtönt mich dort Lärm vielfältigster Art: Kraftprotze üben und schwingen ihre mit Blei beschwerten Hände; sie mühen sich ab oder tun so, als ob sie sich abmühten, sie zischen und atmen gepresst und stöhnen, wenn sie den angehaltenen Atem wieder ausstoßen.«

Valerius musste lauthals lachen, und der Philosoph fuhr schmunzelnd fort: »Wenn ich an jemanden geraten bin, der träge ist und sich mit dem gewöhnlichen Einsalben begnügt, höre ich die Hand klatschen, die auf die Schulter schlägt; je nach der Art, wie sie schlägt, klingt es flach oder hohl. Nimm die Ballspieler, die laut ihre Bälle zählen und darüber in Streit geraten. Dann füge noch einen zänkischen Menschen hinzu, einen ertappten Dieb und einen, dem die eigene Stimme im Bad gefällt, dazu noch die, die ins Schwimmbecken springen mit dem tosenden Geräusch aufspritzenden Wassers. Dazu die Haarzupfer, die, um sich besser bemerkbar zu machen, ihre schrille Stimme in infernalischem Crescendo ertönen lassen, dazu ihre Opfer, die nicht weniger schreien. Getränkehändler, Wursthändler, Zuckerbäcker und alle Inhaber von Garküchen, die ihre Ware in kakophonischem Stimmengewirr anpreisen.«

Valerius konnte sich gut in diese Situation hineinversetzen, in den Thermen Roms ging es nicht anders zu.

»Aber ich schwatze und schwatze, verzeih, edler Valerius. Du bist nicht gekommen, um das Geschwätz eines alten Mannes anzuhören.«

Die Tür öffnete sich, und zwei Sklavinnen brachten den versprochenen Imbiss: kaltes Huhn, umlegt mit hart gekochten Eiern, rohen Salaten und Pilzen, außerdem eine Schüssel mit Krustentieren und Fischstücken in *Garum,* der unvermeidlichen Soße. Dazu reichten die Sklavinnen tiefroten, mit Wasser vermischten Wein, der aus einer mit feinem Silber ziselierten Schale mit Henkel und Fuß getrunken wurde.

Schweigend aßen die beiden Männer, und besonders Valerius griff tüchtig zu, denn außer der Erbsensuppe hatte er bislang noch nichts zu sich genommen, und die lag schon einige Stunden zurück.

»Also, mein Freund, was kann ich für dich tun?«, fragte Seneca und nahm einen tiefen Zug aus der Weinschale.

Der Tribun kaute genüsslich auf einem Stück Fisch herum, wischte sich den Mund ab und entgegnete: »Ich brauche einen Rat, und zwar nicht von irgendeinem, sondern von dem besten Kopf Roms, wie Senator Faustus Cornelius sagen würde.«

»Das Kompliment ehrt mich, es kommt mir aber kaum zu. Gleichwohl, worum geht es?«

Und nun erzählte Valerius von dem Dilemma, in das er unvermutet geraten war. Er verschwieg nichts und schilderte insbesondere die Szene genau, die sich in den Räumen der *Augusta* abgespielt hatte. Nur den zugesteckten Zettel ließ er unerwähnt.

»Wie soll ich mich nun verhalten? Führe ich den Auftrag des Kaisers durch, so handele ich gegen den Befehl der *Augusta.* Tue ich, was die Kaiserin befiehlt, begehe ich Treuebruch am Kaiser und verletze meinen Tribuneneid. Wer kann wissen, was mir mehr schadet oder nützt?«

Wie zum Trost griff er nach einem weiteren Stück Fisch und spülte es mit einem Schluck Wein herunter. Der Philosoph sah den Offizier schweigend an und schüttelte dann den Kopf.

»Wenn es dir um meine Meinung geht« – er unterbrach seine Worte und nippte an der Weinschale – »so rate ich dir: Tu, was die *Augusta* von dir verlangt. Ich spüre, dass sie in Rom noch herrschen wird, wenn Claudius schon bei den Göttern weilt. Ihr und dem jungen Prinzen, kein Zweifel, wird die Zukunft in Rom gehören, und – mögen es die Götter geben – mein junger Zögling Lucius wird dereinst dieses riesige Imperium mit fester Hand regieren, milde und gütig, wenn er die Lehren und Unterweisungen beherzigt, die er täglich von mir bekommt. Er ist auf dem rechten Wege! Aber halte dich fern von den Freigelassenen, dem falschen Narcissus und dem listigen Pallas. Die acht Jahre meines Exils auf Korsika haben mich gelehrt, die falschen von den rechten Freunden zu unterscheiden. Wahre Freunde gibt es hier in Rom kaum, viel weniger noch im Palast.« Erneut nahm Seneca einen Schluck Wein zu sich.

»Was nun deinen Auftrag im fernen Germanien anbetrifft, so kenne ich jene kleine Stadt nur vom Hörensagen. Mein Schwager, Aulus Pompeius Paulinus, residiert dort als Statthalter von *Germania Inferior.* Vielleicht kann er dir behilflich sein. Ich will dir gerne ein Empfehlungsschreiben mitgeben. Und was die Umstände anbetrifft, die deinen Auftrag erforderlich zu machen scheinen«, Seneca runzelte nachdenklich die Stirn, »eine Mordserie, das klingt geheimnisvoll. Vielleicht steckt aber auch nur das Übliche dahinter, Eifersucht oder Intrigen, Neid oder Habgier, all die Verworfenheiten, derer ungebildete Menschen fähig sind. Aber wer weiß ... Wie du sagst, argwöhnt der Kaiser eine mögliche Verschwörung. Das will jedoch nichts heißen, das tut er immer. Hinter jedem erschlagenen Gemüsehändler wähnt er eine Verschwörung gegen seine

Person. Meine besten Wünsche begleiten dich auf jeden Fall. Ich hoffe doch, du wirst mir nach deiner Rückkehr berichten?«

»Das werde ich tun«, versprach Valerius, während er sich eine Weintraube nahm. »Und der Anschlag auf mich vor deiner Tür? Siehst du da keinen Zusammenhang?«

»Merkwürdig genug«, erwiderte Seneca, »aber wer weiß von deiner Mission, wer könnte sie verhindern wollen? So viel ich weiß, ist sie nur den Personen bekannt, die sie von dir verlangt haben, und die werden dich kaum umzubringen versuchen.«

»Wohl wahr.« Valerius fuhr sich unschlüssig durch die Haare. »Mag sein, dass es ein Zufall war und es sich doch um ganz gewöhnliche Straßenräuber handelte.«

Gesättigt und in besserer Stimmung als zuvor verließ er den großen römischen Philosophen. Das Angebot eines Empfehlungsschreibens an den Statthalter hatte er dankend abgelehnt – wie sollte er auch wissen, dass es ihm noch einmal sehr nützlich hätte sein können?

IV.

Das Gasthaus des Todes

Der Frühlingsregen hatte die meisten Straßen und Wege Germaniens in schlammige Pfützen verwandelt, und nur die von römischen Pionieren angelegten Reisestraßen waren noch passierbar. Dichte Nebelschleier hatten sich über das Land gelegt und tauchten die regenbenetzten Wälder in dunkles Grau.

Eine zweispännige *Carruca* rumpelte schwerfällig, doch in beachtlichem Tempo über eine der Straßen, immer wieder angefeuert von dem pockennarbigen Kutscher, der seine Pferde in einem grausigen Latein dahintrieb, das so lückenhaft war wie sein Gebiss. Die eisenbeschlagenen Holzräder erzeugten einen monotonen, ermüdenden Gleichklang. Obwohl der Reisewagen gut gepolstert und durchaus bequem zu nennen war, bekamen die Passagiere die zahlreichen Unebenheiten der Straße empfindlich zu spüren.

»Bei Jupiter, das ist keine Straße, sondern eine Anhäufung von Schlammlöchern.«

Der rotgesichtige, dickliche Kaufmann putzte sich den Schweiß von der Stirn, hob das Fenstertuch an und sah nach draußen. Dunkle, nebelverhangene Wälder säumten den Weg und gaben nur ab und zu den Blick frei auf grünende Lichtungen oder kleine Ansammlungen von Häusern und Höfen.

»Noch etwa sechs *Milia* bis *Mogontiacum*, dann ist es geschafft! Bei den Göttern, was freue ich mich auf ein warmes Bad!«

Der Kaufmann blickte seine zwei Mitreisenden hoffnungsfroh an, doch niemand schien das Gespräch aufnehmen zu wollen. Der blasse, hagere Mann in dem dünnen schwarzen Mantel, der in *Noviomagus* zugestiegen war und bis jetzt kein Wort gesprochen hatte, starrte weiterhin mit finsterem Blick aus dem anderen Fenster. Ab und zu rieb er sich über die frische Narbe, die sich von seinem Kinn bis zum Ohr zog und sein sonst ansehnliches Gesicht entstellte.

Auch Valerius hatte sich tief in seinen gallischen Kapuzenmantel gehüllt, brummte einige unverständliche Worte und wandte den Blick wieder nach draußen. Mit seinen Gedanken war er immer noch in Rom.

Das zweite Treffen mit Cynthia war eher noch unerfreulicher verlaufen als das erste. Cynthia wollte sich überhaupt nicht mehr beruhigen. Da halfen auch die beschwichtigenden Worte ihres Vaters nicht. »Geh nur fort«, hatte sie tränenerstickt geschrien, »aber glaube ja nicht, dass ich in dieser Zeit hier Decken sticke oder Horaz lese. Du wirst schon sehen!« Valerius hatte darauf verzichtet, sich nach den Einzelheiten dieser Drohungen zu erkundigen ... Schweren Herzens hatte er ihr Haus verlassen und seine Kaserne aufgesucht. Sein Reisegepäck war schnell zusammengestellt, und nach einem ausgiebigen Frühstück verließ er im ersten Morgengrauen Rom, um nach Ostia zu reiten.

Von dort hatte ihn die Aquila von der misenischen Flotte bei gutem Wind in knapp vier Tagen nach *Massilia* gebracht. Neben ihm waren vier Kohorten Legionäre an Bord, die die in Gallien stationierten Truppen verstärken sollten. Der Reisebefehl sah weiter vor, dass Valerius sich in *Massilia* einer Einheit frisch ausgehobener Rekruten anzuschließen hatte, die nach *Vindonissa* in Gang gesetzt worden war.

»Wir verstärken die *Legio XIII Gemina*«, hatte ihm der kommandierende Centurio Spurius Noviaticus erklärt. »Der Kaiser hat die Legion von *Mogontiacum* nach *Vindonissa* verlegt. Die Götter mögen den Grund kennen. Schau dir diese Burschen an!« Er deutete auf die jungen Rekruten, die in munterem Geschwätz zusammenstanden und ihre Sachen für den Weg packten.

»Und ausgerechnet zu den Belgern, den schlimmsten Galliern, soll ich sie bringen. Junges Gemüse, hat bisher kaum ein Schwert in der Hand und kein Pferd unterm Hintern gehabt. In den Betten der Hafendirnen und in den Thermen kennen sie sich wahrhaftig besser aus als in Gallien.«

Im Eiltempo waren sie gemeinsam den *Rhodanus* hinaufgeritten, ohne sich um die Klagen der jungen Soldaten zu kümmern, die mit schmerzverzerrtem Gesicht im Sattel saßen. An *Vienna* vorbei, wo sie einen Tag Rast machten, führte die Reise quer durch das Gebiet der befriedeten Allobroger bis zum *Arar*, an dem Cäsar seine vernichtende Schlacht gegen die Helvetier geschlagen hatte. In *Alesia,* der ehemaligen Trutzburg des gallischen Fürsten Vercingetorix, verließ Valerius die Truppe und wandte sich nordwärts in Richtung Germanien. Er hatte beschlossen, einstweilen auf dem Landweg zu reisen, und war den gut ausgebauten Heerstraßen gefolgt. In regelmäßigen Abständen, etwa alle 25 Meilen, lud eine Herberge zur Einkehr ein. Dort konnten auch, wenn nötig, die Pferde gewechselt werden. Die Benutzung dieser Unterkünfte war nur Reisenden der kaiserlichen Post gestattet, und so waren ihm seine Dokumente sehr hilfreich. An den Abenden aß er in fröhlicher Runde mit den einkehrenden Kurieren, Magistratsbeamten und Ordonnanzoffizieren, um beim ersten Tagesanbruch seine Reise fortzusetzen. Das Gebiet der friedlichen Lingonen durchquerte er ohne Probleme, ebenso das der römerfreundlichen Treverer. Die Pferde, die er in den Poststationen erhielt, erwiesen sich allesamt als ausdauernde, schnelle Tiere. In *Augusta Treverorum* tauschte er schließlich für die restliche Reise den harten Pferderücken mit den Annehmlichkeiten einer Reisekutsche. Nun freute er sich auf die Thermen von *Mogontiacum*, wo er eine längere Pause einlegen wollte.

»Haaaaalt! Bei Diana, bleibt ihr wohl stehen, ihr gottverdammten Bestien!« Der Wagen blieb abrupt stehen, was die Reisenden ziemlich unsanft durcheinander wirbelte.

»Bei Merkur!«, schrie der römische Kaufmann und fühlte nach seiner Stirn, die gegen die Wand geschlagen war. »Was ist denn jetzt los? Kann der Bursche denn nicht richtig lenken?«

Der Vorhang wurde zur Seite gezogen, und das fröhliche Gesicht eines blutjungen Legionärs wurde sichtbar. »Aussteigen, meine Herren! Die Fahrt ist aufs Erste zu Ende!«

»Was ist los?«, fragte Valerius, nachdem er mit den anderen ausgestiegen war. Er zog seinen Mantel so weit zurück, dass der junge Soldat seine Tribunenuniform erkennen konnte. Der Legionär schlug nach militärischer Sitte seine Faust gegen die Brust.

»Salve, Tribun! Es tut mir Leid, aber die Straße ist kurz vor *Borbetomagus* gesperrt. Die Regenfälle der letzten Tage müssen eine Geröllawine ausgelöst haben. Die Straße ist an mehreren Stellen unpassierbar. Ihr werdet einen Umweg nehmen müssen.«

»Und wie, junger Herr, soll die Fahrt weitergehen?«, polterte der Kutscher verärgert.

»Die kleine Seitenstraße dort«, sein Arm zeigte nach rechts auf eine dunkle Straße, die nach wenigen Schritten im Wald verschwand, »bringt euch über *Vicus Altiaiensium* auf kurzem Weg nach *Mogontiacum*. Das sind kaum mehr als vier Stunden Umweg.«

»Das werden wir heute aber nicht mehr schaffen«, entgegnete Valerius.

»Kein Problem, Tribun, es gibt auf der Straße ein einfaches kleines Gasthaus. Der Wirt ist ein Gallier namens Vindurix. Allzu viel Komfort dürft ihr allerdings nicht erwarten, und auf eure Sachen solltet ihr gut aufpassen, denn dem Wirt ist kaum zu trauen!«

Während der Mann mit dem schwarzen Mantel schweigend den Worten des Legionärs zugehört hatte, erhob der dicke Kaufmann lautes Geschrei: »Ich verliere einen ganzen Tag. Wer wird mir das bezahlen? Oh, ihr Götter, habt ihr denn kein Einsehen mit einem armen Kaufmann, der sechs Münder zu stopfen hat?«

Aber die Götter hatten kein Einsehen, und so mussten die Reisenden ihre Fahrt über eine holprige dunkle Nebenstraße fortsetzen. Der Nebel wurde dichter, und so schlich der Wagen zermürbend langsam über die enge Straße. Alle schienen erleichtert, als nach etwa zwei Stunden zwei trübe Laternen das ersehnte Gasthaus ankündigten.

Der junge Legionär hatte eher untertrieben. Was sich da aus der nebelverhangenen Dunkelheit herausschälte, war kaum mehr als eine zwielichtige Spelunke. Windschief baumelte ein uraltes Tabernenschild an einem rostigen Haken. Das Haus schien aus der Zeit der Feldzüge Cäsars zu stammen, war aber seitdem nicht wieder renoviert worden. Eine alte, zerbrochene Kupfertafel nannte die Preise:

Wein 1 As
Brot $^1/_2$ As
Fleischbeilage 2 As
Heu für die Pferde 2 As.
Nachtquartier 3 As

Valerius, an den bescheidenen Luxus der Postunterkünfte gewohnt, seufzte. Es gab keine andere Wahl, bis zur nächsten Herberge würden sie es nicht schaffen. Und wer hätte sagen können, ob die einladender gewesen wäre? Zusammen mit dem schimpfenden Kaufmann betrat er den dunklen Schankraum, der nur von einigen Öllämpchen dürftig aufgehellt wurde. Das Mobiliar bestand aus mehreren grob behauenen Tischen und Stühlen. Über der Wirtstheke war ein riesiges, von Motten zerfressenes Bärenfell angebracht, an den Wänden hingen große alte Tonkrüge und ein paar veraltete Waffen. Eilfertig humpelte aus dem dunklen Hintergrund eine bucklige, schmutzige Gestalt hervor, die sich als Wirt vorstellte. Der Alte war in eine schmutziggraue Tunika gekleidet, zum Schutz vor der Kälte trug er ein Fuchsfell um den Hals.

»Herein Ihr edlen Herren, willkommen in meinem bescheidenen Gasthaus. Es soll euch an nichts fehlen, auch wenn Ihr sicher bessere Unterkünfte gewohnt seid ...« Der Versuch eines freundlichen Grinsens offenbarte einige wenige, schlechte Zähne, und ein fauliger Atem umwehte die Gäste. Der Blick des Alten fiel auf die Uniform des Offiziers, und seine Augen begannen zu glänzen.

»Ihr bringt den Glanz Cäsars in mein bescheidenes Haus. Vindurix wird sich bemühen, euch zufrieden zu stellen.«

Er wischte mit einem schmierigen Tuch über einen noch schmierigeren Tisch, und seine Augen fielen auf den hageren Reisebegleiter, der in diesem Augenblick den Raum betreten hatte. In devotem Tonfall fuhr er mit seinen Anpreisungen fort: »Was darf es sein? Ein gutes Mahl für verwöhnte Münder? Eine bequeme Unterkunft für die Nacht? Ein wohlfeiles Weib euch zu Gefallen? Es ist für alles gesorgt, und die Preise sind ihrer Leistung wert. Vernicia, schnell, zeig den Herrschaften ihre Zimmer! Euer Abendmahl wird in Kürze bereitet sein.«

Bevor die Gäste noch etwas sagen konnten, kam ein junges Mädchen mit schulterlangen, nussbraunen Haaren aus einem Nebenraum hervor und lud sich die wenigen Gepäckstücke auf ihre schmalen Schultern.

»Folgt mir bitte«, lächelte sie und deutete auf die zerbrechliche Holztreppe. Wortlos stiegen die Gäste mit dem Mädchen nach oben. Die Zimmer stellten sich als bessere Verschläge heraus mit einem winzigen Fenster zur Hofseite. Ein Holzgestell mit einer Strohmatte, die mit einer löchrigen grauen Decke bedeckt war, ein schmaler Tisch und ein wackliger Stuhl bildeten die Ausstattung.

Ein Schlag auf das Stroh trieb Legionen von Flöhen und Wanzen aus ihren dunklen Verstecken.

Valerius nahm sich vor, lieber die Nacht auf dem rohen Holzboden zu verbringen. Immerhin hatte das Mädchen sofort eine Schüssel mit eiskaltem, frischem Wasser gebracht, und er konnte sich den Staub der Reise notdürftig abwaschen. Der Hunger trieb ihn schon bald in den Gastraum, wo der dicke Kaufmann sich schon lauthals über sein Zimmer beschwerte.

»Willst du das ein Zimmer nennen, du Halsabschneider? 3 As, bei Merkur, das ist Wucher!«

»Der edle Herr kann sich gerne eine andere Herberge suchen, wenn ihm diese hier nicht gefällt«, entgegnete der Alte mit schiefem Grinsen, »es sind nur zehn Meilen bis zur nächsten!«

Der Dicke schüttelte nur den Kopf und schwieg.

»Aber bitte, nehmt doch Platz, das Mahl ist fertig, und ich hoffe, dass dies wenigstens eure verwöhnten Gaumen zufrieden stellen wird.«

Valerius und der Kaufmann, der sich inzwischen als Gaius Scribonius vorgestellt hatte, nahmen an einem der wackligen Holztische Platz. Der Hagere mit dem schwarzen Mantel ließ sich nicht blicken. Der Kutscher nächtigte offenbar im Stall bei den Pferden. Eine alte griesgrämige Frau brachte schweigend das Essen herein. Auf Tonschüsseln türmte sich ein gewaltiger Schweinebraten, der mit Zwiebeln, Lauch und Kohl umlegt war. Vernicia brachte dazu dunkles Brot und zwei große Krüge. Aus einem der Krüge schüttete sich Valerius etwas in seinen Becher, probierte – und spuckte es schnaufend aus.

»Was für ein Gebräu ist das? Bei den Göttern, wollt Ihr uns vergiften?«

Vernicia lächelte den Tribun freundlich an. »Das ist *Cervisia*, Herr. Hast du das noch nie probiert? Die Leute hier trinken das alle.«

»Mag sein, aber habt Ihr keinen Wein?«

Schnell war der Wirt herbeigeeilt. »Ich bin untröstlich, aber unser Weinvorrat ist zu Ende, und Nachschub kommt zurzeit keiner. Ihr habt ja selbst gesehen, wie es im Augenblick auf unseren Straßen aussieht. Doch will ich sehen, ob sich für besondere Gäste noch ein kleiner Tropfen findet.« Er zwinkerte den Gästen vertraulich zu.

Valerius beschloss, sich mit einem Krug kühlen Wassers zu bescheiden, während Scribonius das Bier zu schmecken schien.

»Wenn man lange genug hier lebt«, erläuterte er und schob sich ein großes Stück Braten in den Mund, »gewöhnt man sich auch daran. Ein guter Falerner wäre mir freilich lieber, aber den darfst du hier nicht erwarten, wir sind hier nicht in Rom. Aber hoffentlich auch nicht in *Megara*!«

»*Megara*, wieso *Megara?*«

Scribonius nahm einen tiefen Schluck aus dem Bierkrug. »Weil mich diese düstere Spelunke hier an eine Geschichte erinnert, die einem Freund meines Vaters einmal in *Megara* passiert ist.«

»Und was ist ihm da passiert?«

»Nun, der Freund meines Vaters war zusammen mit einem Bekannten auf einer Reise in jenem Ort angekommen. Er übernachtete bei Freunden, der andere stieg in einer Herberge ab. Wahrscheinlich in einer wie dieser.« Sein Blick wanderte über die düsteren Wände.

»Der Geschäftsfreund meines Vaters, der, der bei Gastfreunden schlief, träumte zu mitternächtlicher Stunde, dass ihn sein Bekannter aus der Herberge zu Hilfe riefe, weil ihn der Wirt berauben und ermorden wolle. Er war erschrocken und stand auf. Doch er hielt das nur für einen Traum und legte sich wieder hin. Abermals erschien ihm der Bekannte und sagte, wenn er ihm doch schon im Leben nicht geholfen hätte, so solle er doch wenigstens seinen Tod nicht ungerächt lassen. Er sei ermordet, auf einen Wagen geworfen und mit Stallmist bedeckt worden. So möge er sich am nächsten Morgen am Stadttor einfinden.«

Der Kaufmann schnaufte, putzte sich die feuchte Stirn ab und fuhr fort: »Er tat, wie ihm im Traum geheißen wurde, und als der Wirt kam, fragte er ihn, was er auf seinem Wagen habe. Der Wirt floh erschrocken, man zog den Toten unter dem Mist hervor, und der Wirt wurde gefasst und hingerichtet!«

»Mögen die Götter geben, dass es uns nicht ebenso widerfährt«, lachte Valerius, »aber solange ich mein Schwert habe, wird es so einfach nicht werden. Und du musst halt einfach an die dünne

Wand deines Zimmers klopfen, ich werde dir dann schon beistehen.« Er prostete dem Kaufmann zu.

Zu Valerius' Überraschung waren die Speisen äußerst schmackhaft, selbst das Lauch und der schwere Kohl, an die ein römischer Magen kaum gewöhnt ist. Inzwischen war auch der hagere Schwarze hereingekommen, hatte sich an einen anderen Tisch gesetzt und verzehrte schweigend ein karges Mahl aus Brot und kaltem Huhn.

»Einen kleinen Tropfen für meine edlen Gäste habe ich noch, eine letzte Reserve nur.« Vindurix war plötzlich an ihren Tisch herangetreten und reichte jedem der Gäste einen kleinen Becher, in dem schwerer roter Wein funkelte. Valerius leerte den halben Becher und verzog das Gesicht, das Getränk hinterließ einen unangenehmen, bitteren Nachgeschmack.

»Wein nennst du das, Alter? Komm nach Rom, und ich will dir zeigen, was Wein ist. Den hier magst du selber trinken.«

»Es ist nicht leicht, die edlen Gäste zufrieden zu stellen«, erwiderte der Wirt beleidigt. »Wie wäre es denn mit einer süßen Nachspeise?« Er zwinkerte wieder mit seinen tückischen kleinen Augen, und sein Blick richtete sich auf das junge Mädchen, das den Tisch abzuräumen begonnen hatte.

Die Gäste hatten die Anspielung verstanden. In solchen Spelunken war es nicht unüblich, dass neben den Gaben des Bacchus auch solche der Venus offeriert wurden, aber sie lehnten beide ab.

»Es war ein harter Tag, und der nächste wird kaum leichter werden. Ich werde mich schlafen legen«, sagte Valerius und konnte kaum ein Gähnen unterdrücken. Der Wirt wünschte ihnen salbungsvoll eine gute Nacht, und der Hagere mit der Narbe blickte ihnen nachdenklich nach, als Valerius und der Kaufmann die brüchige Treppe betraten, um ihre Zimmer aufzusuchen.

Im Zimmer angekommen, legte Valerius seine Rüstung und die Waffen ab, die er auch während des Essens getragen hatte. Ein leichtes Schwindelgefühl erfasste ihn, und er setzte sich torkelnd auf die Strohliege. In seinem Magen begann es zu rebellieren und ein durchdringendes Gefühl der Übelkeit überkam ihn. Würgend und keuchend stand er auf, die Stirn schweißnass, während sich alles um ihn herum zu drehen begann. Er wollte schreien, doch die geschwollene Zunge versagte ihren Dienst. Ich hätte den Kohl wohl doch nicht essen sollen, waren seine letzten klaren Gedanken, dann versank er ihn tiefschwarze Nacht.

***

»Valerius! Valerius, wach auf!«

Eine durchdringende Stimme riss ihn aus tiefer Dunkelheit zurück. Hände schlugen kräftig auf seine Wangen. Vorsichtig öffnete er seine Augen.

»Den Göttern sei Dank! Er lebt!«

Scribonius hatte sich über ihn gebeugt und sah ihn aus sorgenvollen Augen an. Neben ihm geriet ein weiteres Gesicht in sein Blickfeld, fremd und bärtig mit einer Reihe blitzend weißer Zähne.

»Willkommen in der Oberwelt!«

»Wo bin ich? Was ist passiert?« Seine Zunge fühlte sich pelzig an, und er hatte einen Geschmack im Mund, als hätte er an seinem Schwert gelutscht.

»Tribun, du bist in Sicherheit!« Die weißen Zähne lachten ihn wieder an.

»Ich bin Deumetrion, der Garnisonsarzt aus *Mogontiacum*.«

»*Mogontiacum*, wieso *Mogontiacum?*«

»Jetzt brauchst du erst einmal Ruhe. Und Medizin. Hier, diese Tropfen, du musst sie stündlich nehmen!«

»Tropfen? Wieso Tropfen?«

»Du hattest eine Lebensmittelvergiftung. Vielleicht war der Braten, den du gegessen hast, doch nicht mehr ganz frisch. Als dein Reisegefährte Scribonius dich am nächsten Tag in deinem Zimmer fand, hat er darauf bestanden, dass du in einem Wagen sofort in unsere Garnison gebracht wirst. Der Wirt hatte zwar gemeint, dass du auch in seinem Hause genesen könntest, aber Scribonius hat sich durchgesetzt und einen Boten zu uns geschickt. Wir haben dich dann mit einer *Decurie* abgeholt. Und das war auch gut so. Drei Tage hast du gefiebert und geschlafen, aber nun scheinst du es überstanden zu haben. Ruh dich aus. Ich muss jetzt gehen und werde später wieder nach dir sehen.«

Nachdem Deumetrion den Raum verlassen hatte, sah Valerius den Kaufmann fragend an.

»Was genau ist passiert?«

»Was soll ich dir erzählen? Als du am nächsten Morgen nicht herunterkamst, habe ich nach dir gesehen. Ich fand dich bewusstlos auf dem Boden liegen, inmitten deines Erbrochenen. Kein schöner Anblick. Ich rief den Wirt, und der meinte, das sei wohl nur ein kleines Unwohlsein. Er werde aus dem nächsten Dorf einen Druiden holen, der werde dich wieder herstellen. Aber ich habe diesem Wirt nicht getraut, ein unangenehmer Bursche! Und dann dieses Mädchen!«

»Welches Mädchen?«

»Diese junge Sklavin.«

»Vernicia!«

»Stimmt, Vernicia hieß sie. Sie beschwor mich, dich von diesem Ort wegzubringen, du seist in großer Gefahr! Aber ich dürfe dem Alten auf keinen Fall sagen, dass sie mit mir gesprochen habe. Irgendetwas in mir mahnte mich, ihrem Rat zu folgen. Nun, ich sandte einen Boten nach *Mogontiacum,* und den Rest kennst du.«

»Wasser! Bitte gib mir etwas Wasser!«

Scribonius reichte ihm einen Krug, und Valerius stürzte das herrliche Nass gierig herunter.

»Langsam, Tribun! Der Arzt hat gesagt, dass du dich erst langsam wieder an Nahrung gewöhnen sollst. Und diese Tropfen sollst du nehmen.« Er reichte ihm eine Phiole mit einer dunkelroten Flüssigkeit.

»Was ist das?«

»Keine Ahnung, *sed nisi necabit, sanabit* – aber wenn es dich nicht umbringt, wird es dich wohl heilen.«

Mit einem Schluck leerte Valerius das Fläschchen. Ein nicht unangenehmer, leicht bitterer Kräutergeschmack. Sekunden später machte sich eine wohlige Wärme im Magen breit.

»Ich musste bei der Warnung des jungen Mädchens an die Geschichte denken, die ich dir am Abend zuvor erzählt hatte«, lachte der Kaufmann.

Megara! Der Tribun wusste sofort, was Scribonius meinte, schwieg aber.

»So, jetzt muss ich dich verlassen, die Geschäfte rufen.«

***

Nach vier Tagen war Valerius wieder so weit bei Kräften, dass er die Garnison verlassen konnte. Erleichtert hatte er festgestellt, dass sowohl sein Goldbeutel als auch seine Schriftstücke in seinem Gepäcksack unangetastet geblieben waren.

Sein erster Weg führte ihn in die Herberge des Vindurix. Nebel und Regen hatten sich verzogen, und eine kräftige Frühlingssonne lachte vom Himmel. Mit dem kräftigen Schimmel, den er sich in der Garnison ausgeliehen hatte, erreichte er in drei Stunden das Wirtshaus, das auch jetzt im strahlenden Licht der Sonne nichts von seiner bedrohlichen Düsternis verloren hatte. Mit festen Schritten betrat er den menschenleeren Schankraum.

»He da, Wirt, wo steckst du?« Er schlug mit dem Schwertknauf so heftig auf einen der Tische, dass zwei Krüge von den Wänden fielen. Eilige Schritte schlurften herbei, plötzlich stand Vindurix wie aus dem Nichts vor dem Tribun.

»Ei sieh nur«, sagte er, und seine schmalen Lippen verzogen sich zu einem höhnischen Grinsen, »dem hohen Herrn hat es so gut gefallen, dass er uns einen weiteren Besuch abstattet. Das gleiche Zimmer?«

Valerius packte den Alten an seinem schmutzigen Kragen und schüttelte ihn kräftig durch.

»Du wirst keinen Spott mit mir treiben, alter Narr! Was hast du mir ins Essen getan, welchen Trunk hast du mir serviert, dass ich tagelang auf Leben und Tod im Fieber lag? Rede, oder, bei den Göttern, du wirst meine Klinge spüren!«

Die Miene des Alten veränderte sich schlagartig, die eben noch frechen Züge wurden devot und unterwürfig. Mit weinerlicher Stimme rief er: »Halt ein Tribun, du wirst doch keinen alten Mann töten! Was kann ich dafür, dass dir mein Essen nicht bekommen ist? Deinem Freund ist es ja auch bekommen. Kann ich dafür, dass dir germanischer Lauch und Kohl so im Magen liegen? Hab' ich nicht alles dafür getan, dass du wieder gesund würdest? Selbst den Druiden wollte ich ja holen.«

Valerius ließ den Wirt los.

»Ich kann dir nichts beweisen, Alter«, rief Valerius, »aber glaub' mir, ich werde die Sache prüfen. Und stellt sich deine Schuld heraus, so mögen dir die Götter gnädig sein!«

»Du glaubst, alle Welt zittert vor den Römern«, erwiderte der Alte, der seine Fassung zurückgewonnen hatte. »Sieh dir diese Waffen an!« Er deutete mit zittriger Hand auf die Schwerter und Schilde, die hinter ihm an der Wand hingen.

»Mit diesen Waffen hat mein Vater am *Arar* gegen euren großen Cäsar gekämpft. Er gehörte zu jenen Helvetiern, die von eurem großen Feldherrn ohne Erbarmen und in größter Tücke abgeschlachtet wurden. Ich bin ein *Tigurinus* wie er, nie haben wir Angst vor den Römern gehabt. Nie!« Der Alte hatte sich ereifert, und Speichel troff aus seinem fast zahnlosen Mund, grenzenloser Hass loderte in seinen Augen.

Valerius berührte dieser Gefühlsausbruch nicht, die Geschichte war ihm bekannt. Sie gehörte in der Tat nicht zu den Ruhmestaten der römischen Truppen. Ohne auf die Vorwürfe des Alten einzugehen, fragte er kalt: »Wo ist das junge Mädchen? Wo ist Vernicia?«

»Was willst du von ihr?«, geiferte der Alte, »sie tut ihre Arbeit und will von euch Römern nichts wissen!«

»Rede, Alter, wo ist sie? Was hast du mit ihr gemacht?«

Aber der Alte schwieg.

»Dann suche ich sie eben selbst!« Er stieß den Wirt beiseite, ließ ihn zeternd und schreiend zurück und betrat das Zimmer hinter dem Schankraum. Er fand Vernicia in der hintersten, finstersten Ecke, sie saß zusammengekauert auf dem schmutzstarrenden Boden, das Gesicht geschwollen und das schöne, lange Haar zu kurzen Strähnen geschnitten. Aus riesigen, furchterfüllten Augen starrte sie den Römer an.

»Vernicia! Was ist mit dir passiert?«

Die Augen des zitternden Mädchens füllten sich mit Tränen. Sie öffnete ihren Mund, und Valerius schauderte. Man hatte ihr die Zunge herausgerissen.

V.

Das Grabmal des Lucius Poblicius

April des Jahres 54 n. Chr.

Für die Jahreszeit ist es ungewöhnlich kalt. Letzte Eisschauer toben an diesem Abend durch die kleine Provinzstadt am *Rhenus* und fegen die Straßen und Gassen leer. Wer jetzt nicht nach draußen muss, verkriecht sich lieber hinter die wärmenden Kohlenbecken in den Häusern.

Sextus Arusius, der betagte Schreiber des *Aedils,* schlurft mühsam nach Hause, unter dem Arm einen Packen Schriftrollen. Heute ist er mit der Arbeit nicht fertig geworden, deswegen muss er den Rest zu Hause im trüben Schein der spärlichen Öllampe zu Ende bringen. Darin ist der *Aedil* unerbittlich.

Arusius seufzt. Die Gicht plagt ihn wieder, und das Gehen fällt ihm schwer. Mit Wehmut denkt er an die Sonne Italiens. Fast sechs Jahrzehnte seines Lebens hat er im glanzvollen Rom verbracht, aber als der *Aedil* nach *Colonia Claudia Ara Agrippinensium* versetzt wurde, musste er ihm folgen. So wollen es die Magistratsbestimmungen.

Der Schreiber biegt in eine kleine enge Seitengasse ein, die geradewegs zum *Rhenus* herabführt. Hier, in der Nähe des Südtors, bewohnt er alleine ein winziges Mansardenzimmer. Komfort gibt es hier nicht, weder Küche noch Bad oder Toilette, dafür ist die Miete aber mit fünfzehn Sesterzen erschwinglich.

Eine plötzliche Windböe reißt ihm einige Schriftrollen aus der Hand. Ächzend bückt sich der Alte und sammelt sie mühsam wieder ein. Eigentlich bin ich zum Arbeiten inzwischen zu alt, geht es ihm durch den Kopf, aber wovon soll ich sonst leben, wenn nicht von dem kargen Salär, das der Magistrat mir zahlt? Dann tritt ein hoffnungsfrohes Lächeln auf die ausgemergelten Züge des Alten: Morgen ist wieder Versammlung! Die Versammlungen sind seine einzige Freude. Endlich wird er Maternus wieder sehen, und Eucharios und all die anderen.

Jetzt noch schnell zur *Latrina publica*, sonst muss er zu später Stunde noch einmal in die Kälte heraus. Zu dumm auch, dass er letzte Nacht das Nachtgeschirr zerbrochen hat! Aber um neues zu kaufen, fehlt es im Augenblick an Geld. Knirschend dreht sich die windschiefe Tür zur öffentlichen Toilettenanlage in ihren Angeln. Der alte Schreiber ist der einzige Besucher. Vorsichtig legt er die Schriftrollen auf den kleinen wackligen Ablagetisch, der neben der Tür steht. Ächzend setzt er sich hinter die Stellwand und verrichtet sein mühseliges Geschäft.

Er spürt nicht, dass sich die Tür nochmals öffnet, bemerkt kaum den Windzug, der kurz hereindrängt. Während Arusius seine verschlissene Tunika mit klammen Händen richtet, legt sich blitzartig eine Drahtschlinge um den dürren Hals. Der Alte ist so überrascht, dass seine mageren Glieder kaum Widerstand leisten. Den stechenden Schmerz, den die scharfe Klinge auf seiner Stirn hinterlässt, spürt Arusisus schon nicht mehr.

***

»An die Ruder!« Die Sklaven nahmen ihre Arbeit auf. Mit einem leisen Plätschern senkten sich die Ruderblätter in die Fluten des *Rhenus*. Gleichzeitig begann der *Symphoniacus* vom Achterschiff her mit seiner Flöte den Rudertakt vorzugeben. Nur auf großen Schlachtgaleeren wurde die Flöte durch eine Trommel ersetzt. Die Trireme *Diana* passte sich allmählich der Flussströmung an und gewann an Fahrt.

Valerius lehnte gelassen an der Holzreling und beobachtete die rauschenden Wellen, die das Schiff vor sich herschob. Nach weiteren drei Tagen der Erholung hatte er sich von seinen freundlichen Gastgebern in *Mogontiacum* verabschiedet und beschlossen, den Rest des Weges nach *Colonia Agrippinensium* auf dem Fluss fortzusetzen.

Ein weiteres Verhör des Wirtes in der Garnison von *Mogontiacum* hatte nichts erbracht. Von einer Vergiftung wollte Vindurix nichts wissen, und mit seiner Sklavin könne er ja wohl machen, was er wolle. Da sie frech und aufsässig gewesen sei, habe er sie eben nach Herrenart bestraft! Eine Befragung des Mädchens war sinnlos, da sie nicht schreiben konnte. So musste Valerius sie schweren Herzens bei ihrem grausamen Herrn zurücklassen. Das Angebot, sie zu kaufen, hatte Vindurix frech abgelehnt.

Für den Tribun stand fest, dass es sich um einen weiteren Mordanschlag gehandelt hatte. Der Überfall durch die Gladiatoren in Rom und nun der Giftanschlag ergaben eine klare Linie: Irgendjemand versuchte, ihn an der Erledigung seiner Mission zu hindern. Aber wer? Der Zettel mit seinem warnenden Hinweis, der ihm in Rom zugesteckt worden war, fiel ihm ein: »Vertraue nicht der Kaiserin!« Aber wie konnte Agrippina hinter diesem Komplott stehen? Sie selbst hatte ihm doch den Auftrag gegeben! Das ergab einfach keinen Sinn.

Valerius nahm sich jedenfalls vor, in Zukunft noch mehr auf der Hut zu sein. Eine weitere Gelegenheit zu einem Anschlag wollte er seinem unsichtbaren Gegner nicht bieten.

Der Schiffskommandant trat zu ihm. Er hatte sich als Flavius Spurinus vorgestellt.

»Was macht ein Prätorianertribun in *Ara Agrippinensium*?« Er lachte ihn mit freundlichen Augen neugierig an.

»Ich habe den Auftrag, den Aufbau der Polizeitruppe zu überwachen«, antwortete Valerius auftragsgemäß.

»Eine Polizeitruppe fehlt in der Tat«, antwortete Flavius nachdenklich, »besonders jetzt, seit diese unheimlichen Mordfälle passiert sind.«

»Mordfälle? Was für Mordfälle?«, stellte sich Valerius unwissend.

»Habt ihr in Rom noch nichts davon gehört? Ich weiß auch nichts Näheres, nur so viel, dass man eine Reihe von Opfern gefunden hat, denen allen ein Buchstabe in die Stirn geritzt worden ist. Sowohl der *Prätor* als auch der *Aedil* und seine Behörde haben alles unternommen, aber die Mörder sind noch immer nicht gefasst worden.«

»Die Mörder?«

»Natürlich kann auch ein einzelner Täter dahinter stecken. Aber ich persönlich vermute, dass es mehrere sind und dass sie nach einem bestimmten Plan vorgehen.«

»Mit einem Plan?«

»Nun, es wird sich wohl kaum um zufällig ausgesuchte Opfer handeln. Hier geht es nicht um Raub, denn die Toten hatten alle noch ihre Geldbörsen. Aber ich habe keine Ahnung, was dahinter stecken könnte. Vielleicht kannst du ja Klarheit in die Sache bringen?«

»Das ist nicht meine Aufgabe«, wich Valerius aus. »Ich soll nur eine Polizeibehörde errichten, die mag dann den Fall lösen.«

»Wie auch immer, Tribun«, lachte Flavius Spurinus, »ich wünsche dir den Segen der Götter für deine Aufgabe. Mich musst du nun entschuldigen, wir nähern uns dem Lager *Bonna*, und da haben wir einiges umzuladen.«

Der Tribun hatte die sanfte Fahrt durch das Rheintal sehr genossen. Schroffe, stark bewaldete Berghänge erstreckten sich zum Teil bis ans Flussufer, die Hänge waren mit Weinstöcken bedeckt, und hier und da konnte man Bauern bei ihrer mühseligen Arbeit beobachten.

Der Aufenthalt in *Bonna* war nur kurz, es vergingen kaum dreißig Minuten, bis die *Diana* ihre Reise fortsetzte. Nach einer knappen Stunde schneller Fahrt trat Flavius Spurinus neben den Tribun und wies mit ausgestrecktem Arm nach vorne.

»Das ist der Flottenstützpunkt *Castra Vetera*«, rief er stolz und zeigte auf eine niedrige Anhöhe, die eine kleine Hafenanlage überragte.

»Wie weit ist es von dort bis zur Stadt, und wie komme ich am besten dahin?«

»Kein Problem, sie ist nur gut zwei Meilen von hier entfernt. Im Lager erhältst du in der Präfektur ein Pferd und betrittst die Stadt durch das Südtor. Ich wünsche dir Glück, Tribun!«

Sie hatten inzwischen den kleinen Hafen erreicht, der von zwei parallel errichteten Steinmauern gebildet wurde, die jeweils etwa fünfzehn Doppelschritt lang waren und zehn Fuß hoch aus dem Wasser ragten. Zum Ufer hin wurde er durch eine steinerne Kaimauer abgegrenzt, auf denen einige niedrige Schuppen standen.

Valerius verließ die *Diana* über einen breiten Holzsteg und wandte sich zum Lagertor, wo er sich durch seine Vollmacht auswies und Zutritt erhielt. Das Flottenlager bestand überwiegend aus kleinen, gedrungenen Holzhäusern, lediglich die Präfektur war aus Steinen errichtet. Ihr gegenüber befand sich ein imposanter, etwa sieben Fuß hoher Victoria-Altar, dessen weißer Marmorsockel die Aufschrift *DEAE VICTORIAE SACRUM* trug. Voller Bewunderung blieb Valerius vor dem Monument stehen und betrachtete die geschwungenen Ornamente und flachen Reliefs, die zwei Delphine und einen Stierkopf darstellten. Er nahm zwei Münzen aus seinem Geldbeutel und opferte etwas von den Früchten, die in einem Korb vor dem Altar standen. Dann begab er sich zur Präfektur.

Die beiden Soldaten, die vor der Tür standen, salutierten in strammer Haltung vor dem Tribun und wiesen ihm den Weg zum Präfekten. Dort wies er sich erneut mit seiner Vollmacht aus, was Manlius Flaminius Cotta, so der Name des Präfekten, mit einem überraschten Stirnrunzeln quittierte.

»Ein Prätorianertribun hier bei uns, das ist ungewöhnlich«, dröhnte er. »Trink einen Becher Wein mit mir und erzähl, was dich hierher führt.«

Valerius lehnte den Wein dankend ab, schilderte aber kurz seine Aufgabe.

»Hoffentlich gerätst du da nicht mit den Behörden aneinander. Die werden es gar nicht gern sehen, dass jemand aus Rom geschickt wird, der ihnen ins Handwerk pfuscht. Vor allem mit *Prätor* Gaius Volturcius Crassus ist nicht zu spaßen. Aber auch der *Aedil* ist nicht gerade für seinen Humor bekannt, zurzeit schon gar nicht. Du wirst sie noch kennen lernen, Tribun, aber wie ich dich einschätze«, er musterte wohlwollend die kräftige Gestalt von oben nach unten, »wirst du das schon schaffen. Sollte ich dir behilflich sein können, kannst du dich jederzeit an mich wenden, ich bin nicht ohne Einfluss in der Stadt.«

Valerius bedankte sich für das freundliche Angebot, nicht weniger für das Pferd und verließ das Flottenlager rasch, um vor Anbruch der Dunkelheit in die Stadt zu kommen.

Vom Flottenlager führte eine gut ausgebaute Straße auf die breite Heerstraße, die in schnurgerader Linie die Städte *Colonia Claudia Ara Agrippinensium* und *Bonna* miteinander verband. Auch jetzt, zur elften Stunde, herrschte ein reges Treiben auf dieser

Straße. Eine Kolonne von Fuhrwerken, Kutschen und Wagen aller Art bewegte sich in Richtung Stadt. Dutzende von Händlern und Bauern waren auf dem Heimweg und kamen ihnen entgegen. Eine Truppe leicht bewaffneter Soldaten strebte zum Flottenlager. Die Straße wurde gesäumt von Grabmälern aller Art, große und kleinere, protzige aus weißem Marmor, andere aus schwarzem Basalt, daneben kleine Gedenkstätten und Altäre. Ähnlich sah die *Via Appia* in Rom aus, nur waren die Grabmäler dort ungleich prächtiger und größer. Ein Grabdenkmal, das offensichtlich kurz vor seiner Vollendung stand, fesselte seine Aufmerksamkeit besonders. Er hielt sein Pferd an und stieg ab.

Das Denkmal überragte mit seiner Höhe von etwa fünfzig Fuß alle benachbarten Bauten und bestand aus Sockel, Unter- und Obergeschoss sowie Dachaufbau. Die am Dach angebrachten Gerüste zeigten an, dass hier noch gebaut wurde. Beherrscht wurde das Grabmal von vier lebensgroßen Standbildern aus weißem Kalksandstein, zwei männlichen und zwei weiblichen Personen, die zwischen den himmelblauen Säulen des Obergeschosses standen. Die Figur in der Mitte trug eine Toga und stellte offenbar den Verstorbenen dar, während es sich bei den anderen Personen vermutlich um Familienangehörige handelte.

Neugierig trat Valerius näher und studierte die in der Mitte des Untergeschosses angebrachte Widmungsinschrift. Das Grabmal war nach dem testamentarischen Willen eines Lucius Poblicius, Veteran aus der 5. Legion, für sich, seine Tochter Paula »und die noch Lebenden« errichtet worden. Armer Poblicius, dachte Valerius, was hast du jetzt von deinem Reichtum? Denn reich musst du gewesen sein, sonst hättest du dir ein solches Prachtgrab nicht leisten können. Hier ruht deine Asche und in den Steinen die Erinnerung an dich. Die Götter mögen dir ein gutes Geleit geben! Woran magst du gestorben sein? War es ein Fieber, das dich dahinraffte? Oder schlicht das Alter? Hast du zu viele *Bacchus*-Gaben genossen? Oder waren es die der Venus? Wie viel besser ist es doch, das Leben noch genießen zu können, auch wenn ich nicht über deinen Reichtum verfüge!

Valerius wollte gerade sein Pferd besteigen, als sein Blick auf eine Stelle des Sockels unterhalb der Inschrift fiel. Wie vom Donner gerührt, starrte er auf das N, das mit ungelenker Hand in den Stein geritzt worden war. Zufall oder Absicht? Hatten Kinder hier herumgekratzt oder ...?

Er ritt weiter. Hinter den Grabdenkmälern hatte sich eine kleine Stadt aus Holzhütten gebildet, die von lautem, buntem Treiben erfüllt war. Wie an der Kleidung zu erkennen, hatten sich dort im Schutz der nahen Stadt überwiegend Germanen niedergelassen, wahrscheinlich Ubier. Zwischen den schmalen Häusern tobten Kinder mit ihren Hunden herum, Greise saßen auf Holzbänken und genossen die letzten Strahlen einer versinkenden Sonne, Frauen holten ihre Wäsche herein, und Handwerker räumten ihr Werkzeug weg. Je näher er der Stadt kam, umso dichter wurde die Ansammlung der Häuser und ebenso der Verkehr, der ihn zur Stadt begleitete. Der Tribun vermutete, dass der Wagenverkehr innerhalb der Stadt nur zur Nachtzeit gestattet war, wie in Rom schon lange üblich. Kurz vor dem Stadttor passierte er einen kleinen Tempel, der auf der rechten Seite lag. Wem er gewidmet war, konnte der Römer nicht erkennen. Daneben befand sich eine kleine Kaserne der Straßenwache, die überwiegend aus Veteranen bestand. Auf seine Lanze gestützt, beobachtete einer der Wächter gelangweilt die Straße.

Gegen Ende der elften Stunde betrat der Tribun Marcus Valerius Aviola sein Ziel, die *Colonia Claudia Ara Agrippinensium*, durch das große steinerne Südtor, auf dem in großen Lettern die Buchstaben *CCAA* eingemeißelt waren.

VI.
Colonia Agrippinensium

Im größten Tempel der Stadt ist es ruhig geworden. Nur wenige haben heute den Weg ins *Capitolium* zu den Altären von Jupiter, Juno und Minerva gefunden, um den mächtigen Gottheiten ihren Respekt zu bezeugen. Garunnian räumt die bereitgestellten Opfergaben weg. Der alte Priester seufzt. Hier in Germanien gibt es zu viele andere Götter, die den alten römischen ihren Platz streitig machen. Und die Menschen haben anscheinend auch keine Zeit mehr für Gebet und Opfer. Seit dreißig Jahren dient er jetzt den Gottheiten, und es ist immer schlimmer geworden mit dem Unglauben der Menschen. Und jetzt noch diese neue orientalische Sekte aus Judäa, die diesen Schreinersohn anbetet. Aber er wird sie genau beobachten, denn es ist ihm gelungen, sich in ihre Kreise einzuschleichen. Niemand ahnt etwas, sie halten ihn für einen der Ihren. Pah! Er wartet nur darauf, dass sie sich gegen den Kaiser versündigen oder die Gesetze des Reiches verletzen, dann wird er sie anzeigen, und man wird sie alle vernichten. Vielleicht wird das den alten Göttern helfen.

Jetzt noch die Tiere in ihre Käfige schaffen, und dann ist sein Tagwerk getan. Er freut sich schon auf seine kleine Kammer, die sich im hinteren Teil des Gebäudes befindet. Die Opferungen werfen immer eine gute Mahlzeit für die Priester ab, und heute wird sie noch üppiger ausfallen, denn er ist allein.

Ein Knirschen lenkt seine Aufmerksamkeit zum Altar der Minerva. Der Raum für die Tochter Jupiters ist der kleinste und wird ganz durch die große Statue der Göttin ausgefüllt. Waren das Schritte?

»Ist hier noch jemand?«

Aber seine Rufe verhallen unbeantwortet in den kühlen großen Räumen der ausgedehnten Anlage. Beruhigt wendet er sich wieder seiner Arbeit zu. Hier müssen noch frische Blumen auf den Altar gelegt werden, dann ...

Wieder dieses Knirschen!

Garunnian ist nicht ängstlich. Der kräftige Körper streckt sich. Neulich haben ihm Kinder hier einen Streich gespielt und die Tiere aus ihren Käfigen gelassen. Was für ein Geschnatter und Gegacker war das in den heiligen Hallen! Diese Kinder haben keine Ehrfurcht mehr. Aber kann das verwundern bei diesen gottlosen Eltern, die nur noch mit ihrem Vergnügen und dem persönlichen Aufstieg beschäftigt sind? In der Ecke steht ein knorriger alter Eichenstock. Den wird er jetzt holen und ihnen zeigen, was es heißt, einen gottgeweihten Tempel zu schänden. Aus den Augenwinkeln nimmt er plötzlich hinter sich einen großen Schatten wahr.

»Was ma... ?«

Sein Schrei bricht abrupt ab und versinkt in einem gurgelnden Laut. Ein Blutschwall ergießt sich aus seinem Mund, färbt das makellose Gewand über der Brust rot. Mit ungläubigen Blicken starrt er auf den Dolch, der in seinem Leib steckt. Die Arme rudern wild, seine Hände greifen ins Leere. Dann bricht der mächtige Körper zusammen. Nur noch schemenhaft erkennt der Sterbende eine vermummte Gestalt, die ihn höhnisch angrinst – bis alles um ihn her verlöscht. Der Vermummte holt unter seinem Mantel ein weiteres Messer hervor, packt den Haarschopf des Toten und schneidet ihm dreimal in die Stirn. Dann eilt er mit knirschenden Schritten davon.

***

Die wachhabenden Legionäre am Südtor warfen nur einen nachlässigen Blick auf den ankommenden Reiter, der sich in seinen Kapuzenmantel gehüllt hatte. Zu sehr waren sie damit beschäftigt, die durch einen umgefallenen Töpferwagen entstandene Unordnung zu regeln. Der Kutscher beschimpfte zornig einen Kollegen, der ihn mit seinem Fuhrwerk in der Enge des Torbogens gerammt hatte.

»Bei Merkur, wer zahlt mir den Schaden? Konntest du mit deiner alten Schindmähre nicht aufpassen? Die Arbeit eines ganzen Tages ist dahin!«

Er schlug mit der Peitsche nach dem Beschimpften, doch der wich geschickt aus und setzte eiligst seine Fahrt fort. Schmunzelnd ritt Valerius über die Tonscherben, wohl darauf bedacht, dass sein Pferd nicht in die spitzen Trümmerteile trat.

Die Straße, auf der er sich jetzt befand, war mehr als zehn Fuß breit und mit Basaltsteinen gepflastert. Sie führte schnurgerade nordwärts und wurde auf beiden Seiten von mehrgeschossigen Wohnblöcken gesäumt, die offenbar erst in den letzten Jahren errichtet worden waren. Valerius, der mit der Bautechnik römischer Lager bestens vertraut war, erkannte, dass es sich um eine der beiden ehemaligen Hauptlagerstraßen handeln musste, die jetzt als *Cardo Maximus* die Hauptverbindungsstraße zwischen den Seitentoren der Stadt bildete. Schachbrettartig angelegt stießen in regelmäßigen Abständen kleinere Seitenstraßen rechtwinklig auf die Hauptstraße.

Wo die Häuser mit Laubengängen und Kolonnaden geschmückt waren, wurde die Straße etwas enger. Auf den Straßen und in den Gängen herrschte auch jetzt noch reges Treiben. Händler verkauften ihre restlichen Waren, elegante Müßiggänger in feiner Toga schlenderten mit ihren schmuckbehangenen Damen durch die Gänge, Frauen trugen hastig ihre letzten Einkäufe nach Hause, dazwischen spielende Kinder, kläffende Hunde, Kutschen, die in die Stadt drängten, und vornehme Männer, meist Römer, die sich in ihren Sänften zu einem Gastmahl tragen ließen.

Valerius passierte die große Tempelanlage und gelangte zu dem Forum, das mit einer halbrunden Säulenhalle aus weißem Marmor geschmückt war. In der Mitte des Platzes stand eine lebensgroße Statue des lorbeergekränzten Claudius. Graue Steinbänke luden den Spaziergänger zum Verweilen ein. Insgesamt wirkte alles bei weitem kleiner als in Rom und den meisten anderen Städten, die er gesehen hatte, war aber voll provinziellen Charmes und überraschend sauber. Ein kühler Wind wehte über den Platz, es begann bereits zu dunkeln, und so stellte sich die Frage nach einer Unterkunft für die Nacht. Da er seine offizielle Mission erst morgen antreten wollte, verzichtete er vorerst auf einen Besuch im Prätorium und eine Unterbringung auf Staatskosten.

»Heda, mein Freund, kannst du mir eine bequeme, saubere Herberge in der Nähe nennen?«

Der Angesprochene, ein junger Mann in einer römischen Tunika mit Wollumhang, blickte den Tribun erstaunt an.

»Du bist fremd hier?«

»Ja«, lachte Valerius, »woran siehst du das?«

»Ein Einheimischer würde wohl kaum nach einer Herberge fragen. Außerdem gibt es in der ganzen Stadt niemanden, der die Uniform eines Prätorianertribuns trägt!«

In der Tat hatte Valerius unbewusst seinen Mantel so weit zurückgeschlagen, dass seine Uniform sichtbar wurde.

»Du erkennst die Uniform eines Prätorianertribuns?«

Valerius war überrascht und verlegen zugleich, solche Detailkenntnisse hatte er in der Provinz nicht erwartet.

»Warum nicht«, lachte der junge Mann, »mein Vater ist der *Aedil*, und wir haben nicht immer in diesem Nest gelebt. In Rom sind Männer wie du bei uns ein- und ausgegangen. Ich heiße übrigens Quintus Statilius Taurus.«

Der Jüngling nannte seinen Namen mit sichtlichem Stolz und wartete jetzt offenbar auf die Wirkung, die er hervorrufen würde. Valerius kannte diesen Namen.

»Dann war dein Vater vor zehn Jahren *Consul*, nicht wahr?«

»So ist es. Zusammen mit Caius Passienus Crispus, dem Krauskopf. Ich mache dir einen Vorschlag, Tribun: Komm mit mir und sei unser Gast für diese Nacht. Mein Vater wird sich freuen.«

Valerius sah sich in der Klemme. Das war genau das, was er vermeiden wollte. Den *Aedil* würde er morgen schon früh genug kennen lernen, und da dieser Mann für die innere Sicherheit der Stadt verantwortlich war, musste er ihm mit seinem angeblichen Polizeiauftrag zwangsläufig in die Quere kommen. Aber wie konnte er dieses höfliche Angebot ablehnen, ohne den *Aedil* schon jetzt vor den Kopf zu stoßen?

Der Zufall kam ihm zur Hilfe.

»Quintus! Quiiiiiiintus! Wie lange willst du mich hier noch stehen lassen?«

»Bei den Göttern, das ist meine Freundin Tullia. Wenn sie warten muss, wird sie unausstehlich. Verzeih, Tribun. Ich muss weiter.

Aber das Angebot steht. Wenn du magst, such unser Haus auf und erkläre meinem Vater, dass du mich getroffen hast. Du gehst den *Cardo* entlang bis zur letzten Straße vor der *Porta Prätoria*, dem Nordtor. Dann biege rechts ein. Du erkennst unser Haus an dem blauen Anstrich und den weißen Säulen. Vale.«

»Quiiiiiiiiintus!«

Ein weiterer markerschütternder Schrei mahnte zu höchster Eile, und der junge Mann lief winkend über den Platz, der sich inzwischen merklich geleert hatte. Valerius beschloss, einen weiteren Spaziergänger nach einer Herberge zu befragen, und der empfahl ihm das Gasthaus *Ad Gallum* unweit der Thermen.

***

Keine schlechte Empfehlung! Valerius hatte in einem sauberen, weitgehend wanzenfreien Zimmer eine angenehme Nacht verbracht und fühlte sich nach der langen Reise frisch und gestärkt. Der Wirt hatte ihm im Gastraum ein Frühstück aus Brot, kaltem Huhn und den Resten einer schmackhaften Pastete gebracht, und der Römer langte kräftig zu.

Die Herberge war gut belegt, und eben machte sich ein Gast auf den Weg.

»Wirt, lasst uns abrechnen!«

»Ein *Sextarius* Wein, Brot: ein As, dann Fleischbeigabe: zwei As.«

»In Ordnung!«

»Das Mädchen: acht As!«

»Auch in Ordnung!«

»Heu für das Maultier: zwei As.«

»Bei Jupiter, dieses Maultier wird mich noch in den Ruin treiben.«

Sprach's, zahlte und ging. Zurück blieb ein Tribun, der sich vor Lachen fast an seinem Huhn verschluckt hätte.

Die lange Reise hatte ihre Spuren an Valerius' Körper hinterlassen, und so beschloss Valerius, sich in den Thermen noch etwas verwöhnen zu lassen, bevor er seine anstrengende und nicht ungefährliche Mission antreten würde. Die Thermen der Ubierstadt waren um vieles kleiner als die üppigen, luxuriösen Badeanstalten Roms, die er gerne und häufig zu besuchen pflegte. Am Eingang erwarb er für ein halbes As eine Eintrittsmarke und begab sich zum *Apodyterium*, einem kahlen Raum mit Steinbänken und in Mauern eingelassenen Nischen, in denen die Kleidung abgelegt werden konnte. Er zog sich aus und mietete für einen *Quadrans* einen jungen schwarzlockigen Sklaven, der auf Kleidung und Gepäck aufpasste.

»Wenn von den Sachen auch nur ein winziger Teil wegkommt, werde ich dir deinen Kopf abreißen!« Valerius hielt diese martialische Drohung für notwendig, da sich in seinem Gepäck immer noch Agrippinas Goldbeutel und seine wichtigen Dokumente befanden. Der Sklave warf einen schüchternen Blick auf Valerius und versprach, mit seinem Leben für das anvertraute Gut zu haften.

Nur mit einem Lendenschurz bekleidet, ein bereitliegendes Handtuch über die Schulter gelegt, folgte er dem Schild mit dem Hinweis *Frigidarium*. Ein düsterer kleiner Raum, dem nur die offene Kuppel an der Decke karges Licht spendete, erwartete ihn. Das Wasser war eiskalt und erfrischend, und Valerius genoss die kühle Erfrischung mit einem Seufzer des Wohlbehagens. Jetzt zu dieser frühen Zeit waren die Thermen noch nahezu leer, im Kaltbad war er gar ganz allein.

Nach zehn Minuten wechselte er in den nächsten Raum, wo das Schild *Tepidarium* lauwarmes Wasser verhieß. Hier saß lediglich ein älterer Mann im Becken, der ihn aus stumpfen Augen schweigend ansah. Frauen waren überhaupt nicht zu sehen, Valerius vermutete, dass sie entweder in einer anderen Abteilung oder zu anderen Zeiten badeten. Nur kurz hielt es ihn hier, das Heißbad lockte.

Zwei junge Burschen lümmelten sich in dem kleinen Becken des *Caldariums* und betrachteten aufmerksam seinen athletischen Körper, als er das Tuch ablegte und seine ermüdeten Glieder in das heiße Becken ausstreckte. Sie begannen zu tuscheln und lachten.

»Gibt es einen besonderen Grund für diese Heiterkeit?«, wollte Valerius wissen, und sein Ton war kaum freundlich zu nennen.

»Verzeih, edler Herr! Wir überlegen nur gerade, ob wir dir zu Diensten sein können.«

Valerius verstand. Es war nicht unüblich, dass junge Frauen und Männer in den Bädern ihre käuflichen Dienste anboten.

»Danke!«, lachte er. »Ich bevorzuge eine ordentliche Massage.«

»Auch das gehört zu unseren Künsten«, meinte der Jüngere von beiden und versuchte, ein verführerisches Lächeln auf seine vollen Lippen zu zaubern.

Die Liebe zwischen Männern, die viele Römer verächtlich »Griechenliebe« nannten, hatte nie zu Valerius' Vorlieben gehört, und so lehnte er freundlich, aber entschieden ab. Die beiden Knaben zogen einen Schmollmund und schwiegen, um bald darauf wieder mit kicherndem Tuscheln zu beginnen. Wohlig streckte sich der Tribun im heißen Wasser aus, ließ das wärmende Nass über den Kopf rieseln und tauchte zuletzt ganz unter Wasser. Als er wieder auftauchte, waren die Jünglinge verschwunden. Er verließ das Becken und machte einige gymnastische Übungen.

Seine nächste Station war das *Laconicum*, der Schwitzraum. Er war wie die anderen schmucklos und weiß getüncht, Bilder und Fresken wie in Rom fehlten gänzlich. Nach oben verlief der Raum in eine Kuppel mit runder Öffnung, die durch eine an Ketten befestigte Bronzeplatte verschlossen war. Durch Anheben der Platte konnte der Schwitzende die Temperatur selbst regeln. Auch in diesem Raum war er ganz allein.

Eine wohlige Müdigkeit überkam Valerius. Er ließ seine Gedanken treiben. Cynthia! Ob sie wohl vernünftig geworden war oder ob sie ihm seine plötzliche Abreise durch irgendeine Dummheit entgelten würde? Es hatte keinen Sinn, sich darüber den Kopf zu zerbrechen. Sein Auftrag erforderte volle Konzentration.

Valerius beschloss, den Besuch in den Thermen mit einer Massage zu beenden. Im *Unctorium* überließ er sich den geübten Händen eines Masseurs und Einsalbers, eines kleinen, aber kräftigen Griechen, der ihm in schauderhaftem Latein seinen halben Lebenslauf erzählte. Mit einem Schaber entfernte er die Reste von Öl und Salbe und walkte ihn so heftig durch, dass Valerius Mühe hatte, Schmerzenslaute zu unterdrücken.

»So, jetzt noch halb Stund ausruhen, dann wieder frisch«, radebrechte der Grieche und gab dem Tribun einen Klaps auf den Rücken. Erschöpft und zugleich entspannt suchte er den Ruheraum auf und legte sich auf eine der Liegen. Zwei weitere Liegen waren ebenfalls besetzt. Wieder überkam ihn eine angenehme Müdigkeit, der er sich bereitwillig hingab. Er schloss die Augen und sah Agrippina vor sich, die machtbesessene Kaiserin, Seneca, den Philosoph am Kaiserhof, Nero, den jungen Thronfolger, und Cynthia, seine störrische Geliebte ...

Er hätte nicht sagen können, was ihn veranlasste, plötzlich die Augen zu öffnen. Vielleicht war es das leise Platschen nasser Sandalen, die sich näherten. Ein riesenhafter Mann stand vor ihm und sah ihn aus kalten Augen an. In seinen Händen hielt er ein dünnes Seil, das er im nächsten Moment um den Hals des überraschten Tribuns schlang und zuzuziehen versuchte. Valerius ließ sich von der Liege fallen. Aus den Augenwinkeln konnte er sehen, dass die beiden anderen Liegen leer waren. Schweigend begannen die Männer ihren tödlichen Ringkampf, nur das Keuchen der beiden Kämpfer erfüllte den Raum. Valerius gelang es zwar, seinem Gegner das Seil zu entwinden, aber dafür legte der Riese seine gewaltigen Pranken um den Hals des Tribuns und drückte erbarmungslos zu.

Valerius' Widerstand begann zu erlahmen. Mit letzter Kraft schlug er mit seinen flachen Händen kräftig auf die Ohren seines Widersachers. Ein ächzendes Stöhnen, das bald in ein gereiztes Knurren überging, war die Antwort, und der Griff am Hals lockerte sich. Valerius nutzte seine Chance – mit zwei schnellen Schlägen gegen die Unterarme des Angreifers konnte er sich aus der tödlichen Umklammerung befreien. Der Mann fiel nach hinten und stieß mit dem Kopf gegen die steinerne Eckkante einer in die Wand eingelassenen Sitzbank. Ein dünnes Rinnsal aus Blut sickerte über den weißen Boden.

Valerius stand auf und schüttelte sich. Ein Blick in die gebrochenen, weit aufgerissenen Augen seines Widersachers signalisierten ihm, dass der Kampf zu Ende war.

»Was ist denn hier los?«

Eine kreischende Stimme veranlasste Valerius, sich umzudrehen. Einer der beiden jungen Männer, die ihm ihre Dienste angeboten hatten, stand hinter ihm und blickte aus fassungslosen Augen auf den Toten.

»Mord! Mord! Hier ist ein Mord geschehen! Zu Hilfe!«

Der Jüngling schrie aus Leibeskräften und trommelte mit den Fäusten gegen die Tür. Sekunden später standen der Grieche, der Valerius massiert hatte, und ein weiterer Mann in einer weißen Tunika im Raum, dessen dickliches, teigiges Gesicht vor Aufregung rot glänzte.

»Ich bin Gaius Vironius, der Pächter«, stellte sich der Dicke vor. »Was geht hier vor? Du schuldest mir eine Erklärung!«

Valerius erklärte, was sich abgespielt hatte und wies zum Beweis auf das Seil, das neben dem Toten lag.

»Ein Mordversuch! Wie furchtbar! Und das in meinen Thermen! Als wenn wir in letzter Zeit nicht schon genug Morde in unserer schönen kleinen Stadt gehabt hätten! Man muss den *Aedil* holen«, jammerte er, »welch ein Skandal. Noch nie hat es das hier gegeben, welch eine Schande!«

»Polynios«, wandte er sich an den Griechen, »geh und hol den *Aedil* und seine Leute. Und du«, er zeigte mit seinem dicken Finger auf den Tribun, »du bleibst hier, bis alles aufgeklärt ist.«

»Zunächst werde ich mich anziehen«, sagte Valerius gelassen und tastete mit der Hand nach den Druckstellen am Hals, die die Finger des Riesen zurückgelassen hatten. Zusammen mit Gaius Vironius, dessen argwöhnischer Blick ihn nicht aus dem Auge ließ, ging er in den Umkleideraum, wo ihn ein bleicher Sklave zitternd erwartete. Valerius sorgte sich, dass seine Sachen gestohlen sein könnten, aber auch diesmal war noch alles vorhanden. Rasch legte er Uniform und Rüstung an, was Vironius in ungläubiges Staunen versetzte.

»Ein Tribun, verzeih, das konnte ich nicht wissen!« Das Misstrauen des Besitzers war devoter Ehrerbietung gewichen.

»Natürlich werde ich dich nicht festhalten. Wir erklären dem *Aedil* einfach, es habe sich um einen Unfall gehandelt. Und die anderen Zeugen werde ich schon instruieren. Ich bitte nochmals ergebenst um Verzeihung für all das Ungemach, das dir hier in meinen Hallen widerfahren ist.«

Valerius war mit dieser plötzlichen Wendung sehr einverstanden, musste er doch so dem *Aedil*, den er sowieso aufzusuchen hatte, nicht die dubiosen Umstände dieses Ereignisses erklären.

Valerius drückte dem Besitzer einige Geldstücke in die Hand, was dieser mit tiefem Kopfnicken quittierte. Sein Angebot, auf den Schreck erst einmal einen guten Tropfen Wein zu nehmen, lehnte Valerius dankend ab. Mit raschen Schritten verließ er die Badeanlage. Es machte ihn wütend, dass er immer noch nicht die geringste Ahnung hatte, warum man ihn umbringen wollte und wer hinter diesen Anschlägen steckte.

VII.
Der Weinhändler

Nachdem Valerius die Thermen verlassen hatte, gönnte er sich erst einmal in einer der zahlreichen Garküchen am Rand des *Forums* einen kleinen Imbiss. Er aß eine Portion in Linsen gekochter Schweinswürste und trank dazu einen kräftigen einheimischen Wein, der mit einer guten Portion Honig gesüßt war. *Mulsum* nannte der Wirt das merkwürdige, aber wohlschmeckende Gebräu und empfahl als nicht weniger köstliche Alternative eine Mischung aus Bier und Honig, die die Einheimischen *Met* nannten. Valerius aber blieb einstweilen beim Honigwein.

Durch das schmale Fenster beobachtete er, wie sich das kleine *Forum* belebte. Anders als in Rom, wo dieser Platz inzwischen überhaupt nicht mehr von Händlern belegt war, sondern nur für Versammlungen, Reden und öffentliche Gerichtsverhandlungen benutzt wurde, diente dieser Platz hier seiner eigentlichen und ursprünglichen Bestimmung. Bauern und Handwerker aus dem Umland hatten in der Nacht ihre Waren in die Stadt gebracht und waren jetzt dabei, ihre kleinen Stände aufzubauen. Viele Händler boten Tonwaren aus heimischer Produktion zum Verkauf an. Valerius konnte von seinem Fenster aus alle Arten von Geschirr erkennen, Töpfe, Näpfe und Schüsseln, Trinkgefäße und Becher aller Größen sowie kleinere Öllämpchen. Andere Händler verkauften Obst und Gemüse, die ersten Kundinnen begannen schon lautstark um den Preis zu feilschen. Unter dem Säulengang hatten sich die ersten Müßiggänger zu munterem Geschwätz eingefunden.

Valerius leerte seinen *Mulsum*. Es war ihm klar, dass er sich jetzt entscheiden musste. Sollte er zuerst den Weinhändler Manlius Pertinax aufsuchen, der ihm von Narcissus als kaiserlicher Vertrauter genannt worden war? Oder sollte er zunächst zu Gaius Volturcius Crassus gehen, dem *Prätor* der Stadt, den ihm Agrippina genannt hatte? Seneca hatte ihm empfohlen, nicht den

Unwillen der mächtigen *Augusta* heraufzubeschwören und ihrer Anweisung zu folgen, und eigentlich hatte er sich auch dazu entschlossen. Aber nun regte sich so etwas wie Trotz in ihm. Bei den Göttern, er war doch nicht der Vasall der Kaiserin! Seinen Treueeid hatte er auf den Kaiser abgelegt, also würde er ... Valerius hatte sich entschieden. Er fragte den Wirt nach dem Haus des Weinhändlers Pertinax.

»Das ist ganz leicht, edler Tribun«, antwortete der Wirt, offensichtlich ein Veteran, und beschrieb ihm den Weg.

»Habe die Freundlichkeit und grüße Pertinax vom alten Faustus. Er hat mir schon oft einen guten Wein geliefert, ich bin ein guter Kunde. Aber sein bester Kunde ist er selbst!« Faustus lachte dröhnend und zeigte eine Reihe lückenhafter, großer Pferdezähne.

Die Straße war schnell gefunden und das Haus ebenfalls, an dem ein großes Schild angebracht war: *Manlius Pertinax, Weinhändler, Weine aus einheimischer Produktion, Importe aus aller Welt! Gute Bekömmlichkeit und ehrenhafte Preise. Bacchus selbst würde hier kaufen!*

Valerius hob das Tuch, das die Tür bedeckte, und betrat den kleinen Laden, in dem es intensiv nach Wein roch.

»Manlius? Manlius Pertinax!« Seine Stimme schallte durch den gewölbeartigen Raum und brach sich an den Wänden, die mit Weinregalen gefüllt waren.

»Manlius Pertinax!«

Immer noch keine Antwort. Hinter der Ladentheke befand sich ein Nebenraum, den Valerius jetzt betrat, aber auch hier war nichts von dem Weinhändler zu sehen. In einer Ecke entdeckte er im Boden eine quadratische Öffnung mit einer Leiter, die wohl in einen Kellerraum führte. Valerius zögerte einen Augenblick, sah sich noch einmal um und stieg dann nach unten. Geräuschlos zog der Tribun sein Schwert aus der Scheide. Die bisherigen Vorfälle hatten ihn gelehrt, dass er nicht vorsichtig genug sein konnte.

Zuerst konnte er nichts erkennen, denn der Raum wurde nur durch das Licht zweier Öllämpchen spärlich erhellt, die auf einem Tisch standen. Die Wände des quadratischen Kellers bestanden aus unverputztem Lehm, gestützt nur von einigen massiven Holzbalken. Valerius stieg ein süßlicher Duft in die Nase, der den überall anwesenden Weingeruch allmählich zu verdrängen begann. Als sich seine Augen an die Dunkelheit gewöhnt hatten, bemerkte er, dass unter dem Tisch zwei nackte Füße hervorlugten. Der Tribun nahm sich eines der Lämpchen, leuchtete unter den Tisch ... und schreckte zurück. Er blickte in die leblosen Augen eines Toten, die zur nackten Decke hinaufstarrten. In seiner Brust steckte ein Dolch, der das blaue Gewand über dem Herz rot eingefärbt hatte. Auf seiner Stirn trug der Tote in blutiger Schrift einen Buchstaben, den Valerius als N identifizierte. Es hätte auch ein M sein können, so genau ließ sich das nicht sagen, denn die Wunde war sehr verschmiert. Für einen kurzen Augenblick musste er an die Auseinandersetzung zwischen Narcissus und Claudius über den fraglichen Buchstaben denken. Plötzlich hörte er Stimmen in dem Laden über ihm ... offensichtlich zwei Frauen.

»Manlius, bist du da? Manlius!«

»Er wird sicher wieder betrunken sein. Wir wollen es später noch einmal versuchen. Jetzt gehen wir erst einmal zu Syphax und ...« Die Stimmen entfernten sich.

Valerius blickte sich in dem dunklen Raum um, fand aber nichts, was ihm interessant erschien. Er legte seine Hand auf die Stirn des Toten, bei dem es sich wahrscheinlich um den Weinhändler handelte. Sie war eiskalt, der Tod musste schon vor Stunden eingetreten sein. Jetzt erst bemerkte er, dass Pertinax mit seiner rechten Hand, die mit einem schweren, goldenen Siegelring geschmückt war, ein Papier umklammerte. Mühsam öffnete er die bereits erstarrten Finger, nahm das Papier heraus und steckte es ein, ohne einen Blick darauf zu werfen. Dann stieg der Tribun wieder nach oben. Er verließ den Laden des Pertinax, ohne dass ihn jemand gesehen hatte, wie er glaubte, und strebte mit schnellen Schritten zurück zum Forum.

Die Angelegenheit nahm immer groteskere Züge an. Dreimal hatte man versucht ihn umzubringen, und nun war auch sein Kontaktmann tot. Sein Gegner war schnell, sehr schnell. Aber ich kriege dich! Ich kriege dich, und ich werde alles aufdecken. Dann mögen die Götter Erbarmen mit dir haben!

***

»Ein Amulett! Schöner Fremder, kauf dieses Amulett, es wird dich vor allen Gefahren bewahren. Die Göttin Isis wird dir auf allen Wegen beistehen. Nur ein halbes As!«

Die Stimme der jungen, bildhübschen Verkäuferin riss Valerius aus seinen Gedanken. Er befand sich auf einer Seitenstraße zum *Cardo Maximus*, die auf direktem Wege zum Prätorium führte. Die Straße war gesäumt von Ständen und Buden, in denen überwiegend kleine Götterfiguren, Tempelchen und Amulette verkauft wurden. Valerius betrachtete die Verkäuferin näher, die sich jetzt an ihn drängte.

»Nur ein halbes As für dein Glück, Soldat!«

Strahlende Augen aus einem gebräunten Gesicht blickten ihn an, schneeweiß wie Perlen glänzten ihre Zähne, die Haare lang und tiefschwarz.

»Wie ist dein Name, Mädchen?«

Valerius wusste selbst nicht, warum er diese Frage stellte.

»Dirana, Herr! Kaufst du jetzt das Amulett?«

»Ja«, lachte Valerius, das Mädchen gefiel ihm. »Stehst du immer hier?«

»Nein, Herr, nicht jeden Tag! Meistens steht Rufilla hier, aber im Augenblick ist sie krank. Ich vertrete sie nur.« Sie lächelte ihn an.

Valerius gab ihr eine Münze und steckte das Amulett achtlos weg.

»Bist du eine Sklavin oder eine Freie?«, wollte er wissen.

Das Gesicht des Mädchens verdunkelte sich. »Was ist Freiheit? Ich habe sie jedenfalls nie kennen gelernt. Ich wurde als Sklavin geboren und werde auch als Sklavin sterben.«

»Wo wurdest du geboren, schönes Kind? Hier in der Ubierstadt?«

Dirana lachte. »Ei, der hohe Herr macht einer Sklavin feine Komplimente. Nein, nicht hier. Wie man mir sagte, wurde ich in *Saguntum* in *Hispania* als Kind von Sklaven geboren, aber an meine Eltern kann ich mich nicht erinnern. Dann hat mein Herr mich nach hier verkauft. Das ist schon so ewig lange her.«

»Ewig lange? Du zählst höchstens achtzehn Jahre.«

»Zwanzig«, entgegnete Dirana mit leichtem Trotz, und ihre Augen funkelten dabei wie geschliffene Diamanten.

»Wer ist dein Herr?«

»Ich gehöre dem Publius Statilius Taurus!«

»Dem *Aedil*?«

»Du kennst ihn?«

»Noch nicht, aber ich werde ihn sicher bald kennen lernen. Und was machst du, wenn du nicht hier in dieser zugigen Gasse den Leuten untaugliche Amulette aufschwätzt?«

»Sie sind nicht untauglich, Herr! Der Glaube ist es, der sie tauglich macht. Wenn ich nicht hier stehe, verrichte ich meine Arbeit im Hause des *Aedils*.«

»Und welche ist das?«

»Ei, der edle Herr ist ziemlich neugierig«, lachte Dirana. »Nun, ich mache alles, was im Haus gemacht werden muss. Ich helfe der Herrin beim Ankleiden, ich stecke ihre Haare hoch, ich beaufsichtige die Kinder, und manchmal, manchmal, tanze ich vor den Gästen.«

»Du tanzt vor den Gästen?«

»Natürlich! Warum auch nicht? Ich tanze gerne, und den Gästen gefällt es.«

Vielleicht hätte ich die Einladung des jungen Statilius doch annehmen sollen, dachte Valerius, den die Vorstellung einer tanzenden, kaum verschleierten Dirana entzückte.

»Leb wohl, Mädchen! Wenn die Götter es wollen, werden wir uns wieder sehen.«

»Vielleicht reicht es schon, wenn du es willst«, lächelte Dirana und blickte dem gut aussehenden Offizier schmunzelnd nach.

Nach wenigen Schritten hatte Valerius den Amtssitz des *Prätors* erreicht, ein lang gestrecktes, zweistöckiges Gebäude, das sich an seiner Längsseite an die Stadtmauer anzulehnen schien. Über dem Eingang thronte der römische Adler, unter ihm die vier Buchstaben, die die römische Macht im gesamten Imperium verkörperten: *SPQR – Senatus Populusque Romanus,* Senat und Volk von Rom.

Hatte auch die Beifügung »Senat« angesichts der Kaiserherrschaft merklich an Wert verloren, so war es doch immer noch dieser Begriff, der für den Machtanspruch der Römer in aller Welt stand. Zwei Veteranen standen Wache vor dem Haupteingang und grüßten mit angelegtem Arm, als sie den Tribun sahen.

»*Salvete*! Zum *Prätor*!«, sagte Valerius militärisch knapp.

»*Salve*, Tribun! Durch den Gang, zweite Tür zur linken Seite!«

Valerius durchschritt einen düsteren Gang, der durch zwei schmale Fenster nur unzureichend erhellt war, und trat dann in das Vorzimmer des höchsten Beamten dieser Stadt. Ein alter gallischer Schreiber saß gebückt an einem Tisch und schrieb umständlich und mit zittriger Hand auf eine Schriftrolle. Als er den Tribun sah, blickte er nur müde auf und fragte: »Was wünschst du?«

»Der Prätorianertribun Marcus Valerius Aviola aus Rom wünscht den *Prätor* der Stadt zu sprechen!«

»Einen Augenblick, Tribun!«

Die Stimme klang schon etwas freundlicher. Mühsam erhob sich der Alte und schlurfte schweren Schrittes in das Nebenzimmer. Nur Sekunden später rief eine dröhnende Stimme: »*Intra!* – Herein!«

VIII.

Der Prätor von Colonia

Hinter einem mit Schriftrollen beladenen Holzschreibtisch saß ein wuchtiger Mann in einer hellblauen Tunika. Ein viel zu kleiner, gänzlich kahler Kopf ruhte auf kräftigen Schultern. Überhaupt ließ sein Körper jede vernünftige Dimension vermissen: die Arme zu lang, die Beine, angesichts des mächtigen Oberkörpers, spindeldürr. Tausend Falten schienen das wettergegerbte Gesicht zu durchziehen, das sich jetzt zu einer freundlichen Grimasse verzog. Gaius Volturcius Crassus, der *Prätor* von *Colonia* und Vertrauter der Kaiserin, stand auf und schlug Valerius seine mächtige Pranke auf die Schulter.

»Marcus Valerius Aviola, sei willkommen in der Stadt unserer verehrten *Augusta*. Du kannst gehen, Viridorix. Und schließ die Tür, neugierige alte Krähe!«

Mit unwilligem Gemurmel verließ der alte Schreiber den Raum und schloss die schwere Eichentür hinter sich.

»Setz dich, Tribun! Einen Imbiss, einen Becher Wein?«

»Ich würde nicht ablehnen ...«, antwortete Valerius. Der *Prätor* griff zu einer silbernen Glocke, die auf seinem Tisch stand, und klingelte. Wenig später öffnete sich die Tür und ein Sklave trat herein.

»Einen kleinen Imbiss für uns, mein guter Virobald, aber hurtig!«

»Ja, Herr!« Der Sklave verschwand und brachte wenig später auf einem mahagonifarbenen Tablett Brot, kalten Braten, Obst und Eier. Stumm servierte er und warf dabei einen neugierigen Blick auf den Gast. Aus einer Tonkaraffe goss er beiden Männern dunkelroten Wein ein und vermischte ihn unaufgefordert mit Wasser, dann zog er sich zurück.

»Der ist uns vor zwei Jahren bei einem Kampf mit den Sugambrern ins Netz gegangen, aber man kann ihm nicht trauen. Er wird die erste Gelegenheit wahrnehmen, um zu seinem Stamm zurückzukehren. Aber bis jetzt hatte er keine, und so soll es auch bleiben! Trink mit mir, edler Tribun!«

Die Männer opferten einen Tropfen für den Kaiser, indem sie ihn auf den Boden schütteten, und tranken dann in vollem Zug.

»Köstlich«, rief Valerius, »ihr habt hier Falerner?«

Volturcius hätte sich fast verschluckt.

»Falerner? Bei den Göttern. Der Tropfen ist ein einfacher Landwein von der *Mosella*, aber du hast Recht, er schmeckt ganz ähnlich. Darf ich deine Vollmacht sehen? Kein Misstrauen, nur der guten Ordnung halber«, sagte er mit einem dröhnenden Lachen.

Valerius kramte in seinem Gepäcksack und reichte dem *Prätor* seine Legitimation. Volturcius warf nur einen kurzen Blick darauf, während Valerius genüsslich ein Stück des köstlichen Bratens vertilgte.

»Ich weiß Bescheid! Offiziell bist du hier, um eine Polizeieinheit aufzubauen. In Wahrheit sollst du die mysteriösen Mordfälle aufklären, Burrus hat mich informiert. Warst du schon bei Pertinax?«

»Er ist tot!«

»Tot?« Volturcius runzelte überrascht die Stirn.

In kurzen Worten berichtete Valerius, wie er den Weinhändler aufgefunden hatte. Wieder griff Volturcius zu der silbernen Klingel. Der alte Schreiber kam herein.

»Den Flaccus zu mir!«

Wenige Minuten später trat ein Unteroffizier ein, um die Anweisungen von Volturcius entgegenzunehmen.

»Nimm dir ein paar Männer und eile in den Laden des Weinhändlers Pertinax. Sieh nach, was da vorgefallen ist, und berichte mir sofort!«

Der Soldat grüßte und verschwand.

»Tot, sagst du, ermordet. Und wieder dieses N auf der Stirn oder was immer es ist ... Rätselhaft, wirklich sehr rätselhaft. Aber dafür bist du ja jetzt hier, um dem ein Ende zu machen. Du wirst von mir jede Unterstützung erhalten, die du benötigst, auch wenn wir nach außen natürlich den Schein wahren müssen. Es muss so aussehen, als kümmertest du dich nur um deine Polizeiangelegenheit. Die Nachforschungen musst du sozusagen nach Dienstende durchführen. Ha, Dienstende, das klingt gut.« Er lachte dröhnend auf und schlug mit seiner Faust so heftig auf die Tischplatte, dass drei Schriftrollen herunterfielen.

»Als wenn ein römischer Soldat jemals Dienstende hätte. Im Übrigen kannst du dich als meinen Beauftragten ausgeben, das mag verschlossene Münder öffnen. Ich werde meinem verehrten Kollegen, dem *Aedil*, sagen, ich hätte dich um Unterstützung in diesem verworrenen Fall gebeten, das wird kaum Aufsehen erregen.«

Er nahm einen tiefen Schluck aus seinem Becher.

»Doch berichte, wie ist es dir auf der Reise ergangen?«

Der Tribun gab knapp Auskunft, ließ dabei aber die Anschläge auf sein Leben unerwähnt.

»Nun gut, fürs Erste müssen wir dich einmal unterbringen. Du kannst im Gästehaus des Prätoriums wohnen, das ist allemal besser als die verwanzten Gasthäuser. Virobald! Viiiiiirobald!!!«

Der Germane huschte so schnell zur Tür herein, als habe er hinter ihr gestanden und gelauscht.

»Bring das Gepäck des Tribuns ins Gästehaus und lass ein Zimmer herrichten, aber hurtig!«

Der Sklave wollte schon nach dem Gepäcksack greifen, aber Valerius war schneller: »Ich werde es selbst hinbringen, mach dir keine Mühe!« Seinen Goldbeutel wollte er nur ungern einem germanischen Sklaven anvertrauen, der noch dazu nur Fluchtgedanken im Kopf hatte.

»Wie du willst«, meinte Volturcius verwundert.

Als der Germane den Raum verlassen hatte, sagte Valerius: »Eine Liste! Ich hätte gerne eine Liste aller acht Mordopfer.«

»Acht? Du bist nicht auf dem Laufenden, inzwischen sind es schon zehn, den Vorletzten haben wir vor vier Wochen gefunden, den Schreiber des *Aedils.* Den alten Mann haben sie auf einer *Latrina publica* erwischt. Oh, ihr Götter, welch ein Tod! Und der Letzte, vorerst Letzte muss man wohl sagen, war ein Jupiterpriester. Diesen Schurken ist nichts heilig. Das war gestern. Unglaublich! Zwei Opfer in einem Monat. *Oh, tempora, oh, mores* – Oh, Zeiten, oh, Sitten, wie unser trefflicher Cicero einmal ausgerufen hat. Aber die Liste kannst du gerne haben. Der letzte Name ist noch feucht.« Volturcius griff in eine Schublade seines Tisches.

»Hier ist sie! Sie ist auf dem letzten Stand. Hoffentlich kann sie dir von Nutzen sein.« Valerius nahm die Schriftrolle entgegen und entrollte sie neugierig.

Flavius Spatiaticus, 58 anni, Kaufmann, Id. Mart.
Syphonius, 22 anni, Sklave des Parfümhändlers Haparonius, Non. Apr.
Gaia Antonia, 37 anni, Frau des Honorius Antonius, Kal. Mai
Arbogast, 52 anni, germanischer Freigelassener und Händler, Id. Mai
Lucius Poblicius, 64 anni, Kaufmann, Non. Iun.
Aulus Iovianus, 45 anni, Decurio der 3. Manipel, Non. Sept.
Thalia, 24 anni, gallische Sklavin des Töpfers Clavius Batistus, Kal. Nov.
Gratus Vitellius, 39 anni, Legionarius, 2. Kohorte der Stadtwache, Id. Nov.
Sextus Arusius, 62 anni, Notarius des Aedil, Id. April.
Garunnian, 59 anni, Priester des capitolischen Jupiter, Kal. April.

»Du siehst, es ist alles dabei: Männer und Frauen, Sklaven und Freie, Römer und Einheimische, Soldaten und Beamte, ein Priester sogar, und das alles schön übers Jahr verteilt. Der Letzte wurde am Tag deiner Ankunft gefunden. Und jetzt können wir die Liste um den Namen Pertinax, Weinhändler, erweitern. Bei den Göttern! Nichts, was diese Leute miteinander verbindet, außer diesem verfluchten Buchstaben auf ihrer Stirn! Wir haben nichts, hörst du, absolut nichts, was wir bei der Suche verwenden könnten. Der Täter wurde nie gesehen, kein Opfer hat überlebt. Wir tappen völlig im Dunkeln.«

Ein zaghaftes Klopfen ertönte an der Tür.

»Neiiiiiiiin!! Jetzt nicht! Bei Jupiter, hat man hier nie seine Ruhe? Also Tribun, das sind die Fakten. Nimm die Liste und finde den Täter, aber hurtig. Wir werden ihn auf dem Forum öffentlich köpfen, und es wird mir eine Freude sein, das kannst du mir glauben.«

Wieder füllte er seinen Becher und aß genussvoll ein Stück Braten.

»Übrigens gibt der *Aedil* morgen ein Gastmahl, du bist natürlich eingeladen. Sie sind schon alle gespannt auf den Prätorianertribun aus Rom. Sein Haus liegt in der Nähe der *Porta Praetoria*, leicht zu finden. Eine exzellente Küche erwartet dich. Und wenn du Glück hast, wird die schöne Dirana tanzen. Das solltest du dir nicht entgehen lassen!«

Valerius zuckte unmerklich zusammen, verschwieg aber, dass er das hübsche Mädchen bereits kennen gelernt hatte. Immerhin war klar, dass er sich diese Einladung nicht entgehen lassen würde.

»Nun gut, *Prätor,* ich werde jetzt nach meinem Quartier sehen. Sobald ich etwas erfahren sollte, wirst du von mir hören.« Er leerte seinen Becher und verabschiedete sich.

Das Zimmer, das man ihm zugewiesen hatte, war ein gemütlicher kleiner Raum, ausgestattet mit einem angenehm weichen Bett, einem großen Tisch, zwei Korbsesseln und einer Nische für sein Gepäck. Es lag unmittelbar am Rhein, und so ging der freie Blick über die Rheininsel ostwärts ins Barbarenland, wo mächtige Bäume die Sicht ins Hinterland versperrten. Auf der Rheininsel befanden sich mehrere Speicher, Schiffe lagen vor Anker, es herrschte geschäftiges Treiben. Sklaven brachten Ballen von Wolle in die Speicher, andere Säcke mit Getreide oder Gewürzen, manche auch Amphoren voll Wein.

Müde legte sich Valerius auf das Bett. Plötzlich fiel ihm der Zettel ein, den er der Hand des toten Weinhändlers entrissen hatte. Fieberhaft begann er in den Falten seines Gewandes zu suchen, bis er ihn schließlich fand. Es handelte sich um einen nicht beendeten Brief. Die untere Hälfte war voller Blutflecken, die manche Stellen unleserlich machten:

Manlius Pertinax grüßt den edlen Narcissus, Kaiserlicher Berater zu Rom!
Wie du es gewünscht hast, habe ich mit den Ermittlungen in den dubiosen Mordfällen unserer Stadt begonnen, und das nicht ohne Erfolg!
Ich schreibe diese Zeilen in Eile, denn ich habe den Eindruck, dass man mir auf der Spur ist. Jeden Augenblick kann sich die Tür öffnen und ....

Es war nicht einfach und hat mich mehr als den Goldbeutel gekostet, den du mir anvertraut hast. Ja, sogar in Todesgefahr haben mich meine Ermittlungen gebracht, wie du noch erfahren wirst. Aber wenn ich dir und unserem göttlichen Cäsar gefällig sein kann, will ich dies gerne alles auf mich nehmen, weiß ich doch, dass man meine treue Pflichterfüllung höheren Orts zu schätzen weiß.
Nun aber zu den Einzelheiten, edler Narcissus! Mache dich auf eine Überraschung gefasst, die – wenn sie bis nach Rom gedrungen ist – Tagesgespräch sein wird, und es würde mich nicht ...., wenn unser göttlicher Cäsar dies zum Anlass nehmen würde, den Henker des Tullianums zu ....
Du wirst überrascht sein, was ich herausgefunden habe:
Es gibt in unserem Städtchen einen Kreis von Menschen, der einem neuen orientalischen Aberglauben anhängt. Menschen aus allen Schichten sind dabei, Junge und Alte, Römer und Einheimische, Sklaven und Freie, Reiche und Arme.
Ja, gerade diese, die Armen und die Sklaven scheinen aus diesem neuen Aberglauben besonders viel Hoffnung zu schöpfen.
Sie finden sich regelmäßig bei geheimen Treffen zusammen und huldigen ihrem Gott. Das alles ist nicht schlimm und sollte unseren göttlichen Cäsar nicht beunruhigen, denn sie denken ke..........gs an Umsturz. Im Gegenteil, ihr Gott – oder der, den sie seinen Sohn nennen – hat ihnen aufgegeben, dem Kaiser das zu geben, was ihm zusteht. Zwar vermögen sie nicht die Göttlichkeit .... anzuerkennen, wie sie es eigentlich tun müssten, aber ansonsten schei .... loyale und staatstreue Menschen zu sein.
Aber wie es das Walten der unsterblichen Götter oder das unerfindliche Fatum nun wollte, sind gerade diese merkwürdigen Menschen einer .... die Spur .... sich .... richtet und mit .... Gefahr verbunden ist, denn hinter dieser Verschwörung steckt niemand anders, ich wage es kaum zu sagen, al.................

Hier musste Pertinax seinen Mörder bemerkt haben, denn der Brief brach unvermittelt ab.

Valerius ballte zornig die Faust.

So sehr er sich auch bemühte: Die Stellen, auf denen das Blut des Toten eingetrocknet war, ließen sich nicht entziffern. Vor allem aber: Die wichtigste Zeile fehlte! Der Name! Valerius musste an die Worte des Narcissus denken, dass der Kaiser eine gegen ihn gerichtete Verschwörung befürchtete. Lag er also doch nicht so falsch, der alte Fuchs! Immerhin hatte er jetzt so etwas wie einen Anhaltspunkt, auch wenn ihm noch völlig unklar war, was diese neuen Sektierer mit einer Verschwörung gegen den Kaiser zu tun haben könnten.

Valerius nahm eine Kerze und hielt sie hinter das Schriftstück, doch vergeblich! Die verdeckten Worte waren nicht zu lesen, das Schreiben ließ sich sein Geheimnis nicht entlocken. Zornig knüllte er den Brief zusammen und warf sich auf das Bett. Minuten später war er in einen traumlosen Schlaf hinübergeglitten.

IX.

Tod dem Kaiser!

Zur gleichen Zeit, als Valerius endlich erholsamen Schlaf gefunden hatte, saß der hagere Mann mit dem schwarzen Mantel in einer winzigen *Caupona* der Ubierstadt und zischte sein Gegenüber zornig an.

»Es dürfen jetzt keine Fehler mehr passieren. Oh, ihr Götter, bin ich nur von Idioten umgeben? Dreimal haben wir versucht, diesen Burschen in den Hades zu schicken, und jedes Mal ist es misslungen! Ich denke fast, ich werde es selber machen müssen.« Missmutig kratzte er an seiner Narbe.

»Nicht so laut«, warnte sein Gegenüber, ein kleiner buckliger Mann in schmutziger Tunika, »nicht so laut! Oder willst du, dass die ganze Stadt mithört? Es war Pech, einfach Pech. Wer hätte damit rechnen können, dass er Silvanus und Balnix erledigt? Das waren ausgekochte Burschen, ausgeschlafene Gladiatoren, die in der Arena mehr als einen erwürgt, erstochen oder erschlagen haben. Balnix trug gar den goldenen Gürtel für zwanzig getötete Gegner! Und dann die Sache in meinem Gasthaus. Es war alles perfekt eingefädelt. Wir haben extra eine Geröllawine ausgelöst, damit er die Hauptstraße verlassen musste. Kann ein Mensch ahnen, dass er den Wein nicht austrinkt, den ich ihm reiche? Das blöde Weib hat ihn gewarnt, aber das hat sie mit ihrer Zunge gebüßt ... Und dann hier in den Thermen. Du kanntest Salionos. Kräfte wie ein Stier und den Verstand einer Maus. So jemanden kann man brauchen, jedenfalls für solche Sachen. Aber der verfluchte Tribun hat ihn erschlagen, hat einfach Glück gehabt. *Fortuna* ist mit ihm. Aber glaub mir, noch einmal entwischt er mir nicht.«

»Er ist misstrauisch geworden, der Hund«, wandte der Hagere ein, »und jetzt auch noch die Sache mit Pertinax. Warum musste das sein?«

»Pertinax hatte alles herausgefunden und war dabei, es nach Rom an den Kaiser zu berichten. Dann wäre alles aufgeflogen. Hörst du, alles! Wir mussten ihm das Maul stopfen.«

»Aber da gibt es feinere Methoden, als ihn in seinem eigenen Laden zu zerlegen. Man hätte ihn heimlich still und leise im *Rhenus* verschwinden lassen können. Aber ihr seid Anfänger, blutige Anfänger!«

Beschwichtigend legte ihm der andere den Arm auf die Schulter.

»Eine Chance noch, nur eine. Diesmal werden wir sie nutzen!«

Der Hagere starrte nachdenklich auf seinen Weinbecher.

»Gut. Noch eine Chance, aber – bei *Pluto* – es wird die letzte sein. Klappt es diesmal nicht, dann wirst du meinen Zorn in kaltem Stahl kosten, Vindurix. Unsere Auftraggeber werden ungeduldig. Du weißt, worum es geht. Man erwartet von uns endlich Erfolge!«

Ohne ein weiteres Wort verließ der Hagere das kleine Gasthaus am Westtor. Mit zügigen Schritten eilte er an den Thermen vorbei zum Forum, wo er nach rechts in den *Cardo* einbog. Zielstrebig überquerte er die breite Straße, wobei er immer wieder nach hinten sah. Bei der zweiten Straße bog er nach rechts ab. Die kleine Straße führte zum *Capitolium*. Auf der Flussseite war die Anlage von einer Reihe kleinerer, älterer Häuser umgeben. Sie schienen sich geradezu in den Schatten des großen Tempels zu ducken und machten einen ärmlichen und schmutzigen Eindruck. Vor einem Haus mit dem Schild *Gaius Honorius – Auserwählte Töpferware aus eigener Produktion* blieb er kurz stehen und blickte sich um. Aber niemand war ihm gefolgt. Er öffnete die Tür, die sich ächzend in ihren Angeln bewegte, und betrat das düstere Haus.

Der Geruch von gekochtem Kohl und billigem Wein schlug ihm entgegen. Durch einen niedrigen, leicht abschüssigen Gang erreichte er das Zimmer, in dem er erwartet wurde.

»Ich grüße dich!«, rief eine sonore Stimme.

»Ich grüße auch dich, Publius Statilius Taurus.«

Vor ihm saß der *Aedil* der Stadt. Auf seinem Schoß räkelte sich eine kaum bekleidete, grell geschminkte junge Frau, die ihm mit ihren Händen das karge Haar zerzauste.

»Ab mit dir, Honoria!« Er gab ihr einen Klaps auf das nackte Hinterteil, und die junge Frau entfloh quiekend wie ein Schweinchen. Der Hagere hatte keinen Blick für die unverhüllten Reize, die durch das Zimmer tänzelten, sondern blickte den Beamten ernst an.

»Ich habe mit Vindurix gesprochen. Er hat alles vermasselt.«

»Dann schick ihn in den Hades!« Der *Aedil* rülpste vernehmlich und blickte den Hageren aus weintrüben Augen an.

»Wir brauchen ihn noch. Eine Chance bekommt er noch, eine letzte. Danach werden wir ihn eh beseitigen. Zu viele Zeugen sind gefährlich!«

»Möchtest du etwas Wein?«, fragte der *Aedil*. Ohne die Antwort abzuwarten füllte er den Becher seines finsteren Gastes.

»Du solltest nicht so viel trinken. Er war heute beim *Prätor*, wusstest du das?«

»Nein, hätte ich aber sofort erfahren, wenn ich nach Hause komme. Morgen werde ich ihn bei meinem Gastmahl kennen lernen. Möchtest du nicht auch kommen? Das wäre doch ein Mordsspaß!« Er lachte über sein Wortspiel und stürzte den unvermischten Wein in einem Zug herunter.

»Du musst verrückt sein. Er hat mich doch in der Kutsche und im Gasthaus gesehen. Er könnte mich wieder erkennen und sich seine Gedanken machen. Nein, kommt überhaupt nicht in Frage, wir müssen noch viel vorsichtiger sein. Zu viel steht auf dem Spiel! Aber vielleicht könntest du unser Problem ja morgen erledigen.«

»In meinem Haus, meinem eigenen Haus? Bei einem Gastmahl in Anwesenheit des *Prätors* und der Vornehmsten der Stadt? Du bist verrückt, nicht ich!« Er leerte seinen Becher in gierigen Zügen. »Honoria! Mehr Wein! Soll ich in dieser elenden Hütte verdursten?«

Honoria brachte Nachschub, und Statilius füllte sich den Becher erneut.

»Trinken wir auf den Erfolg unserer Sache! Tod dem Kaiser!«

»Tod dem Kaiser«, murmelte der Hagere und nippte an seinem Becher.

***

Nachdem er das Haus wieder verlassen hatte, mietete er sich in der Nähe des Marstempels ein Pferd und verließ die Stadt durch das Nordtor. Für die Schönheit der gerade fertig gestellten *Porta*

Praetoria hatte er keine Augen. Das wuchtige Tor verfügte über drei Ausgänge. Der breite Ausgang für die Fahrzeuge wurde von zwei schmaleren für Fußgänger gesäumt. Mit seinen beiden Seitentürmen und der Zinnenumrandung erinnerte es eher an eine Burg als ein Tor. Unter dem Rundbogen mit der Inschrift *CCAA* thronte der Adler mit den Buchstaben *SPQR*. Zahlreiche Fenster ermöglichten sowohl zur Stadt hin als auch nach draußen einen guten Überblick.

Die Straße, die hinter dem Tor nordwärts führte, war auf beiden Seiten dicht besiedelt. Ein undurchdringliches Stimmengewirr erfüllte die Luft. Der Hagere beachtete das bunte Leben um ihn her nicht und lenkte ungerührt sein Pferd durch die Kinder, die spielend die Straße bevölkerten. Die Handwerksbetriebe, Schmiede und Schreiner, Töpfer und Glasbläser, waren mittlerweile durch Gräberfelder abgelöst worden, die in unregelmäßigen Abständen den Weg säumten. Eine Truppe von Veteranen war mit der Behebung von Frostschäden beschäftigt, die der strenge Winter auf den Straßen hinterlassen hatte.

Kurz vor einer weiteren Glashütte bog ein schmaler Weg links in den Wald ab, den der Hagere einschlug. Nach etwa einer Meile hatte er sein Ziel erreicht: eine einsame Waldhütte, die sich ganz in den Schatten der riesigen Tannen duckte. Die Wände der primitiven Behausung bestanden aus Lehm, der auf allen Seiten mit Reisig gedeckt war. Ein altes Weib saß auf einer Bank vor der Hütte und legte Kräuter zum Trocknen aus. Ein schiefes Grinsen verunzierte ihr zahnloses Maul, als sie den Reiter bemerkte.

»Ich habe auf dich gewartet«, krächzte sie und rieb sich ihre verschorften Arme. »Tritt nur ein!«

Der Hagere band sein Pferd an und folgte der Alten in die dunkle, fensterlose Hütte, die eine Öllampe spärlich erleuchtete. Angeekelt verzog er seine Nase.

»Hier stinkt es erbärmlich«, sagte er und hielt sich ein Tuch vor die strapazierte Nase.

»Du bist hier auch nicht in einem Parfümladen, und Parfüm ist es ja auch nicht, was du von der alten Antrustra willst«, kicherte sie.

»Hast du das Zeug?«

»Freilich hab' ich es!«

Die Alte nahm die Öllampe und ging mühsam zu einer verrotteten Holzkiste, die in einem dunklen Winkel ihrer Hütte stand. Ächzend hob sie den Deckel und kramte in der Kiste, bis sie nach einer Weile triumphierend ein kleines Fläschchen emporhielt.

»Ist es das, was der edle Herr begehrt?« Sie schüttelte die trübe Flüssigkeit, und der Bodensatz schwamm durch die Phiole.

»Wie gewünscht: absolut geschmacklos, wirkt erst nach zwei Stunden, kein Vorkoster kann es spüren. Und wenn er es bemerkt, ist es auch für den anderen zu spät. Fünf Tropfen genügen und der Hades steht offen.« Sie hustete bellend, und der Hagere bemerkte angewidert den Auswurf, den sie verbreitete. Er trat einen Schritt zurück.

»Ich kann mich darauf verlassen?«, fragte er leise.

»Sicher kannst du das. Locusta war eine ausgezeichnete Lehrmeisterin, und ich bin nicht schlechter als meine Schwester in Rom.« Sie hob klagend die mageren Arme.

»Agrippa war es, der uns trennte. Die Götter des Hades mögen ihn für alle Zeiten quälen! Mich hat er aus Rom vertrieben, Locusta durfte bleiben. Wahrscheinlich brauchte er sie, hi hi!« Sie kicherte und klatschte in ihre dürren Hände.

»Darf man erfahren, wer der geehrte Empfänger dieser Gabe sein wird? Ist es gar ein hohes Herrchen?« Wieder hustete sie und stützte sich schwer mit den griffeldünnen Armen auf den Tisch.

»Nein! Was geht es dich an, Alte, wer den Trunk leert. Hauptsache, du erhältst deinen Lohn!« Er zog einen Beutel aus seinem Gewand und schob ihn über den Tisch. Mit gierigem Blick öffnete das Weib mit ihren gichtigen Fingern den Beutel und stieß einen spitzen Schrei aus: »Du Betrüger! Drei *Aurei* waren ausgemacht, das sind nur dreißig Denar, nicht einmal die Hälfte! Zahl, was du schuldig bist!«

»Du musst verrückt sein, alte Hexe, wenn du glaubst, ich zahle dir deine Wucherpreise. Dreißig Denar sind mehr als genug für deinen Gifttrank.« Er nahm das Fläschchen und wandte sich zum Gehen, doch die Alte klammerte sich mit ihren dünnen Händen an seinen Mantel.

»Zahl, was du schuldig bist, oder *Plutos* Fluch soll dich treffen, du Schurke!«

Unwirsch versuchte der Hagere, sie wegzustoßen. »Nimm deine Hände weg, alte Hexe!«

»So ist das also! Nun gut! Zahlst du nichts, so kriegst du nichts!« Mit einer Schnelligkeit, die man ihr nicht zugetraut hätte, entriss sie dem Hageren die Phiole und schleuderte sie gegen die Wand, so dass sie in tausend Scherben zerfiel. Sofort versickerte die trübe Flüssigkeit im Reisig der Wand.

»Und sicher wird sich der *Prätor* für deine Pläne interessieren«, keuchte die Alte, »gleich morgen werde ich zu ihm gehen!«

»Du wirst zu niemandem gehen, alte Giftmischerin!« Wie von Zauberhand lag ein Dolch in seiner Hand.

»Das wirst du nicht wagen, du verd... ahhhh ...« Ein Schwall dunkelroten Blutes ergoss sich aus ihrem zahnlosen Mund. Mit ungläubigen Augen starrte sie auf das Messer, das ihr der Hagere in den Leib gerammt hatte.

»Ich verfl... verfluche dich bis zum En... Ende dei... deiner Tage!« Die Alte brach zusammen.

»*Pluto* wird dich ...« Die Stimme versagte, aber noch klammerte sich das Weib an den Mantel ihres Mörders. Angewidert schüttelte der Hagere ihre Hand ab.

»Stirb an deiner Raffgier, Hexe. Wir werden sehen, ob deine Schwester Locusta in Rom preiswerter arbeitet. Wir werden ihr deine schwesterlichen Grüße übermitteln. Und nun geh zum Hades!« Er spuckte verächtlich aus und nahm den Geldbeutel wieder an sich. Dann griff er nach der Öllampe und schleuderte sie gegen die mit Reisig verkleidete Wand. Wild stoben die Funken und blitzartig fraß sich das Feuer durch die morschen Wände. Ohne einen Blick auf das Flammeninferno zu werfen, bestieg der Hagere sein Pferd und ritt davon.

X.

Tödliche Zusammenhänge

Am nächsten Morgen begann Valerius mit seinen Ermittlungen. Die Liste des *Prätors* nannte als erstes Opfer den Kaufmann Flavius Spatiaticus, der einen kleinen Gewürzladen in der Nähe des Westtors führte.

Eine attraktive junge Frau mit außergewöhnlich gelungenen Proportionen, wie Valerius fand, begrüßte ihn freundlich. Ihre offenen Züge trugen keine Trauer, sondern strahlten heitere Gelassenheit und Selbstbewusstsein aus. Sie war offenbar erheblich jünger gewesen als ihr ermordeter Ehemann. Wie verabredet, stellte sich Valerius als Beauftragter des *Prätors* vor.

»Was kann ich für dich tun, Tribun?«, fragte sie lächelnd und sah ihn aus tiefbraunen, klugen Augen forschend an.

»Es geht um den Tod deines Mannes!«

»Flavius? Aber es ist schon mehr als ein Jahr her, dass er einem gemeinen Mörder zum Opfer fiel. Die Götter mögen ihm gnädig sein, seine Asche in Frieden ruhen. Damals wurde ich von den Beamten des *Aedils* befragt, aber ich konnte ihnen nicht helfen. Was willst du denn wissen? Ich war nicht im Hause, als es geschah.«

Sie wies hinüber zu den Gewürzregalen. »Dort lag er in seinem Blut, als ich nach Hause kam. Niemand hat etwas gesehen, ich habe alle Sklaven befragt.«

»Mit wem hatte dein Mann Umgang, wer waren seine Freunde?«

»Freunde? Er hatte kaum Freunde. Freilich saß er oft mit Lucius Poblicius beim Wein. Dann haben sie gewürfelt und sich alte Geschichten erzählt. Du musst wissen, sie waren einige Jahre gemeinsam bei der 5. *Alauda*.«

»Bei der Lerchenlegion?«

»Ja. Du kennst sie?«

»Ich habe von dieser ruhmreichen Truppe natürlich gehört. Wo kann ich Poblicius finden«, fragte Valerius, obwohl er genau wusste, dass dieser Name ebenfalls auf der Liste stand.

Das hübsche Gesicht der Witwe verdunkelte sich. »Merkwürdig genug, aber er wurde drei Monate später ebenfalls ermordet. Auch hier blieben die Umstände ungeklärt, aber das muss ein unglücklicher Zufall gewesen sein.«

»Aber hatte dein Mann keine anderen Freunde oder Bekannte?«

»Natürlich hatte er Bekannte unter den anderen Kaufleuten, aber Freunde würde ich sie nicht nennen.« Sie wirkte nachdenklich. »Halt, natürlich, wie konnte ich den vergessen? Da wäre noch dieser Aulus. Aulus Iovianus, ein Veteran aus *Bonna.* Er hat meinem Mann und den anderen mit seinen wirren Geschichten den Kopf verdreht. Aber der ist auch schon tot.«

»Tot? Wieso tot? Und was sind das für wirre Geschichten? Was meinst du damit?«

Die junge Frau spielte nervös mit dem Saum ihrer Tunika, ihre Selbstsicherheit war merklich geschwunden. »Seltsam, darüber habe ich mir nie Gedanken gemacht. Aulus ist ein halbes Jahr nach Flavius ermordet worden. Du musst wissen, dass es hier im letzten Jahr einige Morde gegeben hat und wir alle sehr beunruhigt waren. Aber wir haben nie einen Zusammenhang zwischen den Opfern gesehen. Aber jetzt, wo ich darüber nachdenke ...«

»Was meinst du mit den wirren Geschichten?«

»Nun, Aulus Iovianus war mehr als zehn Jahre im Orient stationiert, in der Provinz Judäa. Die Menschen in dieser Gegend sind trunken von Religion. Der Aberglaube dort muss ihn verrückt gemacht haben. Immer wieder hat er von einem Zauberer erzählt, den einige für einen Gott oder so etwas hielten. Na ja, jedenfalls wurde dieser Mann hingerichtet und seine Anhänger haben verbreitet, er sei nach drei Tagen wieder auferstanden. Bei *Hera*, kannst du dir so einen Unsinn vorstellen?«

Valerius schüttelte den Kopf. »Unglaublich, was sich einige Menschen so einfallen lassen. Und diese Dinge hat Aulus deinem Mann erzählt?«

»Ihm und dem Lucius. Aber sie haben es natürlich nicht geglaubt. Das heißt ..., Flavius kam mehr und mehr ins Zweifeln. Vor allem seit Gratus und Eucharius hinzugekommen waren.«

»Wer sind die beiden?«

»Der Name Eucharius wurde nur einmal beiläufig erwähnt. Er schien aber in dieser Gruppe eine führende Rolle zu spielen. Ich weiß nicht, was aus ihm geworden ist. Und Gratus Vitellius dient als Veteran bei der Stadtkohorte. Du kannst ihn am besten an der *Porta Martis* finden.«

Nein, kann ich nicht, weil er auch schon tot ist, was du aber offenbar nicht weißt, meine Schöne! Valerius beschloss, darüber zu schweigen. Die Mosaiksteine setzten sich allmählich zusammen. Es gab hier offensichtlich einen Zusammenhang, und er wunderte sich, dass bislang niemand darauf gekommen war.

»Was war nun mit diesem Vitellius?«, fragte er weiter.

»Nun, Vitellius hatte an der Kreuzigung des Mannes, von dem ich eben sprach, teilgenommen. Er war zum Wachdienst auf der Richtstätte eingeteilt und konnte alles aus nächster Nähe sehen.«

»Was hat er gesehen?«

»Angeblich bebte die Erde, und mitten am Tage habe es eine Sonnenfinsternis gegeben. Von anderen will er gehört haben, dass sich gar Gräber geöffnet haben und Tote durch die Stadt gewandelt sind. Was für ein Unsinn! Aber mein Flavius war ein leichtgläubiger Mensch, leichtgläubiger als ich!«

»Er hat an diese Dinge geglaubt?«

»Ich denke ja. Er hat mit mir kaum darüber gesprochen. Das sei nichts für Frauen, hat er immer gesagt. Außerdem sei es gefährlich.«

»Wieso gefährlich?«

»Weiß ich nicht. Aber vielleicht hatte er Recht. Immerhin ist er tot, und Lucius auch. Der war noch schlimmer, hat nicht mehr unseren Göttern geopfert und unsere Priester hier Götzendiener genannt.«

»Was war das für ein Mann, der hingerichtet wurde? Warum hat man ihn hingerichtet?«

»Warum? Bei den Göttern, das kann ich nicht sagen. Seine Anhänger nannten ihn *Chrestos,* für sie war er wie ein König, dabei ist er nur Sohn eines Hirten oder Schreiners gewesen, so genau weiß ich das nicht. So weit ich weiß, ist er auf Befehl des Pontius Pilatus hingerichtet worden, der damals Prokurator dort war. Der wird schon gewusst haben warum.«

Valerius bedankte sich für die Auskünfte und verließ die ansehnliche Witwe, nicht ohne einen genussvollen Blick in den weiten Ausschnitt ihrer Tunika und auf die reizenden Wölbungen zu werfen, die er preisgab. Das entging ihr nicht, und sie errötete leicht, was den Tribunen schmunzeln ließ.

Sein nächster Weg führte ihn quer durch die Stadt zu dem Parfümhändler Haparonius, der ihn weit weniger freundlich empfing.

»Was schert mich der Tod meines Sklaven Syphonius, dieses liederlichen Herumtreibers?«, schrie er. »Dreißig *Denarii* hat er mich gekostet. Wer zahlt mir den Verlust? Woher soll ich wissen, mit wem er in den kargen Stunden seiner Freizeit Umgang hatte? Rumgetrieben haben wird er sich, der unnütze Bursche, in den Bordellen der Stadt, was weiß ich! Und nun lass mich in Ruhe, ich habe eine Lieferung für *Lugdunum* fertig zu machen, die nicht warten kann.«

Valerius hakte einen weiteren Namen auf seiner Liste ab. Der nächste Name war der einer Frau: Gaia Antonia, Gattin des Honorius Antonius. Vom *Prätor* hatte er erfahren, dass Antonius einige Lagerhallen auf der Rheininsel besaß. In der Hoffnung, ihn dort anzutreffen, machte er sich auf den Weg zum Forum. In einer kleinen *Caupona* aß er hastig eine völlig versalzene Erbsensuppe und ging am Prätorium vorbei zum Marstor, wo eine breite Holzbrücke auf die Rheininsel zum *Forum Mercatorium* führte. Das war die Stelle, die er von seinem Zimmer aus so gut beobachten konnte, und auch jetzt wieder war sie vom Geschrei der Kaufleute, vom geschäftigen Hin- und Hereilen der Sklaven und Träger erfüllt. Vier Schiffe lagen an dem schmalen Landungssteg und wurden entladen.

»Kannst du mir sagen, wo ich Honorius Antonius finde?« Der Bursche, den Valerius angesprochen hatte, roch übel aus dem Mund. Er bleckte seine gelben Stummelzähne, blickte auf die Tribunenuniform und sagte: »Das kostet, Herr, das kostet! Wenn du von Simeon eine Auskunft haben willst, dann musst du zahlen.«

Valerius gab ihm zwei As und das Gesicht des Mannes leuchtete auf. »Dort hinten, wo der große Getreidespeicher steht. Siehst du die zwei Sklaven, die die Säcke hereinbringen? Der Kleine, der vor ihnen steht, das ist Antonius.«

Antonius war tatsächlich sehr klein geraten, der Tribun überragte ihn um mehr als zwei Häupter.

»Nicht dahin, du Taugenichts! Ihr Götter habt Erbarmen, muss man alles selbst machen?«, fuhr er grob einen Sklaven an, der die Säcke offenbar in die falsche Lagerhalle bringen wollte.

»Verzeih, hättest du einen Augenblick Zeit für mich?« Valerius gebrauchte die freundlichste Tonart, die ihm zur Verfügung stand. Abrupt drehte sich der kleine Kaufmann um und blickte den Tribun aufmerksam an: »*Dum loquimur, fugerit invida aetas* – Neidisch entflieht die Zeit, während du schwätzt.«

»Horaz!«, lächelte Valerius, »dennoch würde ich dich bitten, mir etwas von deiner kostbaren Zeit zu widmen.«

»Was kann ein Tribun von mir wollen? Habe ich die Abgaben nicht entrichtet? Schickt dich der *Aedil*?«

»Nicht der *Aedil*, sondern der *Prätor*.« Leise fügte er hinzu: »Es geht um den Tod deiner Ehefrau.«

»Folge mir bitte«, lautete die knappe Antwort. Antonius führte ihn in sein Geschäftskontor und bot ihm Wein und Obst an, was Valerius gerne annahm.

»Ich höre, Tribun!«

»Was weißt du über den Tod deiner Frau, über die Umstände, über die möglichen Täter?«

»Überhaupt nichts! Es ist jetzt mehr als ein halbes Jahr her, da fand man sie in der Nähe der Thermen mit einem Dolch in der Brust und einem N auf der Stirn. Ich habe eine Belohnung von zwei *Aurei* ausgesetzt, habe Plakate anschlagen lassen, alles umsonst. Aber wieso interessiert sich der *Prätor* jetzt auf einmal dafür?«

»Wie du wahrscheinlich weißt, war dies nicht der einzige Mord. Es hat eine ganze Serie von ähnlichen Fällen gegeben. Das muss endlich aufhören. Mit wem hatte deine Frau Umgang, wer waren ihre Freunde?«

»Freunde? Jedenfalls habe ich seit ihrem Tod keinen von ihren so genannten Freunden mehr gesehen. Zuletzt hat sich Gaia mit merkwürdigen Leuten umgeben, sogar mit Sklaven. Sie haben sich regelmäßig an geheimen Orten getroffen. Wenn ich sie danach fragte, antwortete sie nur, sie habe jetzt ihre wahre Bestimmung gefunden. Aber worin die bestand, wollte sie mir nicht sagen.«

»Kannst du mir genaue Namen nennen?«

»Da war ein Syphonius, Syronius oder so ähnlich, auch ein Sklave, den sie einmal erwähnt hat. Dann sprach sie von einem Eucharios, der von weither gekommen sei, um eine wichtige Mission zu erfüllen. Er muss sie sehr beeindruckt haben, denn sie erwähnte den Namen mehrfach, aber ich habe diesen Mann nie gesehen und weiß auch nicht, wo man ihn finden könnte. Und dann nannte sie einmal einen Priester vom *Capitolium*, aber ich habe den Namen vergessen. Oh, hätte ich ihr damals doch besser zugehört! Jetzt ist es zu spät!«

Tränen traten ihm in die Augen. Leise fuhr er fort: »Mehr kann ich dir nicht sagen. Gerne würde ich dir helfen, und höre, die Belohnung von zwei *Aurei* hat noch Bestand. Findest du mir den Täter, so sollen sie dir gehören.«

Valerius bedankte sich bei dem Kaufmann und verbarg seine wachsende Ungeduld: Wieder ergebnislos! Er betrat die Stadt wieder durch das Marstor und ging in Richtung Forum, als ihn plötzlich eine Stimme aus seinen Gedanken riss.

»Valerius! Tribun Marcus Valerius Aviola! Haben dich die Götter mit Blindheit geschlagen?« Eine feste Hand legte sich vertraulich auf seine Schulter. Überrascht wandte er sich um und erblickte ein bekanntes Gesicht.

»Flavius Spurinus? Du hier? Wer kommandiert die *Diana*, wenn ihr Kommandant sich in der Stadt herumtreibt?«

»Ich habe Urlaub, Tribun. Die ganze Zeit auf einem Schiff, das hält niemand aus. Ich werde meine Artesia besuchen, hab' sie seit Wochen nicht mehr gesehen. Und du? Stehen die Polizeitruppen?«

Valerius musste lachen. »Nein, noch nicht. Alles zu seiner Zeit.«

»Willst du mich ein Stück durch unsere schöne Stadt begleiten?«, fragte Flavius und fügte schnell hinzu: »Nur wenn es deine Zeit erlaubt. Ich muss übrigens zum Turm.«

»Zum Turm? Was ist das?«

»Das ist der größte Turm in der Stadtmauer, wir nennen ihn einfach nur den ›Turm‹. Ganz in der Nähe wohnt meine Artesia.«

Gerne nahm der Tribun das Angebot an, die frische Luft tat ihm gut und vertrieb die wirren Gedanken aus seinem Kopf.

»Erzähl mir etwas über deine Stadt?«

»Über *Colonia Agrippinensium*? Was willst du wissen?«

»Alles! Wenn man neu in einer Stadt ankommt, sollte man Bekanntschaft mit ihr schließen, vor allem wenn man eine schwierige Aufgabe zu erfüllen hat ...«

»Nun gut, Tribun, ich will dir gerne dabei behilflich sein!«

Während sie das Forum in nordwestlicher Richtung an der Kaiserstatue vorbei überquerten, erklärte der Centurio mit wichtiger Miene: »Wie du weißt, handelt es sich hier um ein altes *Oppidum* der Ubier, weshalb die Germanen die Stadt immer noch *Ara Ubiorum* nennen. Warst du schon an ihrem Nationalheiligtum?«

Valerius musste verneinen.

»Musst du unbedingt nachholen. Es ist die zentrale Kultstätte der Provinz und dient der Verherrlichung Roms und unseres Kaisers. Ein prächtiges Monument! Der große Augustus persönlich soll sie vor etwa siebzig Jahren eingeweiht haben. Jedenfalls erhielt die Siedlung auf Betreiben unserer verehrten *Augusta* als erste Siedlung im germanisch-gallischen Raum die italischen Stadtrechte. Das bedeutet Steuerfreiheit und Gleichstellung mit den italischen Städten – aber das muss ich dir ja nicht erzählen.«

»Liegen noch reguläre Truppen hier?«, unterbrach Valerius den Redefluss des jungen Unteroffiziers.

»Nein, nur noch Veteranen und ubische Auxiliartruppen, aber das reicht.« Flavius lachte und seine gepflegten Zähne blitzten.

»Die Stadt ist gut befestigt, wie du siehst.« Er wies mit der ausgestreckten Hand auf die massiven Mauern, die sich rechts und links vom Westtor erstreckten.

»Die Stadtmauer ist fast fertig gestellt, an einigen Stellen wird noch gearbeitet. Acht Fuß dick und fünfundzwanzig Fuß hoch! Sie hat vier große Ausfalltore und sechs kleinere Pforten, alle gut bewacht, deshalb brauchen wir hier auch weder Wall noch Graben. Außerdem stehen unsere Wachen auf sechzehn Mauertürmen, der größte ist ›der Turm‹ auf dem nordwestlichen Eckpunkt. Ein wahres Meisterwerk, mit Mosaiken und Ornamenten geschmückt, damit die Barbaren sehen können, wozu römische Baukunst in der Lage ist.«

Valerius musste über den Stolz, mit dem der junge Mann die Wehranlagen beschrieb, schmunzeln. Hier liebte offenbar jemand

»seine Stadt«. Doch sein Reiseführer sprudelte bereits weiter: »Wir haben hier alles, was ihr in Rom habt, nur etwas kleiner.«

»Tatsächlich?«, gab sich Valerius erstaunt.

»Thermen, *Forum* und Prätorium, *Capitolium* und Tempel. Viele Tempel! Jupiter, Minerva und Juno haben ihre Sitze in unserem Capitol, dazu haben wir einen Tempel für Mars, einen für Jupiter Dolichenus, einen für Merkur, einen für Diana, und wer Mithras anbetet, findet einen kleinen Tempel vor der Stadtmauer. Nicht zu vergessen die einheimischen Gottheiten wie Epona, Esus oder die Matronen, deren Altäre und Weihesteine du an jeder Ecke findest. Und selbst wer sich nach Isis oder Osiris, der ägyptischen Serapis oder der orientalischen Cybele sehnt, geht nicht leer aus. Nur den barbarischen Menschenopfern der Druiden haben wir ein Ende gemacht.« Er holte kurz Atem. »Ein Amphitheater ist in Planung, und unser Wasser werden wir demnächst aus der *Silva Ardennium* beziehen, der *Prätor* treibt den Bau der Wasserleitung mit Hochdruck voran. Was willst du mehr? Alles wie in Rom, nur etwas kleiner.«

»Und wie viele Einwohner zählt die Stadt?«, wollte Valerius wissen.

»Nach den letzten Schätzungen dürften wir auf die dreißigtausend zugehen. Veteranen aus allen Teilen des Reiches, aus *Hispania, Gallia, Africa, Graecia,* selbst aus *Britannia*, haben sich hier niedergelassen. Dazu Ubier und Tencterer, ein paar versprengte Sugambrer oder Cherusker, nimm noch ein paar überlebende Eburonen und Treverer, und du hast sie, die Agrippinenser! Ein buntes Gemisch, lustig und friedfertig.«

Sie waren inzwischen in eine kleine Seitengasse eingebogen. Der Centurio deutete auf ein Haus, dessen Erdgeschoss aus Ziegeln bestand, die weiteren Stockwerke waren aus Holz gefertigt. »So, nun muss ich dich verlassen. Hier wohnt meine Artesia. *Vale,* Tribun.« Winkend betrat Flavius Spurinus das Haus.

Valerius blickte sich um. Das Haus, vor dem er stand, pries Meister Vindex und seine ausgezeichneten Töpferwaren. Ganz in der Nähe musste Lucius Poblicius gewohnt haben, der nächste Name auf der Liste der Mordopfer. Der Tribun trat auf eine alte Frau zu, die, mühsam auf einen Stock gestützt, vorüberging.

»Kennst du das Haus des Lucius Poblicius?«, sprach er sie freundlich an.

»Lucius Poblicius? Bei den Göttern, der ist doch tot. Was willst du von ihm?«

»Ich war ein guter Freund von ihm und wollte seiner Frau meine Aufwartung machen.«

»Dort um die Ecke rechts, dann nur ein paar Schritte geradeaus. Es ist das dritte Haus auf der rechten Seite.« Vor sich hin murmelnd humpelte die Alte weiter.

XI.
Der Schwur des Maternus

»Was wünschst du?«, fragte der *Ostiarius* unwirsch.

»Ich möchte die Witwe des edlen Lucius Poblicius sprechen.«

»Und warum?«

»Das geht dich nichts an, melde mich!«

Die Tür wurde wieder geschlossen. Valerius ärgerte sich über die Neugier des unhöflichen Sklaven, eine steile Falte des Unwillens bildete sich auf seiner Stirn. Manchmal, wenn man Sklaven zu gut behandelte ...

Die Tür öffnete sich wieder, und ein völlig verwandelter Türsklave bat den Tribun mit freundlicher Geste einzutreten.

»Verzeih, wenn ich etwas unfreundlich war. Doch in letzter Zeit hatten wir viel Ärger mit Gästen. Die Herrin erwartet dich.« Er führte den Tribun durch ein prächtiges Atrium. In seiner Mitte befand sich ein von Marmorbänken umsäumtes Regenbecken, das durch eine Statue ständig mit neuem Wasser versorgt wurde. Die Statue war unzweifelhaft der Liebesgott *Amor*, der dem Besucher aus kecken Augen zuzuzwinkern schien. Daneben standen mehrere leere Podeste. Die Wände waren mit Fresken und bunten Ornamenten geschmückt. Valerius erkannte das Motiv des aus Troja fliehenden Aeneas, der den greisen Vater Anchises auf seinem Rücken trug. Am Arm führte er den kleinen Sohn Iulus, der mit ängstlich aufgerissenen Augen seinen Vater anblickte. Den Hintergrund bildete das brennende Troja. Das Bild leuchtete in kräftigen Farben und wirkte erstaunlich lebensecht, so dass man meinen konnte, Aeneas betrachte den Besucher kritisch.

»Gefällt es dir, Tribun?«

Ohne dass Valerius es bemerkt hätte, war die Herrin eingetreten. Sie musste schon über fünfzig sein, die Haare waren leicht ergraut. Ihre feinen patrizischen Züge deuteten ein vornehmes Lächeln an: »Ich bin Tullia Poblicia, die Witwe des ehrenwerten Lucius Poblicius. Bitte nimm Platz. Kann ich dir eine kleine Erfrischung anbieten?«

Valerius wollte diese höfliche Einladung nicht ablehnen und nickte.

»Gaseon!« Der Türsteher huschte so schnell herbei, als habe er hinter einer der Säulen gelauert.

»Bring bitte eine kleine Erfrischung für unseren geehrten Gast.« Der Sklave entfernte sich, und die Witwe bat Valerius, auf einer der Bänke Platz zu nehmen.

»Nun, Tribun, wie ist dein Name, und was führt dich zu mir?«

Valerius stellte sich ihr vor und erwähnte dabei auch, dass er das prachtvolle Grabmal ihres verstorbenen Mannes vor der Stadt bewundert habe. Die Witwe erblasste, ihre Stimme wurde leiser.

»In einigen Monaten wird es fertig sein, dann wird die Asche dieses edlen Mannes eine würdige Ruhestätte haben. Doch schon sind seine Mörder dabei, auch diese Stätte zu schänden.«

»Was meinst du?«, fragte Valerius, obgleich er schon wusste, worauf Tullia anspielte.

»Hast du den unseligen Buchstaben nicht bemerkt, der von frevelnder Hand eingraviert wurde?«

»Du meinst das N? Oder ist es ein M? Was hat es für eine Bedeutung?«

»Ich weiß es nicht, Tribun, doch das gleiche Zeichen trug der Tote auf seiner Stirn. Und auch die anderen hat man damit entstellt.« Tullia zeigte sich gut informiert.

»Was denkst du, gibt es Zusammenhänge zwischen den Opfern? Kannten sie sich?«, fragte Valerius und nahm von dem Obst, das der Sklave inzwischen auf leisen Sohlen gebracht hatte.

»Ich weiß nicht, ob sie sich alle kannten, aber ich vermute es stark.«

»Erzähl bitte, es könnte sehr wichtig sein.« Endlich, dachte Valerius, treffe ich jemand, der bereit ist zu sprechen und auch offenbar etwas zu sagen hat.

»Sie kannten sich alle. Lucius traf regelmäßig mit Flavius Spatiaticus, Syphonius, Aulus Iovianus und Gratus Vitellius zusammen. Alle sind tot, alle tragen den Buchstaben! Auch eine Frau namens Gaia Antonia war dabei, und ein Priester mit Namen Garunnian. Lucius hat mir alles erzählt. Zuerst trafen sie sich im

Hause des Iovianus, später auch an anderen Stellen. Ich wusste, dass es nicht gut gehen würde.«

»Wieso?«

»Es war alles so geheimnisvoll. Und als dieser Eucharios und später auch Maternus dazukamen, wurde alles noch schlimmer, noch geheimnisvoller. Die beiden kamen aus Rom und müssen wichtige Informationen mitgebracht haben. Schon bald galten sie in der Gruppe als Führer.«

»Aber worum, bei den allmächtigen Göttern, ging es denn überhaupt?« Valerius hatte mit einem tiefen Zug den köstlich kühlen Wein probiert und leckte sich genießerisch über die Lippen. Echter Caecuber! Eine Seltenheit!

»Genau um die ging es, oder besser gesagt, um den einen!«

»Verzeih, aber du sprichst in Rätseln, edle Tullia.«

»Es begann damit, dass Gratus Vitellius, der eine Zeit lang in der Provinz Judäa stationiert war, von einem Mann namens Jesus Christus sprach, den seine Anhänger als Sohn Gottes bezeichneten. Er muss ein sehr weiser Mann gewesen sein. Er konnte Wunder wirken, Kranke heilen, ja sogar Tote hat er auferstehen lassen, erzählte Gratus. Er selbst habe die Wunderzeichen gesehen, die bei seiner Kreuzigung geschehen sind. Außerdem hat dieser seltsame Mann Lehren verkündet, die so ganz anders sind als das, was unsere Götter wollen. Man solle seinen Nächsten lieben wie sich selbst, auch seine Feinde müsse man lieben. Und es gebe nur einen Gott, nämlich den, der ihn geschickt habe. Und wer an ihn und an seinen Gott glaube, der werde in Ewigkeit leben.« Sie seufzte tief auf, und eine Träne rann aus ihren Augen.

»Mein Gemahl hat diese Worte gierig aufgesogen, wie ein Verdurstender. Mit den alten Göttern konnte er schon seit langem nichts mehr anfangen. Wie du siehst«, wies sie auf die leeren Podeste, »hatte er ihre Statuen bereits entfernen lassen. Nur die Statue des Liebesgottes duldete er noch, weil die Liebe auch eine besondere Bedeutung in seinem neuen Glauben hatte.«

Gespannt hatte Valerius den Worten der Witwe gelauscht. Was er da hörte, klang unglaublich. Tullia strich sich mit ihren feingliedrigen Händen über das ergrauende Haar und fuhr mit leiser Stimme fort: »Dann kamen Eucharios und Maternus aus Rom. Ein

Mann namens Petrus habe sie geschickt, um die Botschaft dieses Gottes in Germanien und Gallien zu verbreiten. Gratus kannte sie beide aus seiner Zeit in Judäa.«

»Und wer ist nun wieder dieser Petrus?«

»Offensichtlich einer der engsten Vertrauten dieses Christus. Er stammt wohl auch aus dem Land der Juden, ist aber nach Rom gereist, um dort der Gemeinde vorzustehen. Sie nennen sich Nazarener, weil dieser Christus in einem Ort namens Nazares oder so ähnlich geboren wurde.«

»Aber wenn er in einer unserer Provinzen geboren wurde, wie kann er dann Sohn eines Gottes sein?«

»Ich kann es dir nicht sagen. Aber wurde nicht auch Aenas als Sohn der Juno geboren? Und hat sich nicht daher der große Cäsar, dessen ruhmreiches Schwert wir hier im Marstempel aufbewahren, immer seiner göttlichen Herkunft gerühmt? Und galt nicht Cleopatra, seine orientalische Geliebte, als Tochter der Göttin Isis?«

Valerius staunte über das umfangreiche Wissen der gebildeten Frau und nickte nur.

»Eucharios und Maternus wollten, so viel wurde nach und nach deutlich, hier in *Colonia Agrippinensium* eine ... eine Gemeinde dieses neuen Glaubens aufbauen. Das an sich wäre ja nicht so schlimm gewesen, denn wir Römer sind, wie du weißt, sehr tolerant, wenn es um Religion geht. Wenn wir die ägyptische Isis verehren, den parthischen Mithras oder den britannischen Silvanus, warum nicht auch einen orientalischen Christus, zumal wenn man sich die Lehren dieses Mannes genauer anschaut. Viel weiß ich nicht von ihnen, aber so viel hat Lucius mir doch erzählt: Lebten die Menschen nach ihnen, so würde das goldene Zeitalter, wie es Ovid beschrieben hat, zurückkehren.«

»Wenn es also nicht der Glauben jener orientalischen Sekte war, was hat sie dann in diesen Strudel aus Tod und Verderben gerissen?« Valerius' Augen glänzten, und seine Wangen hatten Farbe angenommen. Endlich schien er dem Geheimnis auf die Spur zu kommen.

»Ich weiß es nicht!« Tullias Stimme klang gequält.

Valerius atmete tief aus und ließ sich seine Enttäuschung anmerken.

»Es tut mir Leid, Tribun Valerius. Niemand wüsste lieber als ich, was meinem Gemahl das Leben gekostet hat. Es muss da noch etwas anderes gegeben haben, aber Lucius hat nie darüber gesprochen. Nur einmal hat er angedeutet, dass es sich um eine Sache auf Leben und Tod handelt. Vielleicht hilft dir dieser Brief weiter, den Eucharios ihm nach seiner Abreise geschrieben hat. Warte bitte einen Augenblick.«

Nach wenigen Augenblicken brachte sie dem Tribun eine Schriftrolle, die dieser eilig entrollte:

Eucharios grüßt seinen viellieben Lucius Poblicius,
Bruder im Herrn

Es drängt mich, dir, lieber Bruder, von den Ereignissen zu berichten, die sich nach meiner Rückkehr in die Stadt der Treverer abgespielt haben. Zunächst hatte ich Trauriges zu vermelden: Salvienus, der Sohn jener vornehmen Witwe Albana, die mich so hochherzig in ihrem Hause aufnahm, starb unmittelbar nach meiner Rückkehr an hohem Fieber. Doch Gott hat es in seiner Allmacht gefallen, mir die Kraft zu verleihen, ihn ins Leben zurückzurufen. So geschah ihm ähnlich Wunderbares wie unserem trefflichen Bruder Maternus; die Geschichte kennst du ja. Auch erwartete mich ein Brief unseres Bruders Petrus aus Rom! Er ist zurzeit sehr damit beschäftigt, seinem Sekretär und Dolmetscher Marcus all das zur Abschrift anzuvertrauen, was er zu Lebzeiten unseres Herrn erlebt hat. Ich bin schon sehr auf diese Berichte gespannt. Außerdem hat er mir endgültig die Leitung unserer neuen Gemeinden in Gallien und Germanien anvertraut und mir den Valerius als Diakon und den Maternus als Subdiakon zur Hand gegeben, wie ich es mir so sehr gewünscht habe. Dir, lieber Bruder, rate ich also, dich mit allem, was unseren Glauben betrifft, voller Gottvertrauen an Maternus zu wenden.
Aber auch jene andere Sache hat Petrus erwähnt. Er meint – und ich schließe mich dem voll und ganz an –, dass es uns alle in höchste Gefahr bringen wird, wenn wir unser Geheimnis nicht zu wahren wissen. Gott hat uns damit eine schwere Prüfung auferlegt, und nur durch unser völliges Schweigen werden wir

diese Prüfung bestehen. Was auch immer geschehen wird, es kommt von höchster Stelle, und es wird unsere junge Gemeinde in tödliche Gefahr bringen, wenn wir es nicht verstehen, unseren Schwur zu halten. Also vertraue ich darauf, dass du und die anderen schweigen werden – denn alles andere bringt den Tod. Grüße mir den wackeren Iovianus, den tapferen Gratus, den mutigen Syphonius und die liebreizende Gaia und all die anderen, die sich den Worten unseres Herrn verbunden fühlen.

Augustae Treverorum, pridie Nonas Aprilis
Eucharios

»Das bringt uns nicht weiter!« Valerius' Ungeduld hatte sich wieder eingestellt. »Ich muss unbedingt diesen Maternus treffen. Weißt du, wo man ihn erreichen kann?«

Tullia Poblicia schüttelte den Kopf. »Ich fürchte, ich werde dir nicht helfen können. Sie haben immer ein großes Geheimnis um ihre Versammlungsorte gemacht, und dieser Maternus wohnt, so weit ich weiß, mal hier, mal dort.«

Enttäuscht verließ Valerius das Haus des Poblicius. Zwar hatte er einiges erfahren, aber am Ende nichts, was ihn wirklich weiterbringen konnte. Er musste unbedingt ...

»Pscht! Heda, Herr!«

Valerius drehte sich um. Gaseon, der Sklave des Poblicius, war hinter ihm hergelaufen. Unsicher blickte er nach allen Seiten um sich.

»Ich ... ich könnte dir vielleicht helfen.«

»Helfen? Du?«

»Du suchst den Maternus?«

»In der Tat. Du hast gelauscht! Weißt du nicht, dass ein Sklave dafür hart bestraft werden kann? Was weißt du?«

Die Augen des Sklaven verengten sich zu schmalen Schlitzen. Seine Hand machte die Bewegung des Geldzählens. »Gute Informationen haben ihren Preis, Herr. Verzeih, aber irgendwie muss ich die Summe für meinen Freikauf zusammenbringen.«

»Wie viel?«, fragte Valerius knapp.

»Zwanzig Denar!«

»Du musst verrückt sein. Dafür kann ich mir fast einen Sklaven kaufen.«

»Mag sein, edler Herr. Aber der weiß dann auch nicht, wo Maternus zu finden ist. Ich aber weiß es, und ich will zwanzig Denar!«

Valerius dachte an das Geld, das Agrippina ihm mitgegeben hatte. Genau für solche Zwecke.

»Ich gebe dir zehn Denar und kein As mehr!«

»Fünfzehn – und kein As weniger!«

»Ich könnte dich deiner Herrin übergeben und für deine Bestrafung sorgen. Ein paar Peitschenhiebe bringen einen aufsässigen Sklaven schnell zur Vernunft.«

»Erstens peitscht die Herrin keine Sklaven, der Herr hat's verboten, und zweitens wüsstest du dann immer noch nicht, wo du Maternus finden kannst, nicht wahr?«

Valerius kapitulierte vor so viel Frechheit und gab dem Sklaven die geforderte Summe. Mit glänzenden Augen verbarg Gaseon das Geld unter seinem Gewand.

»Ich habe den Herrn manchmal auf seinen Gängen begleitet. Musste zwar immer vor der Tür warten, aber wo dieser Maternus sich zurzeit aufhält, weiß ich.«

»Wo nun genau!«

Gaseon lächelte verschwörerisch. »Bei der Witwe des Flavius Spatiaticus! Er versteckt sich dort, denn er weiß genau, dass er der Nächste sein wird!«

***

Der Gewürzladen des Spatiaticus war nicht weit entfernt, und Marcus Valerius Aviola brauchte nur die halbe Zeit, denn bebender Zorn trieb ihn voran. Die charmante Witwe mit dem entzückenden Ausschnitt hatte ihn belogen! Sie wusste viel mehr, als sie zugab, und eine der Hauptpersonen dieser ganzen Geschichte versteckte sie in ihrem Haus! Vielleicht war dieser Maternus der Schlüssel ...

Wuchtig schlug er mehrmals gegen die zierliche Holztür. Sekunden später lugte das Gesicht der hübschen Witwe durch den geöffneten Türspalt.

»Du, Tribun? Hast du noch etwas vergessen?«

»Kann ich hereinkommen?«, fragte Valerius ungehalten.

»Aber wir haben ...«

Ohne eine weitere Antwort abzuwarten drückte Valerius die Tür auf und betrat den Laden.

»So geht das nicht!« Die Augen der jungen Frau funkelten zornig. »Du kannst dir hier nicht gewaltsam Eintritt verschaffen. Ich werde das dem *Aedil* melden.«

»Melde es dem *Aedil* oder wem immer du willst. Du hast mich belogen!«

»Belogen? Wieso belogen?«

Ein Schatten der Unsicherheit flog über das hübsche Gesicht, und Valerius bemerkte, dass sich ihre Hände zu verkrampfen begannen.

»Maternus! Er ist hier! Ich will ihn sehen. Jetzt sofort!« Die Stimme des Tribuns duldete keinen Widerspruch, und die charmante Witwe erblasste merklich.

»Maternus? Aber wie kommst du auf die ...?«

»Ich weiß, dass er sich hier aufhält, das genügt. Und jetzt hol ihn her. Oder muss ich das Haus erst von Soldaten durchsuchen lassen?«

»Das ist nicht nötig!«, rief eine Stimme, und im nächsten Moment trat ein ganz in eine weiße Tunika gehüllter Mann aus einem Nebenraum.

»Ich bin der, den du suchst. Mein Name ist Martialis Maternus!«

Neugierig betrachtete Valerius die hohe, schlanke Gestalt. Er war größer noch als der Tribun, das Gesicht trug feine, ehrwürdige Züge, umrahmt von langen, weißen Haaren. Das Alter des Mannes ließ sich kaum schätzen, vielleicht war er etwa sechzig.

»Du musst verzeihen, dass Julia die Unwahrheit gesagt hat, sie tat es, um mich zu schützen. Aber man kann sich nicht immer verstecken, und so bin ich nun hier und stehe dir zur Verfügung.«

»Erzähle, wer du bist, Maternus, aber sprich die Wahrheit. Lügen habe ich heute schon genug gehört. Wie du weißt, habe ich den amtlichen Auftrag, die Mordserie in dieser Stadt zu untersuchen. Du scheinst mir zur Aufklärung beitragen zu können.«

Sie setzten sich an den Tisch. Während die junge Frau mit sorgenvoller Miene Obst, Gebäck und *Mulsum* auftrug, begann der Alte mit leiser Stimme zu sprechen.

»Wie du wahrscheinlich erfahren hast, habe ich die Ehre, zusammen mit Eucharius und Valerius der kleinen hiesigen Gemeinde vorzustehen, die sich um unseren Herrn Jesus Christus versammelt hat. Petrus selbst, der den Herrn gekannt und als sein Jünger begleitet hat, wählte mich in Rom zusammen mit meinen beiden Gefährten aus, um den Menschen in diesem Lande die frohe Botschaft vom Leben und Tod unseres Herrn zu bringen. Landauf, landab habe ich, so gut ich konnte, meine Aufgabe erfüllt und den Germanen gepredigt. Ich habe ihre heidnischen Götzenaltäre zerstört, wo ich konnte, oft unter Lebensgefahr. In *Argentoratus* schließlich habe ich dafür mit meinem Leben bezahlt.«

»Du hast waaas?« Empört sprang Valerius auf und stieß dabei den Becher mit Honigwein um, den Julia vor ihn gestellt hatte.

»Keine Lügen, keine Märchen! Die Wahrheit sollst du sprechen!«

Während Julia mit erschrockenem Blick den Tisch säuberte, lächelte Maternus den erregten Römer gütig an.

»Ich weiß, wie unglaublich es klingt. Aber der Herr ist mein Zeuge, es ist die Wahrheit. Vierzig Tage lang habe ich im feuchten Grabe gelegen, bis mich meine Gefährten mit dem Stab des Petrus zum Leben erweckten.« Die Stimme des Alten geriet ins Stocken, und Tränen flossen ihm angesichts der Erinnerung an das unfassbare Geschehen über die mageren Wangen. Atemlos hatte Valerius den Worten des Mannes gelauscht. Trug oder Wahrheit, er war hin- und hergerissen. Konnte man sich solch eine absurde Geschichte überhaupt ausdenken? Scharf fixierte er die Augen des Mannes. Konnten diese gütigen Augen lügen?

Aber schon fuhr Maternus fort. »Die Haare sind mir darüber weiß geworden. Schau in das Gesicht eines Greises, der kaum mehr als vierzig Jahre ist. Nach meiner zweiten Geburt – so nenne ich jene göttliche Fügung – bin ich mit meinen Gefährten nach *Augusta Treverorum* gereist und habe meine Arbeit fortgesetzt. Aber in dieser Stadt mit ihren zahllosen Götzentempeln wurde unsere

Botschaft nicht angenommen. So wandte ich mich nach Norden und gelangte zusammen mit Eucharius hierher, wo wir fruchtbaren Boden für unseren Glauben fanden. So, jetzt weißt du alles, was du wissen musst.«

Jetzt ergriff Julia, die bisher geschwiegen hatte, das Wort. »Wir alle hier danken unserem Herrn, dass er dich zu uns gesandt hat. Ohne dich und deine Gefährten hätten wir nie die frohe Botschaft von der Auferstehung des wahren Gottes vernommen.« Liebevoll blickte sie Maternus an und streichelte über seine runzligen Hände.

Valerius holte tief Luft. »Nicht alles! Das Wichtigste hast du nicht erwähnt. Verzeih, aber euer seltsamer Glaube interessiert mich nicht. Und ob du nun wirklich tot warst oder, wie ich wohl eher vermute, dem Tode nur ähnlich – von solchen Dingen hat man schon gehört –, will ich nicht beurteilen. Aber die Morde! Die Morde, die hier geschehen sind und offenbar nur Menschen getroffen haben, die zu eurem kleinen Kreise gehören, die interessieren mich. Welchen Grund gibt es dafür? Was weißt du darüber? Sprich!«

»Tribun, darüber werde ich nie sprechen! Es ist jetzt mehr als ein Jahr her, dass unser kleiner Kreis durch Zufall oder Gottes Willen Kenntnis von einem schlimmen Geheimnis erhielt. Wir haben damals sofort gewusst, dass dieses Geheimnis für uns alle lebensbedrohlich ist. Dies umso mehr, wenn auch nur einer von uns es preisgibt. Und so haben wir uns damals im Haus des lieben verstorbenen Lucius Poblicius getroffen und zusammen einen heiligen Eid abgelegt, dass niemand von uns, zu keiner Zeit und an keinem Ort, darüber sprechen wird. Dieser Eid bindet meine Zunge, und nichts, keine Folter, hörst du, keine Folter, wie schlimm sie auch sein mag, wird diesen Eid lösen können. So, jetzt magst du die Folterknechte des *Aedils* herbeiholen, sie werden meine Zunge nicht lösen!«

Zornig schlug Valerius auf den Tisch. Wieder einmal stieß er auf eine undurchdringliche Mauer des Schweigens.

»Aber dieses Schweigen kostet euch das Leben!«, rief er, »zehn von euch haben schon bezahlen müssen. Wie viele sollen noch sterben, bis ihr redet?«

»Das liegt allein in der Hand des Herrn. Mögen auch schon zehn gestorben sein, so leben doch mindestens noch zehnmal so viele, und sie leben nur, solange wir schweigen. Such den Mörder,

Tribun, und erlöse uns von dieser Qual. Aber erwarte von mir keine Hilfe. Mich bindet der Eid, den ich vor Gott und den Menschen geleistet habe.«

»Was bedeutet der Buchstabe, den die Toten auf der Stirn trugen?«

»Ich weiß es nicht, und wenn ich es wüsste, würde ich es dir nicht sagen, denn es wäre Teil des Geheimnisses. Doch ich rate dir: Sei auf der Hut und trau keinem! Wer sich heute dein Freund nennt, mag dir morgen den Dolch in den Rücken stoßen. Und nun entschuldige mich, ich habe noch einiges für die nächste Versammlung vorzubereiten.« So unauffällig, wie er hereingekommen war, verschwand Maternus wieder.

»Was soll man nun davon halten?« Ratlos blickte Valerius die Witwe an.

»Er hat dir nicht ganz die Wahrheit gesagt«, flüsterte Julia Spatiatica leise.

»Ich dachte es mir!«, rief Valerius erregt. »Sprich, was hat er mir verschwiegen?«

»Er ist schon zweimal gestorben, und zweimal hat der Herr ihn zum Leben erweckt.«

Valerius, der gerade etwas Honigwein zu sich genommen hatte, prustete los: »Zweimal? Bei den Göttern, glaubst du, ich wäre ein Narr, solche Geschichten zu glauben?«

Ruhig und ernst blickte die Hausherrin ihn an. Dann begann sie mit leiser Stimme zu erzählen: »Es trug sich vor etwa dreißig Jahren in der Provinz Judäa zu, in einer kleinen Stadt namens Nain, unweit der Geburtsstadt unseres Christus, Nazareth. Der einzige Knabe einer ehrwürdigen Witwe war im Alter von zwölf Jahren verstorben, und seine Mutter und die Freunde der Familie trugen den Jüngling zu Grabe. Da geschah es, dass unser Herr das Stadttor passierte und den Leichenzug erblickte. Als er die trauernde Witwe sah, wurde er von Mitleid gerührt. Er sprach zu der Mutter: ›Weine nicht.‹ Dann hieß er die Träger die Bahre absetzen und berührte den Leib des Verstorbenen mit den Worten: ›Jüngling, ich sage dir, stehe auf!‹ Und sogleich stand der Tote auf und begann zu sprechen. Alle Umstehenden aber waren von dem Wunder gerührt und priesen Gott.«

»Und dieser auferweckte Jüngling war Maternus«, lachte Valerius. »Bei Jupiter, was für eine unterhaltsame Geschichte. Bürgst du für sie? Woher nimmst du die Kühnheit, mir solche Märchen aufzutischen, du Närrin? Hast du vergessen, dass ich in amtlicher Mission hier bin? Ich könnte dich wegen Irreführung der Behörden festnehmen lassen!« Unwillig runzelte der Tribun die Stirn, der Ärger über die Frechheit der jungen Frau stand ihm im Gesicht geschrieben.

»Maternus selbst hat mir davon erzählt, auch wenn er in seiner Demut die Sache am liebsten verschweigt. Und der große Petrus, unser Führer in Rom, hat darüber in einem Brief geschrieben. Hier lies selbst!« Sie ging zu einem Eckregal, in dem sich mehrere Buchrollen befanden, griff eine Rolle heraus und überreichte sie dem Tribun. Neugierig entrollte Valerius den *Libellus*:

Simon Petrus, Knecht und Apostel des Herrn, an die auserwählten Fremdlinge in der Diaspora von Germanien, die durch die Gnade unseres Gottes und Heilandes Jesus Christus den gleichen kostbaren Glauben wie wir erhalten haben.
Gnade euch und Friede in reichem Maße!
Gepriesen sei Gott, der Vater unseres Herrn Jesus Christus!
Er hat uns nach seiner großen Barmherzigkeit durch die Auferstehung Jesu Christi von den Toten wieder geboren zu lebendiger Hoffnung. Schon liegt es im Himmel bereit für euch, die ihr in Gottes Kraft durch den Glauben bewahrt werdet für das Heil, das am Ende der Zeit offenbar wird.
Dann werdet ihr frohlocken, mögt ihr auch jetzt auf kurze Zeit, wenn es sein soll, durch mancherlei Prüfungen Trübsal erleiden. Dadurch soll euer Glaube bewährt und für weit wertvoller befunden werden als das vergängliche Gold, das durch Feuer geläutert wird.

Valerius ließ die Rolle sinken. »Was soll ich mit den unverständlichen Worten eures Führers? Hier steht nichts über den toten Maternus.«

»Du musst weiterlesen, Tribun«, drängte Julia ihn sacht. »Lies weiter, dort unten, lies doch!« Sie führte seinen Finger zu einer Textstelle am unteren Rand der Schriftrolle:

Seht, meine Brüder und Schwestern, ich sende euch die Brüder Eucharios, Valerius und Maternus, damit sie die Worte unseres Herrn in eure Herzen tragen. Die ersten beiden kennt ihr bereits, dem Maternus aber widerfuhr die Gnade unseres Herrn in besonderer Weise: Er ist der Jüngling, den unser Herr Jesus Christus in Nain von der Totenbahre erweckte und der danach zu unserem liebsten Jünger wurde. Lange Zeit hat er uns begleitet, und gerne hätte ich ihn hier im Babylon unseres Glaubens behalten. Aber wer liebt, muss auch gehen lassen, und so sende ich ihn euch und weiß doch, wie wertvoll er mir bei euch sein wird.
Seid auf der Hut, dass ihr euch nicht vom Wahn der Gottlosen fortreißen lasst und eure Festigkeit verliert. Wachset vielmehr in der Gnade und Erkenntnis unseres Herrn und Heilandes. Ihm sei Herrlichkeit jetzt und für den Tag der Ewigkeit! Amen!

»Was ist mit ›Babylon unseres Glaubens‹ gemeint?«, fragte Valerius nachdenklich.

»Damit ist Rom gemeint, die Hauptstadt der Sünde und des Unglaubens.«

»Und du glaubst das alles?«

»Ich glaube es mit jeder Faser meines Herzens«, antwortete die Witwe fest.

»Und wie kam es zu dieser angeblichen zweiten Totenerweckung?«

»Maternus ist auf seiner Wanderung von Rom hierher in der Gegend von *Argentoratus* ums Leben gekommen. Die näheren Umstände kenne ich nicht. Jedenfalls sind seine Gefährten, unter ihnen Eucharius und Valerius, zurück nach Rom zu Petrus gereist. Der hat ihnen seinen Apostelstab mitgegeben, mit dem sie ihn wieder zum Leben erweckt haben. Mehr weiß ich nicht. Glaub es, oder lass es. Mir ist es egal! Und jetzt möchte ich meine Ruhe haben!« Aufgeregt hob und senkte sich ihr stattlicher Busen, die Stimme hatte an Festigkeit gewonnen.

»Gut. Ich werde dich nicht weiter belästigen, jedenfalls im Augenblick nicht. Es kann aber sein, dass ich weitere Fragen an dich oder Maternus habe, und dann werde ich zurückkommen.«

XII.
Gefährliches Gastmahl

Auf dem Weg zu seinem Quartier schwirrte ihm der Kopf. Was er heute alles gehört hatte, musste erst einmal verkraftet werden. Aber in seiner Mission war er keinen Schritt vorangekommen. Was für eine merkwürdige Sekte! Und doch, einen so festen und unbeirrbaren Glauben hatte er unter seinen römischen Landsleuten nicht angetroffen. Die alten Gottheiten hatten ihre Bedeutung weitgehend verloren. War man in Not, so opferte man ihnen. Erhielt man, um was man bat, so dankte man ihnen. Erhielt man es aber nicht, wussten die Götter wohl schon, warum sie das Erbetene verweigerten. Götter – gab es die überhaupt? Saßen sie im Olymp und blickten auf die bedrängte Menschheit herab? So ein Gott, der sich unter die Menschen begibt, Kranke heilt und Tote erweckt, war nicht schlecht. Jedenfalls fassbarer als die Götter im fernen Olymp!

Als Valerius das Forum überquerte und sich nach links zum *Cardo Maximus* wandte, meldete sich sein Magen knurrend und erinnerte ihn daran, dass er außer der versalzenen Erbsensuppe und etwas Obst noch nichts zu sich genommen hatte. Aber er entschloss sich, auf eine Mahlzeit in einer Garküche zu verzichten, denn ihn erwartete ein Gastmahl im Hause des *Aedils*, bei dem es an Leckereien aller Art nicht fehlen dürfte.

Der Veteran an der Tür des Gästehauses salutierte, als er den Prätorianertribun erblickte. Wortlos betrat Valerius das Gebäude. Das Gästehaus verfügte über eine kleine, aber saubere Badeanlage, in der sich Valerius zunächst einmal vom Staub des Tages säuberte. Ein Sklave, der auf ihn gewartet zu haben schien, salbte, ölte und massierte ihn, während sich Valerius behaglich entspannte. Dirana kam ihm in den Sinn. Würde das schöne Kind heute Abend tanzen? Während der Sklave ihm das Öl abschabte, sah er die schwarzhaarige Sklavin vor sich: Ihre weißen Zähne blitzten, glutvolle Augen funkelten ihn an und schienen Freuden der Liebe zu verheißen.

Cynthia! Wie ein Blitz fuhr ihm seine Verlobte durch den Kopf, aber ihr Bild verlor sich schnell wieder. Sie hatte sich beim Abschied so unmöglich benommen, dass er keine Sehnsucht nach ihr empfand. Mochte sie in Rom tun, was sie wollte. Ihr sittenstrenger Vater würde sie schon an allen Tollheiten hindern. Und wenn doch? Es war ihm in diesem Augenblick egal. Erneut erregte ihn der Gedanke an Dirana. Aber auch die attraktive Julia Spatiatica ging ihm durch den Kopf. Eine ganz andere Frau, aber nicht weniger anziehend ...

Der Sklave ölte ihn jetzt sanft mit einem minzhaltigen Balsam ein, der wohltuend duftete und den Körper erfrischte. Valerius erhob sich und gab dem Sklaven einige As. Neben dem *Unctorium* befand sich ein kleiner Ruheraum. Valerius legte sich auf eine der bequemen Liegen und war nach kurzer Zeit eingeschlafen.

Die Stimme des Sklaven weckte ihn. »Herr, verzeih. Es ist Zeit, sich für das Gastmahl bereitzumachen. Ich habe dir eine frische Tunika in dein Zimmer gelegt.«

»Wie ist dein Name?«

»Argober, Herr. Ich wurde für deine persönlichen Bedürfnisse abkommandiert, solange du hier wohnst.«

»*Bene*. Woher kommst du?«

»Aus Britannien, Herr.«

»Der erfolgreiche Kriegszug unseres Cäsars war dein Schicksal?«

»So ist es, Herr. Ich gehörte zu den ersten Gefangenen und bin seit zwei Jahren hier.«

»Vermisst du deine Heimat?«

»Die Heimat nicht so sehr, denn hier in Germanien ist es ganz ähnlich wie in Britannien. Es regnet genauso viel, es gibt Nebel und Kälte wie bei uns. Aber ich vermisse meine Familie.«

Und leiser fügte er hinzu: »Ich hatte eine Frau und zwei Kinder.«

»Was ist aus ihnen geworden?«

»Sie wurden wie ich Sklaven, aber ich weiß nicht genau, wohin man sie geschafft hat. Zuletzt hörte ich von ihnen, dass sie auch nach Germanien verkauft wurden.«

»Du sehnst dich nach ihnen?«

»Ja, Herr!« Die Stimme des Sklaven wurde brüchig.

»Diene mir gut, und ich werde nach ihnen suchen lassen. Wie sind ihre Namen?«

»Das würdest du tun, Herr? Wirklich?«

»Du hast das Wort eines Tribuns, Argober, das muss reichen.«

»Es reicht, Herr, es reicht! Der Name meiner Frau ist Sura, und meine Kinder heißen Cassix und Rovanna.«

***

»Der Prätorianertribun Marcus Valerius Aviola aus Rom!«, verkündete der *Nomenclator* laut. Das Stimmengewirr ebbte vorübergehend ab, und alle Gesichter wandten sich dem Vorgestellten zu. Mit einem freundlichen Nicken betrat Valerius in seiner schneeweißen, goldumlegten Tunika das geräumige *Triclinium*. Eine schwergewichtige, schwitzende Gestalt eilte auf ihn zu und legte ihm seine Hand auf die Schulter.

»Marcus Valerius Aviola, sei gegrüßt in meinem Hause. Ich bin Publius Statilius Taurus, der *Aedil* unserer kleinen, liebreizenden Stadt. Du wirst uns also bei der Aufstellung einer Polizeitruppe helfen. Das ist uns sehr willkommen, denn wer könnte da besser helfen als ein Prätorianertribun aus Rom ... Die Wege unseres göttlichen Cäsar sind doch immer wieder vortrefflich. Nimm Platz an unserer Tafel und lass dich bekränzen mit dem Lorbeer Jupiters.«

Eine Sklavin überreichte Statilius einen Lorbeerkranz, den er auf dem Kopf des Gastes befestigte. Danach wurde Valerius von einem Sklaven zu einer Liege geführt, auf der ihm bereits ein bekanntes Gesicht entgegenstrahlte.

»Ich freue mich, dich wieder zu sehen, Tribun.«

»Die Freude ist auf meiner Seite, Quintus Statilius Taurus.« Valerius hatte den Sohn des Gastgebers sofort wieder erkannt. Der Tribun sah sich aufmerksam um. Einige Gesichter kannte er, das des *Prätors* Gaius Volturcius Crassus oder das des Flottenkommandanten aus *Bonna*, Manlius Flaminius Cotta, der ihm gegenüber lag und ihm freundlich zunickte. Valerius zählte acht Männer und lediglich drei Frauen, die ihm alle unbekannt waren. Vergeblich hielt er Ausschau nach Dirana, aber er konnte sie auch unter den Sklavinnen nicht entdecken, die zur Bedienung der Gäste an den Wänden standen.

»Wie gefällt dir unsere *Colonia Claudia Ara Agrippinensium*, Tribun?«, hörte er Quintus sagen.

»Wie ... was ... ja, gut, eine aufblühende kleine Stadt. Sehr sauber und mit ansehnlicher Architektur. Was ich gesehen habe, gefällt mir. Eine typisch römische Stadt eben.«

»Genau«, pflichtete Quintus ihm bei, »ein bisschen wie in Rom, nur eben viel kleiner – aber auch übersichtlicher. Ein Schandfleck wie die *Subura* fehlt, und mein Vater achtet sehr darauf, dass nichts Ähnliches entsteht.«

Ihr Gespräch wurde unterbrochen, weil eine Gruppe von fünf Sklaven mit einer musikalischen Darbietung begann und die Aufmerksamkeit der Gäste für einen Augenblick auf sich zog. Zwei Flötenspieler trugen ein altbekanntes, fröhliches Hirtenlied auf ihrer *Tibia* vor. Sie wurden von Sklaven auf einer *Pandura*, einer *Lyra* und einer *Cithara* begleitet. Es folgte ein schwermütiges Soldatenlied, das einige der Gäste nachdenklich mitsummten. Plötzlich öffnete sich die Gruppe und machte Platz für eine Sklavin in einer hellblauen kurzen Tunika. Es war nicht Dirana, wie Valerius gehofft hatte. Mit einem klaren Sopran stimmte sie ein Liebeslied an, im Hintergrund dezent von den Musikanten begleitet. Klar und hell tönte ihre liebliche Stimme durch das Speisezimmer und brachte alle zum Schweigen. Während die Sklavin weitersang, ließ Valerius bewundernd seine Blicke durch das Speisezimmer schweifen. Die weiß gekalkten Wände, an Boden und Decke mit goldener Ornamentik nach griechischer Art eingefasst, zeigten in verschwenderischen Farben Bilder der römischen Mythologie. Hier schützte Diana eine Hirschkuh vor dem Jäger, dort tauchte der bärtige Neptunus mit seinem gewaltigen Dreizack aus den Fluten des schäumenden Meeres. Auf der Stirnseite des Raumes leerte Bacchus mit trunkenem Blick eine Karaffe goldenen Weins, und auf der gegenüberliegenden Seite, durch den Türbogen zerrissen, säugte eine schwarze Wölfin Romulus und Remus an ihrer Brust. Bedrohlich scharf stachen die weißen Eckzähne hervor. Der Boden war ganz mit einem schneeweißen Mosaik bedeckt, das von blutroten Steinen umrandet wurde, und schuf so einen eindrucksvollen Kontrast zur farbmächtigen Gestaltung der Wände.

Aufbrausender Beifall riss Valerius aus seinen mythologischen Träumen. Die Sklavin hatte ihren Beitrag beendet und empfing ihren verdienten Lohn.

»Sie hat schon eine tolle Stimme, unsere Arania! Was meinst du, Tribun?«

»Ohne Zweifel«, erwiderte Valerius, während seine hungrigen Blicke zu den Sklaven wanderten, die die ersten Speiseschüsseln brachten, »ohne Zweifel eine außergewöhnliche Stimme. Besitzt ihr die Sklavin schon lange?«

»Mein Vater hat sie von Tullius Torquatus Niger als Geschenk erhalten. Kennst du ihn?«

Valerius schüttelte den Kopf. »Sollte ich?«

»Er ist ein unheimlicher Mann. Immer in schwarz gekleidet und mit finsterer Miene, deshalb auch der Beiname. Ich mag ihn nicht. Ab und zu besucht er uns und spricht mit meinem Vater, aber ich weiß nicht, worum es da geht. Aber sieh, jetzt wird dein knurrender Magen besänftigt.«

Bei dieser Beschreibung zuckte Valerius für einen Augenblick das Gesicht eines Mannes durch den Sinn, verlosch aber sofort wieder. Tatsächlich hatte der Magen des Tribuns sein Unbehagen unüberhörbar geäußert, was Valerius recht peinlich war. Der *Nomenclator* war zwischen die Liegen getreten und wies auf die Schüsseln. Mit lauter Stimme rief er die Speisen aus: »Erhabene Gäste des Publius Statilius Taurus! Seht jene Vorspeise, die eure Gaumen kitzeln, aber eure Mägen doch nicht sättigen soll: Fische in *Garum* aus unserem heimischen *Rhenus*, umlegt mit weichen Eiern und frischen, grünen Salaten, dazu *Vinum austerum* von den Hängen der *Mosella*.«

Auf silbernen Platten reichten die Sklaven die Speisen und stellten sie auf die niedrigen Tische, die vor den Liegen standen. Beherzt griff Valerius zu, obwohl er wusste, dass dies nur den Auftakt zu einem langen und sicherlich äußerst schmackhaften Mahl bildete. Der zarte Fisch schmeckte vorzüglich, die Salate waren fest und frisch. Behaglich lehnte Valerius sich zurück und trank einen Schluck des einheimischen, als herb beschriebenen Moselweines, der einen erfrischenden Kontrast zu der kräftigen Fischsoße darstellte.

»Eure Speisen hier können sich sehen lassen, besser speist man auch in Rom nicht.«

»Danke für das Kompliment, Tribun«, lächelt der *Aedil* geschmeichelt. »In der Tat war unser Küchenmeister lange Jahre in Rom tätig. Aber das Hauptmahl erst! Ich kann dir verraten, es ist ein Traum! *Nunc vino pellite curas, convivae honesti* – Lasst uns die Sorgen mit Wein vertreiben, wie es der treffliche Horaz empfiehlt, ehrenhafte Gäste!«

Der *Aedil* erhob sich schnaufend und trank seinen Gästen zu. Sein gerötetes Gesicht zeigte deutlich an, dass er dem Rat des Dichters bereits gefolgt war. Und mit schwerer werdender Zunge fuhr er fort: »Und unser edler Gast aus Rom, den Cäsar persönlich – die Götter mögen ihn schützen – hierher gesandt hat, mag sehen, dass es sich auch in der Provinz leben lässt. Auf dein Wohl, edler Tribun. Möge deine Mission hier bald erfüllt sein!«

»Es ist immer das Gleiche«, murmelte Quintus. »Mein Vater gibt sich den Lockungen des Bacchus allzu gern und allzu früh hin ... Mit deiner Mission hier meint er den Aufbau einer Polizeitruppe, nicht wahr?«

Valerius nickte. »Ich hoffe, er empfindet es nicht als eine Einmischung in sein Aufgabengebiet?«

»Keine Sorge, er hat noch genug anderes zu tun. Etwas Hilfe kann er schon brauchen. Im Augenblick beschäftigen ihn die Mordfälle hier sehr. Hast du davon gehört?«

»Wer nicht. Hat dein Vater schon eine Ahnung, wer dahinter steckt?«

»Ich glaube, er vermutet, dass die tückischen Sugambrer dahinter stecken. Sie wollen unsere Provinz in Unruhe versetzen.«

Ihr Gespräch wurde durch den Zeremonienmeister unterbrochen, der erneut mit wichtiger Miene in die Raummitte trat.

»Wenn euch die Vorspeise gemundet hat, so seiet jetzt bereit für den nächsten Gang. Der Hauptgang bietet Schweineeuter, in Koriander und Sardellenpaste gedünstet, gefüllt mit gehacktem Fleisch vom Zicklein und Pilzen, umlegt mit gewürztem Speltgraupenbrei, Mangold und ausgebackenen Gurken. Dazu empfiehlt der Kellermeister tiefroten, eisgekühlten Caecuber. Möge das Mahl euch munden!«

Während die Sklaven die dampfenden Schüsseln und Platten hereinbrachten, setzte die Musik erneut ein und untermalte das Plaudern der Gäste.

»Wie ist es mit Tanz und Akrobatik? Habt ihr auch Sklaven, die so etwas können?«, fragte Valerius den Sohn seines Gastgebers.

»Tribun, ich sage dir: Vergiss die üblichen gadetanischen Tänzerinnen. Niemand tanzt besser als unsere Dirana, aber das Beste kommt immer am Schluss. Lass dich überraschen!«

Aha, endlich fiel der Name, auf den Valerius schon so lange gewartet hatte. Er beschloss, abzuwarten und alles Weitere auf sich zukommen zu lassen. Die Sklaven begannen mittlerweile, die Platten mit den Speiseresten wieder abzuräumen, während zierliche Sklavinnen in knappen, kaum verhüllenden Tuniken aus Bastkörbchen getrocknete Rosenblätter und Minze durch den Raum streuten. Ein schwerer, betörender Duft breitete sich allmählich aus. Ein letztes Mal trat der beleibte Zeremonienmeister gravitätisch in die Mitte. Er wartete, bis er die Aufmerksamkeit aller hatte, was er sichtlich genoss. Dann erklang erneut seine hoheitsvolle Stimme: »Zum Abschluss des Mahles eine delikate *Tyropatina* als bescheidener Nachtisch. Wir servieren *Bellaria domestica,* Süßigkeiten nach Art des Hauses: getrocknete Trauben in Birnenmus, versetzt mit einem Hauch von *Mulsum*, geröstete und mit Anis bestreute Nüsse im Feigenmantel. Dazu reichen wir, je nach Geschmack, gekühlten, nur leicht gesüßten Honigwein von den Hängen unseres *Rhenus* oder *Vinum Rosatum*, lieblichen Rosenwein aus den Gärten des Hauses. Möge das Mahl damit einen köstlichen Abschluss finden. Doch nicht nur Zunge und Magen sollen an diesem Orte gelabt werden, auch die Augen mögen Wohltaten empfangen. Dafür wird Dirana sorgen!«

Ein leises Raunen ging durch den Raum, der Name war den Gästen nur allzu bekannt, wie es schien. Sofort begannen die Musiker mit einer leisen, leichtfüßigen Melodie, und Sekunden später betrat eine völlig verhüllte weibliche Gestalt das Speisezimmer. Zunächst stand sie regungslos vor den Gästen, dann begann sie sich langsam nach dem Klang der Flöten und Rasseln zu wiegen.

Der biegsame Körper schien jede Note zu ahnen und sich ihr anzupassen. Die Musik wurde lauter, und Dirana bewegte sich schneller, immer schneller, immer wilder, wie im Wettlauf eilte die Tänzerin den Noten nach. Längst hatten die Gäste aufgehört, sich die Süßigkeiten in ihre gierigen Mäuler zu stopfen, selbst die Damen unterbrachen ihr geschäftiges Geschwätz und starrten mit offenen Mündern auf die Tänzerin, die jetzt, wie unbeabsichtigt, ihren ersten zarten Schleier verlor. Weitere, hauchdünne, golddurchwirkte Seidenschleier bedeckten Kopf und Körper.

Die Tänzerin begann jetzt, sich in fast lasziven Zuckungen zu winden, lag flach auf dem Boden, um im nächsten Augenblick die Beine gespreizt in die Höhe zu stellen. Die Schleier rutschten und gewährten einen Blick auf sehnige, gebräunte Schenkel, um sie im nächsten Augenblick wieder schamhaft zu verhüllen. Jetzt flog der nächste Schleier, segelte einen Augenblick wie trunken durch die Luft und wurde von Volturcius Crassus unter dem Beifall der berauschten Gäste aufgefangen.

Valerius fühlte sich seltsam erregt, konnte nicht abwarten, bis auch die anderen Schleier fielen. Da, der nächste. Jetzt deckte nur noch ein Schleier notdürftig die Blöße, ließ die zarten runden Brüste ahnen und das üppige, tiefschwarze Dreieck der Scham durchscheinen. Dirana drehte sich nun in rasendem Tanz um die eigene Achse und wirbelte dabei ihr langes schwarzes Haar durch die Luft. Aber schon wurden die Flöten langsamer, klagend, und die Tänzerin folgte ihnen mit ihren Drehungen. Plötzlich erstarb die Musik völlig, und im gleichen Augenblick lag Dirana auf dem Boden, Arme und Beine weit von sich gestreckt, die hübschen Rundungen ihres Pos fast unverhüllt den Gästen entgegengestreckt.

Beifall brandete auf, schwoll an und steigerte sich zu ungeahnter Lautstärke. Dirana raffte ihre Schleier zusammen – der letzte war bis zuletzt nicht gefallen! –, verbeugte sich in Richtung des Gastgebers und verschwand hinter einem Vorhang.

»*Vivat! Vivat!*« Die Begeisterung der Gäste war stürmisch. Lediglich die anwesenden Damen hielten sich mit ihrem Beifall merklich zurück und klatschten diskret in ihre zarten Hände. Der *Aedil* hatte sich von seinem Platz erhoben und näherte sich schwankenden Schritts Valerius.

»Sie versteht es, die Sinne der Männer zu reizen, nicht wahr, Tribun?«

Valerius nickte. »Sie kann sich mit den gadetanischen Tänzerinnen von Rom messen, ohne Zweifel. Überhaupt, mein lieber Publius Statilius, das Gastmahl war ein voller Erfolg. Ich habe mich lange nicht mehr so gut vergnügt. Musik, Tanz, Küche, es hat einfach alles gestimmt.«

»Ein Kompliment aus deinem Munde gereicht mir zur Ehre«, antwortete der *Aedil,* »morgen wollen wir mit unserer Arbeit beginnen, aber jetzt wollen wir uns amüsieren. Lasst uns sehen, was der Weinmeister noch alles zu bieten hat.«

Üblicherweise folgte auf den offiziellen Teil eines Gastmahls eine *Comissatio*, was nichts anderes als ein Trinkgelage bedeutete. Die meisten Gäste blieben auf ihren Liegen und tranken, was man ihnen reichte. Valerius jedoch trank sparsam und ließ sich den Wein immer mindestens zur Hälfte mit kühlem Wasser mischen. Aufmerksam blickte er in die Runde. Die Frauen zumindest waren bereits leicht erheitert und gackerten lustig umher.

»Wer sind die Damen?«, fragte er Quintus.

»Die Dicke dahinten mit den aufgetürmten Haaren und der grellen Schminke ist die Frau des Flottenkommandanten von *Bonna,* Gaia Flaminia. Die Schlanke daneben in der roten Tunika mit den schwarz gefärbten Haaren ist Claudia Volturcia, die Frau des *Prätors*. Und die Kleine dort, die sich soeben den halben Becher über das Gewand geschüttet hat und jetzt so schrill herumschreit, das ist Valeria Caecilia, die Frau des Dicken dort drüben, der schon eingeschlafen ist.«

»Und wer ist das?«

»Das ist Manlius Caecilius, einer der beiden *Duumviri.* Er ist einer der größten Gutsbesitzer in unserer Stadt. Er hat nicht nur hier Güter, sondern auch bei *Bonna, Novaesium* und *Juliacum,* einer der reichsten Männer der Stadt.«

»Und deine Mutter? Verzeih die Frage. Ist sie nicht hier?« Das Gesicht des jungen Mannes verfinsterte sich. »Meine Mutter ist am Fieber gestorben, als ich vierzehn Jahre war.«

»Und dein Vater hat nie mehr geheiratet?«

»Nein! Hier scheint ihm keine gut genug zu sein. Was er braucht, holt er sich auch so!«

Die offenen Worte des jungen Mannes verwunderten den Tribun. Das Verhältnis zwischen Vater und Sohn schien nicht das beste zu sein. Aber Valerius unterließ es, weitere Fragen zu stellen.

»Wer ist der Riese da in der goldverbrämten Tunika?«

»Faustus Celerinus, der *Quaestor*. Ein sehr angenehmer und gebildeter Mann. Komm, ich stelle euch vor.«

Aber noch bevor sie den *Quaestor* erreichten, wurden Valerius' Blicke magisch von Dirana angezogen, die gerade eingetreten war. Sie hatte das Gewand gewechselt und sah jetzt so natürlich aus wie bei ihrer ersten Begegnung mit Valerius. Wie die anderen Sklaven half sie, die Gäste zu bedienen.

»Sie gefällt dir, unsere Dirana, nicht wahr?«, schmunzelte Quintus.

»Ein prächtiges Weib«, murmelte Valerius fasziniert.

»Möchtest du sie haben?«

»Haben? Wie meinst du das? Ob ich sie kaufen will?«

»Kaufen?« Quintus lachte schallend, einige Köpfe drehten sich erstaunt herum.

»Mein Vater würde Dirana sicherlich nicht verkaufen. Ich dachte eher, sie dir für eine Nacht zu überlassen. Du musst wissen, mein Vater ist in dieser Beziehung nicht kleinlich«, gab Quintus mit einem Augenzwinkern preis. Valerius lehnte lächelnd ab. Solch ein Geschäft entsprach nicht seinem Geschmack.

Sie traten auf den *Quaestor* zu, der mit dem Flottenkommandanten und einem würdigen Greis ins Gespräch vertieft war. Quintus stellte den alten Mann als den ehemaligen Consul Gaius Sallustius Passienus vor.

»Du stammst aus der Familie der Sallustier?«, fragte Valerius. »Bist du mit dem großen Gaius Sallustius Crispus verwandt, dem berühmten Schriftsteller?«

»Er war mein Großonkel. Aber dass ein junger Tribun den Sallust kennt, freut mich sehr.«

»Er war ein großer Mann, Gaius«, mischte sich der *Quaestor* ein. »Immer wieder gerne nehme ich seine *Coniuratio Catilinae* zur Hand. Man kann auch für unsere Zeit viel daraus lernen.«

»Und was?«, meldete sich Quintus neugierig.

»Eine Verschwörung, wie Catilina sie plante, musste zum Scheitern verurteilt sein. Man lehnt sich nicht gegen die Autorität des Staates auf, das ist unrömisch.«

»Und wenn der Staat in der Hand eines Wahnsinnigen ist, wie es bei Gaius Caligula war? Ist es dann auch nicht erlaubt, sich von den Fesseln der Tyrannei zu befreien?«

»Unsere Kaiser werden von den Göttern eingesetzt«, erwiderte der Greis, »die Menschen haben nicht das Recht, Gewalt gegen sie anzuwenden. Wenn ein Kaiser sich als unfähiger Herrscher erweist, so ist er abzusetzen und ins Exil zu schicken. So haben es unsere Väter mit Tarquinius Superbus gemacht, und so ist es recht. Alles andere ist Frevel. Kaiserliches Blut gar zu vergießen, ist eine Untat, die Sühne fordert.«

»Da bin ich ganz anderer Meinung!« Die tiefe Stimme des Flottenkommandanten Manlius Flaminius Cotta dröhnte durch den Raum. »Wer den halben Senat abschlachtet, wer gar sein Lieblingspferd zum *Consul* ernennt und ihm einen Stall aus Marmor, eine Krippe aus Elfenbein, purpurne Decken und Geschmeide aus Edelsteinen gibt, der ist größenwahnsinnig und verdient keine Gnade. Die Götter selbst haben ihn gerichtet.«

Unbemerkt war der Gastgeber zu den Männern getreten. »Du meinst also, verehrter Manlius, dass ein Kaiser abzusetzen ist, wenn er seiner Pflicht nicht in rechter Weise nachkommt, und wenn nötig mit Gewalt?«

»In der Tat, das meine ich. Der Thron eines Cäsars von Rom ist viel zu erhaben, um von würdelosen Männern besudelt zu werden.«

»Gilt das auch für den jetzigen Kaiser?«, wollte Statilius wissen und fuhr gleichgültig mit den Fingern über den Rand seines Bechers.

»Für den göttlichen Claudius? Bei den unsterblichen Göttern! Nie würde ich es wagen, an der göttlichen Bestimmung unseres Cäsars zu zweifeln. Die Götter haben uns einen gnädigen und umsichtigen Herrscher geschenkt.«

In einem gewaltigen Zug leerte der Kommandant seinen Becher. »Ich muss mich über deine Worte wundern, lieber Statilius. Wenn ich dich nicht als loyalen und staatstreuen Mann kennen würde, könnte das nach Hochverrat klingen.«

Erschrocken wiegelte der *Aedil* ab und legte begütigend seine Hand auf die Schulter des Soldaten. »Bei meiner Ehre! Es handelte sich um eine rein akademische Frage ... Lasst uns den Becher auf unseren ehrwürdigen Cäsar erheben!« Die Männer tranken auf das Wohl des Kaisers, und der *Aedil* verließ schnell wieder die Runde.

»Der Gute ist etwas durcheinander, scheint mir«, meinte Gaius Sallustius mit schwerer Zunge.

»Sicher wegen der Morde in unserer Stadt«, ergänzte der Flottenkommandant, »man sagt, er müsse damit rechnen, demnächst zur Berichterstattung nach Rom gerufen zu werden.«

»Tatsächlich? Haben sich diese Ereignisse schon bis zur Hauptstadt herumgesprochen?«

»Ich weiß es von Aurelius Sabinus, dem *Magister equitum* von *Novaesium*. Er war vor kurzem bei uns zu Besuch. Wie ihr vielleicht wisst, ist sein Bruder *Prätor* in Rom. Da hat man seine Informationen.«

»Etwas Wein, ihr edlen Herren?« Dirana war hinzugetreten, mit einer großen Weinkaraffe in der Hand. Gerne ließen sich die Männer ihre Becher nachschenken. Dabei bedachte die Sklavin Valerius mit einem langen Blick, der sein Herz sofort schneller schlagen ließ.

»Du hast wieder einmal exzellent getanzt«, lobte Manlius Flaminius Dirana und streichelte über ihr langes Haar. Schon diese harmlose Geste berührte Valerius äußerst unangenehm. Die Vorstellung, dass Statilius einem seiner Gäste die Sklavin für eine Nacht überlassen könnte, wie Quintus es angedeutet hatte, erfüllte ihn vollends mit Abscheu.

»Und wie hat es dem edlen Tribun gefallen?«, wandte sich Dirana an Valerius.

»Äh, gut ..., ich meine, du, äh, hast sehr schön getanzt«, stammelte er. Lächelnd entfernte sich Dirana wieder.

»Ein tolles Weib«, meinte der alte Sallustius, »wenn ich zwanzig Jahre jünger wäre ...«

Das Gespräch wurde durch einen spitzen Schrei unterbrochen. Alle Blicke richteten sich auf – Valerius' Liege. Valeria Caecina, die Frau des *Duumvir*, war zusammengebrochen. Klirrend fiel die Weinschale, die sie in der Hand gehalten hatte, zu Boden.

»Ein Arzt! Man muss sofort einen Arzt holen!«

»Sie wird nur zu viel getrunken haben, das kennt man ja.«

»Öffnet ihre Tunika, sie bekommt ja keine Luft. Seht nur, wie blau ihr Gesicht angelaufen ist.«

»Gebt ihr etwas Wasser, das wird helfen!«

Diffuses Stimmengewirr erfüllte den Raum. Ratlos lief alles durcheinander. Inzwischen hatte man ihren Mann geweckt, der dem Treiben mit seinen im Wein schwimmenden Augen hilflos zusah. Die kleine rundliche Frau wurde auf eine Liege gelegt, und man versuchte, ihr etwas Wasser einzuflößen – vergeblich.

»Bringt sie in den Nebenraum!«, übertönte eine Stimme das Gewirr. Ein kleiner hagerer Mann in einem alten, verschlissenen Mantel drängte sich durch die Menge.

»Ich habe Peliodoros, unseren Arzt, geholt. Das war wohl das Vernünftigste, nicht wahr?«, meinte Quintus Statilius sachlich.

Valerius nickte. »Hoffentlich nichts Ernsthaftes, vielleicht hat sie wirklich nur zu viel getrunken.« Allerdings war ihm der bittere Geruch nicht entgangen, den die zersprungene Weinschale noch auf dem Boden verströmte ... Zwei Sklaven trugen die Bewusstlose vorsichtig in einen Nebenraum. Die Gespräche wandten sich allmählich wieder anderen Themen zu, und auch die Weinbecher wurden wieder geleert, als wäre nichts passiert. Nur Valerius nahm nichts mehr zu sich und beobachtete aufmerksam das Geschehen.

In der Tat war er am wenigsten von allen verwundert, als sich nach zwanzig Minuten die Tür des Nebenraums öffnete und der Arzt Peliodoros mit düsterer Stimme verkündete: »Sie ist tot. Bei den Göttern, ich habe alles versucht!«

XIII.
Sugambrer kennen keine Gnade!

»Du musst verrückt sein, absolut verrückt!« Die kreischende Stimme des *Aedils* überschlug sich fast. »In meinem Haus einen Mordanschlag durchzuführen, und dann noch einen, der wieder misslingt. Das wird dich deinen Kopf kosten, Tullius! Ich hatte dich gewarnt!«

Tullius Torquatus Niger, wie immer in seinen schwarzen Mantel gehüllt, betrachtete den Mann vor ihm ungerührt. Seine Blicke schweiften über das schäbige Mobiliar in Honorias Absteige.

»Wieso muss die alte Weinschnepfe auch aus der Schale trinken, die auf dem Tisch des Tribuns steht? Hatte sie keine eigene?«

»Das spielt keine Rolle«, schrie Publius Statilius, »in meinem Haus kommt ein Gast zu Tode! Ebenso hätte es auch meinen Sohn treffen können, hast du das bedacht? Oder den *Prätor*! Ein Skandal ist das! In der Stadt sprechen sie über nichts anderes!«

»Aber die Todesursache ist doch keinem bekannt, oder?« Gleichgültig reinigte Niger mit einem kleinen Messer seine Fingernägel.

»Natürlich nicht. Ich habe Peliodoros geschworen, ihn in die Arena *ad bestias* zu schicken, wenn auch nur ein Wort über seine dürren Lippen kommt. Offiziell ist sie an ihrem schwachen Herz gestorben. Den Göttern sei Dank, dass sie vor vier Wochen schon einmal einen Anfall hatte!«

»Na also, was regst du dich so auf? Viel ärgerlicher ist, dass der Tribun uns erneut durch die Lappen gegangen ist. Es ist wie verhext! Aber die Götter sind mit uns, es ist gut so. Mag er seine Untersuchungen durchführen, wie er will. Er wird doch nichts herausfinden. Sollte er aber doch erfolgreich sein, ist immer noch Zeit zu handeln. Im Übrigen scheint er zurzeit unter höherem Schutz zu stehen. Hier, ich habe Nachricht für dich aus Rom. Hab' ich heute erhalten!« Er nahm eine kleine, reichlich verschmutzte Schriftrolle aus seiner Tasche und überreichte sie dem *Aedil* mit einem verschmitzten Lächeln. Der öffnete sie und las halblaut vor:

Gruß dem Publius Statilius Taurus,
Aedil von Colonia Claudia Ara Agrippinensium

Die Spiele sind inzwischen vorbei und wurden wieder von Tausenden besucht. Es gab aufregende Tierhatzen, mindestens hundert Löwen und Panther aus dem fernen Afrika, Bären und Auerochsen aus Germanien, Wildschweine aus Gallien und vieles mehr. Danach Gruppen- und Einzelkämpfe und dazu Süßigkeiten und frische Getränke, so viel das Herz begehrte. Wir hoffen, dass ihr in der Provinz auch bald über ein Amphitheater verfügt und ähnlich berauschende Spiele erlebt wie wir hier.

Vale!
Publius Conisius

Der *Aedil* kratzte sich ratlos am Kopf und starrte auf die Schriftrolle. »Was soll das? Und wer bei den Göttern ist Publius Conisius, dass er mir einen langweiligen Brief über die letzten Spiele schreibt?«

Niger lächelte überheblich. »Du musst zwischen den Zeilen lesen!«

»Zwischen den Zeilen?« Der Beamte verstand immer weniger.

»Hast du etwas Kohlenstaub?«

»Äh ... was? Kohlenstaub?«

»Ja, bei Minerva, Kohlenstaub!«

Publius Statilius ging, um den geforderten Kohlenstaub zu besorgen. Nach einigen Minuten kam er mit einer kleinen Schüssel zurück und reichte sie Niger. »Hier hast du deinen Kohlenstaub!«

»Nimm ihn und pudere damit die Schriftrolle!«

Sichtlich irritiert tat der *Aedil*, was Niger empfohlen hatte, und plötzlich wurde zwischen den Zeilen eine weitere Schrift erkennbar:

Das Unternehmen ist angelaufen und wird nicht mehr viel Zeit in Anspruch nehmen! Siehe du zu, dass du die Angelegenheiten in unserer kleinen Stadt, die uns zurzeit etwas Sorgen machen, geregelt bekommst. Niemand aus dem Kreise derer, die Gefahr bedeuten, darf übrig bleiben. Ansonsten gibt es eine wichtige Änderung: Dem V. darf nichts geschehen. An diese Anweisung hast du dich unbedingt zu halten. Auch ist allen, die an unserem Vorhaben beteiligt sind, davon Kenntnis zu geben. Ich wiederhole: Wenn dem V. etwas geschieht, wird die Arena dein Blut trinken. Der Brief ist nach Kenntnisnahme zu vernichten!

Vale!
N

»Das ist ja ein toller Trick!«, entfuhr es Publius Statilius. »Aber sag, woher dieser Sinneswandel? Weshalb die plötzliche Schonung?«

»Das mögen die Götter wissen. Jedenfalls darf ihm kein Haar gekrümmt werden. Allerdings bleibt er unter ständiger Beobachtung. Bei der Witwe des Spatiaticus war er schon, ebenfalls bei der des Poblicius. Den Haparonius hat er befragt und den Honorius Antonius, du weißt schon, alle ...«

»Ich weiß«, unterbrach ihn der *Aedil* ungeduldig, »was weiß er bis jetzt?«

»Nichts«, lachte der Schwarze, »gar nichts. Er stochert wie ein Blinder im Nebel herum. Aber es ist nur eine Frage der Zeit, bis er etwas findet. Wir müssen unbedingt weitermachen, wenn wir nicht ...«

»Ich sage es ja«, unterbrach ihn Publius Statilius wieder, »du bist verrückt! Wenn es jetzt wieder einen Mordfall gibt, ist die ganze Stadt in Aufruhr. Wir müssen warten.«

»Warten? Worauf? Bis er alles aufdeckt? Nein, ich sage, wir müssen handeln!«

»Und ich sage« – die Stimme des Beamten hob sich merklich – »wir warten! Erst sollen sich alle wieder ein wenig beruhigen, und dann schlagen wir zu. Aber es muss unverdächtig aussehen, so wie ... so wie ein Unfall zum Beispiel, oder ... oder eine Krankheit, verstehst du?«

Niger nickte, und ein gemeines Lächeln breitete sich über sein ebenmäßiges Gesicht aus. »Ich verstehe. Das lässt sich machen. Vindurix hat schon einen Plan. Er wird ...«

»Gar nichts wird Vindurix unternehmen«, brüllte Publius Statilius, »der unfähige alte Bastard! Du, hörst du, du persönlich wirst diese Sache in die Hand nehmen und dich nicht wie bisher vornehm zurückhalten, damit nur ja keiner auf die Idee kommt, du könntest an unserem Unternehmen beteiligt sein, falls etwas schief geht! Wenn der Henker meinen Kopf nimmt, wird auch deiner fallen. Und nun geh!«

***

Valerius hatte die Stadt durch die *Porta Herae* verlassen und befand sich auf der breiten Ausfallstraße, die schnurgerade westwärts führte. Es ärgerte ihn über die Maßen, dass er noch keinen Schritt weitergekommen war. Er hatte die Hinterbliebenen von vier Opfern aufgesucht – ohne Ergebnis. Den Legionär Gratus Vitellius konnte er streichen, er besaß offensichtlich keine Angehörigen mehr, und ein Gespräch mit seinen Kameraden blieb fruchtlos. Von dem Freigelassenen Arbogast wusste er gar nichts. Niemand konnte ihm sagen, wo er gelebt oder gearbeitet hatte. Um über das letzte Opfer, Sextus Arusius, etwas zu erfahren, hätte er den *Aedil* befragen müssen, denn er war sein Schreiber gewesen. Aber darauf verzichtete er wohlweislich. So blieben nur noch drei Namen auf seiner Liste übrig: Garunnos, der Jupiterpriester, Aulus Iovianus, der *Decurio* der Veteranentruppe, und Thalia, die junge ubische Sklavin. Von ihr wusste er, dass sie in einer der Töpferwerkstätten am Rand dieser Ausfallstraße gearbeitet hatte. Ihr Herr war ein gewisser Clavius Batistus gewesen.

Valerius musste sein Pferd nicht lange bemühen. Obwohl es erst die vierte Stunde war, sandte die Sonne schon warme Strahlen auf das bunte Volk, das sich am Rande der Stadt tummelte. Kinder warfen sich Bälle zu, andere fochten mit Holzschwertern ihre ersten Kämpfe aus. Die Frauen hingen Wäsche auf oder putzten Gemüse, und die Männer stellten ihre Waren aus oder hatten die Töpferofen angeheizt.

Valerius zügelte sein Pferd. Direkt hinter dem Tor auf der linken Seite hatte sich eine Töpferwerkstatt befunden, aber es war nicht die richtige. Dreihundert Doppelschritt dahinter lagen drei Töpfereien dicht beieinander. Die erste gehörte einem gewissen Vindex, die zweite Martianus und die dritte Clavius Batistus. Er war am

Ziel. Der Offizier stieg vom Pferd ab und betrat das kleine niedrige Holzhaus.

Die glühende Hitze des angefachten Töpferofens schlug ihm entgegen und nahm ihm zuerst die Luft. Ein Mann in einer einfachen Tunika mit einer ledernen Schürze trat auf ihn zu.

»*Salve, Domine*! Was kann ich für dich tun?« Der Mann witterte offenbar ein gutes Geschäft. »Suchst du ausgewählte Gefäßkeramik aus eigener Produktion? Oder lieber *Terra sigillata* aus gallischen Öfen? Gefäße mit Überzug oder vielleicht Glaswaren, wie die Syrer sie machen? Wir haben hier alles, und Clavius Batistus wird dir einen angemessenen Preis machen!«

Geduldig ließ der Tribun den Redeschwall des Händlers über sich ergehen. Dann fragte er: »Clavius Batistus, das bist du?«

»Ja, Herr, *in persona*.«

»Ich möchte nichts kaufen, jedenfalls im Augenblick nicht. Ich möchte dir einige Fragen über deine ehemalige Sklavin Thalia stellen.«

Die Stirn des Töpfers verzog sich. »Thalia? Aber die ist schon mehr als ein halbes Jahr tot.«

»Ich weiß. Genau darum geht es. Ich bin mit Nachforschungen beauftragt, zu ihrem Tod und dem anderer. Was kannst du mir über das Mädchen sagen? Wie ist sie gestorben?«

Angesichts der geschwundenen Geschäftsaussichten gab der Mann sein freundliches Werben auf. In abweisendem Tone sagte er schroff: »Dazu kann ich dir gar nichts sagen. Als es passierte, war ich gar nicht hier. Ich habe in *Lugdunum* Waren eingekauft. Aber mein Geselle mag dir Auskunft geben. Mich entschuldige, ich muss an den Ofen. Moritex, komm her!«

Moritex war ein junger Gallier mit einem frischen, offenen Gesicht. Valerius und er verließen die erhitzte Werkstatt und setzten sich auf eine Bank vor das Haus.

»Was kannst du mir über ein Mädchen namens Thalia erzählen?«, begann der Tribun. Moritex legte seine Stirn in Falten und stützte seinen Kopf mit der Hand ab, als habe er ein äußerst schweres Problem zu lösen.

»Thalia? Ja, hat hier gearbeitet. Hat die Tongefäße bemalt, konnte gut malen. Vor etwa vier Monaten plötzlich verschwunden.«

»Verschwunden?«

»Ja! Einfach so!«

»Nun erzähl schon! Was weiter?« Valerius wurde ungeduldig.

»Was weiter?« Er hob die Arme zum Himmel. »Weiß nicht!«

»Bei den Göttern! Lass dir nicht alles aus der Nase ziehen. Wie ist sie gestorben und wo?«

»Wo? Man hat gefunden. Außerhalb Stadt. Nähe Nordtor.«

»Nordtor? Was hat sie da gewollt?«

»Weiß nicht! Vielleicht Freund besuchen?«

»Freund? Welchen Freund? Mann, antworte!«

»Freund war römischer Soldat. Hatte vielleicht Wache.«

»Ein römischer Soldat. Kennst du seinen Namen?«

»Gatus Vixellus oder ähnlich. Weiß nicht! Hab' nie gesehen. Manchmal davon gesprochen.«

»Vielleicht Gratus Vitellius?«

»Ja, so oder ähnlich!«

Valerius ließ sich seine Überraschung nicht anmerken. Sieh an, zwei der Opfer waren durch die Pfeile Amors verbunden gewesen.

»Diese Thalia, von welchem Stamm war sie? Hatte sie Familie?«

Moritex schüttelte den Kopf und sah sehnsüchtig zur Töpferwerkstatt. Das Gespräch war dem wortkargen jungen Mann sichtlich unangenehm.

»Stamm Ubier! Nicht Familie. Familie vor vielen Jahren durch Brand umgekommen. Alle verbrannt!« Er schüttelte sich, als quälte ihn eine persönliche Erinnerung.

»Woher weißt du das?«

»Thalia oft erzählt. Ganz traurig. Viel geweint. Hat Familie sehr geliebt. Alle verbrannt. Nur Thalia lebt!«

»Ist dir an dem Mädchen in der Zeit vor ihrem Verschwinden irgendetwas aufgefallen. War sie anders als vorher?«

»Viel traurig. Immer Angst!«

»Angst? Wovor hatte sie Angst?«

»Weiß nicht!«

So kam Valerius nicht weiter. Er dankte dem jungen Gallier und schickte ihn wieder in die Werkstatt, was dieser mit einem glücklichen Lächeln quittierte. Nachdenklich bestieg der Tribun sein Pferd und ritt langsam durch die schmalen Wege zwischen den

Ständen. Gratus Vitellius und Thalia waren also befreundet gewesen, wahrscheinlich ein Liebespaar. Und nun waren beide tot. Ermordet, kurz hintereinander. Thalias Angst hatte sich als berechtigt herausgestellt. Sicherlich hatte auch sie zu jener Sekte der Nazarener gehört. Aber warum mussten sie alle sterben?

Der Schwur des Maternus! Wenn der starrköpfige Alte nur reden würde! Valerius gab seinem Hengst die Sporen. Ein schneller Ritt durch die frische Luft würde ihm gut tun. Er ritt an der Stadtmauer entlang südwärts. Ein schmaler, von vielen Füßen und Hufen ausgetretener Pfad führte rings um die Stadt. Das Wiehern eines Pferdes hinter ihm veranlasste ihn, zurückzublicken. In einer Entfernung von etwa einer halben Meile folgte ihm ein Reiter, der jetzt sein Pferd anhielt und sich mit seinem Zaumzeug zu beschäftigen schien. Valerius spornte sein Pferd an. Der Reiter setzte nach. Sieh an, ich werde verfolgt! Valerius schmunzelte. Den werden wir uns etwas genauer ansehen.

Er hatte die breite Ausfallstraße, die nach *Augusta Treverorum* führte, überquert. Die Mauer und mit ihr der Pfad bogen jetzt scharf nach links ab und führten auf den *Rhenus* zu. Hier befand sich in einer Einbuchtung ein verschlossenes Nebentor. Schnell dirigierte Valerius sein Pferd in die Nische und verharrte schweigend. Kurze Zeit später näherte sich verhaltenes Pferdetrappeln. Der Unbekannte schien Valerius zu suchen und trabte langsam an der Mauer entlang. Als er die Toreinbuchtung passierte, gab der Tribun seinem Pferd die Sporen – mit einem Satz war er neben seinem Verfolger, einem vierschrötigen Burschen mit groben, vernarbten Gesichtszügen, und griff in dessen Zügel.

»Wen haben wir denn da? Wer bist du, und was willst du von mir?«

Die kräftige Gestalt des Mannes neben ihm zuckte unmerklich zusammen. »Nimm die Hände von meinem Pferd, Fremder!«

»Erst wirst du mir meine Fragen beantworten. Wenn ich verfolgt werde, weiß ich gerne, von wem und warum!« Nach wie vor hielt er die Zügel seines Verfolgers fest in der Hand.

»Ich bin fremd hier und suche das Südtor. Du irrst, ich habe dich nicht verfolgt. Es ist reiner Zufall, dass wir den gleichen Weg haben.«

»Und dein Name?«

»Tharax!«, gab der Unbekannte kurz zurück und versuchte, sein Pferd aus dem Griff des Tribuns zu befreien. Valerius lockerte seinen Griff.

»Und was willst du in der Stadt?«

»Darüber bin ich dir keine Rechenschaft schuldig, ich bin ein freier Mann«, gab Tharax mürrisch zurück und bleckte seine schadhaften Zähne. »Und nun gib den Weg frei!«

Valerius überlegte einen Augenblick. Er glaubte diesem Burschen kein Wort, hatte aber auch nichts gegen ihn in der Hand. Vielleicht war es wirklich ein Zufall? Er ließ die Zügel des anderen los. »Sollte ich dich noch einmal in meiner Nähe sehen, wird die Befragung unangenehmer verlaufen.«

Tharax grinste ihn höhnisch an. Wortlos gab er seinem Pferd die Sporen und war nach kurzer Zeit aus dem Blickfeld verschwunden.

In dieser Stadt gibt es irgendjemand, dem ich unbequem geworden bin und der über meine Nachforschungen Bescheid wissen will. Das ist gut, bei Jupiter, das ist sehr gut! Wird der Feind erst einmal nervös, ist er leichter zu packen. Valerius' Züge entspannten sich. Immerhin bin ich meinen unliebsamen Schatten erst einmal los.

Er überquerte die Straße mit den Grabdenkmälern, über die er vor wenigen Tagen die Stadt zum ersten Mal betreten hatte. Bei den Göttern! Ich bin erst seit fünf Tagen hier, und doch kommt es mir wie eine Ewigkeit vor. Und herausgefunden habe ich auch noch nichts ... In Rom war er es gewohnt, Probleme schneller zu lösen. Aber hier traf er immer wieder auf eine undurchdringliche Mauer des Schweigens.

Valerius lenkte sein Pferd zu dem Wäldchen, das den breiten Fluss an beiden Ufern wie mit einem Wall umgab. Hier war er ganz allein. Der Tribun band sein Pferd an einen Baum, legte seine Kleidung ab und nahm in den kühlen Fluten des *Rhenus* ein erfrischendes Bad. Dann ließ er sich von der Sonne trocknen, legte sich entspannt zurück und schloss die Augen. Cynthia, seine schöne Verlobte, kam ihm in den Sinn. Aber ihr Bild wurde zunehmend durch Dirana verdrängt, als die Erinnerung an ihren sinnlichen Tanz wieder in ihm aufstieg. Es wäre ... Doch bevor er seine Fantasien weiter ausspinnen konnte, war Valerius bereits eingeschlafen.

***

Soldaten haben einen leichten Schlaf! Sie sind es zwar gewöhnt, immer und überall schlafen zu können, aber das leiseste Geräusch lässt sie auch hochfahren. Mit einem Ruck war Valerius wach und griff nach seinem Schwert.

Die Sonne hatte jetzt ihren Höchststand erreicht, wurde aber von dunklen Wolken weitgehend verhüllt. Es war kühler geworden, und ein kräftiger Wind strich durch die alten Bäume. Valerius spähte durch das dichte Grün, aber er konnte nichts erkennen. Ein leichtes metallisches Klirren war zu hören, ohne Zweifel vom Flussufer her. In aller Eile und geräuschlos schlüpfte er in seine Uniform. Valerius robbte zum Flussufer, ohne auf die zahllosen Wurzeln und Äste zu achten, die ihn in Arme und Beine stachen. Vorsichtig bog er den weiten Ast einer Buche zurück, der seinen Blick auf das Ufer verwehrte.

Sugambrer!

Sechs der hünenhaften Germanen hatten in einem Boot den Fluss überquert und tarnten das Langboot mit Ästen und Zweigen. Valerius hatte schon gehört, dass die Sugambrer öfter zu Raub- und Mordzügen ans andere Ufer kamen, aber meistens doch bei Nacht. Dass sie es jetzt schon am hellen Tage wagten, warf ein schlechtes Licht auf die städtischen Wachen. Mit tiefen, kehligen Lauten unterhielten sich die Männer leise in einer Sprache, die dem Tribun völlig fremd war. Schließlich kamen die Sugambrer geduckt auf den Wald zu. Valerius war kaum mehr als zwanzig Schritte von ihnen entfernt.

Er hielt es für geraten, den Rückzug anzutreten, denn gegen diese Übermacht hatte er kaum eine Chance. Sorgsam jedes Geräusch vermeidend, robbte er zurück zu seinem Pferd und hielt ihm das Maul zu. Jetzt nur kein Geräusch! Er wollte gerade das unruhig tänzelnde Tier besteigen, als er ein Knurren hinter sich hörte: Einer der Germanen hatte ihn entdeckt und sich lautlos angeschlichen. Mit einem leisen Schrei warf sich der riesige Germane auf den Römer, doch es gelang Valerius, blitzschnell auszuweichen. Im nächsten Augenblick hatte er ihm sein Schwert in den Rücken gestoßen, und der Germane stieß einen tiefen Schrei aus. Im Unterholz brachen Zweige, und Valerius sah, dass inzwischen auch die anderen Germanen herangekommen waren. Schweigend und lauernd bildeten sie einen Kreis um den römischen Offizier, Schwerter oder Äxte in ihren Händen. Lange blonde Haare fielen auf ihre breiten Schultern, die meisten Gesichter waren mit dichten ungepflegten Bärten bedeckt. Sie schienen unschlüssig zu sein, was sie mit ihrer plötzlichen Beute anfangen sollten. Dann entdeckte einer von ihnen die Leiche ihres Kameraden, die seitwärts im Gebüsch lag. Mit einem zornigen Aufschrei stürzte er sich unbeherrscht auf Valerius – und rannte genau in sein Schwert. Noch bevor er es aus dem Leib des Germanen gezogen hatte, drangen die anderen wütend auf ihn ein. Ein Hieb traf ihn am linken Arm, und sofort breitete sich ein stechender Schmerz aus. Ein weiterer Schlag traf sein Schwert, das ihm aus der Hand und ins Gebüsch fiel. Er kam nicht mehr dazu, seinen Dolch zu ziehen, weil zwei Germanen sich auf ihn geworfen hatten. Es gelang Valerius noch, einem seiner Gegner einen krachenden Fausthieb an das Kinn zu verpassen, doch dann erwischte ihn ein heftiger Schlag gegen die Schläfe. Ein wilder Blitz durchzuckte ihn, und alles wurde schwarz.

***

Das Erste, was er wieder wahrnahm, war ein leises Plätschern. Vorsichtig versuchte er, den Kopf zu heben, aber vergeblich. Die Germanen hatten ihn mit groben Stricken an Händen und Füßen gefesselt, in seinem Mund steckte ein Tuch, das nach Pferd und Schweiß stank. Er befand sich offenbar im Boot der Germanen, das hastig ans andere Ufer strebte. Aus zugekniffenen Augen beobachtete Valerius, wie sich vier Sugambrer mit den schweren Rudern abmühten, ein weiterer, offenbar der Anführer des kleinen Trupps, hielt das Steuer. Die Leichen ihrer beiden gefallenen Kameraden hatten sie in das Boot gelegt und mit Reisig bedeckt.

Das andere Ufer war erreicht. Die Männer zerrten den römischen Offizier ins Wasser und zogen ihn an den gefesselten Armen ans Ufer.

»*Wafne kal tiu malis!*«, schrie ihn der Anführer an und versetzte ihm einen derben Schlag auf die Schulter, der Valerius in die Knie zwang. In seinem Kopf tobte ein nicht enden wollender Schmerz, offenbar Resultat des Schlags an die Schläfe, der ihn zu Boden gestreckt hatte. Und auch der linke Arm schmerzte pochend. Die Wunde war mit einem schmutzigen Tuch notdürftig verbunden.

Die Sugambrer zogen das Boot an Land und versteckten es in einem dichten Holundergebüsch. Eilig durchquerten sie den dichten Eichenwald bis zu einer Lichtung, auf der acht Pferde standen und geduldig die Ankunft ihrer Reiter erwarteten. Sie legten die beiden Leichen über eines der Pferde, den gefesselten Tribun auf das andere, und ritten in gemächlichem Tempo über den schmalen Waldweg, der sich durch die dichte Bewaldung schlängelte. Die Männer unterhielten sich in ihrer fremden Sprache und schienen trotz ihrer beiden toten Kameraden durchaus guter Laune zu sein.

Nach etwa einer halben Stunde öffnete sich der Wald allmählich und gab den Blick auf eine ansteigende Ebene in sattem Grün frei. Die Sonne hatte sich weiter verfinstert, und die wenigen Strahlen, die noch ihren Weg durch die schwarzen Wolken fanden, tauchten die Gegend in ein gespenstisches Zwielicht. Die Germanen erhöhten ihr Tempo. Valerius' Kopf schlug jetzt immer wieder gegen den harten Leib des Pferdes, und bei jedem Aufprall schoss ein neuer Schmerzblitz durch sein Haupt. Mit einem Mal öffnete der Himmel seine Schleusen, und Sturzbäche kalten Regens ergossen sich über die Reiter. Die Germanen schien das nicht zu stören. Sie lachten und wiesen mit ihren Händen auf den dunklen Himmel.

Schließlich signalisierte aufsteigender Rauch schon von weitem ihr Ziel: eine kleine Siedlung. Sie bestand aus kaum mehr als zwanzig lang gestreckten, mit Schilf und Moos bedeckten Häusern, die sich um einen Platz herum gruppierten. Wie zum Schutz standen gewaltige Eichen und Buchen um das Dorf herum und ließen nur einen Zugang frei.

Der zurückkehrende Zug erregte Aufsehen. Die Frauen ließen ihre Arbeit liegen, die Kinder beendeten ihr Spiel. Die Gruppe machte mitten auf dem Platz Halt, dicht umlagert von den Dorfbewohnern, die sich freudig näherten. Doch als man die toten Germanen auf den Pferden erblickte, verwandelte sich diese Freude in Wut. Die Frauen stimmten ein infernalisches Geheul an, sie traten und bespuckten Valerius, den man inzwischen vom Pferd gezerrt hatte. Selbst die Kinder warfen kleine Steine und Eicheln auf den Römer, der ihnen schutzlos preisgegeben war.

Ungerührt schauten die Männer zu. Sie hielten sich zurück. Es galt ganz offensichtlich als unmännlich, einen gefesselten Feind zu quälen. Die Frauen und Kinder traten ungeniert an den Römer heran, hier zog eine ihre langen Fingernägel quer über den Arm, eine andere zog mit aller Kraft am Haarschopf des Römers, eine stinkende alte Greisin betastete schamlos das Geschlecht des Gefangenen unter dessen zerfetzter Tunika. Dabei verzerrte ein höhnisches Grinsen ihr zahnloses Maul.

»*Tak hinu man alet! Wicht thiu donar mendar!*«

Wie ein Donnerschlag tönte dieser Ruf über den Platz, und sofort wichen alle von dem Gefangenen. Aus dem größten Haus in der Mitte des Dorfes war majestätisch ein Mann mittleren Alters hervorgetreten, der Dorfälteste. Ehrfürchtig machten ihm alle Platz, und das Geschrei verstummte. Mit federnden Schritten trat der Mann, der an Körpergröße fast alle überragte, auf den Tribun zu. Sein zerzauster Bart trug schon erste silbrige Fäden, und auch das graue Haupthaar, das früher einmal flachsblond gewesen sein musste, begann sich zu lichten. Neben ihm ging ein Mann, der mit seinen tiefschwarzen kurzen Haaren gar nicht hierher passen wollte.

Der alte Hüne gab jetzt einen leisen Befehl, und zwei Männer schleppten Valerius in eine der kleineren Hütten. Man nahm ihm die Fesseln ab. Unter Aufsicht der beiden Wachen wurde er von einer älteren, grauhaarigen Frau völlig ausgekleidet und mit eiskaltem Wasser gewaschen. Widerstandslos ließ Valerius alles über sich ergehen, es hätte keinen Zweck gehabt, sich zu wehren. Die langen Speere seiner bärtigen Wächter sprachen eine deutliche Sprache.

Die Frau wusch seine Armwunde behutsam aus und legte einen mit Kräutersud getränkten Lappen darauf. Dann verband sie den Arm sorgsam. Immer noch stand Valerius in völliger Nacktheit vor ihr, was die Frau aber nicht zu interessieren schien. Sie reichte ihm jetzt einen wollenen Umhang und etwas, von dem Valerius in Rom bisher nur in Scherzgeschichten gehört hatte – eine Hose! Beides zog er, so schnell es seine Verwundung zuließ, über. Mit ein paar leise gesprochenen Worten schickte die Frau einen der Wächter nach draußen. Wenig später betrat der Dorfälteste zusammen mit dem Schwarzhaarigen die Hütte. Schweigend deutete er auf eine Strohmatte. Valerius setzte sich.

»*Kan ik valde spon!*« Der Anführer blickte den Schwarzhaarigen an.

»*Nagur!*«, nickte der. Dann sprach er Valerius an, und zwar in bestem Latein mit deutlichem etrurischem Akzent: »Willkommen bei den Sugambrern, Tribun. Wundere dich nicht, ich bin Römer so wie du. Oder besser, ich war es. Nun diene ich den Germanen seit Jahren als Sklave. Es scheint, dass es auch dich ...«

»*Seig, man, turu din maten!*«

»Ich soll nicht so viel quatschen, meint Sigher. Das ist der Dorfälteste, der so genannte *Hunno*. Er sagt, ich soll dich nach deinem Namen fragen.«

»Sag ihm, ich heiße Marcus Petronius, Offizier aus *Mogontiacum*.«

»Davon stimmt kein Wort, Tribun. Du bist Prätorianer aus Rom. Aber meinetwegen werde ich es so weitergeben.«

Die Antwort stellte den Germanenführer vorerst zufrieden. In rauem Ton stellte er die nächste Frage.

»Ich soll dich fragen, was du in *Ara Ubiorum* gemacht hast.«

»Sag dem Barbaren, ich habe meinen Onkel besucht, der dort Weinhändler ist.«

»Weinhändler! Bei den Göttern, was hast du für eine Fantasie. Gut, dass der Alte kein Wort Latein versteht.« Der Schwarzhaarige gab die Antwort des Römers weiter.

»*Wan sak theuros man ti galen?*«

»Er fragt, ob du allein in der Stadt warst.«

»Sag ihm, er soll sich in den Hades scheren!«

»Soll ich das wirklich?«

»Nein, natürlich nicht! Erzähl ihm irgendetwas von meinem Onkel. Dass er sich sicher jetzt Sorgen macht und die Stadtwache alarmiert hat.«

Wieder gab der Schwarzhaarige die Worte weiter. Er sprach die fremdländische Sprache recht flüssig, wenn auch nicht so kehlig, wie Valerius es von den Germanen gehört hatte.

»Du kriegst jetzt was zu essen. Der Alte ist zufrieden. Du bleibst ohne Fesseln, darfst aber die Hütte nicht verlassen. Und wenn du meinen Rat hören willst, denk nicht einmal daran! Sie würden dich draußen zerreißen!« Wortlos verließen beide Männer die niedrige Hütte.

Kurz darauf brachte ihm die ältere Frau eine dampfende Schüssel und eine Kanne Wasser. Schweigend, aber mit einem freundlichen Lächeln stellte sie beides vor den Gefangenen. Hungrig begann Valerius sich über den mit Kräutern gewürzten Getreidebrei herzumachen.

Wenig später betrat der Schwarzhaarige wieder die Hütte. »Sie haben zugelassen, dass wir uns unterhalten. Ich heiße übrigens Manlius.« Er setzte sich neben Valerius und beobachtete lächelnd, wie der mit seinen Fingern die letzten Reste des Breis aus der Schüssel kratzte.

»Wie bist du hierhin gekommen?«

»Ich bin – oder besser gesagt: Ich war Pferdehändler. Manchmal sind wir über den *Rhenus* gefahren, um junge Wildpferde einzufangen. Bei einer dieser Expeditionen haben sie mich gefangen. Muss so vor etwa vier Jahren gewesen sein.«

»Und seitdem bist du ihr Sklave?«

»Ja! So wie wir Sklaven von ihnen haben. Sie haben einfach den Spieß umgedreht.«

»Und hast du nie versucht zu fliehen?«

»Fliehen? Wohin? Wenn du zum Flussufer willst, begegnest du ständig ihren Reiterpatrouillen. Und selbst wenn du es bis zum Ufer schaffst, wie willst du rüberkommen? Da ist kein Schiff, das auf dich wartet, und schwimmen kann ich nicht. Bin ja auch kein Fisch, nicht wahr?« Er lachte meckernd.

»Was haben sie wohl mit mir vor? Wollen sie aus mir auch einen Sklaven machen?«

»Bedaure Tribun, das werden sie nicht tun!«

»Wieso bedauerst du das?«

»Weil dir Schlimmeres bevorsteht. Du bist hoher Offizier. Die Wilden hier haben zwar keine Ahnung, was ein Prätorianertribun ist, aber dass du ein hohes Tier bist, ahnen sie.«

»Und was bedeutet das?« Valerius begann, sich zunehmend unwohler in seiner Haut zu fühlen.

»Sie werden dich ihren Göttern opfern. Sie werden dich bei lebendigem Leib auf dem Opferaltar verbrennen. Sie warten nur noch auf Neumond.«

»Was sagst du da? Verbrennen? Bei lebendigem Leibe? Sind das überhaupt Menschen?«

»Ja, Tribun! Es ist, wie ich sage. Sugambrer kennen keine Gnade!«

»Spricht keiner von ihnen unsere Sprache?«

»Einige kennen ein paar Brocken. Einer aber von ihnen spricht perfekt Latein, und auf den warten sie, denn die Barbaren trauen meinen Übersetzungen nicht.«

»Und wer ist das?«

»Er heißt Catuvolcus und hasst die Römer aus tiefstem Herzen. Sein Großvater war der Eburonenhäuptling, den Cäsar getötet hat. Wie du wahrscheinlich weißt, hat Cäsar nahezu alle Eburonen ausgerottet. Catuvolcus hat seine ganze Familie verloren. Jetzt genießt er das Gastrecht der Sugambrer und hetzt sie von morgens bis abends gegen uns auf. Ein übler Kerl! Nimm dich vor ihm in Acht. Statt mit Muttermilch wurde er mit List und Tücke großgezogen!«

Valerius schüttelte nachdenklich seinen Kopf. Seine Armwunde begann wieder heftig zu schmerzen.

»Und woher kann dieser Bursche so gut Latein?«

»Es heißt, er sei als Kind nach Rom verschleppt worden und habe später jahrelang dort als Gladiator gekämpft. Dann aber sei es ihm gelungen, aus Rom zu fliehen. Dabei muss er den Aufseher und mehrere Wachen getötet haben, jedenfalls rühmt er sich immer wieder dieser Tat.«

»Und wann wird er zurückerwartet?«

»Jeden Augenblick! Er ist auf der Jagd.«

Die ältere Frau, die Valerius gewaschen und verbunden hatte, trat ein und unterbrach ihr Gespräch. Wortlos schickte sie Manlius mit einer Geste hinaus und deutete auf die Armwunde. Der Tribun hielt ihr seinen Arm hin. Die Alte löste schweigend den Verband. Aufmerksam betrachtete sie die Wunde, und ihr Gesicht nahm einen besorgten Ausdruck an.

»*Ti wund mert vade?*« Sie deutete auf die Wunde. Offenbar wollte sie wissen, ob die Wunde schmerze. Valerius nickte. In seinem Kopfe begann sich alles zu drehen, und er nahm das Gesicht der Alten nur noch wie durch einen Schleier wahr. Mit einem feuchten Lappen säuberte sie behutsam die Wunde, die sich an ihrem rotgeränderten Rande bereits entzündet hatte. Dann legte sie einen neuen Kräuterverband an und verließ schweigend die Hütte. Als die Wache am Abend die karge Abendmahlzeit brachte, lag Valerius schon in tiefem Wundfieber.

XIV.

Cataulca

Hasserfüllt starrte der gedrungene Germane auf den Römer, der sich im Fieber unruhig hin- und herwälzte. Er versetzte dem schweißnassen Körper einen Tritt, aber die Alte, die neben der Strohmatte saß, schickte ihn mit einem Schwall von Verwünschungen hinaus. Mit einem Fluch verließ Catuvolcus die Hütte.

Behutsam, fast liebevoll kühlte die Frau die Stirn des Römers und summte dabei eine leise Melodie. Schon seit vier Tagen lag Valerius im Fieber, und trotz aller Bemühung wollte es nicht weichen. Stundenlang hatte Cataulca im Wald Kräuter gesucht, sie gestampft und in einem Sud ausgekocht. Immer wieder hatte sie den Wundverband erneuert und den heißen Leib des Römers von oben bis unten mit kaltem Wasser abgewaschen. Mit großen Augen blickte sie den kranken Mann sorgenvoll an.

Ja, es stimmte, was die anderen ihr vorwarfen. Der Gefangene erinnerte sie an ihren Sohn Segobald, der in fast gleichem Alter vor acht Jahren am Wundfieber gestorben war. Die Wunde stammte jedoch nicht von einem römischen Schwert, ein betrunkener Suebe hatte ihr den einzigen Sohn genommen.

Jeden Tag erkundigten sich Sigher und Catuvolcus, ob der Römer noch nicht gesund genug für die Opferung sei, denn das Fest des Neumondes war nur noch sieben Tage entfernt. Und jedes Mal hatte die Alte den Kopf geschüttelt und auf das fieberglänzende Gesicht des Gefangenen gewiesen. Heute war der erste Tag, an dem das Fieber spürbar nachließ, aber das brauchte niemand zu wissen. Gestern schon hatte der Römer zum ersten Mal kurz die Augen geöffnet und die Frau aus dankbaren Augen angesehen.

Wieder öffnete Valerius die Augen. Sein Mund war völlig ausgetrocknet, die spröden Lippen aufgesprungen. Cataulca sprang auf und holte einen Becher, den sie behutsam an die Lippen des Römers setzte. Schmerzhaft und erfrischend zugleich rann das köstliche Nass durch die ausgedörrte Kehle. Valerius wollte sich aufsetzen, doch Cataulca drückte ihn sanft auf sein Lager zurück.

»Du krank! Liegen! Andere nicht wissen, das besser.«

Valerius war mehr als überrascht. Die Alte konnte Latein, wenn auch nur in Brocken. Mit eiligen Schritten verließ die Frau die Hütte und kehrte nach wenigen Augenblicken mit einer dampfenden Brühe zurück. Vorsichtig flößte sie ihm die kräftige Suppe ein, die sie nur für ihn aus Knochen, Fleischresten und Kräutern zubereitet hatte. Valerius leckte sich die Lippen. Die Suppe schmeckte hervorragend und brachte etwas von seinen Lebensgeistern zurück. Die Frau zeigte mit ihren schwieligen Händen auf sich.

»Cataulca!«

Valerius lächelte und zeigte auf sich: »Valerius!«

»Va – le – ri – us!«

Jede Silbe betonend, wiederholte die Germanin langsam den Namen. Ein feines Lächeln spielte um ihre spröden Lippen.

»Woher kennst du unsere Sprache?«.

»Pscht! Nichts sprechen!« Cataulca legte ihre Finger auf den Mund. »Andere hören! Ich Sprache von Manlius, römischer Sklave, aber niemand weiß.«

Mit einem Ruck wurde das Bärenfell, das die Tür verdeckte, zur Seite gerissen. Im Türrahmen erschien die muskulöse Gestalt von Catuvolcus.

»Sieh an, der römische Bastard hat die Sprache wiedergewonnen!« Höhnisch grinsend stand der Germane in der Tür und rieb sich die Hände.

»Bald gehörst du mir! Mag die Alte dich auch pflegen. Sie tut es nur, damit du gesund bist, wenn wir dich opfern. Aber vorher werden wir dich noch befragen. Dem närrischen Sigher kannst du deine Märchengeschichten erzählen, mir nicht. Du bist nicht ein einfacher Tribun, sondern ein Prätorianer! Die Rangabzeichen hab' ich in Rom kennen gelernt. Und du wirst mir schon erzählen müssen, was ein Offizier des Kaisers hier zu suchen hat. Also lass dich gut pflegen, damit du meinen Fragen standhältst, römischer Hund!« Er lachte laut auf und verließ die Hütte.

Mit einer abschätzigen Bewegung deutete Cataulca zur Tür. »Schlecht Mann! Immer töten! Aber du nicht Opfer!« Sie zwinkerte ihm vergnügt zu. »Cataulca Va – le – ri – us rettet.« Dann verließ auch sie die Hütte.

Wenig später trat Manlius ein, ein ordentliches Stück Fleisch in der Hand.

»Hier, hab' ich für dich gestohlen.«

»Danke, mein Freund. Ich bin schon satt. Cataulca hat mich versorgt. Was hältst du von ihr? Kann man ihr trauen?«

»Cataulca? Sie hat einen Narren an dir gefressen. Du musst wissen, ihr Sohn ist vor vielen Jahren am Wundfieber gestorben. Das hat sie nie verwunden. Immer wieder geht sie in den Wald und sucht ihn. Nun scheint sie ihn in dir wieder gefunden zu haben. Wahrscheinlich ähnelst du ihm.«

»Du hast ihr unsere Sprache beigebracht?«

»So weit ich konnte. Als ich hierhin verschleppt wurde, war sie die Einzige, die mich freundlich behandelte. Und wissbegierig war sie. So habe ich ihr abends nach getaner Arbeit etwas von unserer Sprache beigebracht. Und Cataulca ist eine gute Schülerin. Aber sieh dich vor. Niemand darf das wissen, sonst ...«

»Was sonst?«

Wieder war Catuvolcus unbemerkt eingetreten. Offenbar hatte er vorher gelauscht, aber nur den letzten Satz verstanden.

»Sprich, römischer Sklave! Was darf niemand wissen?«

Manlius schwieg. Mit einem blitzschnellen Faustschlag schlug der Germane dem Sklaven mitten ins Gesicht. Blut tropfte aus der getroffenen Nase, aber Manlius schwieg weiter.

»Hinaus mit dir! Wir werden uns noch unterhalten!« Und während Manlius schnell aus der Hütte sprang, funkelte der Eburone den Römer aus hasserfüllten Augen an.

»Genieße dein Leben, Römer. Schon morgen werden wir sehen, wie tapfer ein römischer Prätorianer der Folter standhält. Und dann wirst du den heißen Tod sterben, Tribun.«

»Warum hasst du uns Römer so sehr?«, fragte Valerius, obwohl er die Antwort kannte.

»Warum? Bei Wotan, du fragst warum?« Er lachte böse und zeigte ein lückenhaftes Raubtiergebiss.

»Was macht ihr Römer eigentlich bei uns? Wer gab euch den Auftrag, wer die Vollmacht, aus eurem Land in den Norden zu ziehen und fremde Völker zu unterwerfen? Euer Cäsar war noch nicht einmal der Erste! Schon seit fast hundertfünfzig Jahren treibt ihr euch hier herum und unterwerft alles, was euch begegnet. Und was ihr nicht unterwerft, das tötet ihr. Oder ihr verschleppt Männer wie mich nach Rom und zwingt sie, vor den Augen eurer blutrünstigen Zuschauer um ihr Leben zu kämpfen.« Er war ganz nah an Valerius herangetreten. Eine Wolke von *Met* streifte das Gesicht des Tribunen.

»Euer großer Feldherr Cäsar, der Eburonenschlächter, hat mein ganzes Volk ausgerottet. Mein Großvater starb unter den Hieben eurer Legionäre, meine Mutter und meine Tanten wurden vergewaltigt, bevor man sie verschleppte. Ich habe nie erfahren, was aus ihnen geworden ist. So bin ich ohne Familie aufgewachsen, bis mich ein römischer Sklavenhändler ebenfalls verschleppt hat – in euer schönes Rom, für eure Arena. Zur Kurzweil gelangweilter Zuschauer. Und da fragst du, warum ich euch hasse?« Er spuckte den Römer verächtlich an.

»Aber wir haben euch Kultur und Zivilisation gebracht, Handel und Verkehrswege. Die Völker, die sich mit uns verbündet haben, leben in Ruhe und Frieden unter unserem Schutz. Ohne uns würdet ihr immer noch ...«

»Und wer hat uns gefragt, ob wir das wollen, eure Kultur und euren Schutz?«, schrie der Germane. »Wollt ihr jedem Volk eure Kultur, oder das, was ihr dafür haltet, aufzwingen? Kultur! Oh, ja! Ich hab' sie in euren Arenen kennen gelernt, eure Kultur. Männer und Frauen, ja sogar eure Kinder sitzen auf ihren Plätzen und knabbern gelangweilt an ihren Keksen, während im blutigen Sand der Arena Männer wie ich um ihr Leben kämpfen. Eure Kultur! Männer, die sich als Frauen benutzen lassen. Greise, die mit lüsternem Blick junge Knaben befingern. Herrinnen, die in den Armen ihrer Sklaven die Erfüllung finden, die ihnen ihre trunkenen Ehemänner nicht mehr geben können.«

Hastig, als wolle er all das, was ihm so lange auf der Seele gebrannt hatte, loswerden, schrie er: »Beamte, die durch Bestechung in ihre Ämter kommen, Statthalter, die ihre Provinzen ausplündern. Ich habe in meinen Jahren in Rom alles kennen gelernt von eurer Kultur. Eure Philosophie habt ihr von den Griechen, eure Soldaten von den unterworfenen Völkern, eure Götter übernehmt ihr willfährig von denen, die ihr gerade versklavt habt. Und euren Schutz haben wir nicht nötig, wir haben uns immer selbst geschützt. Unsere Krieger sind tapfer, selbst unsere Weiber haben mehr Mut als eure Legionäre. Pah!« Voller Abscheu spuckte er auf den Boden.

Valerius hatte lange geschwiegen. Zu viel von dem, was der Germane ihm vorwarf, entsprach der Wahrheit, wie der Römer zugeben musste. Zum ersten Mal entdeckte er menschliche Züge im Antlitz dieses Barbaren.

»Die Götter selbst haben uns den Auftrag gegeben, die Welt zu regieren. Unter dem göttlichen Augustus haben wir ...«

»Euer göttlicher Augustus hat zuerst einmal alle seine Gegner in Rom in einem Meer von Blut ertränkt. Sein Nachfolger Tiberius zog sich aus Abscheu vor eurem grauenvollen Rom auf eine Insel zurück. Caligula, euer Stiefelchen, hat ein Pferd in das höchste Amt des Staates berufen. Und Claudius, euer göttlicher Kaiser, wird von Freigelassenen beherrscht.«

Valerius war über die profunden Kenntnisse des Germanen mehr als überrascht. Catuvolcus schien das zu bemerken und lächelte tückisch. »Ihr solltet eure Feinde niemals unterschätzen. Als ich als Gladiator in Rom um mein Leben kämpfte, habe ich eure Sprache gelernt. Ich lernte sie sprechen und auch lesen. Und in den vielen Nächten, in denen meine Kameraden von Dirnen umsorgt und vom Wein benebelt wurden, da habe ich eure Schriften gelesen.«

Seine gedrungene Gestalt streckte sich. »Man muss einen Feind genau kennen, wenn man ihn schlagen will. So wie es Arminius mit eurem Varus gemacht hat. Und es kommt der Tag«, herrschte er Valerius an, und seine Stimme überschlug sich fast, »ganz sicher wird er kommen, da werden alle Völker Germaniens sich vereinen und über euch verhasste Römer herfallen. Unsere Erde wird euer Blut trinken, und unsere Kinder werden mit den Gebeinen eurer Soldaten spielen. Dann werdet ihr sehen, Römer, dass man die Freiheit eines Volkes nicht auf alle Zeit unterdrücken kann. Und nun genug der Worte, Römer! Morgen werden wir sehen, wie es um deine Tapferkeit bestellt ist, wenn wir dich mit Axt und Feuer befragen.«

***

Ein leiser Windzug weckte Valerius aus seinem erholsamen Schlaf. Mit einem Ruck hob sich sein geschwächter Oberkörper. Obwohl er in der undurchdringlichen Dunkelheit der Nacht nichts erkennen konnte, spürte er, dass jemand in der Hütte war.

Er bemerkte Schritte. Jemand berührte ihn sanft an der Wange, streichelte zart über das Gesicht. Cataulca! Valerius roch den herben Geruch von Kräutern, der von ihr ausging. Er wollte ihren Namen sagen, doch im nächsten Augenblick legten sich schwielige Finger über seinen Mund und mahnten ihn nachdrücklich zu schweigen. Behutsam drückte sie ihm etwas Kaltes, Hartes in die Hand. Eine scharfe Kante! Ein Dolch!

»Du fliehen! Morgen, wenn Sonne aufsteht, Pferd hinter Hütte. Füße verbindet. Mit Messer Loch machen. Ganz leise. Wache nur vorne! Komm, ich zeigen.«

Mit einem verhaltenen Kichern zog sie an seinem Arm. Valerius erhob sich taumelnd. Vorsichtig führte ihn die Frau an die Hinterwand der Hütte, die nur aus brüchigem feuchtem Lehm bestand. Valerius verstand, was sie meinte. Es konnte nicht schwer sein, mit dem Messer hier einen Durchgang zu schaffen. Er musste sich nur unverzüglich an die Arbeit machen.

»Und Manlius?«, hauchte Valerius.

»Manlius bleiben! Er nicht Sohn von Cataulca!« Ehe sich Valerius versah, drückte ihm die Alte einen nassen Kuss auf die Stirn und verschwand so leise, wie sie gekommen war. Offenbar hatte sie einen Augenblick mangelnder Wachsamkeit für ihren Besuch ausgenutzt.

Valerius begann sofort mit seiner Arbeit. Eigentlich war es für eine Flucht noch zu früh, denn er fühlte sich sehr geschwächt. Andererseits konnte man nicht länger warten, denn schon morgen wollte Catuvolcus mit seiner »Befragung« beginnen, und wie die aussah, konnte der Römer sich nach der letzten Unterhaltung ausmalen. Der Lehm war mit Holzstücken und Reisig bewehrt, leistete aber seinem Messer kaum Widerstand. Immer wieder musste Valerius abbrechen, weil ihn die Arbeit zu sehr anstrengte. Und immer wieder lauschte er auf die Schritte des Wachpostens vor seiner Hütte.

Es musste schon kurz vor Sonnenaufgang sein, denn der Spalt, den er durch den Lehm gebahnt hatte, verhieß erstes Morgengrauen. Plötzlich waren Schritte vor seiner Tür zu hören, kräftiger und härter als die gewohnten. So schnell es ging, hängte Valerius ein Tuch über die Stelle, an der er gearbeitet hatte, versteckte den Dolch im Urinkübel vor seiner Strohmatte und warf sich mit letzter Kraft auf sein Lager. Sekunden später stand ein Germane vor ihm und leuchtete mit einer Fackel in sein Gesicht.

»*Man tiu wag nole!*«

Valerius stellte sich schlafend und antwortete nichts. Er hatte auch keine Ahnung, was der Mann von ihm wollte. Offensichtlich eine verschärfte Kontrolle. Der Germane leuchtete in der Hütte herum, fand aber nichts, was ihn beunruhigte, und ging hinaus. Valerius lauschte den sich entfernenden Schritten und wartete einen Augenblick.

Kurz darauf war es geschafft. Mit dem Fuß trat er gegen das Lehmstück, das er mit dem Messer gelockert hatte. Fast geräuschlos fiel es aus der Wand. Kühle Morgenluft zog sofort in die Hütte. Es regnete. Vorsichtig robbte Valerius durch das Loch und blickte sich um. Hinter der Hütte begann sofort der Wald. Er hatte keine Ahnung, wo er das Pferd suchen sollte, und stolperte einfach nur weiter über den samtweichen Waldboden, der seine Schritte verschluckte. Aber schon wiesen ihm abgeknickte Zweige den Weg. Cataulca hatte nichts dem Zufall überlassen. Kaum mehr als fünfhundert Schritte entfernt fand er einen kräftigen Rappen mit verbundenem Maul. Auch die Hufe waren mit Lappen umwickelt, damit niemand das Pferd hören konnte. Valerius band das Tier los und zog es mit sich. Vom Boden hob er einen Knüppel auf, man konnte nie wissen ... Die Sonne lenkte ihre ersten Strahlen durch den regenfeuchten Wald und wies ihm den Weg nach Westen: Immer entgegen der aufgehenden Sonne, da musste irgendwo der *Rhenus* liegen. Hatte er erst die Ufer erreicht, würde er schon eine Möglichkeit finden, überzusetzen.

Er hatte sich weit genug vom Dorf entfernt, um das Pferd besteigen zu können. Patrouillen der Germanen waren zur Nachtzeit wohl kaum zu befürchten. In strammem Galopp preschte er voran. Willig gab das Pferd seinem Drängen nach. Dann brachte er das Pferd für einen Augenblick nochmals zum Stehen und lauschte nach hinten. Es regnete nicht mehr. Nichts schien auf eine Verfolgung zu schließen. Vermutlich hatte man seine Flucht schon entdeckt, denn bei den ersten Strahlen der Sonne war er stets geweckt worden und hatte sein spärliches Frühstück erhalten. Valerius ritt weiter. Der Wald brach mit einem Mal plötzlich ab und machte einer großen Lichtung Platz, die ganz vom Nebel des frühen Morgens eingehüllt war.

Zwei Reiter standen mitten auf der Lichtung und starrten den Flüchtling überrascht an. Junge Germanen, kaum siebzehn Jahre, die von nächtlicher Jagd zurückkamen. Aber sie schienen nicht aus dem Dorf zu kommen, aus dem der Römer geflohen war, denn sie näherten sich dem Fremden arglos, vielleicht waren sie auch gar keine Sugambrer.

»*Wal tiu here?*«, sprachen sie Valerius an. Er winkte sie zu sich heran und deutete auf das Bein seines Pferdes. Neugierig beugte sich der eine von ihnen herunter und erhielt mit dem Holzknüppel einen wuchtigen Schlag auf den Kopf. Blutüberströmt sackte er zusammen und fiel vor die Hufe seines aufgeschreckten Gauls. Während der andere Germane nach der Axt griff, die in seinem Gürtel steckte, fuhr ihm schon der Dolch des Römers in die Brust. Mit einem ungläubigen Blick sank er vom Pferd. Beide hatten ihre jugendliche Unerfahrenheit teuer bezahlt.

Ungerührt durchsuchte Valerius die Germanen. Er nahm die Axt des toten Barbaren an sich und bediente sich am Mundvorrat des anderen. Gedörrtes Trockenfleisch. Für einen hungrigen Flüchtling eine Delikatesse. Auch für die Felljacke des Germanen hatte er Verwendung, denn in seinem dünnen Wollkittel fror er erbärmlich. Die Pferde führte er in das dichte Unterholz und band sie an. Die Leichen der beiden Germanen bedeckte er in aller Eile mit Reisig und Zweigen. Er hatte sie töten müssen. Ein Fremder, der ihre Sprache nicht spricht und noch dazu einen derart abgerissenen Eindruck macht, hätte zu sehr ihren Argwohn erregt ... Nicht auszudenken, wenn er wieder in die Hände des wahnsinnigen Catuvolcus gefallen wäre!

Es kam ihm wie eine Ewigkeit vor, bis er endlich die trägen Fluten des *Rhenus* erblickte.

In der Ferne, auf der anderen Seite des Flusses, schälten sich schon die Umrisse der *Colonia Claudia Ara Agrippinensium* aus dem trüben Morgennebel.

***

»Mach das Maul auf, alte Vettel. Du hast ihm zur Flucht verholfen!« Catuvolcus schüttelte die alte Frau und schlug ihr mit der Hand ins Gesicht. Ungerührt ließ die Alte die brutale Behandlung über sich ergehen und schwieg. Sigher versuchte einzuschreiten.

»So hat das keinen Zweck. Du wirst so nichts erreichen.« Er wandte sich an die Frau, die die Männer mit großen Augen anstarrte.

»Hast du ihm das Messer gegeben, mit dem er das Loch in die Wand geschnitten hat?«

Catualca nickte nur und lächelte glücklich.

»Warum hast du das getan?«

Die Frau zeigte auf ihr Herz.

»Sie denkt, er sei ihr Sohn«, sagte Sigher zu dem vor Wut rasenden Catuvolcus. Er deutete auf seine Stirn: »Sie ist verrückt hier oben. Sie meint, ihren Sohn gerettet zu haben, den sie vor vielen Monden verlor.«

»Und du hast ihr geholfen, verfluchter Römer!« Catuvolcus wandte sich zu Manlius und schlug ihm mit der Faust in das Gesicht. »Das sollst du büßen, römischer Hund!« Er riss seine Axt aus dem Gürtel und hieb sie in die Brust des römischen Sklaven. Mit einem Röcheln brach Manlius zusammen, Blut strömte aus einer tiefen klaffenden Brustwunde.

»Bringt ihn weg! Werft ihn den Hunden zum Fraß vor!« Die Stimme des Germanen überschlug sich, Speichel spritzte von seinen Lippen.

»Und nun zu dir, Alte!«

Vergeblich versuchte Sigher, dem Tobenden in den Arm zu fallen. Wie eine lästige Fliege schüttelte er den Anführer des Dorfes ab. »Du wirst mich nicht daran hindern, sie gebührend zu bestrafen!«, schrie er und hob erneut seine blutverschmierte Axt.

»Du bist Gast hier, Catuvolcus, vergiss das nicht!«

Aber der Eburone war längst nicht mehr Herr seiner Sinne. Zornentbrannt fuchtelte er mit seiner Axt herum, vor seinem verzerrten Mund hatte sich Schaum gebildet. Auf einen Wink Sighers hin stürzten sich mehrere junge Sugambrer auf den tobenden Mann und hielten ihn am Boden fest. Sie entwaffneten ihn und fesselten seine Arme mit Stricken.

»Du hast das Gastrecht verletzt. Du wirst hiermit aus unserer Gemeinschaft ausgestoßen und bist vogelfrei. Du hast das Recht der zwei Monde. Danach kann dich jeder aus unserem Dorf töten. Und nun geh! Gebt ihm seine Waffen wieder!«

Wenig später verließ Catuvolcus das Dorf der Sugambrer, ohne sich noch einmal umzusehen. Der Hass auf den Geflohenen schnürte ihm die Kehle zu. Ein unbändiges Verlangen nach Rache hatte sich seiner bemächtigt. Aber er wusste, wo der Römer zu finden war ...

XV.

Porcellus oenococtus

Mai des Jahres 54 n. Chr.

Obwohl der Sommer noch nicht begonnen hat, liegt Rom unter einer Dunstglocke unsäglicher Schwüle. Wer kann, ist auf sein Landgut hinausgefahren und genießt die kühlenden Winde der Albaner Berge oder die frischen Meeresbrisen Ostias. In die engen, schmutzigen Armenquartiere rings um die *Subura* hat verzehrendes Fieber Einzug gehalten, auch weil die Bewohner entgegen den behördlichen Anweisungen immer mehr dazu übergehen, ihr fäkaliengefülltes Nachtgeschirr aus den Fenstern zu entleeren. Ständige kleine Brände machen darüber hinaus aus dem Alltag oft genug ein lebensbedrohendes Abenteuer. Seit dem großen Brand vor fast fünfzig Jahren ist die Feuerwache auf siebentausend Freigelassene aufgestockt worden, die paramilitärisch in sieben Kohorten zu je tausend Mann organisiert ist.

Im kaiserlichen Palast weiß man wenig von diesen Gefahren. Alle Fenster sind geöffnet, damit wenigstens die spärlichen Luftzüge etwas Erfrischung bringen. Agrippina, die *Augusta*, liegt auf einer brokatbezogenen Liege in ihrem Zimmer, nur mit einem spärlichen Gewand aus kühlender koischer Seide bekleidet. Ihr gegenüber sitzen zwei Männer, einer davon in Uniform.

»Es ist noch zu früh, Burrus. Wir müssen warten!«

»Verzeih, edle *Augusta*, wenn ich anderer Meinung bin, aber es wird immer gefährlicher!« Der Prätorianerpräfekt tupft sich mit einem Tuch die Schweißperlen von der Stirn. Dann wendet er sich an den blassen, hochaufgeschossenen Mann, der zu seiner Linken sitzt. »Und was meinst du?«

Pallas, der Freigelassene und einer der Mächtigsten am Hofe, nimmt einen Apfel und beißt zaghaft hinein. »Ich denke, die edle *Augusta* hat Recht, wie immer. Warten wir noch ein wenig. Wie ich höre, ist der gute Narcissus ernstlich erkrankt. Es wird nicht mehr lange dauern, bis er die Hitze Roms mit der Kühle der Bäder von *Sinuessa* tauscht. Das wird unseren Plänen günstig sein.« Pallas lächelt und nippt an dem Wasser, das vor ihm steht. Er trinkt nie Wein, denn »*Vinum mentem perdit* – Wein vernebelt die Sinne«, wie er gerne zu sagen pflegt.

»Wie man hört, hat er die Verteidigungsschrift für Cicero fertig gestellt und nun eine mehrbändige Geschichte Roms in Angriff genommen. Welch ein Werk! Es wird Zeit brauchen und seine ganze Aufmerksamkeit gefangen nehmen. Wenn er dafür ebenso lang benötigt wie für seine zwanzig Bücher der Etruskischen Geschichte oder die acht über die Geschichte Karthagos, wird er unter seinen Schriftrollen begraben bleiben und das Regieren weiterhin uns überlassen.«

»Schon wahr, lieber Pallas«, erwidert die *Augusta*. »Aber der Alte wird immer närrischer. Es ist eine Qual, mit ihm zu dinieren. Neulich erst hat er wieder nach Messalina gefragt, obwohl das Luder nun schon seit Jahren tot ist. Tagsüber schläft er, und nachts geistert er durch den Palast. Manchmal macht er gar vor meiner Tür nicht Halt!«

Pallas blickt Afranius Burrus amüsiert an. Die Vorstellung, wie der mächtigste Mann der Erde vergeblich an die Tür seiner Ehefrau klopft, amüsiert ihn.

»Auch sein Hang zu Grausamkeiten nimmt zu«, seufzt Agrippina, »er liebt es, Folterungen, sogar Hinrichtungen zuzusehen, und seit der misslungenen Verschwörung des Furius Camillus Scribonianus vermutet er hinter jedem Vorhang einen Mörder. Wenn ich ihn besuche, zwingt er mich, mich komplett auszuziehen und befingert schamlos meine Körperöffnungen, ob ich auch nur ja keinen Dolch dabei habe.«

»Dieses Misstrauen hat nicht weniger als fünfunddreißig Senatoren und etwa dreihundert Rittern den Kopf gekostet, aber die Staatskasse erheblich aufgebessert ... Immerhin war er klug genug, die Lücken in den Reihen dieser Männer durch Männer seiner Wahl aufzufüllen«, fährt der Kommandant der Leibwache fort.

Agrippina erhebt sich und geht zum Fenster. Ihr Blick fällt vom Palatin herab auf die ausgestorbenen Gassen der Stadt. Einige Müßiggänger trotzen der Hitze und wandeln im Schatten der

Arkaden. Von Süden her zieht ein Gewitter herauf, erste tiefschwarze Wolken haben die Sonne schon zum Teil verdunkelt und verheißen ein aufkommendes Unwetter.

»Etwas anderes bereitet mir mehr Sorge«, wendet sich Agrippina wieder an ihre Vertrauten. »Wie ist die Situation in der Ubierstadt? Wir haben bisher weder von Marcus Valerius Aviola noch von unseren Agenten etwas gehört. Ist das nicht genug Anlass zur Sorge?«

»Immerhin haben wir Nachricht von Niger und wissen, dass Pertinax tot ist«, sagt Pallas und betrachtet gelangweilt seine gefärbten Fingernägel, »so weiß die andere Seite auch nichts.«

»Aber irgendwie ist die Sache außer Kontrolle«, ereifert sich die Kaiserin, »das will mir nicht gefallen. Wieso schickt der Bursche keine Nachricht? Oder steckt am Ende Narcissus dahinter?«

»Keine Sorge, *Augusta*«, entgegnet Burrus, »der ist zurzeit nur um seine angeschlagene Gesundheit bemüht. Ich bin sicher, Niger wird sich bald wieder melden. Diese kleine Gruppe in der Ubierstadt bedeutet keine Gefahr!«

»Doch!« Agrippinas Gesicht wird rot vor Zorn. Sie rafft ihr Gewand zusammen und droht Burrus mit dem Finger. »Wenn einer von denen ausplaudert, was das Schicksal ihnen offenbart hat, ist alles zu Ende. Dann werden Köpfe rollen, und unsere werden dabei sein. Übrigens, was ist eigentlich mit dieser gallischen Hexe?«

Burrus runzelt die Stirn. »Da muss auch irgendetwas schief gegangen sein, Niger hat es nur kurz angedeutet. Wir werden auf die heimische Produktion zurückgreifen müssen ...«

»Beim *Hades*! Alles geht schief! Genau das haben wir vermeiden wollen. Jeder hier in Rom kennt die Giftmischerin, auch mein werter Gemahl, deshalb wäre es viel besser gewesen, das Zeug weitab in der Provinz zu besorgen.«

»Sicher, aber du weißt auch, verehrte *Augusta,* dass sie verschwiegen ist wie ein Grab. Nur deshalb lebt sie noch«, meint Pallas leichthin.

»Deshalb, und weil jeder sie braucht«, seufzt die Kaiserin, »außerdem gibt es Gerüchte, sie habe irgendwo eine Liste sämtlicher Auftraggeber versteckt. Stößt ihr etwas zu, soll diese Liste veröffentlicht werden. Und dann bekommt der Henker Arbeit.«

Sie greift zu einem blütenweißen Schal und legt ihn sich um ihren schmalen Hals. »Ich werde jetzt zum Kaiser gehen und herauszufinden versuchen, was er weiß. Er ist Butter in meinen Händen!«

***

Ein wohliges Gefühl durchströmte Valerius' geschundenen Körper. Sein Körper streckte sich unter den sanft massierenden Händen Argobers. Der Geruch von Minze und Rosenöl zog durch das *Unctorium*.

»Der Herr muss wieder richtig essen, gutes Fleisch und eine kräftige Suppe, damit er wieder zu Kräften kommt.«

»Du hast Recht, mein guter Argober. Ich fürchte, das Nahrungsangebot bei den Germanen war doch etwas eintönig. Halte dich bereit, ich werde dich zum Essen einladen.«

»Danke, Herr, die Götter mögen dir deine Güte vergelten. Aber gestatte eine Frage: Wie bist du den Sugambrern entkommen? Für gewöhnlich kehrt keiner ihrer Gefangenen je zurück ...«

Valerius berichtete dem Sklaven kurz von der Hilfe Cataulcas und seiner Flucht bis ans Ufer des *Rhenus*.

»Und dann? Du wirst wohl kaum herübergeschwommen sein?«

»Nein«, lachte Valerius, »das nicht. Aber wenn man so viel Pech hat, muss auch *Fortuna* einmal helfen. Ich stand noch keine halbe Stunde am Ufer und überlegte, wie ich den Fluss am besten überqueren konnte. Ich kann zwar schwimmen, aber dieser Weg schien mir doch zu gefährlich. Jeden Augenblick konnten die Germanen aus dem Wald hervorbrechen – während ich mich durch die Wellen gekämpft hätte, wäre sicherlich ein Pfeilhagel auf mich niedergegangen. Ein Boot war weit und breit nicht zu sehen. Schon war ich bereit, das Unmögliche zu wagen. Doch dann entdeckte ich stromaufwärts eine kleine Flotte mit drei Schiffen. Römischen Schiffen! Du kannst dir meine Erleichterung vorstellen. Ich schrie und wedelte mit den Lumpen, die ich am Leib trug. Zuerst wollten sie meinem Ruf nicht folgen, denn sie fürchteten wohl eine Falle der Germanen. Dann aber schickten sie mir ein kleines Beiboot.

Sie hielten mich mit ihren Lanzen auf Distanz, hörten sich meine Geschichte an – und glaubten mir kein Wort. Trotzdem nahmen sie mich mit auf ihr Schiff. Als wir näher an das Schiff herankamen, ertönte auf einmal ein gewaltiges Gelächter.« Valerius musste schmunzeln.

»Es war mein alter Bekannter Flavius Spurinnus, der mit seiner *Diana* aus *Bonna* kam und mich trotz meiner Lumpen sofort erkannte. Er entschuldigte sich sofort für das Benehmen seiner Männer und versprach mir, meinen Rappen vom Ufer abzuholen. Ein tolles Pferd, das mir die Germanen da zum Abschiedsgeschenk gemacht haben. Der Rest ist schnell erzählt. Sie brachten mich zum Prätorium, und nun liege ich hier und bin der Folter deiner Hände ausgeliefert.«

Argober lächelte, und seine Zähne blitzten. »Das ist gut so, Herr, denn ich glaube, du wirst hier noch gebraucht! So, jetzt solltest du dich ausruhen.«

»Keine Zeit! Der *Prätor* erwartet meinen Bericht!«

Wenig später saß Valerius im Amtszimmer des *Prätors*. Die blütendweiße frische Tunika fühlte sich nach dem rauen Stoff, den er bis vor kurzem getragen hatte, äußerst angenehm an. Er schilderte dem Beamten die Umstände seiner Gefangennahme, seinen Aufenthalt im Dorf der Sugambrer und seine Flucht.

»So! Eine alte Frau hat dir geholfen. Den Göttern sei Dank! Wie hätte ich es der *Augusta* sonst erklären können, dass ihr Tribun in geheimer Mission von Germanen gefangen und geopfert wurde? Du kannst dir gar nicht vorstellen, welche Sorgen wir uns um dich gemacht haben. Auf einmal warst du verschwunden, und niemand wusste wohin. Alles haben wir abgesucht. Zwei Einbrecher, drei Tagediebe und sieben betrunkene Randalierer haben wir festgenommen, aber von dir keine Spur! Wir fürchteten schon, dich irgendwo mit einem hellroten Mal auf der Stirn aufzufinden.«

Valerius lächelte etwas gequält, diese Vorstellung erregte bei ihm wenig Heiterkeit. »Der eigentliche Skandal ist«, wandte er ein, »dass die Germanen am hellen Tage an unser Ufer kommen und Leute entführen. Vielleicht war ich nicht der Erste?«

Gaius Volturcius stand auf und ging zu einer Karte, die an der gegenüberliegenden Wand hing. »Das ist eine Karte von Germanien. Hier sollen wir einen Grenzwall errichten, den *Limes.*« Er skizzierte mit einem Stock den Verlauf. »Diese Idee schlummert schon seit langem in den Schubladen des kaiserlichen Palastes. Genau genommen, seit jener unselige Varus unsere drei Legionen im Teutoburger Wald verloren hat. Aber jetzt sollen die Pläne endlich ausgeführt werden. In unserem Gebiet wird er entlang des *Rhenus* verlaufen. Wall, Graben, Palisaden, Wachtürme! Zum Teil aus Holz, zum Teil gemauert. Das wird die Barbaren abhalten. Aber bis der *Limes* fertig ist, müssen wir sehr wachsam sein. Als erste Maßnahme habe ich die Wachposten innerhalb und außerhalb der Stadt verdoppelt. Zweitens haben wir für die Außenstreifen Molosserhunde aus *Mogontiacum* angefordert. Das wird den Sugambrern nicht gefallen. Drittens werde ich einen Teil des Waldes am Flussufer roden lassen, damit wir besseren Einblick haben. Und viertens wird der Patrouillendienst der Flotte verstärkt.« Er lehnte sich sichtlich entspannt zurück und trank aus seinem versilberten Weinbecher. »Mehr kann man für den Augenblick nicht tun. Rom kann sich auf mich verlassen! Aber genug davon! Wie weit sind deine Ermittlungen? Die *Augusta* wird ungeduldig!« Gaius Volturcius Crassus trommelte mit den Fingern auf der Tischplatte und betrachtete den Tribun aufmerksam.

»Leider muss ich sagen, dass ich noch nichts, aber auch gar nichts herausgefunden habe.« Valerius hielt es für besser, seine Erkenntnisse über Maternus und seine Gruppe noch zurückzuhalten. »Ich habe die Hinterbliebenen fast aller Opfer befragt, aber sie wissen nichts. Im Augenblick bin ich ratlos. Ich kann keine Zusammenhänge entdecken.«

»So? Sehr bedauerlich ..., aber da kann man nichts machen. Du wirst eben weiter ermitteln müssen.«

»Ist während meiner Abwesenheit hier irgendetwas passiert, was ich wissen sollte?«

»Nein, kein neuer Mord, kein Buchstabe auf einer Stirn. Lediglich im Wald ist die Hütte einer alten Hexe abgebrannt. Die Alte ist dabei umgekommen.«

»Weiß man Näheres?«, fragte Valerius interessiert.

»Nein, ist auch ohne Bedeutung. Wen interessiert schon der Tod eines buckligen Kräuterweibs? Wichtiger ist, wie wir mit dir hier weiter verfahren. Ich denke, einstweilen wirst du tatsächlich so etwas wie eine hiesige Polizeitruppe aufstellen müssen, damit der *Aedil* keinen Verdacht schöpft. Ich habe mich mit Statilius Taurus dahingehend geeinigt, dass die Truppe mir untersteht, da ich zurzeit auch das Amt des Stadtpräfekten versehe. Wie sollen wir vorgehen?«

Valerius überlegte nicht lange. »Ich dachte, man könnte es ähnlich wie in Rom machen.«

»Aber in Rom gibt es euch Prätorianer«, wandte der *Prätor* ein, »hier nicht!«

»Richtig«, antwortete Valerius, »aber neben den Prätorianern gab es in Rom schon immer die *Vigiles.*«

»*Vigiles?* Du meinst die Feuerwache? Was kann die tun? Wie ist sie organisiert? Verzeih, aber ich bin zu lange schon aus der Hauptstadt weg.« Ein wehmütiger Zug lag auf seinem Gesicht.

»Die römischen *Vigiles* sind in sieben Kohorten zu je 1000 Mann organisiert, alles Freigelassene. Jede Kohorte ist für zwei Stadtteile zuständig. Ihre Hauptaufgabe ist es, darauf zu achten, dass die Feuerschutzbestimmungen eingehalten werden, und plötzlich auftretende Brände zu bekämpfen. Dazu sind sie mit Eimern, Spritzen, Feuerpatschen und essiggetränkten Lappen ausgerüstet, außerdem mit Äxten und Brecheisen. Daneben werden sie, vor allem bei ihren nächtlichen Wachgängen, auch zu polizeilichen Aufgaben herangezogen und gehen gegen Einbrecher, Diebe oder andere Kriminelle vor. Immerhin sind sie durch ihre Patrouillen überall präsent. Bewaffne sie statt mit Lappen und Eimer mit Schwert und Dolch, und wir haben eine Polizeitruppe. Oder habt ihr keine *Vigiles*?«

»Natürlich haben wir Feuerwachen«, erwiderte der *Prätor*, »aber das sind meist alte Männer. Die können zwar mit einem Lappen auf eine Feuersbrunst einschlagen, vielleicht auch einen Betrunkenen erschrecken, aber keinen Verbrecher festnehmen.«

»Dann füllen wir sie eben mit jungen Einheimischen auf, die wir von unseren Veteranen an der Waffe ausbilden lassen, oder wir bedienen uns der *Servi publici.*«

»Kein schlechter Vorschlag. Ich werde darüber nachdenken.« Gaius Volturcius Crassus erhob sich schwerfällig von seinem Amtssessel. »Wir werden am Forum einen Aushang anbringen lassen und sehen, ob sich junge Freiwillige melden. Zahlen werden wir kaum etwas können, der *Quaestor* sagt mir dauernd, dass die öffentlichen Kassen leer sind. Und hier in der Provinz kann man nicht so mit dem Geld um sich werfen wie in Rom. Aber irgendwie wird es schon gehen. Ach ..., ehe ich es vergesse: Es ist Post für dich da. Gleich mehrere Briefe sind für dich eingetroffen, während du dich bei den Sugambrern herumgetrieben hast.« Er griff in ein Regal hinter sich, sortierte einige Schriftstücke und überreichte Valerius mehrere versiegelte Briefrollen. Valerius bedankte sich und zog sich zur ungestörten Lektüre in sein Zimmer zurück.

Der erste Brief trug das Siegel der Cornelier. Cynthia! Hastig entfernte Valerius das Siegel und rollte den Brief auf:

Faustus Cornelius Sulla Felix grüßt seinen
Marcus Valerius Aviola!

Es ist jetzt mehr als vier Wochen her, dass du Rom verlassen hast, um deinen Auftrag in Germanien zu erfüllen. Leider ist Cynthia seit diesem Zeitpunkt nicht vernünftiger geworden.
Im Gegenteil – als Pater familias habe ich die missliche Pflicht, dich davon in Kenntnis zu setzen, dass Cynthia darauf besteht, ihre Verlobung mit dir zu lösen!
Ich brauche wohl nicht zu betonen, dass ich diese Entscheidung sehr bedauere. Natürlich könnte ich kraft meiner väterlichen Autorität diese Entscheidung verhindern, doch wirst du verstehen, dass mir dies angesichts der Gefühlslage meiner geliebten Tochter unmöglich ist. Tränen sind für einen liebenden Vater immer noch ein unschlagbares Argument!
Mehr noch: Ich will dir nicht verschweigen, dass der junge Gnaeius Fabius Persicus ihr mit galanten Worten den Hof macht, was sicher zu ihrer Entscheidung beigetragen hat.
So bleibt mir nur übrig zu sagen, dass du als vertrauter Freund jederzeit in unserem Hause willkommen bist. Wir alle hier wünschen dir für deine Mission Erfolg!
Vale!

Faustus Cornelius Sulla Felix, consular

Valerius setzte sich auf seine Liege und starrte auf den *Papyrus*. Cynthia hatte die Verlobung gelöst! Völlig überraschend war das nach der Abschiedsszene in Rom allerdings nicht, musste er zugeben. Und wenn er genau überlegte, machte ihm diese Nachricht das Herz nicht sehr schwer. Die eigenwilligen Launen Cynthias hatten ihn schon eine ganze Weile so sehr gestört, dass er über ihren Verlust jetzt kaum unsägliche Trauer empfinden konnte. Trotzdem dachte er mit etwas Wehmut an die Zärtlichkeit zurück, die ihm die vollen roten Lippen dieser jungen Frau geschenkt hatten ... Aber gerade der picklige Gnaeius Fabius Persicus! Der Vater, Paullus Fabius Persicus, war einige Jahre vor Faustus Cornelius *Consul* gewesen und genoss in Rom hohes Ansehen. Aber der Sohn galt als trink- und spendierfreudiger Stammgast in sämtlichen *Lupanarien* der Stadt. Arme Cynthia! Du hast einen schlechten Tausch gemacht, aber das wirst du erst noch selbst feststellen müssen! Neugierig nahm er den nächsten Brief in die Hand. Er trug das Siegel der Kaiserlichen Staatskanzlei:

Narcissus Libertinus grüßt den Tribun Marcus Valerius Aviola

Ungern dränge ich zur Eile, doch die Tatsache, dass du Rom vor fünf Wochen verlassen hast und wir noch keine Nachricht von dir haben, beunruhigt uns ebenso wie die Meldung, dass unser Manlius Pertinax von unbekannter Hand ermordet wurde.
Auch trägt es wenig zur Ruhe unseres göttlichen Cäsar bei, wenn er hört, dass es erneut zwei Opfer in Colonia Claudia Ara Agrippinensium gegeben hat, deren Tod ebenso ungeklärt ist.
Mehr noch erregt hier die Tatsache Misstrauen, dass du offensichtlich sehr eng mit dem dortigen Prätor zusammenarbeitest, denn er gehört nicht unbedingt zum Kreis der Vertrauten unseres Cäsars.
Wir erwarten umgehend deinen Bericht!

gegeben zu Rom
a. d. XX. Id. Aprilis, anno 807 a. u. c.

Syphronius, 1. Kanzleisekretär

Noch viel unruhiger wäre man in Rom, dachte Valerius schmunzelnd, wenn man wüsste, dass ausgerechnet der *Prätor* der Ubierstadt der Vertraute der Kaiserin ist.

Das Siegel des dritten Briefes war unleserlich und gab keinen Hinweis auf seinen Absender:

An den Tribun Marcus Valerius Aviola in Colonia Claudia Ara Agrippinensium

Ein unbekannter Freund grüßt dich!
Wer ich bin, muss dich nicht interessieren, jedenfalls jetzt noch nicht. Doch höre: Du bist in Gefahr, und zwar vor allem durch die, die dich schickten. Und am größten wird die Gefahr für dich sein, wenn du erfolgreich bist! So tust du am besten daran, nichts von dem aufzudecken, was du untersuchen sollst.
Ein Freund!

Nachdenklich betrachtete Valerius die Papierrolle. Die Schrift kam ihm bekannt vor. Es durchfuhr ihn siedend heiß: Es war die gleiche Schrift wie auf jenem Zettel, den ihm der Unbekannte im kaiserlichen Palast zugesteckt hatte. »Trau der Kaiserin nicht! Ein Freund!«

Dass er in Gefahr war, hatten die Anschläge auf sein Leben nur allzu deutlich gemacht. Die Gefahr gehe von denen aus, die ihn gesandt hätten, so der Unbekannte. Wenn er beide Warnungen ernst nahm, konnte nur die Kaiserin gemeint sein. Aber es blieb erneut die Frage, welches Interesse Agrippina daran haben könnte, ihn zuerst in die Ubierstadt zu schicken und ihn dann zu töten ... Valerius versteckte die Briefe sorgsam unter der Strohmatte seines Lagers und verließ das Gästehaus des Prätoriums.

»Argober!«

»Ja, Herr?« Der Sklave hatte sich vor der Tür mit der Wache unterhalten.

»Komm, wir gehen essen!«

***

Seine Waffen hatte Valerius bei den Germanen eingebüßt. Vor allem um das prachtvolle Schwert, ein Geschenk seines verstorbenen Vaters und unschätzbares Andenken an ihn, tat es ihm Leid. Auch die Tribunenuniform war dahin, und so trug er heute eine blassblaue Tunika aus dem Bestand des Prätoriums.

Für das Essen vertraute er auf eine Empfehlung seines Sklaven. »Wenn du zu einem fairen Preis etwas essen willst, musst du zu Fulvius gehen. Eigentlich heißt er anders, aber alle nennen ihn wegen seiner rotblonden Haare so. Er war früher Legionssoldat, ist viel in der Welt herumgekommen. Wenn er in Laune ist, erzählt er stundenlang davon. Ich esse öfter bei ihm, für Sklaven macht er Sonderpreise. Und keiner hat einen besseren Schweinebraten. Du wirst schon sehen.«

Die *Taberna* befand sich im Westteil der Stadt, den der Offizier bisher am wenigsten kannte. Sie verließen den *Decumanus* und bogen in eine Seitengasse ein. Das Viertel machte einen verlassenen Eindruck. Streunende Hunde und Berge herumliegenden Abfalls komplettierten den düsteren Eindruck.

»Hier wohnen die ärmeren Leute, Herr«, sagte Argober wie zur Entschuldigung. Das Stirnrunzeln seines Herrn war ihm nicht entgangen. »Du siehst es an den Häusern.« Tatsächlich machten die Holzhäuser einen ziemlich heruntergekommenen Eindruck. Einige schienen gänzlich unbewohnt, andere waren offenbar seit Jahren nicht gestrichen oder ausgebessert worden. Als sie eine *Latrina publica* passierten, kam ihnen ein hoch mit Bauholz beladener Karren entgegen und zwang sie in der engen Gasse zum Ausweichen. Der strenge Geruch der Toilettenanlage zog beißend in ihre Nasen.

»Jetzt wird es besser. Das ist der Tempel von *Jupiter Dolichenus*«, erklärte Argober, »gleich sind wir da.«

»Das hoffe ich doch sehr«, erwiderte Valerius mit leichter Ungeduld.

»Hier ist es!« Der Sklave wies auf einen niedrigen, eingeschossigen Holzbau, der sich mit seiner Rückwand an die Stadtmauer anzulehnen schien. Schon von weitem signalisierten Rauch und fetter Bratengeruch eine intakte Küche. Ein verwittertes Schild über dem Eingang hieß den Gast willkommen. Es stellte einen Legionärssoldaten in voller Rüstung dar und trug die Inschrift:

Hier speisest du wie in der Hauptstadt und zahlst wie in der Provinz!

Ein Witzbold hatte in krakeliger Schrift an der Wand ergänzt:

Läufst du sehr schnell, zahlst du gar nichts!

Der Sklave öffnete die massive Tür, und sofort schlug ihnen eine Dunstwolke aus Wein, Essensgeruch und den Ausdünstungen vieler Menschen entgegen. Valerius verzog unwillig die Nase.

»Ich weiß, Herr«, beeilte sich Argober zu versichern, »aber hier darf man vom Geruch nicht auf die Qualität der Speisen schließen. Ich will froh sein, wenn wir überhaupt einen Tisch bekommen.«

Ein unförmiger Mann mit langen rotblonden Haaren watschelte auf sie zu und hob voller Begeisterung die Arme. »Argober! Und das ist sicher dein Tribun!« Er verbeugte sich und schlug nach Soldatenart seine Faust gegen die Brust, was ihm einen herben Hustenanfall eintrug.

»Verzeih, edler Tribun«, schnaufte er und griff hastig nach dem Becher einer seiner Gäste. »Willkommen in meiner bescheidenen *Taberna*. Argober hat dir den richtigen Weg gewiesen.« Ratlos sah er sich um, dann fiel sein Blick auf einen kleinen Tisch in der Ecke, an dem zwei Gäste mehr lagen als saßen.

»Gaseon! Rugobald! Unnützes Gesindel! Trunkenbolde! Macht den Tisch frei für zwei edle Gäste!« Ohne Zögern packte der Wirt die beiden Betrunkenen am Kragen – einer von ihnen war der Sklave des verstorbenen Lucius Poblicius, wie Valerius erkannte – und schleifte sie vor die Tür, was die anderen Gäste mit lautem Gelächter quittierten.

»Nur gut, dass ich schon kassiert habe. Jetzt ist Platz, ihr Herren!« Er wischte mit einem kaum sauber zu nennenden Tuch über den Tisch und rückte die wackligen Holzstühle zurecht.

»Was steht zu Diensten?«

»Wir haben Hunger, Wirt, hoffen aber zugleich, dass die Küche sauberer ist als der Rest des Hauses.«

Für einen Augenblick machte der Wirt ein betrübtes Gesicht. Dann hellten sich seine Züge auf. »Möchte der edle Tribun die

Küche sehen? Dem steht nichts im Wege. Fulvius hat nichts zu verbergen.«

Valerius nahm das Angebot an, denn er wusste, dass er nur dann hier etwas herunterbekommen würde, wenn sich die Küche in erheblich besserem zustand befand als der Schankraum. Der Wirt führte ihn quer durch das Lokal in die dahinter liegende Küche. Valerius staunte nicht schlecht. Die *Coquina* war überraschend sauber. Der kleine Raum wurde von einer riesigen Kochstelle beherrscht, die die gesamte Hinterwand einnahm. In einer riesigen Pfanne brutzelte ein gewaltiger, braun gebratener Schweinebraten, der Valerius das Wasser im Munde zusammenlaufen ließ. In einer rundgemauerten Nische unter der Kochstelle waren Brennvorräte eingelagert. Auf eisernen Rosten standen Töpfe aus Ton, an den Wänden hingen Regale mit Vorratsgefäßen, kleinen Amphoren und Fässern. Alles blinkte, als wäre es eben erst geputzt worden. Eine dickliche Frau in einer sauberen Tunika hantierte mit einigen Töpfen und blickte überrascht auf.

»Mein Weib Terentia!«, stellte der Wirt voller Stolz vor. Die Frau wischte ihre Hände an der Schürze ab und verbeugte sich.

»Wieder ein Gast, der die Küche sehen will, damit es ihm schmeckt. Wie oft hab' ich dir gesagt, Fulvius, dass dein Schankraum so blitzen muss wie meine Küche.« Sie wandte sich Valerius zu: »Aber ich rede bei diesem Mann wie gegen eine Wand!«

Der Tribun lächelte und trat den Rückzug an. Am Tisch angekommen, lachte ihn Argober strahlend an: »Überrascht? Der Gauner Fulvius führt alle neuen Gäste in die Küche, und alle haben nachher tüchtig zugelangt, nicht wahr, Fulvius? Vor allem, wenn man den Braten erspäht hat.«

Fulvius nickte, und sein rötliches Gesicht glänzte. »Unsere Spezialität! *Porcellus oenococtus* – Schweinebraten mit Weinsoße.«

»*Bene!* Überredet! Zwei ordentliche Portionen für hungrige Mägen. Dazu Brot und Gemüse. Welchen Wein kannst du anbieten?«

»Falerner hab' ich nicht. Auch keinen Caecuber oder Marmertinus. Aber einen ordentlichen Landwein von den Hängen des *Rhenus*, nicht zu süß. Der passt zum Braten!«

Valerius nickte. Der Wirt verschwand. Der Tribun sah sich aufmerksam um. Einige Gäste waren mit Würfelspiel beschäftigt, andere mit ihrem Essen, einige diskutierten lauthals über die letzte Steuererhöhung. Die meisten Männer waren eher ärmlich gekleidet, ganz offensichtlich bevorzugten auch Sklaven diese Kneipe. Fulvius brachte zwei große Becher und goss aus einer kleinen Amphore ein. Gespannt wartete er auf das Urteil seiner Gäste. Der Wein war leicht gekühlt und mit Wasser versetzt. Der herbe Geschmack zog im ersten Augenblick den Mund zusammen, hinterließ aber einen frischen, leicht fruchtigen Geschmack. Fulvius zog sich zurück, um wenig später schon den Schweinebraten aufzutischen – ein riesiges Stück, umlegt mit einer Unmenge Zwiebeln, Eier, Lauch und Sellerie, dazu in einer irdenen Schüssel einen großen Laib dunkel gebackenes Brot. »Ich wünsche einen guten Appetit, ihr Herren«, sagte Fulvius schmunzelnd und ging zum Nebentisch, wo drei Gäste zahlen wollten.

Argober hatte nicht zu viel versprochen. Der Braten schmeckte einfach köstlich, Valerius war begeistert. »Lange nicht mehr so gut gegessen«, sagte er zufrieden und schaufelte eine Ladung Sellerie in sich hinein.

»Ich hatte gehofft, dass es dir schmecken würde.« Argober nickte erleichtert.

»Der Wirt muss mir unbedingt das Rezept verraten. Das wird er doch, oder?«

»Fragen wir ihn«, antwortete Argober, der sich beim Essen merklich zurückhielt und seinem Herrn ein weiteres Stück Braten zuschob.

»He, Fulvius!«

Eilfertig watschelte der Wirt herbei.

»Mein Herr wüsste gern das Rezept dieses ausgezeichneten Bratens.«

»Das Rezept?«, murmelte der Wirt. »Eigentlich ein Geschäftsgeheimnis. Aber für einen edlen Tribun aus Rom will ich eine Ausnahme machen. Also, hmm ... man braucht Olivenöl, süßen Wein, Lauch, Koriander, Sardellenpaste, Pfeffer, eh ... Liebstöckel, Kümmel, einen Hauch Oregano.« Einen Augenblick geriet er ins Stocken. Dann fuhr er fort: »Dann noch wilden Majoran, Sellerie, Mehl und ... und natürlich *Defrutum.*«

»Defrutum?«

»Das ist eingedickter Most, also der rote Saft der Trauben, der durch Kochen eingedickt wird. Ich hoffe, ich hab' nichts vergessen. In den Topf kommt nun Wasser, Wein und Öl. Der Koriander wird darüber gestreut und später das Ganze mit dem *Defrutum* übergossen. Inzwischen stellt man aus den anderen Zutaten eine Gewürzmischung her, gibt etwas von dem Bratensaft dazu, füllt mit Wein auf und begießt damit den Braten. Und fertig ist der Schweinebraten mit Weinsoße!«

Valerius hatte inzwischen seine Mahlzeit beendet und fühlte sich angenehm gesättigt. Der Geschmack des Bratens beherrschte immer noch seinen Gaumen. Genießerisch leckte er sich über die Lippen.

»Wie wär's mit einer kleinen Nachspeise?«

»Kein Platz!« Valerius deutete auf seinen Bauch, der sich deutlich unter der Tunika wölbte. »Aber etwas Wein kannst du noch bringen.«

Nachdem Fulvius nachgeschenkt hatte, deutete Valerius auf den freien Stuhl.

»Du warst Legionär?«

»Jawohl, Tribun! *Legio IV Macedonica* – 4. Macedonische Legion, Standort *Hispania*. Dort habe ich fünfzehn Jahre gedient. Unser göttlicher Cäsar – die Götter mögen ihn schützen! – hat die Legion dann nach *Mogontiacum* verlegt, wo ich noch einmal vier Jahre gedient habe. Von dem gesparten Sold und der Abfindung hab' ich mir als Veteran diese *Taberna* hier gekauft. Letzter Dienstgrad *Decurio*!«

»Und was hast du alles erlebt?«

»In *Hispania* war es ruhig. Manchmal hatten wir es mit Piraten zu tun. Einige Male sind wir auch nach Afrika übergesetzt und haben die dortigen Truppen im Mauretanienfeldzug unterstützt. Dabei haben mir die schwarzen Barbaren den Arm aufgeschlitzt.« Stolz wies er auf eine tiefe Narbe, die sich vom Ellenbogen bis in den Schulterbereich erstreckte.

»In *Mogontiacum* war es weniger gemütlich. Dauernde Überfälle durch Chatten oder Cherusker. War nicht ungefährlich, Tribun. Da hab' ich mir auch meine Beförderung zum *Decurio* verdient. Hab' in einem Gefecht sieben Germanen niedergestreckt!«

»Letztes Mal waren es noch sechs«, lachte Argober.

»Sechs oder sieben. Wer kann in einer solchen Schlacht schon zählen, du Dummkopf? Jedenfalls bin ich befördert worden!«

Valerius hatte einen Blick durch die schmalen Fenster geworfen. Es war dunkel geworden, und er begann müde zu werden.

»Das nächste Mal musst du mehr erzählen, *Decurio*. Jetzt bring erst einmal die Rechnung!«

Der Tribun zahlte, nicht ohne ein ordentliches Trinkgeld zu geben, und dann machten sie sich auf den Heimweg.

»Eine wirklich gute Empfehlung, Argober. Ein toller Braten! Das muss wiederholt werden.«

»Ich freue mich, dass es dir geschmeckt hat. Fulvius hat aber ...«

»Pscht!«, unterbrach Valerius den Sklaven. »Leise! Den Mann da vorne habe ich schon einmal gesehen. Aber wo nur?« Er deutete auf einen langen hageren Mann in einem schwarzen Mantel, der jetzt in eine kleine Seitengasse abbog.

»Wo denn, Herr?«

Zu spät. Der Mann war verschwunden.

XVI.

Die Rache des Germanen

Tullius Torquatus Niger war tatsächlich rein zufällig im gleichen Viertel unterwegs wie Valerius, den er im Übrigen auch gar nicht bemerkt hatte, und suchte nach einer guten Mahlzeit. Sein Weg führte ihn zu einem Lokal, das auf der rechten Seite des Forums lag. Die Gassen lagen wie ausgestorben vor ihm, nur ab und zu begegnete er einem späten Spaziergänger.

Kurz hinter den Thermen bemerkte Tullius Torquatus Niger einen untersetzten Mann, der quer über die schmale Straße taumelte, offensichtlich ein Einheimischer, wie die einfache Kleidung zeigte. Niger wollte an ihm vorbeigehen, doch der Mann schwankte mit ausgebreiteten Armen auf ihn zu.

»Du ... du ... bi... bist auch einer vo... von ihnen!« Die weinschwere Zunge brachte die Laute kaum heraus. Der Mann sprach mit deutlich germanischem Akzent.

»Was willst du von mir, betrunkener Narr? Geh deiner Wege und belästige friedliche Bürger nicht!«

»Du bist auch ein Rö... Rö... Römer. Verflucht soll... sollst duuu ... sssss... sein!« Er packte Niger am Arm, der sich unwillig losriss. Wie von Zauberhand lag ein Dolch in der Hand des Hageren.

»Gibst du jetzt den Weg frei, närrischer Barbar?«

»Barbar schimpfst du mich? Was wei... weißt du von mir, Dummkopf? Mei... mein Großvater war der Führer der Eburo... Eburonen. Und es ist noch nicht lange her, da ha... hat ein römischer Tru... Tribun unter meinen Händen um Gna... Gnade gewinselt.«

»Ein römischer Tribun?« Niger blieb stehen.

»Jawohl, und sogar ein ... Prätio... Prätora... Prätorianertribun, jawohl!«

»Das interessiert mich, Freund. Lass uns in eine *Caupona* gehen. Ich will dir einen Becher Wein spendieren. Und du erzählst mir alles über diesen Tribun.«

»*Caupona*! Das ist ... guuuuuuutt. Jawohl, ein Tribun. Und den such ich jetzt.«

»Komm mit mir und erzähl mir alles. Vielleicht kann ich dir helfen.« Niger änderte seine Pläne und steuerte zusammen mit dem Unbekannten eine üble Spelunke hinter den Thermen an. Sein Appetit war verschwunden, seine Neugier geweckt.

***

Die *Caupona »Ad Tres Sorores«* rangierte in der Kneipenhierarchie der Ubierstadt einige Stufen unter dem Lokal des Fulvius. Es handelte sich um eine Mischung aus Garküche und Bordell. Bereits vor der Tür wurden die Gäste von Frauen empfangen, die einem eindeutigen Gewerbe nachgingen: grellrot gefärbte Haare, fast durchsichtige Gewänder, die kaum den Körper, noch weniger das abhanden gekommene Schamgefühl verhüllten, und unzweifelhafte Einladungen. Die ältlichen Gesichter waren mit Unmengen von Kosmetik bedeckt und konnten die jugendliche Schönheit doch nicht zurückbringen. Hier waren die Augenbrauen zu schwarz, dort der Lidschatten zu grün. Mutete die eine ihrem Gesicht so viel Bleiweiß zu, dass die starren Züge einer Totenmaske ähnelten, so hatte eine andere in solchem Übermaß eine mit Honig und Fettsubstanz vermischte Creme auf die Haut aufgetragen, dass sie wie eine Fettschwarte glänzte.

Niger zog seinen taumelnden Gast unbeeindruckt durch die Schar der Dirnen. Als er die schmale Tür öffnete, kam ihnen ein Schwall übler Gerüche entgegen: Kohl und billiger Wein, aber auch Schweiß und Urin bildeten eine Mauer des Gestanks, die es zu überwinden galt.

Der quadratische Schankraum war gut besetzt, aber nicht überfüllt. Die Besucher waren überwiegend Sklaven – darunter mit Sicherheit einige Entlaufene –, dazu arbeitslose Tagelöhner, lichtscheue Tagediebe und grölende Zuhälter. Ihre grell geschminkten Weiber saßen kichernd an den Tischen und hielten Ausschau nach betrunkenen Freiern, um sie um ihre wenigen Asse zu erleichtern. Der Schwarze zog seinen germanischen Gast gelassen in eine

Ecknische. Humpelnd eilte der schmierige Wirt herbei und grüßte den Ankömmling mit devoter Freundlichkeit.

»Sieht man dich auch einmal wieder, Tullius Torquatus. Welche Ehre für mein bescheidenes Lokal. Und einen Gast hast du mitgebracht. Ei, der hat dem Weingott aber schon die Ehre erwiesen.«

Der Germane hatte seinen Kopf auf den Tisch gelegt und war trotz des Lärms, der um ihn herum herrschte, eingeschlafen.

»Ist das Nebenzimmer frei?«, raunzte Niger unfreundlich.

Der Wirt warf einen Blick nach hinten. »Ist es! Ihr habt eine diskrete Besprechung?«

»Geht dich nichts an, Aulus. Hilf mir, ihn herüberzubringen, und bring einen Eimer mit kaltem Wasser. Und mir bringst du etwas kalten Braten, Brot und einen genießbaren Wein. Aber nicht wieder den sauren Magentöter vom letzten Mal!«

Aulus und Niger schleppten den Schlafenden mühsam in einen Nebenraum, ohne dass sich einer der Gäste darum gekümmert hätte. Das Zimmer war kühl und stank nach abgestandenem Rauch. Außer einem langen alten Holztisch und vier Stühlen war es leer. Sie wuchteten den betrunkenen Germanen auf einen der Stühle. Während Aulus das Wasser holte, betrachtete Niger ihn näher. Er war von gedrungener, aber kräftiger Gestalt. Unter seinem löchrigen Gewand spannten sich gewaltige Muskeln. Das schlafende Gesicht wurde von langen, dunkelblonden Haaren umrahmt, die schweißverklebt in Strähnen herabhingen. »Hier ist das Wasser«, murmelte Aulus, »das Essen kommt gleich.«

»Gut, und jetzt raus mit dir!«

Der Wirt verließ schleunigst das dunkle Hinterzimmer. Hier waren schon manche dunklen Geschäfte getätigt worden. Diebe trafen sich hier mit ihren Hehlern, Einbrüche wurden verabredet, und mancher Totschläger hatte in diesem Raum Auftrag und Honorar empfangen. Auch die Dirnen nahmen ihn gerne für ihre Liebesdienste in Anspruch.

Niger packte den Eimer und schüttete das Wasser in einem einzigen Schwall über den Kopf des Germanen.

»*Wal di son kan?*«, brüllte der und ruderte wild mit den Armen.

»Schon gut. Du bist bei Freunden. Aber da du eingeschlafen bist, mussten wir dich wecken.«

Der Germane stierte wild um sich und schien sich auf den hageren Schwarzen stürzen zu wollen.

»Lass das! Niemand rückt dir hier zu Leibe. Im Gegenteil, ich lade dich zu einem Becher Wein ein, wenn du willst auch zu einem Essen, und du erzählst mir etwas über den römischen Tribun, den du suchst. Bestimmt kann ich dir helfen.« Die Tür öffnete sich, und Aulus brachte den bestellten Imbiss.

»Für meinen Freund hier auch eine Portion, und wie ich seinen Appetit einschätze«, grinste Niger, während seine Blicke bewundernd über die muskulöse Figur des Germanen wanderten, »darf sie auch etwas größer sein.«

Aulus brachte die zweite Portion wenig später, und der Germane machte sich mit Heißhunger über das Essen her. Niger wartete in Ruhe ab, bis der Mann seinen kalten Braten verschlungen hatte. Er musste völlig ausgehungert sein. Er selbst nippte nur bedächtig an dem unverdünnten Wein, der wieder einmal viel zu sauer war, und nahm kleine Häppchen Fleisch zu sich. Als der Fremde sein Mahl beendet hatte, leerte er seinen Weinbecher in einem Zug, rülpste vernehmlich und wischte sich mit der Hand über den fettglänzenden Mund. Argwöhnisch sah er sein Gegenüber an.

»Und? Was willst du von mir?« Seine Augen fuhren gierig über den leeren Teller.

»Du hast etwas von einem römischen Tribun erzählt, einem Prätorianer. So etwas ist hier selten. Es könnte sich um einen ... na, sagen wir gemeinsamen Feind handeln. Aber sag mir vorweg: Wie heißt du, und woher kommst du?«

»Warum willst du das wissen? Und wer bist du überhaupt?«

»Mein Name ist Tullius Torquatus Niger, römischer Bürger. Du scheinst die Römer nicht besonders zu lieben?«

»Ich hasse sie«, brach es aus dem Germanen heraus, »alle. Und da du auch einer von ihnen bist, hasse ich dich auch.«

»Dazu besteht kein Grund. Im Gegenteil, es könnte sein, dass wir gut zusammenarbeiten. Wie ist dein Name?«

»Ich bin Catuvolcus, der Eburone!«, verkündete der Germane stolz. »Die elenden Sugambrer haben mir das Gastrecht aufgekündigt. So hab' ich mich aufgemacht, um ihn zu finden.«

»Ihn? Wen?«

»Den römischen Tribun, den Hund!«
»Kennst du seinen Namen?«
»Angeblich heißt er Marcus Petronius und kommt aus *Mogontiacum*. Aber ich bin sicher, jedes Wort ist gelogen. Alle Römer lügen wie die Nattern.«
Niger schmunzelte. »Beschreib ihn!«
Alles passte nur zu gut auf Marcus Valerius Aviola. »Wie kam er in eure Gewalt, und wie konnte er entkommen?«
Catuvolcus berichtete ausschweifend von der Gefangennahme und Flucht des römischen Offiziers. »Ich bin sicher, die alte Hexe hat ihm geholfen«, beendete er seine Erzählung.
»Vielleicht«, antwortete Niger nachdenklich, »aber sei's drum. Wichtiger ist, wie du Rache nehmen kannst, denn wisse, diesen Mann möchte auch ich gar zu gerne tot sehen. Und wenn du mir die Arbeit abnimmst, wird es dein Schaden nicht sein.«
»Was heißt das genau?«
Niger holte aus seinem schwarzen Mantel einen Beutel hervor und warf ihn auf den Tisch. »Hier, Eburone, zähl nach. Das sind tausend Denar, dafür muss ein Landarbeiter vierzig Tage arbeiten.«
Catuvolcus lachte geringschätzig: »Ich bin keiner von euren armseligen Landarbeitern, und euer Geld interessiert mich nicht! Es hat mich schon in Rom nicht interessiert.«
»Du warst in Rom?«
»Ich war Gladiator, einer der Besten – aber was geht dich das an?«, polterte Catuvolcus.
»Nichts, du hast Recht, mein Freund.«
»Ich bin nicht dein Freund! Aber wenn du mir zu meiner Rache verhilfst, soll es mir recht sein.«
»Dann pass auf, mein stolzer Eburone«, sagte Niger und zog seinen Stuhl näher heran.

***

Valerius erwachte schweißgebadet. Er sah sich in dem halbdunklen Raum um und entdeckte zu seiner Überraschung Argober, der ihn schuldbewusst anlächelte.

»Verzeih, Herr, aber sie ist nicht kaputt!«

»Kaputt?«

Der Sklave deutete auf die Obstschale, die seinen Händen entglitten war.

»Ich wollte sie mit frischem Obst füllen.«

»Jetzt? Mitten in der Nacht?«

»Es ist nicht Nacht. Wir haben die vierte Stunde!«

Valerius blickte aus dem Fenster. Dunkle, trübgraue Wolken hatten sich vor die Sonne geschoben und verhießen ergiebigen Regen.

»Was wünschst du zum Frühstück, Herr?«

»Nur etwas Obst, Brot und Käse. Aber eine gute Massage könnte ich gebrauchen.« Er streckte die verspannten Glieder und seufzte: »Nachwirkungen meines Gastaufenthalts bei den Sugambrern.«

Er säuberte die Zähne gründlich mit dem obligatorischen *Dentifricium*, spülte den Mund mit Essigwasser aus und nahm ein kurzes Frühstück zu sich. Danach knetete Argober Schulter und Rücken seines Herrn mit einer Hingabe, als gehe es um seine Freilassung. Nachdem er den Körper mit minzhaltigem Rosenwasser von oben bis unten eingerieben hatte, streckte sich Valerius wohlig auf der Liege.

»Das erspart mir heute den Besuch der Thermen«, nickte er zufrieden. »Außerdem muss ich meine Ermittlungen wieder aufnehmen.«

Inzwischen fiel der Regen in dichten Fäden vom Himmel, und Valerius verspürte wenig Lust, sich diesem Wetter auszusetzen. Aber die Pflicht rief ihn hinaus. Auf der Liste der Opfer gab es noch zwei Namen, über die er so gut wie nichts wusste.

Argober hatte ihm aus den hiesigen Beständen eine neue Tribunenuniform zurechtgelegt, die freilich die besonderen Insignien eines Prätorianertribuns vermissen ließ. So etwas war hier nicht aufzutreiben. Lediglich sein schwerer Lederpanzer war ihm noch von seiner alten Uniform geblieben. Missmutig besah er den neuen *Gladius*. Keine Verzierung, keine Intarsien, und vor allem fehlten die Initialen seines Vaters.

Sein Vater! Unwillkürlich musste er an jenen strengen, würdigen Mann zurückdenken, für den er stets mehr Achtung und Respekt als Liebe empfunden hatte. Marcus Valerius Messala war vor mehr als dreißig Jahren unter Kaiser Tiberius *Consul* gewesen. Als Legat nahm er an den siegreichen Feldzügen in den Hochgebirgen Dalmatiens und Pannoniens teil und marschierte mit den stolzen Legionen im Triumphzug des Kaisers. Seine Mutter hatte ihm oft erzählt, dass er bei diesem Zug begeistert auf ihrem Schoß gesessen und die blitzenden Uniformen der Soldaten mit seinen kleinen Händen beklatscht hatte. Er selbst konnte sich daran nicht mehr erinnern. Dann – Valerius war eben acht Jahre alt und Cäsar Tiberius hatte gerade beschlossen, Rom für immer den Rücken zu kehren und die Welt von Capri aus zu regieren – fiel sein Vater plötzlich in bedrohliche Ungnade. Nie, auch später nicht, gelang es Valerius, seinem Vater die Gründe hierfür zu entlocken. Wie er von anderen hörte, soll er Sejanus, dem machtgierigen Prätorianerpräfekten in Rom, dem Tiberius die Hauptstadt zur Verwaltung überließ, in die Quere gekommen sein.

Einsam und verbittert hatte er sich mit Valerius' Mutter auf das Familienlandgut in Etrurien zurückgezogen, wo er noch heute nur in seinen Erinnerungen lebte. Valerius, sein einziger Sohn besuchte ihn in regelmäßigen Abständen, zumindest so weit es der Dienst in Rom zuließ. Das prächtige alte Schwert mit den Initialen *M V M* hatte er fast wortlos an seinen Sohn weitergegeben, und nun lag es irgendwo unter den Büschen am *Rhenus.*

Achtlos steckte Valerius das neue Schwert in die schmucklose Scheide und verließ sein Zimmer. Sein Ziel war die Tempelanlage, in der das vorletzte Opfer, Garunnian, seinen Dienst versehen hatte. Es regnete noch immer. Nur wenige Menschen hasteten unter den Arkaden entlang, um noch Zutaten für das abendliche Mahl zu besorgen. Valerius hatte sich einen leichten Mantel umgelegt und den Kopf damit bedeckt.

Der *Cardo Maximus*, der in gerader Linie vom Prätorium zum *Capitolium* führte, lag wie ausgestorben vor ihm. Nur eine schwankende Sänfte kam ihm entgegen, mit der sich vier dunkelhäutige Sklaven abmühten. Wer in ihr saß, ließ sich nicht ausmachen, da die dichten Vorhänge zugezogen waren. Hinter dem Marstempel bog eine breite Seitenstraße nach links ab und führte direkt zum *Capitolium.* In diesem Bezirk waren die Häuser aus Stein, nicht aus

Holz. Häufig schmückten kunstvoll verzierte, bunte Marmorfassaden die Wohnblöcke. Er war allein auf der Straße, der Tempel kaum noch zweihundert Schritt entfernt. Plötzlich löste sich aus einem Hauseingang blitzartig eine untersetzte, kräftige Gestalt und stürzte sich mit gezückter Axt auf den überraschten Tribun. Bevor Valerius reagieren konnte, hatte sich die Axt bereits in seine linke Schulter gegraben, nur der Lederpanzer milderte den furchtbaren Schlag. Ein wahnsinniger Schmerz durchfuhr den Körper des Tribuns und lähmte den linken Arm. Valerius versuchte, dem nächsten Schlag, der auf den Kopf zielte, auszuweichen und zog mit der unverletzten rechten Hand sein Kurzschwert. Die Axt des Angreifers verfehlte ihn nur knapp und krachte gegen die Wand. Schnell hatte sich die Gestalt – ihr vermummtes Gesicht war nicht zu erkennen – gedreht und holte erneut gegen den Römer aus.

Der Tribun versuchte, seinem Gegner das Schwert in den Leib zu rammen, doch der wich immer wieder geschickt aus. Valerius spürte, dass seine Kräfte nachließen, der Schmerz breitete sich allmählich über den ganzen Oberkörper aus. Aus den Augenwinkeln nahm Valerius wahr, dass eine alte Frau, deren Gesicht ihm bekannt vorkam, den Kampf verfolgte. Hinter sich hörte er Schritte und Schreie. Valerius täuschte eine Bewegung nach links an, um dem Angreifer dann mit letzter Kraft sein Schwert in die rechte Seite zu stoßen. Der Mann schrie vor Wut auf. Er riss sich mit einem plötzlichen Ruck seine Kopfbedeckung herunter, und Valerius erkannte das raubtierhaft verzerrte Gesicht von – Catuvolcus!

Die Schulter des Tribun blutete unvermindert stark, und er spürte, dass er gleich in die Knie sinken würde. Doch im selben Moment gelang ihm ein fürchterlicher Hieb gegen die rechte Hand des Germanen – Hand und Schwert fielen zu Boden, und Catuvolcus starrte entsetzt und gelähmt auf das am Boden liegende Glied. Dann sah Valerius noch, dass die beiden Posten vom Prätorium mit gezückten Schwertern auf seinen schwer verletzten Gegner eindrangen, dann sank er zu Boden.

***

Ein pochender Schmerz an der Schulter weckte ihn. Er hörte flüsternde Stimmen. Vorsichtig öffnete Valerius die Augen und nahm als Erstes den besorgten Blick von Argober wahr, der sich über ihn beugte und die feuchte Stirn mit einem Lappen kühlte. Hinter ihm erkannte er das Gesicht des Arztes, den er auf dem Gastmahl des *Aedils* kennen gelernt hatte. Wie war noch mal sein Name? Richtig! Peliodoros!

»Wo bin ich?«, fragte er leise und sah sich um.

»Du bist im *Valetudinarium*«, antwortete Argober und wies auf den Arzt, »Peliodoros hat deine Wunde bestens versorgt.«

Der Arzt trat näher und setzte sich neben den Verletzten. »Keine Sorge, Tribun, es ist alles in Ordnung. Der Hieb in die Schulter hat die Sehne knapp verfehlt. Es ist nur eine tiefe Fleischwunde, aber du hast viel Blut verloren. Es wird eine Zeit dauern, bis du wieder voll einsatzfähig bist. Vor allem müssen wir sehen, dass sich die Wunde nicht entzündet.«

Er griff nach einer kleinen Flasche, schüttelte sie und hielt sie vor Valerius' Augen. »Das musst du jede Stunde einnehmen, Argober wird darüber wachen. Außerdem muss die Wunde täglich gesäubert und ebenso oft der Verband gewechselt werden. Aber dafür wird deine Krankenpflegerin sorgen.«

»Krankenpflegerin?«

Peliodoros lächelte und winkte jemanden zu sich, der bislang im Hintergrund gestanden hatte.

Valerius öffnete vor Überraschung den Mund, als er die Pflegerin erkannte. Es war – Cataulca! Ihr vernarbtes Gesicht strahlte den verletzten Römer voller Zärtlichkeit an.

»Bei den Göttern, wie kommt die Germanin hierher?«

»Sie ist, wie sie uns erzählte, dem Barbaren gefolgt, als er das Dorf der Sugambrer verlassen musste. Offensichtlich ahnte sie, was er vorhatte. Sie hat ihn ständig beobachtet und auch den Kampf gesehen. Während du hier im *Valetudinarium* lagst, stand sie so lange vor der Tür, bis wir sie zu dir gelassen haben. Seitdem weicht sie keine Stunde von deinem Lager. Du scheinst ihr sehr am Herzen zu liegen ...«

»Wo ist Catuvolcus?«, flüsterte Valerius.

»Der Barbar ist in sicherem Gewahrsam«, sagte Argober und

benetzte erneut die Stirn seines Herrn. »Er sitzt in der Arrestzelle des Prätoriums, unter verschärfter Bewachung, und trauert seiner rechten Hand nach ...«

Valerius verzog die Lippen zu einem schmerzhaften Grinsen. »Gut so, wir werden uns später mit ihm beschäftigen.« Dann ließ er den Kopf wieder auf das Kissen sinken und schlief erneut ein.

Es war tiefe Nacht, als er das nächste Mal erwachte. Der Schmerz in seiner Schulter hatte nachgelassen, dafür quälte ihn ein furchtbarer Durst. Er wollte nach der Wasserkaraffe greifen, die neben seiner Liege stand, aber eine kräftige Hand hielt ihn zurück.

Cataulca hatte die ganze Zeit neben ihm gesessen und führte nun den Becher mit kühlem Wasser an die spröden Lippen »ihres Sohns«. Dabei blickte sie ihn zärtlich an und murmelte unverständliche Worte in ihrer Muttersprache.

Valerius verspürte einen starken Harndrang, und die Alte schien das sofort zu merken. Sie griff nach dem Nachtgeschirr und hielt es ihm einfach hin. Nach kurzem Zögern erleichterte sich Valerius.

»Du essen!«

Woher Cataulca das Bratenstück hatte, wusste Valerius nicht. Jedenfalls genoss er die kleinen Häppchen, die ihm die Alte behutsam in den Mund schob. Und immer wieder verlangte es ihn nach Wasser, denn er war infolge des Blutverlustes völlig ausgedörrt.

»Du immer noch Gefahr!«, flüsterte Cataulca, während sie ihn wie ein Kind fütterte. »Catuvolcus schlimmes Mann, aber nicht allein!«

»Nicht allein?«

»Treffen dünnes Mann in schlecht Kneipe. Schwarzer Mantel, schwarze Seele!«

Valerius blickte überrascht auf. Die Beschreibung passte auf den Mann, den er kurz zuvor gesehen hatte. Und nun wusste er auch wieder, woher er den hageren Schwarzen kannte: aus der Kutsche auf der Fahrt nach *Mogontiacum*! Langsam setzten sich die Mosaiksteinchen zusammen.

Am nächsten Tag erhielt er Besuch von Gaius Volturcius Crassus.

»Bei Jupiter! Man müsste ständig eine Kohorte von Wachsoldaten für dich abstellen. Erst die Entführung durch die Sugambrer, dann der Überfall mitten in unserer Stadt. Wer ist dieser Barbar?«

Valerius klärte den *Prätor* über die näheren Umstände auf und schloss mit den Worten: »Der Eburone hasst alle Römer und mich besonders. Aber dennoch steckt hinter diesem Überfall ein anderer.« Er beschrieb den hageren Schwarzen. »Kennst du diesen Mann?«

Der *Prätor* schüttelte den Kopf. »Aber wir werden die Beschreibung an die Wachen durchgeben und nach ihm suchen lassen. Sieh du zu, dass du gesund wirst, und pass danach besser auf dich auf. Du scheinst in ständiger Gefahr zu schweben.«

***

Nach einer Woche guter Pflege durch Peliodoros und Cataulca war Valerius so weit wieder hergestellt, dass man ihn als dienstfähig bezeichnen konnte. Danach verschwand Catulca wieder ebenso plötzlich, wie sie aus dem Dunkel des germanischen Waldes aufgetaucht war.

Sein erster Weg führte den Tribun in die Arrestzelle zu Catuvolcus. Der Eburone bot einen erbärmlichen Anblick. Er lag in seinen Exkrementen in der Zelle. Um seinen Leib schlang sich ein blutgetränktes Tuch, der blutige Armstumpf war notdürftig verbunden, der gesunde Arm an die Wand gekettet.

»Er lässt niemanden in seine Zelle«, berichtete die Wache, »wir schieben das Essen durch die Klappe, wie bei einem wilden Tier. Und genauso gefährlich scheint er auch zu sein!«

»Öffne die Tür!«

»Auf deine Verantwortung, Tribun.«

Der Germane spuckte verächtlich aus, als er den Römer eintreten sah.

»Kommst du, um dein Werk zu betrachten?« Er hielt ihm den Armstumpf hin.

Ungerührt betrachtete Valerius den verkrüppelten Mann.

»Du hast mich angegriffen, nicht ich dich. Hättest du gekonnt, wäre ich jetzt tot. So bist du noch ganz gut davongekommen, einen Arm hast du ja noch!«

Catuvolcus zerrte an seiner Kette, die keinen Deut nachgab. »Wäre ich frei, ich würde dich auf der Stelle töten, römischer Hund!«

»Du hattest deine Chance, Barbar. Sei froh, wenn ich dir das Leben lasse ... Wer ist der Mann in dem schwarzen Mantel? Der Hagere, mit dem du dich getroffen hast? Sprich!«

Der Eburone grinste Valerius höhnisch an. »Welcher Mann? Ich weiß nicht, wen du meinst!«

»Vielleicht möchtest du lieber unter der Folter reden. So befragen wir bei uns die Sklaven.«

»Ich bin ein freier Mann! Und auch die Folter wird meine Zunge nicht lockern. Ich kenne den nicht, von dem du sprichst!«

»Man hat dich mit ihm gesehen. Leugnen hat keinen Zweck.«

Wie aus einem Vulkan brach es plötzlich aus Catuvolcus hervor: »Er wird das Werk beenden, das ich begonnen habe. Du hast mächtige Feinde, Tribun! Mehr sag' ich nicht. Nur so viel: Wenn du dich abends zum Schlafen legst, schau unter die Liege. Wenn du Nahrung zu dir nimmst, lass sie vorkosten. Wenn dir ein Mann die Hand reicht, vergewissere dich, dass sie keinen Dolch verbirgt. Und wenn ein Weib dich zum Liebesspiel empfängt, dann achte darauf, dass sie keine Schlinge in der Hand hat! Du entgehst dem Tod nicht!« Er setzte sich auf seine verschmutzte Strohmatte und murmelte einige germanische Worte. Valerius wusste, dass er aus diesem verstockten und verbitterten Mann nichts herausbekommen würde und verließ die trostlose Zelle.

In einer Garküche in der Nähe des Südtors nahm er eine Erbsensuppe mit viel Speck zu sich und suchte dann den capitolinischen Tempel auf. Die Schulter war immer noch verbunden, schmerzte aber kaum noch. Er brachte Jupiter ein üppiges Opfer aus dem Goldbeutel Agrippinas dar und verlangte den Oberpriester zu sprechen. Ein Gehilfe führte ihn in einen Nebenraum und bat ihn zu warten. Wenig später betrat ein würdiger alter Greis den Raum, den kahlen Kopf mit einem weißen Tuch verhüllt.

»Ich bin Synosios, der Oberpriester. Du wolltest mich sprechen? Was wünschst du?«

»Es geht um Garunnian, den ermordeten Priester dieses Tempels.«

Synosios zog die Augenbrauen hoch. »Das geschah vor fünf Wochen, und bisher hat sich niemand darum gekümmert. Beamte des *Aedils* waren hier und haben ein paar unnütze Fragen gestellt. Das war's. Was hast du damit zu tun?«

»Ich bin vom *Prätor* mit Sonderermittlungen beauftragt. Wir haben den Verdacht, dass die Tat in Zusammenhang mit anderen Morden stehen könnte, dic im Laufe des letzten Jahres in dieser Stadt geschehen sind.«

»Wir haben von diesen unseligen Taten gehört, können uns aber nicht vorstellen, was sie mit der Ermordung Garunnians zu tun haben sollten ...«

»Alle Opfer trugen den Buchstaben auf der Stirn, ein N oder ähnlich. Ist das nicht Zusammenhang genug? Sag, hat sich das Verhalten Garunnians in letzter Zeit verändert?«

Synosios schien einen Augenblick zu überlegen, dann hatte er sich offensichtlich entschlossen, dem Tribun die Wahrheit zu sagen. »Du hast Recht, er hatte sich verändert. Er ging seit einiger Zeit seiner Wege. Wenn der Dienst im Tempel beendet war, suchte er nicht wie früher seine *Cella* auf, sondern es trieb ihn vermehrt in die Stadt. Ja, es gibt Leute, die ihn in schlechter Gesellschaft gesehen haben wollen.«

»Schlechte Gesellschaft?«

»Ja. Man berichtete mir, er habe an heimlichen Versammlungen einer orientalischen Sekte teilgenommen, die einen Betrüger aus Judäa anbeten.«

»Sie nennen ihn *Chrestos*, den Gesalbten, nicht wahr?«

»Du sagst es, Tribun. Doch fehlt mir der Glaube, dass er wirklich Interesse an ihrem verworrenen Glauben gefunden haben sollte.«

»Was könnte ihn dann in ihre Kreise getrieben haben?«

»Ich will offen zu dir sein. Ich hatte den Eindruck, dass er sich unter diese Leute schmuggeln wollte, um ihnen zu schaden. In Wahrheit muss er sie gehasst haben, denn er war ein treuer Diener unserer alten Götter.«

»Und du glaubst, sie waren es dann auch, die ihn getötet haben?«

»Das vermute ich, Tribun. Anders kann es kaum gewesen sein. Eines Morgens fanden wir ihn, tot und kalt. Man hatte ihn erdolcht und er trug jenes unselige Zeichen auf seiner Stirn. Sie müssen am Abend heimlich eingedrungen sein.«

»Sie?«

»Garunnian war ein kräftiger Mann. Einer allein wird es kaum geschafft haben!«

»Ich danke dir, edler Synosios. Wenn dir noch etwas einfällt – du weißt, wo du mich finden kannst.«

Der Priester nickte. »Die Götter mögen mit dir sein!«

XVII.
Dirana

Valerius beschloss, zunächst einmal zum Prätorium zurückzukehren. Man müsste Maternus noch einmal befragen, um mehr über Garunnian zu erfahren. Strahlender Sonnenschein lag über *Colonia Agrippinensium,* und die Menschen bevölkerten in Scharen die Plätze und Gassen. Der Tribun ging durch die mit Buden und Verkaufsständen gefüllte Seitengasse. Überall standen Menschen und schwatzten, kleine Statuen, Amulette und Zaubertränke gingen über den Tresen und füllten die Geldbeutel der Verkäufer.

Ob Dirana an ihrem Stand war? Sie war es! Schon von weitem lachte die Sklavin Valerius an.

»Sieh an. Der berühmte Tribun gibt mir die Ehre. Die halbe Stadt spricht von dir und deinem heldenhaften Kampf gegen den tückischen Germanen. Offensichtlich hat mein Amulett dir beigestanden, nicht wahr?« Sie strahlte ihn an und ließ ein schelmisches Augenzwinkern folgen. Valerius fühlte sich befangen, als er die schöne Frau sah. Er musste sich eingestehen, dass er sich in die rassige Sklavin verliebt hatte – auch wenn er sich dafür selbst einen Narren nannte. In eine Sklavin! Das war ihm in Rom nie passiert. Sklavinnen nahm man sich, wenn man Lust dazu hatte, aber man vergeudete keine Gefühle an sie. Aber bei Dirana war es anders ...

Er schluckte. »Nun, äh ... es sieht ganz danach aus«, stammelte er. »Aber was machst du hier? Ist deine Kollegin, wie hieß sie, Rubia ... äh ... oder ...«

»Der Herr hat Rufilla verkauft«, unterbrach Dirana das Gestammel des Tribun.

»Verkauft? Äh ..., wieso verkauft?«

»Warum nicht? Er kann tun, was er will. Und Rufilla hat er an einen gallischen Weinhändler verkauft, der sich in sie verliebt hat. Er wird sie freilassen, und dann werden sie heiraten. Glückliche Rufilla.«

»Kommt das oft vor?«

»Du meinst, dass wir einen finden, der uns liebt und uns dann kauft? Nein, nicht oft, aber ich hatte auch schon mehrere solcher Angebote.«

»Und du wolltest nicht?«

»Lieber stehe ich als Sklavin hier an diesem Stand, als dass ich als Freigelassene einem schmerbäuchigen Fischhändler nach *Narbo* folge oder einem klapperdürren Veteran nach *Novaesium* oder einem geilen alten Bock nach *Mogontiacum.* Nein, danke!«

»Das waren deine Angebote?«

»Ja, und ich habe sie abgelehnt. Den Göttern sei Dank, aber unser Herr verkauft uns nur selten gegen unseren Willen. In meinem Fall hat er mein Bitten erhört.«

»Und die Gegenleistung?«

»Keine Gegenleistung! Ich weiß, was du meinst, aber der *Aedil* hat mich bisher nicht angerührt. Er hat seine geliebte Honoria, die ihn vollauf zufrieden stellt.«

»Was macht eine Sklavin, wenn alles verkauft und der Stand abgeräumt ist?«

»Sie geht nach Hause und tut ihren Dienst dort.«

»Tanzen?«

»Nein! Tanzen nur bei besonderen Gelegenheiten. Sie wäscht, sie putzt, sie füllt die Öllampen.«

»Hat sie nie freie Zeit?«

»Doch, manchmal am Abend.«

»Ist es der Sklavin des *Aedils* erlaubt, mit einem Tribun zum Essen zu gehen?«

Ein freudiges Lächeln glitt über Diranas Züge. »Ich werde Tomocrates fragen.«

»Wer ist das schon wieder?«

»Tomocrates ist der *Maiordomus*, er führt die Aufsicht über alle Sklaven.«

»Und welche Gegenleistung wird er fordern?«

Dirana lachte silberhell und ließ dabei ihre langen schwarzen Haare durch die Luft wirbeln. »Keine von denen, Herr, die du dir vorstellst! Er liebt nur seine Frau!«

***

Valerius beschließt, den angenehmen Sommernachmittag zu genießen und einen Umweg zu seinem Quartier zu nehmen. Am Ende der Seitengasse biegt er wieder nach links auf die Hauptstraße ab. In diesem Viertel zwischen dem *Cardo*, dem Nordtor und der *Porta Martis* liegen nicht nur die edelsten Häuser, hier findet man auch die feinsten Geschäfte, die teuersten Auslagen. Die meisten Händler nutzen das herrliche Wetter und bieten ihre Waren auf schmalen Holztischen feil, die sie vor ihren Laden gestellt haben.

Ein dichter Strom von Menschen wälzt sich an diesen Tischen entlang, bleibt hier stehen, plaudert dort, feilscht mit dem einen oder schimpft über die Preise des anderen. Mitten im Gewühl fluchende Lastenträger oder Sänften, die sich schwankend ihren Weg durch die Menge bahnen. Es sind meist riesenhafte, stämmige Burschen, die unter dieser besonderen Last schnaufen, Hünen aus Bitynien oder Cappadocien, Illyrer oder auch einheimische Germanen.

An der nächsten Ecke hat ein Goldschmied sein funkelndes Geschmeide ausgelegt, gleich daneben preisen zwei Geldwechsler laut ihre Ehrlichkeit – und werden den Kunden beim Wechseln römischer Denare in gallische Münzen dennoch übervorteilen.

Valerius bleibt vor einem fliegenden Händler stehen und ersteht für drei Asse einige schmackhafte lukanische Würstchen, aus frischer Schlachtung, wie der Gallier treuherzig versichert. Bäckerjungen rufen die Ware aus, die sie in Körben mit sich tragen, und loben ihre unvergleichliche Qualität. Kuchen mit Zuckerguss, kleine Brote, frisches Obst, alles wird angeboten, dazwischen Händler mit ihren Wein- und Wasserschläuchen auf dem Rücken. In einer Ecke rasiert ein *Tonsor* seinen Kunden und schwatzt ohne Unterlass auf ihn ein. Der Arme hat die Augen geschlossen und lässt den Redeschwall geduldig über sich ergehen.

Ein Schuljunge eilt hastig und mit besorgter Miene durch die Menge. Er ist offensichtlich spät dran, und Verspätungen ahndet der Lehrer mit Schlägen, da gibt es keine Entschuldigung. Endlich erreicht er völlig außer Atem die nächste Ecke, an der ein *Magister* hinter einem verschlissenen Vorhang seine *Schola* eingerichtet hat. Hier wird buchstabiert und deklamiert, skandiert und zitiert.

»Fingerringe, Ketten, Anhänger aus Bernstein! Kauft bei Aurelius Servandus, Leute! Alles zu fairen Preisen! Alles handgearbeitet! Kein billiger Import aus Britannien!« Lauthals preist ein feister, schwitzender Mann seine Ware und wedelt mit den Ketten, als gelte es, die Fliegen zu vertreiben, die einen Honigstand nebenan umlagern.

»Frisches Fleisch aus eigener Schlachtung! Gallische Würste, gehackter Braten im Brotteig! Wer hätte bessere Ware als Mainonius Victor?« Einer scheint den anderen übertönen zu wollen.

Mit wachen Augen betrachtet der Tribun die Menschen, die an ihm vorüberflanieren. Heute scheint jeder Zeit zu haben. Patrizier in makelloser *Toga* und ihre Frauen in ihrer besten *Palla* wandeln lässig unter den Schatten spendenden Arcaden entlang. Dazwischen Gallier und Germanen, oft langhaarig und mit zerzausten Bärten – für römische Augen eine Qual!

Überall sind fremdländische Laute zu hören, man spricht nicht nur Latein: Griechisch, gallische Dialekte, kehlige germanische Laute, ägyptische Sprachfetzen gar, alles ist hier vertreten. Ein buntes Gemisch aus allen Völkern und Ländern, und doch scheinen sie gut miteinander zurechtzukommen.

Der da will nicht so recht in die feine Menge passen ... Ein kleiner, recht zerlumpt wirkender Junge wieselt mit schnellen Schritten durch das Getümmel, in seiner verschwitzten Hand ein Geldbeutel, den er wohl eben erst von seinem Besitzer losgeschnitten hat, wie das kleine Messer in der anderen Hand verrät.

Valerius setzt sich auf eine Marmorbank vor das Nordtor und betrachtet amüsiert das bunte Treiben. Die Ubierstadt und ihre bunte Bevölkerung gefallen ihm. Hinter ihm stehen die Veteranen, die das Tor bewachen. Sie tun ihren Dienst nachlässig, schwatzen viel und kontrollieren wenig. Nur so ist es wohl möglich gewesen, dass einer wie Catuvolcus unbemerkt die Stadt betreten kann.

Ein mit Baumaterialien beladener Karren rollt durch das Tor. Das sind die einzigen Wagen, die tagsüber in die Stadt dürfen. Müde trotten die Maulesel daher und betrachten gleichgültig das vor ihnen liegende Gewimmel.

Valerius beschließt, seinen Spaziergang in den Thermen zu beenden und sich dort verwöhnen zu lassen. Seit jenem Vorfall, der den Tribun fast das Leben gekostet hat, begrüßt ihn der Besitzer Gaius Vironius beim Eintritt äußerst respektvoll.

Während Polynios ihn massiert und salbt, erzählt er merkwürdige Dinge von einem alten Kräuterweib, das vor kurzem in seiner Hütte verbrannt sei. Antrusta heiße sie und soll die Schwester der in Rom wohl bekannten Locusta sein. Alle Arten von Kräutern, Salben und Mixturen, aber auch Gifte jeglicher Provenienz habe man bei ihr bekommen. Ihr Tod müsse für viele eine Erleichterung bedeutet haben, könne sie doch jetzt ihre Auftraggeber nicht mehr preisgeben. Man munkelt, dass ihr letzter Besucher ein langer hagerer Mann in schwarzem Mantel gewesen sei.

Längst ist Valerius auf diesen geheimnisvollen Unbekannten aufmerksam geworden, der überall dort auftaucht, wo sich in dieser Stadt ein Unheil ereignet. Er wird ihn finden ...

Auf dem Weg zum *Prätorium* kommt der Tribun an einem Anschlag vorbei, vor dem mehrere junge Männer stehen:

An alle jungen Männer, auch Freigelassene!

Für den Aufbau einer neuen Vigiltruppe, die neben der Brandbekämpfung auch polizeiliche Aufgaben übernehmen soll, werden junge Männer bis 25 gesucht.
Auch Freigelassene können sich melden, müssen aber das Zeugnis der Manumissio vorlegen! Die Ausrüstung wird vom Magistrat gestellt. Die Ausbildung erfolgt durch waffenkundige Veteranen. Per diem wird ein Frühstück und eine warme Mahlzeit gewährt.
Bewerber mögen sich auf der Prätur bei Viridorix melden.

Pridie Non. Iun. /
Viridorix, Kanzleibeamter

»Für ein Frühstück und eine warme Mahlzeit pro Tag werde ich gewiss nicht den Büttel des Magistrats spielen«, meint einer der jungen Burschen und blickt Beifall heischend um sich. Valerius hört amüsiert zu.

»So schlecht ist das nicht«, meint ein Rothaariger mit tausend Sommersprossen im Gesicht, »immerhin besser, als ständig herumzulungern und auf die Gratiszuteilung zu warten. Man wird dir Respekt entgegenbringen, wenn du im Auftrag des *Prätors* unterwegs bist. Ich werde mich melden, das steht fest!«

»Recht hast du, Fulvius!«, meint ein Dritter. »Trägst du erst einmal die Uniform eines *Vigilen*, kannst du alle Weiber haben. Das hat mir mein Schwager erzählt, der *Vigil* in *Lugdunum* ist.

Die Weiber lechzen nach Uniformen, besonders die jungen! Er hat mir einmal erzählt, dass sie sogar ...« Die drei entfernen sich lachend und gehen ihrer Wege.

Der *Prätor* hat meinen Vorschlag also aufgenommen, stellt Valerius zufrieden fest. Wir werden sehen, ob sich genügend junge Männer melden, die man gebrauchen kann.

***

Am frühen Abend nahm Peliodoros die Schulterwunde nochmals in Augenschein und zeigte sich sehr zufrieden. »Du hast Glück gehabt, Tribun! Etwas tiefer, und es hätte die Sehne des Oberarms zerrissen. Dann hättest du den Dienst aufgeben müssen.«

Valerius nickte: »Ich weiß. Die Götter waren mit mir. Und mein Lederpanzer. Wie geht es eigentlich Catuvolcus?«

»Wir mussten den Arm bis über den Ellenbogen amputieren, der Wundbrand war schon zu weit fortgeschritten. Immerhin soll er einigermaßen gesund sein, wenn ihn der Henker erwürgt.«

Argober hatte ihm eine frische Toga herauslegen wollen, aber Valerius entschied sich für die bequemere Tunika, und da es am Abend noch sehr warm war, verzichtete er auf jedes weitere Kleidungsstück, ebenso auf eine Bewaffnung. Lediglich ein kleiner Dolch fand sich in den Falten seines Gewandes.

»Ist es nicht höchst ungewöhnlich, dass ein Prätorianertribun eine Sklavin zum Essen ausführt?« Argober blickte Valerius fragend an.

»Sicher, das ist es! Aber mich interessiert es nicht und dich muss es nicht kümmern!« Sein Tonfall war eine Spur zu schroff, und das merkte er auch. Argober war ihm mehr und mehr Freund geworden.

»Verzeih, Argober. Aber sieh: Meine Verlobung ist gelöst, und mein Herz macht Freudensprünge, wenn ich Dirana sehe. Also warum sollte ich nicht mit ihr ausgehen?«

»Die Leute werden sich ihr Maul zerreißen«, sagte Argober leise, »und wenn erst der *Aedil* merkt, dass du einer seiner Sklavinnen den Hof machst, wird er dich auslachen.«

»Mag er! Das ist mein geringstes Problem?«

Valerius hatte für den Abend mit Dirana eine Mietkutsche bestellt, ein geschlossenes, zweirädriges *Cisium.* Bei diesem Fahrzeug war der Kasten nicht fest auf dem Wagengestell montiert, sondern hing in starken Lederriemen. Viele Reisende wussten die Annehmlichkeit dieser Federung zu schätzen.

Gaius Vironius, der Thermenpächter, hatte Valerius auf seine Frage hin ein Landgasthaus bei *Novaesium* empfohlen, kaum mehr als 25 Milien von *Colonia Agrippinensium* entfernt. Die Stabsoffiziere der nahe gelegenen Garnison bevorzugten dieses Lokal und lobten es in höchsten Tönen. Allerdings sei der Wirt etwas merkwürdig. Valerius folgte diesem Vorschlag nur zu gerne, war ihm doch bewusst, dass es zu peinlichen Situationen kommen könnte, wenn er den Abend mit Dirana in der Stadt verbringen würde.

Pünktlich zu Beginn der elften Stunde wartete Valerius in der Mietkutsche vor dem Haus des *Aedils.* Der einheimische Kutscher hatte ihm versichert, dass er den *Aquila Novaesia* bestens kenne. Man benötige bei flotter Fahrt höchstens drei Stunden dorthin. Dirana schien auf ihn gewartet zu haben, denn Sekunden nach seiner Ankunft verließ sie das Haus.

Valerius stockte der Atem! Das war keine Sklavin, die da leichtfüßig auf ihn zukam. So sah eher wie eine Tochter aus uraltem patrizischem Geschlecht aus.

Die blütendweiße Tunika, an Saum und Ärmeln mit goldenen Ornamenten umlegt, brachte ihre gebräunte Haut bestens zur Geltung, das tiefschwarze Haar war hoch gesteckt und mit zwei goldenen Fibeln befestigt. Um den schlanken Hals hatte sie einen blassroten Schal gelegt und das Gesicht dezent mit Antimon geschminkt. Lilia, die Frau des *Maiordomus*, die Dirana wie eine eigene Tochter behandelte, ja liebte, hatte für sie tief in der Kleiderkiste der verstorbenen Herrin gewühlt. Hätte der *Aedil* davon erfahren, wäre ihr die Peitsche sicher gewesen, denn darin verstand Publius Statilius Taurus keinen Spaß! Tomocrates jedenfalls war dem beharrlichen Drängen seiner Frau nur sehr ungern und mit einem tiefen Seufzer nachgekommen.

»Du siehst umwerfend aus!«, rief Valerius, als Dirana die Kutsche bestieg.

»Danke, Herr!«

»Bitte, nenn mich nicht Herr! Du bist nicht meine Sklavin!«

»Wie du wünschst, Herr ... äh ... ich meine ..., wie darf ich dich denn nennen?«

»Mein *Praenomen* ist Marcus, mein *Nomen gentile* Valerius und mein *Cognomen* Aviola. Also such dir einen aus!«

»Aviola? Was bedeutet dieser Beiname?«

Die Kutsche näherte sich inzwischen dem Nordtor, aber sie kam nur mühsam voran, denn jetzt, nach Sonnenuntergang, verstopften Kutschen, Karren, Sänften und Reiter die engen Straßen.

»Aviola bedeutet ›Der Einsame‹.«

»Was für ein merkwürdiger Beiname«, lachte Dirana.

»Ich habe ihn von meinem Großvater übernommen. Wir haben ein Landgut in Etrurien, auf dem jetzt meine Eltern leben. Es liegt völlig abgeschieden in den Bergen. Daher kommt wohl der Name.«

Die Straße nach *Novaesium* war wie die nach *Bonna* eine Heerstraße von militärisch-strategischer Bedeutung und deshalb besonders breit und ziemlich gerade angelegt, was eine zügige Fahrt ermöglichte. Bald lagen die an die Stadt grenzenden Siedlungen der Einheimischen hinter ihnen, ebenso die Glashütten und Töpfereien am Wegrand. Die Straße führte jetzt durch dichten Wald, der nur ab und zu durch kleinere Ansiedlungen unterbrochen wurde. Ein Meilenstein gab die Entfernung nach *Novaesium* mit *XX Milia Passuum* an.

»Das ist *Buruncum*«, rief Dirana, »und gleich kommen wir durch *Durnomagus.*«

»Woher kennst du diese kleinen Orte alle?«, wunderte sich der Tribun.

»Bei *Buruncum* hat Statilius ein Landgut, und in *Durnomagus* gehören ihm drei Töpfereien. Ich bin schon mehrfach mit ihm da gewesen.«

»Ist er so reich?«

»Ja, sehr!«

»Und woher hat er diesen Reichtum?«

»Frag' nicht, Herr ... äh ... Valerius.« Sie hatte sich offensichtlich für den Familiennamen entschieden, was nicht unüblich war. Der Vorname wurde vor allem unter Freunden benutzt.

»Du weißt es nicht? Oder willst du es nicht sagen?«

Zarte Finger verschlossen den fragenden Mund.

Der Kutscher hatte nicht gelogen. Nach weniger als drei Stunden hatten sie die Gaststätte »Adler von *Novaesium*« erreicht. Das Haus lag am hohen Uferrand des *Rhenus*, von wo der Blick weithin stromauf- und -abwärts und nach Osten bis zu den Bergen reichte. Stallungen und ausgedehnte Wirtschaftsräume grenzten das Haupthaus zum Fluss hin ab. Über dem Eingang thronte ein überdimensionaler Adler, offenbar in Anlehnung an römische Legionsstandarten. Das weiß getünchte, ausladende Gebäude machte einen sauberen und sehr gepflegten Eindruck. Ein herbeieilender Sklave öffnete die Tür der Kutsche und geleitete Valerius und Dirana zu der breiten, zweiflügeligen Tür des Gasthauses. Der Innenraum bot reichlich dreißig Gästen Platz und war etwa zur Hälfte besetzt, zum größeren Teil mit römischen Offizieren in ihrer Uniform. An ihren Rangabzeichen erkannte Valerius mehrere Militärtribune, einen Präfekten sowie einen *Quaestor militum.* In der Mitte des Raumes spendete ein Springbrunnen angenehme Kühlung. An den Wänden hingen Fackeln, die den Raum erhellten, außerdem standen kleine Öllämpchen auf allen Tischen. Anders als bei einem privaten Gastmahl lagen die Gäste nicht auf Liegen, sondern saßen in breiten Korbsesseln, jeweils sechs um einen länglichen Tisch. Bei jedem Tisch hielten sich zwei Sklaven bereit, um die Wünsche der Gäste zu erfüllen.

Man führte die Neuankömmlinge an einen etwas abseits stehenden kleineren Tisch. Kleinere Tische verfügten offensichtlich nur über einen Sklaven, der bediente. Dieser hier rückte die Sessel zurecht und wünschte mit gekünstelter Stimme einen guten Abend. Ein schlanker Mann mit schütterem grauen Haar in einer blauen Toga kam gemessenen Schritts auf Valerius und Dirana zu und stellte sich als Wirt vor. Mit abschätzendem Blick taxierte er seine Gäste.

»Faustus Symmachus grüßt seine edlen Gäste. Der Adler von *Novaesium* wird versuchen, euch alle Wünsche zu erfüllen. Welcher Wein wird bevorzugt?«

Auf einen Wink des Wirts trat der Sklave an den Tisch und reichte eine Tontafel, auf der mit Kreide edle Weine aus allen Ländern aufgeführt waren. Valerius entschied sich für einen vierjährigen Weißen aus den Sabiner Bergen. Eine gute Wahl, wie der Wirt meinte, aber sein arrogantes Lächeln strafte ihn Lügen. Wenig später stand der funkelnde Wein in einer silbernen *Calix* vor ihnen. Auf einer Wandtafel waren die Spezialitäten des Hauses mit Kreide notiert:

GLIRES	Gefüllte Haselmäuse
GVSTVM DE HOLERIBVS	Vorspeise von geschmorten Zwiebeln
OVA SPONGA	Omelette
PATINA DE APVA FRICTA	Geröstete Spieslinge in der Pfanne
ANAS E RAPO CVM IVRE SVO	Ente mit Rettich in Soße
LOCVSTA ASSA	Gegrillte Langusten
PATINA DE PIRIS	Birnenomelette
TYROPATINA	Eiermilchcreme
VINVM FALERNVM	Falernerwein

Valerius und Dirana berieten kurz und entschieden sich dann unter Missachtung der angeschlagenen Angebote für Honigschinken, Spargel und gefüllte Eier als Vorspeise. Der Wirt schien zufrieden und notierte alles gewissenhaft.

»Ich fühle mich hier nicht wohl«, flüsterte Dirana, als er außer Hörweite war, »wüsste man, dass ich Sklavin bin, würden sie uns rausschmeißen. Leute wie ich gehören nicht hierher.«

So Unrecht hatte Dirana nicht, denn Sklaven war der Zutritt zu solch einem edlen Gasthaus grundsätzlich verboten. Herrschaften, die ihre Sklaven als Wachen oder Träger mitbrachten, schickten sie gewöhnlich ins Gesindehaus, wo jetzt auch ihr Kutscher wartete.

Valerius umfasste die zarten Finger der Sklavin. »Sie wissen es aber nicht«, meinte er nur und zwinkerte ihr zu.

Die Vorspeise, auf einem silberziselierten Teller serviert, war äußerst schmackhaft. Für den Hauptgang hatten sie die angepriesene Ente mit Rettich in Soße gewählt, sicherlich ein Gaumengenuss, so viel hatte die Vorspeise bereits versprochen. Dennoch bekam Dirana kaum etwas herunter. Mit fliegenden Augen beobachtete sie die übrigen Gäste. Mit einem Mal wurde sie blass, ihr Herz begann zu rasen.

»Valerius! Valerius!«, hauchte sie. »Dahinten in der Ecke.«

Valerius nahm ein Stück Schinken und drehte sich um. Zwei Männer und zwei Frauen tafelten dort und blickten zwischendurch amüsiert herüber. Den einen der beiden Männer erkannte der Tribun wieder. Es war Gaius Sallustius Passienus, der ehemalige *Consul*, den er bei dem Gastmahl des *Aedil* kennen gelernt hatte. Der *Consular* sah mit leicht säuerlicher Miene herüber.

»Was macht's«, lachte Valerius, »er wird uns schon nicht verraten. Wir wollen uns den Abend nicht verderben lassen!«

Valerius entging nicht, dass der alte *Consular* jetzt mit dem Wirt flüsterte. Wenig später brach der gesamte Tisch in schallendes Gelächter aus. Nun steuerte der Wirt mit ernstem Gesicht den Tisch des Tribunen an. Seine Miene verhieß nichts Gutes, das Gesicht war rot angelaufen, seine Nasenflügel bebten vor Zorn, als habe er soeben eine Verschwörung gegen den Kaiser aufgedeckt. Dirana wurde leichenblass. Wütend zischte Faustus Symmachus: »Sklaven ist das Betreten dieses Hauses verboten! Ich muss euch bitten, eure Rechnung zu zahlen und mein Haus sofort zu verlassen. So weit ist es schon gekommen! Bei den Göttern, eine solche Gesellschaft ist meinen edlen Gästen nun wirklich nicht zuzumuten.«

Valerius wollte gerade zu einer passenden Antwort ansetzen, aber dazu kam es nicht. Krachend klatschte eine Hand auf die Schulter des Wirts, und eine donnernde Stimme dröhnte durch den ganzen Raum: »Wenn du meinen Freund Valerius hinauswirfst, werden auch meine Kameraden und ich deinen Saftladen nie mehr betreten. Bei allen Göttern des Olymps, wie sprichst du eigentlich mit einem Tribun der kaiserlichen Prätorianergarde? Möchtest du in der Arena landen, du Holzkopf?«

Valerius war mehr als überrascht. Diese polternde Stimme kannte er nur zu gut, er hätte sie unter tausend anderen herausgehört. Ein hünenhafter Mann in der Uniform eines Militärtribuns stand hinter dem Wirt und lachte aus vollem Munde. Sein kantiges Gesicht strahlte, und im nächsten Augenblick lagen sich die Männer in den Armen.

»Valerius!« – »Gaius!«

Sämtliche Gäste hatten sich herumgedreht und betrachteten die Szene wohlwollend. Offensichtlich hielten sie die Zurechtweisung des blasierten Wirts für angemessen.

»Du hier?«, rief Valerius. »Was treibst du in den Wäldern Germaniens?«

»Dasselbe könnte ich dich fragen«, lachte Gaius. »Nie hätte ich damit gerechnet, meinen besten Freund in *Novaesium* zu treffen, zwischen Auerochsen und Braunbären. Und dann landest du ausgerechnet bei Faustus Symmachus. Aber das kommt davon, wenn man seinen kleinen Legionsbruder aus den Augen lässt.«

Sein Blick fiel auf die schöne Dirana, die sich inzwischen wieder gefangen hatte. »Weißt du was? Ich lade dich und deine schöne Begleiterin ein. Ich kenne hier in der Nähe eine *Taberna*, in der man sich nicht scheut, auch Sklaven zu bedienen. Sklaven! Freie! Menschen sind sie alle. Hat das nicht der treffliche Seneca geschrieben? Beim Hades, lasst uns aufbrechen! Wirt, alte Krähe: Schreib's, wenn du magst, auf die Garnison, was die beiden hatten. Und sollten sie deinen Laden noch einmal betreten, rate ich dir: Sei freundlich! Dieser Mann hier ist ein persönlicher Freund unseres göttlichen Cäsars! Und in der Arena von Rom ist ein arroganter Nichtsnutz wie du stets willkommen.«

***

Die Taberna »*Ad tres Quercos*« gefiel Valerius wesentlich besser. Dirana beobachtete die beiden Männer mit großen Augen. Gaius hatte einen kräftigen Lammbraten mit Lauch und Kohl bestellt und Valerius dazu überredet, das einheimische *Cervisia* zu probieren.

»Dirana, ich möchte dir meinen besten Freund vorstellen. Was heißt Freund? Er war immer wie ein großer Bruder für mich! Gaius

Tullius Eximius.« Der Beiname »Eximius« war nicht übertrieben, denn obwohl Valerius mit sechs Fuß über eine weit überdurchschnittliche Körpergröße verfügte, überragte Gaius ihn um fast einen Kopf. Sein Körperbau war der eines Gladiators, die muskelbepackten Oberarme schienen das dünne Tuch seiner Uniform schier zerreißen zu wollen.

»Seit zwanzig Jahren kennen wir uns! Wir sind beide auf dem *Esquilinus* aufgewachsen und gemeinsam mit siebzehn Jahren in die Legion eingetreten. Zusammen haben wir die ersten zwei Jahre in *Belgica* gedient, und zusammen sind wir dann in die Garde eingetreten. Freilich ist Gaius etwas später zum Tribun befördert worden ...«

Gaius lachte: »Ich hatte nicht das Glück, den göttlichen Claudius hinter dem Vorhang zu entdecken und ihn auf den Schultern durch den Palast tragen zu dürfen.«

»Wahrscheinlich, weil du wieder einmal besoffen warst.« Beide Männer lachten schallend.

»Und dann, dann haben wir uns aus den Augen verloren.«

»Weil du die Garde nach zwölf Jahren verlassen hast.« In Valerius' Stimme schwang etwas wie ein Vorwurf mit.

»Wofür ich meine Gründe hatte«, sagte Gaius stirnrunzelnd, »jedenfalls habe ich mich wieder zur Legion versetzen lassen. Vier Jahre habe ich in der *VI. Victrix* in *Hispania* gedient. Vor drei Monaten hat man mich nach *Novaesium* versetzt, zur *XVI. Gallica*. Aber nun sag, was macht ein Prätorianer hier in der Provinz?«

Wenn Valerius vor jemandem keine Geheimnisse hatte, dann war es sein Herzensfreund Gaius. Aber da war ja noch Dirana ... Die Sklavin spürte, worüber Valerius nachdachte.

»Wollt ihr einen Augenblick allein sein?«, fragte sie und wollte den Tisch verlassen.

»Bleib, Dirana.« Valerius legte seine Hand auf ihren Arm. »Du wirst es schon gemerkt haben, wie nah du meinem Herzen stehst. Also sollst du auch an meinem Geheimnis teilhaben.« Er stärkte sich mit einem ordentlichen Schluck *Cervisia* und begann zu erzählen: von dem Auftrag des Kaisers, von der Begegnung mit der *Augusta*, dem Zettel des Unbekannten. Er ließ nichts aus, berichtete von den Anschlägen gegen sein Leben und allem, was ihm in der

Ubierstadt zugestoßen war. Als er den hageren Mann in seinem schwarzen Mantel erwähnte, zuckte Dirana unmerklich zusammen.

»Kannst du ihn näher beschreiben?«, fragte sie atemlos.

»Das kann nur Niger sein!«, rief Dirana so laut, dass sich einige der Gäste umdrehten.

»Wer?«

»Tullius Torquatus Niger. Ein übler Schurke. Ich kenne ihn recht gut, denn er war oft Gast im Haus meines Herrn.«

»Des *Aedils?*« Valerius war völlig verblüfft.

»Seit einigen Monaten nicht mehr, aber davor regelmäßig. Zuletzt ... zuletzt ist er vor etwa drei Monaten bei uns gewesen.«

»Was weißt du über ihn?«

Aber bevor Dirana antworten konnte, unterbrach Gaius. »Tullius Torquatus Niger? Den musst du auch kennen, mein Freund. Erinnere dich an die Zeit, bevor Agrippina die *Augusta* war.«

Valerius schüttelte nur den Kopf. »Nein, beim besten Willen. Der Name sagt mir nichts.«

»Er ist einer ihrer besten Geheimagenten!«

»Ich wüsste nicht, dass ich ihn jemals im Palast gesehen hätte.«

»Er diente schon dem ›Stiefelchen‹. Er ist äußerst gefährlich«, ergänzte Gaius, »so jemand spaziert nicht im Palast herum. Ich kenne ihn noch aus meiner Zeit, wenn auch nur oberflächlich. Wenn der hier seine Finger im Spiel hat, kann es sehr gefährlich für dich werden. Ich sehe schon, mein Lieber, ich werde auf meinen kleinen Bruder aufpassen müssen.« Gaius sah zum Fenster hinaus. »Ich muss leider ins Lager zurück! Wir haben im Augenblick so viele Kranke, gerade unter den Offizieren, dass jeder Mann gebraucht wird. Wollte eigentlich nur einen Imbiss bei Symmachus einnehmen. Der Kerl ist zwar ein hochnäsiger Affe, aber seine Küche verdient ihren guten Ruf. In drei Tagen habe ich einen Tag frei. Dann besuche ich dich in *Colonia Agrippinensium*. Wir treffen uns am Prätorium, so zur vierten Stunde. He, Wirt! Zahlen!«

***

Es war bereits kurz vor Mitternacht, als die Kutsche durch das Nordtor in die Stadt zurückkehrte. Mürrisch öffneten die Torwächter das Tor. Valerius entlohnte den Kutscher großzügig, hatte er doch die Kosten für das Essen gespart.

»Wird Tomocrates nichts sagen, wenn du so lange ausbleibst?«, fragte Valerius.

»Ich muss eben den *Ostiarius* bestechen«, lachte Dirana und sah Valerius verliebt in die Augen.

Schon in der Kutsche waren sie sich näher gekommen, und kurz hinter *Durnomagus* hatte er sie geküsst, und Dirana hatte seinen Kuss zärtlich erwidert ... Nie würde Valerius den Namen dieses kleinen Ortes vergessen!

»Ein Tribun und eine Sklavin. Werde ich mehr als das Spielzeug eines hohen Herrn sein?«

Valerius nahm sie fest in seinen Arm und und ließ seine Finger mit ihren langen schwarzen Haaren spielen. »Bei meiner Tribunenehre – die Tage deines Sklavendaseins sind gezählt. Nie habe ich eine Frau so begehrt wie dich. Gleich in den nächsten Tagen werde ich bei Statilius Taurus vorsprechen.«

»Tu das ja nicht! Der Herr mag dich nicht! Warum, kann ich nicht sagen, aber ich weiß es von Lilia.«

»Wer bei Jupiter ist das schon wieder?«

»Die Frau von Tomocrates natürlich, du Dummkopf. Ihr verdanke ich die schöne Tunika, die ich gleich wieder zurückgeben muss.«

»Du wirst bald eine viel schönere tragen, kleine Sklavin.«

Er nahm sie in seinen Arm und küsste sie leidenschaftlich. Dirana versuchte sich behutsam von ihm zu lösen. »Aber die Leute!«

»Die schlafen alle, oder siehst du welche?«

XVIII.
Die Strafexpedition

Dem Tullius Torquatus Niger einen Gruß!

Wir sind der Ansicht, dass V. allmählich nicht nur zu einer Last, sondern auch zu einer Gefahr wird. Ihn zu beseitigen wäre zu gefährlich, da er inzwischen in CCAA zu bekannt ist. Die halbe Stadt spricht über ihn seit dem Vorfall mit dem Barbaren. Wir haben daher beschlossen, ihn anderweitig aus dem Verkehr zu ziehen, bis das Unternehmen abgeschlossen ist. Da trifft es sich günstig, dass man höheren Ortes beschlossen hat, eine Strafexpedition in das jenseitige Germanien zu unternehmen. V. wird Befehl erhalten, an dieser Expedition als Tribun einer Kohorte teilzunehmen. Sorge du dafür, dass die Befehle in die richtigen Hände kommen. Vielleicht gelingt den Germanen ja, wozu du bislang nicht in der Lage warst.

Dieser Brief ist nach Kenntnisnahme zu vernichten. *N.*

Über das Gesicht des Hageren zog ein Grinsen. »Es soll geschehen, wie du befiehlst!« Er nahm die Schriftrolle mit dem kaiserlichen Siegel, die dem Brief beigelegt war, und bestieg sein Pferd.

***

Zwei Tage später saß Marcus Valerius Aviola in voller Uniform im Amtszimmer des *Aedils,* das einen Stock über dem des *Prätors* im gleichen Gebäude lag. Obwohl es noch früh war, sandte die Sonne schon ihre sengenden Strahlen über die Stadt. Der *Aedil* saß schwitzend an seinem mit Schriftrollen überladenen Schreibtisch und sah den Tribun mürrisch an.

»Keine schlechte Idee mit den *Vigilen*«, knurrte er. »Es haben sich schon mehr als dreißig gemeldet. Wir werden die Besten aussuchen und bald mit der Ausbildung beginnen.« Er griff nach seinem Weinbecher, der immer in Reichweite stand.

»Damit wäre deine Mission hier eigentlich erledigt. Wie lange hast du noch vor zu bleiben?«

Valerius räusperte sich. Er war überrascht gewesen, als er nach dem Frühstück den Befehl erhalten hatte, sich beim *Aedil* zu melden, hoffte aber gleichzeitig, seine Herzensangelegenheit vorbringen zu können.

»Ich weiß nicht genau. Mein Auftrag lautet, erst zurückzukehren, wenn die Truppe steht. Ich soll ihr auch erste Einweisungen geben.«

»Meinetwegen«, brummte Statilius Taurus. »Übrigens habe ich hier ein Schriftstück für dich, es wird dich interessieren.«

Achtlos nahm Valerius die Rolle entgegen, die der Beamte ihm reichte. Der *Aedil* nahm seinen *Stilus* zur Hand und widmete sich seinen Schriftstücken.

»Ist noch was?« Er blickte auf und starrte Valerius an.

»Da ist ... ich meine ... äh ... da wäre noch was.«

»Und was?«

»Es geht um Dirana, deine Sklavin!«

»Dirana? So! Und was ist mit ihr? Du hast sie hier bei mir tanzen gesehen, und jetzt geht dir das Luder nicht mehr aus dem Kopf, nicht wahr? Geht vielen so. Möchtest du sie einmal für eine Nacht haben? Nun, ich muss dich enttäuschen, ich ...«

»Nein, daran dachte ich weniger. Hast du schon einmal daran gedacht, sie zu verkaufen?«

Publius Statilius Taurus brach in ein dröhnendes Gelächter aus. »Du willst Dirana kaufen? Das ist köstlich, wirklich, einfach köstlich! Du kommst zu spät, wackerer Tribun. Ich hab' das Weib bereits verkauft, und zwar gestern. War ein gutes Angebot, da konnte ich nicht ablehnen. Im Übrigen war es ihr Wunsch. Wahrscheinlich wird der Kerl sie freilassen und ihr ein paar Kinder machen. Vielleicht wird der Narr sie sogar heiraten.«

Valerius starrte den *Aedil* ungläubig an.

»Du hast was? Verkauft hast du sie? Gestern? Aber ... wieso? Wie konntest du ...?«

»Was geht dich das an?« Das Lachen war einem tückischen Grinsen gewichen. »Kann ich nicht meine Sklaven verkaufen, an wen ich will und wann ich will? Deine Stellung als Tribun gibt dir nicht das Recht, mir solche Fragen zu stellen.«

»Sag mir, an wen du sie verkauft hast!« Wütend war Valerius aufgesprungen.

»Noch einmal, Tribun! Das geht dich nichts an! Und nun verlass mein Büro, bevor ich die Wachen rufe!«

Voll ohnmächtigen Zorns verließ Valerius das Zimmer und knallte die Tür so zu, dass etliche der Schriftrollen aus dem Regal fielen. Das Gelächter des *Aedils* drang bis auf den Flur hinaus.

In seinem Zimmer angekommen, setzte er sich auf sein Bett und schüttelte immer wieder den Kopf. »Das kann nicht sein! Das kann einfach nicht sein!«

Sorgenvoll betrachtete Argober seinen Herrn, schwieg aber.

»Ein Brief!«

Verständnislos blickte Valerius seinen Sklaven an.

»Da ist ein Brief aus deiner Tunika gefallen.« Argober hob die Rolle auf und reichte sie dem Tribun.

Achtlos zerbrach Valerius das Legionssiegel und entrollte das Schriftstück:

Cassius Iunius Silanus grüßt den Tribun Marcus Valerius Aviola

Wie ich gehört habe, ist deine Mission in CCAA so weit gediehen, dass es dir möglich ist, dich vorübergehend anderen Aufgaben zuzuwenden, die von nicht geringerer Bedeutung sind. Unsere Legion hat den Auftrag erhalten, eine Strafexpedition in das Gebiet der Sugambrer zu unternehmen. Da ich zurzeit sehr knapp an kommandierenden Offizieren bin, weil einige von ihnen durch Krankheit ausgefallen sind, gebe ich dir hiermit den dienstlichen Befehl, dich als Führer einer Kohorte unserer Expedition anzuschließen.
Zu diesem Zweck willst du dich bitte in zwei Tagen in unserer Garnison in Novaesium einfinden. Alles Weitere wirst du dort erfahren.

Vale!

Cassius Iunius Silanus, Legatus
Stabsbüro Leg. XVI. Gallica
Serodix, 1. Legatsschreiber

Während er noch über diesen überraschenden Befehl brütete, trat Argober leise in das Zimmer.

»Tribun!« Er rüttelte ihn sanft an der Schulter. »Tribun!«

»Ja?«

»Draußen ist jemand, der dich sprechen möchte.«

»Wer ist es?«

»Ich weiß nicht. Eine ältere Frau. Es sei wichtig.«

»Führ sie herein!«

Wenig später stand eine rundliche Matrone mit einem freundlichen Gesicht vor ihm.

»Verzeih, Herr. Du kennst mich nicht. Ich bin Lilia, die Frau des Tomocrates. Mein Mann ist der *Maiordomus* im Hause des Publius Statilius Taurus.«

Valerius nickte. »Schickt dich dein Herr?«

»Nein! Und wenn er wüsste, dass ich hier bin, würde ich seit zwanzig Jahren zum ersten Mal wieder die Peitsche schmecken. Es geht um Dirana.«

Valerius sprang auf. »Was ist mit ihr? Sprich, Weib!«

»Der Herr hat sie verkauft.«

»Das weiß ich«, rief Valerius ungeduldig. »An wen und wohin?«

»An einen triefäugigen sabbernden Metzger aus *Mogontiacum*! Quintus Vinucius heißt der Kerl! Er ist alt und dick, so dick wie die Schweine, die er verkauft. Das arme Kind hat so geweint. Schon früher wollte der alte Narr Dirana kaufen, aber der Herr hat immer abgelehnt. Aber plötzlich ...«

»Hattet ihr irgendeinen Besucher am Tag zuvor?«

»Besucher?« Lilia kratzte sich über die Stirn und dachte angestrengt nach.

»Nein, da war ... doch halt, der Schwarze war da! Verzeih, aber so nennen wir ihn. Er ist ein unheimlicher Mann, und die Sklaven haben alle Angst vor ihm.«

»Tullius Torquatus Niger?«

»Du kennst ihn, Herr?«

»Flüchtig. Wann war er da?«

»Vorgestern. Eigentlich seltsam. Monate haben wir den unheimlichen Mann nicht gesehen, und vorgestern stand er plötzlich in der Tür. Und zwei Stunden später ging der Bote nach *Mogontiacum.*«

Mit einem Schlag wurde Valerius alles klar. Seine plötzliche Einberufung, der Verkauf von Dirana. Irgendjemand musste alle Fäden in der Hand haben, und Valerius begriff allmählich, um wen es sich handelte!

***

Sein nächster Weg führte ihn zum *Prätor.* Ohne auf den schimpfenden Viridorix zu achten, stürmte er in das Zimmer des Beamten. Gaius Volturcius Crassus sah überrascht auf, als Valerius ihm den Einberufungsbescheid auf den Tisch knallte. Der *Prätor* warf einen kurzen Blick auf das Schreiben und sah den Tribun freundlich an. »Und? Was soll ich damit?«

»Was du damit sollst? Wie kann ich meine Ermittlungen weiterführen, wenn ich mit der Legion zu einer Expedition in das Land der Sugambrer abkommandiert bin? Du musst das bei dem Legaten rückgängig machen!«

»Wie soll ich das tun?«, antwortete der *Prätor*. »Wie du weißt, steht ein Legat im Rang höher als ich, und die Angelegenheiten der Legion gehen auch grundsätzlich vor.«

»Aber ich habe eine Sondervollmacht des Kaisers, du hast sie gesehen!« Er wedelte mit der *Diploma* vor der Nase des *Prätors*, doch der zeigte sich ungerührt.

»Dann zeig das dem Legat in *Novaesium*. Vielleicht beeindruckt ihn das. Ich kann nichts für dich tun. Und jetzt entschuldige mich.«

Einige Stunden später saß Valerius dem Legat der 16. gallischen Legion gegenüber. Cassius Iunius Silanus war ein freundlicher Mann. Mit Wohlwollen betrachtete er den zornigen Tribun, der in sein Quartier gestürmt war. Aufmerksam las er sich die kaiserliche Sondervollmacht durch.

»In der Tat.« Der Legat schüttelte den Kopf. »Das war mir nicht bekannt. Gleichwohl muss ich dich bitten, meinem Befehl zu folgen. Ich habe den Befehl zum Feldzug gegen die Germanen erst vor einigen Tagen erhalten. Er war auch für mich überraschend. Und in diesem Befehl wirst du namentlich erwähnt.«

»Ich werde erwähnt?«

»*Sic* – so ist es! Bitte, du darfst die Stelle gerne lesen. Serodix!«

Der germanische Schreiber des Legaten überreichte Valerius eine Schriftrolle mit dem kaiserlichen Siegel. Der magere Daumen des Schreibers war schon genau auf die Stelle gerichtet, von der der Legat gesprochen hatte:

Solltest du im Übrigen, wie du zuletzt mitgeteilt hast, knapp an Offizieren sein, so wollen wir dir mitteilen, dass sich zurzeit in Colonia Claudia Ara Agrippensium der Prätorianertribun Marcus Valerius Aviola in unserem Auftrag aufhält. Seine ihm von uns übertragene Aufgabe ließe es aber durchaus zu, dass du dich seiner großen Offizierserfahrung bedienst und du ihn kurzfristig deinem Kommando unterstellst. Er mag dann nach Abschluss des Unternehmens seine ursprüngliche Aufgabe wieder aufnehmen ...

»Darf ich fragen, wer den Befehl unterzeichnet hat?«

»Wer ihn unterzeichnet hat?« Der Legat war verblüfft, eine solche Frage hatte er offensichtlich nicht erwartet. »Den Befehl hat ...«

»Lass mich raten, Legat! Es war nicht etwa Narcissus, sondern Pallas, nicht wahr?«

»Ja ... äh ... Pallas, aber wieso ...?«

»Findest du es nicht seltsam, dass der Befehl von Pallas unterzeichnet wurde? Was hat der *Minister a rationibus* mit einem solchen Befehl zu tun? Hätte er nicht viel eher von Narcissus unterzeichnet werden müssen, dem Leiter der kaiserlichen Kanzlei?«

»Äh ... ja ...« Cassius Iunius Silanus war unsicher geworden. In seinem Kopf schwirrte es. Er war Kriegsmann und nicht Politiker. Was verstand er von den Kompetenzen der Freigelassenen in Rom?

»Nun!« Er hatte sich wieder gefangen. »Befehl ist Befehl! Und ob er jetzt von dem einen Freigelassenen oder dem anderen kommt, ist egal. Er kommt aus Rom! *Roma locuta, causa finita* – Rom hat gesprochen, die Sache ist entschieden. Es tut mir Leid für dich, Tribun, wenn der Befehl deine Pläne stört. Aber du hörst ja, was immer du für einen Auftrag hier auszuführen hast, du wirst es nach Abschluss unseres Unternehmens fortsetzen können. Ich denke, unsere Expedition wird kaum mehr als vier Wochen dauern. Was ist das schon?

Und siehe: Unser Expeditionsheer besteht aus acht Kohorten, vier von uns, vier stellt uns die *Legio I Germanica* in *Bonna,* verstärkt werden wir durch zwei Alen aus *Mogontiacum.* Acht Kohorten bedeutet, ich brauche acht Tribune. Von meinen Tribunen hier sind drei zurzeit dienstunfähig, und das schon seit langem. Sie könnten kein Pferd besteigen, geschweige denn ein Schwert führen. Ich brauche dich daher. Ich erwarte dich morgen zur dritten Stunde zur Stabsbesprechung!«

Valerius nickte wortlos. Er hatte verstanden.

Auf dem Ritt nach Hause ging ihm vieles durch den Kopf. Allmählich entwirrte sich alles. Hinter seiner plötzlichen Einberufung und dem Verkauf Diranas steckte Tullius Torquatus Niger. Aber der Schwarze war nur Gehilfe, so wie Pallas, der den Befehl unterzeichnet hatte. Hinter allem aber konnte niemand anders stehen als – Agrippina, die *Augusta* selbst. »Vertrau nicht der Kaiserin« – der warnende Zettel fiel ihm wieder ein. Wer mochte ihn wohl geschrieben haben? Und welches Interesse hatte die Kaiserin daran, dass seine Mission scheiterte? Erst schickte sie ihn persönlich in die Ubierstadt, um die Mordserie aufzuklären. Und dann tat sie alles, um ihn davon abzuhalten. Auch die Anschläge auf sein Leben waren offensichtlich von ihr gesteuert worden, was alles nur noch geheimnisvoller machte. Was bezweckte die Kaiserin?

Aber nun galt es zunächst, die Strafexpedition gegen die Sugambrer hinter sich zu bringen. Valerius vermochte selbst dieser Tatsache etwas Erfreuliches abzugewinnen. Als Prätorianertribun war man von allen Kampfeinsätzen abgeschnitten. Jeden Tag Wache, Patrouille im Palast, Routine. Ein echter Kampfeinsatz im Germanengebiet war nicht zu verachten, ohne Zweifel. Hier ließen sich Ruhm und Ehre eher gewinnen als im kaiserlichen Palast. Und dann noch mit Gaius Tullius Eximius, seinem besten Freund. Nun gut!

***

Die Expedition begann bei strömendem Regen, an den *Nonen Iuniis* des Jahres 54 v. Chr. Nördlich von *Colonia Agrippinensium* hatten sich die Truppen in einer Gesamtstärke von knapp sechstausend Mann vereinigt, einschließlich der zweihundertvierzig gallischen Reiter. Sie wurden von den Schiffen der *Castra Vetera* übergesetzt. Manlius Flaminius Cotta leitete persönlich den Einsatz, und auch Flavius Spurinnus war mit seiner *Diana* dabei. Noch vor Einbruch der Dunkelheit hatte das gesamte Heer den *Rhenus* überquert und ein festes Lager aufgeschlagen. Das bedeutete zunächst die übliche Lagerroutine: Land abmessen, Graben ausheben, Wall anlegen, Wall mit Palisaden sichern, Tore einrichten. Das meiste davon hatten bereits die Pioniere der Vorhut erledigt. Während Valerius die weiteren Schanzarbeiten in seinem Abschnitt überwachte, bezog eine andere Kohorte ihre Wachposten, und die beiden gallischen Reitereinheiten schwärmten nach allen Seiten aus, um mögliche Feinde aufzuspüren. Aber von Germanen war weit und breit nichts zu sehen. Dann wurden die Zelte aufgeschlagen. Danach konnten die Soldaten in ihren kleinen Handmühlen das Mehl für ihren *Puls* malen, ihn würzen und schließlich in Öl braten. Die Offiziere wurden von ihren Sklaven versorgt – auch Valerius hatte Argober mitgenommen –, sofern sich nicht, wie am heutigen Abend, der Stab zum gemeinsamen Essen mit dem Legaten im geräumigen Feldherrnzelt traf.

Aufmerksam beobachtete Valerius die Tischgesellschaft. An der einen Seite des Legaten saß der *Quaestor,* ein feiner älterer Mann namens Publius Maronius. Auf der anderen Seite der vertraute Adjutant des Legaten, der *Praefectus fabrum,* ein finsterer, grobschlächtiger Mann namens Quinctilius Gambrinus. Die Tafel wurde ergänzt durch sechs Tribunen, unter ihnen auch Gaius Tullius, der Valerius freundlich zuzwinkerte. Zwei Tribunen waren mit ihren Männern auf Wache.

Das Essen war einfach, aber schmackhaft. Nach all den Köstlichkeiten, die Valerius in der Ubierstadt genossen hatte, musste er sich zwar erst wieder an Schweinswürstchen mit Kohl und Lauch gewöhnen, der ungewohnte Marsch, wenn auch zu Pferd, und die frische Luft aber hatten für einen guten Appetit gesorgt. Während sie aßen, skizzierte Iunius Silanus den geplanten Verlauf der Aktion und zeichnete auf einer Karte die Marschrouten ein. Vorgesehen war ein Vorstoß in nördlicher Richtung durch den *Silva Caesia* bis zur *Rura*. Dort grenzte das Stammesgebiet der Sugambrer an die Gebiete der Bructerer und der Marser. Alleiniges Ziel aber seien die Sugambrer, betonte der Legat, weil diese durch ihr aufsässiges und unbotmäßiges Verhalten Rom über Gebühr gereizt hätten. Es bestünde nicht die Absicht, und dabei hob der Legat die Stimme und blickte seine Stabsoffiziere durchdringend an, den römischen Machtbereich über den *Rhenus* hinaus zu verlagern. Das sei seit jener verhängnisvollen Niederlage des Quinctilius Varus vor fünfundvierzig Jahren nie mehr Bestandteil römischer Okkupationspolitik gewesen. Es handele sich um eine Strafexpedition, wie Cäsar sie einst über den Rhein geführt habe, nicht um einen Eroberungsfeldzug. Im Übrigen erwarte man keinen größeren Widerstand, weil der Feind kaum mit einer Aktion dieses Ausmaßes rechne. Auf die weiteren Ausführungen musste Valerius leider verzichten, weil er zur zweiten Nachtwache als Dienst habender Offizier zur Lagerwache eingeteilt war.

***

Der Feldzug verlief jedoch völlig anders als geplant. Die Germanen mussten vor der Ankunft ihrer Feinde gewarnt worden sein, denn sie zogen sich gänzlich zurück. Wohin die Römer auch kamen, trafen sie nur auf brennende, verlassene Dörfer. Längst hatten sie die *Rura* erreicht, aber außer einem kleinen Scharmützel mit einem germanischen Jagdtrupp kam es zu keiner weiteren Feindberührung. Aus den versprochenen Wochen waren quälend lange Monate geworden. Die lästige, aber unausweichliche Routine des täglichen Lagerbaus zerrte an den Nerven. Es kam zu Spannungen innerhalb der Truppe. Disziplinarstrafen wurden verhängt. Die Vorräte gingen zur Neige und mussten erbarmungslos rationiert werden – und immer noch kein Feind in Sicht!

Inzwischen neigte sich der Sommer dem Ende zu und die Nächte wurden empfindlich kühl. Dauernder Regen verwandelte die Wege in Morast und die Wälder in feuchte, schlammige Dome. Fast jeden Morgen herrschte undurchdringlicher Nebel, in dem tausend Gefahren zu lauern schienen. Gelegenheit zu einem Gespräch mit seinem Freund Gaius hatte bisher nicht bestanden, Valerius und er waren nie alleine. Zu gerne hätte Valerius seine neuen Erkenntnisse mit dem Freund geteilt, zu gerne hätte er mit ihm auch über das gesprochen, was ihm als schwere Last auf dem Herzen lag: Dirana! Die Vorstellung, dass sie inzwischen mit einem Metzger aus *Mogontiacum* verheiratet sein könnte, dass sie gar das Lager mit ihm teilte, brachte ihn fast um den Verstand.

Da die Vorräte mittlerweile gänzlich aufgebraucht waren, blieb nichts anderes übrig, als »sich aus dem Land zu versorgen«, wie der Legat es nannte. Aber immer häufiger kehrten die Jagdtruppen ohne Beute zurück. Es schien, als hätten sich die Tiere des Waldes den Sugambrern angeschlossen und versteckt. Hätte Argober nicht hin und wieder ein Kaninchen beschafft, wäre auch Valerius von dem allgemeinen Hunger nicht verschont geblieben.

Eines Abends kehrte der ausgesandte Jagdtrupp – fünfzig Auxiliarreiter – überhaupt nicht zurück. In dieser Nacht erfolgte der erste Angriff auf das Lager der Römer! Doch obwohl sie auf drei Seiten gleichzeitig angegriffen wurden – die vierte Seite bildete ein schroffer Berghang –, wehrten die Römer den Angriff mit geringen Verlusten ab. Bei Sonnenaufgang war der Feind wieder verschwunden.

»So hat Arminius den Varus zermürbt«, erklärte Iunius Silanus auf der Stabsbesprechung und erschien doch unbesorgt, »mit uns werden die Germanen das nicht machen.«

Sie zogen weiter, westwärts, den Spuren der Sugambrer nach, und aus Verfolgten wurden Verfolger. Am dritten Tag hatten sie die

Germanen gestellt, und zwar auf einer unbewaldeten Fläche, wie es den Römern am liebsten war. Valerius schätzte die Zahl der Germanen auf mehr als zehntausend. Der Tribun befehligte zwei Kohorten auf dem linken Flügel und hatte die Aufgabe, den Feind zu umgehen und ihm in den Rücken zu fallen. Auf dem Rücken seines schwarzen Hengstes *Ignis,* dem »Geschenk« Cataulcas, trieb er die Männer mit Anfeuerungsrufen nach vorne. Aber die Reiter der Sugambrer bemerkten seine Absicht und stellten sich ihm in den Weg. Es kam zu einem kurzen, aber erbitterten Gefecht. Valerius musste mit ansehen, wie seine Männer durch die Lanzen der germanischen Reiter reihenweise fielen.

»Schildkröte bilden!«, schrie er ihnen zu, und sofort begaben sich die Männer in die gewohnte Schutzposition. Den Sugambrern fiel es jetzt wesentlich schwerer, durch die fest geschlossenen Reihen der römischen Kohorten zu brechen, die an allen Seiten mit Schild und Lanze gesichert waren. »Langsam vorrücken!« Der waffenstarrende Menschenpanzer setzte sich in Bewegung und zermalmte alles, was ihm in den Weg geriet.

Eine germanische Lanze surrte knapp an seinem Kopf vorbei. Valerius duckte sich. Zwei Sugambrer preschten direkt auf ihn los. Dem ersten spaltete er mit seinem Schwert den Kopf. Der zweite aber rammte seine Axt auf das Schild des Römers, das unter der Wucht des Schlages zerbarst. Valerius warf es weg und focht Schwert gegen Axt mit dem hünenhaften Germanen. Mit einem plötzlichen Aufschrei brach der Germane zusammen und sank langsam vom Pferd. Ein Wurfspeer hatte sich in seine Brust gebohrt. Valerius sah nach hinten und erkannte Argober. Mit einem kurzen Blick dankte er ihm, doch schon musste er sich gegen einen neuen Reiter wehren, ein junger Krieger, der sich wahrscheinlich damit brüsten wollte, einen römischen Tribun getötet zu haben. Aber es fehlte ihm an Kampferfahrung, wie Valerius rasch merkte, und eine Finte genügte, um dem jungen Germanen das Schwert tief in den Leib zu stoßen.

Valerius' Soldaten hatten inzwischen gute Arbeit geleistet und die Sugambrer mehr und mehr zurückgetrieben. Schließlich jagten sie in wilder Flucht davon, und die Römer sammelten sich. Der Kampf war gewonnen, für's Erste! Eine erste Zählung ergab, dass

Valerius von seinen tausend Männern mehr als einhundert verloren hatte, dazu kamen zahlreiche Verletzte. Das Schlachtfeld aber war von toten Sugambrern übersät, darunter viele junge Männer. Wie der Legat am nächsten Tag mitteilte, hatte man etwa dreitausend tote Germanen gezählt, die gesamten Verluste der Römer lagen bei fast zwölfhundert. Schwer wog auch, dass die Auxiliarreiterei nahezu völlig aufgerieben war.

»Wir sind noch nicht fertig!«, verkündete Iunius Silanus mit fester Stimme. »Es fängt erst an!«

***

»Brüder und Schwester im Herrn! Uns allen hat diese Versammlung wieder Kraft gegeben, die Gefahren des Alltags zu bestehen. Tröstlich waren die Worte, die uns Petrus aus Rom gesandt hat. Möge der Herr über uns alle wachen! Wir tragen ein schreckliches Geheimnis in uns, das wir doch niemals preisgeben dürfen! Schwere Prüfungen hat uns der Herr auferlegt, aber zusammen werden wir sie bestehen. Beim nächsten Mal wird uns Eucharios von seiner letzten Begegnung mit dem Bruder Petrus berichten.« Maternus deutet auf den gut aussehenden, hoch gewachsenen Mann mit schwarzen, lockigen Haaren, der neben ihm steht. »So empfanget nun den Segen im Namen unseres Herrn Jesus Christus und gehet in Frieden nach Hause.« Laut schallt seine Stimme durch das Kellergewölbe im Süden der Ubierstadt. Die Menschen fassen sich an den Händen und wünschen sich den Segen ihres Herrn.

»Bis zum nächsten Mal, Bruder.«

»Gott sei mit dir, Schwester.«

Leise verlassen sie den Versammlungsraum, schauen sich scheu um und kehren durch die dunkle kalte Nacht nach Hause zurück. Auch der junge Spurius Caecina. Es ist nicht weit bis zum Haus seiner Eltern, an den Thermen vorbei und dann in Richtung Westtor. Aber er muss allein gehen, denn in seinem Viertel wohnt niemand aus der kleinen Gemeinde. Er schlägt den Schal um den Hals, denn es ist kühl hier, viel kühler als in Rom. Obwohl er erst seit drei

Monaten in *Colonia Agrippinensium* wohnt, kennt er die kleine Stadt recht gut. Und sie gefällt ihn viel besser als das laute, schmutzige Rom. Freilich hat er alle seine Kameraden zurücklassen müssen, dafür aber schnell Anschluss an die kleine Gemeinde gefunden, die sich zu demselben Herrn bekennt wie er. Schon in Rom hat er sich zu diesem neuen Glauben bekannt, den seine Eltern einen orientalischen Aberglauben nennen. Aber sie lassen ihn gewähren, denn Toleranz ist ihr oberstes Erziehungsgebot. Und schließlich ist er schon siebzehn. Was soll er mit all den philosophischen Schulen, die ihm sein Vater, der ehemalige *Aedil* nahe zu bringen versucht hat? Stoiker, Epikuraeer, Cynicer, Academicer, Peripateticer oder Sophisten – sie alle schwappen aus Griechenland wie eine Pest nach Rom und behaupten, den einzig wahren Weg zum Glück zu kennen. Aber das ist nur Lug und Betrug. Doch die Menschen bemerken das nicht, sie sind geblendet von all den philosophischen Worthülsen. Und dann die alten Götter, die sich wie Menschen benehmen. Sie saufen, sie huren, sie töten. Wie kann mir so jemand Vorbild sein. Oder die anderen Götter, die im ganzen Reich Fuß gefasst haben: Isis, Mithras, Cybele, Astarte und wie sie alle heißen, sie lehren gar nichts, sind einfach nur da. Das ist zu wenig für einen Gott! Spurius schüttelt den Kopf und ballt die Faust. Das ist wahrer Aberglaube. Eine Religion und ihren wahren Wert erkennst du immer an dem, was sie lehrt, sagt Maternus. Und wer außer unserem Herrn Jesus Christus lehrt schon, den Nächsten zu lieben wie sich selbst? Selbst seine Feinde zu lieben, befiehlt er. Das ist überirdisch schön, wahrhaft göttlich. Ein Lächeln breitet sich auf den weichen Zügen des jungen Mannes aus. Vielleicht gelingt es ihm doch noch seine Eltern zu überzeugen. Freilich, der Vater ist ...

Plötzlich sind hinter ihm Schritte zu hören, leise zwar, aber ... Spurius denkt an die Warnung, die ihm die anderen mitgegeben haben. Morde hat es in dieser schönen Stadt gegeben, und alle Opfer stammten aus der kleinen Gemeinde, und Spurius weiß ja auch warum! Man muss aufpassen! Die Hand des jungen Mannes umschließt fest den Dolch, den ihm der Vater zugesteckt hat. Aber hat nicht der Herr gesagt, wenn dich einer auf die linke Wange schlägt, so halte ihm auch die rechte hin? Spurius seufzt. Wenn man die Lehren des Herrn beherzigt, wird man doch sehr schwach!

Wieder die Schritte. Spurius bleibt stehen und dreht sich betont langsam um. Niemand braucht zu wissen, dass die nackte Angst langsam in ihm heraufkriecht.

Aber die Straße ist menschenleer. Erneut sind die Schritte zu hören. Sie kommen aus einer kleinen Seitengasse. Es ist ein Bettler, stellt Spurius erleichtert fest. Zerlumpt und ärmlich taumelt er auf den jungen Mann zu, ein Bild, das sein Mitleid erregt.

Geben ist seliger als nehmen! Spurius wird die Lehre des Herrn beherzigen und kramt in seiner schmalen Geldbörse nach ein paar Assen. Jetzt ist der Bettler an ihn herangetreten, sein Kopf ist wegen der Kälte verhüllt. Er streckt seine gichtige linke Hand aus.

»So spät noch unterwegs?«, fragt Spurius freundlich und drückt ihm die Geldmünzen in die Hand. Zu spät sieht er die *Sica* – bevor er überhaupt zurückzucken kann, dringt der kurze Dolch blitzschnell in seine Eingeweide. Spurius bricht zusammen und spürt nur noch, wie der Vermummte ihm mit seiner Waffe seine Stirn ritzt ...

***

Die Verwundeten waren gepflegt, die Toten bestattet worden. »Wir werden die Sugambrer verfolgen«, ordnete Iunius Silanus an. Zwei Wochen lang zogen die Römer hinter den Germanen her, ohne mehr als ihre Spuren im feuchten Waldboden zu sehen. Dann aber konnten sie die Sugambrer endgültig stellen! Der ganze Treck, Frauen und Kinder eingeschlossen, hatte sich in ein undurchdringliches Waldgebiet zurückgezogen, das von einem lang gestreckten Sumpfgebiet umschlossen war. Nur ein schmaler Zugang führte ins Innere des Waldes.

»Hier sind uns die Germanen überlegen«, meinte Valerius zu Gaius während einer Rast, »sie sind mit dem Gelände hier bestens vertraut, wir nicht.«

»Hm, da könntest du Recht haben, es sieht nach einer Falle aus!«

Der Legat beschloss, für die Nacht erst einmal das übliche Lager zu errichten. Und dann, mitten während des Lagerbaus, kamen sie aus den Sümpfen – zu Tausenden! Sie waren überall und fielen mit barbarischem Geschrei über die Römer her. Die Wachposten, die zur Absicherung rings um das abgesteckte Lager verteilt worden waren, wurden genauso überrascht wie die Soldaten, die gerade die Gräben aushoben. In aller Eile riefen die Kriegshörner die Männer, sich zu sammeln und die gewohnte Schlachtformation einzunehmen. Jetzt rächte sich der weitgehende Ausfall der Reiterei. Die Angreifer zu umzingeln war ausgeschlossen.

Es wurde erbittert gekämpft. Gleich zu Beginn erlitt Valerius durch einen germanischen Speer eine schmerzhafte Fleischwunde im linken Oberschenkel, aber nachdem die Wunde notdürftig verbunden worden war, biss er die Zähne zusammen und kämpfte weiter. Immer wieder trieb er seine Männer an und wehrte an der Spitze seiner Kohorten die Feinde ab, die voller Wut gegen die Römer anstürmten. Die untergehende Sonne tauchte den Kampfplatz allmählich in fahles Zwielicht, Freund und Feind waren kaum noch auseinander zu halten.

Plötzlich war Valerius von seinen Soldaten getrennt! Eine Gruppe von sieben Sugambrern umringte ihn. Ein Speer bohrte sich tief in die Flanke seines Hengstes. Ein Zittern durchlief den Gaul, dann brach *Ignis* mit einem klagenden Ton zusammen. Valerius stürzte herab und sah aus den Augenwinkeln, dass die Germanen mit Äxten und Schwertern über die Leichen ihrer gefallenen Kameraden stiegen, um sich auf ihn zu stürzen.

»Helft dem Tribun! – Marcus, pass auf!« Ein hünenhafter, blau bemalter Krieger war aus dem Nichts vor ihm aufgetaucht, das wütende Gesicht zur Fratze verzogen. Mit der Axt zielte er auf den Kopf des Tribuns. Der warnende Schrei von Gaius Tullius gellte noch in seinen Ohren, dann wurde alles um ihn herum schwarz.

***

Ein pochender Schmerz im Oberschenkel weckte ihn, dazu Kopfschmerzen, als ob eine ganze Legion mit Trommeln und Trompeten durch seinen Kopf zöge. Seine Zunge schmeckte dick und pelzig. Nachtkalter Wind zog über sein Gesicht.

»Wo bin ich?« Valerius versuchte, den Oberkörper aufzurichten, doch eine Hand drückte ihn sanft zurück.

»In Sicherheit, mein Freund!« Gaius Tullius Eximius blickte ihn besorgt an. Sein kantiges Gesicht war wie aus Stein gemeißelt.

»Was ist passiert? Ist die Schlacht zu Ende? Wo sind die Sugambrer?«

»Geflohen! Wir haben gesiegt!«

»Unsere Verluste?«

»Hoch!«, entgegnete Gaius knapp.

»Was ... was ist mit mir?«

»Du bist verletzt. Neben der Wunde am Oberschenkel hast du einen Schlag mit der Axt auf den Kopf bekommen. Den Göttern sei Dank, es war die flache Seite, sonst hätte er dir den Kopf gespalten. Trink das, und dann schlaf etwas.«

Er reichte Valerius einen Becher Wein, den der Tribun gierig leerte. Der Wein schmeckte süß und bitter zugleich.

»Wir haben ihn mit etwas Honig und Bilsenkraut versetzt.«

Valerius nickte. Die Augen wurden ihm schwer.

Während der Nacht wachte er zweimal auf. Er befand sich im Lazarettzelt, das vom Stöhnen der Verletzten erfüllt war. Zwei Ärzte und ihre Gehilfen waren in ständigem Einsatz. Hier wurden Verbände angelegt, dort grüne Blätter auf offene Wunden gelegt, um den gefürchteten Wundbrand zu verhindern, denn das Chlorophyll wirkt den aggressiven Bakterien entgegen. Auch Amputationen mussten durchgeführt werden, und das Schreien der Betroffenen gellte durch die Nacht.

Als Valerius am nächsten Morgen erwachte, fühlte er sich angenehm erholt. Der Kopfschmerz war gewichen, und lediglich die Beinwunde schmerzte. Er dankte den Göttern, dass die kaum verheilte Schulterwunde durchgehalten hatte. Mit Wehmut dachte er an seinen prächtigen Hengst zurück. Er versuchte aufzustehen, was ihm beim zweiten Anlauf auch gelang. Um seinen Kopf hatte man einen dicken Verband gelegt, Valerius sah nun aus wie einer jener orientalischen Fürsten, wie sie bei ihren diplomatischen Besuchen in Rom hin und wieder zu sehen waren. Humpelnd verließ er nach kurzer Rücksprache mit dem Dienst habenden Arzt das Zelt. Gleißender Sonnenschein lag über dem Lager. Alles wurde für den Aufbruch gerüstet.

»Da ist ja unser wackerer Tribun!« Lächelnd trat Cassius Iunius Silanus auf Valerius zu. »Wir haben mehr als viertausend tote Barbaren gezählt«, berichtete er dem Offizier, »aber auch auf unserer Seite gibt es mehr als tausend Tote zu beklagen. Unsere Mission ist beendet. Die Germanen werden ihre Lektion nicht vergessen. Wir marschieren zurück!«

Wieder folgte das übliche Ritual: Die toten Römer wurden verbrannt, die erschlagenen Germanen ließ man liegen. »Die Wölfe werden für ihre Bestattung sorgen«, meinte der *Praefectus fabrum* Quinctilius Gambrinus zynisch, »wenn ihre eigenen Leute das nicht erledigen.«

Der Heimweg führte ohne störende Zwischenfälle westwärts. Am Nachmittag des dritten Tages standen sie am *Rhenus* und hielten nach dem Spähschiff Ausschau, das den Fluss auf und ab kreuzte, um ihre Ankunft zu melden. Von den sechstausend Legionären warteten jetzt noch viertausendachthundert sehnsüchtig auf die Ankunft der Transportschiffe, von den beiden gallischen Alen kehrten sogar nur noch vierzig zurück. Der Sieg hatte einen hohen Blutzoll gefordert.

XIX.
Gefahr für den Kaiser

September des Jahres 54 n. Chr.

Nach drei Tagen war Valerius wieder reisefähig – wenn auch unter Schmerzen. Peliodoros hatte ihn noch einmal untersucht und sich sehr zufrieden gezeigt. »Du scheinst ein Lieblingskind der *Fortuna* zu sein«, lachte er, »aber nach und nach ist kein Körperteil von dir mehr unversehrt. Arm, Schulter, Bein – was kommt als Nächstes? Pass auf dich auf, Tribun! Bis jetzt ist alles gut verheilt, nur die Narben bleiben, aber irgendwann einmal ...«

Aufmerksam verfolgte der *Prätor* Valerius' Bericht und nahm die neuen *Phalerae* zur Kenntnis, die an der breiten Brust des Tribunen prangten. Den Orden hatte Valerius zusammen mit Gaius für besonders tapferen Kampfeinsatz von Cassius Iunius Silanus erhalten. Und auch Volturcius Crassus hielt eine besondere Überraschung für ihn bereit: Bei Rodungsarbeiten am *Rhenus* war das Schwert des Tribunen gefunden worden. Mit kindlicher Freude nahm Valerius das Schwert seines Vaters in Empfang. Liebevoll streichelten seine Finger über die Initialen *M V M.*

»Ich möchte dich in deinen Gedanken nicht stören, Tribun, aber ich habe dir Wichtiges mitzuteilen. Es hat während deiner langen Abwesenheit einen neuen Mordanschlag gegeben! Aber er ist missglückt. Das Opfer hat überlebt, zum ersten Mal. Es ist ein junger Mann, römischer Bürger aus guter Familie. Er heißt Spurius Caecina, die Eltern sind erst vor einigen Monaten aus *Italia* hierher gezogen. Der Vater war einmal *Aedil* in Rom!«

Valerius sah erstaunt auf. Das war eine sehr gute Nachricht.

»Wo ist er?«

»Er befindet sich im Haus seiner Eltern und wird dort gepflegt. Es geht ihm einigermaßen gut, aber noch weiß niemand, ob er den Anschlag wirklich überleben wird. Ich habe das Haus unter Bewachung gestellt. Man konnte ihn bisher nicht befragen, das überlasse ich dir. Viridorix wird dir sagen, wo du ihn finden kannst. Übrigens hat Publius Statilius Taurus ein merkwürdiges Interesse an dem jungen Mann. Ich musste ihn fast gewaltsam von einer Befragung abhalten. Hast du eine Erklärung dafür?«

Valerius schüttelte den Kopf. »Der *Aedil?* Nein. Keine Ahnung. Ich werde mich darum kümmern. Vorher aber habe ich noch etwas anderes zu tun, das mindestens ebenso wichtig ist.« Er wollte aufstehen, doch der *Prätor* hielt ihn zurück.

»Noch etwas! Es ist ein weiterer Brief für dich eingetroffen.« Der *Prätor* reichte ihm eine Schriftrolle, die das kaiserliche Siegel trug. Valerius dankte und verließ das Zimmer. Auf dem Flur öffnete er das Schreiben hastig:

Narcissus Libertinus grüßt den Tribun Marcus Valerius Aviola

Der Cäsar ist besorgt! Unseren ersten Brief hast du nicht beantwortet, und so wissen wir nicht, wie es um die Sache steht, derentwegen wir dich in die Ubierstadt sandten. Es gibt hier in Rom genügend Gründe, sich Sorgen zu machen, da müssen wir uns nicht die Sorgen der Provinz zusätzlich aufhalsen. Wir befehlen hiermit deine sofortige Rückkehr nach Rom zur Berichterstattung! Der Cäsar ist äußerst ungehalten und versteht nicht, wieso sein zuverlässigster Tribun ihn so ihm Stich lässt.

Tert. ante Non. Aug. anno 807 a. u. c.
Narcissus Lib.

Dass Narcissus den Brief höchstpersönlich unterzeichnet hatte, zeigte seine besondere Dringlichkeit. Valerius verstand die Besorgnis in Rom, man hatte jetzt schon seit Monaten nichts mehr von ihm gehört. Zugleich aber wurde klar, dass Narcissus und damit auch der Kaiser nichts von der ihm aufgezwungenen Teilnahme am Feldzug gegen die Sugambrer wussten. Das hatten andere ausgeheckt.

Rückkehr? Sofortige Rückkehr? Unmöglich. Zuerst war hier noch einiges zu erledigen. Unbedingt musste der junge Mann befragt werden, der den feigen Anschlag überlebt hatte. Aber das hatte noch zu warten, sein erstes Ziel war *Mogontiacum.*

Er gewährte sich selbst zwei Tage Urlaub, und auch Gaius konnte sich frei machen, um seinen Freund zu begleiten. Statt eines unbequemen Ritts entschlossen sie sich für die Annehmlichkeiten einer Schiffsreise. Am frühen Morgen nahmen sie die Kutsche nach *Bonna* und schifften sich dort auf das nächste Postschiff nach *Mogontiacum* ein. In den Mittagsstunden erreichten sie die Stadt und begaben sich sofort auf das Prätorium.

»Quintus Vinucius, der Metzger?« Der Schreiber sah die beiden Offiziere überrascht an. »Ihr seid aus *Colonia Agrippinensium* gekommen, um einen Metzger aufzusuchen?« Er schüttelte seinen grauhaarigen Kopf.

»Ihr geht am *Forum* entlang, weiter den *Cardo* etwa dreihundert Schritt, dann biegt ihr links in die nächste Seitengasse ein. Ihr könnt es nicht verfehlen, das Schild *Ad lanios* wird euch den Weg weisen. Ihr findet dort drei Metzgereien, die des Vinucius ist die erste. Aber im Vertrauen«, beugte er sich vor, »Fleisch würde ich dort nicht kaufen. Sein Fleisch ist wie er selbst, ranzig und verdorben!«

Fünfzehn Minuten später standen die Männer vor der beschriebenen Metzgerei. Ein Schild versprach den Kunden »Bestes Fleisch aus eigener Schlachtung, Wildspezialitäten, einheimische Würste«. Als sie den Laden betraten, kam ein kleines glatzköpfiges Männlein mit überdimensionalem Bauch aus dem Hinterraum auf sie zu. Seine Augen zuckten ständig, und er rieb sich die fettigen Hände.

»Was kann es sein, die edlen Herren? Quintus Vinucius steht zu eurer Verfügung. Ein köstlicher Braten oder vielleicht edles Wild, oder habt ihr ...?«

»Wir wollen Dirana sehen!«, sagte Valerius knapp.

»Diraaaaaana?« Der Alte war so verblüfft, dass er den Mund offen ließ. Seine Augen zwinkerten jetzt im Sekundentakt.

»Sie ist ... äh ... was wollt ihr von ihr? ... Äh ... sie ... sie ist meine Sklavin und fühlt sich zurzeit nicht ... äh ... ich meine, sie ist krank.«

»Wo ist sie?«, herrschte Gaius den Alten an. »Mann, du sprichst hier mit zwei kaiserlichen Tribunen! Wir sind nicht zum Spaß hier!«

»Es geht um eine wichtige Ermittlung«, ergänzte Valerius mit amtlicher Miene.

»Wichtige Ermittlung?« Quintus Vinucius verzog misstrauisch den schmalen Mund. »Und was für Ermittlungen sollen das sein? Und sie ... sie ist auch gar nicht hier. Sie ist bei meiner Schwester Hortensia auf dem Land. Hilft dort bei der Ernte.«

»Du lügst, Alter!« Valerius hatte sein Schwert gezogen und fuchtelte bedrohlich vor dem Gesicht des Metzgers herum.

»Zu Hilfe! Überfall! Man will mich ermorden! Raubgesindel in Uniform!« Die Stimme des Alten schallte gellend durch den Laden und nach draußen. Im Nu bildete sich ein Kreis neugieriger Zuschauer auf der Straße, der interessiert den weiteren Fortgang beobachtete.

»So kommen wir nicht weiter«, flüsterte Valerius zu Gaius, »bleib du vor dem Laden, damit der Alte nicht versucht, sie wegzuschaffen. Ich hole Hilfe!«

Wieder war ihm seine Vollmacht von großem Nutzen: *»Jede Amtsperson, die das liest, ist zu sofortiger Hilfe nach Maßgabe des Inhabers verpflichtet! Den Befehlen des Inhabers ist unbedingt Gehorsam zu leisten!«* Dazu das kaiserliche Siegel und die Unterschrift des Narcissus – das wirkte Wunder! Binnen einer halben Stunde kehrte Valerius in Begleitung einer *Decurie* von Stadtsoldaten zurück. Gaius stand vor dem Laden und pfiff voll Bewunderung.

»Die ganze Armee hast du mitgebracht! Dann wollen wir mal!«

Als der Alte den Aufmarsch an Waffen und Uniformen erblickte, trat ihm der Schweiß auf die Stirn.

»Wo ist die junge Frau?« Valerius' Stimme war voller Ungeduld. Der Alte zuckte nur mit den Schultern, unfähig, ein Wort zu erwidern.

»Laden durchsuchen! Alles absperren!« Die Soldaten schwärmten aus und stellten alles auf den Kopf. Im hintersten Zimmer des ersten Stockwerks wurde man fündig. Man musste die Kammer mit Gewalt aufbrechen, so verrammelt war sie. In der Ecke hockte tränenüberströmt, aber mit trotziger, stolzer Miene – Dirana! Als sie Valerius erblickte, flog sie mit einem Schrei in seine Arme, und erneut flossen ihre Tränen. Quintus Vinucius war hinzugetreten und beobachtete die Szene voller Zorn.

»Hier handelt es sich wohl um einen Liebeshändel«, geiferte er.

»Das geht dich nichts an. Du hast das Mädchen geschlagen?« Die geschwollenen und verfärbten Wangen Diranas sprachen eine deutliche Sprache.

»Freilich hab' ich das. Und ich hab' das Recht dazu. Sie war frech und unbotmäßig! Ich habe sie rechtmäßig als Sklavin erworben. Vom *Quaestor* in *Colonia Agrippinensium*! Willst du die Kaufurkunde sehen?« Er zog aus seiner schmierigen Tunika ein Schriftstück und hob es triumphierend in die Luft. Ohne auf das Zetern des Alten zu achten, nahm Gaius das Schriftstück und zerriss es.

»Das darfst du nicht! Oh, ihr Götter! Merkur und Minerva helft und straft den, der keine Gesetze achtet! Es ist eine amtliche Urkunde! Man wird dich bestrafen! Ich werde den Magistrat benachrichtigen!«

»Schweig! Er darf es!« In scharfem Ton unterbrach der *Decurio* den plärrenden Alten. Er hatte die Vollmacht des Tribunen gesehen und ahnte ihre Bedeutung. »Und jetzt gib Ruhe, Alter, sonst werden wir dir deinen Laden schließen.«

»Wie viel hast du für die Sklavin bezahlt?«, fragte Valerius.

»Achthundert Denare!«, gab Vinucius trotzig zurück. Valerius wusste, dass er log. Wahrscheinlich hatte der Metzger das Doppelte aufgeschlagen. Trotzdem zahlte er wortlos den genannten Preis. Agrippinas Beutel wurde zusehends schmaler.

»Hier, unterzeichne diesen Vertrag!«

Der Alte unterschrieb mit zitternder Hand.

***

Zwei Tage später saßen Valerius, Gaius und Dirana im Amtszimmer des *Prätors.* Der Beamte hatte eine wichtige Handlung vorzunehmen, die *Manumissio* der Sklavin. Das Licht der untergehenden Sonne überzog den Raum mit einem sanften rötlichen Schimmer.

»Wie alt bist du, Dirana?«, fragte Volturcius mit gewichtiger Miene.

»Zwanzig!«, antwortete Dirana.

»Viridorix, notiere. Das Alter der Sklavin Dirana wird mit zwanzig angegeben. Damit ist die Bedingung der *Lex Aelia Sentia* erfüllt.

Nach diesem Gesetz muss ein Sklave zwanzig Jahre alt sein, wenn seine Freilassung beantragt wird. Wie alt bist du, Tribun Marcus Valerius Aviola?«

Der Tribun gab sein Alter mit vierunddreißig an.

»Viridorix, notiere. Der Freilasser gibt sein Alter mit vierunddreißig an. Damit ist auch diese Bedingung des Gesetzes erfüllt, nach der der Freilassende mindestens dreißig Jahre alt sein muss. Dann will ich hiermit zum Akt der *Manumissio* schreiten.«

Der *Prätor* stand auf und nahm einen schmalen Stock in die Hand, mit dem er Dirana feierlich an der Schulter berührte. »Dirana, Sklavin des Marcus Valerius Aviola! Durch diese Berührung mit der *Vindicta* wirst du auf Antrag deines Herrn freigelassen. Du hast alle Rechte und Pflichten einer römischen Vollbürgerin. Du bist in Absprache mit deinem früheren Herrn berechtigt, als *Cognomen* die Bezeichnung Valeria zu tragen. Viridorix, die Urkunde!«

Mit einem unverständlichen Murmeln überreichte der Schreiber die Urkunde, die von dem *Prätor* als zuständigem Beamten, Valerius als Freilassendem und Gaius als Zeugen unterschrieben wurde. Mit einem glücklichen Lachen fiel Dirana Valerius um den Hals.

Am Abend saßen sie gemeinsam in der kleinen *Taberna* des Faustus. Aber noch während sie bei Schinken, Lauch und Eiern mit Wein und *Cervisia* Diranas Freilassung feierten, klärte Valerius seinen Freund Gaius und Dirana über die Hintergründe der Mordserie auf – so weit er sie kannte.

»Du glaubst also, dass die *Augusta* hinter allem steckt?«, fragte Gaius erstaunt.

»Ich kann es mir nicht anders vorstellen. Du hast selbst gesagt, dass Niger einer ihrer besten Agenten ist, nicht wahr? Was er ins Werk setzt, wird er nicht ohne Einwilligung, ja nicht ohne Auftrag der Kaiserin tun.

Gaius nickte. »Du hast Recht. Aber warum? Was bezweckt sie?«

Valerius nahm einen tiefen Zug *Cervisia*. »Der Schlüssel zu ihrem Geheimnis liegt hier, hier in *Colonia Agrippinensium.* Wir müssen diesen Maternus oder einen aus seiner Gruppe zum Sprechen bringen, und zwar bald. Gleich morgen werde ich Flavia Spatiatica aufsuchen. Aber im Augenblick habe ich noch ein anderes

Problem. Wo bringen wir dich unter, Dirana? Im Prätorium geht es nicht. Das ist nur für Staatsgäste. Außerdem wirst du kaum deinem früheren Herrn Statilius Taurus begegnen wollen. Der wird Augen machen, wenn er von deiner Freilassung hört!«

»Wahrscheinlich weiß er es schon«, sagte Dirana, »zwischen dem Amtszimmer des *Prätors* und dem des *Aedils* liegt nur ein Stockwerk.«

»Ich hätte einen Vorschlag«, unterbrach Gaius die beiden Liebenden. »Sie könnte bei meiner Verlobten wohnen.«

»Bei deiner Verlobten!«, riefen Valerius und Dirana wie aus einem Mund. »Du hast eine Verlobte?«

»Glaubt ihr, ich wäre einer von diesen frauenlosen Tempelpriestern?«, lachte Gaius, und seine kantigen Züge strahlten. »Es war nur bis jetzt noch keine Gelegenheit, davon zu sprechen. Sie heißt Antonia und ist die Tochter eines vermögenden Weinhändlers aus *Durnomagus*. Das liegt auf halber Strecke zwischen hier und *Novaesium*. Dirana wäre fort aus dieser Stadt, was aus mehreren Gründen von Vorteil zu sein scheint, und du, Valerius, könntest sie jederzeit besuchen. Immerhin kann man nicht ausschließen, dass Niger es auch weiterhin auf dich abgesehen hat. Und wie könnte man meinen wackeren Freund besser treffen, als sich an seiner geliebten Dirana zu vergreifen? Ich bin sicher, morgen weiß die ganze Stadt von deiner Freilassung, dafür wird Viridorix schon sorgen. Ein römischer Tribun lässt eine Sklavin frei, weil er sich in sie verliebt hat ...«

»Abgemacht!«, sagte Valerius. »Dirana wird fürs Erste nach *Durnomagus* übersiedeln. Es ist spät geworden, lasst uns aufbrechen!«

Gemeinsam begaben sie sich auf den kurzen Weg nach *Durnomagus*, wo sie von dem Weinhändler Subrius Caesonius, seiner Frau Sempronia und ihrer Tochter Antonia überaus freundlich begrüßt wurden. Gaius erklärte so viel wie nötig von den Umständen, die sie hierher geführt hatten, und Subrius erklärte, es sei ihm eine Freude, helfen zu können. Antonia entführte Dirana sofort und brachte sie zu ihrem neuen Zimmer. Subrius bot einen kleinen Imbiss an, aber die Männer lehnten mit Hinweis auf das gerade beendete Mahl ab.

»Vielleicht möchte Valerius heute Nacht unser Gast sein?« Subrius wies nach draußen in die stockfinstere Nacht. Es hatte zu regnen begonnen. Valerius nahm das Angebot nur zu gerne an, denn er fühlte sich erschöpft. Die Expedition gegen die Germanen forderte ihren Tribut von seinem Körper. Valerius verabschiedete sich von Gaius, der die Nacht in der Garnison verbringen musste. Ein Sklave führte ihn in ein Gästezimmer, in dem Valerius sich kurz erfrischte. Dann kleidete er sich aus und legte sich auf das bequeme Bett, das er nach den vielen Nächten auf harter Matte im kalten Zelt sehr genoss. Er reckte sich voller Behagen, schnell fielen dem Ermüdeten die Augen zu.

Schon am Rande des Traums bemerkte er, dass die Tür sich leise öffnete und eine schlanke Gestalt auf leisen Füßen an sein Bett trat. Er wollte nach seinem Schwert greifen, das wie immer in Reichweite neben dem Bett lag, aber blitzschnell war die Gestalt in sein Bett und unter die Decke geschlüpft. Ein nackter, warmer und duftender Körper schmiegte sich an ihn, und feingliedrige Finger verschlossen ihm sanft seine Lippen. Dichtes schwarzes Haar legte sich über seine Augen, und dann begannen ihn samtweiche Hände zärtlich zu liebkosen, jeden Teil seines Körpers ...

***

»Er hat dich geschlagen?«

»Ja. Er wollte das von mir, was ich nur dem Mann gebe, den ich liebe.«

»Und du konntest dich ihm verweigern?«

»Ich habe ihm in das karge Zentrum seiner Lust getreten«, lachte Dirana, »da hat er aufgegeben. Danach sperrte er mich in die Kammer, aus der du mich befreit hast. Auf diese Weise wollte er mich gefügig machen.«

»Aber du wurdest nicht gefügig!«

»Nein! Eine Dirana lässt sich so nicht zähmen! Und dann kamst du! Mein Herz raste vor Glück, als ich deine Stimme hörte und die Schläge an der Tür!«

Zärtlich nahmen sie Abschied voneinander. Nach einem kurzen Frühstück dankte Valerius dem Weinhändler Subrius und seiner Frau herzlich und ließ Dirana in ihrer Obhut zurück.

***

In der Nacht hatte sich eine dünne Schicht eisigen Reifs über die erwachende Ubierstadt gelegt, die zudem in dichte Nebelschwaden getaucht war. Valerius legte sich seinen wärmsten Mantel um und überquerte eilig das nahezu menschenleere Forum. Sein Atem ließ kleine Wölkchen aufsteigen, die unter seiner Nase zu gefrieren schienen, und trotz des Mantels fror er erbärmlich. Ich bin die Kälte in diesem Land einfach nicht gewohnt, dachte er, und wahrscheinlich werde ich mich nie daran gewöhnen. Will froh sein, wenn ich wieder nach Rom zurückkehren kann. Aber eine Beute nehme ich mit!

Voller Zärtlichkeit dachte er an Dirana. Sie war wahrhaftig nicht die erste Frau, mit der er eine Nacht verbracht hatte. In Rom waren ihm die Herzen nur so zugeflogen – und manchmal auch nur die Körper. Und er hatte die eindeutigen Angebote der Damenwelt oft und gerne angenommen. Aber das waren nur Abenteuer, die seiner Eitelkeit schmeichelten. Wie oft hatte er mit anderen Tribunen gewettet, wer in einem Monat die meisten Frauen erobern würde, und fast immer war Valerius als Sieger aus diesen Wetten hervorgegangen! Dann lernte er Cynthia kennen. Cynthia hatte er wirklich geliebt, und er war ihr treu gewesen! Cynthia war sicher gebildeter als Dirana und aus erster Familie, aber er trauerte ihr nicht nach ...

Viridorix hatte das Haus der Caeciner gut beschrieben. Es lag in einer geräumigen Seitenstraße des *Decumanus*, unweit vom Westtor. Die meisten Häuser hier waren neu und aus massivem Stein erbaut, einige sogar farbig getüncht. Hier wohnten offensichtlich die Reichen der Stadt. Vor einem villenartigen Gebäude, dessen Eingang mit dorischen Säulen aus Marmor geschmückt war, blieb er stehen. Auf der gegenüberliegenden Seite standen zwei Wachen, Veteranen, wie ihre alten, wettergegerbten Gesichter erkennen ließen. Schweigend grüßten sie den Tribun respektvoll mit erhobenem Arm.

Wuchtig schallte sein Klopfen durch den nebligen Morgen. Es dauerte eine geraume Weile, bis die Tür vorsichtig geöffnet wurde und das jungenhafte Gesicht des *Ostiarius* durch den Spalt lugte.

»Euchari ...? Verzeih, ich hielt dich für einen anderen. Was wünschst du, Herr?«

»Der Tribun Marcus Valerius Aviola möchte den Herrn des Hauses sprechen.« Der junge Mann wirkte sehr überrascht, gab aber trotzdem wortlos den Eingang frei und führte den Offizier in ein geräumiges *Atrium.*

»Ich werde dich dem Herrn melden, bitte warte solange hier. Der Herr wird sofort kommen.«

Valerius sah sich neugierig um. Die Eingangshalle musste erst vor kurzem renoviert worden sein, denn man meinte, den Geruch der frischen Farbe noch riechen zu können. Alles war ganz in hellem Blau gehalten, an den Oberkanten der Wände bildeten schlichte Ornamente in Weiß und Gold einen erfrischenden Kontrast. Nur die Wand auf der dem Eingang gegenüberliegenden Stirnseite war mit einem Bild ausgemalt, das Zeus darstellte, wie er als Stier verkleidet die junge Europa entführt. Beeindruckt trat Valerius näher.

»Er ist schon ein großer Künstler, unser Tyron, nicht wahr, Tribun?« Der Hausherr hatte das *Atrium* betreten und stand hinter Valerius. »Ich bin Decimus Flavius Caecina. Willst du mir bitte in mein *Tablinum* folgen?«

Valerius folgte dem Hausherrn in ein sehr geschmackvoll eingerichtetes Arbeitszimmer. Das Mobiliar bestand ganz aus gewachstem Zedernholz und verbreitete ein würziges Aroma. Mit Bücherrollen gefüllte Holzregale beherrschten zwei Wände. Auf der anderen Seite stand ein Kohlebecken, das zur Freude des frierenden Tribuns eine angenehme Wärme ausstrahlte.

»Darf ich dir in Anbetracht der Kälte einen Becher heißen *Mulsum* anbieten?«

Valerius nahm dankend an. Das hatte er noch nie probiert, aber vielleicht konnte er ja so der Kälteschauer Herr werden, die seinen Körper durchliefen. Während Decimus Flavius Caecina einer älteren Sklavin Aufträge erteilte, bestand Gelegenheit, den Hausherrn näher zu betrachten. Ein Römer vom Scheitel bis zur Sohle, dachte Valerius. Die verbliebenen weißen Haare lagen wie ein Lorbeerkranz um seine hohe Stirn, das aristokratische, von Falten durchzogene Gesicht wirkte asketisch-streng, aber nicht unfreundlich. Er trägt seinen Beinamen »der Strenge« wohl zu Recht, vermutete Valerius. Sein Blick fiel auf die makellose weiße Toga, die einen schlanken Körper einhüllte und einen so ordnungsgemäßen Faltenwurf aufwies, als ob er auf dem Weg zur Senatssitzung wäre.

»Du liest sehr viel ...«, nahm der Tribun das Gespräch auf. Während eine Sklavin hereinkam und den gewärmten Honigwein, dazu etwas Gebäck und Obst brachte, studierte Valerius interessiert die Schriftregale.

»Ja, seit ich meinen Abschied aus der Politik genommen habe. Cäsars *Commentarii de bello Gallico,* Ciceros *De re publica*, Sallusts *De coniuratione Catilinae,* aber auch Catos *De agricultura* wirst du finden. Nicht zu vergessen unsere großen Dichter: den Epiker Vergil, den Lyriker Catull oder die Elegiker Tibull und Properz. Bevorzugst du den Satiriker Horaz, so suche nach den blauen Bändchen, liebst du eher die Metamorphosen des Ovid, so nimm die roten, und ist dir nach dem schweren Werk des Lucretius, so ergreife das gelbe Band. Liest du gerne die Briefe, die Cicero oder Ovid aus ihrer Verbannung geschrieben haben, so suche oben in der rechten Ecke.« Bei dem Wort »Verbannung« wurden seine Züge härter.

»Du lebst hier auch wie in einer Verbannung, nicht wahr?« Valerius war über sich selbst erstaunt und bereute sofort seine so plötzlich geäußerte Vermutung. Aber der ehemalige *Aedil* nickte nur, und ein Schmerz zuckte über seine Mundwinkel.

»Es ist in Rom nichts mehr, wie es einmal war, Tribun. Wo einst der Senat, die Zusammenkunft der Besten, regierte, wo einmal ein großer *Princeps* wie der göttliche Augustus herrschte, da bestimmen jetzt Freigelassene. Wer früher einmal auf der Schwelle seines Patrons die morgendliche Visite erwartete, der hat sich jetzt selbst zum Herrn aufgeschwungen. Und damit nicht genug. Hatte Rom einst die Eskapaden einer buhlenden Messalina ertragen, so wird es jetzt vom Rock der Agrippina beherrscht, und man weiß nicht, was verderblicher ist.«

Die letzten Worte waren voller Bitterkeit, und eine steile Falte des Zorns hatte sich auf seiner Stirn gebildet. Mit bebender Stimme fuhr er fort: »Da war für mich und meine Familie kein Platz mehr in Rom. Pallas, dieser ehemalige Sklave, der seine sklavische Gesinnung nie abgelegt hat, hat mir, dem ehemaligen *Aedil* von Rom, nahe gelegt, uns einen neuen Wohnsitz zu suchen, bevor der Bannstrahl des Exils mich wie einst Ovid nach Tomi oder in eine andere Einöde zwänge. Da habe ich mich für die freundliche Stadt der Ubier entschieden, und meine Frau und ich haben es nicht bereut. Verzeih das offene Wort. Wenn die Götter wollen, hat es mir geschadet, aber deine offenen und ehrlichen Züge lassen mich eher das Gegenteil vermuten.«

Valerius nahm einen tiefen Zug des heißen Getränks und spürte, wie sich die Wärme in seinem Körper ausbreitete.

»Nie, edler Decimus Flavius, werden deine Worte diesen Raum verlassen, mein Offizierswort darauf. Vieles von dem, was du sagst, will ich nur zu gern bestätigen. Ich bin ein Tribun des Kaisers und sehe betrübt, wie die Zustände im *Palatium* sich verändern. Doch es liegt nicht in meinen Händen, die Dinge zum Besseren zu wenden.«

Der Patrizier nickte. »Aber die gemeinsame Klage über das traurige Los der *Res publica Romana* war es sicher nicht, was dich zu früher Stunde in mein Haus führte.«

»Nein. Natürlich nicht! Es geht um deinen Sohn Spurius!«

Das Gesicht des Hausherrn verdunkelte sich, seine Augenlider zuckten und seine feinen Hände strichen fahrig über die Toga. »Mein Sohn! Mein einziger Sohn, von der Hand eines Meuchelmörders niedergestreckt und auf der Stirn für immer gezeichnet. Was hast du damit zu tun, Tribun?« Seine Hände ballten sich, und er wartete mit äußerster Anspannung auf die Antwort.

»Dein Sohn ist nur einer von vielen, die demselben Täter zum Opfer gefallen sind. Alle trugen sie jenes Zeichen, aber er ist der Einzige, der den Anschlag bislang überlebt hat. Ich bin damit beauftragt, diese Mordserie aufzudecken, und möchte deinen Sohn dazu befragen. Vielleicht kann er mir mehr über den Täter oder die Hintergründe sagen.«

»Über den Täter? Ein Bettler war's, wie er sagt. Aber sicher war das nur Verkleidung. Im Übrigen irrst du, Tribun. Auch er wird den

Anschlag nicht überleben. Die Ärzte können ihm nicht mehr helfen, und es scheint nur noch eine Frage von Tagen zu sein, bis die Parzen seinen Lebensfaden abschneiden. Über die Hintergründe schweigt er sich aus. Selbst wenn ich ihn mit väterlicher Strenge befrage, murmelt er etwas von einem Schwur, der alle bindet, und schweigt! Dabei gäbe ich mein gesamtes Vermögen, um herauszufinden, wer meinen einzigen Sohn umgebracht hat ... Du musst wissen, schon in Rom hat er sein Herz einer orientalischen Sekte geöffnet, und das war auch einer der Gründe, weshalb wir in diese weit entfernte Provinzstadt gezogen sind. Wir glaubten nämlich, dass wir diesem Übel hier nicht begegnen würden. Aber wie haben wir geirrt! Auch hier hat der Aberglaube schon Fuß gefasst, und so kam unser junger Spurius mitten in eine aufblühende Gemeinde. Und die Anführer dieser Leute, Maternus und Eucharios und ein Dritter namens Valerius, sie tun alles, um den Geist ihrer Gefolgsleute zu verwirren. Sie leugnen die alten Götter und ziehen alles, was uns Römern als Tugend gilt, in den Schmutz ihrer Lehre. Und ein rechter Träumer wie Spurius ist da ein nur zu leichtes Opfer. Sie beten einen Mann an, der unter Tiberius in Judäa am Kreuz starb, stell dir das vor! Der Mann starb den Tod eines Verbrechers, eines Sklaven, und er gilt ihnen als Gott. Sie nennen ihn den Gesalbten und halten ihn für den Sohn des einzigen und wahren Gottes. Dabei kennen sie noch nicht einmal den Namen dieses Gottes!

Ich habe es in Liebe und mit Strenge versucht, aber nichts wollte helfen. Am Schluss habe ich nachgegeben und ihm seinen neuen Glauben gelassen – in der Hoffnung, dass er von selbst den rechten Pfad des Römertums wieder findet. Hätte ich das doch nie getan!«

Flavius Caecina war so weit Vater, dass ihm Tränen in den Augen standen, aber auch so viel römischer Patrizier, dass sie nicht flossen. Nur zu gut verstand Valerius, was in dem Mann vorging.

»Dann hat es also keinen Zweck, ihn zu befragen?«

Caecina kratzte sich am Kinn und fixierte Valerius mit scharfem Blick. »Eine Idee hätte ich, eines Vaters allerdings kaum würdig! Doch heiligt der Zweck mitunter die Mittel, und wenn wir auf diese Weise etwas über die Mörder erfahren können, so müssen wir es versuchen.«

»Wie meinst du das?« Valerius blickte seinen Gastgeber völlig ratlos an. Caecina schwieg einen Augenblick, dann sagte er leise und langsam: »Du erinnerst dich an die Reaktion meines Türhüters?«

»Türhüters?« Valerius verstand gar nichts.

»Er verwechselte dich im trüben Licht des beginnenden Tages mit jenem Eucharios, wie er mir mitteilte, einem ihrer Anführer. Nun, ich habe den Mann nur einmal gesehen, aber so weit ich mich erinnern kann, siehst du ihm wirklich recht ähnlich. Ihr seid in etwa gleich groß, habt beide schwarze lockige Haare. Er ist etwas schmaler als du und seine Stimme etwas heller, aber das muss nicht auffallen.«

»Auffallen? Wobei?«

»Sind Prätorianertribune immer so begriffsstutzig? Du wirst zu ihm gehen, und er wird dich in seinem Fieber für Eucharios halten. Das bedeutet, er wird mit dir über all das sprechen, worüber er mit dir als Tribun oder mit mir als Vater nie sprechen würde, verstehst du?«

Valerius' Gesicht leuchtete auf. »Bei Jupiter, das könnte gelingen. Ist der Raum, in dem er liegt, verdunkelt?«

Caecina nickte: »Ich werde dich als Eucharios bei ihm ankündigen. Die Götter mögen mir diesen Trug verzeihen, aber es scheint die einzige Möglichkeit zu sein, seine verstockte Zunge zu lösen.«

Sie erhoben sich, und Caecina führte den Tribun durch das *Atrium* zu einem der Nebenräume. Vorsichtig hob er den Vorhang, der den Raum zur Eingangshalle hin abschloss.

»Spurius? Spurius? Bist du wach? Du hast Besuch. Eucharios ist da, um nach dir zu sehen.«

Eine dünne Stimme antwortete, und die Männer betraten den Raum. Die kleine *Cella* war erfüllt von dem Aroma herber Kräuter. Aber auch sie konnten den Geruch des Todes nicht bannen, der sich schon ausgebreitet hatte. Unter einer weißen Decke lag der abgezehrte Körper eines jungen Mannes, der sein wachsbleiches Gesicht dem Eingang zuwandte.

»Eucharios? Bist du es wirklich? Dem Herrn sei Dank, dass du gekommen bist. Ich wusste, dass ihr mich nicht im Stich lasst, auch wenn ich erst seit kurzem zu euch gehöre.« Die Stimme des jungen Mannes war brüchig und kaum zu verstehen.

»Ich lasse euch jetzt alleine«, murmelte Caecina und verließ den Raum, um hinter dem Vorhang auf alles zu lauschen, was sich am Krankenlager abspielte.

»Der Gesalbte sei mit dir«, murmelte Valerius und hoffte, eine für diesen Kreis geeignete Grußformel gefunden zu haben. Und die Antwort des Todkranken gab ihm Recht.

»Und auch mit dir, Vater Eucharios.«

»Ich soll dich grüßen von allen ... äh ... Brüdern und Schwestern. Wie geht es dir? Können wir irgendetwas für dich tun?«

Mit fieberglänzenden, großen Augen sah Spurius den vermeintlichen Glaubensbruder an und drückte dankbar seine Hand. »Ich glaube, dass unser Herr Jesus Christus mich bald in sein Reich rufen wird, und wenn ich auch traurig bin, dass ich meine Eltern hier zurücklassen muss, so füllt doch diese Erwartung mein Herz mit großer Freude. Komm, setz dich doch auf mein Bett.«

Das wollte Valerius vermeiden, da er mit seinem Gesicht allzu nah in den Lichtkreis der kleinen Öllampe geraten wäre, die dem Raum ein karges Licht spendete. So zog er sich einen Hocker heran und wich, so weit es möglich war, dem Schein der Lampe aus. Spurius hustete, und aus seinem Mund floss ein Gemisch aus Blut und Speichel. Valerius griff nach einem Tuch, das auf dem Bett lag, und wischte den Mund behutsam ab.

»Etwas, lieber Eucharios, etwas lastet schwer auf meiner Seele, und ich muss es dir sagen, bevor der Herr mich ruft.«

»Und was ist das?«, flüsterte Valerius.

»Der Schwur! Er brennt auf meiner Seele wie Feuer. Ich weiß ...« Er brach plötzlich ab und hustete schwer. Wieder säuberte Valerius seinen Mund und reichte ihm einen Becher, den Spurius gierig leerte.

»Ich weiß«, fuhr der junge Römer stockend fort, »dass wir darüber nicht sprechen dürfen, und sei gewiss, ich habe es auch nie getan. Aber mit dir kann ich darüber sprechen. Ist es nicht ein Unrecht, wenn wir schweigen?«

»Unrecht? Wie meinst du das?« Für einen Moment hatte Valerius den Eindruck, dass etwas wie Misstrauen in Spurius aufkeimte, denn er versuchte sich zu erheben und den Tribun anzusehen. Aber sein geschwächter Körper sank wieder kraftlos zurück.

»Vielleicht hat es Gott so gewollt, dass wir von der Verschwörung Kenntnis erhielten? Vielleicht haben wir aber auch davon erfahren, damit wir es verhindern?«

Verschwörung! Also darum ging es! Aber gegen wen? Und von wem ging sie aus?

»Aber du weißt, dass Bruder Maternus uns ...«

»Ich weiß«, stieß Spurius hervor, »aber er ist unser Kaiser. Und Claudius ist ein guter Kaiser, nicht wahr? Er duldet sogar unseren Glauben.«

Valerius lief es eiskalt über den Rücken. Eine Verschwörung gegen den Kaiser! Mit allem hatte er gerechnet, aber nicht damit.

»Und ist es nicht furchtbar«, fuhr Spurius fort, immer wieder von Hustenanfällen unterbrochen, »dass seine eigene Gattin seinen Tod plant? Wahrscheinlich haben sie auch schon das Gift, um die Tat zu vollenden. Glaubst du nicht, Eucharios? Müssen wir da nicht etwas tun? Können wir zusehen, wenn der Lenker unseres Imperiums von seiner eigenen Frau ermordet werden soll?« Der Tribun streichelte zart die fiebernasse Stirn des Kranken, über dessen ausgemergeltes Gesicht Tränen rannen.

»Doch, mein junger Freund. Du hast Recht! Wir müssen etwas dagegen tun. Ich werde mit ... äh ... Maternus darüber sprechen. Das können wir nicht zulassen. Beruhige dich und werde gesund. Ich verspreche dir, dass ich alles, was in meiner Hand liegt, tun werde, um diese schreckliche Tat zu verhindern!«

Ein strahlendes Lächeln zog über die dünnen Lippen des jungen Mannes, und er drückte mit letzter Kraft die Hand, die ihn hielt.

»Danke, Eucharios! Vielen Dank! Jetzt wird mir das Sterben leichter!«

Valerius stand auf, doch Spurius' dünne Hand hielt ihn zurück.

»Segne mich, bevor ich auf den langen Weg ins Reich unseres himmlischen Vaters gehe. Segne mich!«

Bei allen Göttern, durchfuhr es Valerius, was meint er damit? Was tun diese Leute, wenn sie einander segnen? Er spürte das drängende Verlangen des jungen Mannes nach einem Wort, nach einer Geste. Das Kreuz! War es nicht das Kreuz, an dem ihr Gott starb? Vielleicht ...? Er machte ein unbeholfenes Zeichen nach Art eines Kreuzes und sah sofort, wie sich die Züge des jungen Römers entspannten.

»Danke, Eucharios!« Erschöpft sank er zurück und schloss die Augen. Besorgt fühlte Valerius nach seinem Puls, doch der schlug noch, schwach zwar, aber er schlug.

Im Atrium empfing ihn ein leichenblasser Caecina. »Bei Jupiter, ich habe alles angehört. Der Kaiser ist in Gefahr! Er soll ermordet werden – von seiner eigenen Gattin! Ist das zu glauben? Oh, ihr Zeiten, oh ihr Sitten! Wie weit ist es mit Rom gekommen, wenn die Gattin dem kaiserlichen Gatten nach dem Leben trachtet!«

XX.
Die Hexe vom Aventin

Wenn man das Tal, in dem der große *Circus Maximus* liegt, verlässt, wenn man die zahllosen Garküchen, Buden und Stände, die das Stadion umgeben, hinter sich gelassen hat und dem aufdringlichen Geschwätz der trügerischen *Astrologi* entkommen ist, die dort ihre Dienste anbieten, erhebt sich, hart am Tiber gelegen, fast quadratisch und nach allen Seiten schroff abfallend, der *Mons Aventinus.* Anfänglich unbewohnt und in seiner rauen Wildheit belassen, wurde dieser Hügel erst vor vierhundert Jahren den Plebejern zur Bebauung überlassen. Neben ihren armseligen Häusern finden sich nur Tempel hier, davon aber nicht wenige. Servius Tullius hat hier den Tempel für die *Diana* erbaut, Sempronius Gracchus den Tempel für die *Libertas* und Camillus den für *Juno Regina.* Außerdem findet man dort die kleinen Tempel der *Luna,* der *Minerva* und des Soldatengottes *Jupiter Dolichenus.* Kaiser Augustus bildete aus dem Aventin und der südwestlich bis zum Tiber sich erstreckenden Ebene die 13. Region der Stadt Rom, und erst unter Kaiser Claudius wurde dieser Bereich offiziell in die Stadt aufgenommen. Der Legende nach hauste hier einst der riesenhafte Räuber Kakos mit seinen mörderischen Kumpanen. Eine andere Sage will wissen, Romulus und Remus hätten hier die Vogelschau gehabt, bevor sie ihr Dörfchen gegründet hätten. Auch liege der Leib des Remus hier begraben.

Inzwischen hat sich hier vieles verändert. Der Hügel ist fest in der Hand jener gescheiterten Existenzen, für die in der Stadt kein Platz ist. Aufrührer und Revolutionäre spinnen hier ihre Träume vom wagemutigen Umsturz und feiern Lucius Sergius Catilina als ihren Helden. Feine Leute wohnen hier nicht, erst in späterer Zeit werden auch die Patrizier die wildromantische Schönheit dieses Hügels entdecken und sich mit ihren prachtvollen Palästen hier ansiedeln. Noch aber meiden sie diese Gegend eher, denn neben den politischen Träumern haben sich Strauchdiebe, Beutelschneider und Wegelagerer, Räuber und Mordbuben in den verwahrlosten Hütten eingenistet. Wer hier wohnt, zieht erst nachts durch Rom. Selbst der Mob, der in der *Subura* wohnt, spricht nur mit Geringschätzung vom aventinischen Gesindel und dünkt sich um einiges besser.

Wo die Bretterbuden und Holzhütten aufhören, ist der Hügel an vielen Stellen von einem Gewirr tiefer Höhlen durchzogen, die manchem lichtscheuen Gesellen zum Unterschlupf dienen. Wenn sich doch ein Patrizier, ein Ritter oder Senator in dieses dunkle, abgelegene Viertel der Stadt verirrt, dann mag er auf dem Weg zu Locusta sein – Locusta, die berüchtigste Giftmischerin von Rom! Manche Ehe wurde schon durch ihre Phiolen geschieden, mancher Erbe gelangte durch sie vorzeitig zu seinem Nachlass, mancher Nebenbuhler um Ehre und Amt wurde durch ihre Künste beiseite geschafft. Jeder in Rom kennt die alte Hexe, aber keiner würde es zugeben. Man bedient sich ihrer Künste – und schweigt.

Wie alt dieses Weib sein mag, weiß niemand zu sagen. Schon zu Zeiten des göttlichen Augustus übte sie ihr schändliches, Tod bringendes Gewerbe aus, das jeder verflucht, aber auf das viele nicht verzichten wollen. Augustus, Tiberius, Caligula und auch Claudius, alle Imperatoren kannten sie, alle fürchteten sie, und doch machte keiner von ihnen ihrem Treiben ein Ende. Wusste man denn, ob man sie am nächsten Tag nicht brauchte?

Keiner mischt so geschickt, keiner ist so diskret. Nicht Beschwörungen und Verwünschungen sind ihr Geschäft, nicht Fluchtäfelchen oder Zauberpapyri, nicht schwarze Magie oder Weissagung. Nein, die furchtbare Alte hat sich ganz auf das Mischen von Giften verlegt, und in dieser Kunst hat sie die höchsten Weihen erreicht. Aber es sind nicht nur tödliche Gaben, die die Alte bereitet. Gifte können auch heilen, wenn man um die rechte Dosierung weiß. Und niemand kennt diese Dosierung besser als die alte Locusta, und so beherrscht sie den Tod in gleichem Maße wie das Leben. Freilich, ihre Dienste sind nicht billig. Und doch ist jede Arbeit ihres Lohnes wert, auch diese, gerade diese!

Ein hagerer Mann in schwarzem Mantel steigt keuchend den steilen *Clivus Publicus* herauf, der vom *Circus Maximus* zum Aventin führt. Zu dieser frühen Abendstunde ist er fast allein, und die wenigen Menschen, die ihm begegnen, beäugen ihn argwöhnisch. Aber finstere Gestalten sind hier an der Tagesordnung, und so kümmert sich niemand um die Gestalt mit der rot glühenden Narbe, die zielsicher voranschreitet. Der Hagere verlässt die breite Straße, die ihn heraufgebracht hat, und durcheilt mit festem Schritt den schmalen Weg durch das Dickicht aus alten Kiefern und Zypressen, das den Hügel umgibt. Längst hat er die letzten ärmlichen Häuser zurückgelassen und steuert auf die finsteren Höhlen zu, die sich tief in den Berg eingegraben haben. Viele von ihnen sind verlassen, in einigen haben entlaufene Sklaven einen ersten Unterschlupf gefunden, in einer anderen wird die Beute aus dem letzten Einbruch gerade verteilt, und die Burschen, die sich bei ihrem Tun gestört fühlen, beschimpfen den Hageren unflätig. Der aber geht ungerührt weiter, bis er vor einer Höhle steht, die nach vorne durch einen morschen Holzverschlag abgesichert ist. Kein Schild nennt den Namen der Bewohnerin, doch das ist auch nicht nötig. Wer sie sucht, weiß, wo sie zu finden ist. Ohne zu klopfen öffnet der Hagere die windschiefe Tür, die sich ächzend in ihren verrosteten Angeln bewegt. Ein Rabe erhebt sich, durch das Geräusch aufgeschreckt, von seinem Platz und dreht krächzend seine Runde.

Seine Augen müssen sich erst an die nachtdunkle Finsternis gewöhnen, die nur durch wenige Öllampen erhellt wird. Ein altes Weib steht murmelnd vor einer Ansammlung von Töpfen und Phiolen, in der Hand einige getrocknete Kräuter. Jetzt werden sie zerbröselt, dann mit dem Mörser pulverisiert, später mit dem Inhalt einiger Phiolen vermischt. Der zahnlose, sabbernde Mund scheint ständig zu grinsen und murmelt fortwährend Formeln aus uralter, etruskischer Zeit, die nur die Alte noch kennt. Unaufhörlich wackelt der Kopf mit den strähnigen schlohweißen Haaren. Die klapperdürren Beine wollen ihren Dienst kaum noch tun, doch die gichtigen Finger sind von einer Geschicklichkeit, die man der Alten kaum zutraut.

Die Hausherrin hat den Besucher noch nicht bemerkt, der seine Blicke jetzt durch die höhlenartige, fensterlose Behausung schweifen lässt. Er ist nicht zum ersten Mal hier. An allen Seiten der Höhle sind die feuchten Wände mit klapprigen Regalen verstellt, die jeden Augenblick umzustürzen drohen. Töpfe und Tiegel, uralte Käfige, Amphoren und Fläschlein jeder Größe füllen die Regale.

In manchen kraucht und kriecht, zischt und summt es. Schildkröten, kleine Schlangen, bunte Eidechsen, schwarz behaarte Spinnen, Insekten und sonstiges Getier füllt manchen Behälter und wartet darauf, die unseligen Säfte des Todes von sich zu geben. In anderen Schüsseln finden sich Federn, Knochen oder in trübe Flüssigkeiten eingelegte Eingeweide, Stierhoden und Pferdeblut, Tigerpenis oder Schlangenhaut, es scheint nichts zu geben, was die Alte nicht zu späterem Gebrauch gesammelt hat. In einer Schüssel meint man die Reste eines menschlichen Gehirns zu entdecken, in einer anderen gar schwimmt ein Fötus und blickt den von Grauen und Schrecken gleichermaßen faszinierten Besucher aus seelenlosen kleinen Augen klagend an.

Zaubertränke, Liebesdrogen, Heilkräuter, Lebenselexiere – nichts, was Locusta nicht vorrätig hat. Und was sie nicht hat, stellt sie her. Auf Bestellung und gegen gutes Gold, viel Gold! Amüsiert betrachtet der Hagere das Sammelsurium. Die Alte hat ihn endlich bemerkt und grinst ihn aus ihrem zahnlosen Mund an. Die Ähnlichkeit zu ihrer Schwester Antrustra ist überdeutlich, wie der Gast feststellt.

»Ei, sieh an. Der edle Tullius Torquatus Niger gibt mir die Ehre! Bist du wieder gekommen, um mich in den finsteren *Mamertinum* zu sperren?«

Die Alte war unlängst unter der Anklage der Giftmischerei verhaftet und in den Kerker geworfen worden – gab es doch schon seit den Tagen des Diktators Sulla die *Lex Cornelia de sicariis et veneficiis*, ein Gesetz gegen Meuchelmord und Giftmischerei, das die Herstellung und Aufbewahrung, erst recht die Anwendung von Giften mit Deportation bestrafte. Aber das Verfahren gegen die todbringende Hexe hatte zur Überraschung aller mit der Freilassung geendet. Wen man noch braucht, den tötet man nicht ... Im Gegenteil: Seitdem führt sie den inoffiziellen Titel *Instrumentum regni* – Werkzeug des Reiches. Ein Titel, der vor Verfolgung schützt.

»Bei den Göttern, wo denkst du hin?«

»So benötigen die Herren also wieder einmal meine Dienste. Was soll es denn diesmal sein? Ist ein Liebestrank vonnöten für ein feuriges Weib, das den Falschen liebt? Oder ist dir einer in die Quere gekommen, der seinen Hochmut mit dem Leben büßen soll?

Oder ist auf dem hochherrschaftlichen Palatin jemand erkrankt, der der Heilung bedarf? Locusta steht immer zu Diensten. Wenn der Lohn stimmt, werden alle deine Wünsche erfüllt. Und noch nie wurde einer von meiner Kunst enttäuscht. Ich bin nicht eine dieser Betrügerinnen vom Esquilin!« Sie lacht geringschätzig und zieht geräuschvoll die Nase hoch.

»Esquilin? Was meinst du?« Der Hagere zeigt sich interessiert. Die Geschichte kennt er noch nicht. Wieder lacht der zahnlose Mund lautlos, und die Alte klatscht vergnügt in die Hände.

»Heutzutage können die feinen Herrschaften auf dem *Esquilinus* schön wohnen und auf seinen sonnigen Wällen spazieren gehen. Es gab aber einmal eine Zeit, in der er als grausiges Feld mit bleichen Knochen einen traurigen Anblick bot. Hierhin wurden die Armen und die Sklaven gebracht und verscharrt, wenn *Pluto* sie gerufen hatte. So brachte einst auch ein gewisser Nomentanus seinen toten Sklaven Pantolabus hierher, ich hab' es selbst gesehen. Er bat zwei Zauberweiber um die Totenbeschwörung, auf dass er das Leben zurückerhalte, Sagana und Canidia, zwei widerwärtige alte Weiber! Sie meinten die Kunst der Zauberei zu kennen. Ha, dass ich nicht lache! Mit nackten Füßen und aufgelösten Haaren, totenbleich und in schwarze Lumpen gehüllt, sprachen sie ihre Beschwörungen. Mit den Nägeln begannen sie, die Erde aufzukratzen, mit den Zähnen ein schwarzes Lamm zu reißen. Blut floss in die Grube, um den Toten zu wecken. Die Weiber hatten zwei Puppen mitgebracht, eine aus Wolle, eine aus Wachs. *Hekate* flehte die eine an, *Tisiphone* die andere. Nachdem die Närrinnen Wolfsbart und Schlangenzähne in der Erde vergraben hatten, warfen sie die Wachspuppe auf den Scheiterhaufen und hofften, dass der Spuk so gelänge. Doch die Schlangen des Esquilin krochen angesichts solcher Stümperei entsetzt davon, und der Mond versteckte sich schamrot hinter den Wolken. Hell flammte das Feuer auf, während die närrischen Alten ihre nutzlosen Formeln murmelten. Doch jetzt kommt das Beste, edler Niger.«

Sie schlägt sich vergnügt auf die mageren Schenkel. Niger hat sich nach vorne gebeugt, damit ihm nichts von den krächzenden Worten der Alten entgeht. An solch schaurig-lustigen Geschichten hat er seinen Spaß.

»Neben dem Feuer stand ein Feigenholzbildnis des Priapus, das stumm und steif als Vogelscheuche der Szene beigewohnt hatte. Die Hitze brachte es in Wallung und ließ die feisten Hinterbacken platzen. Mit einem unheimlichen dürren Knarren barst das Holz auseinander. Die beiden Alten entflohen, starr vor Schrecken. In der kopflosen Flucht verlor Sagana ihre Perücke, Canidia ihr Gebiss! Zum Totlachen!«

Die Erinnerung übermannt sie, und sie verfällt in ein hysterisches Lachen, das ihren runzligen Kopf rot anlaufen lässt. Auch Niger muss grinsen. Langsam wird die geschwätzige Alte wieder ernst, sie hat nicht oft Gäste, mit denen sie lacht. Noch immer prustend, hat sie sich einen morschen Stuhl herangezogen, auf dem sie sich ächzend niederlässt.

»Das kalte Wetter und die Feuchtigkeit in diesem Loch machen meinen alten Knochen zu schaffen«, klagt sie und blickt ihren Gast gierig an. »Nun aber zum Geschäft! Der edle Herr mag sicher nicht mehr länger warten.«

Wenn der Hagere kommt, stimmt die Kasse. Er hat sie noch nie betrogen. »Ist es vielleicht die alte Narbe, die wieder schmerzt? Hat meine Salbe nicht geholfen?«

Es ist ihr nicht entgangen, dass sich ihr Gast ständig über die rote Narbe fährt, die sein Gesicht verunziert. Niger schüttelt unwillig den Kopf. »Es ist nicht die Narbe. Ich brauche ein wirksames Mittel, ein *Venenum*, unauffällig im Geschmack, aber von schneller Wirkung.«

Ein kurzer Augenblick der Stille, der nur vom Kratzen und Kriechen der Tiere in ihren dunklen Gefäßen gestört wird. Die Augen der Alten leuchten auf. Heilen kann sie, wenn es sein muss, ein Liebeszauber fällt ihr auch nicht schwer, aber jemanden in den Hades zu schicken, gehört zu ihren besonderen Vorlieben.

»So so ...« Was sie weitermurmelt, bleibt unverständlich. Sie hustet leise und reibt sich in Vorfreude die schwieligen Hände. »Soll es schnell oder langsam wirken, mit viel oder wenig Schmerz? Soll der Empfänger vorher in Bewusstlosigkeit versinken oder die Sprache verlieren? Gibt es einen Vorkoster, den man beachten muss? Soll es im Essen verabreicht werden oder im Getränk? Oder soll es in die Haut eingeritzt oder einem sanften Bad zugegeben werden?«

Der Hagere muss lachen. »Es gibt einen Vorkoster, aber der spielt keine Rolle. Es soll mit dem Essen verabreicht werden und den Geschmack von Pilzen nicht stören. Es soll nicht zu schnell wirken, aber die Sprache sofort beeinträchtigen.«

Die Augen der Hexe werden größer. Wer kennt die Vorliebe des Kaisers für Pilzgerichte nicht? Aber sie schweigt. Diskretion ist eine der Grundlagen ihres Geschäfts. Murmelnd erhebt sich die Alte und schlurft zu einem der Regale. Sie nimmt eine kleine Phiole mit rötlichem Inhalt und schüttelt sie, bis der trübe Bodensatz munter durch das Fläschchen tobt. Dann öffnet sie den Wachsverschluss und schnüffelt an dem Inhalt. Die Prüfung fällt zu ihrer Zufriedenheit aus. Sie greift nach einer weiteren Phiole mit einer dunkeltrüben, bläulichen Flüssigkeit und mischt beide. In einer Kiste kramt sie nach Kräutern, bis sie die gewünschten in der Hand hält, und zerreibt sie über der Flüssigkeit. Dabei murmelt sie Formeln und Flüche, die Niger kaum versteht, sie scheinen aus einer anderen Welt zu stammen: *Alimbeu colombeu petalimbeu cuigeu censeu mageu diancuraum deasta* ... Danach schüttelt sie alles kräftig und riecht an der Öffnung. Der zahnlose Mund grinst.

»Hier ist es, und Locusta steht – wie immer – für die Wirkung ein. Wenn ich um drei *Aurei* bitten dürfte!«

Die Schwester hatte die gleiche Summe gefordert und war dafür gestorben. Über das Gesicht des Hageren zieht ein höhnisches Grinsen – was die Alte falsch versteht.

»Wir haben nie gefeilscht, Niger. Weißt du, was es in meinem Alter bedeutet, all dies hier zu besorgen? Wirst du an meiner Stelle künftig die Ameisen, Echsen und Insekten fangen, wenn sie über die Leichensteine huschen? Willst du in den Grüften wühlen und den Toten ihre Knochen, Haare oder die Fetzen des Bahrtuches stehlen? Willst du an den dumpfen Orten des Todes den herumlungernden Hunden ihre Fleischstücke abjagen? Oder möchtest du mir helfen, wenn ich aus der Umfassungsmauer des Friedhofes die Steine herausklaube und die daran heftenden Spinnweben sammle? Oder willst du ...?«

»Genug! Genug!« Niger hebt seine Hände und wehrt lachend ab. »Du sollst deinen Lohn erhalten.« Er zieht seinen Geldbeutel und zahlt die geforderte Summe. Locusta ist eben nicht Antrustra!

»Was hört man eigentlich von deiner Schwester? Wie hieß sie noch? Arusta, Arnuta oder …?«

Auf das Gesicht der Alten fällt ein dunkler Schatten. »Antrustra! Seit vielen Jahren hab' ich nichts von ihr gehört, weiß nicht einmal, ob sie noch lebt. So weit ich weiß, lebt sie in jener Germanenstadt an dem breiten Fluss, ich kann mir den Namen nicht merken. Warum fragst du?«

»Hat mich nur eben interessiert«, wiegelt Niger ab. Er packt die Phiole vorsichtig in ein Tuch, verbirgt sie in seiner Tasche und verabschiedet sich mit einem flüchtigen Gruß.

XXI.
Unternehmen »Salus Caesari«

Cassius Iunius Silanus hatte dafür gesorgt, dass sein Zelt weiträumig abgesperrt worden war, um ungebetene Zuhörer auszuschließen, denn alle wussten, dass diese Zusammenkunft lebensgefährlich war, wenn ihr Gespräch nach außen drang. Am Tisch saßen der Legat selbst, neben ihm Decimus Flavius Caecina, der Stunden zuvor seinem Sohn für immer die Augen geschlossen hatte, die Tribunen Marcus Valerius Aviola und sein Freund Gaius Tullius Eximius, außerdem der als kaisertreu bekannte Reiteroberst Aurelius Sabinus und der *Quaestor* von *Colonia Agrippinensium,* Faustus Celerinus. Am Ende des Tisches hatte eine weitere Person Platz genommen, die sich unter all den Offizieren aber sichtlich unwohl fühlte – Maternus.

»Wir haben uns hier versammelt, weil ich von Plänen gehört habe, die auf die Ermordung unseres verehrten Kaisers abzielen«, begann Iunius Silanus. »Noch kann ich nicht glauben, dass man diesen Frevel wirklich wagen will, aber ich versichere schon jetzt jedem hier, dass ich in Ausübung meines Fahneneides alles tun werde, um diese Gefahr, wenn sie wirklich existiert, von unserem Cäsar abzuwenden. Da der Statthalter zurzeit in *Augusta Treverorum* weilt, werden wir uns ohne ihn beraten müssen. Die Götter mögen wissen, ob dies nicht auch besser so ist.«

Er machte eine kurze Pause und sah die Männer der Reihe nach an, erhielt aber von keiner Seite Widerspruch.

»Beginnen wir damit, dass uns Maternus, der sich dankenswerterweise hierher in die Garnison von *Novaesium* begeben hat, mitteilt, was er bereits weiß. Maternus, wie du mir vorher gesagt hast, bist du jetzt bereit, dein Schweigen zu brechen.«

Es hatte durchaus nicht dem freien Willen des Gottesmannes entsprochen, an dieser Runde teilzunehmen. Aber nachdem Valerius ihn bei Flavia Spatiatica aufgespürt hatte, drohte ihm der Tribun derart martialisch, dass ihm keine andere Wahl blieb. Hässliche

Worte wie »die ganze Gemeinde nach Rom in die Arena *ad bestias* schicken« waren gefallen ... Aber mehr noch hatte ihn der Tod des jungen Spurius nachhaltig erschüttert. Auch erschien die Möglichkeit, dass nach einem Tod des Cäsars die ganze Gemeinde als Mitwisserin in höchste Gefahr geraten könnte, alles andere als verlockend. So hatte Valerius ihn höchst persönlich in die Garnison gebracht und auch den *Quaestor* der Ubierstadt gleich mitgenommen, ohne ihm etwas von der Bedeutung dieser Zusammenkunft zu sagen. Auch Faustus Celerinus galt überall als äußerst loyal gegenüber dem Kaiser.

Maternus räusperte sich und blickte unsicher in die Runde. »Wie ihr wisst, ihr edlen Herren, haben wir lange Zeit geschwiegen, weil wir glaubten, dies sei das beste Mittel, um unserer kleinen Gemeinde das Überleben zu sichern. So hielten wir es für das Beste, alle unsere Mitglieder durch einen Schwur zu binden, um ihre Münder zu schließen. Leider hat dies vielen von uns das Leben gekostet, und der Letzte, der sein Leben für seinen Schwur opferte, war der junge Spurius, dessen Tod wir heute beklagen. Ich verneige mich in Ehrfurcht vor der Trauer des Vaters.« Er beugte seinen Kopf vor Flavius Caecina, der diese Bekundung mit starrer Miene zur Kenntnis nahm.

»Uns bleibt die Hoffnung, dass der Herr ...«

»Verzeih, guter Mann, aber komm bitte zur Sache! Mir will scheinen, dass es eilt!« Mit wachsender Ungeduld hatte der Legat die frommen Worte des Mannes ertragen, aber jetzt drohte sein Geduldsfaden zu zerreißen.

»Natürlich ... äh, sicher. Also ... äh, wo ... womit soll ich beginnen?«

»Wie bei allen Göttern seid gerade ihr in den Besitz dieses verderblichen Geheimnisses gekommen, das, wie man wohl vermuten darf, strengster Geheimhaltung unterlag?«

»Die Wege des Herrn sind manchmal wunderbar.«

»Sicher, aber wie nun?« Die Stimme des Legaten wurde lauter. Maternus fuhr sich fahrig über die Stirn und räusperte sich erneut.

»Nun, ihr müsst wissen, dass es nicht nur hier Anhänger unseres jungen Glaubens gibt, es gibt sie auch fast im gesamten Imperium, und auch in Rom. Einige davon sogar im kaiserlichen Palast, unter den unwissenden Augen des Cäsars. Unser Führer Paulus hat in seinem letzten Brief ausdrücklich das Gesinde des Narcissus grüßen lassen, sofern es zu den Unsrigen gehört.«

»Ja, nun gut«, fuhr der Legat ungeduldig dazwischen, »weiter, weiter!«

Maternus fuhr ungerührt fort: »Ein junger Sklave namens Antisios hatte den Auftrag, die Privaträume des Freigelassenen Pallas zu säubern. Während er seine Pflicht tat, konnte er der Versuchung nicht widerstehen und nahm einige der Köstlichkeiten zu sich, die für seinen Herrn auf dem Tisch bereitstanden. Das aber ist, wie ihr sicher wisst, einem Sklaven bei Strafe verboten. Und so schlug ihn sein Gewissen, mehr noch die Furcht vor Strafe, als Pallas frühzeitig in seine Räume zurückkehrte, und er beschloss in seiner Angst, sich auf der *Latrina* zu verstecken, die durch einen Vorhang von dem Zimmer abgetrennt war. Pallas war aber nicht alleine, sondern in Begleitung des Prätorianerpräfekten Burrus Afranius. Wie erstaunt war nun Antisios, als er in seinem Versteck hörte, dass die beiden ungeniert darüber sprachen, den Cäsar durch Gift zu beseitigen. Aber sein Entsetzen wuchs noch, als er erfuhr, dass die *Augusta* nicht nur von diesem Plan wusste, sondern seine Urheberin war.«

»Welches Interesse sollte die *Augusta* haben, Claudius zu beseitigen? Genügt ihr nicht die Macht, die sie jetzt schon ausübt?« Faustus Celerinus' Frage schien nur zu berechtigt.

»Es geht ganz offensichtlich um die Nachfolge. Agrippina sähe gar zu gerne ihren Sohn Lucius Ahenobarbus auf dem Cäsarenthron«, antwortete Maternus.

»Aber da ist noch Britannicus, der reguläre Thronfolger«, unterbrach ihn Valerius unwirsch.

»Britannicus wird froh sein, wenn er überlebt!«, meinte Flavius Caecina. »Ist der Vater einmal tot, wird sich keine Hand rühren, um ihm den Thron anzubieten.«

»Das kann ich bestätigen«, sagte Aurelius Sabinus. »Wie Ihr sicher wisst, übt mein Bruder zurzeit das Amt des *Prätors* aus. Aus seinen Briefen weiß ich, wie es in Rom steht. Man muss nur zwischen den Zeilen lesen.«

»Sprich weiter, Maternus!«, drängte der Legat.

»Die Männer beschlossen, das Gift für ihre Untat nicht bei jener Hexe Locusta zu besorgen, die in ihrer Höhle am Aventin vor den Toren Roms haust und für solche Dienste schon seit langem bekannt ist. Das wäre zu gefährlich gewesen, weil auch die Agenten des Cäsar davon hätten erfahren können. Sie kamen auf die perfide Idee, die Schwester der Unseligen in ihre Dienste zu nehmen, die offensichtlich hier in *Colonia Agrippinensium* über die gleichen Künste verfügt. Auch fiel der Name eines gewissen Tullius Torquatus Niger, der das ganze Unternehmen leiten sollte. Dann verließen beide Männer den Raum. Ihr könnt euch vorstellen, wie Antisios an allen Gliedern zitterte, als er vorsichtig den Raum verließ. Er vertraute das schlimme Geheimnis bald darauf einem Glaubensbruder an, einem gewissen Arbogast. Der war ein germanischer Freigelassener, der sich seine Freiheit durch etliche Siege in der Arena Roms verdient hatte. Nun, Arbogast kehrte am nächsten Tag zurück in seine Heimat, er war nämlich Ubier, und so fand das schreckliche Geheimnis seinen Weg zu uns!«

Am Tisch herrschte betretenes Schweigen. Dann nahm Gaius Tullius das Gespräch wieder auf und fragte mit belegter Stimme: »Wie konnte es passieren, dass die Verschwörer vom Verrat ihres Plans erfuhren?«

»Auch das ist einfach erklärt. Antisios war leider zu schwatzhaft. Er erzählte auch einem Mitsklaven, den er für seinen besten Freund hielt, von dem, was er belauscht hatte. Dieser trug sein Wissen zu Pallas – in der Hoffnung auf guten Lohn oder gar die Freiheit. Sein Lohn aber war der Tod. Man fand ihn einen Tag später erwürgt in der *Subura* auf. Daraufhin wurde Antisios unter der Folter befragt, und die Qualen lösten seine Zunge. Unter den Zangen der Folterknechte verriet er, dass auch jener Arbogast von dem Mordplan wusste, der Rom aber schon in Richtung Germanien verlassen hatte. Es war für die Agenten der *Augusta* nicht schwer zu ermitteln, wo er sich aufhielt, und sie erfuhren auch, dass er ein Anhänger unseres neuen Glaubens war. Von Antisios hörten sie weiter, dass die Mitglieder unserer Gemeinde keine Geheimnisse voreinander haben, und so reifte in ihnen der Plan, alle Mitglieder der Gemeinde zu töten, damit sich alle Münder für immer schlössen. Sie riefen das Unternehmen N ins Leben und begannen, unsere Brüder und Schwestern hier systematisch zu töten. Arbogast, der das todbringende Geheimnis an den *Rhenus* brachte, war einer der Ersten! Man hat seinen Leichnam bis heute nicht gefunden.«

Nach einer kurzen Pause prasselten nun die Fragen wie ein Feuerwerk auf Maternus nieder.

»Was geschah mit Antisios?«

»Er starb in den finsteren Gewölben des *Tullianums*.«

»Warum habt ihr die Sache nicht bei den Behörden angezeigt?«

»Wer hätte uns geglaubt, uns, einer orientalischen Sekte?« Ein müdes Lächeln huschte über das Gesicht des Mannes.

»Was bedeutet dieser Buchstabe?«

»Das N? Es bedeutet *Nefarius* – der Gottlose, der Ungläubige. In der Öffentlichkeit soll damit der Eindruck erweckt werden, dass es den Mördern darum geht, den alten Glauben zu verteidigen und gegen eine Sekte des Aberglaubens vorzugehen.«

»Woher weißt du das alles?«

Maternus lächelte mild. »So viele Fragen, ihr Herren. Manchmal ist es der Zufall, ihr mögt es *Fatum* nennen, ich nenne es den Willen des Herrn. Einige Wochen, nachdem der Teufel selbst diese Aktion ins Leben gerufen hatte, erkrankte einer der Agenten der *Augusta*, ein gewisser Locupletius, an den schwarzen Pocken. Er war erst kurz zuvor aus dem Orient zurückgekehrt. Kein Arzt konnte ihm helfen. Da riet man ihm, sich an Petrus zu wenden, der schon viele Kranke mit dem Segen des Herrn geheilt habe. Petrus aber lehnte zunächst ab. Da sandte der Sterbende einen Boten zu Petrus mit der Nachricht, dass er ihm ein Geheimnis enthüllen werde, das für die Anhänger seines Glaubens von größter Wichtigkeit sei. Petrus ging zu ihm und erfuhr alles, was ich euch berichtet habe. Heilen konnte er ihn aber nicht. Drei Tage später starb der Mann. Von Petrus habe ich es erfahren und ihr nun von mir. So, mehr kann ich nicht sagen. Meine Gemeinde braucht mich, denn die Gefahr ist noch lange nicht vorbei.«

»Eine Frage noch«, rief Valerius, »wie werdet ihr euch weiter verhalten?«

»Wir werden schweigen wie bisher und auf den Schutz des Herrn vertrauen.«

»Der hat euch bislang aber nicht viel genutzt!«, bemerkte Flavius Caecina voll Bitterkeit. Maternus sah ihn lange an und verließ dann wortlos das Zelt. Eine Kutsche brachte ihn zurück in die Ubierstadt.

***

Die Männer schwiegen. Zu entsetzlich war, was sie gehört hatten. Plötzlich schlug der Legat mit der Faust auf den Tisch, dass die Eichenbalken zu krachen schienen.

»Das ist infam! Das ist das Ärgste, was ich je gehört habe. Kann man das überhaupt glauben?«

»Ich fürchte, man muss es glauben«, erwiderte Faustus Celerinus.

»Wir müssen handeln, und zwar schnell«, rief Valerius.

»Ja, aber wir wissen nicht einmal, wann der Anschlag geplant ist«, gab Gaius zu bedenken, und er hatte Recht.

Der Legat wandte sich an Valerius. »Wie passt du in dieses Spiel? Du und deine Mission?«

»Ich habe mir schon lange meine Gedanken darüber gemacht und bin zu folgendem Ergebnis gekommen: Als der Kaiser von der Mordserie erfuhr – vermutlich durch seinen Agenten Pertinax –, war er an einer raschen Aufklärung interessiert, zumal er, wie wir wissen, stets in Angst vor Verschwörungen lebt.«

»Wie wir nun erfahren haben, nicht zu Unrecht!«, warf der *Quaestor* zynisch ein.

»Er wollte also einen Sonderermittler in die Ubierstadt schicken. Auf Empfehlung von Burrus schlug die *Augusta* mich vor, was auf fruchtbaren Boden fiel, da der Kaiser großes Vertrauen zu mir hat.«

»Aber warum dich?«

»Damit die Verschwörer wussten, wer geschickt wird! Hätte der Kaiser jemanden aus seinem Geheimdienst beauftragt, hätte Agrippina wohl kaum seinen Namen gekannt, dafür hätte Narcissus schon gesorgt. So wusste sie, wem die geheime Mission anvertraut war, und konnte von nun an alles tun, um diese Person zu beseitigen. Wären die Anschläge auf mein Leben nicht fehlgeschlagen, so hätte sie dem Cäsar einen anderen vorgeschlagen, jemanden von Nigers Leuten.«

»Sie hat ein dichtes Netz gewebt, die ehrenvolle *Augusta.* Der *Aedil* Statilius Taurus gehört ebenso dazu wie der *Praetor* Volturcius Crassus«, knurrte Faustus Celerinus. »Wem von meinen Amtskollegen kann ich noch trauen?«

»Dem *Aedil* mit Sicherheit nicht«, antwortete Valerius, »denn wie ich weiß, ist Niger früher in seinem Haus ein- und ausgegangen. Bei Volturcius Crassus bin ich mir nicht sicher, allerdings hat mir die Kaiserin eben ihn als ihren Vertrauten in *Colonia Agrippinensium* genannt. Vorsicht ist also angebracht.«

»Genug der Reden«, polterte der Legat. »Wir müssen nun handeln! Wer hat einen Vorschlag?«

»Wir sollten eine Nachricht nach Rom schicken, an Narcissus, und ihm den ganzen Plan aufdecken«, meinte Flavius Caecina.

»Der Bote könnte abgefangen werden, und dann ist alles verloren!«

»Ich könnte mit meiner Legion nach Rom marschieren und dem ganzen Treiben ein Ende machen«, rief Iunius Silanus, und seine Augen funkelten zornig.

»Bis die Truppe dort ist, ist der Kaiser schon tot«, antwortete Valerius, »außerdem würdest du dich mit dem bewaffneten Eindringen in das *Pomerium* gegen die Gesetze stellen. Nein, ich werde selbst reisen und den Kaiser warnen!« Die Stimme des Tribunen klang fest und duldete keinen Widerspruch.

»Recht hast du, Tribun!« Flavius Caecina hatte sich erhoben und legte seine Hand auf Valerius' Schulter. »Du bist allemal so schnell wie ein Postreiter, aber wesentlich klüger. Außerdem weißt du, worum es geht.«

»Nimm mich mit, Marcus!« Gaius war hinzugetreten und blickte seinen Freund fordernd an. »Zu zweit können wir die Gefahren eher meistern!«

»Eine sehr gute Idee«, rief der Legat fast euphorisch aus. »Tribun Gaius Tullius Eximius, du erhältst hiermit den dienstlichen Auftrag, dich zusammen mit dem Tribun Marcus Valerius Aviola auf dem schnellstmöglichen Wege nach Rom zu begeben und alles zu tun, um die mörderische Verschwörung gegen unseren göttlichen Cäsar zu verhindern! Morgen werdet ihr zur dritten Nachtwache aufbrechen! Ich selbst werde herauszufinden versuchen, wer von den kommandierenden Generälen der nächsten Garnisonen als kaisertreu gelten darf und berichte ihnen von unserem Unternehmen. Ansonsten unterliegt diese Besprechung hier absoluter Geheimhaltung! Das ganze Unternehmen läuft unter dem Namen ›*Salus Caesari* – Heil dem Cäsar‹! Mögen die Götter mit euch sein!«

Am nächsten Morgen, gegen Ende der zweiten Nachtwache, brachen die beiden Freunde auf. Valerius hatte die Nacht bei Dirana verbracht, ihr aber nichts davon berichtet, wohin sein Auftrag ihn führen würde. Zu groß war die Gefahr, dass Niger aus der Frau herauspressen könnte, was die beiden Tribune beabsichtigten. Allerdings hatte der Legat versprochen, eine *Decurie* auf dem Landgut des Weinhändlers zu stationieren. Dem *Prätor* von *Colonia Agrippinensium* wurde durch den Cassius Iunius Silanus lediglich auf dem Dienstweg mitgeteilt, dass der Tribun Marcus Valerius Aviola für die nächsten Wochen zum Truppendienst in die Garnison von *Novaesium* abkommandiert worden sei, da sich der Krankenbestand unter den Militärtribunen leider immer noch nicht gebessert habe.

***

Sie hatten sich aus mehreren Gründen für den Landweg entschlossen. Zum einen traute Valerius dem Oberbefehlshaber der Rheinflotte Manlius Flaminius Cotta nicht, denn nur allzu gut war ihm noch in Erinnerung, wie dieser auf dem Gastmahl des *Aedils* die Ermordung Caligulas gebilligt hatte. Von dem war also Loyalität zum Kaiser nur bedingt zu erwarten. Zum anderen hätte aber auch die Fahrt stromaufwärts auf dem *Rhenus* wesentlich länger gedauert als die damalige Hinreise. So nahmen sie den schnellsten Wagen, den die Garnison zu bieten hatte, ein zweirädriges *Cisium.*

Ihr erstes Ziel war die Hauptstadt der Treverer, die sie am frühen Nachmittag erreichten. Nach einer kurzen Pause und dem obligatorischen Pferdewechsel gelangten sie noch in der Nacht nach *Divi-*

dorum, wo sie in einer billigen Herberge übernachteten. Während die bisher parallel zur Straße verlaufende *Mosella* sich hinter *Scarpona* leicht ostwärts wendet, führt die Straße, der die beiden Männer folgten, auf fast gerader Linie südwärts. Kurz vor *Noviomagus* brach die Achse, was angesichts der horrenden Geschwindigkeit, die die Männer dem Gefährt abverlangten, nicht verwunderlich war. Pferd und Reiter aber blieben unverletzt. Deswegen benutzten sie ab *Noviomagus* die bequemeren Kutschen der Kaiserlichen Post, wobei sich Valerius' Vollmacht einmal mehr als sehr hilfreich erwies. Am Abend des fünften Tages betteten sie ihre erschöpften Körper in *Vienna* zur Ruhe, drei Tage später standen sie am Hafen von *Massilia* und beobachteten, wie die Sonne langsam im Mittelmeer versank. Die erste Hälfte ihrer Wegstrecke lag hinter ihnen, und das in einem Rekordtempo.

Schweigend blickten sich die Freunde an. »Bist du sicher, dass *Massilia* Flottenstützpunkt ist?«, fragte Gaius etwas verunsichert. »Ich sehe keine Schiffe, außer den zwei armseligen Kähnen da unten.«

»Keine Sorge!«, beruhigte ihn Valerius. »*Massilia* ist nur ein Nebenstützpunkt. Der Hauptstützpunkt der *Classis Misenensis* ist *Narbo*. Aber unser Schiff werden wir schon bekommen.« Er pochte auf die Sondervollmacht, die unter seinem Brustpanzer ruhte, und lachte: »Der Winter steht vor der Tür. Das Meer ist für die allgemeine Seefahrt gesperrt, du Landratte. Hast du das in deiner Ausbildung nicht gelernt? Deswegen sind auch keine Handelsschiffe zu sehen. In der Regel verkehren jetzt nur noch Postschiffe, und genau so eins werden wir uns besorgen.«

Das Hafengelände machte einen verwaisten Eindruck. Vor der Hafenkommandantur lungerten zwei junge Flottensoldaten herum und würfelten. Auch als sie die beiden Tribunen sahen, unterbrachen sie ihr Spiel nicht.

»*Attenti*!«, schrie Valerius. Das Kommando verfehlte seine Wirkung nicht. Wie vom Blitz getroffen standen die beiden Soldaten auf und nahmen militärische Haltung an. Mit einem Schlag auf ihre Brust grüßten sie die Offiziere vorschriftsmäßig.

»Zum Kommandanten!«, sagte Valerius knapp.

»Bedauere, Tribun, der *Nauarchus* ist nicht da. Er befindet sich in *Narbo*.«

»Wer hat hier das Kommando?«

»Der ranghöchste Offizier ist im Augenblick ...« Er dachte einen Augenblick nach, wurde dann aber von seinem Kameraden unterbrochen: »Severinus Pulcher, der *Centrurio Classicus.* Möchtet ihr ihn sprechen?« Die Männer nickten.

»Durch den Gang, die Treppe hinauf, drittes Zimmer linker Hand.«

Valerius und Gaius folgten der Beschreibung. Die meisten Zimmer, an denen sie vorbeikamen, standen leer, in zwei Zimmern verrichteten Schreiber ihre Arbeit. Das angegebene Zimmer war ein kleiner Raum mit einem winzigen Fenster zum Meer hin. An einem kleinen Tisch saß ein kräftiger rothaariger Mann, der sich über eine Karte beugte und offensichtlich einen Kurs skizzierte. Als Gaius gegen den Türrahmen klopfte, blickte er auf und war mehr als überrascht, zwei Militärtribune vor sich zu sehen.

»Ja?«, fragte er unwirsch, bequemte sich aber, vor den ranghöheren Offizieren aufzustehen. Seinem Ton war anzumerken, dass er sich durch die beiden Landsoldaten mehr als gestört fühlte.

»Severinus Pulcher, Dienst habender *Centurio Classicus*?«, vergewisserte sich Valerius.

»Ja, sicher, was ... äh, was kann ich für euch tun. Wer seid ihr überhaupt?«

»Marcus Valerius Aviola und Gaius Tullius Eximius, Tribune aus *Novaesium* von der 16. gallischen Legion. Wir benötigen ein Schiff, ein schnelles, und das sofort!«

Der Flottenhauptmann lachte. »Natürlich. Sofort! Darf es eine *Liburne* sein oder lieber eine *Trireme*? Welche Farbe wird gewünscht? Wollen die Herren ein Gastmahl ausrichten oder lieber eine Hafenrundfahrt machen?«

Mit einem schnellen Schritt war der hünenhafte Gaius neben ihm, riss den überraschten Offizier am Kragen und fetzte mit der anderen Hand die Karte vom Tisch. »Jetzt hör gut zu, du großmäuliger Zwerg! Zum einen hast du es hier mit zwei Tribunen zu tun, die im Rang immer noch weit über einem Centurio stehen. Unsere Hauptleute bei der Legion vergessen so etwas selten, bei der Flotte scheint das anders zu sein.«

»Zum Zweiten«, ergänzte Valerius, »wirf einen Blick auf dieses Papier, und dann sage mir, ob dir immer noch nach Scherzen zumute ist.«

Leichenblass starrte der Mann auf die *Diploma*, die ihm Valerius so dicht vor die Nase hielt, dass er sie unmöglich lesen konnte. Zweifelsfrei aber konnte er das Siegel der kaiserlichen Kanzlei erkennen, und diese Tatsache ließ sein Selbstbewusstsein um einiges schrumpfen.

»Ver... Verzeiht!«, stammelte er und brachte sein Gewand wieder in Ordnung. »Das ... das konnte ich nicht ... ich meine, wann kommt so etwas schon einmal vor? Eigentlich ruht der gesamte Schiffsverkehr, und wir sind hier zurzeit nur mit Verwaltungsaufgaben beschäftigt. Die gesamte Flotte liegt in *Narbo.*«

»Aber jeden Tag kommt ein Postschiff?«

»Ja, jeden Tag.«

»Und wohin fährt es, wenn es seine Post hier abgeliefert hat?«

»Es fährt die Flottenstationen ab, die Küste entlang: *Forum Iulii, Luna, Portus Pisanus, Centumcellae, Portus Romae.*«

»Diesmal wird es direkt nach *Portus Romae* fahren!«, sagte Valerius bestimmt.

»Das ... äh ... das geht nicht, auf keinen Fall«, protestierte der *Centurio Classicus*. »Den Befehl dazu könnte nur der *Nauarchus* oder der *Nauarchus Princeps* geben, und die sind beide in *Narbo.* Wenn es so wichtig ist, müsste man einen Boten schicken und ...«

»Wann kommt das nächste Postschiff?«, fragte Valerius ungeduldig und blickte durch das kleine Fenster in die anbrechende Dunkelheit.

»Morgen früh, kurz nach Sonnaufgang. Es ist die *Vesta*, ein kleiner schneller Küstensegler. Das Kommando hat der *Trierarchus* Archygenes.«

»Gut, wir werden uns morgen auf der *Vesta* einschiffen. Wenn es sein muss, werden wir eben die Küstentour mitmachen, so eilig ist es auch wieder nicht.«

Gaius wollte protestieren, aber Valerius legte beschwichtigend die Hand auf den Arm des aufgebrachten Freundes.

»Stell uns bitte eine *Diploma* für die Fahrt aus. Wo können wir übernachten?«

Während Severinus Pulcher eine Transportorder formulierte, murmelte er: »Die Garnison ist jetzt im Winter nur zur Hälfte belegt. Dort werdet ihr genügend Platz finden. Ich wünsche euch eine gute Reise. *Neptunus* sei mit euch!« Seine Erleichterung darüber, dass er seine unangenehmen Gäste so schnell loswurde, war nicht zu übersehen.

Archygenes, ein drahtiger junger Grieche, nahm mit Erstaunen zur Kenntnis, dass er neben den üblichen Postsäcken zwei Militärtribune zu befördern habe. Die *Vesta* war ein Dreisegler mit gedrungenem Schiffsrumpf ohne Ruderer. Ein kleiner Deckaufbau ersetzte die Kajüten. Sie verfügte über eine kleine Besatzung von sechs Matrosen.

»Allzu viel Komfort dürft ihr nicht erwarten, ihr Herren«, sagte er und strahlte die beiden Männer mit zwei Reihen ebenmäßiger weißer Zähne aus einem schwarzbärtigen Gesicht an. »Die *Vesta* hat sonst nie Passagiere, und unsere einzige Sorge besteht gewöhnlich darin, dass die Postsäcke nicht nass werden.«

»Das ist unsere geringste Sorge«, meinte Valerius und blickte in den trüben, wolkenverhangenen Himmel. »Wie lange werden wir bis Rom brauchen?«

»Bis Rom? Normalerweise nicht mehr als zwei Tage, wenn der Wind weiter so günstig steht. Aber da wir vorher vier andere Häfen anlaufen, kommen zwei Tage dazu.«

»Siehst du, Archygenes, genau das ist unser Problem. Wir müssen sofort nach Rom, ohne Umweg und ohne andere Häfen anzulaufen.«

»Davon steht aber im Transportbefehl nichts drin, und außerdem ist das völlig ausgeschlossen. In den anderen Häfen warten sie auf die Post. Befehle, Anweisungen, Truppenverlegungen, das kann nicht warten! Ihr werdet euch schon gedulden müssen.«

Valerius senkte seine Stimme und nahm die kaiserliche Sondervollmacht aus seinem Offiziersmantel. »Wirf einen Blick auf dieses Dokument, tapferer Archygenes, und dann sag mir, ob das nicht doch geht.«

Aufmerksam studierte der Grieche die Sondervollmacht. Seine Stirn legte sich in Falten und er kratzte sich unschlüssig an seinem bärtigen Kinn. »Hm ..., das verändert die Situation. Aber trotzdem, es kann mich den Kopf kosten. Wenn ich euch nach Rom bringe, dann seid ihr weg und mit euch dieses herrliche, vom edlen Narcissus unterschriebene Dokument. Und wer wird mir später glauben, dass ich aufgrund dieses Dokuments handelte?«

Valerius beschloss, dem Zögern des Griechen abzuhelfen, und griff einmal mehr in den Goldbeutel der Kaiserin, obwohl er sich der Tatsache bewusst war, dass Agrippina gerade diesen Zweck aufs Höchste missbilligt hätte. Ein glänzender *Aureus* kam zum Vorschein und spiegelte sich matt im kargen Sonnenschein.

»Aber das ist doch ...«

Valerius unterbrach den aufkeimenden Protest. »Hör mir zu, Archygenes. Der Kaiser ist in großer Gefahr! Es handelt sich hier nicht um eine Bestechung, sondern wir müssen einfach alles versuchen, um rechtzeitig in Rom zu sein. Es geht um Leben und Tod.«

Der Schiffsführer sah den Offizier lange an. Das angebotene Goldstück bedeutete für ihn fast einen Monatssold. »Wenn es so steht, Tribun, dann steck dein Gold ein! Wenn der Kaiser in Gefahr ist, und ich habe keinen Grund, am Wort eines vorgesetzten Offiziers zu zweifeln, dann werde ich alles tun, was ich kann, um zu helfen.« Dann schrie er durch den auffrischenden Wind: »Steuermann, luvt an, hart an den Wind! Neuer Kurs Süd-Südost!«

Eine stramme Böe erfasste das kleine Schiff. Das Schiff legte sich durch den neuen Kurs nach Steuerbord, und ein Schwall Wasser kam mittschiffs über das Deck und durchnässte die Männer. Abschätzig blickte der Kapitän auf die Kleidung der Offiziere. »Eure Uniformen helfen euch hier an Bord nicht. Simeos, bring zwei *Cuculi* für die Herren Tribune!«

Der Matrose brachte zwei schwere Seemäntel mit Kapuzen, in die sich Valerius und Gaius dankbar einhüllten. Der Wind frischte währenddessen weiter auf und wuchs sich nach einer Stunde zu einem regelrechten Sturm aus.

»Haltet euch fest, damit ihr nicht noch über Bord geht!«, schrie Archygenes. Die beiden Offiziere zogen es vor, sich in den kleinen Deckaufbau zurückzuziehen, aber auch dort schlug ihnen der Wellengang erheblich auf den Magen.

»Ich glaub', mir wird schlecht«, keuchte Gaius mit grünem Gesicht. Sekunden später hielt er sich krampfhaft an der schmalen Holzreling fest und erbrach sich. Valerius ging es nicht viel besser. Grinsend beobachteten die Matrosen, wie die Männer an der Reling standen und sich eines um das andere Mal erleichterten, bis nur noch grüner, galliger Schleim den gepeinigten Magen verließ. War den beiden Landoffizieren auch speiübel, so hatte der Sturm doch ein Gutes: Er trieb das Schiff mit hohem Tempo in die gewünschte Richtung.

»Wenn der Wind jetzt raumt, war alles umsonst!«, rief Archygenes. »Dann müssten wir gegen den Sturm kreuzen und würden die Zeit wieder verlieren, die wir bisher gewonnen haben.«

»Er dreht aber nicht«, murmelte der Steuermann, ein vierschrötiger Riese, und wies nach hinten. »Er weht aus Nordwest, gerade wie wir's brauchen, und daran wird sich auch die nächsten Tage nichts ändern.« Der Steuermann sollte Recht behalten. Es stürmte Tag und Nacht weiter, aber der Wind änderte seine Richtung nicht.

»Als wollten die Götter unsere Fahrt beschleunigen«, murmelte Valerius und blickte seinen Freund mitleidsvoll an. Gaius, dessen Gesicht spitz geworden war und seine Bräune verloren hatte, nickte nur, unfähig, ein Wort herauszubringen.

Zur vierten Stunde des dritten Tages hatten sie die latinische Küste erreicht, während der Sturm mit unverminderter Kraft tobte. Archygenes wies auf das nebelverhüllte Festland. »Dort liegt *Portus Romae.* Ich kann euch nicht nach *Ostia* bringen, das würde auffallen. Wir laufen den Hafen nie an! Steuer hart Ost! Refft das Hauptsegel! Langsam abfallen!«

Ein Leuchtturm, dessen mattes Feuer im Nebel undeutlich auszumachen war, zeigte die Einfahrt zum Hafengelände an. Sie passierten die schmale Einfahrt, die an beiden Seiten aus großen Travertinblöcken gefügt war und lediglich eine Öffnung von etwa siebzig Schritt freiließ.

»Ich lasse euch auf der Nordostmole von Bord, das erspart euch die lästigen Fragen der Hafenbehörde. Ihr geht die landseitige Hafenmauer entlang und stoßt nach gut fünfhundert Schritt auf die *Via Portuensis*. Ein Stückchen weiter findet ihr ein Gasthaus *Ad Portum*. Ihr werdet Pferde brauchen. Aber eure *Diploma* kann euch da nichts nutzen. Sagt Caelianos, demWirt, Archygenes habe euch geschickt, und ihr werdet alles erhalten, was ihr braucht. Die Götter mögen den Cäsar schützen, und euch, das scheint mir im Augenblick fast das Gleiche zu sein!«

***

»So, Archygenes hat euch geschickt. Könnt ihr auch bezahlen?« Die Frage des einäugigen Wirts schien nur zu berechtigt, denn die durchnässten Seemäntel verdeckten nicht nur die Uniformen der beiden Tribune – Valerius und Gaius machten nach den harten Tagen an Deck einen recht abgerissenen Eindruck. Sie wirkten nicht gerade wie kaiserliche Eliteoffiziere, man hätte sie eher für berufsmäßige Bettler vom *Forum* halten können. Valerius wies auf seinen Geldbeutel, der das Auge des Wirts sofort glänzen ließ.

»Ihr sollt die besten Pferde haben, die Caelianos im Stall hat, wahre Perlen des *Circus Maximus*. Wie wäre es vorher mit einem kleinen Imbiss?«

Gerne nahmen die ausgehungerten Männer das Angebot an, und während die Mäntel am Feuer trockneten, stärkten sie sich ausgiebig mit kaltem Huhn und einem passablen Wein. Seit der Wirt den Rang seiner Gäste erkannt hatte, war sein mürrisches Benehmen aufmerksamer Freundlichkeit gewichen. Die von Caelianos gepriesenen Pferde allerdings machten den Eindruck, als suchten sie geradewegs den Weg zum Abdecker und stolperten trotz aller Anfeuerung müde über die neblige Straße.

»Mit diesen Schindmähren schaffen wir es nie bis Rom!«, schimpfte Gaius. »Perlen des *Circus*! Bei meiner Ehre, jede Sesterze war zu viel!«

»Du hast ja Recht, aber andere hatte er nicht. Wir werden sie bei der nächsten Herberge eintauschen!«

Die Hafenstraße führte eine Weile am Tiber entlang, gabelte sich aber schon bald.

»Welchen Weg sollen wir nehmen?«

»Wir nehmen die *Via Vitellia*«, schlug Gaius vor, »die ist besser ausgebaut und schneller.«

An der nächsten Station des *Cursus Publicus* tauschten sie die traurigen Gäule unter Vorlage der *Diploma* gegen zwei ausgeruhte Legionspferde und preschten in schnellem Galopp in Richtung Rom. *Quattuor Milia* zeigte der nächste Straßenpfosten, und die geringe Distanz beflügelte ihren Ritt.

»Hoffentlich kommen wir nicht zu spät!«, rief Valerius.

»Glaubst du wirklich, dass sie schon so bald zuschlagen?«

»Sie werden nicht warten. Jeden Augenblick kann die tödliche Dosis den Cäsar erreichen.«

»Aber er hat doch einen Vorkoster!«

»Halotus, den Eunuchen? Vergiss ihn! Entweder ist er in den Plan eingeweiht, oder man wird ihn kurzerhand ausschalten. Agrippina wird schon etwas einfallen ...«

Sie gaben ihren Pferden die Sporen, und gegen Ende der sechsten Stunde überquerten sie den Tiber auf dem *Pons Aemilius*. Wenig später standen die beiden Tribune auf dem *Forum Boarium*.

»Rom! Ewiges Rom! Liebling der unsterblichen Götter!« Fasziniert beobachtete Valerius die Menschenmengen, die sich durch die Gassen schoben. Die Stadt schien wie im Aufruhr zu sein.

»Schau dir diese Massen an«, erwiderte Gaius missmutig. »Gibt es irgendwo eine Gratiszuteilung? Es ist unglaublich, was sich hier abspielt. Ich hatte den Gestank und den Lärm dieser Stadt fast schon vergessen. Vermisst du nicht die klare Luft und die Ruhe der germanischen Wälder?«

»Nein, mein Freund! Ich habe mich nach Rom gesehnt, so wie es ist! Was du hier siehst, ist das pralle römische Leben. Die Ubierstadt ist dagegen doch recht provinziell. Aber komm jetzt, wir wollen keine Zeit verlieren! Uns erwartet eine schwere Aufgabe. Heil dem Cäsar!«

XXII.

Kaiser sterben einsam

Oktober des Jahres 54 n. Chr.

In allen Gängen des kaiserlichen Palastes brennen die kleinen Kohlebecken, um die zugige Kälte zurückzudrängen. Auch im *Triclinium* breiten sie eine angenehme Wärme aus. Behaglich räkelt sich Tiberius Claudius Nero Germanicus auf seiner Liege.

»Die Bäder in *Sinuessa* haben mir gut getan, meine Liebe. Bei den Göttern, ich fühle mich frisch und ausgeruht wie lange nicht mehr. Und hungrig dazu!«

Neben dem Kaiser, dessen Teller bereits leer ist, ruht die *Augusta*, die träge und ohne Appetit von ihren Pilzen nascht. Ihnen gegenüber liegen die beiden jungen Prinzen, Britannicus und Nero. Gelangweilt sehen sie einem Akrobaten zu, der in unglaublichen Verrenkungen mit Schwertern balanciert. Hinter dem Kaiser steht Halotus, der *Praegustator*. Seine Aufgabe ist für den Augenblick erfüllt, denn der Kaiser scheint sein Mahl beendet zu haben. Doch der schielt auf Agrippinas Teller.

»Isst du deine Pilze nicht? Sie sind doch köstlich wie immer! Ich liebe Pilze und ...«

»Möchtest du von meinen haben?«, fragt die *Augusta* und reicht ihm ihren Teller.

»Gerne, meine Liebe. Es wäre doch zu scha... schade, wenn man sie nicht ...« Schon hat er ihren Teller ergriffen und schaufelt die Pilze in seinen gefräßigen Schlund. Halotus hat alles aufmerksam beobachtet. Ein Vorkosten ist nicht nötig, denn es sind ja die Pilze der Kaiserin. Mit einem flüchtigen Gruß verabschiedet sich der junge Nero. Ihn langweilen die unendlich langen Mahlzeiten mit dem Kaiser. Er wird nach seiner jungen Frau sehen, die fiebert. Nichts Schlimmes wahrscheinlich, aber ... Auch der Akrobat hat seine Vorführung beendet, packt seine Schwerter zusammen und verlässt mit mehreren Verbeugungen den Raum.

Plötzlich erhebt sich der Kaiser ruckartig. Mit vorquellenden Augen betastet er wild gestikulierend seinen Leib. »Oh, das brennt wie Feuer! Was sind das für Schmerzen? Es ist ...« Seine Stimme bricht plötzlich ab, und der kräftige Körper sinkt in sich zusammen.

»Was ist dir, Liebster?« Agrippina ist aufgesprungen und eilt besorgt zu ihrem Gatten. Der Kaiser aber bringt kein Wort heraus. Sein Gesicht ist aschfahl, und er windet sich vor grauenvollen Schmerzen.

»Ein Arzt! Schnell! Holt den Xenophon!«, ruft Agrippina und beugt sich über Claudius, der schon die Besinnung verloren hat. Halotus eilt zur Tür und gibt den Befehl an die Wache weiter. Sekunden später, als habe er vor der Tür gewartet, betritt Xenophon mit einem Gehilfen das Zimmer. Gemeinsam schaffen sie den schweren Leib des Bewusstlosen ins *Cubiculum.* Leichenblass und vor Angst zitternd, betrachtet Britannicus das Szenario.

»Er muss sich erbrechen!«, sagt der *Medicus* sachlich und führt eine Pfauenfeder in den Rachen des Kaisers. Das tut seine Wirkung. In krampfartigen Stößen erbricht Claudius seine letzte Mahlzeit. Pilze und Gemüse erreichen unverdaut die Auffangschüssel. Der Kaiser stiert aus halb geschlossenen Augen auf die Kaiserin. Sprechen kann er nicht. Seine Augen schließen sich wieder. Sein Atem geht nur mühsam.

»Er muss jetzt ruhen«, sagt Xenophon und blickt die Kaiserin durchdringend an. »Das hat ihm Erleichterung gebracht, mehr kann man im Augenblick nicht tun. Ruhe, vor allem Ruhe braucht er jetzt.«

Agrippina schickt alle Bediensteten nach draußen. »Ihr habt gehört, was der Arzt gesagt hat. Wenn ich euch brauche, rufe ich euch.«

Auch Britannicus hat das Schlafzimmer seines Vaters verlassen und zieht sich besorgt in seine Räume zurück. Auf dem Flur begegnet er Nero, seinem Adoptivbruder. Wortlos gehen sie aneinander vorbei, doch Britannicus meint, in den Augen des jungen Rotschopfes kurz ein triumphierendes Blitzen zu sehen ...

Das kaiserliche *Cubiculum* ist völlig abgedunkelt. Eine kleine Öllampe neben dem Bett spendet ein karges Licht. Stöhnend presst der Kaiser die Hände auf den Magen, in dem es wie mit Dolchen hin- und herfährt. Worte kann der rasselnde Atem nicht mehr formen. Längst ist der Kaiser in die Vorhalle des Todes geglitten, und er weiß es. Mit einem Tuch trocknet die *Augusta* die schweißnasse Stirn des Gatten.

»Bald hast du es geschafft, mein lieber Gemahl ...« Behutsam nimmt sie einen in Henna getauchten Stift und zeichnet ein blutrotes N auf die Stirn des Sterbenden. »Mögen die anderen glauben, dieser Buchstabe stehe für *Nefarius* – für mich steht er für *Nero.* Er wird dir in deinem Amt nachfolgen, und er wird der beste Herrscher sein, den das Imperium jemals gesehen hat! Dafür mussten wir ein kleines Opfer bringen, mein lieber närrischer Gemahl. Aber ich sehe, du warst dafür bereit!«

Sie blickt sich um. Leer und kalt ist es hier. »Kaiser sterben einsam!«, murmelt sie und schließt mit einem kräftigen Druck ihrer Finger die Augen ihres Gatten, die sich ein letztes Mal schreckensweit geöffnet haben.

Der Prätorianerpräfekt Burrus hat auf Weisung der *Augusta* alle Eingänge des Palastes sperren lassen. Agrippina sitzt in ihrem Zimmer und hält Britannicus fest umschlungen, als sei sie außer sich vor Schmerz. Über das blasse Gesicht des Prinzen rinnen die Tränen wie aus einem Sturzbach.

»Noch lebt er doch, mein lieber Sohn ... Wir werden einige Komödianten kommen lassen, das wird ihn aufheitern.« Wortlos nickt der junge Prinz.

Im ganzen Palast wird noch für die Genesung des Toten gebetet, während Burrus mit den Tribunen seiner Garde bereits über die Nachfolge berät. »Nur für den Fall, dass unser göttlicher Cäsar doch noch sterben sollte«, betont er nachdrücklich. Die Männer nicken ernst. Die Bedeutung der Situation ist ihnen klar. Gleichzeitig tagt der Senat von Rom. Die würdigen Senatoren, die *Consuln*, die Priester, sie alle tun Gelübde für das Leben des *Princeps*, der doch längst mit Tüchern und Umschlägen bedeckt auf seinem Totenbett liegt. Auf den Straßen versammelt sich das Volk. Gerüchte haben schnell ihren Weg in die Stadt gefunden: Der Kaiser liegt im Sterben! Frauen schluchzen und heben die Hände zum Himmel, Männer murmeln Genesungsgebete. Tagediebe und Beutelschneider flitzen durch die schweigende Menge und freuen sich über das unerwartete Geschäft. Eine Stadt hält den Atem an.

Dann, am 13. Oktober des Jahres 54 n. Chr. zur Mittagszeit, werden plötzlich die Tore des Palastes geöffnet. Der Platz vor dem Palast ist durch die Garde weiträumig abgesperrt. Der siebzehnjährige Nero tritt in Begleitung des Präfekten Burrus vor die Garde und wird jubelnd empfangen.

»*Imperator mortuus est, vivat Imperator* – Der Kaiser ist tot, es lebe der Kaiser!« Die Menschen drängen nach vorne, jeder will einen Blick auf den jungen Regenten werfen. Nur mit Mühe gelingt es der Garde, die rasende Menge zurückzuhalten.

»Aber müsste nicht eigentlich Britannicus auf dem Thron sitzen?«, meint einer der Gardisten und blickt seinen Nachbarn unsicher an.

»Dummkopf!«, sagt der. »Du siehst doch, dass Lucius Ahenobarbus Nero da vorne steht. Britannicus ist noch zu jung. Die *Augusta* wird schon wissen, was sie tut. Und sicher hat es auch der göttliche Claudius so gewollt.«

***

Das Geschiebe und Gedränge wird immer schlimmer. Die beiden Männer haben ihre Pferde am Eingang der Stadt in einem Mietstall zurückgelassen. Auch ihnen war es verboten, durch die Stadt zu reiten.

»Wir gehen direkt zum *Palatinus*«, sagt Valerius, und Gaius nickt.

»Die Menschen hier scheinen das gleiche Ziel zu haben«, meint er.

»He du! Was ist denn hier los? Wo wollt ihr alle hin?«

Der Angesprochene, ein junger Plebejer in einem grauen Stoffmantel, lacht. »Habt ihr es noch nicht gehört? Wo kommt ihr denn her?«

»Gehört? Was denn? Sprich, Mann!«

»Der Kaiser! Unser göttlicher Cäsar liegt im Sterben. Wir sind alle auf dem Weg zum Palast. Wir werden für ihn beten!«

Valerius und Gaius sehen sich schweigend an. Sie sind zu spät gekommen.

Ein altes Weib ergänzt mit krächzender Stimme: »Die Götter haben es so gewollt.« Mit ihren gichtigen Fingern deutet sie auf den wolkenverhangenen Himmel. »Der Komet hat den Weg gewiesen. Und habt ihr nicht gehört, dass gestern ein Blitz in das Grabmal seines Vaters Drusus einschlug? Und sind nicht in diesem Jahr schon viele Beamte des Magistrats gestorben? Das sind die Vorzeichen des Todes. Niemand wird ihn mehr retten können!« Und ein Dicker in der Tracht der Bäcker fügt mit hochrotem Gesicht hinzu: »Auf dem Giebel des Capitols hat sich ein Bienenschwarm eingenistet, wann hat es das je gegeben?« Ein Dritter, seinen Händen nach ein Färber, erklärt mit wichtiger Miene: »Das Tor des Jupitertempels hat sich von ganz allein geöffnet, das ist ein schlimmes Zeichen!« »Manche Neugeborenen haben beide Geschlechter«, weiß die Alte mit den gichtigen Fingern noch und wird von einer pockennarbigen Frau unterbrochen, die das Gespräch interessiert verfolgt hat: »Die Sau unseres Nachbarn hat ein Ferkel mit Habichtskrallen geworfen!«

Aber schon drängt die Masse weiter, und den beiden Männern bleibt gar nichts anderes übrig, als sich von der wogenden Volksmenge mitreißen zu lassen. Sie strömt über den breiten *Vicus Iugarius*, am *Capitolium* vorbei, auf dessen Stufen hysterisch schreiende Menschen stehen und den Segen der Götter erflehen. Ganz Rom scheint auf den Beinen zu sein – ein Auflauf, wie ihn die beiden Tribunen noch nie erlebt haben.

»Wir müssen raus aus diesem Chaos!«, keucht Valerius.

»Hier, die kleine Gasse. Jetzt oder nie!«, ruft Gaius und winkt seinem Freund über die Köpfe der Menschen zu. Mit aller Kraft stemmen sie sich gegen den Sog und finden endlich in einer kleinen Seitenstraße Zuflucht.

»Wohin führt diese Gasse?« Schwer atmend lehnt sich Valerius gegen eine Mauer.

»Keine Ahnung! Wir werden es ausprobieren müssen.«

Und sie haben Glück! Die Gasse führt steil und beschwerlich zum Hügel des Palatin hinauf. Schon nach wenigen Minuten überqueren die beiden Männer den *Vicus Tuscus* und sehen die Rückseite des kaiserlichen Palastes, die aber wie das gesamte Gebäude von einem dichten Prätorianer-Kordon abgesperrt ist. Noch hat die Menschenmenge diesen Weg nicht entdeckt, und der Weg scheint frei.

»Halt! Wer da?«, ertönt die Stimme des kommandierenden Tribuns laut.

»Julius! Julius Pollio! Bist du es wirklich?« Valerius hat einen seiner Kameraden erkannt und geht freudestrahlend auf ihn zu.

»Marcus? Marcus Valerius Aviola?« Das Gesicht des Tribunen verfinstert sich.

»Nehmt diese Männer fest! Auf der Stelle!«

»Aber Julius! Du kennst mich doch. Wir haben doch zusammen ...«

»Eben, mein Freund! Weil ich dich kenne, lasse ich dich festnehmen. So lautet mein Befehl. Wer ist dein Begleiter?«

»Gaius Tullius Eximius. Militärtribun von der 16. gallischen Legion«, antwortet Gaius knapp.

»Ebenfalls festnehmen!«

Sie sind von mehr als zehn Prätorianern umgeben, die mit gezückten Schwertern einen Kreis um sie bilden.

»Aber ich muss zum Cäsar«, protestiert Valerius, »es geht um Leben und Tod!«

»Schweig, du Verräter! Schafft sie in die Kaserne, sie stehen unter verschärftem Arrest!«

»Hier, eine Vollmacht, unterschrieben vom edlen Narcissus im Auftrag des göttlichen Cäsar, nach dieser Vollmacht ...« Valerius sucht unter seinem Umhang nach der *Diploma*.

»Du Narr«, lacht Julius Pollio, »die wird dir nichts mehr nützen. Sie taugt höchstens noch zum Anzünden von Öllämpchen. Führt sie ab!«

Die Soldaten entwaffnen die beiden Tribune, und eine *Decurie* führt sie ab. Einen Augenblick denkt Valerius daran, sich mit seiner Waffe den Weg freizumachen, aber dann lässt er wie Gaius das Schwert sinken. Gegen seine eigenen Kameraden zu kämpfen, das kann er nicht, es wäre angesichts der Übermacht auch zwecklos. Die Männer werden auf Seitenstraßen schnell den Palatin hinuntergeführt. Mittlerweile hat ein feiner Nieselregen eingesetzt, der die beiden Freunde trotz ihrer Seemäntel, die sie immer noch tragen, schnell durchnässt. Sie steigen den *Collis Viminalis* hinauf und gelangen auf den *Vicus Patricius*. Hier kommen ihnen einige schwankende Sänften entgegen, deren patrizische Besitzer sich schleunigst auf den Weg zum Palatin machen, um nur ja nichts von der neuesten Entwicklung zu verpassen. Wer weiß, vielleicht kann man ja jetzt schon einem neuen Kaiser huldigen ... Durch die *Porta Principalis sinistra* betreten sie das Prätorianerlager. Zwei junge Soldaten, die Valerius nicht kennt, durchsuchen die Gefangenen gründlich und nehmen ihnen alles ab, unter anderem auch den merklich ausgedünnten Geldbeutel, den die *Augusta* Valerius zu Beginn seiner Mission ausgehändigt hat, und seine *Diploma*. Man bringt die Tribune in nebeneinander liegenden Arrestzellen unter, die sich im vorderen Teil des quadratisch angelegten Lagers befinden. Ein winziges vergittertes Fenster gewährt einen Blick auf den leeren dunklen Kasernenhof. Valerius kennt diesen Gebäudetrakt gut. Normalerweise werden hier Prätorianer arretiert, die sich irgendwelcher Pflichtverletzungen schuldig gemacht oder dem Weingott allzu sehr gehuldigt haben. Mehr als einmal hat er selbst Gefangene hierher gebracht.

Die Stunden vergehen in eintönigem Gleichklang, nur unterbrochen von monotonen Rufen der Wachen, die vom Kasernenhof herüberschallen. Plötzlich, etwa zur zwölften Stunde, die Sonne hat sich schon längst verabschiedet, sind Waffengeklirr, Kommandorufe und das Geräusch vieler Soldatensandalen zu hören.

»Was tut sich da?«, ruft Gaius aus der benachbarten Zelle und hastet zum Fenster, ebenso Valerius. Der gesamte Kasernenhof füllt sich mit den eisenbeschlagenen *Caligae* vieler Soldaten. Offiziere bringen die Männer laut schreiend in Formation. Dann wieder Stille, völlige Stille. Im gespenstischen Licht Dutzender Fackeln ist die gesamte Prätorianergarde von fünftausend Mann angetreten. Sie stehen in den gewohnten Blöcken von je zehn *Decurien*, zehn Kohorten der Elitegardisten in ihren glänzenden Paraderüstungen, eine Hand auf den Schwertknauf gelegt, die andere auf das zylindrisch gebogene Schild gestützt. Auf der linken Seite der Fußtruppe sitzen die Reiterschwadronen auf ihren unruhig tänzelnden Pferden. In der Mitte die Offiziere, die Tribunen und Centurionen in ihren langen roten Mänteln und den bunten Federbüschen auf ihren goldenen Helmen. Vor ihnen ihr *Präfectus*,

Afranius Burrus, umgeben von sechs Adler- und Standartenträgern. Mit strenger Miene mustert er die Reihe der Angetretenen und ist zufrieden. Die Garde steht, der neue Kaiser kann kommen!

Plötzlich wird die Stille von einem orkanartigen Jubel unterbrochen. »*Vivat Imperator! Vivat Cäsar Nero!*« Acht Prätorianer tragen eine prachtvolle Sänfte aus schwarzem Ebenholz herein.

»Nero lässt sich nicht viel Zeit!«, ruft Valerius seinem Freund zu, aber er ist kaum zu verstehen. »Sie feiern schon den neuen Cäsar. Schau, da ist er!«

Lucius Ahenobarbus, genannt Nero, verlässt die Sänfte und betritt mit gemessenem Schritt die kleine Bühne, die man für seinen Auftritt improvisiert hat und die ihm als Einzigem Schutz vor einem immer heftiger werdenden Regen gewährt. Hinter ihm steht sein Lehrer Seneca. Lange schweift der Blick des jungen Kaisers über die Garde. Fest, aber wohlwollend fixiert der neue Regent die einzelnen Truppenteile. Dann strafft sich seine gedrungene, stiernackige Gestalt, und mit einer einstudierten Bewegung rafft er den Purpurmantel zurück, so dass die goldene Rüstung darunter sichtbar wird. Mit dramatischer Geste hebt er beide Arme. Seine jugendliche Stimme klingt laut durch die Dunkelheit und bricht sich an den Wänden des Kasernenhofes. Den beiden Männern in ihren Zellen läuft es eiskalt den Rücken herab.

»Männer! Den unsterblichen Göttern hat es gefallen, unseren geliebten Cäsar, meinen verehrten Adoptivvater, Tiberius Claudius Nero Germanicus, in ihre Zahl aufzunehmen! Wie ihr bin auch ich von Trauer überwältigt. Das Imperium weint über den Tod seines großen Herrschers. Aber«, und es folgt eine kleine, kunstvolle Pause, nach der die Stimme des jungen Herrschers deutlich ansteigt, »unser mächtiges Reich braucht einen Regenten! Die Götter sind meine Zeugen, es war der Wille meines göttlichen Vaters, dass ich dereinst seine Nachfolge antrete, und« – erneut tritt eine kunstvolle Pause ein – »euer Beifall zeigt mir, dass diese seine Wahl richtig war.«

Plötzlich aufbrandender Jubel der Gardisten scheint seine Worte zu bestätigen. Nach einer Weile hebt Nero seine Arme wieder, und augenblicklich kehrt Ruhe ein.

»Es ist wahr, ich bin noch jung und werde die Hilfe vieler brauchen. Auch eure Hilfe werde ich benötigen, und ich zähle auf meine treuen Prätorianer, die schon so trefflich meinem Vater gedient haben.«

Die Rede wird wiederum von gewaltigem Jubel unterbrochen, und es dauert eine Weile, bis Nero seine Ansprache fortsetzen kann.

»Seht hier, euren Präfekten Afranius Burrus. Er wird mir zur Seite stehen und mit ihm ihr. Jeder Einzelne von euch. Ich brauche euch! Rom braucht euch!«

Nero lässt sich den Beifall der Soldaten sichtlich gefallen.

»Mein erster Besuch gilt euch, mein nächster den ehrwürdigen Vätern des Senats. Ich werde dafür eintreten, dass von heute an eine völlige Trennung zwischen Staat und Person durchgeführt wird. Als Bürger unter Bürgern will ich der erste unter ihnen sein, will Recht und Gesetz treu beachten und dem Rat der Väter wieder die Rechte zurückgeben, die er einst einbüßte. Euch aber, stolze Soldaten Roms, nehme ich zu Zeugen: Ich habe dieses Amt, das mir die Götter in den Schoß gelegt haben, nicht verdient, weder durch meine Geburt noch durch Adoption. Aber umso mehr werde ich bemüht sein, nichts anderes als das Wohl und den Aufstieg Roms im Auge zu haben, und ihr, Treueste der Treuen, ihr werdet dabei an meiner Seite stehen!«

Mehr braucht der junge Kaiser nicht zu sagen. Der gewaltige Beifall, der den Kasernenplatz füllt, zeigt, dass er – wohl eher sein Berater Seneca – die richtigen Worte gefunden hat. Aber der junge Kaiser ist noch nicht am Ende.

»Wie es mein Vater getan hat, so will auch ich eure Treue mit einem kleinen Antrittsgeschenk belohnen. Jeder Mann wird aus meiner persönlichen Kasse fünfzehntausend Sesterzen erhalten, denn ich mag hinter der Großzügigkeit meines verehrten Vaters nicht zurückstehen. Dazu kostenlose Getreidezuteilungen für meine Gardisten. Außerdem gründe ich in Antium eine Kolonie, die die Veteranen meiner Garde aufnehmen wird. Auch nach Ende des Dienstes werde ich keinen von euch vergessen!« Weiter kommt Nero nicht, denn der Jubel der Soldaten kennt keine Grenzen.

»Er zahlt genauso viel wie der Alte«, ruft Valerius seinem Freund zu. »Der hat damals auch fünfzehntausend gegeben, ich erinnere mich genau.«

»Er hat auch allen Grund dazu, der Vatermörder«, raunt Gaius zornig.

In diesem Augenblick kehrt gespenstische Ruhe ein. Nur das Schnaufen der durchnässten Pferde ist zu hören. Sekunden später erfüllt ein gleichmäßiger Chor von fünftausend Stimmen den Hof: »Es schwören aber die Soldaten, dass sie alles entschlossen ausführen werden, was der Kaiser befehlen wird, dass sie niemals den Dienst verlassen und den Tod für den römischen Staat nicht scheuen werden ...« Die Garde legt ihren Eid auf den neuen Kaiser ab.

***

Irgendwann hatte der Schlaf die beiden Männer übermannt. Die lange und beschwerliche Reise forderte ihren Tribut. Valerius erwachte, weil sich nägelbeschlagene Sohlen seiner Zelle näherten. Einen Augenblick später wurde die Tür aufgerissen. In der Tür standen zwei Prätorianer und zwischen ihnen, verschlagen grinsend – Tullius Torquatus Niger.

Wortlos starrte Valerius ihn an. Der kaiserliche Geheimagent schien die Überraschung des Gefangenen zu genießen. »Bringt den Mann zum Verhör!«, befahl er den Wachen. Die Soldaten packten den Tribun und zerrten ihn aus seiner Zelle. Sie schleppten ihn eine Treppe hinauf in einen schmucklosen Raum, dessen Fenster auf den Kasernenhof zeigten. Valerius kannte den Raum nur zu gut. Hier wurden die morgendlichen Stabsbesprechungen mit dem Präfekten abgehalten. An seinem Schreibtisch saß nun der Freigelassene Pallas. Tullius Torquatus Niger stellte sich neben ihn und spielte mit einem kleinen, kunstvoll verzierten Dolch. Für einen Augenblick herrschte zwischen den Männern Schweigen und das gab Valerius die Gelegenheit, seinen Gegenspieler genauer zu betrachten.

Tullius Torquatus Niger konnte nach allgemeinen Maßstäben nicht als schön gelten, aber sein Gesicht hatte etwas sehr Ebenmäßiges. Seine Züge boten ein fast klassisches Profil, wie es die Bildhauer gerne nachbilden, wenn sie griechische Gottheiten modellieren – wäre da nicht die Narbe gewesen, die sich vom Kinn bis zum linken Ohr rötlich dahinzog und seinem Gesicht etwas Dämonisches verlieh. Die schmalen, harten Lippen seines Mundes drückten Entschlossenheit aus, und die blassblauen Augen konnte man nur kalt nennen. Fasziniert betrachtete Valerius die schmalen Hände des Mannes. Es hätten Frauenhände sein können, die da mit dem Dolch herumspielten, so zart wirkten sie.

Pallas unterbrach die stillen Betrachtungen des Tribuns. Er wies auf den Stuhl vor seinem Tisch und zischte: »Setz dich, Tribun! Du hast uns große Schwierigkeiten bereitet.«

»Ich habe versucht, die Ermordung des Cäsars zu verhindern, wie es mein Auftrag war, aber leider kam ich zu spät.«

»Schweig, du Narr!« Der Schwarze funkelte Valerius zornig an. »Was weißt du schon! Ermordung? Pah! Bei den Göttern, du weißt nichts, du kleines Licht! Es geht hier um etwas Größeres, etwas, das sich eine kleine Tribunenseele wie du gar nicht vorstellen kann.«

»Und was sollte das sein?«, gab Valerius ungerührt zurück.

»Es ging darum«, bemühte sich Pallas um einen sachlichen Ton, »den jungen Cäsar seiner Bestimmung zuzuführen, einer Bestimmung, die ihm von den Göttern gegeben ist.«

»Und deshalb musste der alte Cäsar sterben?«

»Seine Zeit war abgelaufen. Die Götter haben es so gewollt.«

»Ihr habt ihn vergiftet. Die Götter haben nichts damit zu tun. Führt ihren Namen nicht in eurem Munde! Ihr habt schon in *Colonia Agrippinensium* versucht, das tödliche Gift zu besorgen. Aber das scheint nicht geklappt zu haben. Wahrscheinlich hat euch die alte Locusta geholfen.«

Niger grinste den Tribun unverschämt an. »Du weißt eine Menge, oder besser, du glaubst, eine Menge zu wissen. Übrigens ist diese Dame eine Zellengenossin von dir, sie wohnt drei Zellen weiter.«

»Aber ihr werdet sie nicht umbringen wie mich, denn wahrscheinlich benötigt ihr ihre Dienste auch weiterhin.«

Der Freigelassene ging darauf nicht weiter ein und bemerkte lakonisch: »Wer hat gesagt, dass wir dich umbringen werden? Keine Rede davon! Wenn dir die Götter gewogen sind«, betonte er nachdrücklich, »wirst du leben – und schweigen. Dann magst du in die Ubierstadt zu deiner geliebten Sklavin zurückkehren. Aus dem

Dienst der Garde scheidest du auf Wunsch des Cäsars natürlich auf jeden Fall aus. Stattdessen wirst du als Militärtribun nach *Colonia Agrippinensium* versetzt und deine eigentliche Aufgabe zu Ende bringen, den Aufbau der *Vigiles.*« Er schwieg einen Augenblick und sah den Tribun nachdenklich an. Dann fuhr er mit leiser Stimme fort: »Dein Schicksal liegt in Cäsars Hand. Wenn du Glück hast, wirst du sogar deinen Rang behalten.«

Valerius fand zunächst keine Worte. Dann aber schrie er: »Lüge! Alles Lüge! Es wäre für euch viel zu gefährlich, mich leben zu lassen, bei all dem, was ich weiß.«

»Was weißt du denn, Tribun?« Tullius Torquatus Niger lächelte ihn süffisant an. »Nichts weißt du, und Beweise hast du schon gar nicht. Du könntest dich mitten auf das *Forum Romanum* stellen und von der *Rostra* aus deine haltlosen Vorwürfe herausschreien. Niemand würde dir glauben. Im Gegenteil – der junge Cäsar Nero ist jetzt schon beim Volk so beliebt, dass sie dich steinigen würden. Einen verrückten Narren würden sie dich nennen und mit Schimpf und Schande aus der Stadt jagen.«

Pallas nickte und ergänzte leise: »Und du solltest nicht vergessen, dass in der Ubierstadt eine niedliche kleine Freigelassene auf dich wartet. Möchtest du wirklich, dass sie auf unseren Befehl hin in ein syrisches *Lupanar* verkauft wird?«

Valerius sackte auf seinem Stuhl zusammen. Sie hatten Recht, mit allem, was sie sagten. Niemand würde ihm glauben, dass man Claudius ermordet hatte. Und außerdem durfte er Dirana nicht in Gefahr bringen.

»Was ist mit Gaius?«

»Dein Freund? Kein Problem.« Pallas lachte. »Er wird seinen Dienst in *Novaesium* wieder antreten, allerdings unter einem neuen, zuverlässigeren Legaten. Es gefiel uns nicht, dass Cassius Iunius Silanus grundlos versucht hat, die anderen Befehlshaber gegen den neuen Kaiser aufzuwiegeln.«

Das wussten sie also auch schon. Ihr Agentennetz funktionierte offensichtlich reibungslos und schnell, sehr schnell.

»Wir werden dich und deinen Freund noch einige Tage hier behalten, bis sich die Dinge beruhigt haben, dann kannst du gehen. Vorher aber wird die *Augusta* dich noch sehen wollen.«

Valerius nickte nur. »Was wird aus jenen Leuten in der Ubierstadt, die um euer Geheimnis wussten?«

»Ich weiß nicht, von welchem Geheimnis du sprichst«, sagte Niger, »aber wenn du jene Sekte der Nazarener um ihren verrückten Anführer Maternus meinst, dann kann ich dich beruhigen. Ihnen wird nichts geschehen. Sie waren nur so lange gefährlich, wie sie glaubten, von einer Verschwörung Kenntnis zu haben. Nun, wo sich die Dinge geregelt haben, braucht man sie nicht mehr. Sollen sie nur ihren gekreuzigten Eselsgott anbeten, sie bedeuten keinerlei Gefahr für das Imperium. Im Übrigen gilt für sie dasselbe wie für dich: Niemand wird ihnen glauben. Und bei all den seltsamen Praktiken, die sie ausüben, wird es sowieso besser für sie sein zu schweigen. Wie man hört, töten sie kleine Kinder und trinken ihr Blut. Schauderhaft, so etwas.«

Voller Widerwillen sah Valerius dieser Kreatur der Kaiserin ins Gesicht. Dieser Mann war sehr gefährlich. Viel gefährlicher als Pallas, der in seiner Seele Sklave geblieben war und sich hier für etwas einspannen ließ, das er gar nicht überblickte. Mit Mühe unterdrückte Valerius seinen Zorn und brachte mit zusammengepressten Lippen hervor: »Es gibt vieles, was ich nicht verstehe, aber eines, was ich zu gerne wüsste. Warum gab mir die *Augusta* einen Auftrag, um mich dann wenig später mit allen Mitteln daran zu hindern, ihn auszuführen? Der erste Anschlag auf mein Leben fand schon kurz nach dem Gespräch hier in Rom statt, die weiteren folgten, wo immer ich mich aufhielt.«

»Wie du weißt«, antwortete Pallas und betrachtete dabei seine Fingernägel, »hat Burrus selbst dich empfohlen, denn er hielt dich für einen ehrenwerten Soldaten. Konnte er ahnen, dass du dir deinen Kopf mit wirren Gerüchten füllen lässt? Von Anschlägen weiß ich nichts. Wahrscheinlich handelte es sich um die normalen Überfälle, wie sie hier in Rom und auch in den Provinzen leider an der Tagesordnung sind. Da gibt es noch viel zu tun. Ich bin sicher, der neue Cäsar wird sich auch darum kümmern. So, ich denke, für den Augenblick sind wir fertig.« Er erhob sich und würdigte den Tribun keines Blickes mehr.

»Wache! Führt den Tribun in seine Zelle!«

XXIII.

Die Schlange auf dem Kaiserthron

Vier Tage später brachte man Valerius in einer geschlossenen Sänfte auf den Palatin. Es regnete wieder in Strömen, und selbst die Vorhänge konnten die Nässe nicht abhalten. Zum ersten Mal seit Tagen trug Valerius wieder eine Uniform, allerdings nicht die eines Prätorianer-, sondern die eines Militärtribuns. Dass man ihn aus der Elitegarde ausgeschlossen hatte, schmerzte ihn mehr, als er nach außen zeigte. Durch einen hinteren Eingang gelangten sie zu den privaten Gemächern der *Augusta.* Die Mutter des neuen Kaisers trug eine hochgeschlossene wollene Tunika und darüber einen dicken Schal. Offenbar fröstelte sie, obwohl der Raum von mehreren Kohlebecken erwärmt wurde. Mit einem dünnlippigen Lächeln begrüßte sie den Tribun und forderte ihn auf, in einem der Korbsessel Platz zu nehmen.

»Lasst uns allein!« Wortlos zogen sich die Wachen zurück. Minutenlang blickte Agrippina den Offizier wortlos an. Sie nippte an einer Schale Wein und zupfte ihren Schal zurecht.

»So sieht man sich wieder, Tribun.«

Valerius' Mund verzog sich zu einem zynischen Grinsen, aber er antwortete nichts.

»Du lächelst, aber du schweigst. Hat dir unser Wiedersehen die Sprache verschlagen?«

»Was soll ich sagen, edle *Augusta?* Alles, was zu sagen war, haben mir Pallas und dein trefflicher Agent Tullius Torquatus Niger mitgeteilt.«

»Du magst ihn nicht, nicht wahr?«

»Ich verabscheue ihn!«

»Aber er ist ein fähiger Mann. Sehr fähig. Und alles, was er getan hat, geschah auf meine Anordnung!«

»Dann hast du die Anschläge auf mein Leben befohlen?«

»Ich möchte offen mit dir reden, Marcus Valerius. Hier gibt es keine Zeugen, und was ich dir sage, ist nur für deine Ohren bestimmt. Höre es, vergiss es – und lebe. Du hast Recht! Ich befahl, dich zu töten, doch die launische *Fortuna* hat meine Pläne mehrfach durchkreuzt.«

»Aber warum? Ich habe nur getan, was du mir befohlen hast.«

»Aber du warst zu gut. Es bestand die Gefahr, dass du mein kleines Geheimnis enthüllen würdest. Mein Gemahl, den die Götter nun zu sich gerufen haben, gab dir den Auftrag, diese Mordserie in *Colonia Agrippinensium* zu beenden. Also gab ich dir den gleichen Auftrag, damit ich zuerst davon erfahre, was du herausfindest. Aber dein erster Weg führte dich zu Pertinax. Das war gegen unsere Vereinbarung.«

»Stimmt, aber man wollte mich schon umbringen, bevor ich überhaupt in der Ubierstadt ankam.«

»Freilich, Tribun. Wären sie erfolgreich gewesen, hätte ich einen neuen Mann geschickt. Ich, nicht mein Gemahl, verstehst du?« In verblüffender Offenheit fuhr Agrippina fort: »Es kam mir darauf an, dass mein Gemahl niemand in die Ubierstadt schickt, ohne dass ich davon weiß. Der Numidierkönig Iugurtha soll einmal gesagt haben: *Romae omnia venalia sunt* – In Rom ist alles käuflich. Für dich gilt das nicht! Du bist nicht käuflich, also musstest du sterben.«

Sie stand auf und ging zum Fenster. Der Regen prasselte auf den leergefegten Platz, und die Feuchtigkeit schien in den Raum zu kriechen. Agrippina zog den Schal fester um sich und setzte sich wieder.

»Mein Gemahl war krank und nicht mehr in der Lage, das Imperium mit der festen Hand zu regieren, die es erfordert. Mit meinem Sohn Nero stand jemand bereit, der diese feste Hand besitzt. Und mehr als das! Kennst du Vergil?«

Valerius nickte verwundert. »Wer kennt den größten Dichter Roms nicht?«

Lächelnd fuhr Agrippina fort: »Dann kennst du auch jene Stelle aus den *Bucolica*, aus der vierten Ekloge?«

»Du meinst ...?«

»Ich meine jene Stelle«, unterbrach ihn Agrippina mit triumphierender Stimme und begann pathetisch zu deklamieren:

Die große Reihe der Zeitalter wird neu geboren.
Jetzt kehrt auch die Jungfrau, kehrt Saturnus' Reich wieder,
jetzt wird ein neues Geschlecht hoch vom Himmel herabgesandt.
Sei du nur dem Kinde, das geboren wird, mit dem zuerst das eiserne Geschlecht
aufhören und in der ganzen Welt das goldene sich erheben wird,
gnädig und hold, edle Lucina ...

Und er nennt das Kind *teures Götterkind* und *Jupiters hohen Zuwuchs*, hörst du Tribun? Kannst du da noch einen Zweifel haben, dass damit mein Lucius gemeint ist, geboren von höchster Abstammung, die edle Krone des julisch-claudischen Geschlechts, Nachfahre und Liebling der Götter, bestimmt dazu, der Welt und Rom das goldene Zeitalter zurückzubringen, wie es Ovid einst beschrieben hat?«

Mit geröteten Wangen lehnte sich Agrippina zurück. Sie hatte sich regelrecht in Rage geredet. Aufgeregt nestelte sie an ihrem Schal herum, als sei sie der Faszination ihrer eigenen Worte erlegen. Hastig nahm sie einen Schluck Wein und fuhr mit fester Stimme fort: »Warum also warten, bis die Götter in ihrer unendlichen Langmut den Lebensfaden des alten Mannes abschneiden? Ist es nicht meine Verantwortung für Volk und Staat von Rom gewesen, den Göttern meine Hand zur Hilfe zu reichen? Habe ich nicht den Staat so gerettet wie Cicero es einst tat, als er gegen Catilina einschritt, oder Marius, als er unser Vaterland vor den furchtbaren Horden der Cimbern und Teutonen rettete? Brutus rettete die *Res publica* vor der Tyrannei eines Cäsar. Unsere Nachfahren werden meinen Namen dereinst zusammen mit jenen Namen im Munde führen, wenn die Verblendung der Vernunft gewichen ist. Was du für Niedertracht halten magst, ist in Wahrheit Größe, und wahre Größe zwingt mitunter dazu, Opfer zu bringen.«

»Indem du deinen Gemahl hast vergiften lassen«, erwiderte Valerius voller Bitterkeit.

»Vergiften! Das ist ein hartes Wort, das du aus deinem Wortschatz streichen solltest. Wahr ist, dass es dessen nicht bedurfte. Es war eine bedauerliche Krankheit, die meinen Gatten dahinraffte.« Agrippina log mit einer Dreistigkeit, die Valerius fast Respekt abgenötigt hätte. Er zuckte resignierend mit den Schultern. »Was geschieht jetzt mit mir?«, fragte er hilflos.

»Wirf einen Blick auf dieses Papier.« Agrippina war erneut aufgestanden und hatte einen Papyrus geholt, den sie Valerius reichte. Der Tribun überflog das Papier – und wurde blass.

Kaiserliche Verfügung

Hiermit verfüge ich, dass der Tribun Marcus Valerius Aviola wegen Hochverrats mit dem Tode zu bestrafen ist. Der Henker wird ihn mit dem Schwerte vom Leben zum Tode bringen.
Das Besitztum der Valerier ist einzuziehen, und die Familie hat sich in das Exilium zu begeben, mindestens fünfhundert Milia von Rom entfernt. Das Urteil ist umgehend zu vollstrecken.
Eine Berufung findet nicht statt.

Nero Claudius Augustus Germanicus Cäsar
gegeben zu Rom, Id. Oct. anno 807 a. u. c.

»Meine Familie! Was bei den Göttern hat meine Familie damit zu tun! Meine Eltern sind alt und befinden sich sozusagen bereits im Exil. Also lasst wenigstens ...«

»Schweig, Tribun!« Mit einem Lächeln nahm Agrippina das Schriftstück wieder an sich und – zerriss es in Fetzen. Dann ging sie zu einem der Kohlebecken und überließ die Reste den Flammen. Valerius starrte sie verwundert an.

»Mein lieber Sohn hat etwas ... wie soll ich sagen ... zu heftig reagiert. Er ist noch jung und wird lernen müssen, solche Entscheidungen über Leben und Tod nicht aus einer Laune heraus zu fällen. Außerdem steht einem jungen Herrscher die Gnade gut zu Gesicht. War es nicht gerade die *Clementia*, derentwegen alle, selbst seine Feinde, den großen Caear so liebten? Immerhin hast du in meinem Auftrag gehandelt, nicht wahr, und vielleicht, wer kann das wissen, werde ich mich deiner später noch einmal bedienen müssen. Und, bei *Juno*, du hast Recht, deine Eltern sollten wirklich nicht für ein Vergehen des Sohnes büßen. Sei unbesorgt, ihnen wird nichts passieren. Genauso wenig wie dir! Vergiss also nie, was ich soeben getan habe.«

»Du ... du hast mir das Leben gerettet«, krächzte Valerius.

»So könnte man es ausdrücken«, lächelte die *Augusta.* »Und nun hör zu: Du kehrst in meine Stadt zurück und wirst nach deinen besten Kräften dort für Rom als *Tribunus deputatus* arbeiten. Näheres erfährst du, wenn du dort ankommst. Wer weiß, wenn die Götter es wollen, werden sich unsere Wege noch einmal kreuzen ... Vielleicht wirst du sogar einmal für mich arbeiten, wenn sich dein Hass auf die vermeintlich Niederträchtige gelegt hat.«

Sie lächelte erneut und biss herzhaft in einen Apfel. »Wir haben noch Großes vor mit *Colonia Claudia Ara Agrippinensium.* Nach dem Ablauf deiner Dienstzeit magst du dann deine Freigelassene ehelichen, wenn dir noch danach ist. Sie muss, nach allem was ich gehört habe, eine reizende kleine Person sein. Leider hat mein Sohn hier in der Garde keine Verwendung mehr für dich. Du wirst das sicher verstehen. So, und nun geh. Aber geh ohne Hass und Rachegedanken, und sieh in mir nicht das mordende Ungeheuer, sondern nur die liebende Mutter und die gnädige *Augusta.* Eine Mutter, die ihren Sohn nicht weniger als das Wohl Roms liebt und die keinen im Stich lässt, der für sie arbeitet.«

Valerius erhob sich schweigend, die Audienz schien beendet.

»Eins noch, Tribun! Schweige über alles, was du erfahren hast, und erst recht über alles, was du glaubst, erfahren zu haben. Schweige und lebe! Die Alternative ist die Arena. Du kannst jetzt gehen, dein Arrest ist beendet. Dein Freund Gaius wartet bereits auf dich. Ihr habt acht Wochen Urlaub, danach erwarten wir euch zurück zum Dienst in *Colonia Agrippinensium.* Ich denke, dass dies eine großzügige Regelung ist, nicht wahr?«

Valerius verließ wortlos den Raum. Erleichterung und Zorn tobten gleichermaßen in ihm. Mit raschen Schritten eilte er zum Ausgang des Palastes. Die Gänge vor den kaiserlichen Audienzräumen waren wie immer gefüllt mit aller Art von Bittstellern und Besuchern, die nicht schnell genug dem neuen Kaiser ihre Aufwartung machen konnten. Valerius hatte den Eindruck, dass viele von ihnen ihren Blick abwandten, wenn sie den Tribun sahen. Offenbar hatte es sich herumgesprochen, dass er in Ungnade gefallen war. Nur die Gründe kannte keiner, aber sie interessierten wohl auch nicht.

Kurz vor dem Ausgang traf er auf Afranius Burrus, seinen ehemaligen Vorgesetzten. Burrus schien die Augen verschämt zu senken, als er Valerius erblickte, ließ sich aber dann doch zu einem Gruß herab. In einem Aufwall von Zorn packte Valerius seinen Arm und zog ihn in eine Nische.

»Ist das alles hier mit deiner Billigung abgelaufen? Hast du nicht wie ich einen Eid auf den Cäsar geleistet? Kannst du mir noch in die Augen sehen, Afranius Burrus?«

Mit einem Ruck riss sich Burrus los. »Vergiss dich nicht, Tribun. Du sprichst mit dem Präfekten! Es gab hier nichts, was ich hätte ändern können. Glaub mir, Marcus Valerius, in einem Spiel wie diesem hier, wo es um die Belange eines Weltreiches geht, sind Männer wie wir nur ganz kleine Rädchen. Wir haben zu gehorchen und zu funktionieren, sonst wechselt man die Rädchen aus. So einfach ist das!«

»So einfach ist das nicht!«, empörte sich Valerius. »Du hast bei diesem abgekarteten Spiel mitgemacht, und am Ende dieses Spiels war ein Kaiser tot, und ein Tribun wurde aus der Garde entlassen!«

»Pscht!« Burrus legte seine Hand auf den Mund des Tribuns. »Bei den Göttern, du musst verrückt sein, hier so zu sprechen! Möchtest du in der Arena gegen ein Rudel ausgehungerter Löwen kämpfen? Der neue Cäsar hat nach meiner Einschätzung weniger Geduld mit Männern, die aufsässige Reden führen, als der alte.«

»Und so jemandem hast du auf den Thron geholfen?«

»Du irrst, Tribun. Nicht ich war es! Ich habe lediglich den Befehlen gehorcht, die man mir gab.«

»Deine Aufgabe wäre es gewesen, das Leben des Cäsars zu schützen, wie du es geschworen hast.«

»Willst du mich über meine Aufgaben belehren?« Die Stimme des Präfekten schwoll an. »Sei froh, dass du das *Palatium* als freier Mann verlassen kannst!« Doch dann wurde er wieder versöhnlicher: »Glaub mir, ich bedaure, einen so fähigen Offizier zu verlieren. Wenn es nach mir gegangen wäre ... aber manchmal ... vielleicht ändern sich die Zeiten noch einmal.« Er druckste hilflos herum und hatte seine ganze aufgesetzte Selbstsicherheit verloren. Zornig ließ Valerius ihn stehen. Ohne sich umzusehen, verließ er den Palast.

»Tribun! Tribun Marcus Valerius Aviola! Bitte warte!«

Ein junger Mann stürmte hinter ihm die Treppen herab, ein römischer Ritter. »Auf ein Wort! Gehen wir ein paar Schritte!« Er zog Valerius in einen kleinen Park, der an den Palast grenzte. Es hatte aufgehört zu regnen, und die Sonne schien mit ihrer letzten herbstlichen Kraft etwas Wärme verbreiten zu wollen.

»Du kennst mich nicht, Tribun«, sagte der junge Mann atemlos und blickte wie gehetzt um sich. »Mein Name ist Horatius Pulcher.«

Der Beiname »der Schöne« war nicht übertrieben, und irgendwo hatte Valerius das ansehnliche Gesicht des jungen Mannes schon einmal gesehen. Aber wo?

»Erinnerst du dich an mich?«

Valerius schüttelte den Kopf. »Nein, aber irgendwo habe ich dich schon einmal gesehen ...«

»Ich habe dir damals den Zettel zugesteckt, als du vom Cäsar kamst, dem alten, meine ich natürlich.«

»Vertrau nicht der Kaiserin« – der Zettel, den er achtlos weggeworfen hatte!

»Du erinnerst dich daran, nicht wahr? Ich sehe es.«

»Warum hast du das damals getan? Was weißt du?«

»Alles! Ich weiß alles! Ich gehöre auch zu den Nazarenern und habe durch den unglücklichen Antisios von diesem schrecklichen Geheimnis erfahren. Als ich hörte, dass du zum Kaiser gerufen wurdest, wusste ich warum. Und als ich sah, dass dich danach die *Augusta* rufen ließ, war mir klar, dass sie eine Falle für dich vorbereitet hatten. Ich wollte dich warnen, mehr konnte ich nicht tun.«

»Das ehrt dich. Aber wenn deine Warnung etwas ausführlicher gewesen wäre, hätte ich sie vielleicht ernster genommen.«

Der junge Mann wurde rot. »Dazu fehlte es mir an Mut. Die Aussicht, in der Arena blutrünstigen Bestien gegenüberzustehen, erfüllte mich mit Angst und Schrecken.«

»Dann hast du mir auch den Brief in die Ubierstadt geschickt?«

»Ja, ich wollte, dass du deine Ermittlungen aufgibst, damit du nicht in Gefahr gerätst.«

»Und warum hast du das für mich getan?«

»Wir Nazarener versuchen jedes Leben zu retten, das in Gefahr kommt.«

»Hättest du dann nicht zum Kaiser gehen und ihm von der Verschwörung berichten müssen?«

»Du hast Recht, Tribun. Aber ich hatte Angst! Wer sich zwischen zwei Mühlsteine begibt, der wird zermalmt!«

***

Die beiden Freunde begrüßten sich herzlich. »Den Göttern sei Dank!«, rief Gaius, nachdem ihm Valerius von seinem Gespräch mit der *Augusta* berichtet hatte. »Das ist ja gerade noch gut gegangen. Auch ich bin von Niger und Pallas in die Mangel genommen worden – aber danach haben sie mir die Freiheit versprochen. Ich kann meinen Dienst in *Novaesium* fortsetzen und werde Antonia wieder sehen! Was hast du jetzt vor, mein alter Freund?«

Valerius dachte einen Augenblick nach. »Zuerst habe ich hier in Rom noch einige Besuche zu machen. Dann werde ich meine Eltern besuchen, und dann muss ich so schnell wie möglich nach *Colonia Agrippinensium*. Du glaubst nicht, wie ich mich nach Dirana sehne!«

»Doch, das glaube ich dir gerne. Mir geht es mit Antonia nicht anders. Wen willst du hier noch besuchen?«

»Ich muss zu Seneca, dem alten Fuchs. Es interessiert mich, wie er die Entwicklungen hier in Rom beurteilt ...«

»Treffen wir uns in sechs Wochen hier am Forum an der *Basilica Iulia*?«, fragte Gaius.

»Abgemacht! In sechs Wochen an der *Basilica*«, lachte Valerius.

***

Es war schon später Abend, als Valerius an der Tür des Philosophen klopfte. Er kam unangemeldet, aber immerhin hatte der Philosoph ihn damals gebeten, ihm nach seiner Rückkehr Bericht zu erstatten. Von innen näherten sich schlurfende Schritte. Ein unbekanntes Gesicht lugte durch den Türspalt und sah ihn fragend an.

»Der Tribun Marcus Valerius Aviola wünscht den edlen Lucius Annaeus Seneca zu sprechen!«

»Der Herr ist noch nicht zu Hause. Er ist noch im Palatin. Wir erwarten ihn aber bald zurück. Möchte der edle Tribun so lange warten?«

Valerius nickte, und der *Ostiarius* führte ihn schweigend ins *Atrium*, wo sich Valerius auf eine der zahlreichen Marmorbänke setzte. Nach etwa einer halben Stunde trat Seneca ein und bat um Verzeihung, dass er seinen Gast habe warten lassen.

»Aber ich war gar nicht angemeldet«, erwiderte Valerius lächelnd.

»So, warst du nicht? Mir ist, als hätten wir uns für heute Abend verabredet. Ich komme gerade vom Cäsar und das dauert immer länger, als man denkt. So viele Ideen hat der junge Kaiser, einiges muss man noch ein wenig zurechtrücken, aber es wird schon. Willst du mir bitte ins Arbeitszimmer folgen. Wie wäre es mit einem kleinen Imbiss?«

Valerius nahm die Einladung gerne an.

»Thisbe, richte einen kleinen Imbiss für meinen Gast. Ich habe mit dem Cäsar gespeist. Für mich nur einen *Mulsum*, aber schön erwärmt. Das tut den alten Knochen gut. Ach, mein Freund! Seit mein Zögling zum Cäsar erhoben wurde, habe ich noch weniger Zeit als vorher. Weißt du eigentlich, wie wichtig Zeit ist?«

Bevor Valerius antworten konnte, fuhr der Philosoph schon fort: »Sie wird uns entrissen, sie vergeht, sie entgleitet uns, ohne dass wir es merken. Du musst sie sammeln, Valerius, sammeln und bewahren, wie ein höchstes Gut und nicht vertrödeln wie etwas, von dem man genug hat ...«

Valerius sah ihn einigermaßen verständnislos an; er war nicht gekommen, um philosophische Ergüsse über sich ergehen zu lassen. »Eigentlich wollte ich ...«

»Sicher, mein Freund. Wollen wir das nicht alle? Aber wisse: Der größte Teil des Lebens entgleitet denen, die Schlechtes tun, ein großer denen, die gar nichts tun, aber das ganze Leben entgleitet denen, die irgendetwas Nebensächliches tun. Wen kannst du mir nennen, der heute noch der Zeit den Wert beimisst, der ihr zusteht?«

»Ich könnte ...«

»Niemanden kannst du mir nennen, werter Freund. Ich rate dir, umfasse die Stunden mit festem Arm, denke weniger an das Morgen als an den heutigen Tag. Alles, mein Valerius, alles gehört irgendjemandem, nur die Zeit gehört uns, und doch wird sie uns ständig gestohlen.«

Er holte tief Luft und nahm einen beherzten Zug aus dem Weinbecher. Valerius ahnte, dass der Stoiker mit seinen Ausführungen noch nicht zu Ende war, und beschloss, sich inzwischen an der Bratenplatte gütlich zu tun, die die Sklavin hereingebracht hatte.

»Man will mich zum *Consul* machen, mich, den Philosophen. Was soll's, *Quaestor* und *Prätor* war ich schon, da will ich auch die letzte Stufe des *Cursus Honorum* ersteigen, nicht wahr?«

Valerius nickte. »Meinen Glückwunsch, edler Lucius Annaeus. Wie läuft es mit dem neuen Cäsar?«

»Oh, ich will nicht klagen. Ein junges Füllen, das noch etwas der Leine bedarf, wenn ich mich so ausdrücken darf.« Mit einem Mal wurde sein Gesicht ernster. »Wie ist es dir auf deiner Mission ergangen?«

Valerius zögerte. Wie viel sollte, wie viel konnte er dem Philosophen mitteilen? Wie viel wusste der schon? Irgendwie hatte Valerius den Eindruck, dass der Gelehrte in einer anderen Welt lebte und von dieser Welt nur noch so viel wahrnahm, wie er es wollte.

Der Philosoph musste seine Gedanken erraten haben und lächelte. »Du glaubst, ich bin ein alter Spinner, der nur noch für seine Philosophie lebt und nicht weiß, was um ihn herum vorgeht, nicht wahr?«

»Aber keineswegs, ich dachte nur ...«

»Die Götter haben es bestimmt, dass ich in der Philosophie *und* in der Politik, mag sie auch noch so grausam und berechnend sein, meine Rolle zu spielen habe. Einen Wanderer zwischen zwei Welten nannte mich Agrippina einst, und da hat sie wohl Recht ...«

Valerius hatte seine Mahlzeit beendet und spülte den letzten Bissen mit einem guten Schluck Caecuber herunter. »Sprechen wir über die Welt der Politik«, schlug er vor. Valerius berichtete Seneca von seinem erfolglosen Aufenthalt in der Ubierstadt, ließ aber alle wichtigen Einzelheiten weg. Seneca schien sich eh dafür nicht zu interessieren, denn sein Blick wanderte träumerisch über die Buchregale.

»Begrüßt du eigentlich den plötzlichen Wechsel auf dem Cäsarenthron?« Diese Frage kam völlig unvermittelt, und Seneca hatte zunächst keine Antwort parat.

»Äh ... ja nun ... ich meine ...«

»Hast du nicht auch den alten Cäsar Claudius für einen guten und gerechten Herrscher gehalten?«

Seneca hatte sich gefasst. »Du fragst mich, ob ich den Mann, der mich auf Anordnung seiner buhlerischen Messalina in das Exil nach Korsika schickte, für einen gerechten Herrscher halte? Verzeih, Marcus Valerius, falls ich deine Loyalität verletze, aber ich kann dem alten Narren keine Träne nachweinen. Im Gegenteil!« Er stand auf und ging zu einem Schreibtisch, auf dem mehrere Manuskripte lagen.

»Ich werde ihm nach seinem Tod das Denkmal setzen, das er verdient.« Er reichte Valerius eine Schriftrolle. »Das ist mein Nachruf!«

»Was ist das?«, fragte Valerius ratlos.

»Eine satirische Geschichte«, lachte Seneca. »Stell dir folgende Situation vor: Der Unselige kommt in den Olymp, und die Götter beraten darüber, ob er eines Sitzes dort würdig ist. Sein göttlicher Vorfahre, der Cäsar Octavianus Augustus hält das Plädoyer:

Seht diesen Menschen; so jammervoll er auch aussieht, so hat er dennoch grauenhafte Morde auf seinem Gewissen! Ich weine über die Schande, die er meinem Hause angetan hat. Und diesen Menschen wollt ihr zu einem der Euren machen? Seht doch seinen Körper an, den Jupiter im Zorne erschaffen hat.
Er stottert, er hinkt, er sabbert. Wer wird dieses Scheusal als Gottheit verehren? Wenn ihr solche Kreaturen zu Göttern macht, wird niemand mehr glauben, dass ihr selbst Götter seid!

Valerius ließ die Rolle sinken. Sein Unmut war ihm deutlich anzusehen.

»Du bist nicht meiner Ansicht, nicht wahr?«

Er schüttelte den Kopf. »Diesen Spott hat der Cäsar nicht verdient! Freilich, ich kannte ihn nicht so gut wie ...«

»Kanntest du ihn überhaupt?«, unterbrach ihn der Philosoph. »Kennt ein Wächter mehr als die Stimme seines Herrn?«

»Und du glaubst, dass dein Zögling ein besserer Herrscher sein wird?«

»Wer kann das wissen?«, antwortete Seneca nachdenklich. »Jedenfalls tue ich alles, damit er es wird. Hier, diese Denkschrift verfasse ich gerade für ihn. Vielleicht findet sie mehr Gefallen bei dir als meine leichte Satire.« Er holte eine Schriftrolle von seinem Schreibtisch.

»*De Clementia* – Über die Milde. Das scheint mir passend für einen jungen Herrscher.« Hastig überflog Valerius einige Sätze:

Prüfe alles, das Beste behalte! ... Verlange nicht, den Besten gleich zu sein, aber strebe danach, jeden Tag besser zu werden. Es genügt, wenn du täglich einige von deinen Fehlern ablegst ... Gib jeden Tag den allwissenden Göttern Rechenschaft über deine Taten, beschreite den Weg der Selbstzucht und der Menschlichkeit ... Stets besiegt Güte das Böse ... Alle sind wir ein wenig im Inneren krank und bedürfen der Heilung; aber glaube mir: Beides ist falsch – allen und niemandem zu trauen. Der eine Fehler ist edler, der andere gefahrloser ...

»Mir gefallen diese Sentenzen«, sagte Valerius nicht ohne Bitterkeit, weil er an das von Nero unterschriebene Todesurteil gegen ihn denken musste. Vielleicht hätte der junge Kaiser die Denkschrift vorher lesen sollen. Er gab die Rolle zurück und meinte mit einem leichten Stirnrunzeln: »Aber werden sie auch Nero gefallen? Wird der Urenkel des göttlichen Augustus solche Ratschläge annehmen, und wenn ja, wie lange? Irgendwann wird er dieser Sätze überdrüssig sein, und dann fürchte ich für das Leben all derer, die sie ihm gaben. Gewalt zeugt immer nur Gewalt und Tod immer nur Tod!«

»Wie meinst du das?«

»Gestatte eine Gegenfrage, edler Seneca. Glaubst du, dass Claudius eines natürlichen Todes starb?«

Der Philosoph runzelte die Stirn und zog verwundert die Augenbraue hoch. »Du meinst ...? Unsinn, wer erzählt so etwas?«

»In der Stadt geht das Gerücht, die *Augusta* habe ... äh ... nun ja, sie habe nachgeholfen.«

»Da ist infam!« Seneca schlug mit der flachen Hand auf einen seiner geliebten Tische. »Eine Verschwörung gegen den Kaiser, ein Mord gar. Und die anderen, Burrus, Narcissus, Pallas, der Eunuch Halotus, der Arzt Xenophon, sie alle haben sich wohl an diesem Anschlag beteiligt, was?«

Offensichtlich war Seneca ahnungslos, und Valerius beschloss, es dabei zu belassen.

»Du hast Recht, das ist wirklich unvorstellbar!«

XXIV.

Ein Raub der Flammen

Zur Leichenfeier war ganz Rom auf den Beinen. Am Morgen hatte der neue Kaiser die Parole »*Optima Mater*« an die Garde ausgegeben und damit seine Dankbarkeit gegenüber Agrippina bezeugt. Dann zog er sich in seine Privaträume zurück, um die Rede, die Seneca ihm aufgesetzt hatte, wenigstens einmal vorher zu lesen. Die Menschen strömten zu Tausenden zum *Forum Romanum*, um sich einen guten Platz für das Ereignis zu sichern. Die Inhaber der Garküchen und Tabernen, die Weinhändler und Kuchenverkäufer, die Taschendiebe und Beutelschneider, sie alle witterten das Geschäft des Jahres und waren schon seit Stunden auf den Beinen.

Valerius hatte die Nacht in einem einfachen Gasthaus in der Nähe des alten Concordia-Tempels verbracht und sich dann frühzeitig zum *Forum* begeben. Nun stand er unweit vom Triumphbogen des Tiberius, kaum mehr als hundert Schritt von der Rednertribüne entfernt, auf einem erhöhten Treppenabsatz. Hier hatte Cicero seine berühmten Gerichtsreden vorgetragen und Marcus Antonius seine Leichenrede für den ermordeten Cäsar gehalten. Inzwischen hatte das *Forum* allerdings durch die rege Bautätigkeit unter den letzten Kaisern den Charakter eines Platzes fast völlig verloren. Triumphbögen, Statuen, Säulen und Tempel ließen für Versammlungen kaum noch Platz. Und wenn das *Forum* dann doch wieder in seiner ursprünglichen Bestimmung genutzt wurde wie heute, tat man gut daran, sich rechtzeitig einen der wenigen Plätze zu sichern. Rund um die *Rostra* hatte die Prätorianergarde den Platz großräumig abgesperrt, was das Platzangebot zusätzlich verminderte. Immer noch strömte die Menge zum Marktplatz und verstopfte die Hauptzufahrtswege.

Allerdings hatte die Garde die *Via Sacra* in südlicher Richtung und die *Via Lata* in nördlicher Richtung komplett abgesperrt, denn aus der einen Richtung würde der Leichenzug vom Palatin kommen, in die andere würde er sich nach seinem Aufenthalt auf dem

Forum fortsetzen, zum Marsfeld, wo der Scheiterhaufen bereits errichtet war. Später würde man die Gebeine des Toten dann in das *Mausoleum Augusti* überführen. Beide Straßen waren auf beiden Seiten von Schaulustigen gesäumt, die sich weniger aus Trauer denn aus Sensationsgier das prächtige Spektakel nicht entgehen lassen wollten.

Mehrere Stunden musste Valerius im beginnenden Nieselregen unter der wogenden Volksmenge ausharren, bevor ein Abebben des Geräuschpegels den nahenden Leichenzug ankündigte. An der Spitze gingen Musikanten, die aus ihren Flöten, Trompeten und Hörnern verhaltene, traurige Weisen erklingen ließen, alle in weiße Gewänder gekleidet, der Lieblingsfarbe des Verstorbenen. Mitunter steigerte sich auch die Lautstärke zu einem Fortissimo, das die Bedeutung des Verstorbenen deutlich machte. Dahinter die üblichen Klageweiber, die im Wechsel jammernde Klagelaute und Loblieder auf den Toten vortrugen. Es folgte ein Zug von Rittern, die eine Wachsstatue in der Tracht eines Triumphators trugen. Sie glich dem verstorbenen Claudius bis aufs Haar. Dahinter kamen ausgewählte Senatoren in gemessenem Schritt, die ein ähnliches Abbild aus purem Gold auf ihren Schultern trugen. In welcher Hast mussten die Künstler diese Werke gefertigt haben, durchfuhr es Valerius. Oder hatte Agrippina gar die Skulpturen rechtzeitig vorher in Auftrag gegeben?

Als Nächstes zog ein mit Samt und Goldbrokat ausgeschlagener Prunkwagen vorbei, der ein drittes Bildnis des toten Imperators trug. Dem Wagen folgten die bekanntesten Schauspieler Roms in prächtigen Gewändern. Sie trugen die *Imagines*, die Wachsmasken der berühmten Ahnen aus dem julisch-claudischen Haus vor ihren Gesichtern. Augustus, Cäsar und Tiberius waren unter ihnen ebenso zu entdecken wie die des Stammvaters Aenaeas – die Maske des verhassten Caligula fehlte jedoch.

Jetzt kam, umgeben von den Gardetribunen zu Pferd, der Leichenwagen. Auf einem mit weißem Samt ausgeschlagenem und mit goldenen Ornamenten verziertem leichten Reisewagen stand der kostbare Sarg, offen und innen mit Gold und Elfenbein ausgekleidet. Wer wie Valerius erhöht stand, konnte einen letzten Blick auf das wachsbleiche, aber friedliche Gesicht des Toten werfen.

Der Zug hatte jetzt die Rednertribüne erreicht und machte Halt. Der junge Nero, der zusammen mit der tief verschleierten Agrippina in einem Wagen hinter dem Leichenwagen saß, stieg aus und stieg die Treppe zur Rednertribüne empor. Sofort verstummte auch das letzte Gespräch in der Menge. Einen Augenblick lang sah sich der neue *Princeps* in der Runde um, dann begann er mit lauter Stimme seine Leichenrede:

»Quiriten! Bürger von Rom!

Ihr habt die Masken gesehen, die dem Toten vorangetragen wurden. Das Gesicht des Aeneas, der aus dem fernen Troia einst hierher kam, um das mächtige Geschlecht der Römer zu gründen. Die Maske des großen Gaius Iulius Caesar, der ganz Germanien für den römischen Adler unterwarf und dem Land unseren Frieden schenkte. Die Züge des göttlichen Octavianus Augustus, der über vierzig Jahre lang dieses Reich mit fester Hand regierte und ihm die Pax Augusta schenkte. Die Maske des unvergessenen Tiberius Claudius Nero, der das große Werk seines Adoptivvaters mit Weisheit fortsetzte.
Der Verstorbene reiht sich nahtlos in die Reihe der Großen seines Geschlechts ein. Aus Regilli, der fernen Sabinerstadt, wanderte es einst auf Betreiben des Titus Tatius, der – wie ihr wisst – ein Mitregent unseres Stadtgründers Romulus war, nach Rom aus. Nach ihrer Aufnahme unter die Patrizier erlangten die Angehörigen dieser Gens achtundzwanzigmal das Consulat, fünfmal die Diktatur, siebenmal die Censur. Sie feierten sechs große und zwei kleine Triumphe. Wer kennt nicht die Namen derer, die ihrem Geschlecht so viel Ehre bereiteten: Appius Caecus, der von dem Bündnis mit König Pyrrhus abriet; Claudius Caudex, der Erste, der mit seiner Flotte über die Meeresenge von Messina segelte und die Carthager aus Sicilia vertrieb; Claudius Nero, der den aus Hispania mit ungeheurer Heeresmacht anrückenden Hasdrubal schlug, bevor er sich mit Hannibal vereinigen konnte. Jeder hier weiß, dass ich diese Aufzählung noch lange fortsetzen könnte. Immer war dieses Geschlecht ein überzeugter Verteidiger der Macht und der Ehre Roms.

Der Verstorbene nun, der große Tiberius Claudius Drusus, den die Götter viel zu früh abberufen haben, auch er hat seinem großen Geschlecht zur Ehre gereicht. Das ferne Britannien hat er in einem gewaltigen Kriegszug unterworfen und zur Provinz des Reiches gemacht. Während seiner ganzen Regierungszeit hat der Staat keinerlei Verluste durch äußere Feinde erlitten. Auch auf den Gebieten der Wissenschaft, der Jurisprudenz und der Literatur hat er sich große Verdienste erworben. Zu loben sind aber auch seine Umsicht und seine Weisheit, die er in den Jahren seiner Regentschaft immer wieder unter Beweis gestellt hat.«

Bei der Erwähnung dieser Tugenden machte sich zum ersten Mal Unwillen unter den Zuhörern breit. Die einen begannen zu kichern, die anderen protestierten. »Ich hab' ihn als Richter erlebt«, meinte einer und blickte herausfordernd um sich, »jedenfalls, solange er nicht geschlafen hat!« Ein anderer meinte lachend: »Er war viel zu sehr damit beschäftigt, die Hörner zu putzen, die ihm seine Weiber aufgesetzt haben!« Und ein Dritter murmelte voller Empörung: »Wie kann der da von Weitsicht und Weisheit in der Regierung sprechen, da er sie doch immer nur seinen ehemaligen Sklaven überlassen hat.«

Nero schien zu merken, dass er mit den letzten Bemerkungen kaum den Geschmack des Volkes getroffen hatte und brachte die Rede zu einem schnellen Abschluss. Nach einer letzten Verbeugung vor dem offenen Sarg bestieg Nero seinen Wagen und der Zug setzte sich wieder in Bewegung. Mühsam reihte sich Valerius in die gewaltige Masse derer ein, die dem Leichenzug über die *Via Lata* zum Marsfeld folgte. Vorbei an der *Curia*, dem alten Senatsgebäude aus den Tagen der Republik, passierte der Zug den *Carcer Mamertinus,* das düstere Gefängnis Roms. Die Überschrift über dem schmalen Tor mahnte weithin sichtbar:

Ihr, die ihr hier eintretet, lasset alle Hoffnung fahren!

Unter diesem Kerker, eingehauen in den harten Fels, befand sich ein zweiter Kerker, das *Tullianum.* Hier waren die Anhänger Catilinas unter Ciceros Consulat vom Henker erwürgt worden, hier hatte der germanische Volksheld Vercingetorix nach seiner Niederlage gegen Cäsar auf seine Hinrichtung gewartet. Ein langer, schmaler, durch Eisentüren verschlossener Gang führt in das *Mamertinum,* den oberen Raum, in den die Gefangenen zuerst gebracht wurden. Hier erhielten sie eine erste Ahnung von dem, was ihnen bevorstand, denn die Schläge, das Klatschen der Peitsche und die Schreie der zu Tode Gepeinigten drang deutlich von unten herauf. Dieser Kerker war viel zu klein, um den Gefangenen für einen längeren Aufenthalt zu dienen. Sie weilten hier nur zum Verhör oder zur Vollstreckung der Strafe, die regelmäßig im Erwürgen durch den Henker bestand. Jugurtha, der unglückliche König Numidiens, hatte hier sechs Tage ohne Nahrung und Wasser verbracht, bevor ihn die gnädige Hand des Henkers von seinen Qualen erlöste.

Der Zug nahm jetzt seinen Weg durch den Triumphbogen, den der Senat nach dem Britannienfeldzug zu Ehren des Verstorbenen hatte errichten lassen. Immer wieder geriet der Zug ins Stocken, weil die Zuschauer den Weg derart verengten, dass die Gardisten Mühe hatten, ihn wieder freizuräumen.

Endlich kam die weite Fläche des Marsfeldes in Sicht. Am Rand von Rom gelegen, war sie über Jahrhunderte unbebaut geblieben und wurde für sportliche und militärische Übungen genutzt. Erst unter Cäsar und Augustus hatte die Bebauung begonnen, wobei peinlich darauf geachtet worden war, dass genügend Platz für Wagen- oder Pferderennen, Ballspiele und Ringkämpfe erhalten blieb. Das größte Gebäude war das am nördlichen Rande gelegene Mausoleum des Augustus, das von einem gewaltigen Erzstandbild des Kaisers beherrscht wurde. Im Inneren befanden sich die Gräber von ihm und seinen Angehörigen. Hier sollte auch Claudius seine letzte Ruhe finden.

Das ganze Marsfeld war von Menschen überfüllt, die versuchten, einen Blick auf die Zeremonie zu erhaschen. Auch Valerius kam nicht näher heran, sondern musste sich mit einem hinteren Platz begnügen, von dem man den weiteren Verlauf allenfalls ahnen konnte. Priester, Ritter und Prätorianer hatten am gestrigen Tag vor dem Mausoleum einen Scheiterhaufen errichtet, der aus goldbestickten Teppichen, prächtigen Gewändern, kostbaren Statuen und Reliefs sowie prächtigem Schmuck nach Art eines pyramidenförmigen Altars aufgeschichtet worden war. Die Stoffe waren mit den teuersten Wohlgerüchen Arabiens und Indiens getränkt, und weithin verbreitete sich der Geruch ätherischer Öle wie Narde, Myrrhe, Zimt, Safran, Krokus und Lotos.

Nachdem die Priester ihre Gebete gesprochen hatten und die Musik der Tubabläser, Hornisten und Flötisten verstummte, schritt Nero wortlos zu dem aufgebahrten Leichnam, öffnete ihm ein letztes Mal die Augen und gab ihm einen flüchtigen Kuss. Agrippina stand in unmittelbarer Nähe und verfolgte das Geschehen scheinbar ungerührt. Dann entzündete Nero mit abgewandtem Gesicht den Scheiterhaufen und trat zurück. Es folgte eine riesige Stichflamme, die so hoch aufschoss, dass auch Valerius sie gut sehen konnte. Ein Raunen ging durch die sichtlich ergriffene Zuschauermenge, als der prunkvolle Scheiterhaufen und alle ihn umgebenden Kostbarkeiten ein Raub der Flammen wurden. Schon bald danach machten sich viele Zuschauer wieder auf den Heimweg. Das Spektakel war beendet.

***

Das etrurische Landgut der Valerier lag bei Tarquinii, der alten etruskischen Königsstadt, kaum mehr als eine Tagesreise von Rom entfernt. Valerius holte sein Pferd, das er in einem Mietstall am *Forum Boarium* untergestellt hatte, und folgte der großzügig ausgebauten *Via Clodia*. Seine Sachen ließ er im Gasthaus zurück. Betrübt hatte Valerius feststellen müssen, dass der Abschied von seinen Gardekameraden mehr als kühl ausfiel: kaum ein freundliches Wort, kein Wort des Bedauerns über sein Ausscheiden. Valerius war binnen kurzem zur *Persona non grata* geworden. Man ging ihm aus dem Weg wie den aussätzigen Sklaven auf der Krankeninsel im Tiber. Seine Uniform als Militärtribun half ihm allerdings, alle Straßenkontrollen anstandslos hinter sich zu bringen. Hier wusste niemand davon, dass er bei dem neuen Cäsar in Ungnade gefallen war, und man brachte ihm den angemessenen Respekt entgegen.

Am späten Abend lagen die weitläufigen Gebäude des elterlichen Landgutes vor ihm. Tarentios, der betagte Gutsverwalter, wäre ihm vor Freude fast um den Hals gefallen, als er den jungen Herrn erkannte.

»Welche Freude! Der junge Herr gibt uns die Ehre! Und wie werden sich der Herr und die Herrin freuen!«

In der Tat! Voller Rührung umarmte der alte Marcus Valerius Messala seinen Sohn, und der Mutter, Gaia Valeria, rannen die Freudentränen von den Wangen. Während des Gastmahls, das eilends aufgetischt wurde, musste Valerius immer wieder von seiner Mission in Germanien erzählen, von den Geschehnissen in Rom (die Sache mit dem zerrissenen Todesurteil ließ er allerdings ebenso unerwähnt wie die Exildrohung für die Eltern) – und natürlich von Dirana!

»Eine ehemalige Sklavin? Du hast sie freigelassen und … willst sie später gar heiraten?« Nur mit Mühe verdaute der traditionsbewusste Vater diese Neuigkeit. Dergleichen war im alten Geschlecht der Valerier noch nie vorgekommen.

»Was spielt es für eine Rolle, ob sie Sklavin war oder nicht?«, lenkte die Mutter ein und blickte ihren Sohn voller Stolz und Zärtlichkeit an. »Es gibt unter jenen ebenso gute Frauen, wie es unter unseresgleichen schlechte gibt, nicht wahr? Wenn sie dein Herz erobert hat, muss sie schon eine bemerkenswerte Frau sein. Aber erzähl! Wie lebt man in diesem Städtchen *Colonia Agrippinensium*? Ist es nicht furchtbar kalt dort? Und all die ungewaschenen und bärtigen Barbaren! Wie kann man da überhaupt leben?«

»Man kann, Mutter, und es ist gar nicht einmal so übel. Gaius, von dem ich euch herzlich grüßen soll, zieht das Leben dort dem Leben hier sogar vor. Die Einwohner sind freundlicher und offener als in Rom. Es ist ein buntes Gemisch aus allen Ländern, das sich dort am Ufer des *Rhenus* zusammengefunden hat, aber doch musst du die römische Kultur nicht vermissen. Es ist nicht so, dass Bären und Auerochsen über die Straßen laufen. Eher ist das Ubierstädtchen so etwas wie ein kleines Rom, nur nicht so laut und schmutzig.«

Nach dem Essen begaben sich Vater und Sohn ins *Tablinum*, wo ein guter Falernerwein auf sie wartete.

»Was erwartest du von unserem neuen Cäsar?«, fragte Marcus Valerius Messala unvermittelt.

»Ich bin mir nicht sicher«, antwortete Valerius nach kurzem Zögern. »Hört man sich auf den Straßen Roms um, so freuen sich die Menschen über den jungen Regenten. Seneca erzählt mir, dass er noch der Führung bedarf, und hat schon die ersten Ratschläge verfasst. Ich selbst habe noch kein Wort mit ihm gesprochen und werde auch wohl kaum die Gelegenheit dazu erhalten. Wie du weißt, hat er mich aus der Garde entfernen lassen. Auch weiß ich nicht, ob er überhaupt in Agrippinas Komplott eingeweiht war.«

»Man wird abwarten müssen. Abwarten auch, wie groß der Einfluss der Mutter auf den Sohn ist. Außerdem interessiert mich brennend die Frage, wie er mit seinem Stiefbruder Britannicus umgeht, den immer noch viele für den rechtmäßigen Thronfolger halten ...«

Zur Freude seiner Eltern blieb Valerius noch weitere fünf Wochen. Er machte Ausritte durch die weiten Ebenen, traf sich abends mit früheren Freunden in den Tabernen des Ortes oder diskutierte mit seinem Vater über Philosophie und die politischen Verhältnisse in Rom. Die erholsamen Wochen im Hause seiner Eltern vergingen wie im Flug, und die Stunde des Abschieds kam schneller als gedacht. Seine Mutter wollte ihn kaum gehen lassen, hatte tausend Einwände und Vorschläge, fügte sich aber schließlich in das Unvermeidliche.

»Komm recht bald wieder, mein Lieber, und dann bringst du deine Dirana mit. Ich möchte sie zu gerne kennen lernen«, gab sie ihm mit auf den Weg und umarmte ihn lange zärtlich.

XXV.
Saturnalien

Dezember des Jahres 54 n. Chr.

Kalt ist es in den Zellen der *Castra Praetoria.* Der feuchte Wind kriecht durch die zahllosen Ritzen und bildet Tropfen, die an den nackten Wänden herabrinnen. Eine dicke schwarze Spinne läuft auf der Suche nach Nahrung über den kalten Boden und unter die Liege, wo sie vielleicht ein paar Brosamen finden kann. Die alte Frau mit den schlohweißen, aufgelösten Haaren sieht sie nicht. Unruhig dreht sie sich auf der harten Liege und blickt durch das winzige Fenster in die Freiheit. Ihre schwieligen Hände sind zur Faust geballt, und die trockenen, aufgesprungenen Lippen murmeln ohne Unterlass Fluch auf Fluch. Dann erhebt sie sich ächzend und schlurft zum Fenster. Während sie ihren Blick über den leeren Exerzierplatz schweifen lässt, krallen sich ihre gichtigen Finger um die rostigen Gitterstäbe, und mit unhörbarer Stimme betet sie zu Persephone, der unheimlichen Göttin der Unterwelt.

Plötzlich wird ihr Gebet unterbrochen. Mit einem Ruck öffnet sich die Tür, und zwei Männer betreten den Raum. Die Alte kennt sie beide. Es sind Tullius Torquatus Niger und Julius Pollio, Tribun einer Prätorianerkohorte und ein besonderer Vertrauter des neuen Kaisers. Auch er hat sie schon in ihrer Behausung auf dem Aventin besucht, ein alter Kunde sozusagen.

Ein höhnisches Grinsen zieht über die Lippen des Hageren, der wie immer einen schwarzen Mantel trägt.

»Ich hoffe, du genießt unsere Gastfreundschaft«, sagt er und streicht sich über seine rote Narbe.

»Fahr in den Hades, du Schurke!«, schreit Locusta ihm entgegen.

»Na na, wer wird denn so undankbar sein ... Besser als deine feuchte Höhle auf dem Aventin ist doch diese Zelle allemal. Und das Essen kann sich sehen lassen, oder?«

Mit einem Fluch tritt die Alte gegen den Essensnapf, der gegen die Wand knallt und zerbricht.

»Freilich wirst du deine Kröten und Schlangen vermissen, nicht wahr?«, fährt Niger ungerührt fort. »Und das ist auch der Grund für unseren Besuch. Einmal noch benötigen wir deine Dienste, und dann wirst du deine Freiheit wiederhaben, das gelobe ich bei den Göttern! Bist du uns aber nicht zu Willen, wird dir der Henker morgen deinen dünnen Hals durchschneiden!«

Julius Pollio nickt schweigend. Misstrauisch starrt die Alte die beiden an. Sie fürchtet den Tod nicht, sehnt sich aber nach der Freiheit. Und doch, zu viele Versprechungen wurden schon gebrochen.

»Hattest du mir nicht auch beim letzten Mal zugesagt, mir die Freiheit zu erhalten? Habe ich dir nicht treu gedient? Ist nicht der alte Cäsar durch meinen Trank ...?«

Der Tribun drückt ihr seine Hand auf den Mund. »Schweig, Alte! Bist du von Sinnen, so etwas hier zu sagen?«

Die Hexe wendet sich murmelnd ab und tritt erneut zum Fenster.

»Die Freiheit?« Niger nimmt wieder das Wort. »Ist es das, was du willst? Nun, du kannst sie haben. Aber einen Trank musst du mir noch mischen! Und mehr noch: Ich bin in höherem Namen befugt, dir als Lohn nicht nur die Freiheit zu versprechen. Du wirst nicht nur verbürgte Straflosigkeit erhalten, für alles, was du bislang getan hast. Nein, du wirst die feuchte Höhle im Aventin mit einem prächtigen Landsitz vertauschen, und du wirst deine Künste unterrichten können. Schüler aus allen Teilen des Imperiums werden zu dir strömen und deine Künste erlernen. Wie gefällt dir das?«

In den kleinen Augen der Alten blitzt es auf. Landsitz, Unterricht, bei den Göttern, welch ein Lohn! Von so etwas hat sie nie zu träumen gewagt. Hastig fragt sie nach: »Der Trank. So wie der letzte?«

»Er muss nicht ganz so schnell wirken. Sag uns, was du brauchst, und wir werden dir alles besorgen. Du wirst den Trank hier in deiner Zelle brauen. Ist die Sache erledigt, magst du deiner Wege gehen!«

Die Alte nickt.

***

Lautes, buntes Treiben erfüllt die Straßen und Gassen Roms. Weinselige Menschen torkeln über das *Forum.* Sie tanzen und singen und belästigen die Spaziergänger, die sich vor ihnen ängstlich in die Ecken drücken. Andere erleichtern sich zum Unwillen der Priester gar an den Tempeln oder bekritzeln die Häuser mit obszönen Sprüchen. Lärm, Musik und dröhnender Gesang hallen durch die engen Gassen, und wer das Treiben nicht liebt, hat sich längst auf seinen Landsitz zurückgezogen.

Auch der kaiserliche Palast ist davon erfüllt. Die langen zugigen Gänge sind geschmückt und hallen wider vom frechen Gesang der Sklaven, denn dies ist ihr Tag. Allerdings tut man gut daran, es nicht zu übertreiben oder gar den jungen Cäsar zu reizen, denn das Fest dauert nur drei Tage, und danach könnten Unannehmlichkeiten folgen ...

Nero hat sich mit seiner Familie und Freunden in das prächtig geschmückte *Triclinium* zurückgezogen, wo er auf seine Art mitfeiert. Vor den Türen und auf den Gängen stehen schlanke, blondhaarige Riesen, seine neue Leibwache. Seinen persönlichen Schutz mag er nicht den Prätorianern anvertrauen, das hat ihn die Geschichte mit Valerius gelehrt. Seine neuen Leibwächter sind ausschließlich Germanen. Sie beherrschen die Sprache der Römer zwar nur sehr lückenhaft, aber sie sind bereit, sich auf einen Wink des Cäsars für ihn in Stücke hauen zu lassen. Man kann nie wissen.

Entspannt lehnt der Kaiser sich zurück. Die ersten Wochen seiner Regentschaft kann man als gelungen bezeichnen. Seine erste Rede im altehrwürdigen Senat war mit viel Beifall aufgenommen worden. Er wisse nichts von Bürgerkriegen, Hass oder Rache und werde sich nicht zum Richter machen. In seinem Hause werde nichts käuflich sein, und die alte Günstlingswirtschaft und Postenjägerei schaffe er ab. Kriege wolle er nicht führen, die Gerichte von bestechlichen Richtern säubern und dem Senat alle Freiheiten lassen, die ihm zustünden. Das alles hatte er mit fester Stimme vorgetragen, und man hatte ihm nur zu gerne geglaubt. »Eine neue Zeit bricht an!«, hatten die alten Senatoren gerufen.

»Ich werde nach dem Testament des großen Augustus regieren«, versprach Nero unter dem Beifall der Senatoren, und ganz Rom himmelte den jungen Regenten an. Er hatte die Steuern herabgesetzt, kostenlos Getreide verteilt und prächtige Spiele ausgerichtet.

An das Volk ließ er pro Kopf vierhundert Sesterzen austeilen, und die alten, aber verarmten Senatoren erhielten jährliche Gehaltszahlungen. Und als er dann auch noch die Gefahr, die durch die fernen Parther drohte, ohne Krieg bannte, lediglich durch Truppenbewegungen, jubelte das Volk ohne Grenzen.

»*Utinam ne scriberem* – Oh, könnte ich doch nicht schreiben!«, soll er ausgerufen haben, als er sein erstes Todesurteil unterschrieb. Dieses Wort makelloser Güte ging in Rom von Haus zu Haus, und die Menschen liebten ihn dafür. Den Bürgern Roms erschien der neue Cäsar rein und sauber wie ein funkelnder Stern, und die Güte des jungen Kaisers leuchtete in ihren Augen wie eine neue Sonne über seinem Volk.

Aber es gibt auch noch einen anderen Nero, der mit seinen Kumpanen nachts verkleidet durch die Straßen Roms zieht, anständige Frauen belästigt oder harmlose Passanten unter dem Gejohle seiner Freunde verprügelt. Die Filzmütze tief ins Gesicht gezogen, wartet er auf seine Opfer, die gerade von einem Gastmahl kommen. Aus der Finsternis des Gassenwinkels lösen sich plötzlich Schatten, umringen die Passanten und dreschen auf sie ein. Nur Sekunden dauert der Spuk, dann tollen die Schläger ausgelassen davon und verhöhnen ihre Opfer, die hilflos im Kot der Straße liegen.

Auch vor nächtlichen Einbrüchen in Läden scheut sich der Kaiser nicht. Es geht nicht um die Beute, die er großzügig seinen Freunden überlässt, es geht nur um den Spaß!

Doch manchmal muss er sein Vergnügen auch teuer bezahlen. »Mein Täubchen, meine kleine Honigmaus!« Ängstlich drückt sich das Mädchen an die Hauswand. Gierig greift der junge *Princeps* an ihren Busen. Plötzlich trifft ihn ein derber Schlag von hinten, dann noch einer. Vor ihm steht ein junger kräftiger Ritter. Nero kennt ihn, aber der Ritter erkennt den Cäsar nicht. Immer wieder schlägt der mutige Galan auf den frechen Angreifer ein, bis Nero halb besinnungslos zu Boden sinkt.

Seitdem hat der Kaiser sein Gefolge um einige kräftige Leibwächter ergänzt. Das soll ihm nicht wieder passieren.

***

Amüsiert blickt der Kaiser um sich. Die Würfel sind gefallen und haben ihn für den heutigen Abend zum Trinkkönig bestimmt. Wer die richtigen Würfel hat ... Zuerst befiehlt er den weiblichen Gästen unter dem johlenden Beifall aller anderen, sich ihrer Kleidung zu entledigen und nackt um ihn herumzutanzen. Kreischend werfen sie ihre Gewänder ab und folgen willig dem Befehl des Kaisers. Nero greift zu seinem Weinbecher und leert ihn in einem Zug – unvermischt, bei solchen Festen kann man auf das Wasser verzichten!

Agrippina, die in einer Ecke sitzt, ist offensichtlich gelangweilt von dem Geschehen. Wenn ihr Sohn doch nicht so viel trinken würde ... Jetzt ruft er Britannicus zu sich, der mit schamroten Wangen die Darbietungen verfolgt hat.

»Sing uns ein Lied, lieber Bruder!«

Doch die Hoffnung, der junge Prinz mache sich durch seinen Gesang lächerlich, trügt. Unbefangen und mit der hellen Stimme der Jugend trägt der Junge ein Lied vor, das keck darauf anspielt, dass er aus seinem väterlichen Erbe verdrängt worden sei. Betreten blicken die Gäste zum Cäsar. Der lächelt verkrampft und lobt den Sänger.

»Jetzt möchte ich meinen warmen *Mulsum*«, ruft Britannicus durstig aus. Man reicht ihm den Becher, und wie immer kostet der *Praegustator* das Getränk. Als Britannicus den Becher an die Lippen setzt, findet er es allerdings viel zu heiß.

»Wasser! Man muss es mit etwas Wasser kühlen!«

Aus einem Tonkrug wird Wasser beigemischt, Wasser, das der Vorkoster übersieht ... Sekunden später bricht der junge Prinz zusammen, seine Stimme setzt aus, sein Atem stockt. Aber er lebt!

Die Kinder, die neben Britannicus sitzen, eilen schreckensstarr davon. Die eingeweihten Erwachsenen blicken ungerührt herüber. Agrippina ist starr vor Schrecken und Fassungslosigkeit.

»Es ist nicht so schlimm«, sagt Nero sanft, »der Gute hat öfters solche Anfälle. Das vergeht wieder.«

Innerlich tobt der junge Kaiser jedoch und befiehlt leise seinem Leibwächter, Locusta aus ihrer Zelle zu holen und in den Nebenraum zu bringen. Man schleppt sie herbei. Nero persönlich macht ihr die größten Vorhaltungen, schimpft sie eine dumme Anfängerin. Locusta verteidigt sich. Man habe ihr doch gesagt, dass die Dosis nicht so ... Der Kaiser unterbricht sie hohnlachend und wirft sich in Positur: »Fürchte ich denn das iulische Gesetz? Bin ich nicht der Kaiser?«

Man hat die Giftvorräte direkt aus der Zelle mitgebracht, und so mischt die Alte einen neuen Tod. Ein Ziegenbock muss zur Demonstration herhalten, doch der lebt noch zu lange. Wieder wird der Trank verfeinert und dann an einem Ferkel ausprobiert. Es erhält eine kleine Dosis, reckt sich – und fällt um. Nero lächelt zufrieden.

Im *Triclinium* wird die Feier fortgesetzt, als sei nichts geschehen. Griechische und gadetanische Tänzerinnen in hauchdünnen koischen Gewändern erhitzen die Gäste mit ihren lasziven Bewegungen und kreischen dabei laut. Britannicus liegt blass auf seiner Liege und verfolgt die Spiele mit flackernden Augen.

»Ich sehe, es geht dir besser. Wie schön!« Voller Anteilnahme nähert sich Nero seinem Stiefbruder. »Hier, trink das. Es wird dir helfen!«

Arglos nimmt Britannicus den Trank, den ihm der Bruder reicht – und fällt von der Liege, sobald die ersten Tropfen seine Kehle erreicht haben.

»Bringt ihn in den Nebenraum, es wird ihm bald besser gehen!«, ordnet Nero ungerührt an. »Und jetzt wollen wir weiterfeiern! Der *Rex bibendi* befiehlt es!«

Noch in derselben Nacht wird der unglückliche Prinz bei strömendem Regen und ohne jede Feierlichkeit beigesetzt. Locusta aber erhält die Freiheit und den versprochenen Landsitz ...

***

In *Colonia Claudia Ara Agrippinensium* herrscht der Ausnahmezustand! Aber es ist nicht Krieg, und es sind auch keine Barbarenhorden über die Ubierstadt hergefallen, obwohl es in manchen Gassen der Stadt so aussieht. Keine furchtbare Seuche hat die Bewohner dahingerafft, keine Naturgewalt droht mit schrecklicher

Vernichtung, kein feindliches Heer steht waffenstarrend vor den Mauern. Und doch herrscht der absolute Ausnahmezustand!

Die Kinder haben schulfrei, und die Sklaven dürfen ungestraft ihre Meinung sagen. Sie speisen gemeinsam mit ihren Herren oder lassen sich sogar von ihnen bedienen. Die Gerichte sind geschlossen, ebenso die meisten Geschäfte. Nur die Kneipen, Garküchen und Gasthäuser haben geöffnet und sind alle zum Bersten voll. Bei den üppigen Gastmählern fließen Wein, Met und *Cervisia* – mehr noch als sonst – in Strömen, und viele scheuen sich nicht, kaum bekleidet herumzutanzen. Wer nüchtern ist, fällt unangenehm auf! Jede Trinkrunde – und derer gibt es viele – wählt ihren *Rex bibendi,* einen Trinkkönig, und befolgt dessen unsinnige Befehle. So springen sie in kalte Brunnen, laufen auf allen Vieren, klettern nackt auf Bäume oder urinieren singend gegen das nächste Denkmal. Und zwischendurch immer wieder die Schlachtrufe der Saturnalier: »*Io Saturnalia! Io Saturnalia! Carne valeas, carne valeas!* – He, Saturnalien! Lass es deinem Körper gut gehen!« Laute Fröhlichkeit, närrische Aktivitäten und ausgelassene Zügellosigkeiten jeder Art beherrschen die Straßen der Ubierstadt, sogar das Glücksspiel, ansonsten streng verboten, ist an diesen drei Tagen erlaubt. Selbst die winterliche Kälte kann das Treiben nicht hindern, so wenig wie der Schnee, der in dicken Flocken herabgefallen ist und das ganze Land wie mit einem weiten weißen Teppich bedeckt hat.

Das alte stadtrömische Fest, in alter Zeit einmal als Feier zum Abschluss der Ackerarbeiten des vergangenen Jahres und damit zu Ehren des Bauerngottes Saturn eingerichtet, hat längst seinen ursprünglich religiösen Charakter verloren und liefert den Vorwand für jede Art von unnützem Treiben. Aus der fernen Hauptstadt hat es seinen Weg in die Provinzen gefunden, und auch die Einwohner der jungen Stadt am *Rhenus* wollen auf diese Vergnügungen nicht mehr verzichten. Fragt man einen der freien Bürger oder gar einen Sklaven, was sein liebstes Fest im Laufe des Jahres sei, so erhält man mit Sicherheit die Antwort: die *Saturnalia.*

Nur wenige halten sich abseits und betrachten das Treiben mit Abscheu. Für sie verlieren ihre Mitbewohner regelmäßig einmal im Jahr ihre Würde. Maternus und die Seinen gehören dazu. Sie gehen still ihrer Wege, halten ihre Gottesdienste ab und beten zu ihrem gekreuzigten Gott, dass er den Menschen ihre Vernunft zurückgebe. Aber das stört die anderen nicht. »Nicht wir sind verrückt, wenn wir uns ein wenig vergnügen, sondern die da, die keinen Spaß verstehen!«

***

Zwei Reiter, in dicke Mäntel eingehüllt, näherten sich langsam dem Westtor der Stadt. Pferde wie Reiter waren erschöpft. Behutsam lenkten die Männer ihre Pferde über die vereiste Straße. Die Ubiersiedlung vor den Stadtmauern wirkte wie ausgestorben. Nur ab und zu huschte ein Schatten oder ein streunender Hund durch die eisige Nacht.

»Endlich zu Hause!«, murmelte Gaius und blickte voller Freude auf die Wehrmauer der Ubierstadt.

Diesmal hatten sie fast vier Wochen für die Reise von Rom an den Rhein gebraucht, aber im Winter ist das Reisen eben wesentlich länger und beschwerlicher.

»Man wird uns in der Legion schon vermissen«, sagte Valerius, »wir haben unseren Urlaub überzogen.«

»Interessiert mich nicht«, brummte Gaius. »Uns wird schon etwas einfallen. Wo wollen wir übernachten?«

»Das Gästehaus im Prätorium scheidet aus, das werden sie uns kaum anbieten. Aber ich kenne ein anständiges Gasthaus am *Forum*.«

Obwohl sie noch mehr als hundert Schritt von der Stadt entfernt waren, wehte der kalte Ostwind den Feierlärm herüber. Lieder und Musik, kreischende Frauen und schreiende Männer begrüßten die Ankommenden.

»Und ich hatte schon gehofft, man würde hier die Saturnalien nicht kennen«, rief Valerius unwillig.

»Du hast dich getäuscht, mein Lieber. So wie ich das sehe, wirst du heute deinen Argober bewirten müssen.«

»Ich vermute, bei den Neuigkeiten, die ich für ihn habe, wird er gerne darauf verzichten, meinst du nicht?«

Gaius nickte. »Die Götter haben uns geholfen. Ohne sie wäre das nie gelungen!«

Voller Freude dachten sie an die Szene in dem kleinen Gasthaus in *Divodurum* zurück. Behaglich hatten sie sich nach dem ausgezeichneten Essen zurückgelehnt und den freundlichen Wirt nach der Rechnung gefragt.

»Ich muss in die Küche, hab' dort eine größere Bestellung. Aber meine Sklavin kann das auch regeln. Sura! Suuuuuuura! Komm und kassiere die Rechnung der beiden Herren.«

Bei dem Namen war Valerius hellhörig geworden. Sura – war das nicht der Name, den Argober ihm genannt hatte? War das nicht der Name seiner Frau? Nun ja, den Namen mochte es ja häufiger geben ... Die junge Frau mit den rötlichen Haaren kam schnell herbei und überreichte die Rechnung. Valerius bezahlte und gab ein großzügiges Trinkgeld.

»Woher kommst du, Sklavin?«, fragte er und hielt ihren Arm fest, als sie davongehen wollte.

»Woher? Du meinst ...?«

»Ich meine, welches Land war das Land deiner Eltern?«

»Britannien, Herr!«

»Hast du keine Familie, keinen Mann, keine Kinder? Wo sind sie jetzt?«

Die Sklavin sah den Gast überrascht an. »Kinder? Freilich hab' ich Kinder, zwei, und sie sind bei mir.«

»Lass mich raten!«, schmunzelte Valerius. »Sie heißen Cassix und Rovanna, nicht wahr?« Sura wurde blass.

»Woher weißt du das, Herr? Ich meine ...«

»Und was ist mit deinem Mann?«, unterbrach Valerius sie.

»Mein Mann? Äh ... ich weiß es nicht, Herr. Als wir in die Sklaverei gerieten, wurden wir getrennt. Seitdem habe ich ihn nicht mehr gesehen.« Sie sah nach unten, und aus den Augenwinkeln traten Tränen, die sie verschämt wegwischte.

»Ich will kein Spiel mit dir treiben, Sura. Dein Mann befindet sich nicht weit von hier, in der Ubierstadt *Colonia Claudia Ara Agrippinensium* und dient dort als Stadtsklave. Als ich die Stadt verließ, ging es ihm gut. Er sehnt sich nach euch, und wie es scheint, kann man seiner Sehnsucht abhelfen.«

Mit großen Augen hatte die Sklavin den Worten des Tribuns gelauscht.

»Sura! Suuuuura!«, tönte die Stimme des Wirts laut durch den Schankraum. »Hier will jemand bestellen, und du unterhältst dich mit den Gästen! Drei Wein und zwei *Mulsum*, aber heiß, für den Tisch am Fenster!«

»Ja, Herr, ich ... äh ... ich komme sofort!«

»Wohnst du hier im Haus?«, fragte Valerius.

»Ja!«, hauchte Sura atemlos. »Es geht ihm gut, und er hat uns nicht vergessen?«

»Es geht ihm gut, und er liebt und vermisst euch. Ich werde alles tun, um euch wieder zusammenzubringen. Vertrau nur auf die Hilfe der Götter, die uns hierhin geführt haben.«

»Suuuuuuraaaa!«

»Ich muss gehen, Herr. Bitte, vergiss mich nicht!«

»Ich schwöre es, bei Jupiter!«, hatte Valerius geantwortet.

»Argober wird vor Freude verrückt werden, meinst du nicht auch?«

»Sicher«, brummte Gaius durch seinen Mantel und stieß eine Wolke weißen Atems aus. »Aber wie willst du es anstellen, die Familie zusammenzubringen? Du hast keine *Diploma* mehr und verfügst wohl auch kaum über die erforderliche Barschaft.«

»Wohl wahr, Freund«, nickte Valerius unter seiner schweren Kapuze. »Aber die Götter hätten uns nicht in jenen Gasthof geführt, wenn sie uns nicht auch weiter helfen würden. Irgendetwas wird uns schon einfallen.«

Sie erreichten das verschlossene Stadttor. Zwei Wächter lehnten schläfrig an der Mauer, wurden aber angesichts der Reiter sofort wach.

»Wer ... d... da?«, rief der eine von ihnen, und seine schwere Zunge verriet, dass er entgegen aller Dienstanweisungen einigen Wein genossen hatte.

»Die Militärtribunen Marcus Valerius Aviola und Gaius Tullius Eximius begehren Einlass.« Wie zur Legitimation schob Gaius seinen schweren Mantel zurück, unter dem die Uniform und die Rangabzeichen eines Tribuns sichtbar wurden.

Schlagartig versuchte der Soldat, eine stramme Haltung anzunehmen. »Jawohl, Tribun! – Septimius!« Ruckartig öffnete auch der andere seine müden Augen und tat es seinem Gefährten gleich.

»*Aperite portam*!«, rief der erste durch eine schmale Scharte, woraufhin das Tor quietschend geöffnet wurde und die beiden Tribunen die Ubierstadt betreten konnten.

Zu dieser späten Stunde war es erlaubt, durch die Stadt zu reiten. Man hatte Sand auf die vereisten Straßen gestreut, um die Fortbewegung sicherer zu machen. Wohin sie sich auch wandten, überall trafen sie auf weinselige Narren, die das Fest in vollen Zügen genossen. Ein Kreis tanzender und singender junger Menschen umringte sie und forderte sie auf, sich ihnen anzuschließen, aber mit einer müden Handbewegung verscheuchten die Tribune sie.

»Dann eben nicht, ihr traurigen Figuren«, lachten die ausgelassenen Saturnalier und zogen singend ihrer Wege. Im Gasthof des Faustus am *Forum* war noch ein Zimmer frei, das sie sich teilten. Schnell versanken sie in einen tiefen erholsamen Schlaf.

Aus dem Schatten der Häuserwand löst sich eine Gestalt in einem dicken Kapuzenmantel. Sie hat die beiden Reiter vom Stadttor an verfolgt, ohne von den müden Reisenden bemerkt worden zu sein. Sie weiß jetzt genug und kann ihrem Auftraggeber Bericht erstatten. Es bleibt noch Zeit, an den Feiern teilzunehmen und den einen oder anderen Becher zu leeren. Vergnügt spielt sie mit den Geldstücken in der Tasche.

XXVI.

Verrat!

Trotz der anstrengenden Reise wurde Valerius schon früh durch die ersten Strahlen der winterlichen Sonne geweckt, die sich verschämt in das Zimmer gestohlen hatten. Ein Blick aus dem winzigen Fenster zeigte, dass ein dichter Schneeteppich die Ubierstadt bedeckte – für Valerius ein ungewohnter Anblick. Es war sein erster Winter in Germanien, in Rom hatte es Schnee eher selten gegeben. Die Stadt schlief noch, und Valerius genoss die Stille, die über den verschneiten Häusern und Gassen lag. Wie ein Leichentuch, fuhr es ihm durch den Kopf, und seine Gedanken wanderten zurück, zurück nach Rom zu dem vergifteten Cäsar, dessen Tod er nicht hatte verhindern können. Wenn seine Ermittlungen früher zum Erfolg geführt hätten oder Maternus sein Schweigen eher gebrochen oder er die Warnungen jenes jungen Ritters ernster genommen hätte, dann vielleicht ...

Er schüttelte den Kopf, als ob er so seine tristen Gedanken loswerden könnte. Denk' besser an Dirana, die du heute wieder sehen wirst, dachte er. Das andere, das ist erledigt, und kein Gott des Olymps wird den toten Kaiser wieder lebendig machen können. Mag Agrippina auch triumphieren und der kleine Rotschopf auf dem Thron sitzen, der viel zu groß für ihn ist, ich kann es nicht mehr ändern!

Er schlug einige der Eiszapfen ab, die sich unterhalb des Fensters gebildet hatten und warf sie in hohem Bogen über die Straße. Gaius schlief noch fest, und Valerius beschloss, ihn sich so lange wie möglich erholen zu lassen. Ächzend erhob er sich – seine Beine schmerzten, und sein Rücken war durch den langen Ritt wie gelähmt – und schabte sich mit der *Novacula* mühsam die hartnäckigen Bartstoppel aus dem Gesicht. Er hätte jetzt einen halben Monatssold für einen ausgiebigen Besuch in den Thermen gegeben, aber ihre Verspätung erforderte es, sich unverzüglich bei ihrem Dienstherrn zu melden, Gaius bei seiner Legion in *Novaesium,*

Valerius beim *Prätor* von *Colonia Agrippinensium.* Außerdem wartete Dirana auf ihn!

Valerius schreckte aus seinen Gedanken hoch. Nägelbeschlagene Soldatenstiefel, die im Eiltempo die Holztreppe heraufstürmten! Sekunden später wurde die Tür aufgerissen, und das gerötete Gesicht eines *Optios* tauchte auf. Hinter ihm drängten sich mehrere Legionäre in den kleinen Raum und füllten ihn völlig aus. Durch den Lärm war Gaius erwacht und blickte völlig verständnislos um sich.

»Was bei den Göttern ...?«

»Marcus Valerius Aviola und Gaius Tullius Eximius?«, unterbrach die schnarrende Stimme des Unteroffiziers den aufkeimenden Protest.

»Ja, bei allen Göttern, das sind wir, aber was ...?«

»Ihr habt hier keine Fragen zu stellen. Die Fragen stelle ich!« Der Unteroffizier genoss sichtlich die Macht, die ihm seine augenblickliche Legitimation über die beiden Tribune gewährte. »Ich habe den Auftrag, euch zu verhaften! Bei Widerstand müssen wir von der Waffe Gebrauch machen. Aber das wird nicht nötig sein, oder?« Mit einem höhnischen Grinsen wies er auf seine Männer, die ihre Schwerter gezückt und einen Kreis um die beiden Männer gebildet hatten.

»Was wirft man uns vor?«, fragte Valerius sachlich, während Gaius kopfschüttelnd das Bett verließ und sich anzog.

»Ich bin nicht befugt, darüber Auskunft zu geben!«, antwortete der *Optio* mit wichtiger Miene.

»Wohin sollen wir gebracht werden?«

»In die Garnison nach *Novaesium*, zum dortigen Legat!«, lautete die knappe Antwort.

»Ich unterstehe nicht dem dortigen Legaten, sondern dem hiesigen *Prätor*«, protestierte Valerius.

»Interessiert mich nicht«, erwiderte der Unteroffizier, »ich führe nur meinen Befehl aus. Ihr habt zehn Minuten Zeit, euch vorschriftsgemäß zu kleiden!«

Wenig später verließen sie das Haus. Die Legionäre bildeten auch im Marsch einen Kreis um die beiden Tribune, als erwartete man eine plötzliche Flucht der Gefangenen. Am Stadttor warteten zwei weitere Soldaten mit den Pferden sowie eine große geschlossene Kutsche. In schnellem Tempo ging die Fahrt durch die tief verschneiten Wälder. Mit Wehmut dachte Valerius an Dirana, als sie das Örtchen *Durnomagus* passierten. Irgendwo dort, hinter der hügeligen Waldlandschaft, freute sich Dirana bereits auf das Wiedersehen mit ihrem geliebten Tribun. Ein Blick auf das finstere Gesicht seines Freundes zeigte, dass dieser ebenso an Antonia dachte. Schweigend blickten sie aus dem Fenster, argwöhnisch beobachtet von zwei Legionären, die ebenfalls in der Kutsche saßen. Der *Optio* und die übrigen seiner Männer ritten neben der Kutsche.

Nie war ihnen die Fahrt ins Legionslager nach *Novaesium* so lange vorgekommen wie jetzt, und es schien Stunden zu dauern, ehe das Haupttor des Lagers in Sicht kam. Inzwischen hatte dichtes Schneetreiben eingesetzt, der Kutscher verlangsamte spürbar das Tempo. Schwere dunkle Wolken waren von Osten aufgezogen und machten den jungen Tag zur Nacht.

»Brrrrrrrrrrrrr! Verdammte Gäule! Werdet ihr wohl stehen bleiben!« Der Kutscher hatte seine liebe Not, die Pferde auf dem glatten Geläuf zum Stehen zu bringen. Die Kutsche wurde von einer Wachmannschaft umringt, und man brachte die beiden Gefangenen wortlos in zwei nebeneinander liegende Arrestzellen der Präfektur. Mit einem kräftigen Tritt ließ der Wächter die schwere Eisentür ins Schloss fallen. Eine unheimliche Stille senkte sich über die Männer.

»Wie wird es weitergehen? Hast du eine Ahnung?«

»*Tacete statim* – Sofort schweigen!« Die blecherne Stimme des Wachhabenden unterband jede Kontaktaufnahme zwischen den Freunden.

Es dauerte bis zum Mittag, bevor Valerius von zwei Legionären abgeholt und zum Legionskommandanten gebracht wurde. Valerius hatte sich schon zurechtgelegt, was er Cassius Iunius Silanus sagen würde, den er auf seiner Seite wähnte. Es schien doch kaum erst ein paar Tage her gewesen zu sein, seit sie hier, in diesem Zelt, zusammen mit ihm die Pläne für die Rettung des Kaisers durchdacht hatten. Sicher, sie hatten den Urlaub um mehr als eine Woche überzogen, und darauf stand auch für Offiziere Strafe, aber der Legat konnte doch jetzt nicht ...

Aber es war nicht das vertraute Gesicht des Silanus, das ihm vom Schreibtisch des Kommandanten entgegenblickte. Dort saß ein gänzlich unbekannter Mann, hager und fast kahlköpfig, mit sauertöpfischer Miene, und wie der asketische Mund verriet, völlig humorlos. Wie ein Blitz schoss ihm durch den Kopf, was ihm Pallas in Rom gesagt hatte: »Wir haben den Legat durch einen zuverlässigeren Mann ersetzt!« Bei den Göttern, das hatte er völlig vergessen!

»Tribun Marcus Valerius Aviola?« Das kam aus schmalen, zusammengepressten Lippen und verriet wenig Sympathie für sein Gegenüber.

Valerius nickte. »Ich möchte ...«

»Schweig! Hier rede ich, und du redest nur, wenn du gefragt wirst! Ich bin Septimius Varonus Severus, der Legat der 16. gallischen Legion. Der neue Legat!« Das Letztere betonte er sehr nachdrücklich, und der Anflug eines dünnen Lächelns stahl sich über sein Gesicht, während seine Hände mit einer Schriftrolle spielten, die unzweifelhaft das kaiserliche Siegel schmückte. Valerius sah es mit Erstaunen, schwieg aber.

»Mag sein, dass du hier jemand anderes erwartet hast, aber der neue Cäsar, die Götter mögen alle Zeit mit ihm sein, hat die Legion in dankenswerter Weise von allen verräterischen Elementen gesäubert. So weit ich weiß, hat der Henker schon das Haupt des Cassius Iunius Silanus abgetrennt!«

Der Legat genoss das ungläubige Staunen des Tribuns mit sichtbarem Behagen.

»Nun zu dir, Tribun Valerius Aviola. Du hast deinen Urlaub überzogen, Tribun.« Er warf einen Blick auf die Schriftrolle vor ihm und fuhr mit schneidender Stimme fort. »Und zwar nicht um einige Tage, nicht um eine Woche, sondern um mehr als vier Wochen. Wir hatten dich und deinen Freund Gaius Tullius schon auf die Liste der Deserteure setzen wollen, aber offensichtlich habt ihr es euch doch anders überlegt.«

»Wieso vier Wochen? Man hatte uns acht Wochen Urlaub gewährt. Außerdem der Winter! Über die Pässe war kein Durchkommen, und so mussten wir ...«

»Du sollst schweigen! Hat man dir keinen Gehorsam beigebracht, Soldat?« Voller Zorn schlug er mit seinem Legatsstab auf den Tisch und funkelte Valerius mit wütenden Augen an. »Du kannst den Göttern danken, dass unser Cäsar dich für würdig genug befunden hat, noch in der Legion zu dienen, auch wenn er dich seiner Garde wohl für nicht würdig genug erachtet. Und nun zum Dank diese absolute Disziplinlosigkeit! Ihr seid eine Schande für die Legion! Vier Wochen Urlaub hattet ihr, keinen Tag mehr, das geht aus den Unterlagen der kaiserlichen Kanzlei eindeutig hervor! Acht Wochen! Pah! Das hat es seit den Tagen Sullas nicht mehr gegeben! Unsere Offiziere haben Vorbild zu sein für die Männer. Aber wenn die schon ihren Urlaub eigenmächtig verlängern, um in den Armen ihrer geilen Buhlerinnen zu liegen, dann muss das bestraft werden.«

Bei dieser Bemerkung schoss Valerius das Blut ins Gesicht, und er musste alle Kraft aufbieten, um dem unverschämten Legat nicht an die dürre Gurgel zu springen.

»Du hast damit gegen dein *Sacramentum* verstoßen, den heiligen Fahneneid verletzt! Der Bruch dieses Eides ist ein *Nefas*, eine frevelhafte Sünde, und als Strafe gilt gemeinhin die Ächtung vor den Göttern und den Menschen.«

Septimius Varonius machte eine kurze Pause. »Hast du noch irgendetwas zu sagen?«

»Ich unterstehe kraft kaiserlichem Befehl nur dem *Prätor* von *Colonia Claudia Ara Agrippinensium.*«

»Ach? Ist das so? Interessant, interessant. Da du gerade von kaiserlichem Befehl sprichst: Ich habe hier einen Befehl, dich in Haft zu nehmen, wenn du nicht pünktlich deinen Dienst antrittst.«

Valerius wurde klar, dass man ihm mit dem verlängerten Urlaub eine Falle gestellt hatte. Agrippina selbst hatte ihn für acht Wochen vom Dienst befreit, eine in der Tat ungewöhnlich lange Zeit. Aber es gab absolut keine Möglichkeit, dies zu beweisen. Vermutlich handelte der Legat sogar in gutem Glauben. Das zerrissene Todesurteil fiel ihm wieder ein. Wollte man auf diese Weise doch noch ...?

Die raue Stimme des Legaten unterbrach seine Gedanken.

»Kraft meines Amtes und in Übereinstimmung mit den einschlägigen Vorschriften bestrafe ich dich hiermit mit einer Haft von sechs Monaten. Du wirst deine Haft hier im Lager absitzen. Von einer Degradierung wird im Augenblick noch abgesehen.

Das gleiche Urteil gilt für den Tribun Gaius Tullius. Das Urteil wird sofort vollstreckt. Eine Berufung ist nicht möglich! Wache, führt den Delinquenten ab!«

***

Valerius war wie vor den Kopf geschlagen. Er saß in seiner kalten Zelle, den fröstelnden Leib in eine dicke Decke gehüllt, seine Tribunenuniform hatte er mit einer dicken grauen Tunika aus Baumwolle vertauschen müssen. Zu allem Überfluss schmerzte auch die Schulterwunde wieder, die er für längst verheilt hielt. Die feuchte Kälte bekam ihm gar nicht. Immer wieder schüttelte er den Kopf. Verrat! Hatte die Kaiserin ihn verraten und mit einem üblen Trick festsetzen lassen? Aber warum? Es wäre doch viel einfacher gewesen, in Rom das Todesurteil vollstrecken zu lassen, das der Kaiser schon unterzeichnet hatte. Es musste dafür einen Grund geben. Aber welchen? Der arme Gaius Tullius. Er war völlig unschuldig und eigentlich völlig unbeteiligt in diese Sache hineingeraten, und jetzt saß er, kaum zwanzig Schritte entfernt, ebenso in einer Zelle wie er selbst.

Und Dirana! Was würde sie denken? Man hatte sie wohl kaum benachrichtigt, und niemand wusste wohl, dass er hier eingesperrt war. Sie würde denken, dass er sie im Stich gelassen hat. Auch Sura müsste das annehmen, obwohl er doch versprochen hatte, sie wieder mit ihrem Mann zusammenzuführen.

Fluchend trat er gegen sein armseliges Bett, aber das brachte seinem Fuß nur eine schmerzhafte Prellung bei. Ein Ausbruch war aussichtslos, wie ihm die fest gemauerten Wände seiner Zelle und die stabile Vergitterung des winzigen Fensters schnell klarmachten.

Sechs Monate, ein halbes Jahr. Es würde Sommer sein, bevor er diese engen Wände verlassen konnte. Und dann? Konnte er seinen Dienst in der Ubierstadt wirklich fortsetzen?

Die Tage vergingen in eintönigem Einerlei. Wecken bei Tagesanbruch, waschen, ein karges Frühstück. Gegen Mittag konnte er die Zelle für eine Stunde verlassen und sich unter der strengen

Aufsicht von zwei Wachen im Garnisonshof bewegen. Gaius sah er dabei nicht. Dann wieder Einschluss, ein spärliches Mittagsmahl, Langeweile, Zorn, endlose Blicke durch das Zellenfenster. Am späten Abend die *Cena*, nahrhaft und ausreichend, Dunkelheit, Nacht, Schlaf. So schleppte sich die Zeit dahin, von der Seneca doch behauptet hatte, dass man sie unbedingt pflegen und erhalten müsse.

Seit zwei Wochen war er nun schon eingesperrt, und seine Wut auf alle, die das zu verantworten hatten, wuchs ins Unermessliche. Rachegedanken bemächtigten sich seiner Seele und boten ihm die einzige Abwechslung. Dann, an einem Morgen, der ebenso trostlos wie jeder andere begonnen hatte, wurde die Tür seiner Zelle plötzlich aufgerissen, und zwei Legionäre brachten ihn wortlos in einen Raum, den er nicht kannte. An einem alten Holztisch saß – Tullius Torquatus Niger.

Die Wachen entfernten sich, und Valerius blieb mit dem Mann allein, den er mehr als alle anderen hasste. Der Blick, mit dem der Schwarze ihn musterte, war nicht einmal unfreundlich zu nennen.

»Das Schicksal scheint uns doch immer wieder zusammenzuführen.«

»Ich weiß nicht, ob es wirklich das Schicksal ist!«, stieß Valerius mit zusammengepressten Lippen hervor.

»Du hast Recht«, nickte Niger. »Wir wollen mit offenen Karten spielen. Man hat dir und deinem Freund übel mitgespielt.«

Valerius sah ihn erstaunt an. Das waren sehr ungewohnte Worte aus dem Mund dieses Mannes.

»Ich weiß, du siehst in mir deinen Feind, und wahrscheinlich würdest du mir sofort an die Kehle gehen, wenn du könntest, nicht wahr?«

»Wundert dich das?«

»Nein.« Niger lächelte. »Ich verstehe das. Aber betrachte doch die ganze Angelegenheit einmal aus meiner Sicht. Ich unterstehe der *Augusta*, und ich bin ihr so treu ergeben, wie du es dem verstorbenen Cäsar warst. Das ehrt dich übrigens ... Ich habe nach bestem Wissen meine Befehle ausgeführt, nicht anders als du.«

»Aber ich hatte nicht den Befehl zu morden!«

»Stimmt. Aber manchmal muss man im Interesse der Staatsraison auch zu solchen Mitteln greifen. Ich würde immer wieder so handeln. *Salus publica suprema lex esto!* – Das öffentliche Wohl soll das oberste Gesetz sein! So hat es der unvergessliche Cicero ausgedrückt, nicht wahr? Und hat nicht Cicero nach eben jenem Grundsatz gehandelt, als er die Mitverschwörer Catilinas gegen jedes Recht an Ort und Stelle hinrichten ließ? Er hat es mit der Verbannung gebüßt, und doch hat er später gesagt, dass er immer wieder so handeln würde.«

Valerius lachte geringschätzig auf. »Bei den Göttern, wie vermessen ist es, eure Untat mit dem Handeln Ciceros zu vergleichen.«

»Das ist deine Sicht der Dinge, und man kann kaum erwarten, dass ein einfacher Tribun Einsicht in die Notwendigkeiten der Staatsführung hat. Aber lassen wir das! Ich bin gekommen, um dich zu befreien. Dich und deinen Freund Gaius!«

Valerius war völlig verblüfft. »Befreien? Du uns?«

»*Sic*! Ich gebe dir mein Wort, dass die *Augusta* nichts von deiner Inhaftierung wusste. Es geschah auf Anordnung des neuen Kaisers. Als sie davon erfuhr, hat sie nicht eher geruht, bevor dieser Fehler korrigiert wurde. Übrigens hattest du in Seneca und Burrus zwei weitere einflussreiche Fürsprecher. Und aus diesem Grunde bin ich hier. Als Gegenleistung erwarte ich nur eins ...«

»Und was soll das sein?«

»Du wirst mir dein Ehrenwort als Tribun geben, dass du niemals über die zurückliegenden Vorfälle sprichst, zu niemandem und zu keiner Zeit! Dasselbe gilt für Gaius Tullius.«

»Wäre es nicht einfacher, ihr würdet uns umbringen?«, fragte Valerius nach einer kurzen Pause.

»Ja, das wäre einfacher«, gab Niger offen zu. »Aber wie schon gesagt, die *Augusta* ist dagegen. Sie scheint einen Narren an dir gefressen zu haben. Sie meint, dass man sich auf euer Offiziersehrenwort verlassen kann. Würdet ihr es brechen, wäre euer Tod die unvermeidliche Konsequenz.«

»Aber es gibt noch andere, die von alldem wissen.«

»Du meinst Maternus und seine verrückte Anhängerschaft? Sei unbesorgt, sie haben vor zwei Tagen einen Eid auf ihren Gott geleistet, und das war der Preis für ihr Leben. Sie haben ihn gerne gezahlt.«

»Was ist, wenn ich mich weigere?«

»Dann wirst du zunächst deine Strafe hier absitzen, doch das ist erst der Anfang. Danach wirst du versetzt.«

»Versetzt?«

»Auf die *Pacatrix Augusta*. Eine *Trireme* der *Classis Britannica.* Dort sind einige Ruderer ausgefallen.«

»Ihr wollt mich zum Galeerensklaven machen?«

»Nur wenn du uns keine andere Wahl lässt. Übrigens würde unmittelbar nach deinem Abtransport nach Britannien eine Freigelassene namens Dirana unter dem Vorwurf des Verrats festgenommen und an einen Sklavenhändler verkauft. Jetzt denk nach. Du hast eine Stunde Zeit. Dann komme ich zurück!« Niger stand auf und verließ den Raum, ohne den Tribun nochmals anzusehen.

Valerius spürte, dass er keine Wahl hatte. Die Vorstellung, Dirana in den Händen eines Sklavenhändlers zu wissen, war fast noch schlimmer als der Gedanke an die Galeere. Schon nach kurzer Zeit stand sein Entschluss fest. Was konnte es dem toten Claudius nutzen, wenn er sein Wissen anderen mitteilte? *Alea est iacta* – Der Würfel ist gefallen. Das Wort des großen Cäsar galt auch für ihn. Und als Niger nach der vereinbarten Zeit zurückkam, traf er auf einen sichtlich entspannten Tribun.

»Ich akzeptiere deinen Vorschlag, aber ich verknüpfe damit eine Bedingung.«

»Eine Bedingung? Du bist wohl kaum in der Lage, Bedingungen zu stellen.« Tullius Torquatus Niger zog die rechte Augenbraue hoch. »Aber gut, lass hören!«

»Es gibt in *Colonia Claudia Ara Agrippinensium* einen Staatssklaven namens Argober. Ich wünsche seine Freilassung. Außerdem dienen seine Frau und seine beiden Kinder als Sklaven in einer *Caupona* in *Divodurum.* Sie sind freizukaufen und als Familie zusammenzuführen.«

Die Lippen des Schwarzen verzogen sich zu einem dünnen Lächeln. »Es steht in meiner Macht, dir diese Bitte zu gewähren. Einverstanden, ich werde alles veranlassen. Wie du es sagst, so sei es!«

»Dann gelobe ich hiermit bei den unsterblichen Göttern und bei meiner Ehre als kaiserlicher Tribun, dass über alle Geschehnisse, die mit dem Tode des Cäsar Claudius zusammenhängen, kein Wort über meine Lippen kommt, weder jetzt noch jemals!«

»*Sic* – So sei es! Du bist frei!«

XXVII.

Gehet hin in alle Welt!

Zärtlich fuhren Diranas Finger über Valerius' Bauch. »Du bist so dünn geworden, Liebster, mager wie ein pannonischer Eierdieb.«

Valerius musste lächeln. »Die letzten Wochen waren auch nicht dazu geeignet, Fett anzusetzen«, antwortete er und überließ sich seufzend den zarten Händen seiner Geliebten.

Welch ein Glück, Dirana wieder zu sehen und in den Armen zu halten! Schluchzend war sie ihm um den Hals gefallen und hatte hemmungslos geweint.

»Ich dachte, du seist zu Cynthia zurückgekehrt, oder – schlimmer noch – du wärst tot. Aber jetzt wird alles wieder gut!«

Sie wollte nicht aufhören, sein Gesicht mit Küssen zu bedecken, und dann zog sie ihn ebenso stürmisch auf ihr Zimmer ...

»Oh, wie ich dich liebe, mein tapferer Tribun, mein strahlender Held!«

Bei diesen Worten verfinsterte sich Valerius' Gesicht.

»Ich bin kein Held! Gewiss nicht! Ein Held hätte sich nicht erpressen oder ködern lassen, wie ich es getan habe. Er wäre hinausgegangen und hätte aller Welt die Wahrheit verkündet.«

»Sicher hätte er das«, lächelte Dirana und küsste seine Augen, »und danach wäre er für immer auf irgendeiner finsteren Galeere verschwunden und seine Braut hätte ein freudloses Dasein in einem orientalischen *Lupanar* gefristet. Du hattest keine Wahl, Marcus. Jeder hätte gehandelt wie du!«

Als Valerius am nächsten Morgen erwachte, hatte Dirana ein kräftiges Frühstück aus kaltem Huhn, Brot, Eiern und Obst bereitet. Valerius langte zu wie lange nicht mehr.

»Wie wird es weitergehen?«, fragte Dirana und blickte verträumt aus dem Fenster in den großen Park des Landgutes. Eine dicke Schneeschicht lag auf Bäumen und Sträuchern, die im hellen Sonnenlicht glitzerte.

»Werden wir vor den Göttern ein Paar? Ich möchte Kinder von dir, viele Kinder.«

Valerius wischte sich den Mund ab und nahm Dirana liebevoll in den Arm.

»Liebste ... Ein Soldat darf während seiner Dienstzeit nicht heiraten.«

Dirana sah ihn ungläubig an. »Was sind denn das für neue Vorschriften?«

Aber Valerius ging auf ihren Protest nicht ein und fuhr fort: »Die Dienstzeit eines Prätorianers beträgt sechzehn Jahre, in der Legion zwanzig. Da man mich aus der Garde entfernt hat, gilt diese Dienstzeit auch für mich. Mit siebzehn Jahren bin ich in die Legion eingetreten, das bedeutet, dass ich meine Entlassung mit siebenunddreißig Jahren beantragen kann, also in drei Jahren. Hast du alles verstanden, meine schöne *Libertina*?«

Diranas Augen füllten sich mit Tränen. »Das ... das bedeutet ..., dass wir noch drei Jahre warten müssen? Wir können nicht heiraten ... keine Ehe führen?«

»Keine Ehe, sondern eine *Consuetudo*, so nennen wir es in der Legion, Liebste. Für Gaius gilt das ebenso. Auch Antonia wird noch warten müssen. Erst nach Ende meiner Dienstzeit erhalte ich die *Honesta missio* – die ehrenhafte Entlassung, und zusammen mit ihr meine Abfindungssumme, die aus dem Angesparten und der Hälfte der kaiserlichen Schenkung besteht. Da ich das Glück hatte, zwei solcher Schenkungen zu erhalten, kommt ein stattlicher Betrag zusammen. Rechne noch die *Praemia* dazu, dann reicht es, um uns hier irgendwo ein schönes Landgut mit ein paar Sklaven zu kaufen und das beschauliche Leben eines Gutsbesitzers zu führen. Zwischen den Feldern und Weinbergen werden dann quäkend und schreiend unsere Kinder herumtollen und unsere restlichen Nerven strapazieren.« Behutsam wischte er ihre Tränen weg und streichelte über ihre dichten schwarzen Haare.

»Und was mache ich bis dahin?«, fragte Dirana leise. »Wann werden wir uns sehen?«

»Immer wenn ich frei habe. Sei unbesorgt! Da ich nur dem *Prätor* unterstehe, wird es genügend freie Zeit geben, Gaius Volturcius ist ein großzügiger Mann. Aber was wirst du so lange machen? Du wirst kaum die nächsten Jahre auf diesem schönen Landgut verbringen können.«

»Hab' ich auch nicht vor!« Dirana ließ ihr silberhelles Lachen erklingen und schüttelte den Kopf. »Antonias Vater hat vorgeschlagen, dass er uns in *Colonia Agrippinensium* einen kleinen Weinladen einrichtet, den wir mit einigen Sklaven zusammen bewirtschaften können. Dort könnten wir seinen Wein verkaufen. Subrius Caesonius sucht schon seit langem nach einer solchen Gelegenheit.«

»Subrius Caesonius ist ein kluger Mann«, meinte Valerius, »die Idee gefällt mir. Aber wird es dich nicht stören, wieder in der Stadt zu leben, in der du Sklavin warst und vor den Augen lüsterner Männer getanzt hast? Mich jedenfalls stört diese Vorstellung irgendwie.«

»Schau an! Mein kleiner Tribun ist eifersüchtig. Lass die Vergangenheit ruhen, Liebster. Sie ist ein kleiner Teil von mir. Vor uns liegt die Zukunft, und die wird dir gehören. Und bedenke: Hätte ich nicht als Sklavin des *Aedils* Amulette und Ähnliches verkauft, so hätten wir uns nie kennen gelernt, nicht wahr?«

»Du hast Recht, Liebste! Und ich hätte viel versäumt ...«

***

Es war ein seltsames Gefühl, nach dieser langen Zeit und all dem, was sich ereignet hatte, wieder im Amtszimmer des *Prätors* zu sitzen. Der Magistratsbeamte sah ihn wohlwollend an.

»Ich freue mich, Marcus Valerius, dass ich dich wohlbehalten wieder sehe. Die Götter allein wissen, wie viel Sorgen ich mir um dich gemacht habe, erst recht, seitdem ich von deiner Inhaftierung in *Novaesium* erfuhr. Manches von dem, was in den letzten Monaten passiert ist, weiß ich, einiges ahne ich auch nur. Aber wie auch immer, jetzt bist du hier, und du kannst dich deiner Aufgabe widmen, ohne irgendwelche Mordfälle aufklären zu müssen. Du wirst die Ausbildung der *Vigiles* übernehmen, die wir inzwischen hier rekrutiert haben. Darüber hinaus bin ich befugt und beauftragt, dir den Oberbefehl über die beiden hiesigen Veteranenkohorten zu übergeben. Ich bleibe dein Vorgesetzter. Hier hat sich inzwischen einiges getan. Wir haben aus Rom die Weisung erhalten, den

Aufbau einer zivilen Verwaltung voranzutreiben. Dazu haben wir zwei *Duumviri* gewählt, die an der Spitze der Verwaltung stehen. Ich werde dir die beiden Bürgermeister demnächst vorstellen. Sie stehen dem *Concilium Agrippinensium* vor, einer Versammlung von Verordneten, die von der Bevölkerung gewählt wird. Mich hat man zum *Curator* ernannt, zum kaiserlichen Kontrollbeamten.«

Gaius Volturcius seufzte und fuhr sich mit einem Lächeln über die Stirn. »Als ob ich nicht schon genug Arbeit hätte. Immerhin bin ich damit dienstältester Militärbeamter hier und weisungsberechtigt für die gesamte zivile Verwaltung.«

Der *Prätor* füllte ihre beiden Becher mit Wein nach und verdünnte sie mit Wasser. Dann fuhr er fort: »Ein wichtiger Mann, den du kennen lernen musst, ist Gnaeius Casaclius. Ihm untersteht die gesamte Bauaufsicht, und bauen werden wir eine ganze Menge. Im Nordwesten der Stadt errichten wir ein Amphitheater, damit wir nicht mehr nach *Castra Vetera* fahren müssen, um ein paar hauptstädtische Vergnügungen erleben zu können. Vor den Stadttoren wird es wie in Rom ein Marsfeld geben, natürlich etwas kleiner, und vieles mehr. Du siehst, es gibt hier eine Menge zu tun, und ich freue mich, dass du uns helfen wirst. Man wird dir hier im Prätorium einstweilen ein kleines Büro einrichten. Wusstest du übrigens, dass der Sklave, der zu deiner Betreuung abgestellt war, gestern freigelassen wurde?«

»Argober?«

»Ja. Ich persönlich habe ihn auf höhere Anweisung freigelassen. Er hat offensichtlich seine Familie wieder gefunden und lebt mit ihr zusammen, irgendwo bei *Divodurum*. Du hattest wohl nicht zufällig deine Finger im Spiel?«

Valerius lehnte sich entspannt zurück und lächelte zufrieden. »Ich habe dem Schicksal etwas nachgeholfen.«

»Hast du eigentlich schon eine Unterkunft? Im Gästezimmer des Prätoriums wirst du auf Dauer nicht wohnen können.«

Valerius schüttelte den Kopf. »Ich werde mir eine kleine Wohnung suchen. So teuer wie in Rom werden sie ja wohl nicht sein.«

»Du wirst dich noch wundern!«

***

Der Schnee knirschte unter dem Schritt ihrer Füße. Zum ersten Mal gingen Valerius und Dirana Hand in Hand durch die Ubierstadt. Die eisige Kälte hatte die Händler in ihre Läden vertrieben, und so luden die verschneiten Straßen und Gassen in ungewohnter Breite zum Flanieren ein. Aber wer konnte, verkroch sich zu Hause hinter den Kohlebecken oder trank in einer der Kneipen einen Becher heißen *Mulsum.*

»Hier irgendwo muss es sein«, sagte Dirana und schenkte Valerius ein strahlendes Lächeln. Sie verließen den *Decumanus Maximus* und bogen kurz hinter den Thermen in eine der Seitengassen ein. Dann schien es Dirana plötzlich eilig zu haben, sie zog Valerius geradezu hinter sich her, bis sie schließlich stehen blieb und aufgeregt rief: »Siehst du, da ist es! Ich wusste es. Es ist immer noch frei!« Aus früheren Tagen wusste Dirana, dass in dieser Gasse ein Geschäftslokal angeboten wurde, und in der Tat zeigte die Kreideanschrift an der Wand, dass es noch nicht vermietet war:

Mietblock Pulchra Habitantia
Eigentum des Sosimus Gavinius
Ab November sind zu vermieten: Ladenlokal mit Loggia und Kelleraum sowie eine elegante Wohnung mit eigener Kochstelle.
Interessenten wenden sich an Syrnophax, den Sklaven des Sosimus Gavinius

Valerius zog seinen Offiziersmantel zu. Dankbar registrierte er, dass der dicke Wollstoff Nässe und Kälte gleichermaßen abhielt.

»Meinst du nicht, dass die Mieten zu hoch sein werden? Immerhin steht es schon seit einigen Wochen leer.« Fragend blickte Dirana Valerius an und küsste ihn plötzlich auf die Wange.

»Wir werden sehen. Gleich morgen gehen wir hin.«

»Und die Wohnung? Wäre das nicht etwas für dich? Nicht zu weit vom Prätorium und in einer ruhigen Lage. Du würdest oben wohnen, und ich würde mit Antonia unten Wein verkaufen. Und in den Pausen käme ich nach oben ...«

»Wenn euer Laden geöffnet ist, werde ich auf meiner Dienststelle sein, vergiss das nicht. Aber immerhin, die Idee ist gar nicht so schlecht.« Er warf einen prüfenden Blick durch die Gasse. Einige Schritte weiter befand sich eine Bäckerei, daneben ein Laden mit Ton- und Glaswaren, dann ein Goldschmied und an der Ecke eine einladende *Caupona.*

»Komm, lass uns noch ein paar Schritte durch die herrliche Winterluft gehen. Wie lange habe ich es vermisst, einen einfachen Spaziergang mit dir zu machen!« Dirana wickelte das Wolltuch, das sie über der *Palla* trug, um ihre roten Ohren und zog Valerius weiter. Am Tempel des *Jupiter Dolichenus* vorbei gingen sie an der Stadtmauer entlang, die immer noch von Gerüsten umgeben war. Jetzt im Winter ruhte jede Bautätigkeit. Ein Gruppe zerlumpt aussehender Gestalten in schäbigen, abgewetzten Mänteln näherte sich ihnen, gestützt auf knotige, grobe Holzstöcke. Haare und Bärte waren lang und ungepflegt, die Füße trotz der Kälte nur mit schmutzigen Lappen umwickelt. Einer von ihnen blieb kurz stehen und urinierte ungeniert gegen ein Haus.

»Was sind das für eklige Leute?«, fragte Dirana angewidert und schüttelte sich. Je näher die Männer kamen, umso beißender war der Geruch von Moder und Urin, den sie verströmten.

»Das sind *Cynicer*«, lachte Valerius und nahm ein paar Geldmünzen aus einem Beutel.

»*Cynicer*?«

»Ja. Offensichtlich haben sie auch schon ihren Weg in die Provinzen gefunden. Es ist eine Philosophensekte, die ich von Rom kenne. Sie sehen in Bedürfnislosigkeit und völliger Askese ihr höchstes Ziel. Zweifellos haben sie die Geringschätzung des Materiellen, die Sokrates einst lehrte, auf die Spitze getrieben. Wo sie in Rom auftauchen, werden sie sofort von Menschentrauben umlagert. Zu lustig ist das, was sie manchmal machen. Dazu verkünden sie absurde philosophische Ideen, die keiner ernst nimmt, wahrscheinlich nicht einmal sie selbst.«

»Aber ist es auch philosophisch, so streng zu riechen und gegen die Häuser zu urinieren?«

Während Valerius einem der Männer einige Geldstücke in die schmutzige Hand drückte und die Männer sich mit undefinierbarem Gemurmel bedankten, setzte er seine Erklärung lachend fort. »Das ist einer der Gründe, weshalb diese Leute in der Öffentlichkeit Anstoß erregen. Sie befriedigen ihre Bedürfnisse wie Hunde auf der Straße und verhalten sich recht schamlos. Hast du nie von Diogenes gehört, der in einer Regentonne lebte und nicht einmal einen Trinkbecher sein Eigen nannte?«

Dirana schüttelte den Kopf. »Nein. Ich finde diese Leute einfach widerwärtig. Wie kommen sie zu dieser seltsamen Bezeichnung? Wie nanntest du sie noch? *Cyner* ... *Cynico* ...?«

»*Cynicer*! Das kommt von dem griechischen Wort *cynos* für Hund. Du sprichst kein Griechisch, kleine ungebildete Barbarin?«

Dirana boxte ihn unwirsch in die Seite. »Nenn mich nicht ungebildet, du römischer Strohkopf! Wo hätte ich diese Sprache lernen sollen? Beim Tanzen im Hause des *Aedils* oder beim Verkauf von Amuletten am *Forum*?«

»Schon gut, mein Täubchen, schon gut. Ich wollte dich nicht belei..., bei allen Göttern, ist das nicht Maternus da vorne?«

»Wer? Maternus? Kenn' ich nicht. Auch einer von den Hundefreunden?«

Valerius wies auf einen Mann mit schlohweißen Haaren, der sich langsam an den Häusern entlangtastete.

»Maternus! Maternus!«

Der Mann blickte sich um, und Dirana war überrascht, in ein Gesicht zu sehen, das wesentlich jünger aussah, als es die gebeugte Gestalt hätte vermuten lassen.

»Marcus Valerius! Der Tribun! Welche eine Freude, dich zu sehen! Komm, reich mir die Hand, bevor ich ein weiteres Mal hinfalle.« Die Schneespuren an seinem dicken grauen Mantel belegten seine mangelnde Standfestigkeit. Valerius und Dirana nahmen ihn in die Mitte und gingen in Richtung *Forum*.

»Wie ist es dir auf deiner Mission ergangen?«, fragte Maternus und sah Valerius wohlwollend an. »Sie war nicht sehr erfolgreich, denn wir haben einen neuen *Princeps*.«

Valerius' Miene verfinsterte sich. »Ich bin zu spät gekommen. Als wir Rom erreichten, lag der Kaiser schon im Todeskampf.« Er berichtete dem Führer der Nazarenergemeinde von den Ereignissen in der Hauptstadt und den Geschehnissen danach.

»Und euch? Wie ist es euch ergangen? Wie ich hörte, hattet ihr Besuch von Agrippinas Spitzenagent.«

»Tullius Torquatus Niger? Der Schwarze? Ja, er war bei uns. Mitten auf einer Versammlung unserer kleinen Gemeinde. Er hat uns vor die Wahl gestellt, einen neuen Schweigeeid abzulegen oder die Rudergruppe der misenischen Flotte zu verstärken. Den weiblichen Mitgliedern unserer Gemeinde hat er gar in Aussicht gestellt, in den Bordellen Arabiens zu dienen.«

»Nicht sehr einfallsreich, der Gute. Mir hat er dasselbe angedroht.«

»Ein arabisches Bordell?«, fragte Dirana schelmisch nach.

»Törichtes Mädchen, natürlich hatte er für mich und Gaius die Galeere vorgesehen. Und wie habt ihr euch entschieden?«

Obwohl Valerius die Antwort kannte, wollte er sie aus dem Mund des Maternus hören. Maternus seufzte schwer. »Wir haben der Gewalt nachgegeben und den Eid geleistet. Immerhin haben wir damit nichts anderes getan als vorher auch. Unser Herr, Jesus Christus selbst, hat doch gesagt: »*Gebt dem Kaiser, was des Kaisers ist.*« Damit hat er uns aufgetragen, uns den weltlichen Autoritäten zu beugen, jedenfalls verstehen wir seine Worte so. Er selbst hat doch auch den Urteilsspruch des römischen Prokurators, den dieser im Namen des Kaisers verkündete, ohne Widerstand entgegengenommen. Und wie sollen wir, seine hilflosen Schafe, uns dann gegen diese Welt stellen?«

Es war ganz offensichtlich, dass den Mann sein Gewissen schlug und er sich mit diesen Worten vor sich selbst rechtfertigen wollte. Valerius beschloss aber, das nicht weiter zu kommentieren.

»Nein, so lange man uns unseren Glauben lässt, werden wir gehorchen. Und wir haben jetzt Ruhe und Frieden in unserer kleinen Gemeinde und können, so wie ich jetzt, unbesorgt über die Straßen gehen, ohne fürchten zu müssen, dass an der nächsten Ecke der Mörder lauert. Und wir können uns ganz dem widmen, was unsere eigentliche Aufgabe ist: der Verkündung der frohen Botschaft unseres Herrn und Gottes.«

»Erzähl mir von deinem Gott!«, bat Dirana. »Ich weiß überhaupt nichts von ihm.«

»Oh, mein Kind, das ist in so wenigen Worten nicht zu tun.«

»Versuch es, Maternus!«, bat nun auch Valerius.

Während sie über das *Forum* schlenderten, das trotz der Kälte recht belebt war, begann Maternus: »Vor langer Zeit hat unser Gott einmal einen Bund mit dem Volk der Juden geschlossen. Sie erkannten ihn als den einzigen Gott an, und er hat ihnen dafür gegen alle Gefahren beigestanden, die jenem Volk drohten. Das ging lange gut. Aber wie das so ist, wenn die Gewohnheit Einzug hält in das Leben der Menschen: Nach und nach fielen viele aus dem Volk von ihrem Gott ab, sie sündigten und beteten zu anderen Göttern. Da beschloss Gott, seinen Sohn zu ihnen zu schicken. Dem Volk der Juden aber sandte er Propheten, damit sie seine Ankunft verkündeten. Als aber dieser Sohn, die Juden nennen ihn den *Messias*, kam, da erkannten sie ihn nicht, weil sie ihn sich ganz anders vorgestellt hatten.«

»Wie denn?«, unterbrach Dirana, die atemlos zugehört hatte.

»Sie glaubten, er käme mit großem Heer und furchtbaren Waffen, um sie von der Besatzung der Römer zu befreien. Stattdessen war er nur der Sohn eines einfachen Schreiners und predigte Liebe statt Gewalt, Vergebung statt Rache. Da wandten sie sich von ihm ab und forderten von dem römischen Prokurator seine Hinrichtung.«

»Pontius Pilatus?«, fragte Valerius nach.

»Ja, genau der. Es ist jetzt etwa zwanzig Jahre her, dass Pilatus sich dem Druck der Juden beugte und seine Kreuzigung anordnete.«

»Das war das Ende?« Dirana blickte Maternus mit großen Augen an.

»Das war der Anfang! Denn Jesus, so war sein Name, ist von den Toten auferstanden.«

»Er ist ... was? Ich habe das schon einmal gehört, aber verzeih, mir fehlt dazu der Glaube. Ein Mensch, der tot ist, bleibt tot!«

»Aber er war eben nicht nur Mensch, sondern zugleich auch Gottes Sohn, und in dessen Allmacht liegt es, einen Toten aufzuerwecken. Vieles von dem, was er gepredigt hat, haben die Menschen in ihren Herzen geborgen. Einige von denen, die mit ihm gezogen sind und ihn gehört haben, leben noch, und sie werden die Worte unseres Herrn aufschreiben, damit die ganze Welt sie hören kann.«

»So sind seine Worte nicht nur für die Juden bestimmt?«

Maternus schwieg einen Augenblick, als müsse er die Antwort sorgsam überdenken. »Darüber gibt es einen Streit zwischen einigen seiner Anhänger. Die einen meinen, es müsse dem auserwählten Volk der Juden vorbehalten bleiben, andere denken, seine Botschaft müsse in der ganzen Welt verbreitet werden. Der Herr selbst aber hat uns aufgetragen: ›*Gehet hin in alle Welt und verkündet überall die frohe Botschaft*!‹ Und so befürwortet auch unser Führer Petrus in Rom die Verbreitung dieser Botschaft an alle Menschen, und das ist der Grund, warum er Eucharios, Valerius und mich hierher geschickt hat. Ich soll den Menschen hier die frohe Botschaft unseres Herrn und Gottes bringen.«

Valerius hatte den Worten des Mannes aufmerksam zugehört. Diese Religion klang interessant, und für interessante Religionen war ein Römer immer empfänglich. »Und glaubst du, dass es gelingen wird? Werden die Menschen hier deine Worte aufnehmen?«

»Ich bin ganz sicher: Sie werden es tun, sie werden die Botschaft verstehen, aber es ist noch viel Mühe, und wir werden einige Rückschläge hinnehmen. Und doch: Hier, hier irgendwo wird einmal eine große *Domus* unseres Herrn stehen, wenn die Tempel, die du dort siehst, längst verschwunden sind. Unser Glaube wird über den Unglauben siegen!«

»Was macht dich so sicher?«, wollte Valerius wissen und wich einem Bettler aus, der mit gichtgekrümmten Fingern nach ihm griff.

»Nun, zum einen sind unsere Brüder die Einzigen, die missionieren, also andere von unserem Glauben überzeugen wollen. Dann haben wir immer mehr Zulauf, weil viele sich vom Götterglauben der Alten abwenden, nachdem sie erkannt haben, dass dieser Glaube zu inhaltsleeren Riten erstarrt ist. Du siehst ja, Tribun, wie sie in Pseudophilosophien wie der jener *Cynicer* Zuflucht suchen. Außerdem bietet Christus seinen Gläubigen etwas, was keine Religion bietet.«

Einen Augenblick herrschte Schweigen.

»Und was ist das?« Atemlos hing Dirana an den Lippen des Mannes.

»Ein besseres Leben nach dem Tode!«, entgegnete dieser stolz. »Das lässt uns alle Folter und Mühsal ertragen. Diese Hoffnung lässt Arme, Sklaven und Niedere in Scharen zu uns kommen. ›*Ich bin die Wahrheit und das Leben. Wer an mich glaubt, der wird leben in Ewigkeit, wenn er auch gestorben ist*‹, das sind die Worte unseres Herrn!«

»Leben in Ewigkeit. Keine Furcht vor dem Tode, vor dem Danach. Wenn es nicht nur ein leeres Versprechen ist«, wandte Valerius nachdenklich ein. »Immerhin, welche Garantie kannst du uns bieten, dass es wirklich so ist?«

»Garantien?« Maternus lachte laut auf. »Garantien willst du haben? Weißt du denn nicht ...?«

Maternus wurde durch einen spitzen Schrei unterbrochen, den Dirana ausgestoßen hatte. Die junge Frau stand kalkweiß an der Wand und legte ihre Hände auf ihren Bauch. Ihr Gesicht war zu einem schmerzhaften Lächeln verzogen.

»Was hast du, Liebste?«, fragte Valerius besorgt und legte seine Arme um ihre Schulter.

»Es tritt wieder!«

»Tritt? Wer?« Verständnislos blickte Valerius sich um.

»Dein Sohn oder deine Tochter, mein Schatz, der kleine Valerius oder die süße Valeria! Ich erwarte ein Kind von dir!«

Epilog

Agrippinas Geheimnis

Man ist sich darüber einig, dass Claudius vergiftet worden ist, aber wo und durch wen, darüber gehen die Meinungen auseinander. Einige berichten, dass es bei einem Mahl mit Priestern geschehen sei, und zwar durch seinen Vorkoster, den Eunuchen Halotus; andere, bei einem Gastmahl in seinem Hause durch Agrippina selbst, die ihm ein vergiftetes Pilzgericht – Pilze liebte er sehr – vorsetzte.

Viele sagen, er habe gleich nach dem Genuss des Giftes die Sprache verloren, während der ganzen Nacht furchtbare Schmerzen gelitten und sei dann erst gegen Morgen gestorben. Nach anderen Aussagen ist er zuerst eingeschlummert und hat dann, da sein Magen überladen war, alles erbrochen. Darauf wurde ihm nochmals Gift beigebracht, vielleicht in einem Brei, den der Erschöpfte zu sich nahm, oder durch ein Klistier, das ihm zur Erleichterung verabreicht worden war. Sein Tod wurde geheim gehalten, bis man bezüglich der Nachfolge alles geregelt hatte.

Claudius starb am 13. Oktober des Jahres 54 n. Chr. unter dem Konsulat des Asinius Marcellus und Acilius Aviola in seinem vierundsechzigsten Lebensjahr, im vierzehnten Jahr seiner Regierung. Als sich die Nachricht vom Ableben des Claudius verbreitete, wurden plötzlich zwischen zwölf und ein Uhr mittags die Tore des Kaiserpalastes geöffnet.

Nero trat in Begleitung des Burrus nach draußen zu der Kohorte, die Wache hatte. Auf den Stufen des Palatiums wurde er als Kaiser begrüßt und in einer Sänfte in das Lager der Prätorianer gebracht. Einige sollen gezögert und gefragt haben, wo denn Britannicus sei. Schließlich aber folgten sie dem Zuge, da keiner etwas anderes veranlasste. Erst gegen Abend kehrte er wieder zurück, nachdem er von all den ungeheuren Ehren, mit denen er überhäuft wurde, nur den Titel »Vater des Vaterlandes« seines jugendlichen Alters wegen abgelehnt hatte.

(nach Sueton, »Leben der Cäsaren«)

Ortsverzeichnis

lateinisch	*deutsch*
Adrana	Eder
Antium	Anzio (Italien)
Arar	Saone
Argentorate	Straßburg
Augusta Treverorum	Trier
Baiae	Baia (Italien)
Bonna	Bonn
Borbetomagus	Worms
Buruncum	Worringen
Castra Vetera	Xanten
Colonia Claudia Ara Agrippinensium	Köln
Confluentes	Koblenz
Divodurum	Metz
Durnomagus	Dormagen
Gelduba	Geldern
Germania Inferior/Superior	Unter- bzw. Obergermanien
Hispania	Spanien
Juliacum	Jülich
Lugdunum	Lyon (Frankreich)
Lupia	Lippe
Lusitania	Portugal
Mare Internum	Mittelmeer
Massilia	Marseille
Misenum	Miseno (Italien)
Mogontiacum	Mainz
Mosella	Mosel
Narbo	Narbonne (Frankreich)
Novaesium	Neuss
Noviomagus	Nijmwegen (Niederlande)
Rhodanus	Rhone
Rhenus	Rhein
Rura	Rur
Silva Ardenna	Eifel
Tolbiacum	Zülpich
Vienna	Vienne (Frankreich)

Begriffserklärungen

Aedil:	niederer Beamter, zuständig u. a. für Marktaufsicht, Verkehr, polizeiliche Aufgaben
Alen:	Pl. von lat. *ala*, berittene, von Bundesgenossen gestellte Einheit mit einer Sollstärke von 500 Mann
As:	niedrige Geldeinheit, 1 Goldtaler (aureus) entsprach 400 Assen, für 1 As erhielt man zur Kaiserzeit ein Brot oder eine Flasche billigen Weins
Astrologus:	Sterndeuter
Augusta:	abgeleitet von Augustus (= der Erhabene), Ehrentitel für die weibl. Mitglieder des Kaiserhauses
Aureus:	höchste Geldeinheit (Gold), entspricht 25 Denar oder 100 Sesterzen
Auxiliartruppen:	Hilfstruppen von verbündeten oder unterworfenen Völkern
Caligae:	mit Nägeln beschlagene Soldatensandalen
Caupona:	Kneipe
Cena:	Hauptmahlzeit aus mehreren Gängen, meist gegen 15.00/16.00 Uhr
Centurio:	Offizier (im Range eines Hauptmanns), Führer einer Hundertschaft
Cithara:	Zupfinstrument (vergleichbar einer Laute oder Zither)
Concordia:	röm. Göttin der Einheit
Clivus Suburanus:	Straße in Rom, die von der Subura zum Esquilin führt
Clivus Victoriae:	kleine Straße in Rom, führte am Palatin entlang in östl. Richtung
Cognomen:	an den Familiennamen angehängter Beiname
Convivium:	festliches Gastmahl
Consular:	ehemaliger Consul
Cubiculum:	Schlafzimmer
Cursus honorum:	römische Ämterlaufbahn
Cursus Publicus:	Kaiserlicher Post- und Beförderungsdienst, von Augustus ins Leben gerufen
Decurie:	(meist berittene) militärische Einheit von 10 Mann, angeführt von einem Decurio (Unteroffizier)

Denar:	Geldeinheit (Silber), 1 Aureus entspricht 25 Denar
Dentrificium:	Zahnpulver aus Natron
Esquilinus:	der größte der sieben Hügel Roms, im Ostteil gelegen
Fortuna:	römische Göttin des Glücks
Garum:	äußerst beliebte Fischsoße, die oft auch zu Fleischgerichten gereicht wurde
Hekate:	Göttin der Zauberei
Insula:	Wohnblock für Mietwohnungen
Latrina publica:	öffentliche Toilettenanlage
Legat:	Legionskommandeur im Generalsrang (zur Kaiserzeit umfasste eine Legion 10 Kohorten mit insgesamt ca. 6000 Soldaten
Libellus:	kleines Buch oder Schriftstück in Rollenform
Liburna:	Schnellsegler
Lupanar:	Bordell
Lyra:	Laute
Magister equitum:	Reiteroberst
Maiordomus:	Vorsteher der Haussklaven
Mamertinum:	Kerker in Rom
Mercur:	römischer Gott der Kaufleute, der Reisenden, aber auch der Diebe
Meretrix:	Prostituierte
Milia :	Pl. von Meile (1 Meile = 1,5 km)
Minister a rationibus:	kaiserlicher Schatzmeister
Nomenclator:	Sklave, der bei Gesellschaften die Namen der Gäste aufruft
Nomen gentile:	Familienname
Novacula:	Rasiermesser
Oppidum:	römische oder provinzialische Landstadt
Optio:	Unteroffizier im Range eines Feldwebels
Palatinus:	Hügel in der Mitte Roms, Sitz des kaiserlichen Palastes
Palla:	langes, faltenreiches Obergewand römischer Frauen
Pandura:	Laute
Phalerae:	Orden, scheibenförmige Medaillen aus Silber
Pluto:	röm. Gott der Unterwelt (Hades); Persephone/Proserpina war seine Frau
Präfekt:	Offizier im Kommandeursrang

Präfectus fabrum:	Kommandeur der Bau- und Handwerkereinheit
Prägustator:	Vorkoster
Prätor:	oberster Verwaltungsbeamter einer Provinzstadt, zugleich Gerichtsherr
Priapus:	altrömischer Fruchtbarkeitsgott
Princeps iuventutis:	Ehrentitel (Prinz), der eigentlich nur dem Sohn des Kaisers zustand und meist die Thronfolge festlegte
Prinzipat:	lat. für Herrschaft
Prokurator:	Verwalter bzw. Statthalter
Puls:	Dinkelmehlbrei, der in Wasser und Salz gekocht und mit Kräutern und Gewürzen angereichert wurde, Grundnahrungsmittel des röm. Soldaten im Feld
Quadrans:	$^1/_4$ As
Quaestor:	unterstes Amt der Ämterlaufbahn, Verwalter der Staatskasse
Rex bibendi:	»Trinkkönig«, wurde während der Saturnalien durch Würfel gewählt und konnte den Verlauf des Festes bestimmen
Rostra:	Rednertribüne auf dem Forum von Rom
Servus publicus:	Sklave im Staatsdienst
Sesterz:	Geldeinheit (Messing), entspricht vier Assen
Sextarius:	$^1/_6$ As
Signum:	römisches Feldzeichen
Symphoniacus:	Musikant
Taberna:	Laden oder Wirtshaus
Tibia:	Flöte
Tigurinus:	einer der vier helvetischen Stämme; wurde im Jahre 58 v. Chr. während der Überquerung des Flusses Arar von Cäsar angegriffen und vernichtet
Tisiphone:	eine der Furien (Rachegöttinnen)
Toga virilis:	die Toga war das Kleidungsstück, das nur dem freien römischen Manne zustand; mit dem Anlegen der (ganz weißen) *toga virilis* im Alter von 15 bis 17 Jahren galt der Jugendliche als erwachsen
Trib. deputatus:	(für Spezialaufgaben) abgeordneter Tribun

Triclinium:	Speisezimmer mit meist drei (= tres) Speiseliegen (clinis)
Trireme:	Schiff mit drei (= tres) Ruderdecks
Tyropatina:	Süßspeise (griech.)
Unctorium:	Massageraum
Valetudinarium:	militärisches Lazarett
Vestalin:	Priesterin der Vesta, für die Keuschheit als oberstes Gebot galt
Vicus:	kleine dorfähnliche Ansammlung von Häusern Einheimischer, meist in der Nähe größerer Städte

Agrippinas Tod

Für Lara,
meine geliebte Zuckermandelfee,
ohne die mein Leben ruhiger,
aber ärmer wäre.

INHALT

Prolog

Wer schafft mir dieses Weib vom Hals?

Über seine Mutter Agrippina, die ziemlich scharf seine Worte und Taten beobachtete und auch kritisierte, war Nero sehr erbost, begnügte sich aber anfänglich damit, sie mehrfach dem Hass der Öffentlichkeit auszusetzen, indem er vorgab, ihretwegen von der Herrschaft zurückzutreten und nach Rhodos gehen zu wollen. Später beraubte er sie aller äußeren Ehren und Macht, nahm ihr ihre militärische Wache und ihre germanischen Leibgardisten weg und verstieß sie auch aus seiner näheren Umgebung und vom Hofe. »Wer schafft mir dieses Weib vom Hals?«, soll er gerufen haben und ließ nichts unversucht, um sie zu quälen: So stiftete er Leute an, die, wenn sie in Rom weilte, Prozesse mit falschen Zeugen gegen sie anstrengten. Suchte sie aber Erholung auf dem Lande, so ließ er bezahlte Provokateure auf dem Land- und Wasserwege an ihrem Hause vorbeifahren, die ihr mit Schimpfwörtern und schlechten Witzen nach der Ruhe trachteten.

Endlich, durch ihre Drohungen und Heftigkeit erschreckt, beschloss er sie umzubringen. Dreimal hatte er es mit Gift versucht, merkte aber, dass sie sich mit Gegengiften zu schützen wusste. Da ließ er die Decke ihres Schlafzimmers so einrichten, dass sie nachts mittels einer Maschinerie über der Schlafenden zusammenstürzen sollte. Als dieser Plan aber durch seine Mitwisser zu wenig geheim gehalten wurde und misslang, erdachte er neue Pläne.

In der Zeit vom 19. bis zum 23. März wurde im ganzen Land das Fest der Minerva gefeiert. Da lud der Kaiser seine missliebige Mutter mit einem liebenswürdigen Brief dazu ein, das Fest gemeinsam mit ihm in einer Villa in Baiae zu feiern. Ein Schiff wollte er ihr schicken, das sie zu ihm bringen würde ...

(nach Sueton, »Leben der Cäsaren«)

***

Dezember des Jahres 37 n.Chr.

Sturm und Regen peitschen die Bäume des kleinen Landgutes in *Antium* an jenem Vorabend der Saturnalien. In den hell erleuchteten Räumen der Villa herrscht hektische Betriebsamkeit.

»Es kommt!«, flüstern die Hebammen und bereiten alles für die bevorstehende Geburt vor. Sie wischen den Schweiß von der Stirn der schönen jungen Frau, die da auf ihrem Bett liegt und stöhnt, sie sprechen ihr Mut zu und streicheln vorsichtig über den gewölbten Leib.

Und die, die sich da in Schmerzen krümmt, ist nicht irgendeine: Agrippina die Jüngere, Tochter des Volkshelden Germanicus und seiner Gattin Agrippina, Urenkelin des göttlichen Augustus und Enkelin des Tiberius, zugleich Schwester des amtierenden Kaisers Gaius Caligula, aus uraltem patrizischem Geschlechte, mit Schönheit und Abstammung begnadet.

Im sechsten Monat ihrer Schwangerschaft hat sie einen parthischen Sterndeuter um Rat gefragt, und der hat Schreckliches aus den Sternen gelesen: »Du wirst einem Sohn das Leben schenken, der wird Kaiser sein, aber er wird seine Mutter ermorden!« Und die Mutter, nachdem sie sich von ihrem ersten Schrecken erholt hat, hat trotzig ausgerufen: »*Necet me, dum regnet – S*oll er mich töten, solange er nur Kaiser wird!«

Diese Worte gehen ihr jetzt durch den Sinn, während die Presswehen ihren Körper martern. Und doch, als die ersten Sonnenstrahlen sanft über die schweißnassen Kissen streichen, ist es geschafft.

»Es kommt mit den Beinchen zuerst«, bemerken die Hebammen mit Schaudern und auch die eiligst herbeigerufenen Auguren überbieten sich in schlimmsten Prognosen.

»Ein Geschöpf von Agrippina und mir kann nur ein Scheusal und eine Katastrophe für den Staat sein«, meint der Vater, Gnaeus Domitius Ahenobarbus, lakonisch und hebt den Knaben achselzuckend hoch, um vor aller Welt seine Vaterschaft anzuerkennen.

Von ihm erhält er seinen Namen: Lucius Domitius Ahenobarbus, aber die Welt wird ihn unter dem Namen *Nero* kennen und fürchten lernen!

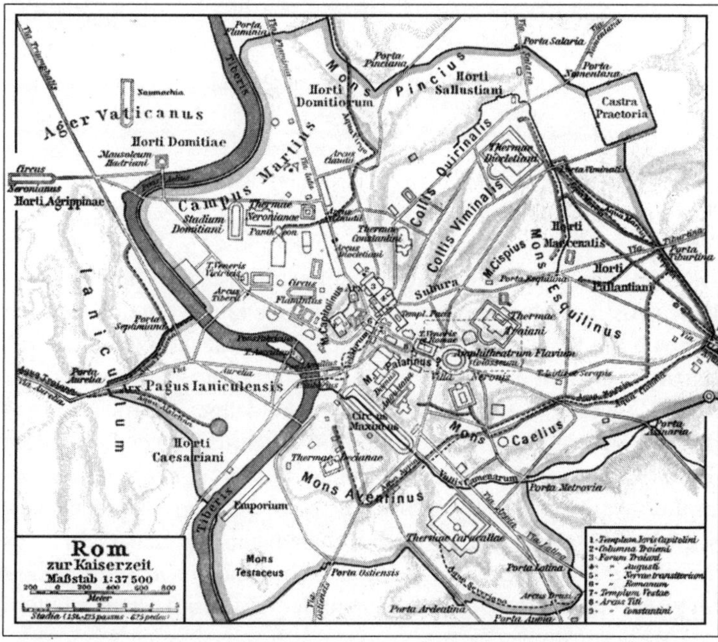

Entnommen aus: F.W. Putzgers Historischer Schulatlas zur Alten, Mittleren und Neuen Geschichte. Verlag von Velhagen & Klasing, Bielefeld und Leipzig 1927

I.
Agrippinas Agent

November des Jahres 58 n.Chr.

Ächzend hängt das Tabernenschild im stürmischen Wind. Nur ein letzter rostiger Metallhaken bewahrt es noch davor, in den weichen Teppich aus glitzernden Schneekristallen herabzustürzen. Die Aufschrift *Ad Ursos* ist kaum noch zu entziffern, zu lang war das Schild, das noch aus den Zeiten der Feldzüge Cäsars stammen mochte, den Launen von Wind und Wetter ausgesetzt. Der untere Text, der einst in fehlerhaftem Latein »Komfort nach hauptstädtischer Weise« verhieß, ist bis auf wenige Lettern gänzlich verschwunden. Umgeben von schneebeladenen Tannen, ächzt das windschiefe Holzhaus unter seiner Last, die morschen Stämme sind an vielen Stellen löchrig und bahnen dem Zugwind seinen pfeifenden Weg.

Auf dem Boden vor dem Eingang liegt, verstreut in mehrere Teile und mit dickem Eis bedeckt, die zerbrochene Kupfertafel, die den Gästen einst die Preise nannte:

Wein 1 As
Brot $^{1}/_{2}$ As
Fleischbeilage 2 As
Heu für die Pferde 2 As
Nachtquartier 3 As

Doch hier hat lange keiner mehr Quartier genommen, und auch die Stallungen haben seit Jahren kein Pferd mehr gesehen.

Eine bucklige Gestalt, eingehüllt in einen schmutzigen, mottenzerfressenen Kapuzenmantel, humpelt mühsam über den schneebedeckten Boden und tastet sich langsam an der Wand des Stalles entlang, um nicht auszugleiten. Gegen den scharfen Ostwind mag das Fuchsfell ein wenig helfen, das sich der Alte um den Hals gebunden hat. Dennoch friert er erbärmlich und verflucht den frühen Wintereinbruch in Germanien.

»Vernicia! Vernicia, du verdammtes Luder! Wirst du wohl mit dem Holz kommen, oder soll ich mir in dieser Kälte den Tod holen?« So kräftig, wie es seine ausgemergelten Hände zulassen, schlägt Vindurix gegen die dünne Wand des Stalles. Wenig später künden huschende Schritte von der Ankunft der Gerufenen. Ein schmächtiges Mädchen mit kurzen nussbraunen Haaren kommt aus dem Stall, die dünnen Arme voller Holz. Verängstigt versucht sie, an den Händen des geifernden Alten vorbeizukommen, und dennoch schlägt ihr der Greis ohne Erbarmen ins Gesicht. Doch kein Schrei kommt über ihre Lippen, kein Schmerzenslaut entwindet sich der gequälten Gestalt. Das Mädchen gibt lediglich ein zusammenhangloses Stammeln von sich, ein Stammeln, wie es nur ein Mensch zustande bringt, dem unselige Hände die Zunge herausgerissen haben! Die Holzscheite entgleiten den klammen Händen und fallen in den Schnee.

»Du Schlampe, sieh nur, was du angerichtet hast. Jetzt ist es nass, wie soll es da brennen?«

Eine weitere Ohrfeige begleitet das Zetern des Alten. Ängstlich bückt sich Vernicia und liest das Holz mit fliegenden Händen auf. So schnell es geht, läuft sie in die Gaststube des ehemaligen Gasthauses und legt Holz nach für den verschmutzten Kamin. Zischend und dampfend nimmt das Feuer den Nachschub auf. Eilig humpelt der Alte hinterher.

»Jetzt bring mir *Cervisia*, du unnützes Ding, und dann verzieh dich in deine Kammer!«

Ein lautloser Seufzer der Erleichterung entringt sich der Brust des Mädchens. Immerhin muss sie dem Greis heute nicht zu Willen sein. Das ist gut, sehr gut, alles andere ist erträglich. Sie hat sich daran gewöhnt, dass der Alte sie schlägt, sie beleidigt oder ihr die schönen langen Haare abschneidet. Wenn er aber mit seinen schmutzigen Fingern in greisenhafter Lüsternheit nach der jungen Sklavin greift und sie auf seine stinkende Strohmatte zieht, dann ...

Mit Schaudern wendet sich Vernicia ab. Eilfertig bringt sie den Krug mit dem schalen, gallischen Bier, um dann lautlos in ihrer trostlosen Schlafkammer zu verschwinden. Wenig später dreht sich der Schlüssel in dem rostigen Schloss. Der Alte hat sie – wie immer – eingeschlossen.

»Damit du nicht abhaust, mein kleines Täubchen«, murmelt er aus zahnlosem Mund und humpelt zurück ans wärmende Feuer. Ächzend lässt er sich auf einem wackligen Holzstuhl nieder. Seine Blicke schweifen an den verrußten Wänden entlang, streifen die alten Bärenfelle, die dem Gasthof einst den Namen gaben. Daneben hängen Schwerter, blind vor Rost, wurmstichige Schilder, uralte Lanzen. Mit denen hat sein Vater einst gegen den mächtigen Cäsar am *Arar* gekämpft, als sein Stamm der Tiguriner von den Römern mitten in der Flussüberquerung überrascht wurde.

Während er in kleinen Schlucken sein Bier trinkt, wandern die Blicke des Alten an den Wänden entlang. Ein bösartiges Grinsen entstellt das hässliche Gesicht. Zum Hades mit den Römern! Spielen sich in seinem Land auf wie die Herren. Unter dem neuen Kaiser ist alles geblieben, wie es war. Steuern, Abgaben, Truppenabstellungen, man ist nicht mehr Herr im eigenen Lande. Eher schlimmer ist es geworden. Aber man wird sehen. Das junge Herrchen soll sich nur nicht zu sicher sein.

Ein plötzlicher Windzug streift seine stoppelige Wange, bläst Unruhe in die tanzenden Flammen des Feuers. »Ist da wer? Was ist denn ...?«

Aber Vindurix kommt nicht mehr dazu, sich herumzudrehen. Kräftige Hände legen sich plötzlich von hinten um seinen dürren Hals, schieben das Fuchsfell zur Seite. Ein raues Krächzen, die Beine zappeln ein letztes Mal im Todeskampf. Dann ist es vorbei. Weit aufgerissen starren die glanzlosen Augen zur Decke, schlaff liegt der ausgemergelte Körper auf dem rohen Holzboden.

In aller Ruhe bückt sich die Gestalt und betrachtet ihr Werk. Dann nimmt sie ein kurzes Messer, die *Sica,* aus der Manteltasche und krönt das blutige Werk. Ein letzter Blick in den verlassenen Gastraum, dann stapft die dick vermummte Gestalt zurück durch den Schnee zu ihrem Pferd, das mit dampfenden Nüstern auf seinen Besitzer wartet.

***

Januar des Jahres 59 n.Chr.

Wie mit weißem Puder bestreut lag die Ubierstadt unter Schnee und Eis. An einen so harten Winter konnten sich die Menschen hier seit Urzeiten nicht erinnern. Dicke Eiszapfen hingen unter dem Tor, das in großen Lettern den Namen der Stadt angab:

Colonia Claudia Ara Agrippinensium

Über das verschneite, menschenverlassene *Forum* stapfte mühsam eine kräftige Gestalt und stemmte sich gegen den eisigen Ostwind. Marcus Valerius Aviola, ehemals Tribun der kaiserlichen Prätorianergarde, nun zum Militärtribun degradiert, hüllte sich noch tiefer in den derben Soldatenmantel und fegte die dicken Schneeflocken von seiner Schulter. Sein Blick fiel auf das Monument, das das kleine *Forum* beherrschte. Vor einigen Jahren noch waren es die weichen Züge des Claudius gewesen, die der Statue ihr Gesicht verliehen hatten. Dann aber hatte der Künstler im Auftrag der Stadtverwaltung der veränderten politischen Lage Rechnung getragen und die Züge mit dem Meißel behutsam verändert. Wie immer hatte man sich aus Gründen der Sparsamkeit damit begnügt, die Gesichtszüge zu verändern und die restliche Figur in ihrem ursprünglichen Zustand zu belassen. So war es nun das füllige Gesicht Kaiser Neros, das voll scheinbaren Wohlwollens auf die Bürger seiner weit entfernten Provinzstadt herabblickte.

Einmal mehr musste Valerius an seine unselige Mission zurückdenken, die ihn vor ziemlich genau sechs Jahren zum ersten Mal in die Ubierstadt am Rhein gebracht hatte. Im Auftrag des Kaisers führte er damals Ermittlungen in einer Serie von Mordfällen durch, die in der neu gegründeten Ubierstadt für große Unruhe gesorgt hatte. Den gleichen Auftrag hatte er auch von der kaiserlichen Gattin Agrippina erhalten, was die Sache noch mysteriöser machte. Alle Opfer waren mit einem N auf ihrer Stirn gekennzeichnet, und scheinbar hatte zwischen den Opfern kein Zusammenhang bestanden. Endlich hatte sich herausgestellt, dass die Opfer alle einer orientalischen Sekte angehörten, die sich nach ihrem Gründer »Christen« nannten. Da sie durch Zufall Mitwisser einer Verschwörung gegen den Kaiser geworden waren, mussten sie sterben. Als er nach Rom kam, um seinen Auftraggeber zu warnen, war Claudius schon tot. Nach Meinung vieler war er von seiner Gattin Agrippina vergiftet worden. Zu spät war ihm klar geworden, dass niemand anders als die kaiserliche Gattin hinter dem Komplott und der Mordserie stand, um auf diese Weise für ihren Sohn Nero den Weg zum Thron freizumachen. Valerius hatte sein Wissen mit dem Verlust seines Rangs als Prätorianeroffizier gebüßt, aber immerhin lebte er noch!

»*Salve,* Tribun!«

»*Salvete*!«

Seine Gedanken wurden durch zwei Männer unterbrochen, die auf ihrem Wachgang durch die Stadt waren und ihren Vorgesetzten respektvoll grüßten. Städtische Wachsoldaten, *Vigiles*. Valerius hatte den Aufbau dieser Truppe nach hauptstädtischem Vorbild geleitet und war der vorgesetzte Offizier dieser dreißig Männer, denen neben der Brandbekämpfung auch polizeiliche Aufgaben oblagen.

Valerius hatte nun das *Forum* überquert und war nach links in den *Cardo Maximus* eingebogen, die vertikale Hauptstraße der Stadt, die sich am *Forum* mit der horizontalen Hauptstraße, dem *Decumanus Maximus,* schnitt. Wenig später stand er vor dem Hauptgebäude des städtischen Magistrats, dem *Prätorium*.

Der frierende Wachtposten grüßte ihn mit angelegtem Arm und öffnete die wuchtige Eichentür. Valerius betrat den dunklen, fensterlosen Gang und schüttelte erneut den Schnee von seinem Mantel. Eine knarrende Holztreppe führte ihn ins zweite Geschoss zu den Amtsräumen des Statthalters.

»Der Oberbefehlshaber erwartet mich.«

»Einen Augenblick bitte, Tribun!«

Der grauhaarige Schreiber eilte in das Nebenzimmer, um wenig später den Tribun hereinzubitten. Am Fenster des kleinen Raumes stand der Statthalter und Oberbefehlshaber der Provinz *Germania Inferior*, und wärmte sich die klammen Finger an einem Kohlebecken. Lucius Duvius Avitus war ein stattlicher Mann jenseits der fünfzig mit vollem dunkelblonden Haupthaar und einem freundlichen Gesicht.

»Bei den Göttern, ist das kalt hier.«

Er wies auf den Stuhl, der vor dem breiten, mit Schriftrollen und Karten überladenen Schreibtisch stand.

»Wie wäre es mit einem Becher gewärmten Weins?«

Valerius nahm dankend an, und wenig später wärmten sich seine Finger an dem heißen Becher, aus dem ihm der Dampf von frischem *Mulsum* in die Nase stieg. Während seines mehrjährigen Aufenthalts hier hatte sich Valerius auch, und besonders in den langen, kalten Wintermonaten, an die landestypische Spezialität gewärmten und gewürzten Honigweins gewöhnt. Dankbar registrierte er, wie das wärmende Nass seine Kehle herunterglitt und sich in seinem Magen ausbreitete.

»Wir sind hier sehr zufrieden mit deiner Arbeit.« Duvius Avitus lächelte ihn freundlich an, während seine kräftigen Finger auf dem Tisch trommelten.

»Die Polizeitruppe ist gut gedrillt und mit Freude bei der Arbeit, obwohl wir ihr doch kaum mehr als eine warme Mahlzeit pro Tag stellen können. Aber immer noch besser, als auf die Gratisrationen am *Forum* zu warten, nicht wahr? Jedenfalls hat die Kriminalität auf den Straßen deutlich abgenommen, und unsere Bürger fühlen sich offenbar sicherer. So weit, so gut. Nun zu dir. Ich weiß nicht, mein lieber Valerius, was dich damals hierher in die dunklen Wälder Germaniens und diese recht verschlafene Provinzstadt verschlagen hat, und ich will es auch gar nicht wissen. Ich weiß aber, dass du aus dem Dienst der kaiserlichen Garde ausscheiden musstest und in Rom offensichtlich in Ungnade gefallen bist. Gleichwohl bist du mit dieser Tätigkeit hier unterfordert, und ich würde dir gerne höhere Aufgaben zuteilen.«

Er griff zu seinem Becher und nahm einen tiefen Zug, während Valerius überlegte, um welche Aufgaben es sich wohl handeln mochte.

»Aber«, fuhr der Statthalter fort, »ich sitze hier quasi auf gepackten Taschen. Meine Zeit als Statthalter und Oberbefehlshaber läuft ab, und ich werde schon in wenigen Tagen abreisen. Das Weitere wird mein Nachfolger regeln.«

»Nachfolger?«, fragte Valerius neugierig nach.

»Publius Sulpicius Scribonius Rufus, ein tüchtiger Mann. Kennst du ihn?«

»Ich habe von ihm gehört. Hat er nicht vor kurzem zusammen mit seinem Bruder den Aufstand von *Puteoli* niedergeschlagen?«

»Hat er. Erstaunlich, was sich alles bis hierhin herumspricht. In *Puteoli* waren zwischen dem Stadtrat und der Bevölkerung gewalttätige Auseinandersetzungen ausgebrochen, der *Consular* Cassius Longinus war offenbar mit der Situation überfordert. Erst den beiden Scribonius-Brüdern gelang es, mit Hilfe einer Prätorianerkohorte die Lage unter Kontrolle zu bringen. Seitdem gelten die Scribonii im Senat viel. Sie machen alles gemeinsam, sind unzertrennlich. Sie werden auch gemeinsam nach Germanien kommen, Scribonius Rufus wird Statthalter für unser Untergermanien, Scribonius Proculus für Obergermanien. Auch beim *Cäsar* scheinen sie in hoher Gunst zu stehen, die Götter mögen ihn schützen!«

Er goss ein wenig Wein als Trankopfer auf den Boden und blickte den Tribun nachdenklich an.

»Du siehst, ich würde gerne etwas für dich tun, aber ich kann nicht. Gerne aber will ich meinem Nachfolger ein Empfehlungsschreiben für dich hinterlassen, vielleicht kann Scribonius mehr für dich tun.«

Abrupt wechselte er das Thema. »Wie geht's der Familie?«

»Oh, danke«, antwortete Valerius überrascht. Noch nie hatte sich der Statthalter nach seiner Familie erkundigt. »Dirana ist wohlauf, und der kleine Titus Valerius wächst und gedeiht täglich. Er ist jetzt drei Jahre alt, und nichts ist vor seinen neugierigen Händen sicher.«

»Kenn ich, kenn ich«, lachte Duvitus Avitus. »Nun gut. Ach, ehe ich es vergesse, der *Curator* würde dich gerne sehen. Keine Ahnung, was er von dir will.«

Nur ein Stockwerk tiefer hatte der oberste städtische Beamte sein Amtszimmer. Gaius Volturcius Crassus, ehemals *Prätor* der Ubierstadt, war zwischenzeitlich zum kaiserlichen *Curator* und damit zum unmittelbaren Vorgesetzten von Valerius befördert worden. Die Männer begrüßten sich wie alte Freunde.

»Setz dich, Valerius. Hat dir der Alte meine Bitte doch ausgerichtet?« Seine Miene wurde ernst, die Stimme nahm einen verschwörerischen Klang an. Er blickte sich um, als wäre der Raum voller ungebetener Mitwisser. Dann fuhr er leise fort: »Ich will es kurz machen.«

Seine Stimme wurde noch leiser. »Wie du weißt, genieße ich das besondere Vertrauen der edlen Agrippina.«

Valerius nickte schweigend. Seine Finger suchten die Narbe an der Stirn, eine Erinnerung an den Kampf mit den Sugambrern. Dass die Narbe juckte, konnte nichts Gutes bedeuten. Entsprechend gespannt lauschte er den weiteren Ausführungen.

»Nun, du und ich, wir haben nicht immer auf derselben Seite gestanden, wohl wahr. Aber wir sollten die alten Zeiten ruhen lassen.«

Wieder nickte Valerius schweigend. Irgendetwas ging hier vor sich. Was wollte der Mann nur von ihm? Aber schon fuhr Volturcius mit leiser Stimme fort: »Was zählt ist die Gegenwart. Und die Zukunft, wenn es eine gibt.«

Fragend blickte Valerius den *Curator* an. »Verzeih, aber du sprichst in Rätseln. Ich verstehe nicht ...«

»Klar, kannst du auch nicht. So höre denn. Die Mutter unseres *Cäsars* scheint in Gefahr zu sein!«

»Agrippina in Gefahr?«

»*Sic* – so ist es.«

»Aber wer könnte der Mutter des Kaisers nach dem Leben trachten?«

»Das sollst du herausfinden!«

»Ich?« Valerius zog verwundert die Augenbraue hoch. »Wieso gerade ich?«

»Weil du dich in der Vergangenheit beim Aufspüren von geheimnisvollen Vorgängen bewährt hast.« Ein feines Lächeln zog über das Gesicht des *Curators.* »Glaubst du, ich habe vergessen, mit wie viel Hartnäckigkeit du an deinem letzten Auftrag gearbeitet hast? Unter Gefahr für dein eigenes Leben hast du den Auftrag des *Cäsars* erfüllt, auch wenn du letztlich zu spät nach Rom gekommen bist. Diesmal lässt das Schicksal uns auf der gleichen Seite kämpfen, für die edle Agrippina, die Gründerin unserer kleinen schönen Stadt.«

Valerius hatte sich von seiner Überraschung erholt. »Worum genau geht es?«

Volturcius Crassus stand auf und verschloss sorgsam die Tür.

»Wir wissen es noch nicht genau. Aber sowohl in Rom als auch hier in der Provinz spielen sich merkwürdige Dinge ab, die die Besorgnis der edlen Agrippina erregen. Wie du weißt, hatte die *Augusta* stets einen eigenen kleinen Apparat von ... äh ... Vertrauten.«

»Agenten.«

»Äh ... ja, so könnte man sie auch nennen.«

Verwundert bemerkte Valerius, dass der *Curator* in seiner Ergebenheit Agrippina immer noch mit jenem Titel nannte, der ihr einst als kaiserlicher Gattin zugestanden hatte. Nun aber, nach dem Tode von Claudius ...

Aber schon fuhr Volturcius Crassus fort: »In letzter Zeit mehren sich unerklärliche Todesfälle, Morde, genauer gesagt, und alle im Kreis ihrer Vertrauten und Agenten. Und was noch schlimmer ist« – er wischte sich über die Stirn, die plötzlich vor Schweiß glänzte und leerte seinen Becher in einem Zug – »was noch schlimmer ist: Alle Opfer tragen jenes Mal auf der Stirn. Du erinnerst dich?«

»Das N?«, fragte Valerius entgeistert.

»Ja«, murmelte Volturcius Crassus tonlos, und sein Gesicht war von wächsener Bleiche überzogen, »das N, vermutlich jedenfalls!« Er griff in die Falten seines Gewandes und brachte eine verknitterte Schriftrolle zum Vorschein.

»Hier, diesen Bericht erhielt ich aus *Mogontiacum.* Er stammt von einem Vertrauten, der auf der dortigen Präfectur Dienst tut.«

Sextus Optimius grüßt seinen Gaius Volturcius Crassus,
Curator von Colonia Agrippinensium

Wenn es dir gut geht, freut es mich. Mir geht es gut. Du hattest mich um einen Bericht über jenen merkwürdigen Vorfall gebeten, der sich neulich in unserem Gebiet ereignet hat. So höre denn: Vor zwei Tagen erschien eine Sklavin auf einem unserer Stationsposten. Sie gestikulierte wild und machte immer wieder das Zeichen des Todes. Das arme Ding kann nämlich nicht sprechen, weil man sie ihrer Zunge beraubt hat. Schreiben kann sie leider auch nicht, und so folgten ihr vier unserer Legionäre zu ihrem Haus. Sie wohnt in einer ehemaligen Herberge in der Nähe von

Vicus Altiaiensium, unweit von Mogontiacum. Ad Ursos heißt der heruntergekommene Schuppen. Er gehört einem gewissen Vindurix, einem helvetischen Gallier. Man müsste wohl eher sagen: gehörte, denn jener Vindurix ist tot. Das wäre an sich nichts Besonderes, denn der Bursche, der in der Umgebung übrigens einen äußerst üblen Ruf genoss, muss schon an die siebzig anni gewesen sein.
Bemerkenswert daran aber war, dass man ihn ermordet, genauer gesagt erwürgt hat. Außerdem wurde die Leiche verstümmelt, indem man ihr irgendein Mal auf die Stirn eingraviert hat.
Wir haben frühere Gäste der Herberge befragt, konnten aber über Täter oder Motiv nichts herausfinden. Ein Raubmord scheidet jedenfalls aus, da sich nach Auskunft der Befragten nichts von Wert in dieser Taberne jemals befunden hat.
Übrigens wird der Name jener armen Sklavin mit Vernicia angegeben.
Du siehst, verehrter Gaius, es handelt sich um eine reichlich mysteriöse Angelegenheit, aber ob sie für dich von Bedeutung ist, vermag ich von hier nicht zu erkennen. Sei gegrüßt und umarmt bis sich unsere Wege wieder treffen!

Vale!
Mogontiacii, prid.Kal.Dec.anno 811 a.u.c.
Sextus Optimius

Valerius legte die Schriftrolle weg, und wie aus einem fernen Nebel tauchten die Bilder der Vergangenheit wieder auf. In dieser Taberne hatte ein Mordanschlag auf ihn stattgefunden, und er war sicher, dass Vindurix darin verwickelt war. Vernicia hatte ihm damals das Leben gerettet und ihre Hilfe mit ihrer Zunge gebüßt. Vindurix! Wie aus einem Schatten schälte sich die bucklige Gestalt des alten Schurken aus dem Dunst der Erinnerung heraus. Deutlich sah er ihn wieder vor sich: eingehüllt in eine schmutzige *Tunica*, immer ein mottenzerfressenes Fuchsfell um den Hals gelegt, den zahnlosen Mund zu einem höhnischen Grinsen verzogen. Aber er hatte ihm nichts beweisen können, und so war der tückische Alte damals unbeschadet aus der Sache herausgekommen. Aber die Mühlen göttlicher Gerechtigkeit mahlen zwar langsam, aber sie vergessen offenbar niemals.

»Woran denkst du, Tribun?«

Die Stimme des *Curators* riss ihn aus seinen Gedanken.

»Wie? Äh ... nichts. Es waren nur die Schatten der Vergangenheit, die ...«

»Du kanntest diesen Burschen, diesen Vindurix, nicht wahr?«

»Flüchtig«, entgegnete Valerius, »flüchtig. Aber was hat diese Sache mit Agrippina zu tun?«

»Vindurix war einer ihrer Agenten hier! Wir denken, dass seine Ermordung nicht zufällig geschah. Er war nicht der Erste aus dem Kreis der Agenten der *Augusta*, der unter dubiosen Umständen zu Tode kam. In Rom hat man vor kurzem zwei von ihnen gefunden: Den einen fischte man aus dem Tiber, oder besser das, was die Fische von ihm übrig ließen, den anderen fand man am *Circus Maximus*. Sie hatten ihn mit Dolchen an einen Baum geheftet. Und beide trugen das Zeichen, verstehst du?«

Valerius verstand. »Was soll also geschehen?«

»Als Erstes wirst du nach Rom reisen! Die *Augusta* möchte dich sehen, höchstpersönlich. Aber niemand hier darf davon wissen, auch der Statthalter nicht. Hier, dies ist deine Einladung, wie ich vermute!«

Er zog eine weitere Schriftrolle aus seinem Gewand und überreichte sie Valerius mit verschwörerischem Lächeln.

Crepererius Gallus sendet dem Tribun
Marcus Valerius Aviola einen Gruß aus Rom

Hier in Rom ist es zur Zeit wahrscheinlich ebenso kalt wie bei euch in der Provinz. Das öffentliche Leben ist durch die Kälte zum Erliegen gekommen. So leer habe ich das Forum nie gesehen. Würde unser göttlicher Caesar den Armen nicht ständig Gratiszuteilungen an Brennstoff zukommen lassen, so würden sie in Massen erfrieren. Aber so ist unser Cäsar nun einmal: gütig und großzügig! Die Götter mögen ihn schützen!

Valerius stutzte und blickte den *Curator* ratlos an. »Wer bei den

Göttern ist Crepererius Gallus, und was geht mich die Kälte in Rom und die Großzügigkeit des Kaisers an?« Ratlos starrte er auf den *Papyrus*.

Mit einem überlegenen Lächeln nahm Volturcius Crassus ihm die Rolle ab, ging zu dem Kohlebecken herüber und nahm mit spitzen Fingern ein Stück Kohle heraus, mit dem er vorsichtig über das Schriftstück fuhr.

»Crepererius Gallus ist ein Freigelassener, der engste Vertraute Agrippinas in Rom. So, nun lies den Brief noch einmal!«

Zwischen den ursprünglichen Zeilen waren wie von Zauberhand weitere Zeilen dazugekommen, die Valerius hastig überflog.

Tribun!

Eine dringende Angelegenheit erfordert deine sofortige Anwesenheit in Rom. Reise so schnell du kannst, aber nicht weniger diskret. In Rom wirst du im ehemaligen Hause der Antonia unverzüglich erwartet. Vernichte diesen Brief nach Erhalt!

Crepererius Gallus

»Ein alter Agententrick. Mit frischer Milch geschrieben, werden die Buchstaben erst sichtbar, wenn man sie mit Kohlenstaub berührt. Hat schon Ovid in seiner *Ars amatoria* beschrieben. Wir pflegen vertrauliche Briefe immer in dieser Weise zu tarnen.«

Während Valerius noch verblüfft zusah, nahm der *Curator* das Schreiben wieder an sich und ließ die Rolle in das Kohlebecken sinken, wo sie ein sofortiger Raub der Flammen wurde.

»Du erlaubst?«

Valerius nickte. »Ja, äh ... natürlich. Aber, nach Rom reisen? Wie soll ich das bewerkstelligen? Ich habe meinen Dienst hier.«

»Urlaub! Du nimmst einige Wochen Urlaub und besuchst deine kranken Eltern, jetzt im Winter ist das kein Problem. Hier ist die Bewilligung, die ich dir kraft meines Amtes als dein Vorgesetzter erteile.«

Valerius warf einen kurzen Blick auf das Schriftstück, das ihm einen Urlaub von vier Wochen gewährte.

»Du bist nun auch ein Agent Agrippinas, wie ich. Ist das ein Problem für dich? Immerhin gab es da in der Vergangenheit ...«

Glasklar tauchten die Bilder der Vergangenheit vor ihm auf: Agrippina im kaiserlichen Palast, das vom Kaiser unterzeichnete Todesurteil gegen ihn in ihren Händen. Sie zerreißt es und wirft es in eines der Kohlebecken. »Mein Sohn ist manchmal etwas ungestüm und muss noch einiges lernen.« So oder ähnlich hatte sie gesprochen. Und auch die anderen Worte fielen ihm wieder ein: »Vielleicht werde ich mich deiner einmal bedienen müssen, vielleicht wirst du gar einmal für mich arbeiten.« Und dabei hatte sie ihm ein wahrhaft kaiserliches Lächeln geschenkt. Verlegen hatte er damals geantwortet, dass man wohl nichts ausschließen könne. Jetzt schien der Zeitpunkt gekommen zu sein, diese zaghafte Zusage einzulösen. In Valerius' Herz war kein Hass mehr gegen die mächtige Frau, die jetzt selbst in Gefahr geraten war. Sie hatte damals sein Leben gerettet, kein Zweifel. Zeit, seine Schulden zu begleichen!

»Du schweigst?«, tönte die sonore Stimme des Volturcius Crassus durch den Raum und holte ihn wie von einer fernen Reise zurück. Mit Mühe versuchte Valerius seine Konzentration zurückzugewinnen. Er schüttelte die Vergangenheit aus dem Kopf und antwortete dann mit fester Stimme: »Nein!«

»Nein? Wie meinst du das?«

Valerius fuhr sich durch den schwarzen Lockenschopf, der an einigen Stellen schon von ersten grauen Haaren durchzogen war.

»Ich meine, es ist kein Problem für mich. Als Soldat bin ich es gewohnt, Befehlen zu folgen. Und außerdem habe ich meine persönlichen Gründe. Die Vergangenheit war gestern, und doch, ungewöhnlich bleibt es, dass die Mutter des Kaisers einen ihrer früheren Widersacher um Hilfe angeht.«

»Du hast ihr imponiert, Tribun. Mir übrigens auch. Außerdem haben wir dich als einen verschwiegenen, zuverlässigen und unbestechlichen Mann kennen gelernt, und davon gibt es heute nicht viele. Übrigens wirst du in Rom auf jemanden treffen, den du nur zu gut kennst. Aber lass dich überraschen. So, nun mache dich alsbald auf den Weg. Ich denke, du wirst vorher noch einige private Dinge regeln wollen. Leider kannst du die Schiffe unserer Flotte zur Zeit nicht nutzen, da der *Rhenus* wegen der Eisschollen nicht zu befahren ist. Diese *Diploma* aber gewährt dir Zugang zum *Cursus Publicus*. Auf den Wegen der Kaiserlichen Post zu fahren ist doch immer noch sehr angenehm, nicht wahr? Und dieser Geldbeutel hier soll dir deine ersten Unkosten ersetzen. Ach, eins noch. Du hast gelesen: reise diskret. Du wirst also selbstverständlich nicht in Uniform und nicht unter deinem Namen reisen, das wäre viel zu gefährlich. Deine Reisevollmacht lautetet auf Decimus Batistus, du bist Kaufmann aus Narbo. Du bist ein wichtiger Heereslieferant und also berechtigt, den kaiserlichen Postweg zu benutzen. Lass dir einen Bart wachsen und schneide deine Haare, damit du nicht schon am Stadttor erkannt wirst. Die Gegenseite, wer immer es ist, wird Ausschau halten nach Agenten Agrippinas, also sei auf der Hut!«

Der *Curator* lächelte und wies auf die Schriftrollen.

»Und denke daran, Urlaubsschein und Reisevollmacht niemals gemeinsam vorzulegen! Sie sind auf verschiedene Namen ausgestellt! Du siehst, du spielst zwei Rollen, verwechsle sie nicht – es könnte dich den Kopf kosten! Und wenn du in Schwierigkeiten steckst, berufe dich nicht auf mich. Offiziell weiß ich von deiner Mission nichts, das wirst du sicher verstehen.«

Ein Blick auf die *Diploma* zeigte Valerius, dass die Urkunde zwar ordnungsgemäß gesiegelt, aber unleserlich unterschrieben war. Der *Curator* hatte sich also abgesichert. Das Risiko lag allein auf seiner Seite.

Der Beamte bemerkte den Blick und ein Grinsen zog über sein Gesicht. Er stand auf und legte seine Hand vertraulich auf die Schulter des Tribuns. »Die Götter seien mit dir, Marcus Valerius Aviola!«

Stirnrunzelnd nahm Valerius Schriftstück und Geldbeutel an sich und fand sich wenig später auf dem schneeumtosten *Forum* wieder.

II.

In der Subura von Rom

Februar des Jahres 59 n.Chr.

Jäh hat sich abendliche Dunkelheit über die Provinzstadt am Rhein gesenkt. Nur wenige Menschen hasten durch die frostkalten Gassen. Leerer noch sind die schmalen Gassen an der Rückseite des *Capitoliums,* die kein Licht erhellt und kein freudvolles Kindergeschrei erfüllt. Die alten, meist verfallenen Häuser, die hier dicht gedrängt am Flussufer stehen, scheinen sich geradezu in den Schatten des großen Tempelgebäudes zu ducken, als seien sie sich ihrer Schäbigkeit bewusst. Üble Gerüche von billigem Kohl oder saurem Wein durchziehen die Gassen, und auch die Spuren entleerter Nachttöpfe oder erbrochener Mägen sind allerorts zu sehen. Die wenigen Müßiggänger, die sich in dieses traurige Viertel verirren, tun gut daran, mit großen Schritten über das Pflaster zu eilen.

Hier wohnen die, die das Schicksal vergessen hat: die Armen ohne Mittel und die Alten ohne Hoffnung, die Tagelöhner und Hungerleider, die tagsüber das *Forum* bevölkern und hoffen, dass eine kleine Arbeit für sie abfällt, die Tagediebe und Beutelschneider, die im Schein der spärlichen Öllampe den Ertrag ihrer finsteren Geschäfte zählen. Die *Subura* von Rom findet man hier in ihrer provinziellen, aber nicht weniger üblen Form. Auch Dirnen und Tänzerinnen, Wahrsagerinnen und obskure Heilerinnen trifft man hier an, betagt und für ihr Gewerbe längst zu alt oder zu ungeschickt. Immer länger dauert die morgendliche Prozedur, um dem Gesicht einen Hauch von Menschlichkeit zu verleihen, kaum noch reichen die Tiegel und Töpfe, und immer schwerer wird es, die Zeichen des Alters und des wüsten Lebens zu überschminken.

»Honoria! Honoria, wo bleibst du denn. Will... willst du denn, dass i... ch verdurste?« Laut und grell schallt die weinschwere Stimme des Mannes durch das ärmliche alte Haus am Flussufer. Auf einer Liege räkelt sich ein glatzköpfiger Mann von kräftiger Statur, der schwere Kopf baumelt hin und her, die leeren Augen starren glanzlos an die kahle Wand, von der der Putz schon vor Jahren herabgefallen ist.

Die blassrote *Tunica* des Mannes ist schmutzig und von Weinflecken gezeichnet. Niemand hätte in diesem, von Trunkenheit gezeichneten Zerrbild eines Mannes den ehemaligen *Aedil* der Ubierstadt erkannt. Publius Statilius Taurus war einmal, wie es der Beiname andeutet, ein Stier von Mann. Aber Alkoholexzesse und ein mehr als ausschweifendes Leben, das nichts ausließ, hatten ihren Tribut gefordert. Seine Amtszeit als Magistratsbeamter war abgelaufen, und niemand der Verantwortlichen wäre auf die Idee gekommen, sie zu verlängern. Aus Rom war gar die Maßgabe gekommen, ihn unverzüglich abzulösen, und selbst die Tatsache, dass er in früheren Zeiten als Vertrauter Agrippinas gegolten hatte, änderte daran nichts. Oder hatte diese Tatsache das abrupte Ende seiner Karriere gar beschleunigt?

Jedenfalls hatte Statilius Taurus sich nie mit diesem jähen Ende seiner Laufbahn abfinden können und von da an dem Wein umso heftiger zugesprochen. Wer trinkt um zu vergessen, vergisst das Trinken nie!

»Hon... Honoria, alte ... hicks ... alte ... Weinschnepfe, wo bist du denn?«

Honoria, die Witwe des Töpfers Gaius Honorius, dessen Geschäftsschild immer noch an der Haustür hing, obwohl sich seit Jahren kein Kunde mehr hierhin verirrt hatte, mochte einmal als Schönheit gegolten haben. Jetzt aber hatten die ausschweifenden Jahre mit Statilius auch an ihr herbe Spuren hinterlassen und waren auch nicht mit einem Übermaß von Antimon und Schminke zu entfernen.

Langsam betritt sie das *Triclinium,* den unvermeidlichen Weinkrug in der Hand. Schwerfällig tasten sich die trüben Augen durch den Raum. Mit der Hand versucht sie, das Haar, das in langen Strähnen wirr herunterhängt, zu ordnen. Auch Honoria, seit mehr als zehn Jahren Geliebte des *Aedils*, hat bessere Zeiten gesehen. Nun geht sie mit ihm den abschüssigen Weg in eine ungewisse Zukunft.

Endlich hat sie Statilius erreicht. Der nimmt ihr unwirsch den Krug aus der Hand und stößt sie mit einem derben Fluch weg. Das kennt sie, aber sie hat sich daran gewöhnt. Seufzend blickt sie durch das Fenster. Von draußen sendet der Mond fahle Strahlen in den dunklen Raum, den nur drei Öllampen spärlich erhellen.

»Mach do... doch die Tür auf, hö... hörst du nicht, dass es geklopft ha... hat. Niemanden, hörst du, nie ... man ... den will ich sehen. Sollen sie doch alle zum Hades fahren. Ich hab' ... hab' meine Pflicht stets für Rom und diese ver... verfluchte Stadt hier getan. Was ist der Da... Dank? Abgesetzt haben sie mich. Davongejagt, wie einen unnützen Sklaven. Aber das soll... sollen sie büßen, undankbare Brut. Ich weiß viel, sehr viel, und wenn ich einmal ...«

Honoria hat den Rest nicht mehr gehört. Sie schlurft durch den dunklen Gang zur Tür, einen Türsklaven gibt es schon lange nicht mehr. Eine dunkle Gestalt steht vor der Tür.

»Ja?«

Durch das Dunkel versucht sie vergeblich das Gesicht des Mannes zu erkennen.

»Was ist? Zu wem ...?«

Weiter kommt sie nicht. Roh wird sie zur Seite geschleudert, landet mit dem Kopf an der Wand. Schon ist die Gestalt über ihr, ein Messer blitzt kurz auf, dann fährt ein hellroter Blutstrahl aus ihrer Kehle. Ein Röcheln begleitet ihren Sturz, dann verlöscht das armselige Leben. Vorsichtig steigt die Gestalt über den leblosen Leib, tastet sich den Gang entlang und nähert sich dem kaum erhellten Wohnraum. Ein höhnisches Grinsen zieht über die brutalen Gesichtszüge, als der betrunkene Statilius ins Blickfeld rückt.

»Bei den Gött... Göttern, wer bist du denn? Und wo ist Ho... Honoria?«

Trotz seines umnebelten Blicks gewahrt Statilius den Eindringling. Mit blöden Augen sieht er ihn an, spürt die Gefahr. Angst steigt in ihm auf. Zu spät versucht er sich zu erheben, der Körper macht nicht mit, sinkt zurück. Schon ist die Gestalt heran, mit kraftvoller Hand packt sie ihr Opfer, zieht eine Drahtschlinge aus der Tasche und legt sie Statilius um den Hals. Wild schlägt der ehemalige *Aedil* um sich, fegt den Weinkrug vom Tisch. Seine Fingernägel hinterlassen ihre Spuren im Gesicht des Angreifers, aber die Gestalt lässt nicht locker. Langsam erlahmt der Widerstand, ein

Zucken nur noch, ein letztes Rasseln des Atems, dann liegt der Körper schlaff und schwer auf der Liege.

Mit einem leisen Fluch betastet der Täter die blutende Wunde, dann versetzt er der Leiche einen Tritt. Bedächtig blickt er sich um. Plötzlich greift er nach den Öllampen und schleudert sie durch den Raum. Während die Flammen sich gierig in Stoffe und Balken fressen, blickt er ein letztes Mal ungerührt auf sein Opfer. In aller Ruhe zückt er erneut sein kurzes Messer und zeichnet die Stirn des ehemaligen *Aedils* mit dem tödlichen Mal. Dann verlässt er das Haus in aller Ruhe.

Minuten später hallt es durch die abendlichen Gassen: »Feuer! Feuer! Holt die *Vigiles* herbei! Schnell, bringt Wasser! Im Hause der Honoria brennt es! Oh, bei allen Göttern, was für ein Unglück! Seht zu, dass das Feuer nicht auf mein Haus überspringt! So helft doch!«

Alles rennt wild durcheinander, schreit sich an, stolpert in der Dunkelheit. Da hat die todbringende Gestalt schon fast das *Forum* erreicht, und ein zufriedenes Lächeln zieht über ihr Gesicht.

***

Am späten Nachmittag der *Kalenden* des Februar rollte eine Kutsche über die *Via Flaminia* in Richtung Rom. Eis und Schnee hatten eine schlüpfrige Mischung aus Schlamm hinterlassen, die den Pferden den Tritt erschwerte und eine schnellere Geschwindigkeit verhinderte. Unter den Passagieren, die sich in ihre wärmenden Mäntel gehüllt hatten, befand sich auch ein bärtiger Mann mit militärisch kurzem Haarschnitt, der sich seinen Mitreisenden als Decimus Batistus vorgestellt hatte, Kaufmann für Wollstoffe und Heereslieferant aus Narbo. In flotter Fahrt überquerte das Gefährt den Tiber über den *Pons Mulvius* und durchlief dann eine Ebene, die auf beiden Seiten von steil ansteigenden, spärlich bebauten Hügeln begrenzt ist. Links und rechts säumten Grabmäler die Straße, meist in prachtvoller Ausstattung und offenbar gut gepflegt.

Kurz darauf passierten die Reisenden das in Sichtweite liegende Mausoleum des Augustus, das von einer Ehrenwache der Prätorianer bewacht wurde. Ernst blickte die übergroße Statue des verstorbenen Herrschers zur Stadt, als wolle er auch nach seinem Tode noch alles unter Kontrolle haben. Immergrüne Zypressen, aufs beste gehegt und sorgsam beschnitten, umstanden den Grabhügel aus weißem Marmor.

Für einen Augenblick musste Valerius daran denken, dass auch die Gebeine von Kaiser Claudius hier ihre letzte Ruhe gefunden hatten und dass dieser sich vielleicht noch bester Gesundheit erfreuen könnte, wenn er nicht versagt hätte. Aber hätte man auch glauben können ...?

Unwillig wandte er sein Gesicht ab und musterte die Mitreisenden. Da er eine Kutsche der Kaiserlichen Post benutzte, handelte es sich sämtlich um Männer, die eine ähnliche *Diploma* vorweisen konnten wie er. Ihm gegenüber saß ein noch recht junger Mann, der unter seinem Wollmantel die Insignien eines *Centurios* der Kaiserlichen Garde trug. Daneben ein ältlicher Soldat, sicher ein *Tabellarius,* denn er bewachte seine Brief- und Dokumententasche argwöhnisch. Die beiden kannten sich offenbar gut, denn lange Zeit hatten sie ihre Mitreisenden durch den Austausch des neuesten Klatsches aus der Hauptstadt unterhalten.

Komplettiert wurde die Reisegruppe durch einen Präfekten, der offenbar aus der Provinz zur Berichterstattung in die Hauptstadt gerufen worden war. Jedenfalls hatte er dies seinen Mitreisenden mehrfach geschwätzig mitgeteilt, bevor das Gespräch kurz vor Rom eingeschlafen war. Valerius blickte wieder nach draußen, wo sich langsam Dämmerung über das Land zu legen begann. Es musste jetzt ungefähr die zehnte Stunde sein, was ihm und seinen Mitreisenden die Möglichkeit eröffnete, die Fahrt in die Innenstadt mit der Kutsche fortzusetzen.

Vor diesem Zeitpunkt hätten sie ihren Weg zu Fuß fortsetzen müssen, denn die *Lex Iulia municipalis*, vom großen Cäsar eingebracht, aber erst nach seinem Tode in Kraft getreten, verbot für die Zeit von Sonnenaufgang bis zur zehnten Stunde in allen Städten des Reiches die Benutzung von Wagen oder Pferd in den Wohngebieten. Außerhalb dieses Zeitraums war der Wagenverkehr in den

Städten naturgemäß entsprechend chaotisch und brachte viele der Bürger um ihren Schlaf.

Müde blickte Valerius wieder durch das kleine Fenster. Die Ebene weitete sich jetzt spürbar aus und ging über in den *Campus Martius,* das Marsfeld. Diese große, unbebaute Freifläche diente bei besserem Wetter der Jugend Roms als Sport- und Trainingsfläche. Hier wurde gelaufen und gerungen, gefochten und geboxt, gespielt und gekämpft. Selbst Pferderennen fanden statt, so weitläufig war das Gelände. Und wer schwimmen konnte, mochte gar im nahen Tiber seine Bahnen ziehen. Gewöhnlich aber endete das schweißtreibende Training mit einem Besuch in einer der anliegenden Thermen.

Hier nahmen aber auch die Legionäre nach siegreichem Kampf Aufstellung zum Triumphzug, hier fanden die großen Begräbnisrituale für Kaiser und herausragende Politiker statt. Nun aber lag das Marsfeld ungewöhnlich leer und ruhig vor den Augen des Betrachters.

Ein grunzendes Lachen ließ Valerius seinen Blick nach innen wenden. Gerade lachte der *Tabellarius* laut auf und rief mit vor Freude geröteten Wangen: »Und hast du das von Opimius gehört?«

Der kaiserliche *Centurio* verneinte, und der Soldat, froh, wieder eine Geschichte zum besten geben zu können, prustete los: »Also, Opimius, du musst wissen, er ist der Onkel meines Schwagers, reich wie Crassus, aber ebenso geizig. Also, der war so geizig, dass er nur schlechten Vejentaner aus billigen Tonkrügen trank, meistens sogar nur verdorbenen Wein, denn der ist noch billiger.« Der Soldat schlug sich klatschend auf die Schenkel.

»Also, sei es, weil er immer diesen billigen Fusel trank oder einfach, weil er in die üblen Jahre gekommen war, eines Tages liegt er schwer krank danieder. Schon tanzen die Erben vergnügt ums Haus und suchen nach den Schlüsseln für die Schränke. Der Arzt kommt, aber kein Trank kann dem Armen helfen, er isst nichts mehr und verweigert das Trinken. Da lässt der Quacksalber, ein elender *Graeculus* natürlich, ein Tischlein bringen, befiehlt, alle Geldsäcke des Hauses auf ihm zu entleeren und heißt die Sklaven zählen. Das Geräusch der Münzen lässt den alten Geizhals erwachen, und mit blödem Blick schaut er auf das Tischlein mit dem Geld.

›Da du also bald sterben wirst, so sollen die Erben doch schon einmal mit dem Zählen anfangen‹, sagt der *Medicus* vergnügt.

›Was?‹, entgegnet Opimius empört, ›wo ich noch lebe?‹

›Eine Medizin hätt' ich noch‹, lacht da der Arzt und deutet auf eine funkelnde Phiole.

›Und was soll die kosten?‹

›Ganz wenig.‹

›Und wie viel?‹

›Vier Sesterzen!‹

Darauf Opimius: ›Wie entsetzlich! Da ist's ja ganz gleich, ob ich an der Krankheit oder an Raub und Diebstahl zugrunde gehe!‹

Hast du gehört? Für vier Sesterzen so ein Aufstand! Der Knicker! Für den Preis kann er gerade mal eine *Tunica* reinigen lassen. Hahaha.«

»... oder sich einmal in der *Subura* von Fortunata verwöhnen lassen, dem geilen Luder«, stimmte der *Centurio* brüllend in das Lachen ein, und auch Valerius konnte ein Schmunzeln kaum unterdrücken. Nur der Präfekt zog entrüstet die Nase hoch und blickte unwillig nach draußen.

Valerius reckte und streckte sich. Alle Glieder taten ihm weh. Fast drei Wochen hatte er nun auf dem Pferderücken oder in Kutschen verbracht, das reichte nun. Aber weit konnte es nicht mehr sein. Die Reisenden hatten inzwischen das Marsfeld hinter sich gelassen und auch den *Ara pacis,* den prächtigen Friedensaltar, den der römische Senat vor mehr als siebzig Jahren für den siegreichen Augustus hatte erbauen lassen. Auf der linken Seite waren schon auf Höhen und Abhängen die prächtigen Villen und Parkanlagen des *Collis Hortulorum* zu sehen. Dann öffnete sich das Tal, das auf der anderen Seite vom *Quirinalis* begrenzt wurde, und das eigentliche Stadtgebiet begann, unschwer an den wuchtigen Quadern der alten Stadtmauer zu erkennen. Zu Beginn der elften Stunde durchquerte die Kutsche die *Porta Flaminia* und hatte ihr Ziel erreicht.

***

Unterhalb der auf dem Capitol liegenden Burg macht die *Via Flaminia,* die inzwischen wegen ihrer zunehmenden Breite *Via Lata* heißt, einen leichten Knick nach links, steigt leicht an und führt geradewegs zum Mittelpunkt der Stadt, dem *Forum Romanum.* Die zahllosen hier ansässigen Silberschmiede haben der Straße den Namen *Clivus Argentarius* verliehen. Biegt man hier unmittelbar hinter der *Curia*, dem Versammlungsort des römischen Senats, scharf links ab, so befindet man sich auf einer breiten Hauptstraße, dem so genannten *Argiletum,* der Hauptstraße von Roms berüchtigtem und gefährlichstem Viertel, der *Subura.* Hier pulsiert das Leben wie nirgendwo sonst in der Stadt, die Straßen sind von kultureller Vielfalt, ständigem Verkehr, aber nicht weniger hoher Kriminalität geprägt. Einstürzende Häuser, Brände, Lärm, alles hat dieses Viertel im Übermaß, und doch möchte kaum einer, der hier wohnt, wegziehen.

Lauschen wir einen Augenblick dem Dichter *Juvenal,* wie er die dortigen Verhältnisse beschreibt:

»Habe ich es eilig, dann hält mich der Passantenstrom vor mir auf, und es drängen mich die, die in langer Kolonne hinter mir kommen. Der eine stößt mich mit dem Ellenbogen, ein anderer versetzt mir einen Schlag mit einer harten Stange; der rammt mir einen Balken gegen den Kopf, der ein großes Tongefäß. Meine Beine sind mit Schlamm bespritzt, dauernd werde ich von riesigen Plattfüßen getreten, und in meinem großen Zeh steckt ein verlorener Nagel eines Soldatenstiefels.

Siehst du, mit wie viel Küchendampf man hier zu einem großen Picknick zieht? Hundert Gäste kommen, jeder von seiner tragbaren Küche verfolgt. Selbst ein Riesenkerl könnte nur mit Mühe so viele ungeheuren Töpfe, so viele andere Sachen auf dem Kopf tragen, wie jener schmächtige Sklave dort kerzengerade aufgerichtet transportiert – und im Laufen noch hält er durch Fächeln das Feuer in Gang. Kleider, gerade erst geflickt, sind schon wieder zerrissen. Ein langer Tannenstamm, der auf einem Karren daherkommt, wippt auf und nieder, andere Wagen transportieren eine ganze Pinie, die hoch und drohend über den Leuten schwankt. Wenn aber bei dem Karren, der Steinblöcke aus Ligurien befördert, die Achse bricht und der ganze Berg auf die armen Passanten stürzt, dann bleibt von denen nichts mehr übrig. Wer findet dann noch die Glieder, die Knochen? Nicht nur die Leute selbst kommen um, sondern, völlig zerquetscht, vielleicht auch ihre Leichen. Zu Hause, wo man nichts davon ahnt, werden inzwischen schon die Schüsseln fürs Essen gespült, das Herdfeuer wird angeblasen. Das Klirren der eingefetteten Schabeisen, die ins Bad getragen werden, ist zu hören, Handtücher werden neben die Ölflasche gelegt, die Sklaven hetzen hin und her, aber er, ihr Herr nämlich, sitzt schon am Ufer des Styx, und ihm, dem Neuankömmling, graut es vor dem schauerlichen Fährmann, und er hat keine Hoffnung, in Charons Schifflein über die trübe Flut gesetzt zu werden, hat er doch keine Münze im Mund, die er präsentieren könnte ...«

***

Unter denen, die sich in nicht endender Flut über das *Argiletum* ergossen, befand sich auch Marcus Valerius Aviola, freilich in der Verkleidung des provinziellen Stoffhändlers, den schweren Reisesack auf den Schultern. Er hatte beschlossen, hier in der *Subura* Quartier für seine Zeit in Rom zu nehmen, denn eine bessere Tarnung war kaum vorstellbar. Jetzt, zur elften Stunde, wurde die Straße nicht nur durch Fußgänger verstopft, sondern Kutschen, Karren und Sänften ergänzten das Verkehrsinferno eindrucksvoll.

Sobald es ging, verließ Valerius die Hauptstraße und bog in eine kleine Seitengasse ab. Der Tribun kannte sich hier gut genug aus, um zu wissen, dass die Quartiere hier zwar etwas teurer, dafür aber auch sauberer waren. Ein leichter Nieselregen hatte eingesetzt, leicht zwar, aber stark genug, um die Menschen in ihren Wollmänteln bald zu durchnässen. Valerius schüttelte sich und eilte mit weiten Schritten durch die Gasse, deren nasses Pflaster im Schein der untergehenden Sonne einen zwielichtigen Glanz entwickelte.

Unweit des kleinen Tempels der *Juno Lucina*, in dem das städtische Geburtsregister geführt wurde, wurde er fündig. Vor einem schmalen, zweistöckigem Haus blieb er stehen. Ein kleines, kaum lesbares Schild vermittelte Hoffnung:

Zimmervermietung Gaia Faustina
Saubere und preiswerte Zimmer mit und ohne Frühstück,
auf Wunsch mit kleiner Kochstelle
Informationen bei der Vermieterin im Erdgeschoss

Kräftig schlug Valerius gegen die brüchige Holztür. Von innen näherten sich bald schlurfende Schritte. Die Tür wurde geöffnet, und ein altes, von tausend Falten durchzogenes Gesicht blickte fragend durch den Spalt, argwöhnisch, aber nicht unfreundlich.

»*Salve, Matrona!*« Valerius zauberte ein Lächeln auf seine Lippen, für das ihn alle Schwiegermütter der Welt umarmt hätten. »Ich komme wegen des Schildes.«

Die Hausherrin blickte ihn verständnislos an. »Schild?«

»Ja, du vermietest doch Zimmer. Ich spreche doch mit der edlen Gaia Faustina?«

Bei der Bezeichnung »edel« huschte ein freudiges Lächeln über die verhärmten Züge der Frau. »So hat mich ja seit Jahren keiner mehr genannt. Ach, jetzt ... jetzt verstehe ich. Aber ich vermiete seit dem Tode meines Mannes nicht mehr, hab' zu viel Ärger gehabt. Die einen zahlen nicht, die anderen brennen mir das halbe Haus ab, und die dritten bringen ihre grell geschminkten Huren ins Haus. Zuletzt hat mir so ein Liebchen doch in den Hausflur gekotzt. Bei den unsterblichen Göttern, das kann ich nicht brauchen. Aber mit einer allein stehenden Frau kann man es ja machen. Früher, als Faustinus noch gelebt hat, da hat es das nicht gegeben. Der hat ... na ja, das Schild, es hängt noch da, aber wie gesagt ...«

Sie schien einen Augenblick nachzudenken.

»Freilich, das Geld könnte ich gut gebrauchen.« Sie zögerte. »Und ... du machst einen ordentlichen Eindruck.«

Valerius beschloss, die zaghafte Flamme des Vertrauens zu schüren.

»Decimus Batistus, Stoffhändler und Heereslieferant aus Narbo. Ich habe einige Tage hier geschäftlich zu tun und benötige eine einfache Unterkunft. Übrigens zahle ich im Voraus.«

»Aus der Provinz kommst du? Heereslieferant bist du und kannst dir keine bessere Unterkunft als hier in der *Subura* leisten?« Deutlich waren Missbilligung und Misstrauen zu spüren.

»Freilich könnte ich mir ein besseres Quartier leisten, aber wer zu Hause sieben Mäuler zu stopfen hat, der verwechselt Denar und Sesterz nicht gerne.«

»Sieben Kinder hast du? Bei Juno, das ist arg. Ich hatte ja nur zwei, aber der eine ist im Britannienfeldzug geblieben, und die andere hat die Schwindsucht geholt. Aber sieben ...?! Komm herein!« Sieben Kinder schienen ein überzeugendes Argument zu sein.

Sie öffnete die Tür und gewährte Valerius Einlass. Durch einen schmalen dunklen Gang erreichten sie das Wohnzimmer der Alten. Dankbar stellte Valerius den Reisesack ab und setzte sich auf den zerbrechlichen Stuhl, den Faustina ihm anbot. Ein kurzer Blick bestätigte, dass die Räumlichkeiten einfach, aber recht sauber waren.

»Ich vermiete nicht tageweise, nur wochenweise. Zwanzig Sesterzen die Woche muss ich für das Zimmer ohne Kochstelle im ersten Stock haben, dreißig mit Kochstelle und zwei großen Straßenfenstern, fünfzehn im Dachgeschoss mit kleinem Straßenfenster. Möchtest du die Zimmer sehen?« Mit Wehmut dachte Valerius an die Preise in *Colonia Agrippinensium* zurück, wo er für eine ganze Wohnung fast die Hälfte weniger zahlte. Doch er nickte tapfer, und die Hausherrin führte ihn über eine knarrende steile Holztreppe in den ersten Stock.

»*Ecce*«, sagte sie und zeigte ihm einen kleinen Raum, der mit Bett, zwei Stühlen und einem schrankähnlichen Verhau mehr als einfach eingerichtet war. In einer Ecke, von Ruß und Kohle völlig geschwärzt, befand sich eine winzige Kochstelle.

»Und das Dachzimmer?«

Ächzend bemühte sich Gaia Faustina noch einen Stockwerk höher. Hier unter dem spitzen Giebel des Hauses war lediglich ein Zimmer untergebracht, ebenso spartanisch eingerichtet wie das andere, aber noch etwas kleiner. Allerdings gewährte das kleine Fenster einen weiten Blick über die Dächer der Stadt bis zum Esquilin und entschädigte ihn damit etwas für die ungewohnte Kargheit des Raumes.

»Ich nehme dieses Zimmer, zunächst für eine Woche!«

Schnell hatte sich Valerius entschieden und drückte der verblüfften Wirtin fünfzehn Sesterzen in die Hand. Dass jemand für die ganze Woche im Voraus bezahlte und nicht um den Preis feilschte, war hier gewiss noch nicht oft vorgekommen, und mit entsprechender Begeisterung nahm die Alte die Zahlung entgegen.

»*Sic*«, sagte sie einfach, um wenig später mit listig blinzelnden Augen zu ergänzen: »Aber keine Frauenbesuche. Das Nachtgeschirr wird in den Bottich im Hinterhof entleert und nicht auf die Straße, sonst kriege ich wieder Probleme mit dem *Aedil.* Aber du siehst nicht so aus, als würdest du den Unrat über den Köpfen der Leute entleeren. Decimus Batinus, war das der Name?«

»Batistus!«, berichtigte Valerius. »Gibt es hier in der Nähe eine saubere Garküche oder eine empfehlenswerte *Caupona*?« Der laut knurrende Magen hatte ihn daran erinnert, dass er seine letzte spärliche Mahlzeit vor mehr als sechs Stunden eingenommen hatte.

»Hier links herunter, die zweite Gasse zur Rechten. *Ad Gallum*, gutes Essen und trinkbare Weine zu vernünftigen Preisen. Da wird auch ein Mann von deinem Körperbau satt.« Mit freundlichem Blick taxierte sie den stattlichen Körperbau ihres neuen Hausgastes.

»Am *Argiletum* findest du natürlich auch einfache Garküchen im Überfluss, aber was sich da Hasenbraten nennt, da ist Vorsicht angebracht. Ich würde meinen Hund jedenfalls nicht in die Nähe lassen.« Sie gab ein meckerndes Lachen von sich und offenbarte einen traurigen Gebissrest.

Schnell hatte Valerius seine wenigen Sachen in dem schrankähnlichen Gebilde untergebracht und verließ das Haus. Da sein Zimmer selbstverständlich nicht über ein Schloss verfügte, hatte er alle Dokumente mitgenommen. Sie am Leib zu tragen erschien ihm sicherer, als sie den neugierigen Händen seiner Zimmerwirtin zu überlassen, denn dass diese als Erstes eine Inspektion seiner Sachen vornehmen würde, war klar. Schließlich wollte man ja wissen, mit wem man es zu tun hatte.

Der Regen hatte aufgehört und die Sonne war fast gänzlich verschwunden. Nur ein matter Schein im Westen gewährte der ruhelosen Stadt einen letzten Hauch von Licht, das lediglich in den Hauptstraßen von wenigen rußenden Fackeln ergänzt wurde.

III.
Der Schwarze

Gaia Faustina hatte nicht zu viel versprochen. Ein duftender Schweinebraten in der unvermeidlichen Fischsoße, umlegt mit Zwiebeln und Eiern, dazu dunkel gebackenes Brot und ein Krug würzigen Landweins hatten die Lebensgeister in Valerius wieder geweckt. Er beschloss, die Gegend zu erkunden, denn dieser Teil Roms war ihm weniger bekannt. Als Jugendlicher hatte er sich allerdings gegen den Rat der Eltern hier des Öfteren mit seinen Freunden herumgetrieben und sich manche blutige Nase geholt. Die Straßenjungs von der *Subura* hatten sich wenig für seine edle, valerianische Abstammung interessiert, sondern mehr für einen möglichen Geldbeutel.

Auch als Prätorianer hatten ihn mitunter Aufträge hierhin geführt, aber das war nun auch schon Jahre her. Ohnedies hatte sich seit dieser Zeit hier im Viertel doch einiges verändert. Neue, meist mehrgeschossige und flüchtig errichtete Mietshäuser waren hinzugekommen; die meisten trugen wegen ihrer flüchtigen Errichtungsweise und wegen des maroden Baumaterials schon bei ihrer Entstehung die Zeichen baldigen Einsturzes an sich. An allen Ecken hatten sich Kaufleute, Handwerker, Bäcker, Wursthändler oder Garküchen niedergelassen, und wer geglaubt hatte, jetzt nach Sonnenuntergang käme das Viertel zur Ruhe, sollte sich gründlich täuschen. Die frühen Abendstunden waren bei den Kaufleuten nicht weniger beliebt als bei den Müßiggängern, und so füllte ein buntes, lautes Treiben die engen Gassen. Zwar packten die ersten Schreiner ihre Sägen und Hämmer weg, die Bäcker ihre Kuchen und Brote, dafür packten die anderen gerade erst aus. Gaukler und Wahrsager tauchten auf, Hausierer und Schlangenbändiger, selbst ernannte Wunderdoktoren und fliegende Garküchen mit dampfendem Erbsbrei und gebratenen Schweinswürstchen.

»Probiert, Leute, probiert bei Lucius! Ziegenfleisch mit Myrte gewürzt«, so schrie es aus der einen Ecke, um aus der anderen Ecke übertönt zu werden: »Drückt's euch am Magen? Macht der Darm

Probleme? Fehlt's am rechten Appetit? Misslingt der *Coitus*? Fannius hat das Elixier gegen alle Beschwerden. Versehen mit den heilenden Gewürzen des Orients: Zimt, Safran und Muskat!«

Eine dunkelhäutige Schönheit pries lauthals ihre Wacholderdrosseln in Garum, ein blasser Sklave mit strähnigen blonden Haaren bahnte sich mühsam den Weg, den großen Korb mit fetten Blutwürsten beladen.

Und dann die Weinhändler! Keine Ecke, an der sie nicht ihren Stand aufgeschlagen hatten und mit aufdringlicher Stimme ihre Waren ausriefen: »Palmweine aus der Cyrenaica, mamertinischer Qualitätswein, funkelnder Caecuber, Weine aus Samos und Syracus im Angebot!«

»Leute, probiert den süßen Lilybaeum, den vierjährigen Sabiner, den achtjährigen Albaner, garantiert ohne Schwefel und Harz!«

Ein Dicker packte Valerius und schrie ihm schmerzhaft ins Ohr: »Echter Falerner, das Getränk der Götter, sechzehn Jahre alt, nur sechzig Sesterzen die Amphore. Lasst euch das nicht entgehen, edler Herr. Oh ich seh' es, ihr seid ein Genießer der alten Schule!«

Nur mühsam konnte sich Valerius dem Griff des Mannes entwinden und wäre dabei fast über die Weinranken gestolpert, mit denen die Amphoren zum Schutz vor Dieben unter dem Ladentisch aneinander gebunden waren.

Valerius hatte Mühe, vom Strom der Menschen nicht weggerissen zu werden. Gerade bahnte sich eine lärmende Prozession rasender Isis-Priester ihren Weg durch die Menge und beschimpfte jeden, der nichts in ihre ausgestreckten Stoffbeutelchen legte. An der Ecke verkündete ein Anhänger Epikurs schreiend, dass das Glück der Welt im vernünftigen Genuss liege und zitierte aus den Gedichten des Lucretius. Je näher man zur Hauptstraße kam, umso schlimmer wurde der Verkehr. Jetzt kamen noch die Lastkarren und Privatkutschen dazu, die Sänften mit ihren hünenhaften Trägern, die lauthals Platz für ihre edle Herrschaft forderten, und wer sich nicht schnell genug zur Seite begab, erhielt vom Vorläufer einen herben Stockschlag. Das alles bahnte sich mühsam seinen Weg durch das Volk, das johlend und grölend aus den Kneipen kam und Händel suchte. Valerius griff nach seinem Dolch, den er unter dem Mantel trug. Ein beruhigendes Gefühl!

Ein Bettler torkelte ihm entgegen. Seine hoch erhobenen Hände trugen angeblich das mit Binden umwickelte Stück Holz des Wracks, mit dem all seine Kameraden untergegangen waren. Unwirsch schob Valerius ihn zur Seite und musste sich die unflätigen Beschimpfungen des Mannes gefallen lassen. Da stieß ihn jemand in den Rücken, ein riesiger Kerl, offenbar Germane, wie die langen im Wind flatternden blonden Haare und der zerzauste Bart auswiesen. In einem fremden Dialekt murmelte der Mann einen Fluch und schlenderte weiter. Eine rassige Schwarzhaarige bedrängte ihn, er möge sich von ihr aus der Hand lesen lassen, für zwei As wolle sie ihm die Zukunft künden. Valerius lehnte lachend ab. Mit Mühe nur konnte er einem Karren ausweichen, der weit über das zulässige Maß mit Bauholz beladen war.

Plötzlich fühlte er, wie ihn jemand am Arm packte.

»Na, schöner Fremder? Möchtest du nicht ein wenig bei Phoebe verweilen?«

Er schaute in das verlebte Gesicht einer *Scortum*, einer der hiesigen Dirnen. Schräge, schwarzgeschminkte Augen zwinkerten ihm zu. Die unverhüllten Brüste unter ihrem Mantel sollten verführerisch wirken, aber auf Valerius wirkten sie eher abstoßend. Widerwillig schob er die Frau von sich, wobei er einen gallischen Fluch murmelte.

»Ach, mein kleiner Barbar, fehlt es dir an Geld oder gar an Mut? Für dich mach' ich es für vier As. Nur Mut, mein schöner Fremdling, nicht weit von hier habe ich meine warme Stube. Es wird dir gefallen. Phoebe beherrscht alle Künste, die Venus uns gab!« Sie rollte ihre Zunge über die Lippen und versuchte ihre Hand unter seinen Mantel zu schieben. Mit einem kräftigen Schlag auf die Finger befreite sich Valerius.

»Na, dann nicht, du gallischer Waschlappen. Mach's dir doch selbst! Aber warte ab, Minucius wird's dir schon zeigen.«

Es folgte eine Reihe übelster Beschimpfungen, die Valerius in stoischer Gelassenheit über sich ergehen ließ. Schon glaubte er, das schlimme Weib abgeschüttelt zu haben, da wuchs ein schmächtiges Kerlchen vor ihm aus dem Boden und blickte ihn lauernd an.

»Ist dir wohl nicht gut genug, meine kleine Phoebe? Oder hast du sie gar belästigt, edles Herrchen? Das kostet, das kostet! Mit einer noblen Dame geht man so nicht um!«

Mit seinen schmierigen Fingern machte er die eindeutige Geste des Geldzählens und blickte den Tribun erwartungsfroh an. Das war offensichtlich der Zuhälter, einen Kopf kleiner als Valerius und schmächtig wie ein Junglegionär aus Etrurien. Valerius grinste, er wollte ihn einfach zur Seite schieben, aber der Bursche klammerte sich an ihn wie ein entlaufener Zirkusaffe und schrie ihm üble Drohungen ins Ohr, ein schlimmer Mundgeruch aus billigem Fusel und Kohl kam noch dazu.

Das reichte Valerius. Er holte kurz aus, und eine krachende Rechte landete zwischen den Augen des Zuhälters. Wie tot sank der Mann zu Boden, während im Hintergrund die Dirne kreischte, als habe soeben der Weltuntergang begonnen. Ungerührt sahen die Passanten zu und gingen ihrer Wege, und auch Valerius konnte ohne weitere Belästigung seinen Weg fortsetzen.

Er war nun am Ende des *Argiletum* angekommen und hatte das *Forum Romanum* erreicht, das jeder wahre Römer für den Mittelpunkt der Welt hält. Hier wurde es spürbar ruhiger, und die Qualität der zur Schau getragenen Roben wurde deutlich besser. Fürs Erste habe ich genug gesehen, dachte er. Rom hat sich auch unter dem neuen Kaiser nicht verändert. Seufzend dachte er an die kleine Ubierstadt zurück, die Stadt an dem mächtigen Strom, die so viel mehr Ruhe und Sauberkeit ausstrahlte als Rom. Und seine Gedanken wanderten zu Dirana zurück, seiner schönen Dirana. Sie war nicht begeistert gewesen, als er ihr davon berichten musste, dass ihn ein geheimer Auftrag in die Hauptstadt führte. Aber sie wusste auch, dass Jammern und Klagen nicht halfen, und hatte ihm den Abschied nicht unnötig erschwert. Lange hatte sie mit dem kleinen Titus Valerius vor dem Haus gestanden und ihm nachgewunken.

***

Am nächsten Morgen präsentierte sich Rom wieder einmal von seiner schönsten Seite. Ein ergiebiger Nachtregen hatte sämtlichen Schmutz von den Straßen gefegt, und nun lag Rom unter einem wolkenklaren Himmel im strahlenden Sonnenschein. Schon früh war Valerius vom Geschrei der Bäcker geweckt worden, die ihre frischen

Waren ausriefen. Das war deutlich zu hören, auch wenn das Fenster seines Zimmers zum Hinterhof zeigte. Die während der Nacht durch die Gassen rumpelnden Karren hingegen hatten ihn nicht gestört.

Es war Zeit, Agrippina seine Aufwartung zu machen! Wie er wusste, wohnte sie nicht mehr im kaiserlichen Palast, sondern im ehemaligen Haus der Antonia, einer prachtvollen Residenz am Marsfeld. Hier hatte einst Antonia Hof gehalten, die Großmutter der Agrippina, Tochter des Marcus Antonius und Nichte des großen Augustus, Mutter des beliebten und zu früh verstorbenen Germanicus sowie des späteren Kaisers Claudius.

Valerius kannte das Haus gut. In seiner Zeit als Prätorianertribun hatten ihn verschiedene Aufgaben hierher geführt. Am nördlichen Rande des Marsfeldes gelegen, war es eines der schönsten herrschaftlichen Häuser, die das kaiserliche Rom zu bieten hatte. Aber als Valerius sich dem Anwesen näherte, sah er überdeutlich die Zeichen der Veränderungen. Die riesigen parkähnlichen Gartenanlagen waren ungepflegt, das Laub des letzten Herbstes lag auf Wiesen und Wegen, die Brunnen waren verschmutzt, die Bäume nicht gestutzt. Auch vermisste Valerius eine Wache, wie sie der Mutter des Kaisers wohl zugestanden hätte.

Auf sein Klopfen an der portalähnlichen Tür öffnete ein junger Sklave in einer abgetragenen *Tunica.*

»Ja, Herr?«

»Ich möchte die Herrin Agrippina sprechen.«

»Und wen darf ich der Herrin melden?«

»Sag ihr, Decimus Batistus aus *Narbo* wünsche sie in einer dringenden Angelegenheit zu sprechen.«

»Decimus Batistus aus *Narbo?«*

Der Sklave verzog das schöne Gesicht zu einem leicht verächtlichen Grinsen, öffnete aber bereitwillig die Tür und ließ Valerius in das riesige *Atrium* eintreten. Auch hier waren erste Zeichen des Verfalls unübersehbar, wenn auch nicht so ausgeprägt wie in den Außenanlagen. An einigen Stellen löste sich der Farbanstrich von den Wänden, der Springbrunnen sprudelte nicht und in der Ecke lag sogar eine zerbrochene Marmorbank.

Unbemerkt war ein Mann eingetreten und musterte den Ankömmling neugierig.

»*Salve*«, sagte er schlicht. »Ich bin Creperius Gallus, der Privatsekretär der edlen Agrippina. Mit wem habe ich die Ehre?«

Wie viele Freigelassene bediente auch er sich einer gespreizten Sprache, die in merkwürdigem Kontrast zu seiner groben, fast plump zu nennenden Erscheinung stand. Über seinem mächtigen Bauch spannte sich eine zerschlissene weiße *Toga*, die ohne Zweifel bessere Zeiten gesehen hatte. Das schüttere braune Haar lag wie ein Kranz um den mächtigen Schädel, aus dem zwei kleine listige Augen ständig zwinkernd blickten. Den Mann hatte er noch nie gesehen, der Name aber klang vertraut. Crepereius war es gewesen, der ihm im Auftrag Agrippinas den Brief geschrieben hatte, der ihn aus Germanien nach Rom rief. Valerius beschloss, seine Tarnung aufzugeben. Hier konnte sie ihm nichts mehr nutzen.

»Marcus Valerius Aviola, *Tribunus deputatus* aus *Colonia Claudia Ara Agrippinensium*«, stellte er sich förmlich vor.

Der Freigelassene lächelte. »Aussehen tust du aber wahrlich viel eher wie ein Stoffhändler aus der Provinz. Die Tarnung ist gut gelungen. Bitte folge mir.«

Sie durchquerten das weiträumige *Atrium* und betraten das dahinter liegende Zimmer, das einen herrlichen Ausblick auf die Parkanlagen gewährte. Creperius entschuldigte sich, murmelte irgendetwas von dringenden Geschäften und ließ ihn allein. Verwundert registrierte Valerius, dass das Zimmer leer war. Doch Sekunden später öffnete sich eine kleine verborgene Seitentür, und ein hagerer Mann in einem schwarzen Umhang trat herein, den der völlig überraschte Valerius nur zu gut kannte – Tullius Torquatus Niger, von aller Welt nur »der Schwarze« genannt.

Bei Valerius' letztem, von Claudius erteilten Auftrag war dies sein beharrlicher Gegenspieler gewesen, grausam und unerbittlich, und nur ein gnädiges Schicksal oder das wohlwollende Walten der unsterblichen Götter hatten es verhindert, dass die Anschläge des »Schwarzen« auf den Tribun erfolgreich gewesen waren. Ein feines Lächeln spielte um die dünnen Lippen des Mannes, als er den Tribun aufforderte, auf einem ehemals luxuriösen Sofa Platz zu nehmen. Und auch die Eigenart, ständig an der Narbe zu kratzen, die sich vom Kinn bis zum linken Ohr hinzog, hatte Niger nicht aufgegeben.

Eine Weile lang musterte der Agent Agrippinas amüsiert den Besucher.

»Ich grüße dich, Tribun Marcus Valerius«, begann Tullius Torquatus Niger dann das Gespräch in süffisantem Ton. »Fast hätte ich dich in deiner Verkleidung nicht erkannt. Aber der Bart steht dir wirklich gut. Und das Grau deiner Haare, gefärbt oder Alter?«

Ohne auf eine Antwort zu warten fuhr er fort: »Du siehst, die launische Tyche geht wundersame Wege. Aus einstigen Feinden werden, wenn nicht Freunde, so doch Mitarbeiter. Mitarbeiter, die ein gemeinsames Ziel haben, und zwar das, das Leben der edlen Agrippina zu schützen. Die Tatsache, dass du den weiten Weg von der Ubierstadt nach Rom gefunden hast, beweist, dass du dich diesem Ziel in gleicher Weise verpflichtet fühlst wie ich. Ist es nicht so?«

Valerius hatte sich von seiner Überraschung erholt. »In der Tat, Tullius Torquatus Niger. Wundersame Wege, in der Tat.« Er schüttelte den Kopf. »Hätte man mir vor fünf Jahren gesagt, dass wir beide an einem gemeinsamen Unternehmen arbeiten würden, ich hätte ihn für verrückt erklärt. Aber nun ...«

»Ich habe immer nur meine Pflicht getan, damals wie heute. Was ich damals tat, war nie von persönlichem Hass gegen dich geprägt, es gehörte zu meinem Auftrag. Allerdings gebe ich gerne zu, dass mich der Zorn übermannte, wenn die Dinge wieder einmal fehlschlugen. Du musst mit den Göttern im Bunde gewesen sein!«

Er gab ein kehliges Lachen von sich. »Heute gebietet mein Auftrag eine Zusammenarbeit mit dir, und ich bin dazu bereit. Und du?«

Valerius zögerte einen Augenblick, dann sagte er mit belegter Stimme: »Ich auch!«

Inzwischen hatte eine Sklavin schweigend einen kleinen Imbiss aus Gebäck, Obst und Wein gebracht. Niger schüttete etwas Wein in zwei Becher, vermischte ihn sorgsam mit Wasser und erhob seinen Becher. »Auf das Leben der *Augusta*!« – »Auf das Leben der *Augusta*!«

»Das wäre geklärt«, sagte Niger mit einem zufriedenen Lächeln, »nun will ich dir von unseren Problemen hier berichten. Seit einem halben Jahr wohnt Agrippina nicht mehr auf dem *Palatium*, sondern hier. Zunächst hatte der *Cäsar* seiner Mutter ein kleines Militärkommando zur persönlichen Sicherheit überlassen, aber eines Morgens erhielt der *Centurio* den Befehl, seine Abteilung ins Prätorianerlager zurückzuführen. So blieb nur noch die germanische Leibwache, die der Kaiser ihr aus Anlass seiner Thronbesteigung geschenkt hatte. Sozusagen ein Geschenk der Ehrerbietung ihrem Vater Germanicus gegenüber. Denn Germanen waren es, hünenhafte, blonde Kerle, stark wie Gladiatoren und dabei vertrauenswürdig und der *Augusta* blind ergeben. Doch vor vier Wochen waren die auch plötzlich über Nacht verschwunden. Es heißt, die germanische Garde sei aufgelöst und in die verschiedenen Legionen zerstreut worden. Nun haben wir hier gerade noch sieben Sklaven. Schau dich im Haus und in den Gärten um, und du siehst die Folgen.« Ein bitterer Zug hatte sich in die Mundwinkel des »Schwarzen« gegraben.

Schweigend bediente sich Valerius und nahm einige Stücke Gebäck.

»O nein, es ist nicht so, als habe die *Augusta* nicht Zutritt zu den kaiserlichen Gemächern. Es gibt eine feste Stunde für Audienzen bei ihrem Sohn, und auch bei den Gastmählern im Palast hat sie ihren festen Ehrenplatz. In regelmäßigen Abständen besucht der *Cäsar* sie sogar hier und spielt den liebenden Sohn, aber nie ohne ein starkes Geleit ausgewählter *Centurionen* und nie länger als zehn Minuten. Dann rufen ihn die kaiserlichen Pflichten angeblich zurück auf den *Palatium*.«

»Das an sich ist noch nicht ungewöhnlich, viel weniger vermag ich darin eine Gefahr zu erkennen«, wandte Valerius ein.

»Du kennst noch nicht alle Tatsachen! Auch Agrippina sieht keine Gefahr, jedenfalls nicht von ihrem Sohn. Sie vergöttert ihn, wie sie es immer getan hat, und wer ihr klarmachen will, dass der Wind aus dem Palast sich gegen sie gedreht hat, wird abgetan.«

Torquatus Niger nahm einen Schluck Wein und goss sich Wasser nach, denn das Reden hatte seine Kehle ausgedörrt. Wieder kratzte er sich über die Narbe und fixierte sein Gegenüber scharf.

»Wie du aus eigener, leidvoller Erfahrung weißt, hat die *Augusta* in Rom wie in den Provinzen ein engmaschiges Netz von Agenten. Das hatte sie zur Zeit ihres Gemahls Claudius, und das hat sie noch heute. Vor dir steht der Leiter des gesamten Agentenapparats. Leider hatten wir zuletzt einige ... wie soll ich sagen, einige ... Ausfälle. In Rom sind in den letzten Monaten insgesamt fünf Agenten unter merkwürdigen Umständen zu Tode gekommen, in den Provinzen sind es mehr als zwanzig. Auch in deiner Ubierstadt am Rhein haben wir zwei Verluste zu beklagen.«

Valerius stutzte. »Zwei? Vom Tode des Vindurix weiß ich bereits, um ihn kann es mir nicht Leid tun, er war ein widerlicher Schurke. Aber wer ist der Zweite?«

»Vindurix! Ich kann verstehen, dass du wenig Sympathie für ihn hegtest. Für uns war er ein nützlicher Mann. Der Zweite? Du möchtest wissen, wer der Zweite war. Hier, lies diese Mitteilung.«

Er stand auf, ging zu einem kleinen Schreibtisch aus schwarzem Ebenholz und holte eine Schriftrolle. »Ist eben gekommen!«

Gaius Volturcius Crassus,
Curator von Colonia Claudia Ara Agrippinensium
grüßt Tullius Torquatus Niger

Zu meinem Bedauern muss ich von einem weiteren Todesfall Kenntnis geben, der sich in unserer Stadt ereignet hat: der ehemalige Aedil, Publius Statilius Taurus, wurde gestern tot im Hause seiner Gefährtin Honoria aufgefunden. Besser müsste man sagen, dass die Überreste gefunden wurden, die die verzehrende Gewalt des Feuers dem Betrachter bot. Der Täter hat nämlich ganze Arbeit geleistet und außer dem Haus der Honoria zwei weitere Nachbarhäuser in Schutt und Asche gelegt.
Dennoch hat der Medicus bestätigt, dass die Leiche zweifelsfrei Spuren einer vorangegangenen Gewalttat aufwies. Die Schlinge, mit der Statilius ums Leben gebracht wurde, lag nämlich noch um seinen Hals, und da sie aus Metall bestand, war sie auch nicht verbrannt.
Auch scheint sich das betreffende Mal auf seiner Stirn zu finden, wenn auch der Medicus sich da seiner Sache nicht ganz sicher ist. Außer dem Statilius ist auch Honoria getötet worden. Eine intensive Befragung aller Nachbarn hat nichts Verwertbares zu Tage gebracht. Der Täter entkam unerkannt. Dennoch werden wir

weiter ermitteln. Übrigens müsste der Tribun Marcus Valerius Aviola inzwischen in Rom eingetroffen sein, ich habe ihn unmittelbar nach Erhalt eures Schreibens in Marsch gesetzt.

Die Götter mögen mit unserer edlen Augusta sein!
Gaius Volturcius Crassus
Coloniae, Non. Febr. 812 a.u.c.

»Der Bote muss geflogen sein wie Dädalus«, meinte Valerius verwundert. »Da ich von der Tat nichts wusste, muss sie nach meiner Abreise geschehen sein, und doch ist die Botschaft vor mir hier.«

»Wir haben unsere Mittel und Wege«, lächelte Niger vielsagend. »Du siehst, es nimmt kein Ende. Statilius war zwar nicht mehr brauchbar, weil er fast nur noch betrunken war, aber das scheint die Gegenseite nicht zu interessieren. Sie räumt gründlich auf. Wenn es so weitergeht, wird von Agrippinas Agenten in einigen Wochen niemand mehr leben. Wenn aber erst alle Agenten erledigt sind ...« Er vollendete den Satz nicht.

»Und wer steckt nach deiner Meinung dahinter?«

Der »Schwarze« kratzte sich an der Narbe und wiegte den Kopf.

»Wenn du meine Meinung hören willst, geschieht dies nicht ohne Billigung des Palastes.«

Valerius ließ sich seine Überraschung nicht anmerken. »Nero selbst?«

»Er oder Seneca oder Burrus oder Acte oder Poppaea oder Anicetus oder ein anderer, wer weiß das schon? Die Auswahl derer, die dafür in Frage kommen, ist groß.«

»Poppaea? Wer ist das? Und wer ist Anicetus? Ist der nicht Hofmeister im Palast ?«

»Du bist nicht auf dem Laufenden, Tribun. Warst wohl zu lange in der Provinz mit Stoffhandel beschäftigt. Also zunächst zu Poppaea. Sie ist die neue Favoritin am Hofe. Sie ist die Gattin von Otho und gilt als schönstes Weib in Rom. So etwas lässt sich der geile *Cäsar* nicht entgehen. Wer ihm gefällt, landet in seinem Bett, und er macht da kaum einen Unterschied zwischen Männlein und Weiblein!«

»Erzähl mir mehr! Wie sieht es zur Zeit auf dem Palatin aus? Wer sind des Kaisers Berater? Wer steht ihm nahe? Mit wem geht er ins Bett? Was sind seine Pläne? Wenn ich helfen soll, muss ich alles wissen.«

»Fragen, Fragen, Fragen! Alle werde ich dir nicht beantworten können. Aber der Reihe nach. Nach wie vor sind Afranius Burrus und Lucius Annaeus Seneca seine engsten Berater. Beide kennst du gut.«

Valerius nickte.

»Dazu kommt in letzter Zeit Gaius Petronius.«

»Bei den Göttern! Petronius? Nur zu gut kenne ich ihn.«

»Manche halten ihn für einen oberflächlichen Schlemmer und Verschwender. Aber ich sage, unter dem stets gut frisierten Scheitel steckt ein eiskalter, gebildeter Kopf, der genau weiß, was er will.«

Valerius fand diese Beschreibung äußerst zutreffend und nickte.

»Wir haben früher manchen Becher gemeinsam geleert, aber einer solchen Tat halte ich ihn nicht für fähig. Er ist ... er ist ein Schöngeist, ein Ästhet. Er liebt ein gutes Mahl ebenso wie ein offenes Wort. Hoffentlich redet er sich nicht beim *Cäsar* um Kopf und Kragen. Ich hab' ihn immer gemocht. Schade, dass sich unsere Wege nicht mehr kreuzen.«

Niger stand auf und ging auf und ab. »Nero nennt ihn seinen *Arbiter Elegantiarum*. Petronius berät ihn in allen Fragen, die Speise, Mode und dergleichen anbetreffen. Seit er auf Petronius hört, isst er nicht mehr so wahllos und unmäßig und hat sich wieder mehr dem Sport zugewendet. Für uns ist er ungefährlich. Dann ist da noch sein eitler Schönling Terpnus, der ihm Gesang und Lyraspiel beibringt. Vergiss ihn! Außerdem Anicetus, du hast Recht, er ist ehemaliger Lehrer und Hofmeister von Nero. Ihm hat der Kaiser nun die misenische Flotte anvertraut. Oh, ihr Götter, was soll aus Rom werden, wenn ein solcher Narr zum Flottenpräfecten aufsteigen kann!«

Valerius blickte Niger verwundert an. Solch theatralischen Äußerungen passten nicht zu ihm.

Niger schien das nicht zu bemerken. Hastig fuhr er fort: »Ohne Zweifel ein gefährlicher Ehrgeizling, auf den man ein Auge haben muss.«

»Teilt er das Bett des Kaisers?«

»Keine Ahnung! Der Kaiser hängt darüber keine Listen aus, und alles können meine Leute nicht in Erfahrung bringen.«

»Ist es dir noch nicht gelungen, einen deiner Leute unter seinem Bett zu platzieren?«, fragte Valerius mit einem süffisanten Lächeln.

Niger grinste boshaft. »Wäre in der Tat eine Idee, ich werde darüber nachdenken. Aber nun zu den Frauen am Hofe. Mit Octavia, der Tochter des Claudius, ist er noch verheiratet. Aber er rührt sie nicht an. Sie ist ihm zu blass, zu anständig, zu sittsam. Was sollte ein Wüstling wie er mit so einer Frau, die lieber strickt, als für ihn die Beine öffnet? Die lieber ihren *Laren* und *Penaten* opfert, als Gespielin seiner wilden Träume zu sein. Die Rolle hat *Acte* übernommen, seine langjährige Sklavin und willfährige Geliebte. Aber die hat sich vor kurzem still und heimlich vom Hofe verabschiedet. Der *Cäsar* war ihrer wohl überdrüssig, aber in Erinnerung an viele gemeinsame Liebesnächte hat er ihr eine stattliche Rente ausgesetzt und sie in Frieden gehen lassen. Jetzt ist es Poppaea, die er begehrt. Lollia Poppaea, Frau des Marcus Salvius Otho. Zu komisch, wenn es nicht so traurig wäre.«

»Wieso?«

»Weil Otho einer der alten Zechkumpane Neros war. Mit ihm ist er durch die Straßen gezogen und hat harmlose Bürger erschreckt. Otho hat allerdings den Fehler gemacht, vor Nero allzu oft mit den Reizen seiner Frau zu prahlen. Daraufhin hat Nero ihn zum Statthalter von Lusitanien ernannt und abgeschoben. Jetzt trauert der Narr im fernen Süden um seine Frau, und der Weg für Nero ist frei. Poppaea ist fast täglich im Palast, und nach allem, was mir von dort zugetragen wird, hetzt sie den *Cäsar* ständig gegen seine Mutter auf.«

»Wie steht Agrippina zu ihr?«

»Sie hasst sie, und sicher nicht ohne Grund. Das schöne Weib ist gefährlicher als alle anderen vorher. Nero ist ihr total verfallen, aber Poppaea ist listig. Sie ziert sich, spielt die Sittsame, die Keusche und lässt den Kaiser am langen Arm zappeln. Sie weiß genau, wie man einen Mann um seinen Verstand bringt, und Nero kann den Augenblick nicht erwarten, in dem sie in seine Arme sinkt.«

»Und er nimmt sie nicht mit Gewalt? Ich meine, so wie ich ihn einschätze, wird er keine ...«

»Nein!«, unterbrach ihn Niger. »Das tut er nicht, er hat es nicht einmal versucht. Er behandelt sie stets mit galanter Rücksichtnahme, macht ihr Geschenke und stolziert wie ein geiler Hahn um sie herum. Die Götter mögen wissen warum. Dabei hatte er in der Vergangenheit bei anderen Damen des Hofes damit kein Problem. Wer nicht in sein Bett will, den schleppen ihm die Leibgardisten an. Es kann nur einen Grund geben: Der *Cäsar* liebt sie! Nicht auszudenken, was aus solch einem Gefühl noch werden kann. Wehe Rom, wenn eine solche Frau auf dem Cäsarenthron sitzt. Die Götter mögen uns beistehen ...«

In diesem Augenblick öffnete sich leise die Tür. Tullius Torquatus Niger und Marcus Valerius Aviola erhoben sich gleichzeitig von ihren Plätzen.

IV.

Die schöne Poppaea

Agrippina war ohne Zweifel immer noch eine schöne Frau, der man ihre nahezu dreiundvierzig Jahre kaum ansah. Die weiße Tunica, die am Rand mit einer rot-goldenen Borte gesäumt war und über ein weit ausladendes Dekolletee verfügte, betonte die hohe feste Brust und den langen, schneeweißen Hals, der wie aus Alabaster gemeißelt zu sein schien. Die hohe Gestalt hatte nichts von ihrem schlanken Wuchs eingebüßt, auch wenn sie an den Hüften etwas breiter geworden war. Das Gesicht zeigte noch die reife Schönheit einer Frau, die in voller Blüte steht. Die trotzigen, leicht aufgeworfenen schmalen Lippen und die hohen Wangenknochen unterstrichen nachdrücklich, dass diese stolze Frau ihren Machtanspruch als Regentin noch längst nicht aufgegeben hatte.

Wie bei ihrer ersten Zusammenkunft mit Valerius trug sie die dunkelblonden Haare zu strenger Frisur hochgebunden, was ihr klassisches Profil noch verstärkte. Alles an ihr verkörperte die römische Patrizierin, atmete Attraktivität und Begehrlichkeit. Valerius erschien sie schöner und anziehender als bei ihrem ersten Zusammentreffen vor fünf Jahren, und Agrippina entging der Eindruck nicht, den sie bei ihrem Besucher hinterlassen hatte. Mit grazilem, aber ungekünsteltem Gang kam sie auf den Tribun zu und öffnete die schmalen Lippen zu einem zurückhaltenden Lächeln voller Sinnlichkeit.

»Ich grüße dich, Tribun Marcus Valerius Aviola, obgleich ich bekennen muss, dass ich zweimal hinsehen musste, bevor ich dich unter deinem Bart und der Tracht des Provinzbewohners erkannte. Auch danke ich dir, dass du meinem Ruf gefolgt bist. In der heutigen Zeit, in der aus Freunden vielfach Feinde werden und alles nur noch nach seinem Vorteil abgeschätzt zu werden scheint, ist das keine Selbstverständlichkeit.«

Sie zwinkerte ihm fast vergnügt zu. »Vielleicht ist es auch die Erinnerung an das Kohlebecken, die dich nach Rom getrieben hat?«

Valerius verstand die Anspielung auf Neros Todesurteil gegen ihn, das Agrippina zerrissen und in einem Kohlebecken verbrannt hatte.

Er räusperte sich. »Ich habe das nicht vergessen. Ich habe aber auch nicht vergessen, was seinerzeit unter seiner Regie gegen mich veranstaltet wurde!« Seine Hand wies auf den neben ihm stehenden Niger.

»Aber die Tatsache, dass ich hier bin, mag dir zeigen, edle *Augusta*, dass ich bereit bin, die Vergangenheit ruhen zu lassen.«

Agrippina nickte zufrieden. »Bitte nehmt Platz!«

Die Männer setzten sich auf ein Sofa, während Agrippina ihnen gegenüber auf einem Stuhl Platz nahm, den Oberkörper kerzengerade aufgerichtet, den Kopf grazil in die Hände gestützt. Auch jetzt spielte sie die Rolle der edlen Aristokratin perfekt.

»Damals sagte ich dir, dass ich vielleicht noch einmal deiner bedarf. Nun, heute bedarf ich deiner!« Diese klaren Worte machten Eindruck auf Valerius.

»Ich gehe davon aus, dass mein guter Tullius Torquatus dabei ist, dich über die augenblicklichen Zustände ins Bild zu setzen.«

»So ist es, verehrte *Augusta*, ich war gerade dabei, unserem neuen Mitstreiter die Rolle Poppaeas zu verdeutlichen.«

»Poppaea!« Agrippinas Blick verdüsterte sich und rückte in weite Ferne. Einen Augenblick lang herrschte Schweigen, dann sagte sie, jedes einzelne Wort betonend: »Dieses Weib ist eine große Gefahr! Sie hat alles, was dem jungen unerfahrenen *Cäsar* als begehrenswert erscheinen muss: Schönheit, edle Abstammung, Bildung, Verstand, dazu genug Skrupellosigkeit und die Tücke einer Schlange. Stell dir vor, sie weigert sich, das Lager mit meinem Sohn zu teilen, solange er noch mit Octavia verheiratet ist. Oh, ihr Götter! Hat es so etwas schon einmal gegeben? Die eitle Buhlerin glaubt tatsächlich, dass mein Sohn Octavia den Scheidebrief schicken wird, damit sie ihn heiraten kann. Aber, bei Minerva, solange ich lebe, wird sie diesen Triumph nicht feiern!«

Nervös zupfte sie ihr Gewand zurecht und nahm einen Schluck Wein zu sich. Ihre Stimme nahm an Lautstärke und Härte zu: »Diese Hexe badet jeden Tag in einer Wanne von Milch, die ihr vierhundert Eselinnen liefern, nur um das außergewöhnliche Alabasterweiß ihrer Haut zu erhalten. Sie meidet das Licht der Sonne durch lange Schleier, wie es die Frauen des Orients zu tun pflegen, nur damit ihr lilienhafter Teint nicht leidet. Ihre Hände badet sie in Krokodilschleim, damit sie geschmeidig bleiben. Nach dem Bade trocknen Sklavinnen ihren verwöhnten Körper mit den samtweichen Daunen der Schwäne ab. Ihr bernsteinfarbenes Haar – ich gebe zu, es ist in der Tat außergewöhnlich schön – lässt sie mit Safran und Ambra pudern, damit es seinen rötlich-warmen Glanz nur ja nicht verliert. Mein Sohn hat sich von Terpnus schon die ersten Lobeshymnen auf ihr Haar dichten lassen und trägt sie verträumt auf der *Lyra* vor. Sie trägt nur Gewänder aus reiner Seide, damit ihre kostbare Haut keinen Kratzer erhält. Wann hat das ewige Rom so etwas schon einmal gesehen! Der alte Cato würde ihr das seidene Gewand in Stücken vom Leib reißen!« Sie redete sich immer mehr in Rage und verlor zunehmend ihre patrizische Zurückhaltung. Die beiden Männer hörten schweigend zu. Eine Unterbrechung hätte Agrippina jetzt nicht geduldet!

»Nur Schuhe aus weichem, weißen Ziegenleder dürfen ihre zarten Füßchen schmücken, perlenbestickt und mit Riemchen aus Gold- und Seidenschnur.«

Agrippina lachte bitter auf.

»Das Weib weiß, wie man einen Mann umgarnt, hinhält, zur verzehrenden Raserei bringt. Ovids *Ars Amatoria* scheint sie auswendig zu kennen, und wie ich sie einschätze, kennt sie noch tausend Listen, die der Dichter nicht einmal zu ahnen gewagt hatte. Ganz Rom ahmt schon ihren gezierten Gang nach, ihre Koketterie, ihre Leichtfüßigkeit. ›Grazil wie Poppaea‹, das gilt schon unter den feinen Damen der Stadt als geflügeltes Wort. Doch das alles wäre mir egal, hätte sie sich nicht zum Ziel gesetzt, neben meinem Sohn auf dem Thron zu sitzen. Dabei macht sie meinen Sohn zum Narren, zum Gespött der Gesellschaft.« Sie atmete hastig, und ihr stattlicher Busen hob und senkte sich immer schneller.

»Ist es zu glauben, dass er sich vor Monaten, als Poppaeas Gatte Otho noch in Rom weilte, des Nachts zu ihrem Haus tragen ließ, nur um sie einmal kurz zu sehen, wie er sagte? Was hat Otho, dieser Dummkopf, geantwortet? Er solle doch nach Hause gehen und sich schlafen legen. Und nun? Nun ist er Statthalter in *Lusitania* – Seneca hat das veranlasst –, und sein schönes Weib ist in Rom und verdreht dem Kaiser den Kopf.«

»Ist sie wirklich so schön?«, wagte Valerius eine Zwischenfrage.

»Sei versichert, Tribun«, erwiderte Agrippina mit deutlich sichtbarem Unmut, »ich hasse diese Frau mit jeder Faser meines Herzens, aber, bei allen Göttern, sie ist die schönste Frau, die man jemals in den Mauern Roms gesehen hat!«

»Könnte sie hinter den Anschlägen gegen deine Agenten stehen?«, fragte Valerius, der die Diskussion angesichts der aufgewühlten Emotionen wieder etwas versachlichen wollte.

»Wer weiß?«, nahm Niger das Wort. »Zuzutrauen wäre es ihr, allerdings dürften ihr die Mittel fehlen. Wer das ins Werk setzt, muss selbst über ein Netz von Agenten verfügen.«

»Es *ist* ihr zuzutrauen«, rief Agrippina, »dieser Frau ist alles recht, um ihr Ziel zu erreichen. Denk nur an die Gerüchte, die sie auf den Straßen Roms verstreuen lässt.«

»Gerüchte?«

Agrippina stockte. Ihr Gesicht lief rot an, und ihr Busen hob und senkte sich vor Zorn. »Diese ... diese widerwärtige Hexe streut das Gerücht, dass ich, um die Gunst meines Sohnes wiederzugewinnen, meinen ... meinen Schoß für ihn öffne!«

Ungläubig blickte Valerius Agrippina an.

»Inzest!«, sagte Niger leise. »In den Gassen Roms hält sich hartnäckig das Gerücht, die edle *Augusta* scheue selbst vor diesem verabscheuungswürdigen Delikt nicht zurück, um ihren Sohn wieder an sich zu binden. Sie singen schon Spottverse darüber.«

»Welche Spottverse?«

»Ich scheue mich, das zu zitieren.«

»Tu es, Tullius, tu es. Keine Scheu! Der Tribun soll alles erfahren!«

»Nun ...« Niger zögerte. »Sie ... sie singen ...«

»Was singen sie?« – »Sie singen:

Aeneas hatte früher mal den Vater mitgeführt,
Nero nun, sein Enkelsohn, die Mutter hat verführt,
an Abwechslung ist er nicht arm,
im Schoß der Mutter ist es warm ...

Valerius schüttelte angewidert den Kopf.

»Und die schöne Poppaea hat das inszeniert?«

»Wer sonst?«, schrie Agrippina, und eine Träne stahl sich aus ihren Augenwinkeln.

»Habe ich nicht genug gelitten? Hat nicht mein Bruder Gaius Caligula, das Scheusal, mich und meine Schwestern ins Bett der Lust gezwungen, um mich danach an seine ekligen Lustknaben weiterzureichen?«

Agrippina atmete tief ein, ihre Finger fuhren fahrig über die Falten ihres Gewandes. Die Erinnerung schien sie zu quälen.

»Sie hasst mich!«

Agrippina hatte sich wieder gefasst. »Sie hasst mich, weil sie weiß, dass ich eine Verbindung mit ihr niemals zulassen werde. Des Nachts, wenn er werbend vor ihrer Kammer steht, dann flüstert sie ihm zu – man hat es mir wörtlich überbracht –: ›Du bist nicht der wahre Kaiser von Rom, der wahre Herrscher ist deine Mutter. Du glaubst, es genügt, sie in ihr Haus zu sperren, aber die wichtigen Entscheidungen fallen dort, nicht hier im Palast. Die Prätoren, Aedilen und Senatoren, sie laufen zu Antonias Palast, wenn sie ein Anliegen haben, nicht hierhin!‹ Dann hat die Furie meinem Sohn eine Münze an den Kopf geworfen, die mein Gesicht zeigt, und gerufen: ›Sie prägt schon Münzen auf ihren Kopf. Sei froh, Kaiserlein, dass dein Gesicht immerhin noch auf der Rückseite zu sehen ist!‹ Mit solchen und ähnlichen Sprüchen spritzt sie ein Gift in das Herz meines Sohnes, gegen das ein Trank von Locusta ein harmloses Abführmittel ist.«

Erschöpft und mit vor Empörung geröteten Wangen hielt sie inne und griff gierig nach einem Becher Wein, während die Männer sich bestürzt ansahen. Valerius hatte das Ausmaß des Hasses der beiden Frauen gegeneinander nicht einmal ansatzweise geahnt. Aber Agrippina war noch nicht fertig.

Mit leiser Stimme fuhr sie fort: »Mein Sohn hat sich verändert. Aus einem erhabenen Kaiser ist ein Wagenlenker, Schauspieler und Musiker geworden. Diese Künste scheinen ihm mehr zu gelten als die Regentschaft über das Reich. Stellt euch vor«, rief sie empört aus, »wie er bei seinem letzten Besuch aussah: Die Haare trug er wie ein ordinärer Wagenlenker, vorn in Stufen geschnitten, hinten in Wellen ansteigend. So sieht kein Römer aus, oder? Ein schreiend buntes Gewand mit Blumenmuster trug er, unterhalb der Hüfte sah es aus wie eine weite *Toga,* oben wie eine *Tunica.* Dazu ein grellbunter Schal, wie er den Marktfrauen stehen mag, kurzum, er sah aus wie ein geleckter Parvenu! So unrömisch es auch ist, ich nehme an, dass es seinen Freunden und Beratern Burrus und Seneca gefällt. Während der *Cäsar* im *Circus* trainiert oder im Theater auftritt, können sie ohne Störung regieren. *Oh tempora, oh mores!*« Ciceros Ausruf schien ihr ein passendes Schlusswort zu sein, denn sie lehnte sich erschöpft zurück.

Nach einer kurzen Pause ergriff Valerius das Wort. »*Bene*, was sagt Seneca wirklich zu dieser Entwicklung? Immerhin dürfte sein Wort bei Nero viel gelten. Hat er sich tatsächlich gegen die *Augusta* gestellt?«

»Das wird deine erste Aufgabe sein, das sollst du herausfinden, Valerius«, antwortete Niger schnell. »Mit der *Augusta* spricht er kaum noch, mit mir hat er noch nie gesprochen. Er hält mich offenbar für einen lebenden Vertreter der Unterwelt, für Charons ersten Gesellen.«

Valerius lachte. »Vielleicht solltest du dir einmal ein freundlicheres Kleidungsstück zulegen.«

»Wir wissen«, fuhr Niger ungerührt fort, »dass du Seneca gut kennst und er dich schätzt. Also wirst du ihm heute Abend einen überraschenden Besuch abstatten, so zur elften Stunde. Wir wissen, dass er zu Hause ist, und er wird dich sicher freundlich empfangen. Wenn du Glück hast, kommst du rechtzeitig zur *Cena,* seine Küche genießt einen außerordentlichen Ruf. Morgen werden wir uns dann zur achten Stunde am *Argiletum* treffen. Es gibt dort eine kleine *Caupona,* sie heißt *Ad duos fratres.* Hierhin zu kommen ist zu gefährlich, das Haus wird überwacht.«

»Gut, aber was wird Seneca zu meiner Verkleidung sagen?«

»Der alte Narr lebt in seiner eigenen Welt«, lachte Niger, »vermutlich wird er nicht einmal merken, dass du einen Bart hast. Erzähl ihm irgendetwas, dass in der Ubierstadt alle Männer Bärte tragen, wegen der Kälte oder so. Und zieh dir etwas elegantere Sachen an, du siehst wahrhaftig aus wie ein Bauernlümmel in deiner Provinztracht. Übrigens, wo hast du Quartier genommen?«

Valerius erzählte ihm kurz von seinem kleinen Zimmer in der *Subura.*

»Gaia Faustina? Ist mir unbekannt, aber egal, das ist gut, sehr gut. Niemand wird dich in einer solchen Absteige vermuten. Ein edler Valerier, der in Roms übelstem Viertel wohnt, unter Zuhältern, Dirnen und Halsabschneidern! Zu komisch!«

Wieder ein krächzendes Lachen. »Nun, was soll's, der große Julius Cäsar ist dort groß geworden, nicht wahr? Ich sehe dich morgen!«

V.

Senecas Klage

Lucius Annaeus Seneca zeigte sich hocherfreut, den Tribun nach langer Zeit wieder einmal zu sehen. Valerius hatte sich umgezogen und den Thermen einen kurzen Besuch abgestattet. Den Friseur hatte er seinen Bart etwas stutzen lassen und sich angenehm erfrischt auf den Weg zum *Esquilinus* gemacht, wo der bekannteste Philosoph Roms sein Haus hatte.

Seneca war gerade im Begriff gewesen, seine Abendmahlzeit einzunehmen und lud den Tribun kurzerhand dazu ein. Valerius nahm die Einladung gerne an, denn er war mittlerweile hungrig geworden. Genau genommen hatte er gehofft, dass Seneca ihn zum Abendessen einladen würde, denn die Küche des Philosophen wurde in Rom gerühmt, wie Niger richtig angemerkt hatte.

Nach dem Austausch der üblichen freundlichen Förmlichkeiten beschloss Valerius, möglichst bald zum Punkt zu kommen. Aber bevor er beginnen konnte, kam ein Sklave herein und überbrachte Seneca eine Botschaft. Stirnrunzelnd überflog der Alte die Zeilen, und ein Seufzer der Qual entrang sich seiner Brust.

»Ach, bei den Göttern, nicht schon wieder!«

Fragend blickte Valerius ihn an.

»Eine Einladung! Eine Einladung zu den Spielen, die der *Cäsar* in einigen Tagen gibt!«

»Verabscheust du sie so sehr?«

»Verabscheuen? Das wäre untertrieben. Gibt es irgendetwas, was man mehr meiden sollte als die Menge?«

Bevor Valerius auf diese rhetorische Frage antworten konnte, fuhr Seneca schon fort: »Niemals kehre ich von solchen Veranstaltungen mit demselben Charakter zurück, mit dem ich vorher hingegangen war.«

Valerius blickte ihn einigermaßen ratlos an.

»Ich sehe, du verstehst mich nicht. Ich will versuchen, es dir zu erklären: Immer gerät etwas von dem, was ich vorher geordnet habe, durcheinander, etwas von dem, was ich verscheucht habe, stellt sich wieder ein. Es ist wie bei einem Kranken, der sich von langem Siechtum erholt hat und nun einen Rückfall erlebt.«

»Tut mir Leid, edler Seneca, ich verstehe immer noch nicht, was das mit den Spielen zu tun hat.«

»Mit den Spielen und vor allem mit der blutrünstigen Volksmenge, die johlend und grölend auf den Rängen sitzt. Der Umgang mit vielen ist immer verhängnisvoll, umso mehr mit solchen. Und je größer die Volksmenge ist, unter die wir uns mischen, umso größer die Gefahr.«

»Ja, aber ...«

»Nichts nämlich ist so schädlich für einen guten Charakter, wie bei einem solchen Schauspiel müßig dazusitzen.«

Valerius beschloss, die philosophischen Klagen seines Gastgebers schweigend über sich ergehen zu lassen und sich weiter an dem köstlichen Lammbraten gütlich zu tun. Der fuhr jedoch unbeirrt fort, offenkundig froh, einen stillen Zuhörer zu haben: »Da vor allem schleichen sich nämlich durch das Amüsement spielend Fehler ein. Was, meinst du, will ich wohl damit sagen?«

Der Lammbraten war wirklich ausgezeichnet!

»Geldgieriger kehre ich heim, ehrgeiziger, wollüstiger, mehr noch, grausamer und unmenschlicher, weil ich unter Menschen war und gerade noch unter solchen. Vor kurzem geriet ich mehr zufällig in eine Mittagsvorstellung, ganz in der Erwartung, etwas Scherz, Witz und Entspannung genießen zu können. Aber was musste ich sehen? Alle früheren Kämpfe waren verglichen damit die reine Barmherzigkeit; jetzt verzichtet man auf Possen, und was bleibt, ist der reine Menschenmord!«

Auch der rote Mamertiner passte hervorragend zum Braten ...

»Sie haben nichts, um sich zu schützen, dem Schlag mit dem ganzen Körper ausgesetzt, stoßen sie mit der Hand niemals vergeblich zu. Verstehst du? Kein Helm, kein Schild wehrt die Waffe ab. Wozu Rüstung? Wozu Fechtkünste? All das verzögert nur den Tod. Frühmorgens werden Menschen den Löwen und Bären, mittags ihrem eigenen Publikum vorgeworfen. Schlächter lässt man angehenden Schlächtern vorwerfen und spart den Sieger für ein weiteres Blutvergießen auf.«

Jetzt noch etwas Obst und ein wenig von dem süßen Gebäck in Eierschaum!

»Töte! Schlage zu! Hau ihm das Auge aus! Warum läuft jener so furchtsam ins Schwert? Warum tötet der da so zaghaft? Warum stirbt er so ungern? Das sind die Kommentare, die man von seinen Mitmenschen hört. Welch eine Welt! Einem Sokrates, Cato oder Laelius hätte diese Menge den Charakter nicht verändern können.«

Valerius begann, auf seiner Liege unruhig hin- und herzurutschen. Er war gesättigt, und langsam begann sich ein angenehmes Gefühl der Müdigkeit auszubreiten. Außerdem verströmten die Kohlebecken eine einschläfernde Hitze. Dennoch versuchte er, dem Philosophen das Gefühl ernsthaften Interesses zu vermitteln und gab ein teilnehmendes »Ach, das ist ja furchtbar!« von sich, ohne so recht zu wissen, ob das gerade eine passende Bemerkung gewesen war.

Der Philosoph, jedenfalls dankbar, dass es sich nur um eine kurze Unterbrechung seines Monologs gehandelt hatte, schien gleichwohl um ein Ende seiner Ausführungen bemüht.

»Ein Beispiel von Schwelgerei oder Habsucht richtet viel Unheil an. Ein verwöhnter Tischgenosse entkräftet und verweichlicht uns alle. Ein reicher Nachbar genügt, um in uns allen die Habsucht zu entfachen. Ein bösartiger Gefährte steckt auch einen noch so makellosen und ehrlichen Menschen mit seiner Verkommenheit an. Was glaubst du wohl, verehrter Valerius, widerfährt diesen Charakteren, wenn sie in der Öffentlichkeit solchen Angriffen ausgesetzt sind? Du musst sie entweder nachahmen oder hassen. Ich tue Letzteres und fühle mich doch dabei unwohl! Also: Ziehe dich in dich selbst zurück, soweit du kannst! Verkehre nur mit solchen, die dich bessern wollen, lass nur jene zu dir, die du zu bessern vermagst.«

Seneca nahm einen tiefen Zug aus dem Weinbecher und sah seinen Gast wohlwollend an.

»So darf ich aus der Tatsache, dass ich hier mit dir speise, schließen, dass du mich zum Kreise jener Auserwählten zählst?«, fragte Valerius mit einem Lächeln.

»Du darfst, Valerius, du darfst.«

Dann nahm Seneca die kaiserliche Einladung und zerriss sie vor den Augen des Tribuns.

»Ich werde sagen, dass mich eine Unpässlichkeit an der Teilnahme gehindert hat!«

»Und der *Cäsar*? Wird er das akzeptieren?«

»Oh, ich hoffe doch! Bei solchen Gelegenheiten reicht es, wenn Petronius oder Burrus neben ihm sitzen. Und überdies werde ich all meinen Einfluss geltend machen, damit diese Orgien des Todes künftig unterbleiben!«

Valerius hielt die Gelegenheit nun für gekommen, behutsam mit seinen Fragen zu beginnen.

»Wie ... äh, ich meine ... wie siehst du den *Cäsar* heute? Siehst du deine Erziehung als erfolgreich und beendet an?«

»Beendet? So etwas kann nie zu einem Ende kommen. Wie hoch er steigen wird, steht in den Sternen geschrieben, das hab' ich ihm immer gesagt. Siehe, mein Ziel war und ist es, aus Nero einen Herrscher zu machen, wie ihn Platon in seiner *Politeia* beschrieben hat.«

»Also ein Herrscher in der Rolle eines Philosophen: Allein im Besitz der Wahrheit, weil er die Idee des Guten geschaut und verstanden hat, und er daher nach dem Prinzip absoluter Gerechtigkeit fehlerlos regiert, nicht wahr? Die Gerechtigkeit aber beruht nicht auf dem Recht des Stärkeren, sondern ist, wie die Sophisten sagen, vielmehr eine Tugend, die der Weisheit entstammt.«

Seneca lächelte den Tribun wohlwollend an. »Lass mich dies mit einem Zitat aus meiner *Medea* bekräftigen: *Iniqua numquam regna perpetuo manent* – ungerechte Herrschaft ist niemals von Dauer. Ich sehe, du hast Platon offenbar nicht nur gelesen, sondern auch verstanden.«

»Vor dem Eintritt in den Militärdienst hat mir mein Vater eine zweijährige Erziehung bei Cleosthenes angedeihen lassen. Etwas ist sicher hängen geblieben. Aber sag, bei unserem letzten Zusammentreffen nanntest du deinen Zögling ein junges Füllen, das noch etwas der Leine bedürfe. Wie weit ist unser Füllen also nun? Bedarf es noch deiner Leine?«

Seneca schmunzelte. »Aus dem Füllen ist ein stolzer Hengst geworden, wenn ich so sagen darf. Ein Hengst, der manchmal immer noch etwas über die Stränge schlägt.«

»Und den Stuten allzu sehr nachstellt, vor allem, wenn sie schön und blond sind, nicht wahr?«

Seneca, der gerade an seinem Weinbecher nippen wollte, verschluckte sich und prustete los.

»Äh ... was? Ich meine ..., lass ihn das nicht hören. Das mit der blonden Stute! Da wird er keinen Spaß verstehen. In der Tat missfällt mir die Beziehung zu Poppaea, die meinst du ja wohl, schon. Ich würde es begrüßen, wenn er Octavia nicht so vernachlässigen und all die anderen schamlosen Weiber aus dem Palast werfen würde. Sie gehört doch auch nur zum Kreis jener Männer und Frauen, denen die Frisur wichtiger ist als ihre Ehre!«

»Wie meinst du das denn?«

Senecas Miene wurde streng und sein Tonfall eine Nuance härter.

»Kennst du sie nicht, jene unnützen Geschöpfe? Der *Tonsor* rupft ihnen aus, was in der vergangenen Nacht nachgewachsen ist. Jedes einzelne Haar erfordert Beratung, ob es nun von hier nach dort oder umgekehrt zu kämmen ist. Sie regen sich auf, wenn der Friseur zu nachlässig war oder eine Locke zur falschen Seite fällt. Solche Menschen nehmen es eher in Kauf, dass der Staat in Unordnung gerät als ihre Frisur. Die Anordnung der Haare bedeutet ihnen mehr als ihre Gesundheit, ja mehr als ihre Ehre. Und zu diesem Kreis ebenso verwöhnter wie unnützer Aristokraten gehört auch Poppaea!« Der Philosoph hatte sich in Rage geredet, wie sein gerötetes Gesicht belegte.

Ein Weile schwiegen beide. Dann sagte Valerius leise: »Ein offenes Wort, edler Seneca, fürwahr!«

»Ja, offen und gefährlich. Aber die Wände haben hier keine Ohren. Hier nicht! In anderen Häusern sollte man vorsichtiger sprechen, und das gilt auch für dich!«

Valerius ging auf die Warnung nicht weiter ein. Er beschloss, die offensichtliche Gemütsaufwallung des Philosophen auszunutzen und vorsichtig weiterzubohren. Vielleicht konnte man ihm doch noch etwas entlocken ...

»So siehst du in Poppaea die nächste *Augusta*?«

Seneca wiegte seinen Kopf hin und her. Er ließ sich lange Zeit mit seiner Antwort. Dann antwortete er schlicht: »Ja! Schon möglich!«

»Und was wird Agrippina dazu sagen? Wird sie es hinnehmen, oder wird sie dem neuen Glück im Wege stehen und dadurch in Gefahr geraten?«

Misstrauisch blickte Seneca den Tribun an. »Gefahr? Was meinst du mit Gefahr?«

»Edler Seneca, erlaube mir offen zu sprechen. Es gibt Leute in Rom, die der Ansicht sind, dass Agrippina sich in tödlicher Gefahr befindet. Auch soll es unter ihren ... äh ... Anhängern schon einige Todesfälle gegeben haben!«

»Todesfälle? Davon weiß ich nichts. Oder meinst du jenen närrischen Gallienus, den man aus dem Tiber gefischt hat? An seiner eigenen Trunksucht ist er vermutlich zugrunde gegangen.«

»Wie auch immer. Sag mir, edler Seneca, wie wird sich das Verhältnis Neros zu seiner Mutter nach deiner Meinung weiterentwickeln? Ich meine, äh ....«

»Ich hab' dich schon verstanden. Eine offene Frage verlangt eine offene Antwort. Agrippina stünde es gut an, den *Cäsar* nicht weiter wie ein unmündiges Kind zu gängeln, und auch aus der Politik sollte sie sich endlich heraushalten.«

»Was tut sie, was den Zorn *Cäsars* erregt?«, wollte Valerius wissen.

»Manchmal, wenn ausländische Gesandtschaften zum Hofe kommen, dann sitzt sie wie selbstverständlich neben ihm auf dem Thron. Sollen die Barbaren denn glauben, dass Rom von einem Weiberrock regiert wird? Aber das ist noch nicht alles, selbst den Senat spart sie nicht aus!« Senecas Stimme war voller Empörung.

»Tritt sie etwa im Gremium der versammelten Väter auf?«, fragte Valerius verwundert nach, da er sich ein solches *Sacrilegium* nicht vorstellen konnte.

»Nein, das traut nicht einmal sie sich. Aber sie rät ihrem Sohn, den Senat im kaiserlichen Palast tagen zu lassen, damit er nicht einen solch weiten Weg zu den Sitzungen hat.«

»Aber das ist doch recht nett von ihr, oder?«

»Nett?«, schrie Seneca, »du nennst das eine Nettigkeit? Sie tut das, damit sie hinter dem Vorhang sitzen kann und jedes Wort hört, was im Senat gesprochen wird.«

Valerius musste ein Schmunzeln unterdrücken. Die Vorstellung der heimlich hinter dem Vorhang sitzenden Agrippina erregte unwillkürlich seine Heiterkeit. Er wusste aber auch, dass Seneca das durchaus nicht komisch finden würde, denn der setzte seine Klagen erregt fort: »Bei den Göttern, er steht im einundzwanzigsten Lebensjahr. Er regiert ein riesiges *Imperium,* und er tut es gut. An allen Grenzen, in allen Provinzen herrscht Frieden, nicht anders als in der *Pax Augusta* unter seinem Urgroßvater. Das Volk liebt ihn und sieht bereitwillig über gelegentliche Eskapaden hinweg. Der Senat respektiert ihn und folgt ihm willig. Was soll er also noch tun, damit seine Mutter das Gängelband löst? Hast du dir in diesem Alter noch Vorschriften machen lassen, mit wem du dein Lager teilst?«

Valerius verneinte mit einem Kopfschütteln.

»*Ecce*, ebenso wenig wird er es tun. Die Zeit ihrer Regentschaft ist vorbei, unwiderruflich. Und entweder wird sie das erkennen und danach handeln, oder ...!«

»Oder?«

Seneca schüttelte den Kopf. »Ich rede zu viel.«

»Bitte, sprich weiter. Ich muss es wissen!«

»Warum?«

Wieder zog Misstrauen über das schmale Gesicht des Philosophen. »Was hast du damit zu schaffen?«

»Ich ... äh ... nichts. Aber sieh, du weißt, wie mich der Tod von Claudius mitgenommen hat. Ich möchte nicht, dass ... ich meine ... dass Agrippina etwas ... zustößt.«

»Zustößt?«

»Du weißt, was ich meine.«

»Du meinst, dass ihr jemand nach dem Leben trachtet, nicht wahr?«

»Ist das so völlig ausgeschlossen?«

Senecas Gestalt straffte sich.

»Wenn du damit meinst, ob ich meine Zustimmung dazu geben könnte, dass Agrippina ... nun, dass sie beseitigt wird, so sei versichert, dass ich weder jetzt noch irgendwann einmal einem solchen Plan zustimmen würde. Immerhin war sie es, die mich damals aus dem Exil zurückgeholt und mir ihren Sohn zur Erziehung anvertraut hat. Und immerhin habe ich ihr schon einmal das Leben gerettet.«

Valerius musste ihn recht ungläubig angesehen haben, denn Seneca erklärte mit überlegener Miene: »Das Schwert des Henkers strich schon über ihren weißen Hals, aber das sind Dinge, die ihr in der Provinz natürlich nicht mitbekommt.«

»Das musst du mir erklären.«

Seneca dachte einen Augenblick nach, seine Augen schienen sich in weite Ferne zu richten. »Es muss etwa ein halbes Jahr her sein, kurz nach Agrippinas Auszug aus dem Palast. Da ging das Gerücht, und es haftete in den Gassen Roms wie Unrat auf dem Pflaster, dass Agrippina einen gewissen Rubellius Plautus, einen Mann aus altem Adel, den Enkel des Tiberius *Cäsar,* heiraten wollte, um ihm so den Weg zum Thron zu ebnen. Als der *Cäsar* davon erfuhr, packte ihn große Angst, und er wollte seine Mutter und jenen Plautus hinrichten und Burrus ablösen lassen, weil er seine Stellung Agrippina verdanke und hinter dem Komplott stecke. Es bedurfte vieler Worte, um den Kaiser zu beruhigen, und Agrippina erhielt die Gelegenheit, sich zu verteidigen. Sie konnte damals sehr überzeugend darlegen, dass ihr Leben mit dem ihres Sohnes verknüpft sei. Alles, was sie je im Leben getan habe und mancher ihr nie verzeihen werde, habe sie um ihres Sohnes willen getan.«

»Sie meinte den Tod von Claudius?«

Seneca machte eine wegwerfende Handbewegung.

»Wie auch immer. Nero hat alles, was in dieser Anspielung gesteckt haben mochte, verstanden und sie von aller Schuld freigesprochen. Burrus behielt sein Amt. Du siehst, wenn ich Agrippinas Tod wollte, hätte ich diese Gelegenheit nicht vorübergehen lassen.«

»Das sind klare Worte, und ich danke dir dafür. Aber wie steht es mit den anderen am Hofe?«

»Wen meinst du?«

»Poppaea, Burrus, Anicetus und all die anderen, die des Kaisers Ohr suchen oder bereits haben.«

Seneca lächelte und griff nach einer Weintraube. »Willst du, dass ich mich für sie und ihre redlichen Absichten verpfände? Du gehst auf gefährlichem Eis, Tribun! Wie würde unser trefflicher Horaz dazu sagen? *Nec scire fas est omnia* – Es ist nicht recht, alles wissen zu wollen. Du scheinst mir über Gebühr Interesse an der

Sache zu haben. Sag, mit welcher Absicht bist du eigentlich gekommen? Und was soll diese Verkleidung?«

»Absicht? Verkleidung? Es war ein einfacher Besuch, den ich dir aus Respekt nach langer Zeit zu schulden glaubte. Immerhin war ich seit Jahren nicht in Rom.«

»Umso verwunderlicher, dass ein Tribun aus dem fernen Germanien einen solchen Anteil am Schicksal der Kaiserinmutter nimmt, meinst du nicht auch?« Seneca fixierte Valerius scharf.

»Du glaubst, dass du einen alten Narren vor dir hast, der nicht mehr weiß, was um ihn herum vorgeht. Der nur noch für seine Philosophie lebt, aber den Kontakt zur Wirklichkeit verloren hat.«

Valerius hätte sich ohrfeigen können. Er hatte Senecas Misstrauen geweckt, und dabei hatte Agrippina ihn ausdrücklich gewarnt. Aber schon legte Seneca seinen Arm begütigend auf den Arm des Tribuns.

»Ich mag dich, Tribun Marcus Valerius Aviola, stolzer Spross eines stolzen Geschlechts. Von mir hast du nichts zu befürchten. Es ist mir auch nicht entgangen, dass man dir vor Jahren übel mitgespielt hat. Aber war es nicht eben Agrippina, die das ins Werk gesetzt hat? Agrippina und dieser üble Bursche, wie heißt er doch gleich ... ja, Tullius Torquatus Niger. Vor dem solltest du dich in Acht nehmen. Er spielt falsch, er hat es immer getan, er kann gar nicht anders. Und jetzt machst du dir Sorgen um Agrippina? Warum? Du stehst doch nicht etwa in ihren Diensten?«

»In ihren Diensten? Bei den Göttern, wie kommst du darauf?«

Aber Seneca schmunzelte nur. »Eigentlich müsste ich dir jetzt mit einem Zitat Ciceros antworten.«

»Cicero? Wieso?« Valerius bekam einen hochroten Kopf und hielt es für besser, auf eine Erwiderung zu verzichten.

Das Lächeln aus Senecas Gesicht war verschwunden, seine Miene wirkte jetzt nachdenklich.

»Es stimmt also, du bist tatsächlich in ihren Dienst getreten. Arbeitest du jetzt gar mit jenem unsäglichen Niger zusammen?«

Valerius schwieg. Was hätte er auch sagen sollen? Der alte Philosoph war ihm in allen Belangen überlegen, hatte ihn völlig durchschaut.

»So lass dich warnen, mein junger Freund, warnen vor der *Augusta* und ihren Vasallen. Agrippina denkt nur an sich. Sie benutzt andere Menschen, solange sie von Nutzen sind. Wenn sie das nicht mehr sind, lässt sie sie fallen. So wird es dir auch gehen, und wenn ich mich nicht irre, ist es dir schon einmal so ergangen.«

Lange blickte er Valerius mit einem väterlich-gütigen Blick an. Dann sagte er leise: »Du schweigst? So tue, was du tun musst, aber sei auf der Hut. Eine Schlange ist stets gefährlich, solange sie ihre Giftzähne hat. Und Agrippina hat die ihren noch. Und noch eins, mein Freund: Wenn du das nächste Mal jemanden aushorchen willst, so tue es mit mehr Sorgfalt und Diplomatie. Lasse den anderen nie wissen, warum du ihn befragst. Kleide deine Fragen in das Gewand der Unschuld, wenn du weißt, was ich meine. In einer Situation wie der, in der du zur Zeit zu stecken scheinst, kann dieser Rat dir einmal das Leben retten.«

»Ich verstehe, edler Seneca, ich verstehe. Aber warum, warum passiert nur mir immer wieder so etwas? Ich meine, dass ich in solche Verwirrungen gerate und es so schwer fällt, gut und böse zu unterscheiden oder die richtige Wahl unter den Menschen zu treffen.«

Seneca lächelte. »Das hat so ähnlich auch mein guter Lucilius gefragt, mit dem ich einen lebhaften Briefwechsel führe. Du kennst ihn?«

»Flüchtig«, murmelte Valerius und das schmale, blasse Gesicht eines jungen Mannes mit schütterem blondem Haar tauchte in ihm auf. Irgendwann hatte er ihn einmal im Hause des Philosophen getroffen. Einen nachhaltigen Eindruck hatte der Jüngling aber nicht hinterlassen.

»Und was hast du ihm geantwortet?«

»Ich habe ihm eine kleine Schrift in die Hand gedrückt, die ich für ihn verfasst habe. *De providentia* ist ihr Titel, und sie beantwortet in Dialogform solche und ähnliche Fragen. Darin habe ich ihm Folgendes erklärt: Einem wahrhaft guten Mann kann nichts Schlimmes geschehen. Der Angriff des Unglücks verwirrt den Geist eines tapferen Mannes nicht. Er bleibt standhaft, und was immer geschieht: Er ist stärker als alles, was von außen an ihn herankommt. Ich sage nicht, dass jener die Widrigkeiten nicht verspürt, aber ein guter Mann besiegt sie eben alle und hält alles Übel für ... für Übungsfälle des Lebens.«

»Übungsfälle des Lebens?«

»Ja, genau, nur Übungsfälle, an denen ein guter Mann seinen Charakter und seine Fähigkeiten ausprobieren kann. Muss nicht jedem, der seine Pflicht tun will, die Untätigkeit eine Strafe sein? Erlahmen nicht auch die Muskeln, wenn man sie nicht bleibeschwert in Form hält? So behält auch der Geist eines Mannes seine Form nur, wenn er ständig in Gefahr sich bewähren kann, wobei die Gefahren für den Geist denen des Körpers gleich sein können.«

Valerius hatte verstanden. Er nickte nur und verabschiedete sich.

An der Tür lächelte der Philosoph ihm zu. »Übrigens, der Bart steht dir gut. Er verleiht dir etwas Philosophisches. So ungefähr mag der junge Aristoteles ausgesehen haben. Nimm ihn zum Vorbild, und trage nicht nur seinen Bart, sondern eigne dir auch seine Weisheit an!«

Lächelnd verabschiedete ihn der weise Mann.

VI.
Der Auftrag

Colonia Claudia Ara Agrippinensium liegt an diesem frühen Abend unter einer Decke dichten Nebels. Zuerst waren die grauen Nebelschwaden aus den dunklen Fluten des *Rhenus* gestiegen, dann hatten sie sich mit den undurchdringlichen Schwaden vereinigt, die in den feuchten Wäldern rings um die Stadt lagen. Zuletzt bedecken sie die Stadt wie mit einem grauen Leichentuch, aus dem sich nur noch die Spitzen der Wachtürme in den Stadtmauern zaghaft erheben. Wer es sich leisten kann, bleibt zu Hause am wärmenden Kohlebecken oder bevölkert die zahlreichen Kneipen rings um das kleine *Forum,* in denen sich der Nebel, der durch die Fenster zu dringen scheint, mit den Kochschwaden aus Braten und Kohl zu einem undurchdringlichen Inferno vereint. Laut hallt das Rufen der *Vigiles* durch die vereinsamten Gassen. Sie rufen sich auf diese Weise ihre Position zu, denn sehen können sie sich nicht.

Im *Prätorium* geht der kaiserliche *Curator* unruhig auf und ab.

»Viridorix, alte Krähe! Wann wirst du endlich mit den Akten kommen. Und bring von dem gewärmten Würzwein mit!«

Er hält die klammen Hände über das Kohlebecken und blickt durch das Fenster auf den nebelverhangenen Platz. Bei den Göttern! Kehrt denn die Sonne nie mehr zurück in dieses Land? Seine Gedanken wandern zurück in das sommerliche, sonnendurchflutete Italien, seine Heimat. Seit vielen Jahren tut er jetzt schon Dienst in der germanischen Provinz, hat sich vom *Prätor* zum *Curator* hochgedient, genießt das Vertrauen des Kaisers ebenso wie das des Statthalters, aber die Sonne vermisst er. Er reibt sich den schmerzenden Rücken, dem die lange Kälte nicht bekommt. Noch zwei Jahre Kälte, Eis und Nebel, dann wird er seinen verdienten Ruhestand auf seinem Landsitz in den Sabinerbergen genießen. Nein, bleiben wird er hier nicht, auch wenn er die Ubierstadt und ihre verrückten Bewohner mag. Denn verrückt sind sie, das steht fest. Selbst für einen lebensfrohen Römer gedeihen doch Ausgelassenheit und Übermut hier am Rhein im Übermaß. Selbst bei Bestattungen stimmen die Bewohner, kaum dass der Leichnam aus der Stadt getragen und mit Kalk bedeckt in der Grube verschwunden ist, ihre Lieder an, zuerst melancholisch und voller Ernst, um dann wenig später in ausgelassene Heiterkeit umzuschlagen.

Ein Geräusch aus dem Nebenraum lässt ihn aufhorchen. Sein Gesicht verzerrt sich. Aus Gewohnheit greift er zum Schreibtisch und sucht nach dem ...

»Viridorix? Vergiss den Wein nicht! Es ist erbärmlich kalt hier. Und sag dem Callistos, er möge Kohle holen und die Becken auffüllen.«

Bei den Göttern, was für ein Nebel! Man kann die Hand kaum vor den Augen sehen, und der Blick, der sonst bis zu den Arkaden des *Forums* und der dort befindlichen Statue des Kaisers reicht, versinkt jetzt schon nach wenigen Schritten im lautlosen Nichts der Nebelschwaden.

»Viridorix! Beim Hades! Wirst du jetzt endlich kommen!«

Der *Curator* steht am Fenster und dreht der Tür den Rücken zu.

Aber Viridorix wird nie mehr kommen. Der alte gallische Schreiber liegt unter seinem kleinen Schreibtisch, um den dürren Hals eine Schlinge, die jedes Leben aus ihm gepresst hat. Statt seiner nähert sich eine vermummte Gestalt dem Amtszimmer des *Curators.* Der weite Kapuzenmantel lässt die kräftigen Konturen des Mannes kaum ahnen, und die Kapuze bedeckt den Kopf des Mannes völlig. Ein leises Knirschen ist es, ein knappes Rascheln des Mantels, vielleicht auch der feuchte Atemzug, der den Nacken des Beamten streift und ihn veranlasst, sich ruckartig umzudrehen. Der Wurf mit der Schlinge geht fehl, stattdessen glänzt in der Hand von Gaius Volturcius Crassus ein Dolch.

»Ich habe dich erwartet, du Bestie! Du sollst deinen verdienten Lohn empfangen!«

Das Gesicht des *Curators* ist zornentstellt. Bevor die Gestalt zurückweichen kann, trifft sie der Dolch zum ersten Mal. Tief gräbt er sich in den Arm des Mannes, aber schon stößt Volturcius wieder zu. Wieder und wieder! In die Brust, in den Leib, in den Hals. Unter seinen fürchterlichen Streichen sinkt die Gestalt röchelnd nieder, und noch lässt der Beamte von seinem Opfer nicht ab.

»Das ist für die anderen, die deine meuchelnde Hand getötet hat. Für Vindorix, für Taurus und für all die anderen, die ich noch nicht kenne!«

Jeder Schrei wird von einem Stoß begleitet, bis der Beamte erschöpft von dem Mann ablässt. Eine breite Blutlache sickert unter dem Mantel hervor, verteilt sich über den Boden und erreicht die Lederschuhe des *Curators.* Mit einem Fluch springt Volturcius zur Seite und wirft den Dolch in die Ecke.

»Du hast geglaubt, mit mir wird es so einfach wie mit den anderen. Aber du hast geirrt, du gedungenes Barbarenschwein! Ich wusste, dass ihr als nächstes zu mir kommen würdet. Ich war der Nächste auf eurer Liste! Aber so einfach tötet man Gaius Volturcius Crassus nicht. So einfach nicht!«

Längst sind unter der Kapuze die langen rotblonden Haare eines jungen Germanen zum Vorschein gekommen. Das brutale, von Narben entstellte Gesicht ist zur Fratze verzogen, aus dem offenen Mund läuft blutiger Schleim. Die blauen Augen sind vor Überraschung und Entsetzen weit aufgerissen. Wie klagend blicken sie den Römer seelenlos an. Volturcius hat ihn noch nie gesehen. Zu spät bereut er das Übermaß seiner Wut. Er hätte den Täter befragen müssen, vielleicht hätte man so etwas über seine Auftraggeber hören können.

Aber es ist zu spät. Dieser Mann wird nie mehr reden!

***

Dort, wo der *Vicus Cuprius* links vom *Argiletum* abbiegt und zu dem Platz führt, an dem Bauarbeiter begonnen hatten, ein Fundament für eine kolossale Statue des Kaisers auszuheben, befinden sich zwei Kneipen nebeneinander. Die kleinere von ihnen gehört zwei Brüdern und heißt daher sinnigerweise *Ad duos fratres.*

Die Kaschemme, ohne Zweifel der zutreffendere Begriff, verfügte nur über ein kleines Fenster zur Straße hin und war durch einige wenige Öllampen in schummriges Licht getaucht. Eine niedrige Holzdecke, dunkel getünchte Wände, an denen uralte Schilder und

Schwerter aus den Zeiten Sullas hingen, und das verschlissene Mobiliar verliehen dem Etablissement einen mehr als schäbigen Charakter, und der Wirt in seiner schmutzigen, fleckenübersäten Schürze bestätigte diesen Eindruck nachdrücklich.

Freundlich hatte er sich nach den Wünschen seines Gastes erkundigt und ihm in einem Becher Wein serviert, der seit langem kein Spülbecken mehr gesehen hatte. Angewidert schob Valerius den Becher zur Seite. Jetzt zur achten Stunde war die *Caupona* nur zur Hälfte gefüllt, und Valerius konnte in aller Ruhe die anderen Gäste mustern. Einige Arbeiter verzehrten ihr zweites Frühstück, ein paar Sklaven unterbrachen ihre Besorgungsgänge und hielten ein kleines Schwätzchen bei einem Becher billigen sauren Weins. Zwei Ritter, die sich augenscheinlich in diese Spelunke verirrt hatten, beklagten lauthals die letzten Preiserhöhungen. In der Ecke saßen zwei Männer, deren kräftiger Körperbau den ehemaligen Gladiator verriet, auch wenn sie, wie der deutliche Bauchansatz zeigte, ihre besten Tage weit hinter sich gelassen hatten. Jetzt schienen sie der einträglicheren Tätigkeit eines Zuhälters nachzugehen, denn sie unterhielten sich über die Vor- und Nachteile der von ihnen betreuten Damen.

»Galliena kommt in die Jahre«, tönte es aus der Ecke, »früher schaffte sie mehr als zehn Freier den Tag, jetzt muss ich froh sein, wenn es noch drei sind. Und was ich für Schminke und Puder bezahle, wiegt die paar Sesterzen kaum auf, die sie bringt.«

»Schaff sie dir vom Hals, Androgenes, wer nichts verdient, soll auch nicht fressen! Mach es wie ich. Ich hab' neulich bei Lucius Terebonius, du kennst ihn, den Sklavenhändler am *Vicus Longus*, eine Thracerin gekauft. Euchtychis heißt das Luder und hat mich dreihundert Sesterzen gekostet. Aber bei Jupiter, sie ist jedes As wert, das ich für sie ausgegeben habe. Mindestens das Vierfache hat sie in den letzten zwei Tagen hereingeholt!«

Gelangweilt drehte Valerius sich herum. Eigentlich müsste Niger längst da sein.

»Darf es noch etwas sein?«, fragte der schmierige Wirt und wischte mit einem stinkigen Lappen über den Tisch, der danach schmutziger war als vorher.

»Nein, im Augenblick nicht.«

»Du bist nicht aus Rom?« Neugierig bleckte der Wirt seine schadhaften schwarzen Zähne.

»Nein, von Narbo.«

»Narbo? Das liegt in der *Provincia Narbonnensis*, nicht wahr? Hab' davon gehört. Ich könnte meine lucanischen Würste in Brotteig empfehlen, hab' sie eben erst frisch gebraten.«

Um den Wirt endlich loszuwerden, bestellte Valerius ein paar Würstchen. Der Wirt eilte zufrieden davon. Wenig später stand die hagere Figur von Tullius Torquatus Niger im Türrahmen, bekleidet mit dem unvermeidlichen schwarzen Umhang. Grinsend ging er durch die Schankstube und setzte sich seelenruhig neben Valerius.

»Ist nicht unbedingt dein Geschmack hier, nicht wahr?« Sein Blick wanderte durch den Gastraum und blieb an den beiden Zuhältern haften.

»Auch das Publikum lässt zu wünschen übrig. Aber das ist gut so. Hier wird uns niemand vermuten.« Er holte sich den Stuhl näher heran und seine Stimme senkte sich. »Du musst wissen, der *Cäsar* hat inzwischen einen eigenen Geheimdienst aufgebaut, und wir wissen nicht, wer dazugehört. Wir wissen nur, dass er einem gewissen Gaius Ophonius Tigellinus untersteht. Dieser Mann kommt wie aus dem Nichts, brutal und verschlagen, ohne jede Skrupel.«

Eine Beschreibung, die wohl auch auf dich zutreffen könnte, dachte Valerius mit einem Grinsen. Niger deutete das Grinsen sofort richtig.

»Du denkst, er ist einer wie ich, nicht wahr? Mag schon sein, aber eins unterscheidet mich von ihm. Ich bin der *Augusta* treu, treu und loyal bis in den Tod. Aber so einer wie der ist ein seelenloser Söldner, dem ein Geldbeutel in der Brust sitzt, kein Herz. Also nimm dich vor ihm in Acht. Aber keine Sorge, du wirst ihm kaum begegnen. Morgen wirst du nämlich zurück in deine Ubierstadt reisen. Jetzt erzähle, was hast du bei dem alten Schwätzer herausgefunden?«

Valerius gefiel diese Bezeichnung für Seneca überhaupt nicht, er achtete den Philosophen viel zu sehr.

»Nicht viel«, entgegnete er unwirsch. »Von Seneca droht der *Augusta* keine Gefahr. Wohl rät er ihr zu etwas mehr Zurückhaltung dem Kaiser gegenüber.«

»Zurückhaltung? Was meint der alte Narr damit?«

Valerius erzählte von den Senatssitzungen und der Mutter hinter dem Vorhang.

»Unsinn! Das macht sie schon lange nicht mehr. Außerdem war das ein Rat von mir, und er hat uns viele nützliche Informationen gebracht. Was erzählt er sonst noch? Du warst doch Stunden bei ihm!«

»Ihr überwacht mich?«

»Natürlich! Traue keinem, das ist unsere Devise.«

»Nichts von Belang. Stimmt es, dass er Agrippina einmal das Leben gerettet hat?«

»Du meinst die Geschichte mit Rubellius Plautus?«

Valerius nickte.

»Hat dir das der Alte erzählt? Aber es stimmt. Wäre der alte Fuchs damals nicht dazwischen getreten, hätte es ein schlimmes Ende genommen. Nero ist unberechenbar. Wer seinen Zorn reizt, hat sein Leben verwirkt. Hat Seneca dir auch erzählt, er werde aus ihm einen platonischen Herrscher machen?«

»Ja, wieso?«

»Das erzählt er überall, aber es ist Blödsinn. Seine Zukunft ist klar, dafür brauche ich keine Wahrsager oder orientalischen Sterndeuter und auch keinen abgehobenen Hofphilosophen. Sie liegt im *Circus Maximus,* im Theater, bei Sängern und Schauspielern. Das Regieren wird er anderen überlassen, Leuten wie Seneca oder Tigellinus. Es wird nicht mehr lange dauern, und Tigellinus wird Burrus als Präfect der Garde verdrängen. Er ist jetzt schon sein Stellvertreter, aber einer, dem man den Rücken nicht zudrehen kann.«

»Wie wär' es, ihr bei... beiden? Habt ihr nicht Lust auf ein Stündchen in Venus' Armen? Meine za... zarte Euchtychis kennt sich aus im Spiel der Lie... Liebe!«

Unbemerkt war einer der beiden Zuhälter an den Tisch herangetreten und stützte sich schwer auf die Platte. Die Fahne billigen Weins, die er vor sich herschob, zeugte von dem Alkoholkonsum, den er bereits im Übermaß genossen hatte.

»Venus' Arme? Nein, vielen Dank. Es dürfte sich ja wohl eher um die Schenkel als die Arme handeln, nicht wahr? Wir haben etwas zu besprechen, also verzieh dich!« Bevor Valerius antworten konnte, hatte Niger das aus gefährlich schmalen Lippen hervorgepresst.

»Ver... Verziehen? Wie spricht man hier mit mir! Andro... Androgenes, hast du ... hast du das gehört?«

»Hau ihm eine aufs Maul, Fortunatus, dem edlen Herrchen!«, tönte es aus der Ecke.

Die Worte waren noch nicht verklungen, da war Niger blitzschnell aufgesprungen und hielt dem Burschen eine blitzende Klinge an den Hals.

»Du sollst dich verziehen, Mistkerl, bevor ich dir den Hals durchschneide und dich in den Hades schicke.«

Schwerfällig erhob sich jetzt der andere, der Androgenes gerufen wurde, und steuerte auf den Tisch zu. Auch Valerius war aufgesprungen. Von der Körperkraft her war er seinem Gegner unterlegen, aber er war schneller und – nüchtern. Androgenes holte aus und wollte einen gewaltigen Schwinger im Gesicht des Tribuns landen. Der aber bückte sich und schlug seinerseits eine heftige Rechte auf die Nase des Angreifers. Der Mann taumelte zurück und betastete seine blutende Nase, um sich im nächsten Augenblick mit dem Grunzen eines Stieres auf sein Opfer zu werfen. Aber wieder erfolgte der Angriff zu spät. Valerius war zur Seite gesprungen, nahm den Stuhl und zertrümmerte ihn krachend auf dem Schädel des ehemaligen Gladiators.

Jeder andere hätte genug gehabt, nicht aber Androgenes. In ihm wurde der ehemalige Gladiator wach, der vielen Gegnern in der Arena gegenübergestanden hatte und immerhin noch lebte. Er rappelte sich auf, starrte Valerius aus blutunterlaufenen Augen an und zückte eine *Sica* aus seiner Tasche, die feige Waffe der Mörder und Straßenräuber. Valerius war unbewaffnet, was er jetzt sehr bedauerte, aber immerhin war das Tragen von Waffen in der Stadt offiziell verboten. Er blickte sich nach einem geeigneten Gegenstand um, und sein Blick fiel auf ein altes Schild, das an der Wand hing.

»Nein! Nicht ... nicht das Schild. Es ist von meinem Urgroßvater und ...« Jammernd war der Wirt dazugetreten, der mit angstgeweiteten Augen das Geschehen verfolgte.

Aber Valerius hatte nicht vor, der Familientradition des Wirtes übermäßigen Respekt zu zollen, und riss das Schild von der Wand. Bevor Androgenes noch recht begriffen hatte, welche Gefahr ihm drohte, zog Valerius ihm mit dem Schild einen neuen Scheitel. Ächzend brach der Mann zusammen.

Während des ganzen Kampfes hatte Niger mit kaltem Blick zugesehen, den Dolch stets am Hals seines Gegners. Jetzt stieß er ihn hohnlachend von sich.

»Verzieh dich, Mehlsack, und nimm deinen Kumpanen mit, bevor wir es uns überlegen und euch den *Vigiles* übergeben.«

Unter Flüchen und wilden Drohungen trotteten die beiden von dannen.

»Wer zahlt mir jetzt das Schild?«, klagte der Wirt im weinerlichen Tone. »Damit hat mein Urgroßvater in Sullas Heer gegen Marius gekämpft. Die Götter wissen, wie ich es geliebt habe. Täglich habe ich es geputzt und gepflegt.«

»Geputzt und gepflegt. Da musst du wohl einiges übersehen haben«, lachte Valerius und zeigte auf den Dreck, der auf der Rückseite des geborstenen Schildes sichtbar wurde.

»Na ja, fast täglich«, schränkte der Wirt ein, »und ein Stuhl ist auch kaputt!«

»Da!« Niger warf ihm einige Münzen zu. »Das wird dich trösten. Und jetzt bring uns einen anständigen Wein, oder, bei *Bacchus*, du sollst mich kennen lernen!« Dann wandte er sich an Valerius. »Du bist noch ganz gut in Form, Tribun!« In Nigers Worten klang Respekt.

»So schnell wie du hat lange keiner mehr den Dolch gezogen«, versagte auch Valerius seinem Gesprächspartner nicht die Anerkennung.

»Ist meine einzige Chance«, lachte der ›Schwarze‹, »die Natur hat mir nicht deine Kräfte verliehen. Dann muss man das mit Schnelligkeit wettmachen. Aber zurück zu wichtigen Dingen! Du reist morgen zurück nach *Colonia Agrippinensium.* Deine Aufgabe wird es sein herauszufinden, wer für die Gegend dort zuständig ist.«

»Zuständig? Wie meinst du das?«

»*Fortuna* hat uns etwas geholfen. Wirf einen Blick auf diese Tafel!«

Er kramte aus den Falten seines Mantels eine zerbrochene Wachstafel hervor, wie sie eigentlich nur zum Aufzeichnen kurzer Notizen verwendet wurde. Einige Teile fehlten, und die Schrift war kaum lesbar:

Für das Gebiet rings um Colo......... Agr..........
ist d...................s zuständig, für das um Mogontia.....
der Fulvi...... .....us, im Gebiet der Treverer der
Rufus Camillus, ...
..
Bericht zu erstatten. Es ist darauf zu achten, dass
die Todesf........ wie Unfälle aussehen. Auch ist
unb..............................als zu vermeiden, damit die
zuständ............den nicht aufmerksam werden.
Die g..............tion muss binnen ein.............nat
.............uss gefunden haben.

G.u.i

»Was ist das, und vorher habt ihr es?«

»Woher wir es haben, muss dich nicht interessieren. Und was es ist? Eine Auftragsliste. Das Morden wird generalstabsmäßig organisiert. Bestimmten Agentenführern werden bestimmte Gebiete zur, nennen wir es ›Bearbeitung‹ zugewiesen. Leider sind die Namen nicht lesbar, mit Ausnahme des Namens für das Gebiet der Treverer. Sei unbesorgt, um Rufus Camillus werden wir uns umgehend kümmern, und was *Mogontiacum* anbetrifft, haben wir auch schon eine Idee. Interessant ist auch, dass die Morde ab jetzt wie Unfälle aussehen sollen.«

»Damit die zuständigen Behörden nicht aufmerksam werden.«

»*Recte*, und was, meinst du, soll vermieden werden?«

»Du meinst die achte Zeile?«

»Ja!«

»Könnte es sich um das Mal handeln, jenen Buchstaben N?«

»Das vermuten wir auch! Und wie du siehst, soll alles innerhalb eines Monats erledigt werden. Du musst dich also beeilen, damit du nicht erst ankommst, wenn die feigen Mörder ihr Werk schon beendet haben. Leider ist der für deine Ubierstadt Zuständige nicht lesbar. Das wirst du herausfinden müssen, und zwar sehr bald. Und wenn du ihn gefunden hast, achte darauf, dass er lebt. Leben muss er, hörst du! Wir müssen unbedingt an seine Auftraggeber heran.«

»Wer hat die Liste unterschrieben? Was könnten die drei Buchstaben bedeuten? Wer zum Hades ist Gui???«

Niger trank von dem Wein, den der Wirt inzwischen gebracht hatte und den man als durchaus trinkbar bezeichnen konnte. Er leckte sich genießerisch über die schmalen Lippen. Allzu anspruchsvoll schien er nicht zu sein, was den Geschmack von Weinen anbetraf.

»*G. U.I.* – rätst du es nicht? Denk dir das offene u nach oben als geschlossenen Kreis, und du hast ein O. Dann noch den Strich über dem letzten Buchstaben etwas länger, und du hast ein T. So entsteht G.O.T. – Gaius Ophonius Tigellinus!«

Valerius starrte gebannt auf die kleine Tafel. Die kleinen, kaum lesbaren Buchstaben tanzten vor seinen Augen. Wie immer, wenn er Aufregung empfand, kratzte er an seiner alten Narbe. Niger bemerkte es und lächelte, er hatte die gleiche Unart.

»Der Stellvertreter von Burrus? Bei Juno, das könnte sein!«, meinte Valerius nachdenklich.

»Er ist es, kein Zweifel. Die *Augusta* hatte ihn schon länger im Verdacht. Aber das werden wir herausfinden. Kümmere du dich nur um dein Provinzstädtchen, und halte uns stets auf dem Laufenden! Alle Nachrichten, die du für uns hast, gibst du dem Volturcius Crassus, unserem Vertrauensmann in *Colonia Agrippinensium.* Er wird für schnellstmögliche Beförderung nach Rom sorgen. In der Zwischenzeit werden wir hier mit unseren Feinden aufräumen! Ach, bevor ich es vergesse, hier ist eine Abschrift des Textes. Nimm sie mit nach *Colonia Agrippinensium* und gib sie dem Volturcius Crassus.«

Jede Freundlichkeit war aus seinen Zügen gewichen, und sein Gesicht spiegelte die Brutalität und Grausamkeit wider, die Valerius immer an ihm gehasst hatte.

VII.

Der Hirt und seine Herde

Mühsam quälte sich Valerius durch den Menschenstrom, den die zaghaften Sonnenstrahlen auf die Straßen gelockt hatte. Er wollte zu seinem Quartier, um alles für den Aufbruch vorzubereiten. Es war schneller gegangen, als er gedacht hatte, aber für übermäßige Trauer bestand kein Anlass. Mit zärtlicher Freude dachte er an die Ubierstadt und vor allem an seine kleine Familie. Gerne hätte er noch seine Eltern auf ihrem tarquinischen Landgut besucht, aber er wusste, dass er dafür keine Zeit haben würde.

Gerade hatte er das breite *Argiletum* betreten, als eine helle Stimme von hinten rief: »Marcus? Marcus Valerius Aviola?«

Marcus drehte sich herum.

»Oh, verzeih, ich habe dich verwechselt!«

Ein junger Mann mit einem ausgesprochen hübschen Gesicht blickte dem Tribun zögernd ins Gesicht. »Für einen Augenblick dachte ich ..., bei den heliconischen Musen, bist du es oder bist du es nicht?«

»Ich bin es, verehrter Horatius Pulcher, ich bin es! Aber bitte, nenn meinen Namen nicht so laut!«

Valerius lachte freundlich und reichte dem jungen Mann den Arm zum Gruß. Vor ihm stand, eingehüllt in einen dicken braunen Mantel, Quintus Horatius Pulcher, ein junger Ritter, der Großneffe des berühmten Dichters Quintus Horatius Flaccus. Bei seinem letzten Auftrag hatte Horatius Pulcher versucht, ihn vor Agrippinas Tücke zu warnen, aber leider hatte Valerius diese Warnung nicht ernst genug genommen. Als Anhänger jener Sekte, die sich *Christiani* nannten, war er in Agrippinas furchtbares Geheimnis eingeweiht gewesen. Er hatte versucht, seinen Teil dazu beizutragen, um das Leben von *Caesar* Claudius zu retten – aber vergeblich.

»Ich soll deinen Namen nicht laut rufen?«

Quintus Horatius Pulcher strahlte ihn mit der völligen Verständnislosigkeit seiner naiven Jugend aus blauen Augen fröhlich an. Valerius blickte sich um, dann packte er den jungen Mann am Arm.

»Komm, hier können wir nicht sprechen!«

Er zog ihn in eine kleine Seitengasse, die zum parallel verlaufenden *Clivus Oppius* führte. In dieser kleinen Seitenstraße ließ der Verkehr sofort spürbar nach. Unverzüglich nahm Horatius das Gespräch wieder auf: »Ich wusste nicht, dass du in Rom bist. Was machst du hier? Ich wähnte dich in dieser kleinen Stadt am *Rhenus*, wie hieß sie doch gleich? *Colonia Claudia Arensium?*«

»*Colonia Claudia Ara Agrippinensium*«, berichtigte Valerius lächelnd, »meine neue Heimat.«

»Und wieso trägst du den Bart eines griechischen Sophisten und siehst aus wie eine Mischung aus einem syrischen Gewürzhändler und einem gaditanischen Kuhhirten? Und wieso darf ich deinen Namen nur flüstern?«

Valerius lachte so laut, dass sich ein *Patronus*, der mitsamt seinem umfangreichen Gefolge an Clienten auf dem Weg zum *Forum* war, indigniert herumdrehte.

»Syrischer Gewürzhändler! Gaditanischer Kuhhirte. Bei Jupiter, das ist großartig, wirklich großartig! Aber im Ernst, du musst wissen«, flüsterte er dann mit gesenkter Stimme und blickte sich dabei nach allen Seiten um, »es handelt sich um eine Tarnung! Aus Vorsichtsgründen!«

»Aber wieso ...?«

Valerius legte seine Finger auf die Lippen: »Pscht ... *ubique delatores* – überall Spitzel! Die Geheimpolizei des Kaisers ist hinter mir her!«

»Tarnung? Spitzel? Geheimpolizei? Du ... du willst mich auf den Arm nehmen, oder?«

Valerius lachte. »Es ist nicht so dramatisch, aber tatsächlich kann ich hier nicht ohne Bart und in der Uniform eines Tribunen herumlaufen, und meinen Namen soll auch niemand hören!«

»Warum nicht?«

Valerius erzählte in kurzen Worten etwas von seinem speziellen Auftrag, der ihn nach Rom geführt und die Verkleidung erforderlich gemacht hatte, verriet aber nichts über die wirklichen Gründe, obwohl er wusste, dass er dem jungen Mann trauen konnte. Trauen?

Konnte man ihm wirklich vertrauen? Konnte man irgendjemandem im Rom dieser Tage wirklich vertrauen? Er hatte zwar einen Spaß gemacht, wusste aber zugleich, dass sich tatsächlich überall in Rom die Spitzel des Kaisers herumtrieben, um unbedachte Äußerungen seiner Untertanen aufzuschnappen.

»Hast du irgendetwas vor, oder kann ich dich in mein bescheidenes Haus auf dem *Quirinalis* entführen zu einem kleinen Mahl?«

Valerius zögerte einen Augenblick. »Ich werde morgen nach Germanien zurückreisen müssen und muss noch ...«

»Morgen? Aber das gibt dir noch einen ganzen Tag. Ein kleiner Imbiss in meinem Haus, und am Abend würde ich dich gerne zu unserer Versammlung mitnehmen. Du wirst interessante Leute kennen lernen.«

»Versammlung?«

»Du erinnerst dich, dass ich ein *Christianus* bin?«

Valerius erinnerte sich. »Ich weiß«, sagte er, »übrigens habe ich in *Colonia Agrippinensium* jemanden kennen gelernt, der die dortige Gemeinde führt.«

»Wer ist das?«

»Sein Name ist Martialis Maternus. Kennst du ihn?«

»Freilich kenne ich ihn, gut sogar. Der gute Maternus, wie ergeht es ihm wohl in der Fremde? Ich hab' ihn seit fast einem Jahr nicht mehr gesehen.«

»Er scheint sich im Barbarenland sehr wohl zu fühlen, und seine kleine Gemeinde blüht, soweit ich es beurteilen kann, ordentlich auf.«

»Du musst ihn unbedingt von mir grüßen, hörst du. Aber das ist ein Grund mehr, mich heute Abend zu begleiten. Du wirst meine Glaubensbrüder kennen lernen und auch den Führer unserer hiesigen Gemeinde. Wo hast du eigentlich dein Quartier?«

»Nicht weit von hier.«

»Hier? Hier in der *Subura*?« Horatius zog die rechte Augenbraue zu einem spitzen Dreieck hoch, ein deutliches Zeichen der Missbilligung.

»Gehört mit zu meiner Tarnung!« Valerius zwinkerte dem jungen Mann zu.

»*Bene,* dann holst du jetzt deine Sachen ab, viel wird es ja nicht sein, und siedelst für eine Nacht zu mir über. Was hältst du davon?«

So gerne Valerius zugesagt hätte, fürchtete er doch, seine Tarnung zu verlieren. Deswegen lehnte er freundlich ab. Konnte man wissen, ob das Haus des jungen Mannes, der noch zudem Mitglied in einer obskuren Sekte war, nicht überwacht wurde?

»Aber zu eurer Versammlung will ich gerne kommen. Wo und wann trefft ihr euch?«

»Bei Sonnenuntergang. Du triffst mich am *Forum Boarium*, am Tempel des Janus. Wirst du da sein?«

»*Certe* – sicherlich!«

***

Pünktlich hatten sich die beiden Männer getroffen. Horatius hatte seinen Gast durch ein Wirrwarr kleiner Gassen bis zu den großen Lagerhäusern geführt, die dicht gedrängt am Tiber entlang standen, die meisten in einem verfallenen Zustand. An der Ecke zum *Clivus Publicus* waren sie eine Zeit lang aufgehalten worden. Ein Ochsenfuhrwerk, hoch beladen mit Baumaterialien, war zusammengebrochen und versperrte den Weg. Fluchend bemühte sich der Kutscher, das Rad zu reparieren und die Ladung wieder aufzustapeln.

»Wir kommen zu spät«, murrte der schöne junge Mann, »und das gefällt mir nicht. Ich bin immer pünktlich.«

Kurz hinter der *Via Ostiensis* waren sie eilig links abgebogen, hatten eines der Lagerhäuser betreten und waren einige Stufen in einen Kellerraum herabgestiegen.

Verwundert sah Valerius sich um. Unwillig sog er die modrige Luft ein, die ihm aus den Kellergewölben entgegenkam.

»Ihr scheut das Licht der Öffentlichkeit? Das sieht hier mehr wie der Ort einer konspirativen Versammlung aus als nach dem Gebetshaus einer frommen Gemeinde.«

»Pscht!« Horatius flüsterte und legte die Finger auf die Lippen. »Ich erkläre es dir später. Die Versammlung hat schon begonnen.«

»... enthaltet euch aller fleischlichen Gelüste, welche wider die Seele streiten. Führet einen guten Wandel unter den Heiden dieser gottlosen Stadt, auf dass die, die euch schmähen, eure

guten Werke erkennen und Gott preisen. Seid untertan der menschlichen Ordnung um des Herrn willen. Tut Ehre jedermann, liebt eure Brüder, fürchtet Gott und ehret den König. Denn das ist Gnade, so jemand um des Gewissens willen zu Gott das Übel erträgt und das Unrecht erleidet. Seht, Brüder und Schwestern, es werden kommen Tage der Drangsal und Mühe, wie es unser Herr und Gott verkündet hat, und so sage ich euch: Seid stark in der Gefahr, mutig in der Verzweiflung, gläubig in der Not. Wenn unser Herr Jesus Christus alle Kreuzesnot tapfer ertragen hat, wollen wir da angesichts kommender Gefahren zagen?«

»Wer ist dieser alte Mann, der so kraftvoll zu sprechen vermag?«, flüsterte Valerius und deutete auf den Sprecher, einen Mann von stattlichem Körperbau. Haare und Bart waren silbergrau durchzogen, und der nach vorne gebeugte Körper verriet schon die Last des Alters. Dennoch war Valerius von dem Mann sehr beeindruckt.

»Das ist Simon Petrus, der Führer unserer Gemeinde.«

»*Petrus* – Fels, was für ein merkwürdiger Name!«

»Eigentlich hieß er Simon, aber der Herr hat ihm den hebräischen Namen *Kephas* gegeben, was in unserer Sprache Petrus heißt. Niemand kannte den Herrn besser als er, jahrelang ist er mit dem Gesalbten, wie wir ihn auch nennen, durch Judäa und Galiläa gezogen. Er stand ihm sehr nah. Nun ist es seine Aufgabe, die Worte des Meisters in aller Welt zu verbreiten, auch hier in Rom, der Hauptstadt der Heiden, wie wir sagen.«

»Und wer ist der junge Mann, der neben ihm steht und jedes Wort mitzuschreiben scheint?«

»Das ist Marcus, ein junger Grieche. Er dient ihm als Schreiber und Dolmetscher. Simon Petrus beherrscht das Griechische nicht und unsere Sprache nur recht unvollkommen, wie du hörst.«

In der Tat sprach der Mann mit einem starken Akzent und in für römische Ohren ungewohnter Diktion.

»Pscht, *tacete*!« Einer der Zuhörer hatte sich unwillig umgedreht und nachdrücklich zum Schweigen aufgefordert. Und schon setzte Petrus seine Ansprache fort:

»Ich habe euch versprochen, dass ich auch heute wieder von den Ereignissen berichten werde, die ich selbst in jenen Tagen erlebt habe, als ich die Gnade hatte, unseren großen Herrn begleiten zu dürfen. So hört denn:
Einst kehrten wir in einen kleinen Ort ein, wo wir freundlich aufgenommen wurden. Viele aber versammelten sich um uns und bedrängten den Meister mit Fragen. So fragte einer von ihnen, seines Zeichens ein Sadduzäer: ›Rabbi, sag uns, wann wird kommen die Zeit, in der wir von aller Mühe befreit werden, und welches Zeichen wird uns sein?‹ Darauf antwortete der Herr: ›Sehet zu und lasset euch nicht verführen. Denn viele werden kommen in meinem Namen und sagen, ich sei es. Folget ihnen also nicht nach! Wenn ihr aber hören werdet von Kriegen und Empörungen, so entsetzt euch nicht. Denn solches muss zuvor geschehen, aber das Ende ist noch nicht da. Ein Volk wird sich erheben wider das andere und ein Reich wider das andere, und es werden geschehen große Erdbeben und Krankheiten; auch werden Schrecknisse und große Zeichen vom Himmel geschehen.
Aber vor diesem werden sie Hand an euch legen und euch verfolgen und euch überantworten in ihre Gefängnisse. Man wird euch vor Fürsten und Könige ziehen um meines Namens willen. Aber seid ohne Sorge, was ihr antworten werdet, denn ich will euch Mut und Weisheit geben. Eltern und Brüder, Freunde und Kinder werden euch hassen und euch zu töten versuchen, und ihr werdet gehasst sein von jedermann um meines Namens willen. Aber seht, ich werde euch trösten in der Not und lindern eure Tränen, und kein Haar von eurem Haupt soll euch gekrümmt werden.‹«

Das lange Sprechen hatte den Alten sichtbar erschöpft, und er machte eine kurze Pause, in der er etwas Wasser zu sich nahm. Valerius nutzte die Pause, um sich unter den Zuhörern umzusehen. Der von einigen Fackeln spärlich erhellte Raum war bis auf den letzten Platz besetzt, alle standen und hingen gebannt an den Lippen ihres Führers. Männer und Frauen waren gleichmäßig vertreten, und auch viele Kinder und Jugendliche konnte er in der Menge ausmachen. Die meisten Menschen schienen ärmerer Herkunft zu sein, denn die Kleidung war meist einfach, und viele der abgehärmten Gesichter kannten die Not des Alltags. Sicher waren auch etliche Sklaven darunter, denn hier und dort blitzte der Halsring eines Sklaven auf. Dazwischen fanden sich aber auch Menschen höheren Standes, und in der linken Ecke meinte Valerius gar den roten Streifen einer senatorischen *Toga* auszumachen. Er wollte gerade bei Horatius nachfragen, als Petrus seine Rede fortsetzte:

»Soweit die Worte unseres Herrn. Wie ihr wisst, ist unser lieber Marcus bemüht, alle Worte unseres Herrn niederzuschreiben, auf dass ein jeder sie nachlesen kann. Er hat sein Werk schon begonnen, und Gott gebe ihm die Kraft, es zu Ende zu bringen. Niemand weiß, wie viel Zeit ihm und uns noch bleiben wird. Denn die Worte, die ihr eben gehört habt, sie werden auch für uns gelten. Auch uns stehen Verfolgung, Qual und Tod bevor, aber unser Herr wird uns die Kraft geben, all das auszuhalten. Wann das sein wird, wissen wir nicht. Wir wissen nicht den Tag und nicht die Stunde. Und deshalb sage ich euch zum Abschied: Seid bereit, damit ihr nicht wie die törichten Jungfrauen kein Öl für eure Lampen habt, wenn der Herr erscheint.«

Wieder machte er eine kurze Pause.

»Und so wollen wir zum Abschied das Gebet sprechen, das Jesus Christus, der Sohn des lebendigen Gottes, uns persönlich gegeben hat und aus dem wir schon so viel Gnade erhalten haben.«

Und wie auf ein Kommando fielen alle Versammelten in ein Gebet ein, das Valerius noch nie gehört hatte. Er würde es aber auch nie mehr vergessen, so stark waren die Worte und so groß die Inbrunst, mit der sie gesprochen wurden:

Vater unser im Himmel,
geheiligt sei dein Name,
dein Reich komme,
dein Wille geschehe,
wie im Himmel, so auf Erden.

Unser tägliches Brot gib uns heute,
und vergib uns unsere Schuld,
wie auch wir vergeben unseren Schuldigern,
und führe uns nicht in Versuchung,
sondern erlöse uns von allem Bösen.
Amen

Nach dem Gebet setzten sich die Menschen zu einem gemeinsamen Mahl nieder und waren bald in fröhliches Geschwätz vertieft.

»Komm, ich stelle dich Petrus vor.« Die Wangen von Horatius glühten vor Aufregung. Gerne ließ sich Valerius am Arm in Richtung des Mannes ziehen, der so viele kraftvolle Worte für den Kreis seiner Anhänger gefunden hatte. Sie mussten einen Augenblick warten, bis sie sich durch die Menge zu Petrus vordrängen konnten, dessen Tisch dicht umlagert war.

»Verehrter Petrus, das ist mein Freund Marcus Valerius Aviola. Er wohnt zur Zeit nicht in Rom, sondern in Germanien, in einer kleinen Stadt namens *Colonia Claudia* ..., wie hieß sie doch gleich? Ich kann mir diesen langen Namen einfach nicht merken.«

»*Colonia Claudia Ara Agrippinensium*«, ergänzte Valerius einmal mehr.

»Richtig, so heißt sie. Valerius hat dort den Maternus getroffen.«

»Maternus?« Über die derben, aber gütigen Züge des kräftigen Mannes huschte ein feines Lächeln. »Sei willkommen in unserem Kreise, Valerius. Hast du auch schon die frohe Botschaft vernommen?«

»Du meinst die Dinge, die man sich von eurem Herrn Jesus Christus erzählt?«

»So könnte man es auch nennen.«

»Maternus hat mir einiges davon erzählt. Er steht der kleinen Gemeinde in unserer Stadt vor.

»Ich weiß«, sagte Simon Petrus, »ich selbst habe ihn dorthin geschickt. Ich hoffe, es geht ihm gut?«

»Als ich ihn verließ, war es so. Seine kleine Gemeinde blüht und gewinnt ständig neue Anhänger.«

»Der Segen des Herrn ruht auf ihm. Aber das ist erst der Anfang«, murmelte Petrus, und seine mächtige Gestalt streckte sich.

Er strich über seinen ergrauten Bart und sagte mit Nachdruck: »Wir werden nicht eher ruhen, als bis unsere Botschaft den letzten Winkel dieser Welt erreicht hat. Und wer die Botschaft der Liebe gehört hat, der mag selbst entscheiden, ob er sich uns anschließt oder nicht. Wie ist es mit dir, Valerius?«

Valerius überlegte einen Augenblick. Mit dieser Frage hatte er nicht gerechnet.

»Dirana, mein Weib, ist, wie es scheint, eurer Lehre schon recht nahe. Ich weiß nicht so recht. Mir erscheint eure Lehre doch recht ... äh ... unrömisch.«

»Unrömisch?« Petrus lachte so donnernd auf, dass sich alle verwundert zu ihm umdrehten. »So könnte man es tatsächlich nennen. An die Stelle von Hass und Verachtung wird die Liebe treten, Eroberung und Machtstreben werden von Freiheit und Brüderlichkeit abgelöst, der Tod vom ewigen Leben der Auserwählten.«

»Wer aber ist auserwählt?«, wollte Valerius wissen.

»Auserwählt sind alle«, Petrus betonte jedes einzelne Wort, »die sich unserem Herrn anvertrauen. Der Herr hat Geduld mit jedem und will nicht, dass eines seiner Schafe verloren geht. Wer Buße tut und seine Hoffnung auf ihn setzt, den wird er retten, wenn das letzte Gericht kommt. Denn der Herr wird kommen, unerwartet wie der Dieb in der Nacht. An diesem Tag werden die Himmel zergehen, die Elemente werden vor Hitze schmelzen und die Werke darauf verbrennen. Wir warten auf einen neuen Himmel und eine neue Erde, auf der nach seiner Verheißung die Gerechtigkeit wohnt.«

»Hochedler Petrus, kannst du einen Augenblick zu uns kommen? Latinius hat da ein großes Problem, und wir brauchen deinen Rat!«

Ein kleiner Mann in einer schwarzen *Tunica* hatte sich plötzlich zwischen die Redenden gedrängt und hob wie zur Entschuldigung die Hand.

»Ich komme«, seufzte Simon Petrus. »Wollt ihr mich entschuldigen, teure Freunde? Und du, Valerius, willst du mir den Maternus herzlich grüßen? Ich werde dir einige Zeilen für ihn mitgeben. Marcus, darf ich dich einen Augenblick bemühen?«

Und schon tauchte der gewaltige Mann unter in der Schar seiner Anhänger, die an seinen Lippen hingen und nach seinen Worten und Werken dürsteten.

***

»Er ist schon ein beeindruckender Mann, euer ›Fels‹«, meinte Valerius zu Horatius, als sie sich auf dem Heimweg befanden. Es war stockdunkel, und sie hatten sich eine Fackel ausleihen müssen.

»Er ist unser Hirt und wir sind seine Herde. Ich preise mich glücklich, dass ich seine Worte hören darf. Oh, hätte doch mein Großonkel ihn noch gekannt, sicher hätte er ihm ein treffliches Gedicht gewidmet.«

»Soweit ich den großen Horatius Flaccus kannte, war er Anhänger Epikurs, nicht wahr? Das aber schließt den Glauben an einen Gott, wie auch immer er geartet ist, aus.«

»Du irrst dich nicht, Marcus Valerius. Aber er war immer auch offen für neue Ideen. Und Petrus hätte ihn von unserem Glauben überzeugt.«

Sie hatten gerade den *Circus Maximus* passiert, als eine Gruppe von vier Männern ihnen den Weg verstellte. *Vigiles*, wie die ärmliche Ausrüstung mit Sandeimern und Lappenstöcken anzeigte. Im Rom dieser Tage nahmen sie aber auch polizeiliche Aufgaben wahr – wer hätte das besser wissen können als Valerius, der eine solche Truppe gerade in der Ubierstadt aufgestellt hatte und sie befehligte? Einer der Männer herrschte sie in arrogantem Ton an: »Stehen bleiben! Wer seid ihr, und was habt ihr zu dieser Zeit hier zu suchen?«

»Wir sind harmlose Spaziergänger«, antwortete Horatius Pulcher freundlich.

»... auf dem Weg zu unserer Liebsten«, ergänzte Valerius betont freundlich, aber seine brennende Narbe signalisierte Aufregung und Gefahr.

»Uns ist vor einigen Minuten ein Einbruch gemeldet worden«, war die knappe Antwort, »sagt uns eure Namen!«

Das brachte Valerius in arge Verlegenheit. Sollte seine Tarnung so kurz vor dem Ende seines Aufenthalts in Rom auffliegen?

»Decimus Batistus aus *Narbo*, ich bin Stoffhändler und Heereslieferant«, sagte er schnell, »hier ist meine *Diploma.*« Er reichte dem Mann das Schriftstück, das dieser im unruhigen Schein der Fackel überprüfte. »Gefälscht!«, sagte er, und zu seinen Kameraden gewandt: »Festnehmen, beide! Wir bringen sie zur *Statio*. Soll der Hauptmann entscheiden, was mit ihnen geschieht.«

»Moment, bei den Göttern, so geht das nicht!«

Valerius' Stimme war voller Empörung. »Ihr könnt nicht so einfach friedliche Bürger verhaften. Was gibt euch das Recht dazu?«

»Das hier!«, meinte ein anderer aus der Gruppe grinsend und zeigte auf sein Schwert, das verborgen unter dem Umhang baumelte. »Durchsucht sie nach Waffen!«, rief der Anführer, und blitzschnell hatten die Männer ihre Waffen gezückt und einen Kreis um die beiden Passanten gebildet. Es kam, wie es kommen musste: Sekunden später hatte einer der Wachen den Urlaubsschein des Tribuns gefunden und hob ihn triumphierend in die Höhe.

»Der Kerl scheint mehrere Namen und Berufe zu haben. Nicht nur Stoffhändler, nein, bei Jupiter, jetzt ist er schon Tribun. Ganz sicher ein guter Fang!«

»Gefälscht, alles gefälscht«, brummte der Anführer. »Mitkommen!«

Sie steckten die Waffen weg und nahmen die Männer in die Mitte. Während Valerius noch überlegte, wie er unbeschadet aus dieser misslichen Situation herauskommen könnte, kam ihm das Schicksal in Gestalt des Weingottes zu Hilfe. Im gleichen Augenblick torkelten nämlich drei junge Burschen um die Ecke, die Bacchus allzu sehr geopfert hatten. Sie taumelten weinselig ineinander gehakt über die Straße und grölten auf die Melodie eines bekannten Gassenhauers:

Seht doch unser Nerolein,
kriecht in seine Mutter 'rein,
gerne will er schmusen
an ihrem stolzen Busen,
da fängt sie an zu weinen –
sie hat ja keinen!

Kaum hatten die *Vigiles* den Text verstanden, stürzten sie sich wutentbrannt auf die trunkenen Sänger.

»Das ist Majestätsbeleidigung. Das werdet ihr büßen! Wir werden euch lehren, so über unseren *Cäsar* zu sprechen. Wir werden euch ...«

Blitzschnell erkannten Valerius und Horatius ihre Chance. »Lass uns türmen!«, flüsterte Horatius.

»Gewiss, aber nicht ohne meine Urkunden!«

Valerius hatte sich den Anführer wohl gemerkt, der seine beiden Urkunden eingesteckt hatte. In dem nun beginnenden Kampf zwischen den Feuerwächtern und dem Triumvirat der Trunkenheit war es ein Leichtes, ihn mit einem gezielten Faustschlag zu Boden zu schicken und die Papiere aus seinem Umhang zu nehmen. Bevor die anderen Wächter noch bemerkten, was passierte, waren die beiden schon um die nächste Ecke verschwunden und rannten lachend wie die Kinder über das *Forum Boarium.*

»Ist das nicht herrlich, so ein kleines Abenteuer?«, lachte Horatius und hielt sich die schmerzende Seite.

»Wenn das mein Großonkel erlebt hätte ...«

»... er hätte sicher ein treffliches Gedicht daraus gemacht, nicht wahr?«

Beide Männer grinsten sich an und brachen dann in ein lautes Lachen aus.

»Komm, lass uns von hier verschwinden!«, lachte Valerius.

***

»Zeig mir, wo du wohnst, Valerius. Ich begleite dich zu deinem Quartier.«

»Das ist nicht weit von hier. Aber wie kommst du dann nach Hause? Die Straßen sind dunkel und gefährlich, wie man sieht.«

»Du erzählst mir nichts Neues. Aber sei ohne Sorge, ich werde mir am *Forum* eine Mietsänfte nehmen und mich von ein paar kräftigen Burschen nach Hause bringen lassen. Bis zum *Quirinalis* ist es nicht weit.«

Bald hatten sie das *Argiletum* erreicht und steuerten Valerius' Quartier an. Zu dieser späten Stunde hatten sich die Straßen geleert, und nur noch vereinzelte Nachtschwärmer ließen sich blicken. Eine Decurie von Prätorianern kam ihnen entgegen, und Valerius zog die Kapuze tiefer ins Gesicht. Immerhin hätten unter den Nachtwachen Männer sein können, die ihn noch aus seiner früheren Dienstzeit kannten. Aber sie blieben unbehelligt. Gerade bogen sie in die *Subura Minor* ein, in der sein Quartier lag, während Horatius munter schwatzend die Vorzüge seiner Braut Cäcilia pries, als Valerius ihn plötzlich unsanft am Arm packte und in eine Hausecke riss. Er legte schnell die Hand auf den geschwätzigen Mund seines Begleiters und flüsterte: »Pscht, *tace*!«

Horatius hatte begriffen und schwieg sofort.

»Was ist?«, wisperte er nach einer Weile.

»Schau!«

Seine Hand deutete auf einen kräftigen, dunkel gekleideten Mann, der sich gegenüber seiner Wohnung postiert hatte und wie gebannt auf den Eingang blickte. Valerius hätte ihn vermutlich gar nicht oder zumindest zu spät gesehen, wenn der Mann nicht ein dringendes Bedürfnis verspürt und sich an der Hauswand erleichtert hätte. Unmittelbar danach zog er sich wieder in den Hauseingang zurück.

»Das Haus wird beobachtet, man wartet auf mich!«

»Du meinst ...«

»Ja! Ich kann nicht in mein Quartier zurück!«

»Und ... ich meine, was bedeutet das? Hast du ... äh ... hast du noch wichtige Sachen in deinem Zimmer? Wenn nicht, mein Angebot steht, ich würde mich freuen, dich für die heutige Nacht beherbergen zu können.«

»Ich nehme dein Angebot gerne an, Horatius, es bleibt mir nichts anderes übrig. Im Übrigen habe ich nichts von Bedeutung in meinem Zimmer. Im Reisesack befinden sich lediglich etwas Wäsche, ein Dolch und sonstige Kleinigkeiten. Meine *Diploma*, meinen Urlaubsschein und meinen Geldbeutel habe ich – den Göttern sei Dank! – mitgenommen. Lass uns gehen!«

Horatius strahlte über das ganze Gesicht. »Ist es nicht wunderbar, wie *Fortuna* die Dinge manchmal fügt? Es war mein dringender

Wunsch, dich in meinem bescheidenen Haus als Gast begrüßen zu können, und schon ist es geschehen.« Mit wichtiger Miene ergänzte er: »Ein Spross aus der edlen *Gens Valeriana* war noch nie zu Gast in meinem Hause. Wie ergeht es eigentlich deinem Onkel Marcus Valerius Messala, nachdem er sein Amt niedergelegt hat? Immerhin war er Neros Amtsgenosse im Consulat.«

»Ich habe ihn seit Jahren nicht gesehen«, antwortete Valerius ausweichend, »und er ist auch nicht mein Onkel, er wurde vielmehr von meinem Onkel vor Jahren adoptiert. Zwischen seiner Familie und der meinen gibt es kaum Kontakte.«

»So so ... Nun, wie auch immer, eine Ehre bleibt es für mich doch, und ein unbekannter Dunkelmann, der vor deiner Tür stand, hat mir dazu verholfen.« Er stieß Valerius in die Seite. »Vielleicht hat er ja nur auf sein Mädchen gewartet?«

Valerius machte sich seine eigenen Gedanken über den Dunkelmann, schwieg aber.

Eilig strebten die Männer durch die nachtdunklen Gassen der Stadt zum *Vicus Longus,* der sie geradewegs zum *Collis Quirinalis* brachte. Sie begegneten nur wenigen Nachtschwärmern oder vereinzelt einer Sänfte, die von Fackel tragenden Sklaven begleitet wurde. Zur Linken schirmte sie die fast neunzig Fuß hohe Brandmauer ab, die das Augustusforum gegen Brände in der *Subura* absichern sollte. An der großen Wasserstelle *Lacus Fundani* vorbei machte die Straße eine scharfe Biegung nach rechts und mündete in die *Alta Semita.* Sie waren am Ziel!

Valerius war die Gegend hier im höchsten Maße vertraut: Die *Castra Praetoria*, seine alte Kaserne, lag kaum zehn Minuten entfernt.

VIII.

Ein Unfall in Colonia

Endlich hat sich der Nebel über der Ubierstadt am Rhein verzogen, und eine klare Wintersonne schickt ihre wärmenden Strahlen über die schneebedeckten Felder. Eingepackt in ihre dicksten Mäntel gehen die Menschen ihren Geschäften nach und erfüllen die Straßen und Gassen mit Leben.

Auch jetzt im Winter ruht die Bautätigkeit nicht. Im nordwestlichen Bezirk der Stadt erhält die Stadtmauer ihren letzten Schliff. Zehn Fuß hoch ist sie nun, drei Fuß tief und aus massiven Steinquadern gefügt, auf festem Fundament. Das verleiht ihren Einwohnern das Gefühl der Sicherheit und schreckt die Barbaren ab. Die Arbeiter beginnen, das Gerüst abzubauen. Singend und lärmend tun sie ihre Arbeit. Sie kümmern sich nicht um die Leute, die neugierig stehen geblieben sind, den Fortgang der Arbeiten beobachten und fachkundig kommentieren. Es gibt hier so viele, die nichts zu tun haben und für die Bauarbeiten solcher Art schon ein interessantes Ereignis sind, dem man gerne beiwohnt. Ebenso wenig achten sie auf den baumlangen Mann, der fast unter der Mauer steht und die Arbeiten mit kritischem Blick verfolgt.

Der baumlange Mann ist Faustus Celerinus, der *Quaestor* von *Colonia Claudia Ara Agrippinensium*. Zu seinen Aufgaben gehört die Überwachung der Bauarbeiten. Denn es ist öffentliches Geld, das hier verbaut wird, und nicht zu wenig. Faustus Celerinus seufzt und zählt in Gedanken das Stadtsäckel durch. Das alles hier kostet und kostet, und ein Ende ist noch nicht abzusehen. Die Mauer im südlichen Bereich, rings um die *Porta Iova*, ist gerade einmal halb fertig, und der strenge Winter erschwert das Bauen – und verteuert es. Denn es sind nur zum Teil Stadtsklaven, die hier eingesetzt werden. Die anderen sind Tagelöhner, und die wissen genau, was hier zu verdienen ist. Vier Sesterzen will ein *Operarius* pro Tag schon haben, dazu die Verpflegung, Brot und Wein, hin und wieder ein Stück Fleisch – das kostet.

Aber das sind nicht die einzigen Sorgen, die der *Quaestor* hat. In den letzten Tagen hat sich die Zahl der Sorgenfalten in seinem asketischen Gesicht explosionsartig vermehrt. Auch er steht nun schon seit langem in den Diensten Agrippinas, ist einer ihrer geheimen Agenten in der Ubierstadt und hat vom *Curator* den Auftrag erhalten, die rätselhaften Mordfälle aufzuklären, denen zuletzt der ehemalige *Aedil* Publius Statilius Taurus zum Opfer gefallen ist.

»Solange der Tribun Marcus Valerius Aviola auf Urlaub ist«, so hatte Gaius Volturcius Crassus gesagt, »so lange wirst du die Dinge in die Hand nehmen. Wir können nicht warten, bis er zurück ist. Es darf keine Morde mehr geben! Also tue deine Pflicht für die *Augusta*, und tue sie gut, denn sonst ...«

Er brauchte den Satz nicht vollenden, auch so konnte sich Faustus vorstellen, was passieren würde. Man würde ihn bei der nächsten Ämterwahl übergehen und ihn so seiner besten Einnahmequelle berauben. Denn auch wenn alle öffentlichen Ämter Ehrenämter waren, so fiel doch für den Amtsinhaber immer etwas ab, und seien es nur die Beziehungen, die sich aus solch einem Amt leichter und gewinnbringender knüpfen lassen. (Dem geneigten Leser wird spätestens an dieser Stelle klar, dass es zur damaligen Zeit selbstverständlich noch nicht den Begriff des *»kölschen Klüngels«* gab, wohl aber ihn selbst!) Aber, bei den Göttern, er ist doch kein Ermittler, der so etwas aufklären könnte! Gleichwohl, hätte er sich dem Auftrag des *Curators* widersetzen und die Geldbörse ausschlagen können, die man ihm auf den Tisch gelegt hatte?

»*Attenti* – aufpassen!«, rufen die Arbeiter und werfen die nicht gebrauchten Blöcke und Steinreste von der Mauer herunter, die in großer Zahl auf der Mauerkrone liegen. Faustus tritt einen Schritt zur Seite. Nicht ungefährlich hier, diese Deppen passen ja überhaupt nicht auf. Wieder tastet seine Hand nach dem prall gefüllten Geldbeutel in seiner Manteltasche. Mit dem Geld kann er sich endlich die lang ersehnten Wandgemälde in seinem *Triclinium* leisten. Dieser Philecrates aus dem fernen Griechenland soll ja wahre Wunderdinge vollbringen. Wenn er an die heißen Liebeszenen denkt, die der Künstler Ovids *Ars Amatoria* nachempfunden und auf die Wände des *Curators* gezaubert hat, kann man ja vor Neid erblassen. Schließlich will man ja Ehre vor seinen Gästen einlegen.

Wäre der *Quaestor* nicht so mit seinem Geld und den Träumen einer künstlerischen Zukunft beschäftigt gewesen, hätte er ja vielleicht die untersetzte Gestalt in dem abgeschabten gallischen Kapuzenmantel bemerkt, die nur wenige Schritte hinter ihm steht und ihn unverwandt anstarrt. Aber so ...

Wieder der Ruf der Arbeiter: »Aufpassen da unten!« Ganze Brocken von Steinen fliegen herunter und verursachen auf dem schneebedeckten Boden einen dichten Nebel von Staub und Dreck. Niemand von den Arbeitern weiß nachher zu sagen, wie es zu dem schlimmen Unglück gekommen ist. Jedenfalls gerät Faustus Celerinus just in dem Augenblick ins Straucheln, als ein neuer Schwung von Steinen von der Mauer geworfen wird. Als sie ihn entdecken, ist es zu spät. Hastig ziehen sie den blutüberströmten Beamten unter den Steinen hervor.

»Holt den *Medicus*, schnell! Bringt Tücher und Wasser! Atmet er noch? So seid doch vorsichtig mit ihm, ihr Dummköpfe, ihr werdet ihn noch verletzen!«

Stimmengewirr, Unordnung, Chaos! Aufgeregt laufen Sklaven und Arbeiter durcheinander in dem erfolglosen Bemühen zu helfen, wo nicht mehr zu helfen ist.

Denn es ist zu spät! Die Augen sind weit aufgerissen, und da, wo vorher quälende Gedanken durchs Hirn zogen, öffnet sich jetzt eine große klaffende Wunde, die den austretenden Hirnmassen einen Weg auf den Schneeboden bahnt. Aus dem Mund läuft ein schmaler Faden von Blut und tränkt den Schnee in bizarrem Muster.

Die untersetzte Gestalt hat sich längst zufrieden verzogen. Niemand hat den Stoß gesehen, den sie dem Mann im rechten Augenblick versetzt hat. Der Auftrag ist erledigt, der Auftraggeber wird zufrieden sein. Zufrieden klimpert der Mörder mit den Münzen in seinem Geldbeutel. Es war ein Unfall! Nur ein tragischer Unfall, wie er leider täglich auf Baustellen passiert.

***

Nach einer halben Stunde Fußweg hatten die beiden Männer das Stadthaus des Quintus Horatius Pulcher erreicht. Es lag direkt an der *Alta Semita*, östlich vom *Mons Pincius,* und erlaubte an seiner Rückseite einen großzügigen Blick auf die herrlichen parkartigen Anlagen der *Horti Sallustiani.*

Ein uralter Sklave öffnete ihnen mürrisch die Tür.

»Das ist der alte Fuscus«, lachte Horatius, »er ist älter als das Haus und diente schon meinem Großonkel.«

»Der kam aber nie so spät nach Hause«, maulte der Alte und verzog das von tausend Falten durchzogene Gesicht zu strenger Miene. Eine starke Weinfahne begleitete seine Rede.

»Recht hast du, Alter«, lächelte Horatius verschmitzt, »deshalb hat er auch nie mitbekommen, wenn du dich an seinem Weinvorrat vergangen hast.«

Mit einem unwilligen Grummeln schlurfte der Alte davon und murmelte irgendetwas von einer nichtsnutzigen Jugend, die noch nichts geleistet habe, aber den Reichtum der Alten durchbringe.

»So ist er, der alte Fuscus, immer schlecht gelaunt, aber eine Seele von Mensch. Er würde sich für mich in Stücke hacken lassen. Schon längst hätte ich ihn freigelassen, aber er will nicht, der störrische Esel. Was soll ich denn machen, greint er, hab' ja nichts anderes als dienen gelernt.«

Die Männer betraten das kleine, geschmackvoll eingerichtete *Atrium.* In der Mitte der Vorhalle stand auf einem hölzernen Podest eine lebensgroße Figur des großen Dichters Quintus Horatius Flaccus, des prominenten Großonkels des Gastgebers.

»Eine Statue aus den Händen des großen Phidias«, erklärte Horatius voller Stolz.

Valerius sah sich um. Alles atmete auserlesenen Geschmack, nichts von dem eitlen Protz, der viele Häuser verschandelte.

»Ein edles Quartier«, meinte Valerius anerkennend und musterte die Kostbarkeiten, die in Nischen und auf kleinen Tischen im ganzen *Atrium* verteilt standen. Kleine Büsten aus Gips, teure Statuetten aus blau gefärbtem Marmor, kunstvoll geformte Figuren aus Terracotta und dazwischen kleinere Blumenarrangements in silbernen Schalen. Alles wirkte wohl durchdacht und keineswegs überladen.

»Hat dein Großonkel hier gewohnt?«, fragte er mit Blick auf die Kostbarkeiten.

»Erstens, verehrter Tribun, ist Agrippina bei weitem nicht mehr so vermögend, wie manche glauben mögen. Schau dich nur in ihrem Stadtpalast um, und du findest das bestätigt. Und zweitens entscheidet über die Aufnahme in den Ritterstand nicht der Nachweis des Mindestvermögens, sondern ausschließlich der Kaiser. Nero aber mag ihn nicht und lässt sich außerdem den Ritterstand teuer bezahlen, wie ich neulich gehört habe. Und zur Zeit liegt der Tarif, wenn man den Gerüchten in den Fluren des Palastes glauben darf, bei mehr als 200 000 Sesterzen, die zusätzlich zum Mindestvermögen vorhanden sein müssen und direkt in die kaiserliche Schatulle fließen.«

»Bei den Göttern, das ist ...«

»Das ist noch nicht alles, Verehrter. Letztlich kommt es Niger nicht auf den *Anulus aureus* und die *Tunica* mit dem schmalen Purpurstreifen an. Der Ring bedeutet ihm ebenso wenig wie die Standeskleidung. Der Ritterstand dient ihm nur als Übergang zu höheren Rängen. Er möchte Senator werden. Dazu aber benötigt er 1 000 000 Sesterzen, und das wird er kaum jemals zusammenraffen können. Aber das ist sein Traum – du musst wissen, sein Vater war Fischhändler in Ostia –, und er wird alles tun, um aus diesem Traum Wirklichkeit werden zu lassen.«

Valerius nahm ein Stück von dem köstlichen kalten Huhn und spülte es mit Wasser herunter.

»*Bene,* soweit zu diesem unangenehmen Burschen. Glaubst du, dass die Befürchtungen Agrippinas berechtigt sind, und wenn ja, von wem könnte die Gefahr drohen?«

»Nach meiner Meinung kann eine Gefahr nur vom *Cäsar* ausgehen. In dieser Stadt passiert nichts, hörst du, gar nichts, ohne dass Nero nichts davon wüsste. Weder Seneca noch Burrus oder einer der übrigen Hofschranzen könnten irgendetwas ins Werk setzen ohne Beteiligung Neros.«

Der junge Mann hatte das sehr ernsthaft gesagt, und er erschien Valerius auf einmal viel älter und reifer als zuvor. Jetzt ergänzte er rasch: »Aber zugleich ist er feige. Wenn er Agrippina töten will, dann hat er diese Aufgabe irgendjemandem übertragen. Das ist die Person, die du finden musst!«

»Das ist nicht meine Aufgabe«, schränkte Valerius ein. »Die Aufgabe, die man mir zuteilte, liegt in meiner neuen Heimatstadt.

Aber dennoch frage ich mich: Warum sollte der Kaiser seine eigene Mutter töten? Sie hat ihm doch, und wer wüsste das besser als du, zum Thron verholfen. Ohne sie hätten wir jetzt einen *Cäsar* Britannicus, und Nero wäre vielleicht Vorsteher des Gartenpersonals.«

Horatius lächelte. »Eine amüsante Vorstellung. Vielleicht wäre diese Lösung für das *Imperium* und die Palastgärten sogar besser. Aber im Ernst: Seine Mutterliebe ist erkaltet, inzwischen hasst er seine Mutter! Sie lässt es ihn täglich spüren, dass er von ihr abhängig ist, und jetzt stellt sie sich gegen Poppaea Sabina. Das kann tödlich sein, denn der *Cäsar* ist unsterblich verliebt.«

»Bei Jupiter, dich hätte Agrippina zum Agenten werben sollen! Woher weißt du das alles?«

»Ich sagte dir schon, ich habe meine Ohren überall. Fast ein Drittel des Palastpersonals sind Christen wie ich, und wir haben keine Geheimnisse voreinander, auch wenn uns das wie damals in große Gefahr bringen kann. Die Wände im Palast sind so löchrig wie das Gewand eines Bettlers am *Forum Boarium,* nichts bleibt interessierten Ohren verborgen. Und ich bin interessiert, sehr interessiert, denn wer heutzutage überleben will, muss viel wissen.«

»So schlimm ist es?«, meinte Valerius resigniert.

»Eher noch schlimmer. Wir stehen erst am Anfang. Du hast gehört, was Petrus gesagt hat. Für uns werden Zeiten großer Drangsal kommen, unser Herr selbst hat sie uns prophezeit!«

Valerius stand auf und warf einen Blick aus dem Fenster. Die herrlichen Gärten, die der große Schriftsteller Sallustius Crispus vor fast hundert Jahren erworben hatte und die in Rom an Schönheit ihresgleichen suchten, lagen in tiefer Dunkelheit und boten dem Betrachter nichts von ihrer üblichen Pracht. Rastlos ging Valerius auf und ab, während Horatius die Weinbecher nachfüllte. Abrupt blieb er stehen und fragte unvermittelt: »Teilt Agrippina Neros Bett?«

Einen Augenblick lang herrschte Schweigen, dann räusperte sich Horatius.

»Die Antwort auf diese Frage will gut überlegt sein, denn Inzest zwischen Sohn und Mutter gehört nicht zu den Dingen, die einem Römer gefallen können, auch wenn die Sitten nicht mehr so streng sind wie zu Catos Zeiten.«

Wieder räusperte er sich geräuschvoll und blickte angestrengt in seinen Weinbecher, als könne er auf dem Boden des Bechers die Wahrheit entdecken.

»Gerüchte! Es sind nur Gerüchte, aber zu viele davon! Immerhin, wenn sie es tun, werden sie wohl kaum Zeugen bei sich dulden.«

»Aber die Leute singen es schon auf den Straßen, du hast es selbst gehört. Als ich bei Agrippina war und die Sprache darauf kam, war sie überaus empört und meinte, Poppaea Sabina habe diese widerwärtigen Gerüchte gestreut.«

»Das will nichts heißen. Agrippina ist eine begnadete Schauspielerin. Heute spielt sie die Empörte, morgen gibt sie die Kokette, je nachdem, was gerade gebraucht wird.«

»Was sind das für Gerüchte?«

»Du lässt nicht locker, edler Valerius, nicht wahr? Nun, das erste Mal, als ich davon gehört habe, war im Zusammenhang mit Neros Thronbesteigung.«

»Wieso?«

»Claudius war noch nicht ganz erkaltet, als Agrippina ihren Sohn schon zur Prätorianerkaserne bringen ließ, damit die Burschen dort ihren Eid auf den neuen Kaiser ableisten konnten.«

»Ist mir bekannt. Ja und?«

»Auf dem Weg dorthin soll sich Agrippina entkleidet haben und Neros Hände über ihren nackten Leib geführt haben, bis der junge Kaiser wieder und wieder ejakuliert hat. Die Flecken auf seiner Kleidung haben ihn verraten.«

Valerius schüttelte sich vor Abscheu. Zornig rief er aus: »Und wer bitte soll das bezeugen?«

»Postumius, einer der Träger. Er ist *Christianus.* Willst du ihn befragen?«

Valerius schüttelte den Kopf.

»Aber«, fuhr Horatius mit kalter Stimme fort, »das soll weder das erste noch das letzte Mal gewesen sein, dass es in der Sänfte zu Intimitäten zwischen Nero und seiner Mutter kam. Wie ich denke, übrigens gegen seinen Willen. Nicht umsonst hat er es später vorgezogen, entweder eine andere Sänfte zu benutzen oder neben der ihren einherzugehen wie ein Bittsteller. Auch sonst soll sie bei

Gelagen und Banketten, wenn das Blut des *Imperators* durch den Weingenuss schon genügend erhitzt war, sich ihm in eindeutiger Weise genähert haben. Gerne hat sie ihren schwellenden, unter den hauchdünnen Gewändern kaum verborgenen Busen dem Sohn zum Kuss geboten, und es ging so weit, dass Seneca, der alte Fuchs, Acte aus ihrem Exil sozusagen zurückholen ließ, damit die ihrem ehemaligen Geliebten klarmachte, welche Schande ein Inzest in römischen Augen ist und wie seine Soldaten darüber denken würden. Als Nero aber hörte, dass die Soldaten schon offen mit Gehorsamsverweigerung drohten, weil sie einem solchen Kaiser nicht folgen könnten, da kam er zur Besinnung und gab von da an seiner Mutter keine Gelegenheit mehr, ihn zu verführen.«

Horatius nahm einen der kleinen roten Äpfel und biss genießerisch hinein. Aufmerksam blickte er seinen Gast an und fuhr mit ruhiger Stimme fort: »Denn es gibt wohl keinen vernünftigen Zweifel: Es ging alles eindeutig von Agrippina aus. Vielleicht sah sie darin ein weiteres Mittel, um ihren Sohn an sich zu binden. Wer weiß, vielleicht ist der Hass gegen Poppaea nichts anderes als weibliche Eifersucht? Und überhaupt«, Horatius hatte sich jetzt in Rage geredet, seine Wangen begannen zu glühen und nahmen fast die Farbe der Äpfel in der Schale an, »was soll man von einer Frau halten, die ihren eigenen Onkel heiratet, nur um dem Sohn den Thron zu ermöglichen? Ist das nicht schon auch eine Form von Inzucht? Und auch mit ihrem Bruder Caligula hat sie geschlafen. Wer weiß, ob das immer gegen ihren Willen geschah, wie sie später behauptet hat?«

»Du hasst Agrippina, nicht wahr?«, fragte Valerius nach einer kurzen Pause und blickte sein Gegenüber durchdringend an.

»Ich verabscheue sie, das ist etwas anderes. Sie, die Patrizierin aus uraltem julisch-claudischen Geschlecht, sie ist verdorben bis ins Mark und bringt Schande über ihre edle Familie, über ihren ganzen Stand. Keiner zählt die Morde, die sie schon befohlen hat, keiner die Tränen, die sie verursachte. Und für diese Frau arbeitest du, Marcus Valerius?«

Valerius griff nach dem Weinbecher, stellte ihn aber wieder hin. Auch die Köstlichkeiten auf dem Tisch blieben unberührt. Der Appetit war ihm vergangen!

Eine Zeit lang herrschte Schweigen. Dann brach es aus ihm heraus.

»Was soll ich denn tun? Sie hat mir einst das Leben gerettet. Unter dem Todesurteil stand schon mein Name, sie hat es zerrissen! Schulde ich ihr dafür nicht meine Treue? Außerdem«, er hatte sich wieder gefasst, und seine Miene versuchte Überlegenheit auszudrücken, »außerdem sagst du selbst, es handelt sich lediglich um Gerüchte. *Fama volat,* nicht wahr, das Gerücht eilt! Wer sagt mir, dass es wahr ist, was die närrischen Klatschmäuler auf den Gassen tratschen? Ich habe die *Augusta* selbst kennen gelernt. Sicher weiß ich um ihre Kälte und die Rücksichtslosigkeit, mit der sie ihre Ziele manchmal verfolgt. Aber das andere, das mag ich nicht glauben. Sie ist eine ehrbare Frau. Es ist Narrensache, jedem flüchtigen Gerücht hinterherzulaufen!«

»Tu es oder lass es«, sagte Horatius ziemlich kühl und blickte angelegentlich auf seine fein manikürten Fingernägel. »Ich wollte dich nicht verletzen. Du selbst hast nach den Gerüchten gefragt, nun schelte mich nicht, wenn dir die Antwort nicht gefällt.«

IX.

Martial – der Spötter von Rom

Schweigend hingen die Männer ihren Gedanken nach. Plötzlich öffnete sich leise die Tür, und das mürrisch-müde Gesicht des Fuscus erschien im Rahmen.

»Empfängst du zu so später Stunde noch weiteren Besuch, Herr?« Der Blick des Alten drückte ein Höchstmaß an Missbilligung aus.

»Wer ist es?«

»Der junge Martialis, Herr. Soll ich ihn wegschicken? Ich meine, es ist immerhin schon ...«

»Auf keinen Fall, närrischer Alter! Martialis ist hier immer willkommen. Bring noch einen Becher und lass ihn herein. Lasst uns lachen!« Und zu Valerius gewandt rief er: »Kennst du den jungen Martialis, die neue große Hoffnung Roms am Dichterhimmel? Übrigens ein Namensvetter von dir. Mit vollem Namen heißt er Marcus Valerius Martialis.«

Valerius musste verneinen. »Nie gehört! Ein Valerier? Stammt er aus meiner *Gens*?«

»Sicher nicht! Er kommt aus Bilbilis in *Hispania.* Ich glaube kaum, dass eure Familie dort eine Seitenlinie hat. Ist wohl eher Zufall. Zur Zeit ist er bei seiner Tante hier auf dem Quirinal zu Besuch.«

Wenig später stürmte ein schlanker junger Mann mit kurzem schwarzen Haarschopf ungestüm herein, das spitzbübische Gesicht zu einem Grinsen verzogen. Als er Valerius sah, rief er unbekümmert: »Ach, du hast schon einen Besucher ... Ich wollte nicht stören. Ich komme gerade vom *Convivium* bei Pullonius, du weißt schon, gerade um die Ecke.«

Ehe der Hausherr noch antworten konnte, sprudelte es weiter aus dem jungen Gast heraus.

»Ich dachte, ich komme noch auf einen kleinen *Vinum* bei dir vorbei. Den Wein des Pullonius kann man nicht trinken. Wäre so viel Essig im Salat wie in seinem Wein, wäre wenigstens der Salat schmackhaft. Aber wenn ich störe, will ich ...«

Horatius lachte. »Du störst nicht, Lieber, gewiss nicht. Darf ich dir den Tribun Marcus Valerius Aviola vorstellen, aus der Stadt der Ubier, die da heißt, wie heißt sie noch, Valerius?«

»*Colonia Claudia Ara Agrippinensium.*«

»*Sic,* genau so heißt sie.«

Der junge Ankömmling musterte den Tribun interessiert und sagte dann spöttisch: »Ein Tribun? Ein Valerier? Ein Tribun mit Bart und meinem Namen? Bei den unsterblichen Göttern, aussehen tut er aber eher wie ein gallischer Pferdehändler.«

»Ich muss um Verzeihung bitten für meinen jungen Gast«, meinte Horatius entschuldigend und warf einen bösen Blick auf Martialis, »es ist nicht so gemeint, aber der gute Martialis ist in ganz Rom wegen seiner spitzen Zunge gefürchtet.«

»Ich kann einen Scherz vertragen«, sagte Valerius lächelnd. Der junge Mann gefiel ihm in seiner frechen Frische.

»Dann nichts für ungut, edler Tribun«, sagte Martialis und stürzte hastig den Wein hinab, den Fuscus inzwischen gebracht hatte. »Wisst ihr schon die neueste Geschichte, die man sich über unseren göttlichen *Cäsar* erzählt?«

»Nein, erzähle!«

»Also, Nero war bei seiner alten Tante Domitia zu Gast. Ihr kennt sie, uralt, steinreich und geizig wie ein gadetanischer Maultiertreiber. Im Augenblick ist sie unwohl, wie ganz Rom weiß. Also, da sitzen sie nun zusammen, der junge Kaiser und seine alte Tante, und das alte Mädchen ist ganz gerührt über die hohe Ehre des Besuches. Sie mustert ihren Neffen und streicht über das Kinn ihres Neffen. Ihr wisst, er trägt neuerdings roten Bartflaum um den Mund, aber da es nicht so richtig sprießen will, sieht es aus, als habe man ihm den Tomatensaft nicht abgewischt. Sie muss wohl gesagt haben, dass er unmöglich damit aussieht. Nun, wie auch immer, Nero beginnt schon, sich beleidigt zu fühlen, da sagt sie noch: ›Sollte ich einmal erleben, dass du dir diesen Bart abnehmen lässt, kann ich in Frieden sterben.‹ Da ist der *Cäsar* aufgestanden«, Martialis fing prustend an zu lachen, »hat ihr Feder und *Papyrus* fürs Testament in die welken Hände gedrückt und laut nach dem nächsten Barbier gerufen. Ist das nicht komisch?«

Der junge Spötter wollte sich schier ausschütten vor Lachen, und auch die beiden Männer stimmten in das Gelächter ein.

»Horatius nennt dich einen jungen Stern am Dichterhimmel Roms«, sagte Valerius, nachdem sich das Lachen gelegt hatte. »Also, was schreibst du, junger Poet? Bist du ein Epiker wie Vergil, ein Satiriker wie Horatius, der verehrte Großonkel unseres Gastgebers, ein Historiker wie Sallustius oder ein Philosoph wie Cicero? Oder sind es die Elegien eines Catullus, die dich zum *Stilus* greifen lassen?«

»Nichts davon, werter Herr«, lachte der junge Mann. Seine weißen Zähne strahlten, und seine Augen glühten im Feuer unbekümmerter Jugend.

»Und doch suche ich mir von allem das heraus, was ich brauchen kann. An Catull studiere ich den Hendekasyllabus, an Ovid das elegische Distichon. Ich schreibe Epigramme, kurz und schmerzhaft. Und weil ich noch keinen Verleger habe, so schreibe ich sie an die Hauswände, bis mich die Sklaven davonjagen.«

»An die Hauswände?«

»An die Hauswände! Allemal haltbarer als jede Schriftrolle, nicht wahr? Und mein Thema ist nicht Troia, nicht Epikur, nicht der Bürgerkrieg, nicht die Philosophie. Nein, ich halte Gericht über jene, die uns zum Lachen bringen, ohne es zu wollen, ja ohne es zu wissen. Über die Reichen und Bettler, die Modegecken und Schmarotzer, die eitlen Müßiggänger und Geizhälse, die Trunkenbolde und die leichten Damen, die Spießer und Tölpel. Mein Thema sind die Herrinnen, die sich von ihren Sklaven den spröden Nacken küssen lassen und die geilen Herren, die am Abend gichtkrank in die Betten ihrer Sklavinnen hüpfen und mit ihrem welken Geschlecht winken. Ich schreibe gegen kleine Honorare noch kleinere Grabgedichte, satirische Zweizeiler für Hochzeiten, und für zwanzig Sesterzen beschreibe ich auch die Schönheit einer triefäugigen Herrin, wenn ich Hunger habe.«

Hastig griff er nach einem weiteren Becher Wein und schnappte sich ungeniert ein Hühnerbein.

»Gib uns ein Beispiel für deine spitze Zunge!«, forderte Horatius, und Martialis ließ sich das nicht zweimal sagen.

»Kennt ihr Quintus und Thais, das herzige Pärchen? Nein? Nun, so hört:

Thaida Quintus amat. Quam Thaida?
Thaida luscam.
Unum oculum Thais non habet, ille duos.

Quintus liebt Thais. Welche Thais?
Die Einäugige.
Ein Auge hat Thais nicht, jener beide.

Aber die Gute hat noch mehr Vorzüge:

Thais habet nigros, niveos Laecamia dentes.
Quae ratio est?
Emptos haec habet, illa suos.

Thais hat schwarze Zähne, weiße hat Laecamia.
Was ist der Grund?
Diese hat gekaufte, jene ihre eigenen!

Die Männer brachen in ein brüllendes Gelächter aus, und Valerius bemerkte dankbar, dass er das Lachen noch nicht verlernt hatte.

»Wohnst du noch bei deiner Tante?«, fragte Horatius und blickte seinen Gast mit Wärme an.

»Die Gute hat mich hinausgeworfen. Ich kam ihr stets zu spät nach Hause. Außerdem meinte sie, ich hätte ihr zu oft die Küche geplündert, dabei hab' ich nur das gegessen, was sonst andere verspeist haben.«

Valerius lächelte. »Und wo logierst du jetzt? Sicher ist es schwierig, in Rom ein preisgünstiges Quartier zu finden.«

Martial verzog das Gesicht. »Achter Stadtbezirk, in der Nähe des Palatins in der Barbiergasse habe ich eine Dachkammer gefunden, hoch oben, dort wo die Tauben hausen. Zweihundert Stufen sind es herauf und herab. Quält mich nachts der Drang des Harns, muss ich die alle hinunter, und bin ich wieder oben, quält es mich wieder. Du musst wissen, ich habe neulich in einem Anfall von Zorn mein Nachtgeschirr aus dem Fenster geworfen.«

»Und hast du getroffen?«

Martial lachte laut. »Leider nicht, meine Zimmerwirtinnen Aelia und Pulchra konnten gerade noch ausweichen. Aber seitdem ist das Zimmer noch zehn As teurer. Addier ich den Nachttopf dazu, fehlen mir drei warme Mahlzeiten die Woche. Dabei verdienen die grässlichen Weiber eh schon genug mit ihrem schmutzigen Gewerbe.«

»Schmutziges Gewerbe? Was meinst du, Freund?« Neugierig lehnte sich Horatius nach vorne.

»Pulchra lebt vom Wahrsagen, bietet Zauberkünste, verkuppelt junge Mädchen und stellt Wundermittel her, die nichts nützen, aber umso mehr stinken.«

»Stinken? Wieso?«

»Sie stellt sie aus den ekelhaftesten Abfällen her, die ihr euch vorstellen könnt. Und, bei den Göttern, glaubt es mir, die jungen Weiber kaufen und schlucken es. Ein Liebestrank für den jungen Galan, ein Blick in die ungewisse Zukunft? Pulchra hilft und wird gut dafür bezahlt. Sicher verdient sie mit ihrem Gebräu viel mehr als ich mit meinen Gedichten.«

»Wovon lebt also ein junger Mann wie du?«, wollte Valerius wissen. Der junge Mann gefiel ihm außerordentlich gut.

»Eine gute Frage, edler Namensvetter. Sieh, ich bin Klient, trinkfest und arbeitsscheu. Ich vertraue mehr meiner Zunge als meinen Händen. Wenn ich morgens müde und zerschlagen aufwache – ihr müsst wissen, in meiner Straße ist es sehr laut –, trete ich meine Rundreise durch die Empfangszimmer meiner Patrone an. Doch es ist schlimm: Kaum zwei oder drei in ganz Rom, die dieses Geschäft ernährt, die anderen sind vor Hunger blass.«

Er nahm einen weiteren Hühnerschenkel und biss herzhaft hinein. Der Bursche schien ständig Hunger zu haben.

»Und weiter«, drängte Horatius und schob die Speiseplatte näher zu ihm, was der junge Dichter mit einem dankbaren Lächeln quittierte. Er putzte sich den Mund ab, spülte mit einem kräftigen Schluck Wein nach und fuhr grinsend fort: »Freunde, was für ein Leben! Der eine Patron zahlt seinen Klienten täglich sechs Sesterzen, der andere schenkt dir gar eine abgelegte *Tunica,* von einem anderen wieder erhältst du eine zehnmal gewaschene *Toga* oder ein Paar abgetragener Sandalen und musst doch artig ›Danke‹ sagen. Nur selten gibt es eine Einladung zum Mittagessen. Bei Seneca, dem trefflichen Philosophen – ich zähle mich glücklich, bei ihm verkehren zu dürfen –, gibt es selten etwas zu essen, dafür aber weise Sprüche, die nicht sättigen. Oft genug, wenn der Abend naht, klimpern in meiner Tasche armselige fünf Sesterzen. Das reicht nicht einmal, um in einer der nahe liegenden Speisehäuser der Tiberschiffer einen halben Teller voll Grütze, etwas Olivenöl und ein Glas sauren Landweins zu genießen. Es ist schon wahr, der Dichter ist der Einzige in Rom, der nach dem Besuch des Gasthauses hungriger ist als vorher. Und hätte ich nicht edle Gönner, wie unseren verehrten Horatius hier, der mir hin und wieder mit einem Hühnerbein aushilft, müsste ich schon auf einen Strick sparen.«

Martialis prostete seinem Gastgeber lachend zu, leerte seinen Becher und starrte gierig auf den Krug. Lächelnd füllte Horatius den Becher erneut. Martialis trank den Wein unvermischt, und entsprechend hitzig wurde seine Rede allmählich.

»Kein Wunder, dass ich die Miete für den Verschlag, in dem ich hause, oft nicht rechtzeitig zahlen kann. Aber die triefäugige Aelia, meine andere Zimmerwirtin, hat dafür kein Verständnis. Sie ist eine boshafte alte Hexe. Keine Woche, in der sie mir nicht mit dem *Aedil* droht oder Ausquartierung verspricht, Schuldhaft gar. Ich hab' ihr ein Blatt an die Tür geheftet. Das wird ihr wenig Freude machen.«

»Was stand drauf?«, wollte Horatius wissen.

»Was drauf stand, wollt ihr wissen? Das stand drauf:

Von Zähnen hattest du, soviel ich weiß, noch vier,
ein Husten raubte zwei und zwei ein andrer dir,
nun nimm getrost den dritten Husten an,
nichts bleibt dir, Aelia, was er dir nehmen kann!«

Valerius, der gerade einen seinen Becher ansetzte, fing prustend an zu lachen und stellte den Becher zurück.

»Herrlich, mein junger Freund. Wie hat sie reagiert?«

»Überhaupt nicht. Sie kann nicht lesen!«

Tosendes Gelächter erfüllte den Raum, und Martial fühlte sich ob dieser Reaktion sichtlich geschmeichelt.

»So, Freunde, ein letztes Glas noch, dann muss ich euch verlassen. Gehabt euch wohl!«

Er griff nach dem Weinbecher und leerte ihn schmatzend in einem Zug.

»Eins noch«, drängte Horatius, »eins noch. Mein Großonkel würde dich für deinen frechen Spott geliebt haben.«

»Eins noch? Nun gut, selbst schuld. Hört, was ich über meinen lieben Dichterkollegen Pontilianus denke.«

Er erhob sich, nahm die Pose eines Senatsredners ein und deklamierte mit würdiger Stimme, die einem Cicero zur Ehre gereicht hätte:

»Cur non mitto meos tibi, Pontiliane, libellos?
Ne mihi tu mittas, Pontiliane, tuos!
Warum schicke ich dir, Pontilianus, nicht meine Büchlein?
Damit du mir nicht deine schickst!

So, das reicht. Den Rest findet ihr an den Hauswänden im *Argiletum*!«

So schnell wie er gekommen war, so schnell verschwand er wieder und ließ die beiden Männer lachend zurück.

»Ein herrlicher Bursche, dieser Martial!«, meinte Valerius schmunzelnd.

»In der Tat! Er wird es noch weit bringen, wenn ihm nicht der Dolch irgendeines Geschmähten in den Rücken fährt.«

Inzwischen hatte sich tiefe Nacht über Rom gelegt. Die Öllampen hatten ihren Vorrat fast aufgebraucht und warfen zuckende Schatten über die weiß getünchten Wände und die bunten Fresken. Die beiden Männer blickten sich nachdenklich an. Die Wirklichkeit hatte sie wieder.

»Ich bin müde«, sagte Marcus Valerius mit leiser Stimme, »morgen trete ich eine weite Reise an. Ich werde schlafen gehen.«

»Die Götter mögen deinen Schlaf bewachen«, sagte Horatius mit Wärme in seiner Stimme. Er legte seine Hand auf die Schulter des Tribuns und brachte ihn persönlich zum Gästezimmer, einem kleinen, aber gemütlichen Raum, der zur Straße hin zeigte (was sich noch rächen sollte).

»Ich danke dir, mein edler Freund, doch sei ohne Sorge. Wie pflegte dein unübertrefflicher Großonkel doch stets zu sagen: *Aequam memento rebus in arduis servare mentem* – Bedenke stets, dir auch im Unglück deinen Gleichmut zu bewahren.«

X.

»Mag er mich töten, wenn er nur regiert« – Das erste Attentat

Das Stadtpalais der Kaiserinmutter liegt in völliger Ruhe und Abgeschiedenheit. Sogar die Vögel scheinen die Gärten zu meiden, kein Zwitschern tönt aus den Zweigen und selbst die schwatzhaften Spatzen haben ihre Nester verlassen. Im Park kein Gärtner, der das Laub zusammenfegt, in der Küche keine Sklavin an Töpfen und Tiegeln, in den Quartieren der Sklaven ist das übliche Geschwatz und Geschrei verstummt. Schwer lastet die Stille über dem Anwesen. Es ist, als habe der Tod seine Schwingen über allem ausgestreckt und jegliches Leben zum Erlöschen gebracht. Nur aus dem Schlafzimmer dringt leises Geflüster, kaum hörbar und für niemandes Ohren bestimmt.

»Und du glaubst wirklich, dass es funktionieren wird?«

Nachdenklich blickt der Mann im massigen silbernen Brustpanzer den Baumeister an.

»Sei unbesorgt, nach meinen Berechnungen müsste es gehen«, sagt der Baumeister. Er mustert die seltsame Vorrichtung noch einmal sorgfältig, dann fährt er mit gesenkter Stimme fort: »Schau, wenn sich jemand auf die Mitte des Bettes legt, wird der Hebel unterhalb des Mittelbalkens gedreht. Die Drehung des Hebels wird dieses Zugseil hier straffen.« Er weist auf ein dünnes Seil, das sich – verborgen hinter den Balken, die das Dach des Bettes stützen – bis zur Decke hinaufwindet. »Dadurch werden diese beiden Haken der Decke gelöst, die Decke öffnet sich in der Mitte, bricht an den Seiten aus den lose befestigten Scharnieren, und die schweren Platten stürzen herunter und erschlagen jeden, der sich darunter befindet.«

»Hm, kann ich mir kaum vorstellen, aber was soll's, du bist der Baumeister. Aber was ist, wenn das Seil vorher reißt?«

»Dann passiert dasselbe, nur eben vorher. Aber wer sollte vorher an das Seil kommen?«

»Die Sklavin, die das Bett richtet!«

»Aber das Bett ist gerichtet«, sagt der Baumeister und weist auf die safrangelben Decken, die ordentlich auf dem Bett liegen.

»Themeocles! Themeocles! Ich weiß nicht, ob das funktionieren wird. Wenn nicht, haben wir ein großes Problem, und du besonders. Du weißt, dass man von uns optimale Arbeit erwartet.«

»Ich weiß, Herr, hab' keine Sorge. Ich hab' es am Modell ausprobiert, es funktioniert. Sicher wird es funktionieren. Mein Wort als griechischer Baumeister darauf!«

»Pscht!«

Mit schnellen Schritten verlässt der kräftige Mann im silbernen Brustpanzer das Schlafzimmer und eilt ins *Atrium*. Aber es ist völlig ruhig, kein Mensch zu sehen. Nur ein kleiner gekrümmter Schatten in der Ecke zum Speisezimmer. Den aber kann der Mann nicht sehen, eine große Bronzestatue der *Fortuna* versperrt ihm die Sicht. Erleichtert atmet er auf. Es war richtig, die wenigen Sklaven und Bediensteten mit völlig überflüssigen Aufgaben außer Haus zu beschäftigen. So kann man in Ruhe den mörderischen Plan in die Tat umsetzen. Beruhigt geht er in das elegant eingerichtete *Cubiculum* zurück.

»Sie wird morgen wieder hier sein. Länger hält sie sich nie in Antium auf. Es darf nichts schief gehen, oder ich kann für deinen Kopf nicht garantieren.«

»Es wird nichts schief gehen, Herr!«

Mit leiser Stimme beruhigt der Baumeister seinen Auftraggeber, dann verlassen beide Männer das Haus. Kaum haben sie das Haus verlassen, da huscht der schmale Schatten zurück ins Schlafzimmer und studiert sorgsam all die merkwürdigen Vorrichtungen, die man unsichtbar rund um das Bett angebracht hat. Ein leiser Schreckensruf entfährt der Gestalt, aber dann zieht sie sich zufrieden zurück.

***

Am nächsten Mittag, etwa zur achten Stunde, fahren vier Kutschen auf den geräumigen Hof des kleinen Palastes. Munteres Stimmengewirr geschwätziger Sklavinnen erfüllt schnell die verwaisten Räume und Flure. Die Kohlebecken werden angezündet, Koffer und Taschen ausgepackt, in der Küche beginnt man mit der Anrichtung der *Cena.* Agrippina und der kleine Hofstaat der wenigen Getreuen sind aus *Antium* zurückgekehrt.

»Richte mir ein Bad, Lavinia!«

Die *Augusta* macht einen erschöpften Eindruck. Obwohl die Reise nur kurz war, fühlt sie sich ausgelaugt und gerädert, dunkle Schatten unter den Augen künden einmal mehr von einer ruhelosen Nacht. Es sind nicht so sehr die Strapazen des Weges, es sind die Sorgen, die sie nicht mehr loslassen. Das Verhältnis zu ihrem Sohn verschlechtert sich nahezu täglich. Es kann nicht mehr lange dauern, bis es zum großen Knall kommt, und nach diesem Knall will sie immer noch ihren Platz in der Mitte der Macht haben.

Geistesabwesend greift sie nach einem Becher Wein, den die Sklavin zur Hälfte mit frischem kühlen Wasser vermischt hat. Sie setzt den Becher an und benetzt die spröden Lippen. Aber das Getränk will ihr nicht schmecken. Es hat einen seltsamen Beigeschmack. Gift? Sie lacht kurz und bitter auf. Das würde nichts nutzen. Schon lange hat sie sich von Locusta, der nützlichen Meisterin des tödlichen Tranks, ein leichtes Gift mischen lassen, das sie täglich zu sich nimmt. Auf diese Weise glaubt sie, gegen mögliche Giftgaben immun zu sein. Locusta hat es ihr versichert.

Locusta! Die alte Hexe hat ihre schauerliche Höhle auf dem Aventin verlassen und besitzt jetzt tatsächlich einen kleinen Landsitz, wo sie wissbegierige Mädchen in der Kunst des sanften Todes unterrichtet. So weit ist es in Rom gekommen. Ein Geschenk des Kaisers. Agrippina ahnt, für welche Dienste die Hexe das bekommen hat. Britannicus! Ihre Gedanken schweifen zu dem unglücklichen jungen Prinzen zurück, der ihrem Sohn im Weg gestanden hatte. Vor vier Jahren ist er ganz plötzlich verstorben. An Gift, so wollen es die Schatten im Palast wissen, die immer alles wissen, aber es nie laut aussprechen.

Und Nero war der Auftraggeber!

Agrippina schüttelt sich, versucht, die dunklen Schatten einer grauen Vergangenheit zu vertreiben. Sie ist müde, furchtbar müde.

»Das Bad ist fertig, Herrin!«

Agrippina nickt nur und begibt sich in den kleinen, aber luxuriös ausgestatteten Baderaum. Eine Sklavin hilft ihr beim Entkleiden und dann sinkt sie seufzend in das wohlige Nass. Die Wärme, die langsam ihren Körper einhüllt, tut ihr gut. Sanft reibt die Sklavin ihren Körper mit schäumender Essenz ein. Behaglich streckt sie sich unter den wohltuenden kreisenden Bewegungen zarter Finger.

Kritisch blickt Agrippina an sich herab. Die schweren Brüste haben ihre feste Form schon etwas verloren, der Bauch ist nicht mehr ganz so flach, wie er es war, sondern erscheint als leichte Wölbung unterhalb der Brust. Aber die Schenkel sind noch fest und schlank. Sie ist immer noch eine attraktive Frau. Und sie weiß es.

Agrippina schließt die Augen und versucht, sich unter den sanften Händen der Sklavin zu entspannen. Aber vergeblich.

»Das Handtuch!«

Erschreckt reicht ihr das Mädchen ein frisches Wolltuch und trocknet sie vorsichtig ab.

Eine weitere Sklavin kommt herein, älter und erfahrener, die Hände voller Tiegel und kleiner Töpfe. Mit geübter Hand und flinker Bewegung salbt sie ihre Herrin von Kopf bis Fuß, dann streift sie ihr ein leichtes Leinengewand über.

»Das hat gut getan!« Agrippina ist zufrieden. »Jetzt werde ich etwas ruhen. Weckt mich, wenn die *Clepsydra* die elfte Stunde anzeigt. Mein Sohn hat sich für den frühen Abend angesagt. Ich will schön sein, wenn der *Cäsar* kommt.«

Die Sklavin nickt und blickt auf die Wasseruhr, die in der Ecke des Schlafzimmers in einer Nische steht. Der kleine Schwimmer, der sich mit dem abfließenden Wasserstand verändert, zeigt auf eine Skala, an der man recht genau die Uhrzeit ablesen kann. Also eine knappe Stunde noch!

Gerade will die Kaiserinmutter sich auf das einladende weiche Bett legen, als die junge Sklavin, die sie im Bad bedient hat, hereinstürmt und sie am Arm festhält.

»Was unterstehst du dich, Lavinia, dummes Ding? Willst du die Peitsche schmecken?«

Lavinia starrt ihre Herrin mit angstgeweiteten Augen an, aber sie lockert den Druck der Arme nicht.

»Nicht auf das Bett, Herrin, nicht auf das Bett!«

»Nicht auf das Bett? Bei Minerva, bist du von Sinnen? Warum soll ich nicht etwas ruhen?«

»Schau, Herrin, schau nur!«

Sie zieht Agrippina behutsam ein Stück aus dem Zimmer heraus. Dann nimmt sie einen Hocker – Agrippina beobachtet das Geschehen starr vor Schreck – und wirft ihn plötzlich auf die Mitte des Bettes. Sekunden später ist alles in Staub und Dreck gehüllt, denn in tosendem Lärm ist die Decke herabgestürzt und hat den zierlichen Hocker in seine Teile zerlegt. Aus allen Winkeln des Hauses strömen nun Bedienstete, die der Lärm herbeilockt, und beobachten fassungslos das Geschehen. Sie verstehen nicht.

Agrippina schon! Leichenblass lehnt sie an der Wand, die Hände zittern, unkontrolliert zucken ihre Mundwinkel.

»Bei den Göttern! Lavinia! Du hast mir das Leben gerettet«, haucht die zu Tode erschrockene *Augusta*. Mit zitternden Fingern deutet sie auf die Trümmer, die im ganzen Schlafzimmer verstreut liegen.

»Wie konnte das nur geschehen?«

Da sprudelt es aus der Sklavin heraus, ohne Zusammenhang zunächst und wirr stammelnd, dann allmählich geordnet. Sie erzählt atemlos von mehreren Männern, die sich hier während Agrippinas Abwesenheit im Schlafzimmer zu schaffen gemacht hätten. Lavinia sei, wie Agrippina ja wisse, als Einzige zurückgeblieben, weil ihre Menstruationsbeschwerden wieder so heftig gewesen seien. Agrippina nickt nur.

Die Männer hätten sie nicht bemerkt, weil sie sich gut versteckt habe. Am letzten Tag seien zwei Männer gekommen, um das Werk ein letztes Mal in Augenschein zu nehmen. Nachdem die Männer gegangen seien, habe sie sich im Schlafzimmer gründlich umgesehen. Da sei ihr blitzartig klar geworden, um welch einen mörderischen Plan es sich gehandelt habe.

Ob sie die Männer erkannt habe, will die *Augusta* wissen.

»Nein«, haucht Lavinia, »ich kenne keinen der beiden.« Sie beschreibt die Männer, und als sie von einem silbernen Brustpanzer spricht, zuckt es über das Gesicht der Kaiserinmutter. Ihre Augen verengen sich zu schmalen Schlitzen, ihre Hände krampfen sich zusammen.

***

Aufmerksam blickt Crepereius Gallus seine Herrin an. Sie hat sich wieder etwas gefasst, aber sie ist immer noch aufgeregt. Nervös läuft sie quer durch den Raum, unfähig, einen klaren Gedanken zu fassen.

»Ich kann ihn jetzt nicht sehen«, ruft sie und deutet auf die Wachstafel. Gehorsam nimmt der Vertraute den *Stilus* in die Hand.

»Schreib, mein Lieber, schreib!

Agrippina grüßt Nero Cäsar,
ihren geliebten Sohn

Die Götter haben deine Mutter heute vor einem schlimmen Schaden bewahrt.
Sicher wirst du meine Freude teilen, wenn du hörst, dass ich heute durch ihre Hilfe dem Tode entgangen bin.
Sei es die Unfähigkeit der Baumeister, die dieses Haus einst errichteten, sei es das unergründliche Fatum oder die blind wütende Tyche, jedenfalls stürzte plötzlich die Decke meines Schlafzimmers hinab und hätte mich fast begraben. Eine meiner treuen Dienerinnen hat mich ...

Nein, streich den letzten Satz! Das muss er nicht wissen!«

Sofort dreht Crepereius den Griffel herum und glättet die betreffende Stelle. Einen Augenblick zögert Agrippina, dann fährt sie fort:

»Die ... äh ... Götter aber haben mich vor dem Schlimmsten bewahrt. So wirst du aber sicher verstehen, dass ich dich heute nicht empfangen kann, auch wenn mein Herz darob ... schmerzt. Umso mehr freue ich mich auf deinen nächsten Besuch.

Deine Mutter

So, jetzt sorge dafür, dass es umgehend zum *Palatium* gebracht wird.«

»Glaubst du, verehrte *Augusta*, dass *er* hinter diesem feigen Anschlag steckt?«, fragt Crepereius in der für ihn typischen Offenheit, das breite Gesicht kummervoll verzogen.

Einen Augenblick sieht sie wie durch ihn hindurch. Dann antwortet sie, leise, kaum hörbar: »Mein Sohn, mein Mörder? Nie, nie, nie!«

Und doch gehen ihr im gleichen Augenblick die Worte durch den Sinn, die der parthische Sterndeuter ihr nach der Geburt geweissagt hatte. »Du wirst einen Sohn haben, der wird Kaiser werden, aber er wird dich töten!«

Und auch die stolzen Worte, die sie dem Manne zur Antwort gab, hat sie nicht vergessen: »*Necet me, dum regnet* – Mag er mich töten, wenn er nur Kaiser wird!« War jetzt die Zeit gekommen, das stolze Wort einzulösen?

***

Es begann mit einem dumpfen rhythmischen Lärm, der alle Mauern zu durchdringen schien. Dazwischen die Behauptung einer kindlich hellen Stimme, dass Lucius ein dummer Affe sei, was der so Gescholtene mit der Bemerkung quittierte, dass Minucius ohne Zweifel das Gehirn eines schwachsinnigen Puniers habe. Schließlich eine sonore fremdländische Stimme, die allen Kindern, die jetzt nicht sofort hereinkämen, eine Züchtigung nach altrömischer Art versprach. Wenig später ertönten kindliche Stimmen im Chor, die lauthals ä ä ä ä ä und danach ö ö ö ö ö skandierten.

Missmutig erhob sich Valerius von seinem Lager. Ein Blick durch das Fenster zeigte, dass die Sonne ihren Tageslauf noch nicht angetreten hatte. Er presste beide Hände gegen seine Schläfen, denn in seinem Kopf dröhnte es, als habe er in der letzten Nacht an einem orgiastischen Gelage teilgenommen. Wieder Stimmen und dumpfe Geräusche. Ein weiterer Blick auf die Straße brachte Klarheit: Das Wohnviertel seines Gastgebers war zwar frei von Durchgangsverkehr, aber kaum weniger laut als die übrigen Viertel. Schon vor Tagesanbruch hatten die *Pistores* ihr geräuschvolles Tagwerk begonnen. Der dumpfe, rhythmische Lärm stammte von den Sklaven, die Getreidekörner in großen Mörsern zerstampften. Und da die nächste Bäckerei und Mahlstube kaum hundert Fuß von

Horatius' Haus entfernt war, kamen alle Anwohner in den zweifelhaften Genuss, diesem Lärmpegel ausgesetzt zu sein.

Auch die zweite Lärmquelle war schnell ausgemacht. Genau gegenüber lag ein *Ludus litterarum,* eine Elementarschule für die Kleinsten. Der Unterricht begann hier offenbar noch bei Dunkelheit und fand unter einem zur Straße hin offenen Vordach statt. Etwa ein gutes Dutzend Kinder, allesamt Knaben, saßen um ihren *Litterator* herum und produzierten einen fröhlichen Krach aus Buchstaben. In der Mitte saß, auf einem erhöhten Lehnsessel, der Lehrer und dirigierte begeistert mit einem Stab den jugendlichen Chor. Vorsprechen, nachsprechen, vorsprechen, nachsprechen. Eine ganze Weile lauschte Valerius dem monotonen Sprechgesang müder Schüler. Er fühlte sich an einen Satz Ovids erinnert, den er irgendwann irgendwo einmal gelesen hatte. Darin hatte der Dichter der Morgenröte vorgeworfen: »Du betrügst die Knaben um ihren Schlaf und lieferst sie den Lehrern aus, damit ihre zarten Hände grausame Schläge über sich ergehen lassen.«

»Und mich betrügst du auch um meinen Schlaf!«, ergänzte Valerius unwillig. Und wie zur Bestätigung von Ovids Befürchtungen tönte jetzt gellendes Schmerzgeschrei aus dem Schulzelt. Der Lehrer war aufgestanden und hatte seinen Stock auf den Fingern eines Zöglings tanzen lassen. »Ä ä ä ä habe ich gesagt, nicht ö ö ö! Wie willst du *Maenander, Maecenas, Maecius, Maenalus* aussprechen, wenn du diesen Buchstaben nicht beherrschst, nichtsnutziger Paternus?«

Nach einer ausgiebigen kalten Wäsche und einem kleinen Frühstück aus Brot, kaltem Geflügel und Obst war die Stunde des Abschieds gekommen. Sein freundlicher Gastgeber hatte ihn mit allem ausgestattet, was er für die Reise brauchte, und ihn ein Stück des Weges begleitet. An der *Porta Flaminia* würden die Reisekutschen der Kaiserlichen Post ihn erwarten.

Die *Alta Semita,* die hinab zum *Forum* führte, war auch jetzt zur fünften Stunde voller Leben. Eine Gruppe umherziehender Cynicer bettelte schamlos jeden an und gab in beredten Worten die selbst verschuldete Bedürfnislosigkeit als Philosophie aus. Geldwechsler versprachen mit lautem Geschrei ehrlichen Handel. Sie trugen die Münzen auf einem Tragbrett wie in einem Bauchladen vor sich her und lockten die Kunden durch lautes Klappern mit den Münzen an. An der Ecke zum *Argiletum* hatte ein Barbier seinen Stand aufgeschlagen und stellte für acht As eine erfrischende Rasur in Aussicht. Wehmütig strich sich Valerius über den dichten schwarzen Bart. Wie gern hätte er sich davon befreien lassen, aber solange er in Rom war, musste er die Maskerade aufrechterhalten. Auch jetzt trug er noch einmal das unscheinbare Gewand des Provinzlers, aber er sehnte sich nach dem Zeitpunkt, an dem er endlich wieder die Rüstung eines Tribuns anlegen würde.

»Ein paar As für einen armen Bettler! Ein paar As für einen armen Bettler!«

Ein alter, triefäugiger Bettler hatte sich ihnen in den Weg gestellt und hielt beharrlich seine Hand auf. Ebenso müde wie kranke Augen aus einem von tausend Falten durchzogenen Gesicht blickten ihn stumpf an. Valerius kramte in seinem Geldbeutel und gab ihm einige Münzen. Unverständliche Dankesworte murmelnd, entfernte sich der Alte humpelnd.

»Armer Hund!«, sagte Horatius. »Wahrscheinlich ein ehemaliger Schwefelholzhändler.«

»Wieso?«

»Sie verkaufen ihre Schwefelhölzer nicht, sondern tauschen sie gegen Altglas. Das wird dann in den Manufakturen auf der anderen Tiberseite aufgearbeitet und mit größerem Gewinn verkauft.«

»Und was hat das mit seiner Augenkrankheit zu tun?«

»Triefäugigkeit ist sozusagen die Berufskrankheit der Glasbläser«, gab Horatius lakonisch zurück.

Valerius warf einen bewundernden Blick auf seinen Begleiter. Gab es irgendeine Frage, auf die der junge Mann keine Antwort wusste?

Im gleichen Augenblick wurde die Aufmerksamkeit sämtlicher Passanten durch eine Schar seltsam gekleideter Männer erregt, die in geräuschvoller Ekstase über die Hauptstraße zog. Die Männer und Frauen waren alle in tiefschwarze Gewänder gekleidet, die bis zu den Füßen hinab auf den Boden hingen. Dazu führten sie wilde Tänze auf und fuchtelten wie wild mit kleinen Messern herum, mit denen sie sich von Zeit zu Zeit kleine Verwundungen im Gesicht und an den unbekleideten Armen zufügten.

»Was sind das denn für Verrückte?«, wollte Valerius wissen.

»Eine *Turba entheata*, eine gottbesessene Schar«, antwortete Horatius voller Abscheu. »Sie dienen der kappadokischen Göttin Ma-Bellona und haben jede Vernunft abgelegt.«

»Und warum bringen sie sich Verletzungen bei?«

»Sie glauben, dass sie in diesem Zustand wahrsagen können: *Sanguis veritatem fert* – Das Blut bringt die Wahrheit!«

»Hast du nicht auch den Eindruck, dass in Rom alles von Tag zu Tag verrückter wird? Ich meine, so schlimm war es zu meiner Zeit nicht.«

»Zu deiner Zeit? Du meinst, als du noch ein stolzer Tribun der Prätorianergarde warst? Aber du hast Recht. Wir hier bemerken das nicht mehr so, weil wir uns daran gewöhnt haben. Aber unser Petrus meint, Rom ist die Stadt des Teufels geworden, und es bedürfe einer großen Reinigung.«

»Reinigung?«

»Ich weiß auch nicht, was er damit meint. Aber wenn sie kommt, werden wir es merken.«

Schweigend setzten die beiden Männer ihren Weg fort. Am *Forum* angekommen, verabschiedeten sie sich herzlich voneinander, nicht ohne sich gegenseitig zu versichern, brieflichen Kontakt zu halten. Lange blickte Valerius seinem neu gewonnenen Freund nach, der in Richtung Capitol davonging. Hätte er jedoch einen Blick nach links geworfen, dann wären ihm die beiden kräftigen Männer wohl kaum entgangen, die sich in den Schatten des Claudiusbogens drückten und ihn aufmerksam beobachteten. Jetzt lösten sie sich aus dem Schatten und strebten mit schnellen Schritten auf den Tribun zu. Das *Forum* war um diese Zeit noch nicht so bevölkert wie um die Mittagszeit. Dennoch hatten die beiden Männer Mühe, ihr Ziel zu erreichen. Valerius wollte gerade auf die *Via Lata* einbiegen, als er eine schwere Hand auf seiner Schulter spürte.

»Auf ein Wort, guter Mann!«

Der Sprecher war ein kräftiger Mann, etwas jünger als Valerius, und trug unter seinem braunen Mantel eine blutrote *Tunica.* Der Gesichtsausdruck beider Männer zeugte von einer mit höchster Dümmlichkeit gepaarten Verschlagenheit, der die Brutalität nicht fremd war.

»Können wir dich einen Augenblick sprechen?«, sagte der Größere der beiden, und sein Ton machte deutlich, dass es sich weniger um eine freundliche Bitte als vielmehr um einen Befehl handelte, der keine Absage zuließ.

»Worum geht es?«, fragte Valerius gleichmütig zurück. Er hatte seinen ersten Schrecken schnell überwunden, konnte aber nicht verhindern, dass die juckende Narbe an der Stirn höchste Alarmbereitschaft signalisierte.

»Wir möchten, dass du uns ein paar Fragen beantwortest.«

»Fragen? Warum sollte ich euch Fragen beantworten?«

»Weil wir zur Geheimpolizei des *Cäsars* gehören und in höchstem Auftrag handeln. Solltest du dich weigern«, fügte er schnell hinzu, und seine Hand wies auf eine Decurie von Prätorianern, die gerade im Paradeschritt vom Capitol herunterkam, »werden wir die nötigen Maßnahmen ergreifen.«

»Ich habe nichts zu verbergen«, meinte Valerius lächelnd und folgte den Männern zu einer kleinen *Statio* unweit des *Circus Maximus.*

Der kleine Raum diente offenbar den städtischen *Vigiles* zur Unterkunft. Er war spartanisch eingerichtet und verfügte nur über einen wackligen Tisch und vier Stühle. Einer der ansässigen Wächter, der mit einem Weinbecher am Tisch gesessen hatte, verließ fluchtartig den Raum, als die Ankömmlinge eintraten. Die Männer nahmen Platz, und die beiden Agenten begannen sofort mit ihrem Verhör. Der kleinere von beiden nahm einen *Papyrus* und fing an, mit dem Schreibgriffel auf dem Papier herumzukratzen, was ihm offenbar erhebliche Mühe bereitete.

»Dein Name?«

»Decimus Batistus.«

Langsam malte der Kleinere Buchstaben auf sein Papier.

»Woher?«

Wieder das Kratzen der Feder.

»Aus *Narbo*, *Provincia Gallia Narbonnensis.*«

Der Kleinere blickte verunsichert auf: »Äh ... wie schreibt man das?«

Freundlich lächelnd buchstabierte Valerius den Namen des Ortes.

»Kannst du dich ausweisen?«

Valerius nestelte in seinem Reisesack und brachte die *Diploma* zum Vorschein, die ihm der *Praetor* in *Colonia Claudia Ara Agrippinensium* ausgestellt hatte. Aufmerksam musterten beide Männer das Schriftstück, dann gaben sie es Valerius achselzuckend zurück. Im Gegensatz zum gestrigen Vorfall zweifelte offenbar niemand die Echtheit des Schriftstücks an. Allerdings bezweifelte Valerius auch, dass die Männer in größerem Umfang des Lesens kundig waren.

»Was hast du im Hause der Agrippina gemacht? Woher kennst du Horatius Pulcher? Was machst du in Rom?«

Die Fragen kamen so schnell, dass Valerius kaum Zeit zum Nachdenken blieb. Aha, daher wehte der Wind. Seine Anwesenheit dort war nicht unbemerkt geblieben, das Haus der Kaiserinmutter wurde überwacht. Valerius kratzte sich an seinem Bart (der ihm zunehmend lästiger wurde) und antwortete im breiten Dialekt der Provinzbewohner: »Also ... fangen wir mit der letzten Frage an. Wie du aus der *Diploma* ersehen kannst, bin ich Heereslieferant. Ich beliefere Heereseinheiten in allen Provinzen mit dicken Soldatenmänteln, Umhängen, Kapuzenmänteln, Pferdedecken und dergleichen. Vielleicht stammt der Mantel, den du eben getragen hast, aus meiner Produktion.«

Sein Gegenüber lächelte dünn.

»Horatius Pulcher kenne ich seit Jahren. Ich verehre seinen Großonkel und schätze den Umgang mit einem geistreichen Mann wie seinem Großneffen. Also habe ich ihn besucht und bei ihm Quartier genommen.«

Jetzt musste sich herausstellen, ob die Geheimpolizisten von seinem Quartier in der *Subura* wussten. War einer von ihnen gar der heimliche Beobachter, den sie gesehen hatten?

Aber die Männer schwiegen und machten keine Anstalten, ihn auf seine Zimmerwirtin Gaia Faustina anzusprechen. Nur das Kratzen der Feder auf dem dünnen Papier erfüllte den Raum.

Frohgemut fuhr Valerius mit seiner Geschichte fort: »Die edle *Augusta* kenne ich ebenfalls schon seit Jahren. Aber es war sozusagen ein geschäftlicher Besuch, den ich in ihrem Hause machte. Offensichtlich wurde ich ihr empfohlen. Ich liefere nämlich stets nur Qualitätsware, denn sie bestellte bei mir eine Partie von zweihundert Wintermänteln. Ihr müsst wissen«, fuhr er eifrig fort, ganz der Geschäftsmann, der mit einem erfolgreichen Abschluss prahlt, »sie nennt sich Gründerin einer kleinen Stadt in Germanien mit Namen *Colonia Claudia Ara Agrippinensium.*«

Die Männer nickten eifrig.

»Nun, in Germanien ist es kalt, sehr kalt, und die Stadtgarnison friert. An öffentlichen Geldern fehlt es, wie ihr sicher wisst (zustimmendes Nicken beider Männer), und so haben sie sich mit einem Bittbrief an die Kaiserinmutter gewandt. Die hat nicht lange gezögert. So ist sie eben, unsere mildtätige *Augusta,* aus ihren eigenen bescheidenen Mitteln finanziert sie für ihre Männer die nötige Winterkleidung. Es soll niemand sagen, dass die Soldaten ihrer Stadt ungenügend ausgerüstet sind und deshalb ihrer Pflicht gegenüber dem *Imperium* nicht nachkommen können.«

Wieder begeistertes Nicken auf der anderen Seite des Tisches.

»Schließlich hat jeder der Barbaren dort seinen stattlichen Pelz, und da sollen unsere Jungs frieren?« Das Letzte hatte Valerius ganz im pathetischen Stolz des Provinzbewohners gesagt und damit den richtigen Ton getroffen.

Den Agenten schien es zu gefallen. Sie zauberten jedenfalls ein breites Lächeln der Zufriedenheit auf ihre derben dümmlichen Gesichter.

»Dann nichts für ungut, Decimus Batistus. Du musst verstehen, es treibt sich viel lichtscheues Gesindel in diesen Tagen in Rom herum. Tagediebe und Beutelschneider, Betrüger und Falschwechsler, aber auch Spitzel und Agenten finsterer Mächte. Da kann man nicht genug aufpassen. Der *Cäsar* wünscht, dass sich alle Bewohner sicher fühlen. Und besonders liegt ihm natürlich das Wohlergehen seiner verehrten Mutter am Herzen. Und damit also niemand der edlen *Augusta* einen Schaden zufügt, überwachen wir ihr Domizil und kümmern uns etwas um ihre Besucher. So bist du in unsere Augen geraten. Verzeih also die Belästigung!«

Valerius versprach, dass er die Angelegenheit nicht übel nehme und vollstes Verständnis für solche Maßnahmen habe. Wenn im Übrigen hier einmal Bedarf an preisgünstiger, aber hochwertiger Kleidung bestehe, räume er Bediensteten des kaiserlichen Hauses selbstverständlich besondere Konditionen ein.

Die Männer versprachen freundlich, darüber nachzudenken. Mit den herzlichsten Beteuerungen gegenseitiger Wertschätzung gingen die drei Agenten auseinander.

Draußen vor der Tür konnte Valerius nur mit Mühe einen Ausbruch ungezügelter Heiterkeit vermeiden. Er begnügte sich stattdessen mit einem unauffälligen Schmunzeln und setzte seinen Weg fort. Ohne weitere Vorfälle gelangte Valerius zur Station der Kaiserlichen Post und bestieg unter Vorweisung seiner Vollmacht eine geräumige Reisekutsche, die ihn in aller Bequemlichkeit zurück auf den Weg in seine neue Heimat bringen sollte, nach *Colonia Claudia Ara Agrippinensium.*

XI.
Ein weiterer Unfall

Anfang März des Jahres 59 n.Chr.

Gaius Fulvius Petrusius war nicht das, was man einen schönen Mann nennt. Selbst in anspruchslosen Augen musste er als ausgesprochen hässlich gelten. Der viel zu kurz geratene dünne Oberkörper ruhte auf stelzenartigen langen Beinen, was seinem Gang stets etwas Storchenartiges verlieh. Dünnes rötliches Haar umrahmte ein mondförmiges Gesicht, das in völligem Kontrast zu seinem schwächlichen Körper stand. Dazu war zu seinem Leidwesen das Gesicht ständig mit roten, eiternden Pusteln übersät, was er unter einem kargen Bärtchen zu vertuschen suchte. Gallier von Geburt, hatte er schon vor der Gründung der römischen Ubierstadt das römische Bürgerrecht erworben. Denn auch wenn die Natur ihn arg benachteiligt hatte, verfügte er doch über etwas, was diesen Nachteil – auch in den Augen seiner Mitbürger – mehr als wettmachte: Er war reich. Sehr reich. Genau genommen war er der reichste Mann von *Colonia Claudia Ara Agrippinensium,* und das schloss die nähere und weitere Umgebung fraglos mit ein.

So jemand wohnt nicht, er residiert, und zwar in einem Anwesen in der nahen Umgebung der Stadt, das in seiner Grundfläche die Fläche der Stadt um ein Mehrfaches übertrifft. Vierhundert Sklaven arbeiten in den Häusern, Ställen und Scheunen, auf den Wiesen und Feldern und versorgen vor allem die zahllosen Pferde, denn der Handel mit Pferden bildet die Grundlage für den unermesslichen Reichtum ihres Besitzers. Fulvius Petrusius ist es gelungen, das Monopol für alle Pferdelieferungen an das römische Militär innerhalb der Provinz zu erwerben, wofür allerdings manche Goldmünze in den Beutel der zuständigen Beamten floss.

Böse Zungen behaupten jedoch neuerdings, dass niemand mit Pferdehandel allein so reich werden könne. Und tatsächlich hat Fulvius Petrusius einen kleinen Nebenerwerb. Er verleiht Geld zu überhöhtem Zinssatz an die Bauern der Umgebung, vor allem dann, wenn sie durch Einberufung zum Wehrdienst in der römischen Armee vorübergehend an der Bestellung der Felder gehindert sind. Wenn dann, wie es häufig vorkommt, die Rückzahlung der Kredite ausbleibt, weil der Militärdienst länger als geplant dauert oder die Ernte schlechter als erwartet ausfällt, fällt das Land an den Kreditgeber – so wollen es die Verträge –, und Petrusius setzt den bisherigen Eigentümer als Pächter ein. Das ist zwar nicht ganz legal, aber wer wollte dagegen klagen, ist doch der Vorsitzende des zuständigen Gerichts sein ehemaliger Schwager!

So kann es niemanden wundern, dass Fulvius Petrusius auch gerne als öffentlicher Mäzen auftritt und sich an der Errichtung von Bauten finanziell erheblich beteiligt. Die Verwaltung der Ubierstadt weiß es zu schätzen, dass er das neue Marsfeld – nach dem Vorbild Roms vor den Toren der Stadt errichtet – finanziert, und Petrusius wird es auch schätzen, denn es wird seinen Namen tragen.

Und als der *Curator* Gaius Volturcius Crassus dann zu ihm kam und ihn bat, seine Schatulle auch zum Schutz Agrippinas und zur Finanzierung ihres Agentendienstes zu öffnen, da war der Gefragte nur zu gern bereit, schmeichelte es doch seiner Eitelkeit nicht wenig, dass eine solch hohe Dame auf seine Finanzmittel zurückgreifen musste. Außerdem konnte es für seine Geschäfte nur von Vorteil sein, einen mächtigen Mann wie den *Curator* auf seiner Seite zu wissen. Man konnte nie wissen ... Freilich geschah die Unterstützung im Geheimen, und niemand wusste davon ... oder jedenfalls fast niemand.

***

An diesem schönen Morgen betrachtet Fulvius Petrusius voller Stolz seine Neuerwerbung, einen schwarzen Hengst edelsten Blutes mit dem königlichen Namen *Rex*.

»Er vereint in sich die edle Abstammung des Orients, das Feuer des Südens und die Kraft des Nordens«, flüstert Gulvenius, der eloquente Verwalter, ergriffen.

»*Recte*, mein Gulvenius«, antwortet Petrusius voller Stolz, »achte darauf, dass niemand ihn reitet. Er kommt ausschließlich in die Zucht. Der Einzige, der ihn satteln darf, bin ich, hörst du, Gulvenius?«

Gulvenius nickt in der üblichen devoten Art. »Sicher, Herr, niemand wird ihn reiten außer dir!«

»Die Kosten für ihn waren erheblich, aber nach längstens einem Jahr hab' ich das raus!«

»Eher schneller, Herr, man wird sich um seine Füllen reißen.«

»*Bene*! Bring mir noch ein Glas *Mulsum,* und dann sattle den Königshengst. Ich werde sehen, welches Feuer unter seinen Flanken brennt.«

Während eine Sklavin rasch den bestellten Honigwein bringt, zieht Petrusius das Reitgewand an. Inzwischen wird *Rex* gesattelt und tänzelt unruhig auf dem Hof.

»Er hat ein Temperament wie *Cerberus*, der Höllenhund«, lacht Gulvenius, »du wirst deine Freude an ihm haben.«

»Ist der Sattel richtig festgezurrt? Wenn der sich löst, wird der Hengst mich durch die Gegend schleudern!«

»Keine Angst, Herr, ich hab' es selbst überprüft!«

Wenig später sitzt Petrusius auf. Er ist nicht nur ein leidenschaftlicher Reiter, er ist auch ein besonders guter. Er wird den wilden Hengst schon zügeln. Scharf reißt er am Zaumzeug, der Hengst duckt sich, dann prescht das stolze Paar davon. Zuerst über die an das Haus angrenzende Wiese, dann in den Wald, über das abgeerntete Feld. Hinter dem Feld biegt der Weg wieder in einen kleinen Wald von uralten Eichen ein. Petrusius genießt den Ritt, jauchzt laut auf. Bei den Göttern, was für ein Pferd! Der Sattel rutscht leicht hin und her, verschiebt sich plötzlich zur rechten Seite.

»Bei Diana und allen Waldgeistern, hat der Bursche nachlässig gearbeitet? Ich werde besser selbst nachsehen. Nur den Bach noch!«

Kraftvoll prescht der Reiter über den schmalen Weg, zieht die Zügel ein wenig an. Ein kleiner Bach kreuzt sprudelnd den Weg, kaum mehr als vier Fuß breit. Kein Problem für den Hengst, der zu gewaltigem Sprung ansetzt. Es sollte der letzte Sprung für Gaius Fulvius Petrusius sein!

Kräftig drückt er die Fersen in die Flanken des Tieres, weit und hoch springt das Pferd ab. Da, mitten auf dem höchsten Punkt der Sprungkurve geschieht es! Der lederne Sattelgurt reißt mit einem peitschenden Knall. Petrusius fliegt in weitem Boden durch die Luft, sein Kopf landet hart an einem abgebrochenen Eichenstamm. Der Aufprall nimmt ihm das Bewusstsein – er spürt nicht mehr, wie sich die abgebrochene Spitze des Baumrumpfes in seinen Brustkorb senkt.

Fast schuldbewusst nähert sich das Pferd der Leiche und scharrt neben ihr unruhig mit den Hufen.

***

Stunden braucht man, bis die Sklaven ihren Herrn gefunden haben. Voller Erschütterung steht Gulvenius neben dem Leichnam und hebt die Arme vor Verzweiflung in die Luft.

»Bei den unsterblichen Göttern, welch ein Unglück! Wie konntet ihr dies zulassen?«

Behutsam heben sie ihn auf, legen ihn auf eine schnell gefertigte Trage aus Zweigen und bringen ihn auf sein Gut zurück. Da herrscht ein Jammern und Wehklagen auf den Höfen und in den Quartieren der Sklaven, dass es bis zu den Mauern der Ubierstadt dringt. Die Weiber zerraufen sich die Haare, die Männer stieren stumm in ihre Weinbecher, selbst die Kinder haben ihr Spiel unterbrochen. Aber nur zum kleinsten Teil ist es wahre Trauer, die sie bewegt. Es ist mehr Sorge. Wer weiß schon, was jetzt aus ihnen wird? Wird der neue Herr besser sein, gütiger? Oder wird er sie quälen? Man hat so vieles schon gehört. Eigentlich war Petrusius gar nicht so übel gewesen.

Am Abend legt sich Gulvenius, der treue Verwalter, zufrieden in sein Bett. Zärtlich streichelt er den nackten Rücken seines jungen schönen Weibes, zieht die Linie der Wirbelsäule nach.

»Das ist es, meine Liebe!«

»Das ist was?«, fragt Silana, sein Weib, verständnislos und dreht sich herum.

Gulvenius holt unter dem Stroh ein kurzes Messer hervor, das im Schein der rußenden Fackel glänzt.

»Das ist das Messer, mit dem ich den Sattelgurt angeschnitten habe. Endlich sind wir diesen eitlen Großkotz los, und fünfhundert Sesterzen hat es auch gebracht.« Mit fröhlicher Miene wirft er den prall gefüllten Lederbeutel in die Luft.

»Waaaas? Warum? Warum hast du das ... äh ... gemacht?«, will sein Weib atemlos wissen. Sie sitzt kerzengrade im Bett und sieht ihren Mann fragend an.

»Ein Auftrag! Man hat mir den Auftrag dazu gegeben, und ich habe es gemacht. Einfach so!«

»Wer? Wer hat dir den Auftrag gegeben, unseren Herrn zu ... ermorden?«

»Ermorden? Weib, bist du von Sinnen? Es war ein Unfall, nur ein Unfall. Und wer den Auftrag gab? Besser, du weißt es nicht! Weiberzungen sind geschwätzig, aber so viel kann ich dir sagen, es war eine ... eine ganz hohe ... äh ... Persönlichkeit. Und nun dreh dich herum!«

***

Die Reise des Tribuns verlief zügig und ohne unangenehme Vorfälle. In den südlichen Teilen hielten schon die Vorboten eines nahenden Frühlings Einzug. Sanfte Westwinde sorgten für angenehme Temperaturen und gut passierbare Straßen. Je weiter man aber nach Norden kam, umso kälter wurde es. Tief verschneite Wälder, vereiste Bäche und Flüsse säumten seinen Weg, kalte Nebelfetzen hingen in der Luft. Als Valerius bei *Confluentes* auf die *Mosella* stieß, zerschlug sich seine Hoffnung auf eine bequeme Weiterreise per Schiff sehr schnell: Der Fluss war an vielen Stellen noch zugefroren, jegliche Schifffahrt unmöglich. So blieb nur die unbequemere Alternative einer weiteren Landreise, die Valerius seufzend in Kauf nahm.

Bis zum Legionslager *Bonna* vertraute er sich verschiedenen schwankenden Reisekutschen an, in *Bonna* jedoch erhielt er ein

Legionspferd und legte den Rest des Weges auf dem vertrauten Pferderücken zurück. Gegen Ende der zwölften Stunde – schon längst hatte sich abendliche Dunkelheit über das eiskalte Land gelegt – stand er vor den Toren von *Colonia Claudia Ara Agrippinensium.* Ein starkes Gefühl von Heimat verdrängte die Mühen und Strapazen der Reise. Die Stadttore waren bereits verschlossen, öffneten sich aber nach Vorlage seiner *Diploma* wie von Zauberhand.

Der späte Zeitpunkt ermöglichte es ihm, durch die Stadt zu reiten. Sein erster Weg führte ihn am *Forum* vorbei in den südwestlichen Teil der Stadt. Die schneebedeckten Straßen waren so leer, als stünde ein Ansturm feindlicher Barbaren bevor. Die Verkaufsstände unter den Arkaden der *Insulae* waren geräumt, und lediglich aus den Wirtshäusern drang das Geschrei fröhlicher Zecher an die Ohren des müden Reiters.

Valerius verließ nun die Hauptstraße des *Decumanus Maximus* und bog kurz hinter den Thermen links in eine kleine Seitengasse ab. Die einsamen Straßen lagen in völliger Dunkelheit, aber das machte Valerius nichts aus. Diesen Weg hätte er auch mit verbundenen Augen gefunden. Aber ein neues Problem machte sich breit: Vom Rhein her wälzte sich eine Wolke dichten Nebels durch die Straßen und schien langsam von der Stadt Besitz zu ergreifen. Wie mit gierigen Händen griffen die wabernden Fluten nach ihm, und Valerius war mehr als froh, dass er jetzt bald an seinem Ziel angelangt sein würde. Er verlangsamte seine Geschwindigkeit, denn das Pferd fand auf der glatten Straße schwer Halt und war schon mehrfach gestrauchelt. Die Straße, die er jetzt betrat, war sauber, die Häuser wirkten gepflegt, wenn auch ohne jeden Prunk. In den Erdgeschossen fanden sich ein Laden mit Ton- und Glaswaren, ein Goldschmied und an der Ecke eine *Caupona*, die allerdings geschlossen war. Wenig später machte Valerius Halt vor dem Ladenlokal eines Weinhändlers. Neben der Tür wies eine halb verblasste Kreideinschrift auf den Besitzer hin (immer noch in falscher Orthografie, wie Valerius seufzend bemerkte):

Mietblok Pulchra Habitantia
Eigentum des Sosimus Gavinius

Zur Zeit nur eine Dachstuhbe zu vermieten.
Interesenten wenden sich an Syrnophax,
den Sklaven des Sosimus Gavinius.

Doch über dem Geschäftslokal schälte sich ein Schild aus feinstem Eichenholz aus dem Nebel, auf dem in makelloser Schrift und mit Gold eingelegt zu lesen war:

** Subrius Caesonius **
Excellente Weine aus einheimischer Produktion – Importweine aus aller Welt – sachverständige Beratung – angemessene Preise – kleine und große Abfüllungen

Über Valerius' erschöpftes Gesicht zog ein Lächeln. Endlich zu Hause! Hier wohnte Dirana, seine geliebte Freigelassene, hier, irgendwo hinter diesen Mauern wurde jetzt gerade der kleine dreijährige Titus Valerius für die Nacht fertig gemacht. Eine Welle der Zärtlichkeit erfasste den Mann, und für einen Augenblick schien es, als könnten gleich Tränen über das ausgemergelte Gesicht in den schwarzen Bart fließen.

Aber er hatte schon als Kind gelernt, Gefühlsaufwallungen jeglicher Art zu unterdrücken, und so drängte er die Tränen zurück. Was er nicht verhindern konnte, war, dass die Narbe an seiner Stirn wie verrückt zu brennen begann, ein untrügliches Zeichen für seinen aufgewühlten Gemütszustand. Aber da half ein kräftiges Kratzen mit den Fingern, und die Dinge waren im Lot. Valerius band das Pferd am dafür vorgesehenen Ring an der Hauswand an und klopfte gegen die Tür. Eine Zeit lang tat sich nichts. Dann waren von innen Schritte zu hören, die die hölzerne Treppe herunterstürmten. Eine weibliche Stimme vergewisserte sich durch die Tür: »Wer ist da?«

»Dein Herr und Gebieter!«, antwortete Valerius und unterdrückte ein Lachen.

Eilig wurden die Riegel zurückgeschoben, und die Tür öffnete sich. Sogleich wälzte sich der Nebel hinein, gab aber nach einigen Sekunden die runden Formen einer weiblichen Gestalt frei. Im Türrahmen erschien das freudige Gesicht von Dirana. Strahlend lachte sie den Gast an – und wich darauf sofort erschreckt zurück. Im ersten Schrecken wollte sie die Tür zuwerfen, aber Valerius kam ihr zuvor und stellte seinen Fuß dazwischen.

»Erkennst du mich nicht, Geliebte?«, murmelte er enttäuscht.

Ein zweiter vorsichtiger Blick durch den Türspalt, dann ein Schrei. Dirana öffnete die Tür vollends und warf sich an seinen Hals. Sie bedeckte Mund, Hals und Stirn des Ankömmlings mit Küssen, zog ihn in den Gang und konnte gar nicht aufhören, ihn immer wieder nur zu küssen.

»Verzeih, Liebster, verzeih!« Tränen strömten über ihre Wangen. »Ich habe dich nicht erkannt! Bei Juno, du siehst so fremd aus. Ich hätte dich für einen Bettler gehalten oder ... oder ...

»Schon gut, *Muscula,* mein Mäuschen. Ich hatte ganz vergessen, dass du mich in dieser Aufmachung und mit Bart nie gesehen hattest. Vielleicht hätte ich dich warnen sollen oder ...«

»Egal! Egal! Die Hauptsache ist, dass du wieder gesund und wohlbehalten zurückgekommen bist.«

»Und der kleine Titus Valerius?«

»Er schläft schon. Ihr werdet euer Wiedersehen auf morgen verschieben müssen. Du siehst müde aus, so müde. Und so ganz anders. An ... deinen ... Bart könnte ich mich kaum gewöhnen.«

»Ich bin müde, Liebste. So eine Reise von Rom hierhin im Winter ist kein Kinderspiel. Und was den Bart anbetrifft, so freue ich mich auf den baldigen Besuch beim Barbier.«

»Wie ist es dir in Rom ergangen?«

Während sie sprachen, hatte Dirana in Windeseile einen kleinen Imbiss hergerichtet. Ausgehungert fiel Valerius über die bescheidene Mahlzeit her. Von seinem Besuch in Rom erzählte er nur so viel, wie Dirana wissen konnte. Er wollte sie auf keinen Fall in Gefahr bringen. Dirana ahnte, dass es nicht die ganze Wahrheit war, was er da kauend und schmatzend von sich gab, aber mit dem Zartgefühl der Liebenden drängte sie nicht weiter in ihn.

Nachdem er sich gesättigt und die Mahlzeit mit einem ordentlichen Schluck Wein, und zwar unverdünntem, beendet hatte, streckte er sich und rief:

»Bei den Göttern, es ist schön, wieder zu Hause zu sein. Jetzt muss das Pferd noch zum Mietstall gebracht werden, und dann dürste ich nach einem kurzen Besuch in den Thermen bei Vironius. Und sei unbesorgt, den Bart werde ich dort lassen. Aber zuvor will ich noch kurz nach unserem Titus sehen.«

Leise öffnete Dirana die Tür des Nebenraumes, und Valerius warf einen Blick voller Zärtlichkeit auf den kleinen Knaben, der da selig in seinem Bettchen lag und träumte. Sie nahmen sich in den Arm und betrachteten liebevoll ihren Sprössling.

»Ach, könnte es nur in aller Welt so friedlich sein wie in diesem Raume«, murmelte Valerius ergriffen.

»So friedlich ist es aber wohl nur hier«, antwortete Dirana und gab ihm einen nicht enden wollenden Kuss.

»Die Wirklichkeit wird dich schnell wieder einholen. Für dich ist eine Nachricht vom *Curator* gekommen, die sehr dringend zu sein scheint. Er will dich am gleichen Tag deiner Rückkehr sehen.«

Sie gingen zurück in die Wohnstube, wo Dirana aus einem Regal eine kleine Wachstafel holte.

Dem Tribun Marcus Valerius einen Gruß!
Bitte melde dich nach deiner Rückkehr umgehend bei mir.
Die Sache ist von höchster Dringlichkeit!

Gaius Volturcius Crassus
Kaiserlicher Curator

»Der kann warten bis morgen!«, murmelte Valerius. »Du hast Vorrang!«

***

So gut hatte Valerius lange nicht mehr geschlafen. Zwar taten ihm immer noch alle Knochen weh, dennoch fühlte er sich ausgeruht und erfrischt wie lange nicht mehr. Auch sein Besuch in den Thermen am Abend zuvor hatte dazu beigetragen. Der Besitzer Gaius Vironius hatte ihn wie einen alten Freund begrüßt, und eine besonders zuvorkommende Behandlung war ihm auch diesmal wieder gewiss. Und doch, jedes Mal, wenn er diese Thermen betrat, kamen die Erinnerungen an den Mordanschlag zurück, dem er hier vor Jahren beinahe zum Opfer gefallen wäre.

»Ich hätte dich fast nicht erkannt«, hatte Vironius beim Anblick des Tribuns ausgerufen.

»Beim dreiköpfigen *Cerberus*, was kann ein Bart doch einen Menschen verändern. Aber gleichwohl, es soll dir an nichts fehlen. Polynios, Cassix, auf ihr beiden! Wir haben hohen Besuch. Lasst es an nichts fehlen. Ich möchte, dass der Tribun sich bei uns wohl fühlt. Mich musst du entschuldigen, edler Tribun, ich bin morgen Abend zu einem Gastmahl eingeladen und bedarf selbst der pfleglichen Vorbereitung. Damit kann man nicht früh genug anfangen.«

»Zu einem Gastmahl?«

»Ja, beim *Curator* höchst persönlich. Bei allen Göttern, welch eine Ehre, nicht wahr? Das hat man nicht alle Tage.«

***

Mit Wonne fuhren Valerius' Finger über die glatt rasierten Wangen. Welch eine Erleichterung, endlich den barbarischen Bart los zu sein! Dirana meinte, er sehe nun zehn Jahre jünger aus. Das Kompliment gefiel ihm, und er vergalt es mit viel Zärtlichkeit.

Nun aber rief ihn die Pflicht, und er war auf dem Weg zu Gaius Volturcius Crassus, dem *Curator* der Ubierstadt. Eine klare kalte Wintersonne lag an diesem Morgen über der Stadt, schenkte aber keine Wärme. Es war kalt, eiskalt. Valerius war die Kälte schon nicht mehr gewöhnt, und trotz des warmen Umhangs, den er über seiner Tribunenuniform trug, fror er erbärmlich. Wenig später betrat er das Amtszimmer des kaiserlichen Beamten. Aber welch ein Schreck durchfuhr ihn, als er den Volturcius Crassus sah. Fast hätte er seinen Vorgesetzten nicht wieder erkannt. Der einstmals kräftige Mann hing mit herabhängenden Schultern in seinem Sessel. Das eingefallene Gesicht, die tiefen Ränder unter den Augen, dazu das kahle Haupt – das alles erinnerte mehr an einen Toten als einen Mann auf dem Höhepunkt seiner Schaffenskraft.

Die schwarzen Bartstoppeln zeugten davon, dass er das Rasiermesser seit Tagen nicht gesehen hatte, und ließen ihn ungepflegt und älter aussehen.

Ächzend stand Volturcius auf und ging mit schwankenden Schritten auf den Tribun zu.

»Bist du krank, *Curator*?«, entfuhr es Valerius.

Volturcius rang sich ein gequältes Lächeln ab. »Krank? So könnte man es nennen. Aber es ist wohl eher eine Krankheit der Seele als des Körpers.«

»Wie ... wie ... darf ich das verstehen?«

»Erspar mir für den Augenblick eine Erklärung. Ich ringe mit einer schweren Entscheidung. Es wird der Zeitpunkt kommen, da sollst du alles erfahren. Vielleicht sind es auch nur die Vorbereitungen für das heutige Gastmahl, die mich so anstrengen. Ja, wenn man ein Weib hätte ...«

»Gastmahl? Ich habe davon gehört.«

»Von wem?«

»Von Vironius, dem Thermenpächter. Er hat mir beim Besuch seiner Thermen voller Stolz davon erzählt.«

»Vironius ist ein wichtiger Mann, aber manchmal zu schwatzhaft. Er gehört auch zu uns!«

»Vironius steht in Agrippinas Diensten?«

»Freilich. Das ist sehr wichtig, denn du glaubst nicht, was die Menschen in den Thermen unter den Händen ihres Masseurs so alles erzählen. Und Informationen sind das Wichtigste für uns. Aber nun zu dir. Bitte nimm Platz. Was konntest du in Rom erfahren? Befindet sich die *Augusta* wohl?«

Valerius berichtete von seinen Gesprächen mit Agrippina, Tullius Torquatus Niger und Seneca und erläuterte in kurzen Worten die Situation um den Kaiser.

»Poppaea Sabina? Tochter der Venus, der Ruf ihrer göttlichen Schönheit ist bis zu uns in die Provinz gedrungen. Kein Wunder, dass der *Cäsar* sie begehrt. Aber dass sie diese hinterhältigen Aktionen steuert, kann ich nicht glauben. Dazu fehlen ihr die Mittel. Dieser Tigellinus kommt schon eher in Frage. Und bei Seneca weiß man auch nie, woran man ist.

Vielleicht ...«

»Verzeih!«, unterbrach Valerius den *Curator*, »fast hätte ich vergessen, dir dies hier zu geben.« Er holte aus seinem Mantel die Abschrift der zerbrochenen Tafel, die Niger ihm in der *Caupona* in Rom gegeben hatte.

Volturcius warf einen schnellen Blick auf das Papier – und erblasste. Seine Nasenflügel bebten, und seine Mundwinkel begannen unkontrolliert zu zucken.

»Was ist mit dir, Volturcius?« Valerius war aufgesprungen und hatte sich neben den *Curator* gestellt.

»Ist nichts!«, raunzte der Beamte. »Hängt mit ... meiner ... äh ... Krankheit zusammen.« Er wischte sich über die Stirn und war offensichtlich um Fassung bemüht.

»So so«, flüsterte er kaum hörbar, »das ist ja interessant. Was für ein Pech, dass gerade die Stelle, in der unsere Stadt erwähnt wird, nicht zu lesen ist. Hi hi ... und Unfälle sollen es sein. Hi hi ... bei den Göttern, die hatten wir.«

Er gab ein albernes Kichern von sich und stierte auf das Papier. Ratlos blickte der Tribun den *Curator* an. Was hatte den Mann bloß so verändert?

»Wie meinst du das?«

»Hi hi ... du weißt offenbar nicht, was sich inzwischen hier zugetragen hat?«

Wieder dieses alberne Kichern!

»Woher soll ich das auch wissen?«, gab Valerius gereizt zurück. Irgendwas stimmte hier nicht. Der *Curator* benahm sich sehr merkwürdig und völlig anders als vor seiner Abreise. Volturcius versuchte, eine ernste Miene aufzusetzen. Seine gekrümmte Gestalt streckte sich. In amtlichen Tone sagte er: »In der Zwischenzeit ist hier einiges passiert. Die Luft am Rhein ist ungesund geworden.«

»Ungesund?«

»Vor etwa vier Wochen hat es den ehemaligen *Aedil* erwischt, Publius Statilius Taurus. Du kanntest ihn recht gut, nicht wahr?«

Valerius nickte.

»Gewissermaßen verdanke ich ihm mein Glück.«

»Dirana, dein Weib, ich weiß. Doch höre: Statilius Taurus wurde ermordet, eindeutig. Um den Hals des Toten fand sich noch die Schlinge, die ihn das Leben gekostet hat. Freilich hat der Täter versucht, die Tat zu tarnen, denn er hat das Haus so gründlich in Brand gesteckt, dass sogar die Nachbarhäuser niederbrannten. Auch Honoria, die Geliebte des *Aedils,* kam um. Erstochen!«

»Das alles ist mir bekannt«, unterbrach Valerius den *Curator.*

»Bekannt? Woher?«

»Es wurde schon nach Rom gemeldet. Die Nachricht muss kurz vor meiner Ankunft eingetroffen sein.«

»So schnell schon? Nun gut. Dann wusstest du sicher auch, dass Statilius ebenfalls in Diensten Agrippinas stand?«

»Ich habe es immer vermutet!«

»So, hast du das? *Bene,* höre weiter: Vor drei Wochen hat man versucht, mich in meinem Amtszimmer zu ermorden.«

»Bei den Göttern«, rief Valerius aus, »wie konnte das denn geschehen? Wurdest du verletzt? Und was ist mit dem Täter? Hast du ihn ...?«

»Das einzige Opfer ist mein alter Schreiber. Mir aber ist nichts geschehen. Ich war vorbereitet, denn ich wusste, dass sie auch zu mir kommen würden.«

»Und der Täter?«

»Der Täter? Er ist tot und spricht nicht mehr. Wahrscheinlich ein gedungener Germane. Aber das ist noch nicht alles! Vor zwei Wochen ist Faustus Celerinus bei einem ... Unfall ums Leben gekommen.«

»Der *Quaestor?* Bei Pluto. Das wusste ich nicht! Wie konnte das passieren? Ein weiterer Mord also? Oder besser, einer, der als Unfall getarnt wurde. Die andere Seite ist schnell, sehr schnell, sie ...«

»Nein, warte! Es war kein Mord, es war ein Unfall! Jedenfalls musste man bisher davon ausgehen. Jetzt allerdings, nachdem ich die Nachricht von Niger gelesen habe ...« Er beendete den Satz nicht.

»Wie ist es geschehen?«, fragte Valerius.

»Faustus Celerinus inspizierte gerade die Baustelle an der Stadtmauer. Dabei wurde er von herabstürzenden Gesteinsmassen begraben.«

»Einfach so? Ich meine ...«

»Das ist noch nicht alles«, unterbrach Volturcius den Tribun.

»Vor vier Tagen ist Gaius Fulvius Petrusius bei einem ... Reitunfall umgekommen.«

»*Der* Gaius Fulvius Petrusius? Ich meine der, den man den ›Crassus von *Colonia Agrippinensium*‹ nannte? Aber weshalb sollte er auf der Liste der Mordopfer stehen? Er hat doch überhaupt nichts mit Agrippinas Agentenkreis zu tun.«

»Doch«, gab Volturcius knapp zurück, »er hat ihn finanziert.«

»Er hat ihn ... finanziert? Bei den Göttern, wieso das? Ich meine, wieso muss ...?«

»Glaubst du vielleicht, ein Ring von Agenten kostet nichts? Alle wollen bezahlt werden, halten die gierigen Hände auf. Idealisten wie dich und ... mich findet man kaum noch. Ein Netz von Agenten zu unterhalten, verschlingt beträchtliche Summen. Und Fulvius Petrusius war derjenige, der sie für unseren hiesigen Bereich übernommen hat. Besser gesagt hatte, denn jetzt ist er tot, und die Schatulle verschlossen.«

Der *Curator* atmete schwer auf. »Alles scheint sich gegen uns verschworen zu haben! Aber das Jammern hilft nicht weiter. Du wirst als Erstes diese so genannten Unfälle untersuchen. Finde heraus, ob es wirklich ... Unfälle waren! Wenn es keine Unfälle waren, so bring mir den Täter! Besondere Sorgfalt aber verwende auf den Fall des Fulvius Petrusius.«

»Warum gerade auf den?«

Der *Curator* lehnte sich zurück und machte auf einmal einen entspannten Eindruck. Sogar der Hauch eines Lächelns zog über seine Lippen.

»Erstens, weil der Tod des reichsten Mannes der Stadt naturgemäß Stadtgespräch ist. Auf den Gassen und Märkten haben sie zurzeit nur ein Thema. Und zweitens wegen des *Senatus consultum Silianum*!«

»Verzeih, *Curator*, der Begriff ist mir ... äh, ich meine, ich kenne ihn nicht. Worum handelt es sich?«

Der Beamte schien seine augenblickliche Überlegenheit sichtbar zu genießen.

»So, du kennst ihn nicht. Wenn du in deiner Laufbahn weiterkommen willst, musst du deine juristische Ausbildung vervollständigen. Also ... der *Senatus consultum Silianum* ist ein bindender

Senatsbeschluss, nach dem alle Sklaven, sogar die im Hause wohnenden Freigelassenen, mit dem Tode zu bestrafen sind, wenn ihr Herr durch die Hand eines Sklaven umgekommen ist. Wusstest du das nicht?«

»Natürlich wusste ich das«, gab Valerius ärgerlich zurück, »nur den Namen des Gesetzes kannte ich nicht.«

Mit süffisantem Lächeln berichtigte Gaius Volturcius Crassus den Tribun im Stile eines Oberlehrers: »Es handelt sich nicht um ein Gesetz, sondern wie gesagt um einen Senatsbeschluss, was aber an der Wirkung nichts ändert. Sollte sich also herausstellen, dass einer der Sklaven für den Tod des Petrusius verantwortlich ist, müssten wir hier mehr als vierhundert Menschen hinrichten, was nicht nur in unserer Stadt, sondern darüber hinaus in der ganzen Provinz für Aufsehen sorgen würde. Zwangsläufig würde die Sache auch in Rom bekannt, was unbedingt zu vermeiden ist. Also gehe diskret vor, und sprich mit mir, bevor du irgendetwas unternimmst. Das ist ein Befehl!«

Abrupt war das Gespräch beendet, und Valerius verließ das Amtszimmer des kaiserlichen *Curators*, nicht ohne sich erhebliche Gedanken über dessen Verhalten zu machen.

***

Als Erstes suchte er die fragliche Baustelle auf, an der Faustus Celerinus sein Leben verloren hatte. Die Arbeiter waren inzwischen ein Stück weitergezogen und an anderer Stelle mit der endgültigen Fertigstellung eines Mauerabschnitts beschäftigt. Mehrere Arbeiter warfen gerade lautstark Bauschutt herab und transportierten ihn in Ochsenkarren ab. Valerius stellte sich in gehöriger Entfernung auf, winkte einen der Arbeiter herbei und fragte nach dem für die Baustelle Verantwortlichen.

»Ich werde ihn rufen, Tribun.«

Der Arbeiter, offensichtlich einer der *Servi publici,* der städtischen Sklaven, verneigte sich ehrerbietig und eilte davon. Wenig später trat ein hochgewachsener, breitschultriger Mann mit groben, vernarbten Gesichtszügen auf Valerius zu.

»Ich bin Longinus, der Vorarbeiter. Womit kann ich dem edlen Tribun dienen?«

»Es geht um den ... äh ... Unfall, der vor zwei Wochen stattgefunden hat, den Unfall, bei dem der *Quaestor* Faustus Celerinus den Tod gefunden hat. Ich bin damit beauftragt, das Geschehen zu untersuchen. Was kannst du mir über die Umstände des Unfalls sagen?«

Longinus' grobes Gesicht nahm kummervolle Züge an. »Der Unfall wird untersucht? Sicher, weil ein hoher Herr dabei zu Schaden kam, nicht wahr? Aber, Herr, bei meiner Ehre: Du siehst mich sehr betrübt. Es war ein tragischer Unfall, an dem wohl niemand Schuld trägt als das beklagenswerte Opfer selbst. Sicher haben meine Leute nicht genügend aufgepasst, aber der bedauernswerte *Quaestor* hat auch zu nahe dabeigestanden. Ich war selbst an jenem Tage an der Baustelle. Es war eben ein Unfall, wie sie auf solchen Baustellen schon einmal passieren, auch wenn man noch so aufpasst. Auch konnten wir den Arbeiter nicht ermitteln, der die Steine herabgeworfen hat. Meine Arbeiter haben jedenfalls alle nötigen Schutzmaßnahmen getroffen. Hörst du? So wie jetzt!«

Gerade waren wieder die Warnrufe zu hören. »*Attenti omnes*! – Alle aufpassen!«

Die Arbeiter traten zur Seite, und schon rauschte in der Entfernung ein weiterer Schwall von Steinen, Schutt und Bauresten auf die Erde und hüllte die Baustelle vorübergehend in undurchdringlichen Nebel. Longinus begann zu husten und klopfte sich gegen die Brust.

»Ist gar nicht gesund, immer den Staub einzuatmen. Abends sind meine Leute und ich wie gerädert. Den Staub kriegst du nicht aus der Lunge, nicht einmal aus der Kleidung. Aber was soll man machen? Ich wünschte nur, die Arbeit wäre etwas besser bezahlt. Aber wer fragt schon danach, wenn wir hier für kargen Lohn unsere Gesundheit aufs Spiel setzen. Jeder arbeitet für unseren göttlichen Kaiser an der Stelle, wo das Schicksal ihn hingestellt hat, nicht wahr?«

Er klopfte sich den Staub von seinem schäbigen Mantel und hustete erbärmlich, wie um seinen leidvollen Vortrag zu bekräftigen. Bevor Valerius noch etwas sagen konnte, schob er hastig nach: »Warum fragst du eigentlich?«

»Das geht dich nichts an«, raunzte Valerius ihn an. Er war schlechter Laune, denn er kam keinen Schritt weiter und hatte wenig Lust, sich die ausufernden Klagen des Vorarbeiters anzuhören.

»Hast du irgendetwas Außergewöhnliches bemerkt? War eine Person in der Nähe, die du nicht kanntest und die auf der Baustelle nichts zu suchen hatte?«

Longinus setzte ein treuherziges Gesicht auf und hob verzweifelt die Arme in die Höhe. »Aber, Herr, es stehen oft Leute hier herum und beobachten die Arbeiten. Müßiggänger, die sonst nichts zu tun haben, Sklaven, die ihre Besorgungen unterbrechen, Spaziergänger, die neugierig stehen bleiben. Sie alle kommen hier vorbei, verweilen einen Augenblick, halten ein Schwätzchen und schauen zu. Ist doch ganz normal, oder? Das göttliche Schicksal kennt keine Stände. Mal trifft es irgendeinen armen Schlucker, diesmal hat es einen Hochwohlgeborenen getroffen. Die Götter machen da keinen Unterschied. Bei gutem Wetter stehen hier manchmal ...«

»Ja, schon gut«, unterbrach Valerius den geschwätzigen Vorarbeiter ungeduldig. »Dein Geschwätz vom göttlichen Schicksal interessiert mich nicht.«

Longinus machte einen beleidigten Eindruck, schwieg aber. Valerius beschloss, einen letzten Versuch zu machen.

»Könnte es sein, dass ... der ... Unfall kein ... Unfall war?«

Longinus blickte empört auf. Seine Miene wurde abweisend.

»Kein Unfall? Wie meinst du das, Herr? Was soll es denn sonst gewesen sein?«

»Sei nicht so begriffsstutzig, Kerl! Ich meine, ist es denkbar, dass jemand vorsätzlich den *Quaestor* getroffen oder ihn jemand im rechten Augenblick gestoßen hat?«

»Du meinst, man könnte ihn ... ermordet haben?«

Das Gesicht des Vorarbeiters war blass geworden. Nur zögernd war das Wort »ermordet« über seine Lippen gekommen. Er kratzte sich mit seinen schmutzigen Fingern im struppigen Haar. Seine Füße scharrten unruhig im schmutzbedeckten Schnee, während er den Eindruck vermittelte, so angestrengt nachzudenken, wie es sein schlichtes Hirn überhaupt zuließ.

Es dauerte eine ganze Weile, bis er mit fester Stimme sagte: »Ausgeschlossen, Herr, völlig ausgeschlossen! Meine Arbeiter hätten das gesehen. Ich habe sie alle nach dem schlimmen Vorfall befragt, keiner von ihnen hat auch nur eine Andeutung gemacht. Und für meine Männer lege ich die Hände ins Feuer. Es sind gute Männer, die man nur besser bezahlen müsste. Einfache Burschen, die Hälfte von ihnen sind Sklaven, die anderen sind Tagelöhner. Einfach, aber ehrlich. Nein, ganz sicher, es war ein Unfall. Ob da aber ein Fremder war, der vielleicht ..., das kann ich nicht sagen. Wie schon gesagt, so viele Leute, die hier herumstehen. Man hat ja auch den *Quaestor* erst erkannt, als es schon passiert war. Es tut mir Leid, dass ich dir nicht helfen kann.«

Der Bursche machte trotz seiner grobschlächtigen Art einen ehrlichen Eindruck. Hier kam er nicht weiter. Valerius bedankte sich für die Auskünfte und verließ die Baustelle. Lange noch blickte Longinus ihm nachdenklich nach. Eine plötzliche Müdigkeit überfiel Valerius mit Macht. Er konnte kaum noch denken. Alles geriet in seinem Kopf durcheinander, und so beschloss er, alle weiteren Nachforschungen auf den nächsten Tag zu verlegen. Die Reise forderte ihren Tribut, und die Freude auf seine kleine Familie tat ein Übriges.

XII.
Der Gutshof des Fulvius Petrusius

Schier undurchdringlich ist der Nebel in dieser Nacht. Wie eine feindliche Armee wälzen sich die grauen Fluten von Ost nach West und dringen durch jeden Spalt selbst in die Häuser der Ubierstadt. Nur wenige Menschen sind auf den Straßen, wer kann, verkriecht sich zu Hause hinter den Kohlebecken. Zu den wenigen, die durch den Nebel müssen, gehört Gaius Vironius, der Pächter jener Thermenanlage, die in der Nähe des *Forums* liegt und so gerne von Valerius besucht wird.

Er kommt von dem Gastmahl, das der kaiserliche *Curator* Gaius Volturcius Crassus ausgerichtet hat. Und er ist enttäuscht! Nicht dass das Gastmahl nicht höchsten und verwöhnten Ansprüchen genügt hätte. Nein, durchaus nicht! Das Essen war wie immer ausgezeichnet, der Wein hervorragend und die Unterhaltung durch Tänzerinnen und Akrobaten kaum zu beanstanden. Zwar waren die einheimischen Tänzerinnen verglichen mit den hispanischen, die er einmal in *Mogontiacum* gesehen hatte, doch eher etwas plump und entbehrten jenes erotischen Feinschliffes, den der wahre Kenner zu schätzen weiß. Zwar hatte es den britannischen Akrobaten, die vorgegeben hatten, sich auf Wandertournee zu befinden, doch an jener wundersamen Gelenkigkeit gefehlt, die den Betrachter gemeinhin zu Beifallsstürmen hinreißt. Doch war dies nicht der Grund für die Enttäuschung des Thermenpächters. Nein, seine Enttäuschung bezieht sich auf Astirte. Jene Sklavin aus dem fernen Lande der Parther, die durch recht laszive Tänze die Sinne der Männer erregte, hätte er gerne für kurze Zeit sein Eigen genannt. Doch der Gastgeber hatte ihm diese sonst nicht unübliche Gefälligkeit verweigert.

Gaius Vironius knüllt die Faust in der Tasche und zieht die Kapuze enger über den Kopf. »Was ist, ihr Schlafmützen? Kennt ihr den Weg nicht, oder muss ich euch Beine machen?« Der *Curator* hat seinem Gast zwei Sklaven mit Fackeln für den Heimweg mitgegeben. Die leuchten ihm zum einen heim, zum anderen bilden sie auf den unsicheren Straßen der nächtlichen Ubierstadt einen willkommenen Schutz vor Räubern und Diebesgesindel. Zwei kräftige Germanen sind es, wie man sie sich vorstellt: breite Schultern, blonde Haare, blaue Augen. Freilich die Nasen etwas kräftig, und der eine hinkt zum Erbarmen, aber gut gebaut allemal ...

»He, da vorne! Ihr beiden Nichtsnutze! Wollt ihr wohl warten! Seht ihr, jetzt habe ich meine Schuhe mit Kot besudelt, weil ihr zu schnell geht. Ich kann ja kaum noch etwas sehen bei diesem Nebel! So wartet doch!«

In der Tat hatten die beiden Sklaven ihre Geschwindigkeit erhöht und waren jetzt sogar schon in die nächste Gasse eingebogen, die zum Rhein herunterführte.

»Aber das ist ja der ganz falsche Weg! Wartet, euch werde ich es zeigen!«

Aber im gleichen Augenblick wird seine Aufmerksamkeit auf einen Karren gelenkt, der laut rumpelnd in die Straße eingebogen ist. Ein Karren, hoch beladen mit Bauschutt, war an sich nichts Ungewöhnliches, auch nicht zu dieser Zeit. Denn tagsüber war das Befahren mit Karren nur wenigen Privilegierten vorbehalten und außerdem wegen der Fußgängerdichte viel schwieriger. Nein, ungewöhnlich war allenfalls, dass dieses Gespann nicht von Ochsen, sondern von Pferden gezogen wurde. Mit bedrohlicher Geschwindigkeit nähert sich das Gefährt dem einsamen Spaziergänger, der Kutscher scheint ihn nicht zu sehen. Jetzt hätte man die beiden Fackelträger brauchen können, aber die ...

Gaius Vironius schaut sich nach einer Fluchtmöglichkeit um. Es wird eng werden, der Karren ist schon ganz dicht heran. Schon glaubt er, durch den Nebel die großen Augen der Pferde wahrnehmen zu können. Kalter Dampf kommt aus ihren weiten Nüstern. Da, ein zurückliegender Hauseingang. Kaum mehr als drei Schritte! Ob er es schafft?

»He, Kutscher, bist du von Sinnen? Siehst du nicht ...?«

Der Rest geht unter im tödlichen Lärm. Vironius hat es nicht geschafft! Die schwer beladene Kutsche auf ihrer dämonischen Fahrt hat ihn wie eine Fliege an der Wand zerdrückt. Achtlos rast der Kutscher weiter. Auf dem schneebedeckten Pflaster, zwischen

Abfall, Kot und Pferdemist, liegt der zermalmte Körper des Thermenpächters. Die Augen sind weit aufgerissen, die Hände liegen wie zum Schutz vor dem blutigen Gesicht. Die Thermen brauchen einen neuen Pächter. Langsam kriecht der Nebel auf ihn zu und umhüllt ihn wie mit einem schmutzigen grauen Leichentuch.

***

Die beiden Hauptstraßen von *Colonia Claudia Ara Agrippinensium,* der *Cardo Maximus* und der *Decumanus Maximus,* die den beiden senkrecht aufeinander stehenden Straßen eines römischen Lagers entsprechen, der *Via principalis* und der *Via praetoria,* erfahren außerhalb der Stadtmauern ihre Fortsetzungen. Sie führen schnurgerade zum nächsten Legionslager, nämlich nach Norden in Richtung *Novaesium*, nach Westen in Richtung *Juliacum* und nach Süden in Richtung *Bonna*, im weiteren Verlauf *Mogontiacum.* Nur nach Osten bildete der Rhein eine natürliche Grenze für jeglichen Straßenbau. Am Morgen nach dem grässlichen Unfall befand sich Marcus Valerius Aviola auf der Ausfallstraße in Richtung Westen. Die Nacht hatte ihm erholsame Ruhe geschenkt. Nun konnte er sich mit frischen Kräften an die Arbeit machen. An der *Porta Herae*, dem westlichen Stadttor, hatte er sein Legionspferd, das er in einem Mietsstall untergestellt hatte, abgeholt. Der Gutshof des Gaius Fulvius Petrusius war nur etwa zehn Reitminuten von der Stadt entfernt, unweit der Hauptstraße. Vielleicht hatte er hier mehr Glück mit seinen Ermittlungen. Der Nebel des gestrigen Abends hatte sich zum Glück völlig verzogen, aber die Sonne war inzwischen hinter dunklen turmartigen Wolken versteckt, was neuen Schnee verhieß. Es war auch wieder erheblich kälter geworden, und Valerius hüllte sich dankbar in seinen dicken Soldatenmantel, den er über seiner Uniform trug.

Langsam ritt er die Hauptausfallstraße entlang. Vor den Toren hatte sich ein buntes Volk aus Händlern, Handwerkern und einheimischen Germanen niedergelassen. Vor allem Töpfereien waren es, die hier ihre Kunden suchten. Sie hatten ihre Stände entlang der

Straße aufgebaut und warteten auf Kundschaft. Die einen priesen ihre Waren lauthals an, andere versuchten, durch große Schilder, in denen sie in ungelenker Schrift ihre Produktion vorstellten, Interessenten anzulocken. Schnurgerade führte die Straße, die von Legionären einst angelegt worden war, durch das *Oppidum* der Einheimischen. Hier und da winkte man ihm freundlich zu, aber auch manch argwöhnischer Blick folgte ihm. Was tat ein Tribun in dieser Gegend?

Ein Schneeball streifte plötzlich seine Schulter, und lachend stieben die kindlichen Täter auseinander. Valerius lächelte. In wenigen Jahren würde der kleine Titus auch solchen Unsinn aushecken. Der Tribun gab seinem Pferd die Sporen und stürmte über die gut ausgebaute Straße durch den wolkenverhangenen Wintertag. Bald hatte er sein Ziel erreicht. Schon von weitem sah man den ausgedehnten Gutshof inmitten von weiten Feldern und umrahmt von kleinen Wäldern. Ein Bild des Friedens! Auf den Feldern wurden Pferde zugeritten, Sklaven waren mit dem Ausbessern von Zäunen beschäftigt, ein Karren brachte frisches Stroh zu den Ställen. Valerius ritt durch das breite Tor auf den Hof des Gutes. Ein Sklave eilte sofort herbei und kümmerte sich um sein Pferd.

»Wer ist für den Hof im Augenblick verantwortlich?«, fragte er einen anderen, einen kahlköpfigen alten Mann, der schnell aus dem Haupthaus herbeigeeilt war.

»Willkommen, edler Herr. Ich bin Ga... Gallius. Mö... möchtest du bitte hereinko... kommen?«

Der stotternde Alte führte ihn schlurfend ins Haupthaus. Die große Wohnstube war gemütlich eingerichtet. Im Kamin brannte ein wärmendes Feuer. Sessel aus Korbgeflecht standen um einen langen Eichentisch herum. Bunte Wandmosaiken zeigten Pferdemotive in verschiedensten Formen, an der Stirnseite ein großes Mosaik von Epona, der gallischen Pferdegöttin.

»Verzeih, dass ich dei... deine Frage erst jetzt be... be... beantworte. Wie du vielleicht gehö... gehört hast, ist unser Herr, Gaius Ful... Fulvius Pe... Petrusius durch einen Un... Unfall ums Leben ge... gekommen. Die Gö... Götter mögen ihm ein gut... gut... gutes Geleit geben. Bis zur end... endgültigen Ent... Ent... Entscheidung wird der Hof vom Verwalter ge... geleitet.«

»Und wer ist das?«

»Da... das ist Gul... Gulvenius. Ja, Gulve... venius ist der *Vilicus.*«

»Und wo finde ich diesen ... Gulvenius?«

»Ich bedauere, Herr, er ... er ist ni... nicht da. Er hat fü... fünf Pferde nach *Tol... Tol... Tolbiacum* verkauft und ... und sie persönlich hin... hingebracht. Wir er... erwarten ihn in ... in einigen Stu... Stunden zurück. Möchtest du wa... warten? Darf ... darf ich dir ei... eine Erfrischung bri... bringen?«

»Gegen eine Erfrischung habe ich nichts einzuwenden.«

Der Alte schlurfte hinaus, und wenig später brachte eine hübsche blondhaarige Sklavin eine Platte mit Geflügel, kaltem Braten und Brot. Dazu brachte sie einen großen Becher, aus dem heißer Dampf aufstieg.

»Ist es so recht?« Ihre Stimme klang hell und freundlich.

»Was ist in dem Becher?«

»Heißer Würzwein. Ist gut gegen die Kälte.«

Sie wollte gerade gehen, da zog Valerius sie zu sich.

»Setz dich, Mädchen! Wie ist dein Name?«

Leuchtendes Rot zog über die Wangen der hübschen Sklavin.

»Thissa, Herr.«

»Und wie lange bist du schon hier auf dem Hof?«

»Seit meiner Geburt, Herr.«

»Hm, erzähl mir etwas über deinen verstorbenen Herrn, Thissa!«

»Über den Herrn?« Die Sklavin faltete verlegen ihre Hände und starrte auf den Boden.

»Was ... äh ... was soll ich da sagen?«

»Ich meine, war er ein guter Herr? Habt ihr Sklaven ihn gemocht? Macht es Freude, hier auf dem Gut zu arbeiten?«

Geduldig stellte er seine Fragen, und im gleichen Augenblick wurde ihm klar, dass er wohl kaum mit einer wahren Antwort rechnen durfte. Die Sklaven hier schienen Angst zu haben.

»Ein guter Herr? Freude?«, hauchte Thissa und betrachtete ihre schmutzigen Fingernägel. Mit einem Mal ging ein Ruck durch die Sklavin. Sie riss sich die langärmlige *Tunica* vom Oberkörper. Zwischen den schmalen zarten Brüsten, auf den Schultern, auf den Armen, überall Narben und Striemen. Trotzig warf sie das zum Zopf gebundene Haar zurück.

»Reicht dir das als Antwort, Herr?« Rasch streifte sie das Gewand wieder über und blickte verlegen lächelnd zum Fenster.

»Er hat euch geschlagen, nicht wahr? Oft geschlagen.«

»Ja, Herr. Wenn du die Wahrheit wissen willst: Er hat seine Pferde besser behandelt als uns. Den Mesonix hat er fast tot geprügelt, als er einmal eine Amphore hat fallen lassen.«

»Und dich? Was hat er mit dir getan?«

Wieder flog Röte über ihr hübsches Gesicht, diesmal der Scham.

»Ich musste ihm zu Willen sein, fast täglich.«

»Das ist für eine Sklavin nichts Ungewöhnliches, Mädchen.«

»Ich weiß, Herr, aber du ahnst nicht, was er alles mit mir getan hat!«

Sie schüttelte sich, und der Mund verzog sich vor Abscheu und Ekel.

»Gut ... lassen wir das vorerst. Was weißt du über seinen Tod?«

»Über seinen Tod?«

Ein feines Lächeln machte sich kurz in ihren Zügen breit, aber sofort wandelte sich das Gesicht wieder zu einer verschlossenen Maske.

»Zunächst gibt es hier keinen, der um ihn trauert. Einzig die Sorge, was mit uns allen hier passiert, lässt uns nachts nicht mehr schlafen.«

»Das dachte ich mir schon. Aber ich wollte wissen, was du über die Umstände seines Todes weißt.«

»Ein Reitunfall! Er ist vom Pferd gefallen ... und war tot.«

»So einfach fällt man nicht vom Pferd. Petrusius war sicher ein guter Reiter, nicht wahr?«

»Ein hervorragender, Herr! Aber dieses Pferd, *Rex* heißt es, es hieße besser ... äh ... Pluto.«

»So ein gemeines Biest?«

»Noch gemeiner, Herr!«

»Aber ein guter Reiter fällt auch von einem so gemeinen Biest nicht so einfach.«

»Stimmt, Herr. Der Sattelgurt muss gerissen sein, so hat es Volnix erzählt.«

»Wer ist Volnix?«

»Einer der Pferdeknechte, Herr.«

»Ich möchte ihn sehen!«

»Wen? Volnix? Den Pferdeknecht?«

»Ja, ihn, und zwar sofort!« Valerius hatte seine Stimme voller Ungeduld angehoben.

»Bitte, Herr!« Sie stand auf und führte Valerius zu den langgezogenen Ställen. Hier waren auf jeder Seite mindestens fünfzig Pferde untergebracht, und entsprechend geschäftig eilten die Sklaven hin und her. Thissa blickte sich einen Augenblick um. Dann erspähte sie einen jungen Mann mit langen braunen Haaren.

»Volnix! Volnix! Du sollst sofort herkommen!«

Der Gerufene blickte herüber und legte sofort die Bürste weg, mit der er ein Pferd gestriegelt hatte. Eilig kam er herüber, das Gesicht voller Angst und Argwohn.

»Du bist Volnix?«

»Ja, Herr. Zu Diensten!« Unruhig blickte er den Tribun an, die Augen flackernd und ängstlich.

»Hast du das Pferd vorbereitet, als dein Herr an jenem Tag mit *Rex* ausgeritten ist?«

»Ja, Herr!«

»Was war mit dem Sattel, besser mit dem Sattelgurt?«

»Er ... er ist ... gerissen, Herr!« Zögernd nur kam die Antwort.

»Kommt das öfter vor? Ich meine, dass ein Gurt reißt und den Reiter zum Sturz bringt?«

Volnix dachte einen Augenblick nach. Hilfesuchend blickte er Thissa an.

»Antworte!«, herrschte Valerius ihn an.

»Nein, Herr! Es ist ... es ist hier noch nie vorgekommen. Eigentlich ist es sogar sehr ungewöhnlich. Du musst wissen, wir pflegen die Materialien hier sehr gut. Täglich wird das Leder eingewachst, damit es nicht spröde wird. Die teuren Sättel bestreichen wir mit einem Honigbalsam. Und bevor wir satteln, überprüfen wir das Zeug. Besonders, wenn der Herr ausreitet.«

»Hast du es auch an diesem Tag überprüft?«

»Na... natürlich, Herr!« Zwinkernde Augen verrieten Angst und Panik, was Valerius nicht entging.

»Und es war in Ordnung?«

»Alles... alles war in Ordnung. Der Verwalter hat es selbst noch einmal überprüft, weil *Rex* so ein wildes, ungestümes Pferd ist.«

»Ach, der Verwalter selbst?«

»Ja, Herr. Gulvenius selbst!«

»Ist er auch Sklave?«

»Nein, Herr. Er ist ein *Libertinus*. Er wurde, wenn ich das richtig weiß, vor vier Jahren freigelassen und ist seitdem Verwalter und Sklavenaufseher.«

»Und sein Weib Silana führt Aufsicht über das Hausgesinde«, ergänzte Thissa.

»Zeig mir den Sattel, den *Rex* am Unglückstag trug!«

»Du ... du willst den Sattel sehen? Wozu das denn?« Die Angst des Sklaven war spürbar.

»Du sollst nicht fragen, sondern meine Befehle ausführen, Volnix!«

»Ja, Herr! Natürlich, Herr! Bitte folge mir!«

Sie verließen den Stall und betraten einen Nebenraum, in dem in zahllosen Regalen Sättel aller Art lagen. An den Wänden hingen Zaumzeug, Ledergurte, Maulbänder und dergleichen, und in anderen Regalen lagen Tiegel und Töpfe, aus denen der Duft von Wachs und Honig stieg. Einen Augenblick suchte Volnix unter den Sätteln, ging die Regale entlang, bis er plötzlich Halt machte. Er zog einen großen, schwarz glänzenden Sattel hervor und brachte ihn Valerius.

»Das ist er, Herr!«

»Ist er seitdem noch einmal benutzt worden?«

»Natürlich nicht, es ist der Sattel des Herrn!«

Valerius begutachtete den Sattel gründlich, drehte ihn herum und nahm den Sattelgurt zwischen seine Finger. Die Bruchstelle war glatt, völlig glatt, bis auf eine kleine Stelle, an der sich ein Riss befand. Eindeutig, hier hatte man mit dem Messer nachgeholfen.

»Den Sattel nehme ich mit«, sagte er und überreichte ihn dem verdutzten Volnix.

Sie wollten gerade den Stall verlassen, als eine schmale Gestalt im Türrahmen erschien.

»Was ist denn hier los?«, polterte eine Stimme. »Wird hier nicht gearbeitet? Kaum ist man für ein paar Stunden aus dem Haus, werden hier die Saturnalien gefeiert, oder was? Und was macht der Fremde in meinem Stall?«

Der Blick des Mannes schweifte unwillig über die zahlreichen Sklaven, die herumstanden und auf Volnix und Valerius starrten, und blieb schließlich auf Valerius haften. Im Halbdunkel des Stalles konnte er die Uniform des Tribunen nicht ausmachen. Es entging Valerius nicht, dass der Mann von »seinem« Stall sprach. Da Petrusius tot war, musste es sich um den Verwalter handeln, offensichtlich um ein recht anmaßendes Exemplar von Verwalter.

»Ich nehme an, du bist Gulvenius, der Verwalter, nicht wahr?«, sagte Valerius freundlich.

»Das stimmt. Und darf man erfahren, wer du bist, und was ihr mit dem Sattel vorhabt?«

Sein Blick fiel auf den Unglückssattel, und ein Anflug von Zorn färbte sein Gesicht dunkelrot.

»Marcus Valerius Aviola, Militärtribun und vom kaiserlichen *Curator* mit Ermittlungen zum Tode von Gaius Fulvius Petrusius beauftragt!«

Augenblicklich wurde Gulvenius leichenblass. Seine Hände zogen fahrig das vom Ritt zerknitterte Gewand glatt. Nach wenigen Sekunden aber hatte er sich gefasst, und sein Gesicht nahm einen arroganten Zug an. Er presste seine schmalen Lippen zusammen und blickte den Tribun höhnisch an.

»Ermittlungen? Was für Ermittlungen? Es war ein Unfall!«

»Würdest du mir bitte ins Haus folgen?«

Valerius' Stimme duldete keinen Widerspruch, und Gulvenius, das Gesicht trotzig erhoben, stolzierte hoch erhobenen Hauptes hinterher.

»Und ihr wieder an die Arbeit, faule Sklavenbrut!«, brüllte er die Sklaven an.

»Aber nicht Volnix! Der kommt mit uns!«, sagte Valerius mit Entschiedenheit.

XIII.
Endlich eine Spur!

Sie hatten sich um den langen Tisch herumgesetzt, in dessen Mitte der todbringende Sattel lag. Gulvenius starrte nervös auf seine Füße, Volnix klopfte Stroh aus seinem Gewand. Beide warteten darauf, dass Valerius das Verhör beginnen würde. Aber Valerius ließ sich Zeit. Genüsslich schlürfte er seinen Würzwein und nahm ein Stück des kalten Bratens. Dabei blickte er abwechselnd zu den beiden Männern, sagte aber kein Wort. Dann plötzlich, während er ein Stück Brot abbrach, fuhr er Gulvenius an: »Wie viel hat man dir bezahlt?«

»Bezahlt? Äh ... was ... was meinst du mit bezahlt?«

»Du warst es, der den Sattelgurt angeschnitten hat. Du wusstest ganz genau, dass dein Herr den Ritt nicht überleben würde. Warum hast du es getan? Wer hat dir den Auftrag gegeben? Sprich, oder du wirst unter der Folter reden!«

»Folter? Ich bin ein freier Mann. Ein *Civis Romanus* – ein römischer Bürger. Niemand darf mich foltern!«

»Ach ja?«, sagte Valerius gedehnt. »Und wie steht es mit den Sklaven hier? Zum Beispiel dem guten Volnix? Glaubst du nicht, dass er unter der Folter prächtig singen wird?«

»Aber der weiß ja nichts! Was soll der schon erzählen?«

»Ich ... ich wei... weiß nix, Herr, gar nix!« Stotternd vor Angst hatte sich Volnix eingemischt.

»So! Du weißt nichts. Wenn sich herausstellt, dass Petrusius von einem Sklaven ermordet wurde, werden alle Sklaven seines Haushalts hingerichtet – ist dir das eigentlich klar?«

Lähmendes Entsetzen bei Volnix.

»Das schließt übrigens die Freigelassenen seines Hauses ein!«, ergänzte Valerius genüsslich mit Blick auf Gulvenius.

»Er war's, Herr. Er, nicht ich!«

Die Augen traten ihm fast aus den Höhlen, als Volnix das herausschrie. Er war aufgesprungen, und seine Finger zeigten anklagend auf den Verwalter.

»Schweig, du Narr! Du weißt ja nicht, was du sprichst!«

»Oh, ich weiß das sehr gut«, schrie Volnix, »glaubst du, ich hätte den Mann nicht gesehen, der dir den Geldbeutel zugesteckt hat?«

»Welchen Mann?«

Valerius war erregt aufgestanden. Endlich eine Spur!

»Nichts, Tribun!«, schrie Gulvenius mit heiserer Stimme dazwischen. »Er phantasiert. Da gab es keinen Mann und keinen Geldbeutel. Es gab auch keinen Mord, es war ein Unfall. Ein Unfall, hörst du, Tribun!«

»Ich werde dich mitnehmen auf die *Statio* der städtischen Polizei«, sagte Valerius kühl, »da magst du deine Geschichte erzählen. Wir werden die Wahrheit schon aus dir herauskriegen, mit oder ohne Folter.«

»Du machst einen Fehler, Tribun!«, erwiderte Gulvenius mit heiser krächzender Stimme. Sein Widerstand schien gebrochen. Dann blitzte es kurz in seinen Augen auf. »Darf ich ... darf ich mich noch von meinem Weib verabschieden?«

»Du darfst. Wo habt ihr euer Quartier?«

»Im ersten Stockwerk!«

»Ich werde dich begleiten!«

Gemeinsam gingen sie über die Holztreppe in den ersten Stock, wo der Verwalter und seine Frau wohnten.

»Lass mir zehn Minuten, Herr, bitte! Wer weiß, wann ich sie wiedersehe!«

»Von mir aus! Ich warte vor der Tür. Nimm dir ein paar Sachen mit, dein Aufenthalt in der Stadt dürfte länger dauern!«

Gulvenius verschwand hinter der Tür, und Valerius rieb sich erfreut die Hände. Das war mehr als eine Spur! Gulvenius würde ihn zu seinem Auftraggeber führen, und dann würden sie endlich wissen, wer hier in *Colonia Claudia Ara Agrippinensium* die Fäden in der Hand hielt. Mit etwas Glück würde die Spur sogar nach Rom führen, zu dem oder der geheimnisvollen Unbekannten. Oh, ihr unsterblichen Götter, lass es nicht den *Cäsar* selbst sein, von dem alles ausgeht, dachte Valerius. Dann ... dann wäre alles verloren. Falls es aber jemand aus seinem Umfeld wäre, dann gäbe es Hoffnung. Aber Agrippina und der gewiefte Niger würden schon wissen, wie man dann vorgehen müsste. Sein Problem wäre es nicht mehr, er hätte seinen Auftrag erfüllt.

Ungeduldig klopfte der Tribun gegen die Tür.

»Gulvenius? Gulvenius! Es ist Zeit, wir müssen gehen!«

Keine Antwort. Schweigen.

Valerius klopfte noch einmal gegen die Tür.

Keine Antwort! Heftig rüttelte Valerius an der Tür, sie gab nicht nach, keinen Deut. Zornig nahm der Tribun Anlauf und warf sich mit der ganzen Fülle seines kraftvollen Körpers gegen die Tür. Mit einem splitternden Geräusch gab die Tür nach, ein Teil fiel zu Boden. Der Raum hinter der Tür war leer. Eine weitere Tür wies zu einem Nebenraum, dem Schlafgemach.

»Gulvenius?«

Überrascht prallte Valerius zurück. Das war nicht der Verwalter, der sich da auf der Liege räkelte, das war sein Weib, nur notdürftig verhüllt und mit einem verführerischen Lächeln auf den rot geschminkten Lippen.

»Aber, mein stürmischer Tribun, du brauchst doch nicht gleich die Türe einzutreten. Ich warte schon eine ganze Zeit auf dich!«

»Wer bist du, und wo ist Gulvenius?«

»Ich bin Silana und will dir gern zu Diensten sein.« Sie wollte ihre Arme um seinen Hals legen, aber Valerius schüttelte sie unwillig ab.

»Aus dem Weg, verfluchtes Weib!«

Mit einem Satz war er zum Fenster gesprungen, während die Frau sich kreischend an seine Beine klammerte. Der Holzladen des Fensters war nur angelehnt. In dichten Schauern fielen dicke Schneeflocken vom Himmel und bedeckten die frischen Fußspuren unterhalb des Fensters, die von Gulvenius' Flucht zeugten.

Anfänger! Wie ein Anfänger hatte er sich von dem Verwalter und seinem verruchten Weib übertölpeln lassen. Mit einem derben Fluch trat er so heftig gegen die Liegestatt, dass sie ächzend zusammenbrach. Ohne einen weiteren Blick auf die hysterisch schreiende Silana zu werfen, verließ er fluchend den Raum.

In aller Eile stürmte er die Treppe herunter, wo Volnix ihm schreckensbleich entgegensah.

»Gulvenius ist getürmt. Hast du gesehen, wohin?«

»Zu den Ställen, Herr, er ist zu den Ställen!«

Aber es war zu spät! Gulvenius hatte sich ein schnelles Pferd geschnappt und war geflohen. Es war zwecklos, ihn zu verfolgen, denn dichter Schneefall hatte bald schon die Spuren verdeckt.

***

Ein ziemlich geknickter Militärtribun stand wenig später im Amtszimmer des *Curators* und musste gestehen, dass er die Sache ziemlich verbockt hatte. Zu seinem Erstaunen nahm Volturcius Crassus das Geschehen recht gleichmütig zur Kenntnis.

»So, also Gulvenius steckt dahinter. Keine Sorge, wir werden ihn schon fassen. Wo soll er sich denn schon verstecken? Schlimmer ist, Tribun, wir haben schon wieder einen Unfall. Oder sollte ich besser von einem Mord sprechen? Entscheide selbst!«

»Wer ist es diesmal?«, fragte Valerius düster.

»Gaius Vironius, der Pächter der Thermen. Gestern Abend, nach dem Gastmahl bei mir, ist er auf dem Heimweg von einem Karren überfahren worden. Wir haben den Fahrer gestellt. Er gab an, er habe den Mann in der Dunkelheit nicht sehen können. Zudem habe ein furchtbarer Nebel geherrscht.«

»War er allein? Keine Begleitung?«

»Ich selbst hatte ihm zwei meiner zuverlässigsten Sklaven mitgegeben. Germanen, treu und tapfer. Sie sagten, er sei plötzlich stehen geblieben. Weil sie geglaubt hatten, er wolle sich an der Wand erleichtern, sind sie ein Stück vorgegangen. Plötzlich sei dieser Karren mit Baumaterialien an ihnen vorbeigerast. Sie sind sofort zurückgeeilt und fanden ihn sterbend in seinem Blut. Ist das nicht furchtbar?«

»Also ein richtiger Unfall?«

»So sieht es wohl aus, Tribun. Wir kommen keinen Schritt weiter, und um uns herum sterben die Leute wie die Fliegen. Wie damals, nicht wahr?«

Valerius nickte. »Aber diesmal werden wir die Sache rechtzeitig aufklären. Ich reite noch einmal heraus zum Landgut des Petrusius.

Ich werde einige meiner Männer mitnehmen und alles auf den Kopf stellen. Vielleicht lässt sich irgendeine Spur finden.«

»Gute Idee, Tribun!«

***

Unweit der Thermen lag die Kneipe *Ad Tres Sorores,* eine jener anrüchigen Mischungen aus billiger Garküche und üblem Bordell, wie man sie in der jungen Ubierstadt neuerdings häufiger antreffen konnte. Sie hatte früher einmal, wie der Name es verhieß, drei Schwestern gehört, die hier ohne behördliche Störung ihrem zweifelhaften Gewerbe nachgingen. Nachdem aber zwei von ihnen kurz hintereinander am Schlagfluss verschieden waren und die dritte, Aurelia, zweifellos in die Jahre gekommen war, in denen man Geld mitbringen musste, um Freier anzuziehen, hatte die Dame ihr Gewerbe aufgegeben und beschlossen, einen ruhigen Lebensabend auf dem Lande zu verbringen. Ihr Ehemann, ein angesehener Gänsezüchter aus *Burungum,* ahnte durchaus, welch lockeres Täubchen da nun seinen Hof schmückte, war aber über die Fertigkeiten seiner Gemahlin im ehelichen Bett so erfreut, dass er gerne über gewisse moralische Unregelmäßigkeiten der Vergangenheit hinwegblickte.

So hatte Aurelia das Etablissement für eine gefällige Summe an einen gewissen Aulus verkauft, von dem sich hartnäckig das Gerücht hielt, es handele sich um einen entlaufenen Sklaven aus *Noviomagus.* Die Gäste, die so schmierig und zerlumpt wirkten wie der bärtige Wirt selbst, interessierte das nicht, solange der Wein, der so sauer wie billig war, in Strömen floss und man auch auf der großen Tafel hinter dem Schanktisch anschreiben lassen konnte.

Auch das ehemalige Gewerbe der früheren Wirtin hatte seinen Platz hier noch nicht verloren, denn schon vor der *Caupona* standen die Frauen, die durch übertriebene Henna-Schminke und ihre (jedenfalls im Sommer) fast durchsichtigen Gewänder aus imitierter koischer Seide ihre Profession willig preisgaben. Die Frauen, die hier in der Kälte standen und auf Kunden warteten, waren für die besseren Häuser der Stadt zu alt – und zu hässlich. Aber auch sie fanden ihre Kunden, meist unter Bettlern, entlaufenen Sklaven oder Tagelöhnern, die ihre paar As gerne für ein kurzes und meist unappetitliches Vergnügen opferten.

In der kleinen Kneipe, die bis auf den letzten Platz gefüllt war, saß ein Mann, der sein Gesicht fast völlig unter der Kapuze seines Mantels verhüllt hatte, und stierte freudlos auf den Becher sauren Weins, den ihm Aulus eingeschenkt hatte. Seit einer Stunde wartete er jetzt schon, und immer noch nicht war der gekommen, auf den er so dringend wartete.

Jetzt öffnete sich endlich die Tür. Ein Schwall frischer Winterluft zog durch die Schankstube und verdrängte für einen Augenblick die ekligen Ausdünstungen aus Schweiß, Urin und billigem Fusel, die sich im Schankraum gestaut hatten. Der Mann blickte hoch, und ein Grinsen zog über sein Gesicht.

»Gut, dass du endlich kommst. Wie lange sollte ich denn noch warten, G...?«

»Pscht! Nenne meinen Namen nicht, du Dummkopf!«

Der Ankömmling presste seine Hand auf den Mund des Gastes und blickte sich um. Aber keiner der Gäste hatte diese Begegnung zur Kenntnis genommen, sie wären auch zu betrunken gewesen. Jetzt stimmten einige in der anderen Ecke ein ordinäres Lied an, und die anderen fielen begeistert ein.

»Also, kommen wir zur Sache«, raunzte der Ankömmling, der viel Wert darauf legte, dass ihn sein Kapuzenmantel noch mehr tarnte als den anderen, denn er hatte die schwarze Kapuze so weit heruntergezogen, dass nur noch der Mund sichtbar war.

»Schlimm genug, dass ich mich selbst in diese miese Absteige begeben muss. Was willst du?«

»Ich muss verschwinden! Ich brauche Geld und eine *Diploma*.«

»Eine *Diploma*? Du musst verrückt sein! Wo soll ich die herbekommen?«

»Du wirst das schon machen! Schließlich geht es um viel, nicht wahr?«

Er nahm einen Schluck Wein, spuckte ihn aber sofort wieder aus.

»Ungenießbar, das Gebräu, das Aulus hier ausschenkt. Darum solltet ihr euch mal kümmern!«

»Sag, was du willst, und dann verschwinde!«

»Ich hab's dir schon gesagt«, sagte der andere im weinerlichen Ton. »Wenn ich mir vorstelle, dass ich Silana vielleicht nicht mehr wiedersehe ...«

»Selbst schuld, du Narr! Hättest du doch den Sattel verschwinden lassen, wie ich es dir gesagt habe.«

»Kann man ahnen, dass da plötzlich so ein Tribun auftaucht und Fragen stellt?

»Hör zu, Gulvenius! Hier sind zweihundert Sesterzen. Nimm sie und verschwinde! Und vergiss nicht, dass du schon fünfhundert bekommen hast.« Er holte aus seinem Mantel einen kleinen ledernen Beutel und drückte ihn dem anderen in die Hand.

»Zweihundert Sesterzen?« Mit einem verächtlichen Lächeln wog der Mann den schmalen Beutel in seiner Hand. »Willst du mich zum Narren halten? Damit komme ich ja nicht einmal aus der Provinz heraus. Das Zehnfache will ich haben!«

»Das Zehnfache? Die Götter müssen deinen Verstand geraubt haben.«

Gulvenius straffte sich und packte sein Gegenüber am Arm.

»So! Verstand geraubt, ja? Und wenn ich zu diesem Tribun gehe und ihm ein kleines Lied singe? Was dann? Dann fliegen du und dein ganzer Haufen auf, nicht wahr? Und das kostet dann mehr als zweitausend Sesterzen. In Rom wird man über deinen schäbigen Geiz schlecht denken. Was würde wohl N...?«

»Halt's Maul, Kerl! Du wirst doch diesen Namen nicht aussprechen! Also gut, du bekommst, was du verlangst. Aber so viel hab' ich jetzt nicht bei mir. Sei morgen zur zwölften Stunde am Hafen, am Getreidespeicher des Vasenius. Dann kriegst du, was du verlangst.«

»Aber keine Tricks, mein Guter! Ich komme. Zwölfte Stunde am Hafen! Am Speicher des Vasenius!«

»Zwölfte Stunde am Hafen!«, murmelte der andere und verließ fluchtartig die Kaschemme.

***

An der Südseite des *Prätoriums*, unweit vom Marstor, hatte man vor einigen Jahren ein kleines, einstöckiges Gebäude aus rotem Ziegel errichtet, die *Statio* der *Vigiles*, die Polizeistation. Die Lage war günstig, denn man war im Brandfall (und das war immer noch die bevorzugte Aufgabe der Männer) schnell in allen Gebieten der Stadt, vor allem in den dicht bebauten südlichen Wohngebieten. Zum Zweiten konnte man einen Blick auf das Marstor werfen, das als einziges keine ständige Wache hatte. Die war auch eigentlich nicht nötig, denn die Pforte führte zu der Brücke, die auf die kleine Rheininsel mündete. Hier kam nur hin, wer vorher das Stadtgebiet durch eines der anderen Tore betreten hatte. Nachts war das Tor abgeschlossen, obwohl Kontrollen ergeben hatten, dass dies in letzter Zeit nachlässig gehandhabt wurde.

Die *Statio* verfügte neben dem Wachraum über einen Schlafraum, eine kleine Arrestzelle und ein winziges Dienstzimmer für den Leiter der Wache. In großen Städten wie Rom unterstanden die *Vigiles* natürlich einem Präfecten, aber hier in der Provinz war eben ein Tribun der Leiter der kleinen, neu geschaffenen Behörde.

Valerius hatte sein kleines Amtszimmer seit seiner Abreise nach Rom nicht mehr betreten. Jetzt stapelte sich auf dem winzigen Schreibtisch, der vor dem Fenster stand, eine Flut von Papieren. Jeden Tag musste der Wachführer einen Tagesbericht anfertigen. Die Berichte der letzten vier Wochen lagen unbearbeitet auf der einen Seite. Auf der anderen Seite, fein säuberlich getrennt und mit einem roten Band umhüllt, lagen die Anzeigen, die besorgte Einwohner auf der *Statio* eingereicht hatten. Hier wurde ein Mann vermisst, dort ein Einbruch gemeldet. Am *Forum* war ein reisender Kaufmann überfallen worden, in den Gassen hinter dem *Capitolium* entleerte jemand regelmäßig sein Nachtgeschirr auf die Straße, und in der Färbergasse wurde rote Farbe in den Abfluss geschüttet, was verboten war. Seit die Agrippinenser eine Polizei in ihren Mauern hatten, machten sie eifrig Gebrauch von der neuen Einrichtung, und eine neue Kultur unleidlicher Nachbarschaft begann zu erblühen: das Denunziantentum!

Valerius seufzte. Eigentlich hatte er sich nur ein paar Mann für die Durchsuchung des Landgutes holen wollen, aber dann hatte der Wachführer ihn auf diesen Schreibtisch aufmerksam gemacht.

»Muss warten!«, entschied Valerius und blickte auf die Wachrolle. Dreißig *Vigiles* umfasste seine Station insgesamt, von der ersten Nachtwache bis zur letzten waren sie in sechs Manipel zu je fünf Mann eingeteilt. Alle sechs Stunden wechselten sich die Einsatzgruppen ab, so dass jeweils zehn Mann pro Schicht in Dienst waren. Eine Einheit blieb in der *Statio,* die andere machte ihren Wachgang durch die Stadt. Ab der zehnten Stunde blieb nur ein Mann auf der Wache, und die Wachdienste wurden verstärkt. Das war nachts auch notwendig!

»Castus!«

Der Wachhabende kam herein und grüßte militärisch.

»Tribun!«

In den zurückliegenden Jahren hatte Valerius aus den Freiwilligen eine schlagkräftige Truppe geformt und sie militärisch gedrillt so gut es ging. Gut, es waren keine Prätorianer, aber sie waren willig, und Valerius hatte beim *Quaestor* sogar die Anschaffung einer einheitlichen Uniform durchgesetzt, die eine abenteuerliche Mischung aus Prätorianer, Legionär und Feuerwächter darstellte.

»Welcher Manipel hat Dienst, Castus?«

»Der fünfte ist hier, der sechste auf Streife, Tribun!«

»*Bene,* den fünften nehme ich mit, du bleibst auf der Wache. Sie sollen sich Pferde besorgen! In zehn Minuten Treffpunkt Westtor!«

»Zu Befehl, Tribun!«

***

Es war zwar keine imposante Heerschar, die sich da dem Landgut des verstorbenen Petrusius näherte, aber vier Mann können ein Haus ganz schön auf den Kopf stellen, und genau das hatten sie vor! Der alte Gallius, der Valerius bei seinem ersten Besuch empfangen hatte, unternahm gar nicht erst den Versuch eines Protestes, als die Truppe in den Hof stürmte.

»Ich beu... beuge mich der Staatsge... gewalt!«, hatte er pathetisch ausgerufen und sich eiligst in den hintersten Winkel des Gutes zurückgezogen.

»Zwei Mann in den ersten Stockwerk, zwei durchsuchen das Erdgeschoss!«

»Jawohl, Tribun! Äh ... wonach suchen wir genau?«

Valerius musste lächeln. Das hatte er ihnen noch gar nicht gesagt.

»Also, erstens suchen wir den Verwalter, einen gewissen Gulvenius!«

Es folgte eine genaue Beschreibung.

»Dann suchen wir nach allen Arten von Schriftstücken, die im Haus zu finden sind. Bringt sie mir hierhin, ich werde sie sichten.«

Die Männer machten sich an die Arbeit. Im gleichen Augenblick kam Silana die Treppe herunter – diesmal sittsam in eine blaue langärmelige *Tunica* gekleidet, um den Hals einen weißen Wollschal. Hätte Valerius nicht gewusst, dass es die Frau des Verwalters war, so hätte er sie vermutlich für die Hausherrin gehalten, und genau diesen Eindruck wollte sie erzeugen.

»Der edle Tribun gibt uns die Ehre«, flötete sie und lud Valerius zum Sitzen ein.

»Seit unserem letzten Treffen hast du die Garderobe gewechselt, nicht wahr?« Den kleinen Seitenhieb konnte Valerius sich nicht verkneifen.

Silana lächelte unbefangen. »Hat dir die alte besser gefallen?«

»Nun ja ... äh, ich meine, du bist ohne Zweifel eine schöne Frau.«

Silana lächelte zufrieden.

»Etwas Wein?«

Valerius nahm dankend an.

Silana klatschte in die Hände, und sofort kam eine Sklavin herein, die Valerius schon einmal gesehen hatte. Die blonde Thissa.

»Bring Wein und Gebäck, Thissa! Den guten Wein, aus der roten Flasche!«

Das Mädchen stutzte einen Augenblick, dann nickte sie und eilte hinaus.

»Du spielst hier die Rolle der Hausherrin, nicht wahr?«

»Ich *bin* die Hausherrin«, lächelte Silana süffisant. »Ich war es auch zu Lebzeiten von Petrusius!«

»Er war nicht verheiratet?«

»Nicht verheiratet, kein Kind, keine Verwandten. Seine Schwester Aemilia Petrusia ist vor zwei Jahren verstorben. Stell dir vor, der reichste Mann weit und breit, aber niemand, der das alles hier erbt.«

»Dann wird es der Kaiser erben!«

»So wird es wohl sein! Wir warten schon auf den Vollstrecker.« Wortlos stellte Thissa Wein und Gebäck auf den Tisch. Valerius nahm etwas von dem Wein. Ausgezeichnet, etwas süß vielleicht, aber sehr süffig. In einem Zug leerte er den Becher, blickte Silana scharf an und fragte unvermittelt: »Wo ist dein Mann?«

Wenn er geglaubt hatte, Silana damit aus dem Gleichgewicht bringen zu können, hatte er sich geirrt. Sie lächelte spöttisch und nahm den Schal so weit zurück, dass ihr Dekolletee sichtbar wurde.

»Solltest du das nicht besser wissen, Tribun? Sicher habt ihr ihn schon eingefangen, den Armen?«

»Nein, äh ... haben wir noch nicht!«

»So, habt ihr noch ... nicht?«, fragte sie gedehnt. Ihre Augen funkelten, und sie schlug die Beine derart übereinander, dass die *Tunica* über die Gebote des Anstands hoch rutschte.

Valerius tat, als bemerke er das nicht, gleichzeitig begann er, sich zunehmend unwohl zu fühlen. Irgendwie hatte er den Eindruck, dass ihm die Dinge hier zu entgleiten drohten. Es war inzwischen Silana, die die Gesprächsführung unmerklich an sich gerissen hatte.

»Aber sicher wirst du bald Erfolg haben, Tribun. Ein Mann wie du hat immer Erfolg. Bei seiner Arbeit und ... bei den Frauen auch, nicht wahr?«

Sie stand auf und stellte sich hinter ihn. Valerius spürte das schwere Parfüm, das ihrem Körper entströmte. Ein Duft aus Myrrhe, Narde und Rosenöl, mit einem Hauch von Zimt vermischt, schwer und sinnlich, das einem die Sinne rauben konnte. Für einen Augenblick war er versucht, seinen Kopf nach hinten zu lehnen ...

Im gleichen Augenblick stürmte einer der jungen Milizionäre ins Zimmer, in der Hand ein Stück Papier, mit dem er wie wild herumwedelte. Kurz betrachtete er die merkwürdige Szene, dann riss er sich zusammen und brüllte im Kasernenton: »Hier, Tribun, haben wir im Schlafzimmer der äh ... Dame gefunden! Sicher wichtig! Wahrscheinlich sogar geheim! War in den Laken des äh ... Bettes versteckt!«

Silana lächelte den jungen Soldaten an. »Gut gemacht, junger Soldat. Vielleicht wirst du ja jetzt einen Orden oder so etwas bekommen, oder, Tribun?«

Das Gesicht des jungen Mannes wurde von einem unnatürlichen Rot überzogen, während Valerius irgendetwas Unverständliches grummelte. Hastig nahm der Tribun das kleine Schriftstück an sich und warf einen interessierten Blick darauf:

Silana! Geliebte!

Ich werde in Durnomagus auf dich warten. In der Taberna des alten Quintillus, du kennst sie ja. Sorge dich nicht um mich, ich werde es schaffen. Nimm alles mit, was du für eine weitere Reise brauchst. Wir werden diesen Teil des Landes verlassen und zu meinem Vetter ziehen! Achte darauf, dass dir niemand folgt, wenn du zu mir kommst! Und komm sobald wie möglich!
Fühl dich umarmt und geliebt! Ich freue mich schon auf dich!!!

Dein treuer Gulvenius

»Da wird der treue Gulvenius aber lange warten müssen!«, meinte Valerius mit einem überlegenen Lächeln.

»Ich wäre sowieso nicht gegangen«, antwortete Silana leichthin. »Wäre ich gegangen, hättest du jetzt weder mich noch den albernen Zettel gefunden.«

»Du ... du willst nicht zu deinem Mann?«

»Er ist ein Verlierer, der typische Verlierer. Immer bringt er uns in Schwierigkeiten. Glaubst du nicht, dass sich für mich etwas Besseres finden lässt?«

»Hm, schon möglich, ich meine ...«

»Noch etwas Wein, Tribun?« Ohne die Antwort abzuwarten, füllte Silana den Becher bis zum Rande.

Bei den Göttern, was für ein Wein! Passend zu diesem göttlichen Weib! Hastig stürzte er den Wein hinunter, als wollte ihm jemand den Becher abnehmen. Silana lächelte ihm zu. Sie lächelte in jener Mischung aus Überlegenheit und Berechnung, wie sie nur bei reifen Frauen vorkommt, die genau wissen, was sie wollen.

Täuschte er sich, oder war das ein Anflug von Hohn, der sich in Silanas Lächeln gemischt hatte? Er würde aufpassen müssen, sehr gut aufpassen müssen, damit nicht ...

Zwei weitere *Vigiles* kamen herein, der eine hatte einen Stapel Papiere in der Hand.

»Nichts zu finden, Tribun, kein Gulvenius, keine geheimen Papiere. Nur das hier, Rechnungen, Bestellungen, Verträge und so ein Zeug!«

»Leg es auf den Tisch, Gatruvius.«

»Jawohl, Tribun!«

»Gut! Äh ... abrücken, Männer. Ich komme später nach! Muss erst das Verhör hier zu Ende bringen!«

»Das Verhör? Selbstverständlich! Das Verhör!«

Die Männer salutierten und verließen den Raum. Minuten später war das Geräusch der abrückenden Reiter auf dem Hof zu hören.

»Und nun, mein schöner Tribun?«

Der Wein begann seine unheilvolle Wirkung zu entfalten. In Valerius' Kopf begann ein Taumel der Gefühle zu toben. Welch ein Weib! Silana spürte die Wirkung, die sie auf den Tribun ausübte.

»Ich hätte da noch einige Papiere, die ... äh ... deinen Männern entgangen sein könnten. Willst du sie sehen?«

Unfähig, sich dem üblen Spiel der Frau zu entziehen, nickte Valerius tonlos. »Dann folge mir!«

Gemeinsam gingen sie die Treppe hoch und betraten Silanas Schlafzimmer. Valerius' Männer hatten hier ordentlich gehaust und alles durcheinander geworfen. Aus den Schränken hatten sie Kleidungsstücke geholt und auf den Boden geworfen, den kleinen Schreibtisch umgedreht und den gesamten Inhalt auf dem Boden verstreut. Selbst das Bett hatten sie auseinander genommen und in einem Zustand zurückgelassen, der eher an eine wilde Liebesnacht als an eine geordnete Hausdurchsuchung denken ließ. Silana warf nur einen gleichgültigen Blick auf das Durcheinander.

»Wenn dich die Unordnung nicht stört«, flüsterte sie und zog ihn in zärtlicher Umarmung auf die Laken.

XIV.
Tod eines Verräters

Am südlichen Ende des Platzes, der vor dem *Prätorium* liegt, zweigt eine schmale Gasse zum Rhein ab. Sie führt zum Marstor, das später auch *Porta Fori* genannt wurde, denn hinter jenem Tor führt eine schmale Brücke auf die der Stadt vorgelagerte Rheininsel. Diese Insel, die sich in ihrer Länge über die Ostseite der gesamten Stadt erstreckt, beherbergt einen ausgedehnten Komplex von Lagerhallen, Scheunen und Speichern, in denen die Kaufleute Getreide, Wein und Öl, aber auch Glas- und Tonwaren oder Stoffballen lagern. Vor diesem Komplex findet sich ein beliebter Markt, der wegen seiner günstigen Preise bei den Agrippinensern mehr Anklang findet als die übrigen Märkte in der Stadt. Hier hat auch der noble Kaufmann Vasenius Tuscus seine Stände, und die hintere Lagerhalle gehört ihm. Jetzt zur zwölften Stunde sind die Stände freilich abgeräumt, und die Kunden haben die kleine Insel wieder zufrieden verlassen. In den Lagerhallen finden letzte Aufräumungsarbeiten statt, dann kehrt absolute Stille auf dem Inselchen ein. Lediglich der Nachtwächter, dem die Kontrolle des Komplexes obliegt, dreht einsam seine Runde, in der einen Hand die Lanze, in der anderen eine Fackel.

Es ist nicht mehr so kalt wie am Tag. Aus dem Westen kommt ein stürmischer, aber milder Wind, der die Kälte vertreibt und mit ihr den Nebel, der den Menschen in letzter Zeit viel zu schaffen gemacht hat. Eine einsame Gestalt duckt sich in den Windschatten, den die große Lagerhalle des Vasenius wirft. Gulvenius zieht den Kragen seines Mantels enger. Zwar hat die Kälte nachgelassen, hier und da taut bereits der Schnee weg, dafür fährt der stürmische Wind unter seinen Mantel. Jetzt knirschen Schritte im tauenden Schnee. Gulvenius duckt sich hinter eine Tonne. Ist das ...?

Nein, es ist der Nachtwächter. Gulvenius kennt ihn. Es ist ein *Veteranus*, ein ehemaliger Legionär. Ein hünenhafter Kerl, dem es nichts ausmacht, wenn nächtliche Besucher versuchen, in die ihm anvertrauten Speicher einzubrechen. Dafür hat er seine Lanze, und an der Seite baumelt sein altes Legionsschwert. Und wer über Jahre in Britannien gegen wilde, langhaarige Barbaren mit blau gefärbten Gesichtern gekämpft hat, der fürchtet sich nicht vor ein paar abgerissenen Hühnerdieben! Mit dem Burschen ist nicht zu spaßen, und so macht sich Gulvenius klein, ganz klein. Endlich entfernen sich die Schritte, und er kann hinter der Regentonne hervorkrabbeln. Der Mond taucht das Gelände in ein fahles Licht, genug aber, um den zu erkennen, auf den er wartet.

Ein Grinsen zieht über das Gesicht des Mannes. Er hat sich alles genau überlegt. Wenn er das Geld hat, wird er in Verkleidung die Stadt verlassen. Die ersten Barthaare sprießen schon, und das Haupthaar hat er ganz kurz geschnitten. Er weiß schon, dass alles nach ihm sucht und den Torwächtern eine genaue Beschreibung von ihm vorliegt. Aber das macht nichts! Aulus, der Tabernenwirt, wird ihn auf einem seiner Karren mitnehmen, hinten, zwischen den leeren Amphoren. Ist schon alles abgesprochen. Er wird mit dem Karren nach *Durnomagus* fahren und dort auf Silana warten. Ja, auf sein prächtiges Weib wird er dort warten, wenn die Nachricht, die er ihr geschickt hat, sie rechtzeitig erreicht. Aber er kann warten, Silana ist das wert. Dann werden sie weiterreisen. Mit der *Diploma*, die er erwartet, werden sie sogar die Kaiserliche Post benutzen können. Bequeme Kutschen, angenehme Gasthäuser, zuvorkommende Bedienung. Das alles ist einem, der den *Cursus Publicus* nutzen kann, gewiss. Dann werden sie in aller Ruhe weiterreisen: *Novaesium, Gelduba, Castra Vetera* bis nach *Noviomagus*. Dort hat er einen Vetter, einen Töpfer, der wird ihm und seinem Weib weiterhelfen.

Vielleicht werden sie auch eine Töpferei eröffnen, kann man ja schließlich alles lernen. Und Kinder möchte er von diesem Prachtweib haben, drei oder vier. Er sieht sich schon in seiner Töpferei. Die niedlichen Kleinen krabbeln über seinen Schoß und brabbeln ihm die Ohren voll. An der Theke steht sein feuriges Weib und verkauft für gutes Geld, was er im Ofen gebrannt hat. Vielleicht sollte man aber auch eine Pferdezucht aufmachen? Davon versteht er mehr. Schließlich hat er bei Petrusius eine Menge gelernt. Aber woher das Geld für eine Zucht nehmen? Vielleicht kann man auch aus der Sache, in die er geraten ist, mehr herausholen? Viel mehr? Vielleicht sogar so viel, dass man ...

Schritte! Leise Schritte eines schleifenden Tritts. Das wird er sein.

Eine Stimme flüstert: »Gulvenius? Gulvenius, bist du da?«

Das ist aber nicht die Stimme, die er kennt, nicht der Mann, den er erwartet hat. Vorsichtig zieht er sich zurück. Man kann nie wissen.

Wieder die Stimme.

»Gulvenius? Man schickt mich. Ich habe das Geld für dich und ... eine Reisevollmacht.«

Vorsichtig tritt Gulvenius hervor. Eine kräftige Gestalt steht in geringer Entfernung und lässt ihre Blicke schweifen. Ein Mann wie ein Bär aus den germanischen Wäldern.

»So beeil dich doch, Mann, bevor der Nachtwächter wieder kommt.«

»Hier bin ich. Wer bist du und wer hat dich geschickt?«

Hinkend kommt der Mann auf ihn zu. Misstrauisch blickt er sich nach allen Seiten um. Auf dem Kopf trägt er eine Wollmütze, die lang nach den Seiten herunterhängt. Nicht zu erkennen, wer das ist ...

»Wer mich geschickt hat, weißt du, und wer ich bin, muss dich nicht interessieren, solange du das bekommst, was du verlangt hast.«

»Und du hast wirklich eine *Diploma*?«

»Hier, überzeuge dich selbst!« Der Mann holt aus seinem Mantel einen Geldbeutel und eine kleine Schriftrolle. Beides kann Gulvenius im fahlen Mondlicht unschwer erkennen. Erleichtert tritt er auf den Mann zu.

»Dann ist es gut. Her mit den Sachen!«

Der andere übergibt ihm beides. Aber Gulvenius ist kein Dummkopf! Schnell reißt er die versiegelte Rolle auf. Sein Blick fällt auf den *Papyrus*, sein Gesicht wird aschfahl.

»Aber ... aber die ist leer! Da steht ... kein Name drauf, keine Unterschrift, kein Siegel. Wollt ihr mich zum Narren halten? Sicher ist in dem Geldbeutel auch nichts drin!« Er hebt ihn hoch und fühlt sich bestätigt. So leicht, als wäre er mit Hühnerfedern gefüllt.

»Was soll das? Es war vereinbart, dass ...«

»... dass du das kriegst, was du dir verdient hast, du Verräter! Hier ist es!«

Zu spät sieht Gulvenius den Dolch, den der Mann unter seinem Umhang hervorgezaubert hat. Bevor er sich noch abwenden kann, spürt er, wie der kalte Stahl in seinen Leib fährt, wieder und wieder! Gulvenius versucht sich zu wehren. Hilflos rudern die Arme durch die nachtklare Luft, während das Blut schon in kleinen Strömen aus dem Körper heraustritt und den Schnee färbt. Dann sinkt er röchelnd nieder. Kein Laut kommt mehr über die Lippen, die für alle Zeit versiegelt sein sollen.

Befriedigt bückt sich der Mann. Er ist stark, bärenstark. Hat lange genug in der *Arena* von *Lugdunum* gekämpft, siebzehn Siege errungen, bis ihm eine schwere Beinverletzung ein abruptes Karriereende beschert hat. Jetzt lebt er von kleinen diskreten Aufträgen wie diesen. Es macht ihm nichts aus, den leblosen Körper durch den matschigen Schnee zu ziehen, an der Lagerhalle vorbei in Richtung *Rhenus*. Eine blutige Spur folgt dem ungleichen Paar, eine Spur, die abrupt am Flussufer endet.

Dann ein klatschendes Geräusch. Leblos treibt der Körper im kalten Wasser des Flusses. Er treibt zwischen den riesigen Eisschollen, die sich langsam auflösen. Aber Gulvenius lebt noch!

Er spürt, wie das eiskalte Wasser in jede Pore seines Körpers eindringt, wie es ihn langsam umhüllt. Er will nicht sterben! Noch nicht! Er hat doch noch so viel vor. Silana! Silana! Er will schreien, doch die Zunge versagt ihm ihren Dienst. Seine Hände greifen verzweifelt in die Luft, während er langsam in den dunklen Fluten versinkt. Wenn es die Götter wollen, wird der Körper sein Ziel nach langer Reise erreichen: *Noviomagus* liegt auch am *Rhenus*!

Als der Nachtwächter auf seiner Runde wenig später an der Stelle vorbeikommt, an der Gulvenius seinen letzten Seufzer getan hat, wundert er sich. Spuren eines Kampfes färben den Schneematsch rot, Schleifspuren zum Ufer, ein leerer Geldbeutel und eine leere Schriftrolle. Er packt beides in den Beutel, den er am Gürtel trägt und in dem sich sonst das Brot für die Nacht befindet. Vielleicht ein Wolf, der Beute geschlagen hat? Pfeifend setzt er seinen Weg fort.

***

Valerius wachte mit einem üblen Geschmack im Mund auf. Um ihn herum herrschte absolute Dunkelheit. Wo bin ich? Schmerzhaft fuhr ihm diese Frage durch den Kopf. Schmerzhaft auch, weil in seinem Kopf ein Trommeln und Dröhnen herrschte, als befinde sich eine Legion auf dem Triumphzug durch seine Gehirnwindungen!

Silana! Das Teufelsweib kam ihm in den Sinn.

Sie hatten sich geliebt, in heißem Begehren, bis zu jenem Zeitpunkt, an dem sein Erinnerungsvermögen aussetzte. Nun lag er hier ... Lag? Tatsächlich, er lag auf dem Boden, und langsam kroch die nasskalte Feuchtigkeit an ihm hoch. Und noch etwas stellte er mit Erschrecken fest: Seine Hände und Beine waren gefesselt. Dicke Stricke waren so fest um seine Gelenke gebunden, dass sie schon die Durchblutung behinderten und ein erstes warnendes Kribbeln in Händen und Beinen erzeugten.

Das also war ihr Plan! Oh, ihr Götter, welch ein Narr war ich! Zum zweiten Mal hat man mich in diesem Hause zum albernen Narren gemacht. Erst Gulvenius mit seiner rührenden Abschiedsszene. Dann sein liederliches Weib mit der Liebesszene. Und jedes Mal ist er hereingefallen wie ein Schuljunge. Wäre es nicht so dunkel gewesen, man hätte sehen können, wie die Schamröte in sein Gesicht stieg, nicht anders als die Sonne, wenn sie am frühen Morgen ihren Tageslauf antritt.

Dieser Geschmack im Mund! Als hätte er Metall gegessen. Und gewaltiger Durst plagte ihn. Der Wein! Irgendetwas musste in dem Wein gewesen sein, den man ihm verabreicht hatte.

»Nimm den guten Wein, den aus der roten Flasche!«

Der Satz fiel ihm wieder ein. Und die Sklavin hat gehorcht. Also war Thissa mit im Bunde. Alle in diesem Hause steckten unter einer Decke. Man müsste die ganze Brut mit Feuer und Schwert ausrotten! Zorn kam in ihm hoch. Hass! Auf sich selbst – und auf jene, denen er das hier verdankte. Aber würde er noch dazu kommen, sie ihrer gerechten Strafe zuzuführen? In Anbetracht der augenblicklichen Situation musste das mehr als zweifelhaft erscheinen. Valerius machte sich nichts vor. Er saß in der Falle!

Vorsichtig versuchte er, an seinen Handfesseln zu zerren. Vergeblich! Sie saßen fest, und der Strick war von bester Qualität. Nicht anders bei den Beinen. Was nun? Was hatte man mit ihm vor? Diente das alles nur der gemeinsamen Flucht von Gulvenius und Silana? Waren sie schon auf dem Weg nach *Noviomagus* und lachten sich schlapp über den liebestollen Tribun? Er versuchte herauszufinden, wo er war. Keine Chance! Der Raum war völlig verdunkelt, und kein Laut drang von außen hier hinein. So ähnlich mochte es im *Tartarus* aussehen, dem finsteren Ort der Unterwelt. Aber da gab es wenigstens noch Pluto und Proserpina, die Gesellschaft spenden mochten. Hier aber war alles still, dunkel, tot!

Ein Geräusch! Wie ein Riegel, der umgelegt wird. Für kurze Zeit fiel der Schimmer eines Lichts in den Raum. Ein hünenhafter Kerl stand im Raum, in der Hand eine Fackel, die tanzende Schatten auf die unverputzten Wände warf. Er grinste ihn aus schadhaften Zähnen höhnisch an..

»Aufgewacht, Tribun? Muss ja eine tolle Liebesnacht gewesen sein, oder?«

»Wer bist du? Wo bin ich? Was ... äh ... was habt ihr vor?«

»Der Reihe nach, Herrchen! Also ... man nennt mich Ursus, den Bären. Und wie du siehst, nich ohne Grund, hahaha!« Er lachte so dröhnend, dass es von den nackten Wänden widerhallte.

»Wo du bist? Immer noch auf dem Gut des Petrusius, nur ein Stockwerk tiefer. In diesem Keller hat man ganz früher Wein gelagert und später aufsässige Sklaven eingesperrt. Aber jetzt ist er leer. Hast ja alles ausgesoffen!« Wieder das dröhnende Lachen. Wenn Bären lachen können, lachen sie sicher so!

»Und was wir mit dir vorhaben? Nun, einstweilen wirst du hier bleiben, an diesem schönen Ort, verstanden? Sicher nich so gemütlich, wie es der feine Herr gewohnt ist, aber hab' keine Angst nich, wir werden dich füttern und tränken wie unsere Pferde!« Das dröhnende Lachen ging unvermittelt in einen gewaltigen Hustenanfall über. Wie wild fingen die Lichter der Fackel an zu tanzen, bis der Bär sich wieder beruhigt hatte.

»Was wir dann mit dir machen werden, wird äh ... später entschieden, verstanden?«

»Ihr habt einen Tribun des Kaisers verschleppt. Darauf steht die *Damnatio capitis* – die Todesstrafe!«

»Ja, Herrchen, wenn man uns kriegt. Aber niemand wird uns nich kriegen und niemand wird dich finden!«

»Meine Leute werden mich hier suchen und finden!«

»Hahaha, das ist gut, wirklich gut. Sie waren schon hier, deine trefflichen Leute. Haben nach dir gefragt. Aber haben sie dich gefunden? Nein, haben sie nich! Sie haben diesen Kellerraum hier auch bei der ersten Hausdurchsuchung nich gefunden, denn der Eingang ist gut getarnt, sehr gut getarnt. Also versuch nich, zu schreien oder so was. Wenn du mir Ärger machst, hau ich dir eins aufs Maul, verstanden? Essen gibt's in 'ner Stunde, und bis dahin ist Ruhe, verstanden?«

Ursus drehte sich mit einem Knurren herum, öffnete die Tür und war verschwunden und mit ihm das Licht. Der Riegel wurde geräuschvoll wieder vorgeschoben.

Wieder Dunkelheit und Stille. Ein *Ergastulum*! Blitzartig wurde es ihm klar. Er befand sich in einem der Arbeitsgefängnisse, die es auf großen Gütern wie diesem hier gab. Hier wurden unzuverlässige und fluchtverdächtige Sklaven eingesperrt und harrten der Gnade ihres Herrn. Valerius aber hatte keine Gnade zu erwarten, und er wusste das nur zu gut.

Es kam ihm wie Stunden vor, bis die Tür wieder geöffnet wurde. Ursus erschien, in der einen Hand die Fackel, in der anderen ein Tablett mit einem Krug, etwas Obst und Brot. Er hängte die Fackel in eine Vorrichtung an der Wand und löste behutsam die Handfesseln des Tribuns.

»Aber komm nich auf dumme Gedanken, Tribun! Die Füße bleiben erstmal gefesselt, und wenn du mich angreifen tust, gibt's was auf die Birne, verstanden? So, jetzt iss!«

Der rasende Durst ließ ihm keine Wahl. Mit langsamen Schlucken trank er das frische Wasser, das kühlend seine ausgedörrte Kehle herunterlief. Auch Brot und Obst waren schnell verschlungen. Von Sättigung konnte allerdings keine Rede sein. Zu seiner Verwunderung löste Ursus jetzt auch seine Fußfesseln.

»Damit du pinkeln kannst«, sagte er grinsend und zeigte auf einen Bottich in der Ecke.

»Weglaufen kannste ja nich!«

Dann war Ursus wieder verschwunden.

Neugierig inspizierte Valerius sein Gefängnis, so gut es die Dunkelheit zuließ. Vier unverputzte Wände, eine Tür aus massiven

Eichenbohlen, ein Bottich für seine Bedürfnisse, das war alles. Frischluft kam offenbar durch einen unterirdischen schmalen Schacht, der an einer Wand heraustrat und so klein war, dass man nicht einmal eine Hand hineinstrecken konnte. An Flucht war nicht zu denken. Vielleicht gelang es ihm ja beim nächsten Mal, seinen Wächter zu übertölpeln? Denn bei aller Kraft, die die Götter dem Burschen mitgegeben hatten, hatten sie die Intelligenz vergessen. Valerius verspürte ein menschliches Bedürfnis und erleichterte sich in dem Bottich. Seine Uniform hatte man ihm gelassen, die Waffen natürlich abgenommen. Man würde sehen ...

Dann hatte die Natur ihn überwältigt. Valerius war eingeschlafen.

***

Er wurde wach, weil ein leichter Luftzug über sein Gesicht fuhr. Dann eine Berührung im Gesicht!

»Was ...?«

»Pscht! *Tace* – Schweige!« Eine schmale Hand verschloss seine Lippen. Im spärlichen Schein einer kleinen Öllampe erkannte er – Thissa!

»Ich werde dir helfen, Tribun, aber du musst ganz leise sein. Sie wollen dich töten, aber das werde ich nicht zulassen. Folge mir jetzt, aber keinen Laut, sonst sind wir beide verloren!«

Fürsorglich, wie man mit einem Kind umgeht, das sich in dunkler Nacht fürchtet, zog sie den Tribun mit sich. Sie gingen durch die geöffnete Tür und standen vor einer steilen Treppe.

»Hier hinauf!«, flüsterte Thissa und löschte die Öllampe. Valerius blickte sich um. Die Tür bestand aus einem Regal, das voller Töpfe und Schüsseln war. Deshalb hatten seine Männer die Tür übersehen! Schweigend stiegen sie die Treppe herauf. Plötzliches Tageslicht umfing sie. Sie standen in einem leeren Stall.

»Weiter kann ich dir nicht helfen«, wisperte Thissa. Nackte Angst verzerrte ihr hübsches Gesicht.

»Was ist mit dir? Wenn du hier bleibst, werden sie merken, dass du es warst, die mir geholfen hat. Das wird dein Tod sein!«

»Mag Gott das entscheiden! In seiner Hand befinden wir uns alle!«

»Gott? Welcher Gott?«

»Der Einzige, der Wahre!«

»Dann bist du eine aus der Sekte der Christen?«

»Sekte?« Über die hübschen Züge der Sklavin huschte ein feines Lächeln. Alle Angst war aus ihrem Gesicht verschwunden.

»Nenn es Sekte«, entgegnete sie gelassen. »Jedenfalls verbietet mir mein Glaube, an einer Tötung teilzunehmen. Es war schon schlimm genug, dass ich dir den vergifteten Wein bringen musste.«

»Vergiftet? Womit war er vermischt?«

»Mit dem Saft des roten Mohns aus dem fernen Orient! Petrusius hatte ihn immer im Hause. Er betäubt die Sinne und macht müde. Außerdem ...«, sie stockte, um dann mit trotziger Miene fortzufahren, »außerdem verwirrt er den Geist. Er lässt die Menschen Dinge tun, die sie sonst nicht getan hätten!«

Das war unzweifelhaft ein Vorwurf, und Valerius verstand ihn sofort richtig.

»Du meinst, was zwischen Silana und mir ...?«

»Keine Zeit jetzt! Du musst gehen! Geh dort hinaus über die Felder. Halte dich vor dem Wald links, dann kommst du auf die Straße, die zur Stadt führt.«

»Du wirst mich begleiten!«

»Nein, o nein, wie kann ich das? Wenn Ursus uns erwischt, dann ...«

»Was dann?«, brüllte eine wütende Stimme durch den Stall. Im Tor wurde die riesige Gestalt von Ursus sichtbar.

»Dachte ich's mir doch, dass du kleines Luder ihm helfen würdest. Jetzt werden eben zwei mit den Eisschollen schwimmen!«

Mit wuchtigen Schritten kam er auf die beiden zu, seine Hand fuhr zu dem Schwert, das an seiner Hüfte baumelte. Valerius stieß Thissa zur Seite. Mit einem Aufschrei fiel die junge Sklavin auf einen Ballen Heu. Gleichzeitig schaute sich der Tribun nach einem Werkzeug um, mit dem er den Angriff abwehren konnte. Sein Blick fiel auf eine Mistgabel, die im Heu steckte. Aber bevor er danach greifen konnte, hatte sich Ursus mit einem tierischen Schrei auf ihn gestürzt. Mit Mühe nur konnte der Tribun ausweichen. Er ließ sich fallen und rollte zwei Schritt zur Seite.

»Du Hund, du wirst mir nich entkommen, verstanden?«

Ursus hatte sich gedreht und stampfte mit wütenden Schritten auf seinen am Boden liegenden Gegner zu. Blitzschnell ergriff Valerius ein Bündel trockenen Strohs und schleuderte es Ursus ins Gesicht. Der hustete und spuckte. Wütend wischte er sich das Stroh aus dem Gesicht, gleichzeitig schlug er mit dem Schwert nach Valerius und traf ihn am Arm. Eine Welle des Schmerzes durchflutete den getroffenen Arm und beraubte Valerius fast seiner Sinne. Er torkelte zurück und fiel. Schon im Fallen sah er auf dem Boden ein Seil, mit dem man gewöhnlich Stroh zu Ballen zusammenbindet. Nun musste es eben einem anderen Zweck dienen.

Im Liegen noch schlug er das Seil wie eine Peitsche nach oben und traf Ursus mitten ins Gesicht. Der Riese heulte auf, wie ein Bär eben aufheult, der an empfindlicher Stelle getroffen wird. Blut spritzte aus seinem Gesicht, und mit markerschütterndem Wutgeheul ging Ursus auf Valerius los. Mit tückischem Blick aus blutunterlaufenen Augen versetzte er dem Liegenden einen äußerst schmerzhaften Tritt in die Hüfte.

»Nimm das fürs Erste, du Hund von Tribun!«

Dann erhob er sein Schwert mit einem höhnischen Grinsen und ... plötzlich, ganz langsam, veränderten sich seine Züge. Wo eben noch Wut und blanker Hass das Gesicht zu einer unmenschlichen Fratze verzerrt hatten, da war jetzt ungläubiges Staunen. Polternd ließ er das Schwert aus der Hand fallen, aus seinem Mund ergoss sich ein Blutschwall, dann brach er zusammen. Tief in seinem Rücken steckte die todbringende Mistgabel, dahinter, zitternd und mit aufgerissenen Augen – Thissa!

»Ich habe getötet!«, flüsterte sie, und ein Sturzbach von Tränen ergoss sich über die Hände, die sie vor das Gesicht geschlagen hatte.

»Mein Herr und mein Gott, verzeih mir!«

»Sicher wird dir dein Gott verzeihen, Thissa, denn du hast mir das Leben gerettet. Und wer tötet, um das Leben eines anderen Menschen zu retten, der begeht auch in den Augen deines Gottes kein Verbrechen, nicht wahr?«

»Was weißt du von meinem Gott, was von Sünde?«, rief Thissa, und immer noch flossen die Tränen herunter.

»Vielleicht mehr, als du ahnst«, sagte Valerius. Für einen Augenblick wollte er ihr von der Zusammenkunft in Rom erzählen, mit Petrus, dem Führer der dortigen Gemeinde, der jenen noch gekannt hat, den die Sklavin so verehrte. Aber das hätte jetzt keinen Sinn gehabt, zu aufgewühlt war die junge Frau. Und es war jetzt auch nicht der Zeitpunkt dafür.

»Ich werde dich jetzt mitnehmen, denn hier bleiben kannst du nicht mehr.«

»Und was ... was ist mit ... Ursus?« Sie deutete auf den toten Riesen, der immer noch mit der Mistgabel im Rücken in seltsam verdrehter Haltung auf dem Boden lag.

»Für den kann man nichts mehr tun. Die Leute hier werden sich darum kümmern!«

XV.
Keltenfest

Dumpf schallen die Trommeln durch den nachtdunklen Wald, begleitet vom Gesang der Druiden und dem mehrstimmigen Flöten der Lurenbläser. Mindestens zweitausend Menschen sind es, die sich in jener riesigen Lichtung versammelt haben, die die Römer *Vallis tiliarum* – Lindenthal nennen. Aber es sind nicht Römer, die hier in festlicher Stimmung zusammengekommen sind. Dies ist ein Fest der Einheimischen, der Kelten, die sich längst zu einem bunten Gemisch von Galliern und Germanen vermengt haben. Die Stammeszugehörigkeiten haben jedenfalls in diesem Teil des Keltenlandes längst an Bedeutung verloren. Welche Rolle spielt es noch, ob man Ubier ist oder Tencterer, Usipeter oder Treverer, Atrebat oder Arverner? Sie alle haben unter den Römern ihre Freiheit verloren und gehören zum *Imperium Romanum.*

Freilich haben ihnen die Römer ihre Stammeseigenheiten und Traditionen gelassen, ihre Druiden und Götter. Die fremdländischen Eroberer haben ihnen sogar Tempel gebaut, aber die Kelten nutzen sie nicht. Sie beten nach wie vor zu ihren alten Göttern – und die brauchen keine Tempel, denn Götter sperrt man nicht ein –, und sie tun es mit nicht weniger Inbrunst, als sie es vorher taten, bevor der römische Adler sie alle unter seinem Schatten begraben hat. Teutates, der Gott der Krieger, der große Seelenführer, der die in Ehre Gestorbenen zu ihrem letzten Wohnsitz geleitet, Epona, die mächtige Pferdegöttin, Esus, der Gott mit der Axt, und Taranis, der donnernde Himmelsgott, oder Lug, der Heerführer der Götter, der unheimliche Meister der Magie, und Rosmerta, die gallische Muttergöttin, die mit ihrem Füllhorn Reichtum und Fruchtbarkeit spendet – sie alle sind den einheimischen Kelten trotz fast hundertjähriger Fremdherrschaft immer noch lebendiger als die olympischen Götter der Usurpatoren.

Jupiter, Juno, Minerva und Mars, Pluto oder Merkur – die römischen Götter sind ihnen fremd geblieben. In ihrer Großzügigkeit haben die Römer den Besiegten auch ihre Feste gelassen: das Imbolc-Fest zur Ehre der großen Erdmutter Rosmerta, das Beltene-Fest, mit dem man den Eintritt des Sommers feiert, oder Lugnasad, das große Fest zu Ehren des höchsten Gottes Lug. Selbst die Römer haben diesem Gott ihren Respekt bezeugt und Städte wie *Lugdunum* nach ihm benannt. Aber bis Lugnasad ist noch viel Zeit, das wird man erst im August feiern.

Heute feiert man das Fest der Tag- und Nachtgleiche, das Fest der Sonnenwende. Die Fürsten und Sippenältesten aller benachbarten Stämme sind zusammengekommen. In feierlichem Zuge haben sie den mit den heiligen weißen Pferden bespannten Wagen durch die Dörfer zur Lichtung geleitet. Auf dem Wagen befindet sich eine große goldene Scheibe, Sinnbild der Sonne, die man so lange vermisst hat. Daneben die Gefäße mit dem Wasser, das man in den heiligen Quellen abgefüllt hat.

Gleich werden die in lange weiße Gewänder gehüllten Priesterinnen das Wasser in kleinen Gefäßen über die Äcker sprengen und um Segen, Fruchtbarkeit und guten Ertrag bitten. Auch die Menschen und Tiere, denen sie begegnen, werden mit Wasser besprengt. Am Abend wird dann mitten auf der imposanten Lichtung das heilige Sonnenfeuer auf dem Altar entzündet. Dann werden die Bauern kommen, ihre eigenen Fackeln daran entzünden und sie zurück zu den heimischen Herden bringen. Auf diese Weise gelangt das heilige Feuer in alle Dörfer, alle Häuser, zu allen Menschen.

Das große mystische Fest hat viele Besucher angelockt, auch solche, die nur aus Neugier gekommen sind. Die Feiernden dulden das – in früheren Zeiten war das anders – und lassen die Neugierigen gewähren. Unter denen, die da andächtig stehen und den Gesängen der Druiden schweigend lauschen, sind auch Valerius und Dirana sowie ihre Freunde Gaius Tullius Eximius und seine Gefährtin Antonia.

»Ist es nicht furchtbar, wie die Barbaren ihre Götzen anbeten?«, flüstert Antonia.

»Wieso furchtbar?«, meint Gaius. »Ich kann dabei nichts finden. Sie beten ihre Götter an, wir die unsrigen!«

»Götzen sind sie alle!«, wispert Dirana, die inzwischen durch den häufigen Umgang mit Maternus schon sehr weit in den christlichen Glauben eingedrungen ist. Das bringt ihr einen tadelnden Blick von Valerius ein, aber sie hebt trotzig ihr Kinn und nickt.

»Es gibt nur einen Gott, da bin ich inzwischen sicher. Und der hat seinen Sohn auf die Erde geschickt, damit er uns alle von unseren Sünden und Vergehen erlöst.«

»Und der dann wie ein aufsässiger Sklave am Kreuz hingerichtet wurde. Meinst du den?« Aus Gaius' Stimme klingt Spott, und Dirana wendet sich verletzt ab.

Der Gesang der Feiergemeinde ist inzwischen lauter geworden, erfüllt das ganze Tal. Plötzlich geht er in ein monotones Rufen über. Die römischen Gäste brauchen eine Zeit, bis sie verstehen, was da gerufen wird: *»men hir ... men hir ... men hir ... men hir ...«*

»Was ... äh, was rufen sie denn dauernd?«, will Dirana wissen.

Valerius deutet auf einen großen Steinblock, der in der Mitte der Feiernden liegt. Schemenhaft sind die eingemeißelten Umrisse einer Gestalt zu erkennen.

»Sie rufen ihren Gott an, der in diesem Stein verborgen ist!«

»Ein Gott in einem Stein?«

»Nicht anders als ein Gott an einem Holzkreuz, oder?«

Wieder eine Bemerkung von Gaius, über die Dirana sich ärgert. Wüssten doch ihre Freunde, was sie weiß! Sie würden nicht ihren Spott mit dem neuen Gott treiben!

»Ihre Götterbilder brauchen keine Kunst«, belehrt Valerius die Umstehenden. »Manchmal ist es ein Baumstamm, an dem nur gerade Kopf und Gesicht herausgearbeitet wurden oder eben ein Stein wie dieser da.«

Urplötzlich herrscht Schweigen! Ein unheimliches Schweigen liegt über dem Tal der Linden, selbst die Vögel des Waldes stimmen in das Schweigen ein. Gebannt starren alle auf eine zarte junge Frau, die sich aus der Gruppe der Priesterinnen gelöst hat und nun allein vor dem Felsblock steht. Ehrfürchtig haben die Umstehenden ihr Platz gemacht. Sie hebt schweigend beide Hände zum Himmel und wartet, bis auch das letzte Geräusch erstorben ist. Dann winkt sie zur Seite, wo zwei junge, nackte Männer mit einem kleinen Kalb stehen. Es kann nicht älter als zwei, drei Wochen sein. Blütenweiß ist es und von makelloser Gestalt. Mit langsamen Schritten führen die jungen Burschen das Kalb vor den Stein. Ganz ruhig steht es da, nicht ahnend, dass gleich das Messer an seine Kehle fahren wird.

»Sie werden das süße Kälblein doch nicht opfern?« Aus Antonias Stimme klingt Empörung.

»Warum nicht?«, meint Gaius leichthin. »Wir tun doch dasselbe. Im Übrigen haben sie früher Menschen geopfert, bis der große Augustus es ihnen verboten hat.«

»Aber so ein süßes Kälbl...« Antonia kann ihren Satz nicht beenden. Ein kurzer spitzer Schrei entfährt ihr in dem Augenblick, als einer der Männer mit seinem Messer dem Tier blitzartig die Kehle durchschneidet. Mit hellem roten Strahl schießt das Blut aus der Kehle des Tieres, das sich im Todeskampf windet.

Wie auf Kommando ertönt wieder der gemeinsame Ruf: *»men hir ... men hir ... men hir ... men hir ...«*

Die Männer haben den Leib des Tieres mit einem geraden Schnitt geöffnet und klappen den Bauch auf wie ein Buch. Schaudernd wenden sich Dirana und Antonia ab, während Valerius und Gaius interessiert zusehen. Jetzt hat sich die Priesterin über das Tier gebeugt und durchforscht seine Eingeweide mit einem langen schwarzen Stab.

»Was ... was tut sie?« Dirana mag gar nicht hinblicken.

»Meine süße kleine Närrin!«

Valerius sagt es mit einem liebevollen Lächeln. Frauen sind an solche Opferriten eben nicht gewöhnt, deshalb stellen sie sich so an.

»Sie wird die Zukunft aus den Eingeweiden deuten, so wie es unsere Opferschauer auch tun.«

Wieder hebt die Priesterin die Hände, und erneut kehrt augenblicklich totale Stille ein. Eine kräftige junge Stimme erfüllt das schweigende Tal: »Die Zeit ist gekommen, wo der Tag die Nacht besiegt, die Sonne den Mond, das Licht die Finsternis. Oh Rosmerta, glückbringende Mutter der Erde, fülle alle Äcker, Wiesen und Felder mit deiner fruchtbaren Gnade. Leere deine Füllhörner des Segens über allen aus, die im Gebet hier vereint sind. Du großer Teutates, sammle die Seelen all derer, die in den letzten Monden gegangen sind, und führe sie zur großen himmlischen Stätte. Und rühre mit deinem Odem all jene an, die Handel treiben oder ihre Felder versorgen, auf dass ihr Vorhaben gelinge. Und du, Allmächtiger, der du Taranis genannt wirst, zeig uns mit Blitz und Donner deine Macht. Spende mit dem Rad der Sonne Segen über alles Land, und bewahre uns alle vor Verheerung und Krieg. Gib denen, die im Augenblick die Macht in unseren Landen ausüben, die Kraft, den Frieden zu bewahren, und uns, die wir hier vor deinem Antlitz stehen, mit Gerechtigkeit zu begegnen. Wir wissen, dass du ihre Macht mit Sorgfalt beobachtest und sie ihnen nehmen wirst, wenn sie sie missbrauchen.«

»Was sagt sie da?«, flüstert Gaius empört.

»Pscht! Lasst uns weiterhören!«

Und schon setzt die Priesterin ihre kraftvolle Ansprache fort. Längst ist der Ton fester und bestimmender geworden.

»So höret denn, Männer und Frauen der Kelten, was mir der heilige Stein durch unser Opfer mitgeteilt hat: Die Zeiten sind wie die Winde. Sie kommen und gehen und wehen aus verschiedenen Richtungen. So wie nicht immer war, was ist, so wird nicht immer sein, was war. Neue Winde werden kommen, neue Zeiten, neue Mächte! So wie sich die Kronen unserer mächtigen Eichen zeitweilig dem stürmischen Wind beugen, so beugen sich unsere Völker dem Eroberer aus fernem Land. Doch wie der Bär am Pfeil nicht stirbt, wie auch die Eiche unter der Last des Sturmes nicht bricht, so brechen auch wir nicht. Seid gewiss, ihr tapferen Männer und Frauen, dass die Zeit kommen wird, zu der sich der kalte Wind des Eisens legt und der milde Hauch des Friedens Einzug hält in unsere Gaue. So haben es die Götter gewollt, und so künden sie es euch durch meinen Mund.«

Sie macht eine kurze Pause und nimmt mit Befriedigung die Aufmerksamkeit wahr, die die Zuhörer ihr schenken. Dann fährt sie fort, indem sie mit ihren Händen auf den vor ihr liegenden Stein weist:

»Füget euch also dem Willen der Götter. Beugt euch dem Wind, solange er weht, und wartet in Ruhe, bis er sich gelegt hat!«

»Was meint sie damit?« Aus Diranas Worten klingt Besorgnis.

»Ich weiß nicht«, sagt Valerius stirnrunzelnd, »aber gefallen will mir das nicht. Fast klingt es nach Aufruhr. Wenn das der Kaiser hören würde ...«

Schon fährt die Priesterin fort: »Es wird aber kommen der Tag, wo das Festgewand mit dem Kleid des Kriegers vertauscht wird, die Flöte mit dem Schwert, die Trommel mit der Axt.«

Sie beugt sich herunter und nimmt eine Hand voll Erde auf.

»Schmeckt diese Erde, eure Erde.«

Dann wirft sie die Erde in die Luft.

»Spürt diese Luft, eure Luft!«

Sie weist auf die mächtigen Linden und Eichen, die im Tal stehen.

»Seht diese Bäume, eure Bäume!«

Dann ergreift sie eines der Gefäße und besprengt mit dem Wasser die Umstehenden.

»Fühlt das heilige Wasser, euer Wasser!«

Nach einer kunstvollen Pause, in der sie ihre Blicke über das ganze Tal schweifen lässt, ruft sie mit erhobener Stimme aus: »Erde, Luft, Baum und Wasser, das alles haben uns die Götter gegeben, auf dass wir es pflegen und hegen. Es stellt Leben, Nahrung und Raum für uns dar, für uns und für die, die nach uns kommen, unsere Kinder und Kindeskinder. Vergesst also nie, dass dies alles euer ist. Heute aber ist der Tag der Freude und des Feierns. Unsere Götter wollen es so. Also tut es!«

Und im gleichen Augenblick noch, als habe man Kommando dazu gegeben, fangen die Luren, die gebogenen Blasinstrumente, mit ihrer Musik an, begleitet von den Trommeln, die so lange geschwiegen haben. Die Menschen fassen sich bei den Händen und tanzen um die Feuer, die inzwischen an allen Orten entfacht wurden. Gesang ertönt und Lachen im ganzen Tal der Linden. Ein verlockender Bratenduft gerösteten Fleisches zieht durch den heiligen Hain. Die Rinder, Schafe und Schweine, die an den Spießen hängen, werden heruntergenommen und an die hungrigen Feiernden verteilt. Dazu fließt *Met* und *Cervisia* in Strömen.

***

Nicht weit von dem Festort wartete die Mietkutsche, die sie zurück nach *Colonia Agrippinensium* brachte.

»Wer war diese Priesterin?« Dirana stand noch ganz unter dem Eindruck der Keltenfeier.

»Keine Ahnung!«, murmelte Valerius und blickte in die vorbeiziehende nächtliche Dunkelheit.

»Veleda!«

»Wer?«

»Sie heißt Veleda«, sagte Gaius Tullius, »ist Priesterin und Seherin. Sie hat viel Macht bei den Stämmen. Sie gehört zum Stamm der Bructerer und wohnt in einem Turm an der *Lupia.*«

»In einem Turm an der *Lupia*? Ist das nicht ziemlich weit weg? Was tut sie dann hier?«

Diranas Frage schien nur zu berechtigt. Immerhin war dieser Fluss eine Tagesreise entfernt.

»Sie ist eine Art Oberpriesterin«, erklärte Gaius geduldig. »Sie reist durch das ganze Land, von Stamm zu Stamm.«

»Was sie gesagt hat, klang nach Aufruhr, fandest du nicht, Gaius?«

»Du hast Recht, Valerius. Noch ist sie zu jung, und ihre Macht liegt mehr im religiösen Bereich. Aber wenn sie es versteht, ihre Position zu festigen und die Stammesführer zu beeinflussen, kann sie zu einer Gefahr für uns werden.«

»Und ich habe geglaubt, diese Provinz sei für alle Zeiten befriedet«, warf Antonia nachdenklich ein.

»Du hörst ja, meine Liebe, die Zeiten ändern sich wie die Winde. Aber im Ernst, die Ubier sind schon seit langem ein friedfertiges Volk, von dem uns keine Gefahr droht. Das gilt aber nicht für alle Stämme. Es gibt etliche unter ihnen, die davon träumen, das römische Joch abzuschütteln und wieder ihre alte Freiheit zu erlangen.«

»Aber es geht ihnen doch gut unter unserer Herrschaft, nicht wahr?«

»Es geht ihnen gut«, meinte Dirana, »aber nichts ersetzt die Freiheit. Wohlstand, gute Verwaltung, vernünftige Straßen, ja selbst Sicherheit vor germanischen Übergriffen, nichts kommt der Freiheit gleich. Wer könnte das besser beurteilen als eine ehemalige Sklavin wie ich?«

Valerius nickte zustimmend. »Du hast Recht, *Muscula.* Aber wir Römer müssen das anders sehen! Was wir mit dem Blut unserer Legionäre erobert haben, das dürfen wir nicht aus der Hand geben. Und schließlich haben wir ihnen unsere Kultur und Zivilisation gebracht, etwas, was sie ohne uns in all ihrer Freiheit nie erlangt hätten.«

»Stimmt, mein Freund!«, gab Gaius nachdenklich zurück. »Aber haben wir sie jemals gefragt, ob sie das wollten? Ich meine, haben wir sie jemals vor die Wahl gestellt, Freiheit oder Kultur?«

Eine Zeit lang herrschte betretenes Schweigen, während die nächtliche Landschaft in völliger Stille vorbeizog. Nach einer Weile ergriff Valerius wieder das Wort: »Veleda ist eine gefährliche Frau. Gefährlich für unsere römischen Interessen. Man müsste sie beobachten lassen.«

Gaius lachte. »Was glaubst du, warum ich hier bin?«

»Ich dachte ... ich dachte, weil wir mal wieder nach langer Zeit etwas Gemeinsames unternehmen wollten.«

»Du irrst, mein Freund. Ich hatte vom Legaten den dienstlichen Auftrag, an dieser Feier teilzunehmen. Und alles, was ich dort gesehen und gehört habe, werde ich ihm morgen mitteilen. Wir haben schon eine ziemlich dicke Akte über sie.«

»So? Nun, umso besser. Aber sag, mein Freund, wie macht sich dein Dienst in *Novaesium*?«

»Wir haben einen neuen Legaten!«

»Kenne ich ihn?«

»Lucius Cornelius Piso, sagt dir der Name etwas?«

Valerius schüttelte den Kopf. »Ein Cornelier? Aha! Immerhin ein Vertreter eines großen alten Namens. Nun, so schlimm wie sein Vorgänger Septimius Varonus kann er kaum sein, oder?«

Gaius schmunzelte. »Mit dem haben wir unsere eigenen Erfahrungen gemacht, nicht wahr? Aber du hast Recht. Der Mann ist umgänglich und versteht etwas vom Militärwesen, was man nicht von allen Legaten sagen kann. Ansonsten herrscht die übliche Lagerroutine, nichts Besonderes. Appelle, Übungen, Besprechungen, kleine Manöver, Wachdienst, das Übliche. Und was macht deine Polizeitruppe in *Ara Ubiorum*?«

»Seit wann nennst du die Stadt so, wie die Ubier sie nennen?«

»Seit ich auf ihrem Fest war«, lachte Gaius und ergriff den Arm des Freundes. Lange hatten sich die beiden nicht mehr gesehen, und beim ersten Wiedersehen hatte Valerius natürlich alles von seinem Aufenthalt in Rom erzählen müssen. Dann hatten sie sich entschlossen, das Keltenfest gemeinsam zu besuchen, und wollten jetzt den Abend in einer gemütlichen *Caupona* ausklingen lassen.

»Es läuft ganz gut«, antwortete Valerius, »die Männer sind in Ordnung, und die Truppe hat in der Stadt schon einen ganz guten Ruf. Wenn nur erst die andere Sache erledigt wäre.«

»Ich hätte nie gedacht, dass du einmal Agrippinas Agent werden könntest«, schmunzelte Gaius.

»War sie es nicht, die vor Jahren den Auftrag gab, dich zu töten?«

»*Recte,* doch vergiss nicht, dass sie es auch war, die mich vor Neros Todesurteil bewahrt hat.«

Die Frauen hatten bisher schweigend zugehört. Jetzt wandte Dirana sich an Valerius. »Ich habe den Eindruck, dass dein jetziger Auftrag nicht weniger gefährlich ist als der damalige. Immerhin bist du gestern nur mit viel Glück dem Tod entkommen.«

»Es war nicht so sehr Glück als vielmehr jene kleine Sklavin Thissa, die der launischen *Fortuna* in die Arme gegriffen hat.«

»Du hast mir noch gar nicht erzählt, wie du in diese gefährliche Situation gekommen bist. Wie kam es, dass du plötzlich in diesem Keller gefesselt aufgewacht bist?«

Wäre es in der Kutsche nicht so dunkel gewesen, hätte Dirana bemerkt, dass ein leichter Anflug von Schamröte über das Gesicht des verlegenen Tribuns zog. Valerius war in diesem Augenblick dankbar dafür, dass sie keine der teureren Kutschen mit Innenbeleuchtung genommen hatten.

»Sie ... äh ... sie haben mir ein ... ein Betäubungsmittel in den Wein geschüttet, irgend so einen orientalischen Saft!«

Damit gab sich Dirana zufrieden. Und auch darüber war Valerius dankbar.

Die Stadtmauern zeichneten sich schon am dunklen Himmel ab, als Dirana plötzlich aufgeregt aus dem Fenster zeigte und laut schrie: »Schaut, es brennt!«

Valerius warf einen schnellen Blick nach draußen. Dirana hatte nicht übertrieben. Der helle Schein des Feuers war weithin zu sehen. Valerius ließ die Kutsche sofort anhalten und stieg aus. Auf der freien Fläche, die sich zwischen Süd- und Westtor vor der Stadt erstreckte, lag ein unheimliches Glühen. Die Wiesen und Felder, durchsetzt mit niederem Gebüsch und kleinen Bäumen, standen völlig in Flammen. Noch aber lagen mehr als fünfhundert Schritt zwischen dem äußeren Rand des Feuers und den Stadtmauern.

»Zur Stadt, Kutscher, im Eiltempo!«

In halsbrecherischer Fahrt erreichte die Kutsche das westliche Stadttor, das bereits in beißenden Rauch eingehüllt war. Hustend und mit tränenden Augen standen die Wächter und bemühten sich um militärische Haltung, als sie Valerius bemerkten.

»Es brennt, Tribun! Schon den ganzen Abend. Erst waren sie ganz klein, die Flammen, dann haben sie sich immer mehr ausgebreitet.«

»Ich sehe, dass es brennt, oder glaubt ihr, dass die Götter mich mit Blindheit geschlagen haben? Was habt ihr unternommen? Habt ihr auf der *Statio* Bescheid gesagt?«

»Haben wir, Tribun, haben wir. Deine Männer waren schon hier und haben versucht, das Feuer zu löschen.«

»Ja und?«

»Vergeblich, Tribun. Zuerst haben sie versucht, es mit Decken und Sand auszuschlagen. Dann haben sie es mit Wasser versucht.«

»Ja und? Wieso brennt es immer noch?«

»Du siehst selbst, Tribun, der Brand wird immer heftiger. Dein *Optio* hat gesagt, je mehr man löscht, desto heftiger brennt es. Merkwürdig, nicht wahr? Jetzt wollen sie deine Ankunft abwarten. Sie wissen offensichtlich nicht, was sie noch tun sollen.«

»Gut! Ich werde mich sofort darum kümmern!« Und zu Gaius und den Frauen gewandt rief er: »Ihr müsst ohne mich zur *Caupona*, die Pflicht ruft! Lasst mir noch etwas Wein übrig!«

Dann bestieg er eines der Wachpferde und ritt im Eiltempo zu seiner *Statio.*

XVI.
Brennt Colonia Agrippinensium?

Der Frühling hat in Rom Einzug gehalten. Die Menschen haben ihre dicken Wintermäntel weggepackt und flanieren in leichter Bekleidung über die Straßen und Gassen der Stadt. Das *Forum* und die *Subura*, die Parks und die Gärten, sie füllen sich wieder mit den Menschen, die die Sonne so lange entbehrt haben. Garküchen und fliegende Weinhändler freuen sich über die gestiegenen Umsätze, während die Kohlehändler mit betrübter Miene herumrennen. Wer braucht jetzt schon noch Kohle für seine wärmenden Becken? Es hat schon einmal Jahre gegeben, da hat man bis weit in den April noch tüchtig geheizt, und die Kälte hat manche Sesterze in die Kasse der Kohlehändler gespült, aber dieses Jahr ...

Auch im kaiserlichen Palast hat man die rußenden Kohlebecken weggestellt, denn die milden Westwinde, die durch die offenen Fenster ziehen, wärmen die ausgekühlten Räume genügend. Allenthalben wird geputzt und aufgeräumt, gefegt und geschmückt. Der Kaiser wünscht es so! »Den Frühling begrüßt man in einem gesäuberten Haus«, so sagt er, und die Sklaven sind eifrig bemüht, seinen Wünschen nachzukommen. Trotzdem ist der Kaiser unzufrieden, wenn er durch die geputzten Gänge schleicht.

»Das ist kein Domizil, das eines Kaisers würdig ist«, sagt er ungnädig. Er träumt von einem neuen Palast, größer und schöner als alles, was man in Rom je gesehen hat. Eine *Domus aurea* – ein goldenes Haus soll es werden, und die Pläne liegen schon auf seinem Schreibtisch. Freilich wird man einige von den alten Bauten abreißen müssen, die jetzt noch im Weg stehen, aber das wird sich schon machen lassen. Und Geld wird man brauchen, viel Geld. Aber wer wird sich schon dem Wunsch des Kaisers entziehen, wenn der um eine kleine Spende für die Privatschatulle bittet? Und sollte das nicht reichen, so gibt es noch andere Wege! *Punktum*! Das goldene Haus wird gebaut!

Auf einer prächtigen Liege liegt der *Imperator* des Reiches und knabbert aufgeregt an einem Stück Brot, das er gelegentlich in eine silberne Schale mit Fischsoße tunkt. Tiberius Claudius Cäsar Nero, der allmächtige Beherrscher der Welt, hat in letzter Zeit trotz aller sportlichen Bemühungen einiges an Gewicht zugelegt. Ihn schön zu nennen, wäre verfehlt gewesen, das Gegenteil aber trifft ebenso wenig zu. Die kupferroten vollen Haare, die er wie ein griechischer Wagenlenker fast schulterlang und in Stufen herabfallend trägt, umrahmen ein volles Gesicht mit blassblauen, leicht kurzsichtigen Augen. Die breite gerade Nase und die vollen Wangen sind mit rötlichen Sommersprossen übersät. Dennoch kann das Gesicht eine gewisse natürliche Anmut nicht leugnen, vor allem, seit er den schmächtigen Bart wieder abgelegt hat. Der Hals ist außergewöhnlich kräftig, fast schon stiernackig. Nero tarnt ihn gerne wie heute durch einen bunten Schal. Das fliehende Kinn und die sinnlichen Lippen mögen für Weichheit und Brutalität gleichermaßen gelten. Der kräftige, aber schon leicht fettleibige Körper ist von mittlerer Größe, der Oberkörper im Verhältnis zu den eher schmächtigen Beinen etwas zu mächtig.

Jetzt rafft er seine kurze grüne *Tunica* mit dem schrillen Blumenmuster zusammen. Darunter werden dünne, unbehaarte Beine sichtbar. Zornig funkelt er die Männer an, die vor ihm sitzen.

»Na, meine Herren Ratgeber, welchen Rat habt ihr nun für euren göttlichen *Cäsar*?«

Die Männer schweigen. Anicetus, der unqualifizierte Bauherr zusammenbrechender Betten, und Gaius Ophonius Tigellinus, den Nero vor kurzem zum Präfecten der Stadtpolizei gemacht hat, schweigen. Seneca und Burrus sind bei dieser Unterredung nicht dabei. Der *Cäsar* meint, sie für das, was er im Sinn hat, nicht gebrauchen zu können. Er will keine Männer, die ihm sein Vorhaben ausreden, er will solche, die ihm dabei helfen! Und er braucht auch keine Moralhüter, die mit erhobenem Zeigefinger von einem schlimmen Verbrechen sprechen, denn worum es heute geht, ist nichts anderes als *Muttermord!* Er hat es satt, endgültig satt! Die Vorhaltungen, die Agrippina ihm wegen seines Lebenswandels macht, und der neckende Spott, den er dafür von der geliebten Poppaea Sabina einstecken muss. Und wenn Agrippina nichts sagt, ihn nur einfach klagend anblickt, ist es noch schlimmer! Auch die moralsauren Empfehlungen seines alten Lehrmeisters Seneca mag er nicht mehr hören. Aber diesem Problem wird er sich später widmen. Immer der Reihe nach!

»Nun, meine Herren? Hat es euch die Sprache verschlagen? Dankt man es mir so, dass ich den einen zum Präfecten der kaiserlichen Flotte, den anderen zum Präfecten der städtischen Polizei gemacht habe? Ist Sprachlosigkeit der Lohn für Beförderungen?«

Anicetus räuspert sich. Die schweißnassen Finger verkrampfen sich. Das Ganze ist ihm peinlich, sehr peinlich, denn sein Plan war ein Misserfolg auf ganzer Linie.

»Nun ... *Cäsar*«, sagt er gedehnt, »ich muss zugeben, die Sache ... äh ... die Sache mit dem Bett war ein ... nun ja ... ein Fehler. Sie muss wohl von irgendjemandem gewarnt worden sein. Wie man mir hinterbracht hat, ist das Bett schon zusammengestürzt, nur hat halt ... Agrippina nicht darunter gelegen.«

»Aber darauf kam es an, nicht wahr?« Gefährlich leise sagt der Kaiser das, und wer ihn kennt, weiß, dass nun höchste Vorsicht geboten ist.

»Und du, mein werter Tigellinus, was hast du zu sagen?«

Tigellinus war an dem missglückten Anschlag ebenfalls beteiligt und fühlt sich kaum wohler als sein Kollege Anicetus.

»Wir werden es eben noch einmal probieren müssen! Wie wäre es ... wie wäre es mit Gift?«

»Dummkopf!«, herrscht Nero ihn an. »Glaubst du nicht, dass ich nicht auch schon daran gedacht habe? Aber die Elende schluckt jeden Tag ihre kleine Portion, da wird ihr eine größere Gabe nichts mehr ausmachen. Früchte, die man ihr schickt, nimmt sie nicht mehr an. Die Speisen müssen in ihrem Beisein gekocht werden. Und sie geht nie zur Tafel ohne diverse Fläschchen mit Gegengiften, die sie sich von ihrer orientalischen Sklavin zubereiten lässt. Außerdem halten sich in den Gassen hartnäckig die Gerüchte, dass Claudius und Britannicus an Gift umgekommen seien. Einen weiteren Giftmord, und das an der Tochter des ach so beliebten Kriegshelden Germanicus, wird das Volk nicht hinnehmen. Das würden mir selbst meine Prätorianer nicht verzeihen.«

Anicetus spielt mit dem kleinen goldenen Dolch, der ihm bei der Beförderung zum Flottenkommandant überreicht wurde. Plötzlich rafft er sich auf.

»Und wenn wir sie durch einen gedungenen Sklaven erdolchen lassen? Den Sklaven könnte man unmittelbar nach der Tat beseitigen!«

»Glänzend, mein Anicetus, glänzend!« Voller Wut wirft Nero einen halb angebissenen Apfel nach seinem Berater und verfehlt dessen Kopf nur knapp.

»Bin ich hier nur von Narren und Hohlköpfen umgeben? Wer möchte das Geschrei in Rom hören, wenn die Mutter des Kaisers erdolcht wird? Mit den Fingern werden sie auf mich zeigen. Kein Gassenjunge, der mir nicht *Muttermörder* nachrufen wird!«

»Es müsste wie ein Unfall aussehen«, murmelt Tigellinus, »dann könntest du dich ganz deiner Trauer hingeben, und die Welt würde dich bemitleiden anstatt anklagen.«

»Ein Unfall?« Nero zieht die rechte Augenbraue hoch. Sein Blick verheißt erstmals ein gewisses Wohlwollen.

»Aber wie?«

»Auf See!«, ruft Anicetus plötzlich und steht auf.

»Auf See?«, fragt Nero und wird ganz nervös.

»Auf See ist keine Art von Unfall unmöglich!«

»Anicetus hat Recht. Du würdest der Verstorbenen einen Tempel bauen, eine kleine Priesterschaft stiften, und niemand würde dich für das verantwortlich machen, was Wind und Wellen verursacht haben.«

»Das hört sich soweit gut an, aber wie soll es gehen?«

Anicetus' Gestalt strafft sich. Jetzt ist seine Stunde gekommen. Lange hat er darauf gewartet, seinem Herrn so zu dienen, dass er endlich merkt, wie unentbehrlich er ist.

»Erinnerst du dich an die letzten Wasserspiele, die du dem Volk geschenkt hast?

Nero nickt düster. »Hat eine Unmenge Geld gekostet! Aber was soll das jetzt ...?«

Anicetus unterbricht den hohen Herrn ungern, jetzt aber sprudelt es aus ihm heraus.

»Das Schiff mit den Tieren! Du batest mich, ein Schiff so zu konstruieren, dass es auf einen Hebelzug auseinander fällt und die im Laderaum befindlichen Tiere ins Wasser fallen lässt.«

»Was haben die Leute gelacht!«, ergänzt Tigellinus, froh, die Dinge nicht ganz seinem Konkurrenten überlassen zu müssen. Denn Konkurrenten sind sie immer, Konkurrenten um die Gunst des *Cäsars.*

»Du meinst, man könne so etwas auch für ... für Agrippina bauen?«

»Sicher kann man das, Herr! Sie wird ins Wasser fallen, wie damals die Tiere, und sie wird ertrinken. Ein furchtbarer Unfall, der ganz Rom und natürlich vor allem den Kaiser in kollektive Trauer stürzt. Und niemand wird wissen, dass es nicht eine Laune der Götter, sondern ein Hebelzug deines tüchtigen Baumeisters war.«

Nero runzelt die Stirn ob des heftigen Eigenlobs.

»Wahrscheinlich wird es so funktionieren wie die Sache mit dem Bett!«

»Nein, *Cäsar,* diesmal wird es richtig funktionieren. Die Pläne für das Schiff sind sogar noch da. Es wird funktionieren, dafür stehe ich mit meiner Ehre ein!«

»Mit deinem Kopf wär' mir lieber«, murmelt der *Cäsar* und sieht in Gedanken das auseinander fallende Schiff vor sich. Mitten drin, im Strudel der stürmischen Gewässer, seine Mutter, wie sie um Hilfe schreit und die Hände den Matrosen entgegenstreckt. Aber niemand wird sie retten! Ein bösartiges Grinsen zieht über den vollen Mund. Endlich wird er regieren können, wie er es will, und niemand wird ihm hineinreden. Niemand? Da sind noch Seneca und Burrus. Die haben auch ihre Pflicht getan und beginnen ihm lästig zu werden. Um die beiden wird er sich danach kümmern ...

Im gleichen Augenblick klopft es an die Tür. Der wuschelige Kopf eines kleinen dunkelhäutigen Sklaven wird sichtbar.

»Verzeih, Herr. Der edle Seneca ...«

»RRRRRaus! Soll später kommen!«

Schleunigst verschwindet der Wuschelkopf wieder. Erregt geht Nero auf und ab. Die Sache könnte klappen.

»Du wirst mir das Schiff bauen!« Er hat sich entschieden. »Wie lange brauchst du?«

»Nur ein paar Tage, Herr. Wie gesagt, die Pläne ...«

»Höre, Anicetus! Wenn das misslingt, wird dein Kopf am *Forum* an der *Rostra* baumeln!«

»Keine Sorge. Es wird nichts schiefgehen!«

Betrübt stellt Tigellinus fest, dass er zu diesem genialen Plan wenig beisteuern konnte. Aber einen Einwand hat er doch.

»Und warum sollte Agrippina auf dieses Schiff gehen?«

Verblüfft schauen sich der Kaiser und sein Flottenpräfect an. Daran haben sie nicht gedacht. Tigellinus strahlt über seinem hässlichen, pockennarbigen Gesicht, glücklich, die eigene Frage schon beantworten zu können.

»Weil du sie einladen wirst, Herr!«

»Ich soll sie ... einladen?«

Einen Augenblick herrscht Schweigen.

»Tigellinus hat Recht«, nimmt Anicetus wieder das Wort. Er lässt sich ungern von seinem Kollegen in die Parade fahren. »In kurzer Zeit werden wir das hohe Fest der Minerva feiern. Agrippina wird, wie sie das auch in den letzten Jahren getan hat, die Feiertage in ihrer Villa in *Antium* verbringen.«

»Ja, richtig. Das tut sie immer!« Nero nickt zustimmend.

»*Ecce, Cäsar*! Du wirst sie zum Abendessen in dein Gut nach *Baiae* einladen.«

»Ein Versöhnungsessen, es wird ein Versöhnungsessen sein. Das wird sie nicht ablehnen!«

Erregt ruft Tigellinus dazwischen, was ihm einen bösen Blick von Anicetus einträgt. Das hat er doch gerade selbst sagen wollen.

»Sie wird mit ihrem eigenen Schiff kommen!« Der Kaiser hat immer noch Einwände.

»Das wird sie sicher tun, aber bei der Einfahrt wird der kleine Segler havarieren und für die Rückfahrt untauglich sein, dafür werde ich sorgen. So bietet der fürsorgliche Sohn eben der geliebten Mutter für die Rückfahrt sein eigenes prächtiges Schiff an, das wir vorher ... äh ... behandelt haben. Sie wird annehmen, und schon ...«

»Bei den Göttern, das ist wie eine *Naumachia*, eine Seeschlacht!«

Die Augen des Kaisers glänzen und die Wangen sind wie von Fieber rot.

»Wein! Man soll Wein bringen! Aber den guten Falerner, nichts anderes soll mir jetzt schmecken!«

Der Wein wird aufgetischt, und die Männer lassen es sich schmecken. Ein guter Plan braucht einen guten Wein!

»*Papyrus*! Man bringe Papier und Feder! Ihr müsst mir helfen! Wie ... äh ... wie soll ich sie einladen?«

In gespielter Verzweiflung hebt er die blassen Augen zum Himmel, um gleich danach voller Verzweiflung auszurufen: »Ach wäre doch Seneca jetzt hier!«

»Wir brauchen den alten Narren nicht«, sagt Anicetus und handelt sich ob dieser Bemerkung doch keinen Tadel des Kaisers ein. Vor kurzem noch hätte es keiner gewagt, den Philosophen des Hofes so zu nennen.

»Aber du hast ja Recht, trefflicher Anicetus, wie immer! Schreib! Schreib schnell, bevor ich es vergessen habe.«

Und rasch huscht die Feder des Flottenpräfecten über das raue Papier:

Optimae Matri – der besten Mutter einen Gruß!

In einigen Tagen wird das römische Volk wieder das Fest der hohen Minerva feiern. Einsam wirst du in deinem Hause in Antium feiern, ebenso einsam werde ich die Tage in Baiae verbringen. Was liegt da näher, als dass wir, Mutter und Sohn, die Festtage gemeinsam feiern? Bei einem guten Essen – dafür bürge ich – und einem exzellenten Tropfen wird Zeit und Gelegenheit genug sein, über all die Missverständnisse zu reden, die sich in letzter Zeit wie Diebe in unsere Herzen geschlichen haben. Versöhnung!

Nichts anderes will ich, und hoffe doch so sehr, dass auch dir daran gelegen ist. Also sollten wir es versuchen, und mit der Hilfe Minervas wird uns das gelingen, was uns in früheren Tagen so stark gemacht hat: ein festes Band zwischen Mutter und Sohn, verbunden in der Einigkeit des Blutes! Ich erwarte dich!

Dein dich liebender, treuer Sohn küsst und umarmt dich!

Lucius Nero

Die Männer sind begeistert. So viel kaiserliche Tücke und Hinterlist erfordern Respekt und Hochachtung. Sie werden nicht müde, den Kaiser für seinen Text zu loben, und der gefällt sich in der Rolle des kommenden Muttermörders. Der erste Schritt ist getan. Mögen die Götter helfen!

***

Seit Tagen brannte es jetzt schon! Weithin waren die Rauchwolken im Land zu sehen, und an klaren Tagen konnten selbst die Germanen, die auf den sieben Hügeln weit entfernt am Rhein ihre Ansiedlungen hatten, die schwarzen Boten des Unheils wahrnehmen. Aber anstatt der Flammen Herr zu werden, breitete sich das Feuer immer mehr aus. Die städtischen *Vigiles* des Valerius waren Tag und Nacht im Einsatz, aber ohne Erfolg. Kein Tag, an dem nicht Valerius in vorderster Front gegen die Flammen kämpfte. Frau und Kind hatte er seit langem nur stundenweise gesehen, und der unselige Auftrag Agrippinas harrte seiner Erledigung, ohne dass er ihm auch nur eine Minute hätte widmen können. Die Stadt hatte darüber hinaus alles aufgeboten, was ihr zur Verfügung stand: städtische Sklaven, Freiwillige, Veteranen, sie arbeiteten bis zur völligen Erschöpfung, es reichte nicht. War das Feuer an der einen Stelle gelöscht, kam es an der anderen Stelle zum Vorschein. Es schien geradewegs aus dem Erdboden zu kommen.

Längst schon hatte der städtische *Curator* aus *Novaesium* von der dortigen 16. Legion zwei Cohorten Soldaten angefordert, und der Legat hatte sie umgehend in Marsch gesetzt. Die Soldaten mühten sich redlich, aber auch ihnen war kein Erfolg beschieden. Die angrenzenden Landgüter, die Felder, auch die in der Nähe liegenden Dörfer und Ansiedlungen der Einheimischen, sie alle waren schon ein Raub der Flammen geworden. Tote waren allerdings noch nicht zu beklagen, wenn man von einem alten ubischen Weib absah, das sich nicht rechtzeitig in Sicherheit hatte bringen können. Wie Valerius gehört hatte, war auch das verwaiste Landgut des Petrusius bis auf die Grundmauern niedergebrannt, aber wenigstens hatte man die Pferde rechtzeitig retten können.

Täglich wurde allen Göttern, römischen und keltischen, geopfert, täglich besprengten die Priester die Flammen mit heiligem Wasser, aber es brannte immer weiter. Selbst ergiebige Regenfälle, die in den nächsten Tagen fielen, halfen nicht. Und langsam, aber sicher näherten sich die verzehrenden Flammen der Stadtmauer. In *Colonia Claudia Ara Agrippinensium* wuchs die Angst, die Angst vor Tod und Vernichtung.

***

Im *Prätorium* hatte man einen Krisenstab gebildet. Um die Mittagszeit saß im verwaisten Amtszimmer des Oberbefehlshabers eine illustre Runde um den langen Eichentisch, an dem alle Lagebesprechungen stattzufinden pflegten. Der alte Statthalter, Lucius Duvius Avitus, hatte seinen Schreibtisch geräumt, wie er es Valerius angekündigt hatte, der neue, Publius Scribonius Rufus, hatte sein Amt noch nicht angetreten, und so musste auf den ranghöchsten Vertreter des Kaisers verzichtet werden.

Der Tribun Marcus Valerius Aviola, als Leiter der städtischen Vigiltruppe, der *Curator* Gaius Volturcius Crassus, Manlius Caecilius und Flavius Suebus, die beiden *Duumviren*, Manlius Flaminius Cotta, der Oberbefehlshaber der Flotte in *Bonna,* Lucius Cornelius Piso, der neue Legat der 16. *Legio Gallica* aus *Novaesium,* und Titus Flavius Vespasianus, einer seiner Militärtribunen, saßen schweigend auf ihren Plätzen, nippten hin und wieder an den vor ihnen stehenden Weinbechern und hingen im Übrigen ihren trübsinnigen Gedanken nach. In einer Ecke des Raums saß außerdem noch ein schweigsamer Mann, der die Szene aufmerksam beobachtete. Sein ganzer Habitus wies ihn als Grieche aus. Valerius hatte ihn nie zuvor gesehen.

Es war der *Curator*, der als Erster das Wort ergriff: »Meine Herren, wenn wir nicht bald Erfolg haben, wird die Stadt *Colonia Claudia Ara Agrippinensium* oder *Ara Ubiorum*, wie sie die Einheimischen nennen, aufhören zu existieren. Marcus Valerius Aviola, bitte einen Lagebericht!«

Der Tribun räusperte sich und blickte in die Runde. Alle sahen ihn aufmerksam an.

»Nun, äh ... die Sache ist außer Kontrolle. Das Feuer hat, wie wir alle wissen, vor fünf Tagen begonnen, und zwar im südwestlichen Randgebiet vor der Stadt. Von da hat es sich ständig ausgebreitet. Nun steht der gesamte Bezirk vom Südtor bis zum mittleren Westtor in Flammen. Zunächst machte es den Eindruck, als werde sich das Feuer von der Stadt abwenden und in südwestlicher Richtung weiterziehen, aber jetzt scheint es sich zu drehen und rückt unaufhaltsam zur Stadt vor.«

»Wann wird es die Stadt erreichen?«, fragte der Legat Lucius Cornelius Piso knapp.

»Wir befürchten, innerhalb der nächsten zwei Tage, es kann aber auch schon früher sein.«

»Welche Schäden bis jetzt?« Der Legat bevorzugte militärische Knappheit in seinen Fragen.

»Alle Gutshöfe im angesprochenen Bereich sind niedergebrannt, im Süden hat es die keltischen *Oppida* verwüstet, die Kaserne der Straßenwache existiert nicht mehr. Im Übrigen sind es hauptsächlich Weidefelder, aber auch Gräberfelder, die in Mitleidenschaft gezogen wurden.«

»Menschenleben?«

»Äh ... bis jetzt nicht. Doch, man meldet mir, dass eine ältere Frau in den Flammen umkam.«

»Römerin?«

»Nein, Ubierin!«

Eine kurze Pause entstand. Dann polterte Manlius Flaminius mit seiner sonoren Stimme los: »Wie kann es sein, dass wir solch ein albernes Feuer nicht unter Kontrolle kriegen? Wir bauen die schönsten Tempel und Aquädukte, Straßen bis in die entferntesten Winkel des Reiches. Wir legen Wasserleitungen von der *Silva Ardenna* bis hierhin, wir verfügen über den größten Militärapparat der gesamten Welt. Warum, bei allen Göttern des Capitols, können wir dieses Feuerchen nicht endlich ersticken?«

»Weil dies kein normales Feuer ist!«, antwortete Valerius gereizt.

»Was ... äh ... was ist so besonders an diesem Feuer?«, wollte der Tribun Titus Flavius Vespasian wissen. Für einen Tribun war der sympathische, gut aussehende Mann noch sehr jung, Valerius schätzte ihn auf etwa zwanzig Jahre. Sein Vater gleichen Namens war ein bekannter Heerführer, dessen Name im ganzen *Imperium* einen guten Klang hatte. Vielleicht hatten bei der Beförderung die Beziehungen ja etwas nachgeholfen.

»Nun ... äh ... es ist kein normales Feuer. Ein normales Feuer ist aus, wenn man es löscht. Dieses kommt immer wieder.«

»Kommt wieder? Was heißt das?«

Einer der beiden *Duumviri,* der zivilen Bürgermeister, hatte sich nach vorne gebeugt und starrte den Tribun ungläubig an.

»Ja, wie soll ich sagen, es ...«

»Vielleicht kann ich helfen«, unterbrach Manlius Flaminius Cotta die hilflose Stotterei.

»Ich habe da jemanden mitgebracht, der etwas Licht in das Dunkel bringen kann. Sopholios, tritt vor!«

Der Mann, der bisher schweigsam in der Ecke gesessen hatte, kam nach vorne und verbeugte sich demutsvoll. Der Flottenkommandant bedachte ihn mit einem wohlwollenden Blick, wies mit ausladender Geste auf ihn und rief mit erhobener Stimme: »Das ist Sopholios, ein griechischer Sklave. Er dient auf unseren Schiffen und ist dort für die Feuerkatapulte zuständig. Feuer ist sozusagen sein Leben, haha!«

Die übrigen Männer blickten ihn fragend an, Ratlosigkeit in ihren Augen. Manlius Flaminius Cotta genoss sichtlich die Aufmerksamkeit, die ihm plötzlich zuteil wurde, und fuhr mit wichtiger Stimme fort: »Ihr seid, meine Herren, wenn ich in aller Bescheidenheit so sagen darf, mit den Regeln der Kriegsführung zu Wasser wenig vertraut.«

Er setzte sich in Positur und nahm ganz die überlegene Position des Lehrers ein, der seinen Schülern einen schwierigen Sachverhalt zu erklären hatte.

»Die römische Flotte kämpft schon seit mehr als zweihundertfünfzig Jahren mit Feuerkörben, die mittels eines Katapults auf die feindlichen Schiffe geschleudert werden. Schon unter Lucius Aemilius Regillus gelang es, die syrische Flotte ...«

Peng! Krachend schlug der Legat mit der flachen Hand auf den Tisch. Einer der Becher fiel um, und sein aromatischer Inhalt ergoss sich über die Tischplatte.

»Genug! Genug!« Der Legat unterbrach den Seemann in harschem Ton. »Wir sind hier nicht zusammengekommen, um einen Vortrag über nautische Kriegsführung zu hören. Der Qualm des verfluchten Feuers zieht uns schon um die Nase. Jeden Augenblick kann es die Stadt erreichen, eine Stunde später vielleicht den Raum, in dem wir gerade sitzen. Wir haben keine Zeit für umständliche Erklärungen. Zur Sache also!«

Der Flottenkommandant machte ein beleidigtes Gesicht. »Ich bin bei der Sache, verehrter Legat! Wenn man ein außergewöhnliches Feuer bekämpfen will, muss man etwas über seine besonderen Eigenschaften wissen. Ich habe deshalb Sopholios mitgebracht, damit er uns etwas über die besondere Natur dieses Feuers erzählen kann. Mag sein, dass wir es dann auch löschen können.«

Der Legat nickte gnädig, und auch die anderen drückten ihre Zustimmung aus.

»Edle Herren«, begann der Sklave, der offensichtlich sehr nervös war, »ich will es kurz machen und sofort zur ... zur ... Sache kommen. Aber eine kleine Einführung kann ich euch nicht ersparen, sonst ... äh ... sonst werdet ihr es nicht verstehen. Verzeiht, ihr hohen Herren!«

Niemand unterbrach ihn, niemand sah ihn böse an. Und so fuhr Sopholios sichtlich gestärkt fort: »Wir verwenden Feuer ... ja, äh ... Feuer als Waffe schon seit langem. Nicht hier auf der Rheinflotte, aber bei den Schiffen ... ja, bei den Schiffen im *Mare Internum.* Aber es ist natürlich kein normales Feuer, es ist ein Feuer, das durch chemische Zusätze angereichert und deshalb nicht zu löschen ist.«

Bei dieser Bemerkung neigten sich die Herren interessiert nach vorne, was Sopholios dankbar registrierte. Er legte zunehmend seine Nervosität ab.

»Was sind das für Zusatzstoffe?«, fragte Valerius neugierig.

»Äh ... ja ... also, wir arbeiten ständig an der Weiterentwicklung. Wenn ich sage wir, dann darf ich mich da einschließen. Das Feuer, das wir zur Zeit entwickeln, heißt das ›griechische Feuer‹, und mit Verlaub gesagt, ihr hohen Herren, es sind alles Griechen, die daran arbeiten.«

»In den Hades mit den verfluchten *Graeculi*«, murmelte Flavius Suebus ungnädig und nippte an seinem Weinbecher.

»Zur Sache bitte, meine Herren!«, mahnte der Legat erneut. Er warf einen bösen Blick auf den städtischen Magistratsbeamten und trommelte ungeduldig mit den Fingern auf der Tischplatte herum.

»Fahr fort, Sklave!«

»Ja, natürlich, Herr. Also zur Zeit verwenden wir *Salpetrium*, *Sulphur* und Kohle. Aber wir experimentieren auch mit *Phosphorium,* Harz, Pech, Kalk und Ölen.«

»*Sulphur*? Ist das nicht das gelbe Zeug, das so stinkt?«, fragte der *Curator.*

Sopholios zauberte ein weises Lächeln auf seine dürren Züge: »Ja, Herr. Es ist in erzhaltigen Böden wie den hiesigen reichhaltig enthalten.«

»Und was ist *Phosphorium*? Das ist doch das griechische Wort für ›Lichtträger‹.« Die Frage kam von Flavius Vespasianus, dem jungen Tribunen.

»Ja, Herr. Es handelt sich um eine nicht metallische, hochbrennbare giftige Verbindung. Man findet sie auch in manchen Böden, die wir phosphatisch nennen. Man kann *Phosphorium* aber auch aus der Asche von Tierknochen gewinnen. So tun wir es in *Misenum.* Verbrennt man diesen Stoff im Dunkeln, erhält man ein unheimliches Leuchten.«

»Aha! Leuchten!« Der Legat nickte zufrieden.

»Welcher dieser Stoffe könnte sich in den hiesigen Böden finden, und wie könnte man ein solches Feuer löschen? Es muss doch irgendein Mittel geben.«

»Ich habe die Böden hier untersucht«, antwortete Sopholios, »sie scheinen sowohl *Sulphur* als auch *Phosphorium* zu enthalten. Löschen kann man solche Feuer möglicherweise mit Sand, mit Essig oder mit ... Urin.«

»Mit Urin?«, kam die erstaunte Gegenfrage.

»Ja, wir haben das in *Misenum* schon ausprobiert. Aber hier kommt noch etwas hinzu. Die Böden hier sind unter der Grasnarbe stark moorig. Die Wiesen befinden sich also auf Moor- und Heideland, und das gibt dem Feuer, auch wenn es oberflächlich gelöscht zu sein scheint, sofort von unten neue Nahrung.«

»Von unten also«, murmelte Valerius.

»Soll das heißen, dass wir jetzt alle Legionäre zum Pinkeln über den Brandherd verteilen sollen?«

Sopholios nahm die scherzhaft gemeinte Frage des *Curators* durchaus ernst.

»Ich fürchte, das hilft nicht.«

»Warum nicht?«

»Wir haben es gestern versucht!«

Eine Zeit lang herrschte Schweigen.

Dann nahm einer der *Duumviren* das Gespräch wieder auf.

»Ist es möglich, dass das Feuer vulkanischen Ursprungs ist? Ich meine, dass sich unter der Erde ein Vulkan befindet, der ständig für Nachschub sorgt?«

Sopholios lächelte nachsichtig. »Nein, Herr, obwohl das nicht ausgeschlossen wäre. Ich neige eher zu der Ansicht, dass es die mineralische Beschaffenheit des Bodens selbst ist, die ständig für Nachschub sorgt.«

»Was ist also zu tun?« Die Ungeduld in der Stimme des Legaten war greifbar.

»Wir werden es morgen mit einer Mischung aus Essig und Wasser versuchen.«

»Und wenn das nicht klappt?«

»Dann müssen wir versuchen, das Feuer zu ersticken.«

»Aber das tun wir doch schon die ganze Zeit!«

»Dann, ihr hohen Herren, müssen wir es eben noch energischer tun. Kein Fuß Boden darf unbedeckt bleiben, damit sich das Feuer nicht neue Luft holen kann.«

»Bis zum Fest der Isis müssen wir die Sache erledigt haben«, meinte Volturcius und strich seine *Tunica* glatt, »denn dann ...«

In diesem Augenblick wurde die Tür aufgerissen, und ein junger Legionär stürmte atemlos mit rotem Gesicht herein.

»Verzeiht, edle Herren, verzeiht!«

»Und?«, brummte der Legat unwillig.

»Das Feuer ... das Feuer hat soeben die Stadtmauer erreicht. Die Mauer auf dem Abschnitt zwischen hinterem und vorderem Südtor brennt!«

»Das müssen wir uns anschauen«, brummte der Legat und gab das Zeichen zum Aufbruch. Während die Männer den Raum verließen, hielt Gaius Volturcius Crassus den Tribun am Arm zurück.

»Auf ein Wort, Tribun!«

Sie ließen die anderen vorgehen und blieben ein Stück zurück. Valerius sah den *Curator* fragend an, obwohl er ahnte, was kommen würde. Volturcius blickte sich um und vergewisserte sich, dass sie keine unerwünschten Zuhörer hatten.

»Über diesem Feuer darfst du deinen Auftrag nicht vergessen!«

»Ich weiß, aber ...«

»Kein Aber! Es gibt Prioritäten. Das Feuer können auch die anderen löschen, schließlich sind inzwischen genug da. Du aber lösche das andere Feuer! Kläre endlich die Sache mit Gulvenius auf, und finde heraus, wer hinter dieser Schweinerei steckt!«

»Meine Männer werden nicht verstehen, wenn ich sie bei dieser Brandkatastrophe, die wohl die größte in der Geschichte unserer jungen Stadt ist, im Stich lasse.«

Volturcius zog die Augenbraue hoch. Das drückte höchste Missbilligung aus.

»Das ist ein Befehl! Niemand verlangt, dass du deine Leute im Stich lässt. Aber das eine tun heißt nicht, das andere zu lassen. Also, ich will Ergebnisse sehen, und zwar bald, sehr bald!«

XVII.
Feuertod!

Schwarze Rauchwolken liegen über der Stadt, turmhoch, drohend. Sie ziehen langsam nach Norden und haben den ganzen südlichen Teil der Stadt schon in Besitz genommen. Viele Bewohner dieses Bezirks haben in Panik ihre Häuser verlassen. Ihr Hab und Gut haben sie auf Karren verladen, und diese Karren verstopfen jetzt die Straßen. Bis zum *Forum* staut sich der Verkehr. Leute schreien durcheinander, Ochsen brüllen ängstlich, dazwischen wieseln Kinder auf der Suche nach ihren Eltern. Überforderte Legionäre versuchen, das Chaos zu entwirren, aber die Leute hören nicht auf sie. Wer Verwandte im Nordteil hat, versucht bei ihnen unterzukommen. Andere haben die Stadt schon verlassen, viele lagern auf dem *Forum* oder vor dem *Prätorium* in der trügerischen Hoffnung, dass der Sitz der Staatsgewalt ihnen Schutz vor den Flammen gewähren könne.

Aber die Panik ist unbegründet, das Feuer ist noch nicht in der Stadt! Zwar lecken die Flammen gierig an der neu erbauten, fest verfugten Stadtmauer, aber sie finden hier zu wenig Nahrung. Zwar wälzt sich der Qualm schon über die Mauern hinweg, aber das Bollwerk hält. Noch hält es! Alle Hilfskräfte sind an diesem Abschnitt der Mauer konzentriert. Wasser, zur Hälfte mit teurem Essig vermischt, wird in Kübeln herangeschleppt und von oben auf die züngelnden Flammen gegossen. Bald aber stellt sich heraus, dass dies eine ganz schlechte Empfehlung war. Der Essigzusatz fördert eher den Brand, als dass er ihn löscht. Eimerweise hat man Sand auf die vielen Brandherde gekippt, aber das scheint ihnen nichts auszumachen. Unter dem Sand züngelt es munter weiter.

Verzweiflung macht sich breit. Die Ersten geben schon ihr Vorhaben auf und versuchen lieber ihre Familie in Sicherheit zu bringen. Aber in die Stadt ist kein Durchkommen. Waffenstarrende Legionäre in voller Rüstung haben einen dichten Kordon vom *Capitolium* bis zu den Thermen gebildet und hindern die Menschen mit Schwertern und Lanzen daran, das Chaos in der Stadt zu vergrößern. In ihrer Not schlagen die Menschen mit Säcken, Decken, ja mit Kleidungsstücken auf die Flammen, um sie zu ersticken. Das scheint erste Erfolge zu bringen.

Am großen Südtor ist die Gefahr am größten. Das Holztor steht schon lichterloh in Flammen und mit ihm die Balken, die die Mauer stützen. Wenn das Tor erst gefallen ist, kann nichts mehr den Weg des Feuers aufhalten. Mitten unter den Männern mit rußgeschwärztem Gesicht, in vorderster Reihe, steht der kaiserliche *Curator*. Mit einer alten Pferdedecke schlägt Volturcius Crassus wieder und wieder auf die Flammen ein. Doch wenn er sie zur Linken gelöscht hat, lodern sie auf der rechten Seite wieder auf. Er ist umringt von schwitzenden und fluchenden Legionären, die es ihm gleichtun. Auch Freiwillige, Sklaven und Bürger kämpfen diesen Kampf. Unter ihnen auch ein kräftiger, schwarzgelockter Riese. Er hat sich seines Mantels entledigt und setzt den Kampf in einer leichten *Tunica* fort. Unter dem Gewand zeichnen sich kräftige Muskeln ab. Wie durch Zufall schiebt er sich immer näher an den *Curator* heran. Dann hat er ihn erreicht. Niemand bemerkt, wie er den Beamten leicht mit dem Arm anstößt. Verwundert blickt Volturcius Crassus auf.

»Du?« Sein Gesicht verrät ungläubiges Staunen. »Was bei allen Göttern machst du hier? Ich dachte, du wärest in Rom?« Aber der Mann grinst nur und schlägt weiter mit einem alten Mantel auf die Flammen.

Im gleichen Augenblick ein Schrei: »Vorsicht! Bei den Göttern! Das Tor stürzt ein!«

Erschreckte Blicke fliegen zu dem Südtor. Die Flammen haben endlich das Holz zermürbt. Nicht nur das Tor, auch die Balken des Rahmens, die zugleich Stützbalken für den angrenzenden Mauerabschnitt sind, sind zerfressen und müssen jeden Augenblick einstürzen.

»Bringt euch in Sicherheit!«

Auf diesen Ruf hin stieben die Menschen auseinander. Aber nicht alle schaffen es, denn der Weg in die Stadt ist versperrt und hinter ihnen lodert die unbarmherzige Feuerwand. Im gleichen Augenblick stürzt das Tor mit höllischem Lärm ein, ein etwa zehn

Fuß langer Mauerabschnitt wankt. Gleich muss auch er einstürzen. Mit schreckgeweiteten Augen sucht Volturcius einen Ausweg und spürt im gleichen Augenblick, wie ihn eine kräftige Hand plötzlich unter die herabstürzenden Trümmerteile stößt.

»Was ... ah ...!«

***

Der Brand am Südtor ist schnell gelöscht. Hier löst die gepflasterte Straße den moorigen Boden ab, und die Flammen finden keine Nahrung mehr. Sofort beginnen die Aufräumungsarbeiten, denn unter den Trümmern liegen Menschen! Aber es geht langsam, denn die Steine sind heiß, und die Glut zwischen den Steinen schwelt noch. Dunkelheit legt sich gnädig über die Unglücksstätte. Erschöpfte Männer mit Fackeln stehen herum und beobachten die Arbeiten. Jetzt ziehen sie mit vereinten Kräften die schweren Balken aus der Glut, ein Ochsenfuhrwerk hilft dabei. Endlich stößt man zu den Menschen vor, die darunter begraben liegen. Es sind insgesamt acht Menschen – und sie sind alle tot! Drei Sklaven, zwei Freiwillige, zwei Legionäre – und der kaiserliche *Curator.* Der zerschmetterte, angekohlte Leichnam von Gaius Volturcius Crassus wird als Letzter geborgen. Bei der Bergung tut sich ein Mann besonders hervor: ein schwarzgelockter Bursche mit den Muskeln eines *Gladiators.* Niemand kennt ihn, niemand weiß, woher er kommt. Und niemand weiß nachher zu sagen, wohin er so plötzlich verschwunden ist!

Als wäre dies der letzte Streich des Feuers gewesen, denn am nächsten Tage ist es gelöscht! Die *Agrippinenser* hat kalte Wut gepackt. Mit Steinen werfen sie auf die Flammen, schlagen sie wie wilde Tiere mit Stöcken und Prügeln. Schließlich reißen sie sich die Kleider vom Leib und werfen sie auf die Glut. Und das Wunder, nach dem sich alle gesehnt haben, geschieht! Merkwürdig genug, je gebrauchter und schmutziger die Kleidung ist, desto besser erstickt sie die Flammen. Aus der ganzen Stadt strömen die erleichterten Menschen herbei und beobachten das letzte Auflodern der sterbenden Flammen. Gegen Ende der zehnten Stunde ist die letzte Flamme verlöscht, nicht nur an der Stadtmauer, sondern im ganzen Gebiet. In hellen Scharen eilen die Männer und Frauen in die Tempel und opfern ihren vergessenen Göttern. Auf dem *Forum* wird getanzt und gelacht wie lange nicht mehr, die Wirte der Kneipen kommen gar nicht mehr nach, so viel und so schnell bestellen die Gäste.

Die *Agrippinenser* sind ein leichtblütiges Volk. Kaum der Katastrophe entgangen, denken sie schon an das nächste Fest. Morgen wird das Fest der Isis gefeiert. Diese Göttin, eigentlich am Ufer des fernen Nils beheimatet, hat ihre Anhänger und Tempel im ganzen *Imperium.* Und auch wenn man ihr nicht huldigt, so hält das kaum einen unter den *Agrippinensern* davon ab mitzufeiern

Ubi celebratur, ibi in medio sumus – Wo gefeiert wird, da sind wir mittendrin dabei, das ist ein beliebter Wahlspruch hier am Rhein. Aber – mahnen besorgte Stimmen – man wird sich den Tag teilen müssen, denn morgen wird nicht nur der glänzende Iris-Umzug stattfinden, morgen wird man auch für eine würdige Bestattung des *Curators* sorgen.

Aber der Tag ist lang. Wer morgens trauert, wird nachmittags doch lachen dürfen! Und so freuen sich die Menschen auf den morgigen Tag. Zwei Feiern wird es geben, und wie man die *Agrippinenser* kennt, werden sie bei beiden genug Grund zum Lachen haben!

***

Zum gleichen Zeitpunkt tut sich im fernen Rom Merkwürdiges: Der ruminalische Baum auf dem *Comitium*, der achthundertdreißig Jahre zuvor den Stadtgründern Romulus und Remus als Säuglingen Schatten gespendet hat, verkümmert durch Absterben der Äste und Verdorren des Stammes.

»Ein schlimmes Zeichen!«, flüstern die Menschen und schauen sich betreten an. »Wann hat es das schon gegeben? Die Götter zürnen uns! Was mag wohl die Zukunft bringen?«

***

»Hominem mortuum in urbe ne sepelito neve urito – Einen Verstorbenen sollst du innerhalb der Stadt nicht bestatten und nicht verbrennen!« Dieses uralte Gebot aus dem Zwölftafelgesetz von 450 v. Chr. hatte immer noch Bestand, und zwar im ganzen Reich. Die Gründe waren vielschichtiger Art. Zum einen reichte das Platzangebot in den Städten naturgemäß nicht für größere Grabanlagen aus. Zum anderen fürchteten die abergläubischen Römer spukende Tote, die aus ihren Gräbern kommen und die Menschen in Angst und Schrecken versetzen könnten. Letztlich fürchtete man, die Krankheiten, die zum Tod geführt hatten, könnten sich auf die Lebenden übertragen. So fügten sich alle Städte klaglos diesem jahrhundertealten Gebot und richteten weit außerhalb der Stadt die Begräbnisstätten ein.

Da die Gräberfelder südlich der Ubierstadt alle ein Raub der Flammen geworden waren, musste man notgedrungen in den südwestlichen Außenbereich ausweichen. So verließ der Trauerzug die Stadt durch eines der beiden südwestlichen Tore, durch das die breite Ausfallstraße in Richtung *Augusta Treverorum* führte. Hier, im Südwesten der Stadt, weniger als eine Fußstunde entfernt, war unlängst ein neues Gräberfeld entstanden, das die Agrippinenser *Ad efferendum* nannten, und die Bezeichnung war nur zu wahr, denn hierhin wurden die ärmeren Toten *hinausgetragen.*

So weit musste man heute nicht laufen, denn schon auf halber Strecke, geradewegs unweit eines kleinen Baches, lag die Begräbnisstätte für den *Curator.* Auch dieser kleine Bach hatte für die Stadt seine Bedeutung. Denn zum einen speiste er Brunnen und Trinkwasseranlagen, zum anderen machte sein gewundener Lauf kurz vor der Mündung in den *Rhenus* eine Anpassung der südlichen Stadtmauer notwendig, weshalb an dieser Stelle auf die ansonsten strikte Geradlinigkeit der Mauerführung zum Leidwesen der um Perfektion bemühten *Mensoren* verzichtet werden musste. Sie passierten nun die kleine Mühle, in der mit Wasserkraft der weiche Tuffstein gemahlen wurde, was dem kleinen Bach seinen Namen gab, *Rivus tophus,* Tuffbach.

An der Spitze des Bestattungszuges gingen Hornisten und Flötenspieler, die verhaltene traurige Melodien erklingen ließen. In kurzen Abständen holten sie zu einem kraftvollen *Fortissimo* aus, um die Bedeutung des Verstorbenen und seine Verdienste akustisch in Erinnerung zu rufen. Dahinter gingen die *Praeficae,* gemietete Klageweiber, die sich ihren kargen Lohn durch lautes Klagen und Schreien verdienten. Hinter den Klageweibern schritten in würdigem Zug die Honoratioren der Stadt, die Stadtverordneten, die Beamten, die Offiziere aus den Garnisonen *Bonna* und *Novaesium.* Sie trugen Wachsbilder des Verstorbenen und seiner Vorfahren oder Tafeln, auf denen die Titel und Leistungen des Toten zu lesen waren. Immerhin hatte Gaius Volturcius Crassus vor seiner Amtszeit in *Colonia Claudia Ara Agrippinensium* in Rom die Ämter eines *Aedils* und eines *Prätors* innegehabt und war selbstverständlich Mitglied des Senats gewesen. Dahinter folgte die offene Totenbahre, die von acht Legionären getragen wurde.

Der Leichnam war in kurzer Zeit durch einen Salber hergerichtet worden. Die schrecklichen Brandwunden waren mit einer Unmenge von Salbe und Creme übertüncht worden, was dem Gesicht des Toten einen maskenhaft starren Ausdruck verlieh. Bekleidet war er mit seiner besten Amtstoga, die in weitem Faltenwurf seinen Körper bedeckte. Es folgte Valerius mit seiner Vigiltruppe, in bester Paradeuniform (die man sich freilich in der Garnison *Novaesium* hatte ausleihen müssen), dahinter eine Abordnung von fünfzig Legionären unter dem Kommando des Tribuns Titus Flavius Vespasianus. Den Abschluss bildete eine dichte Menge von Bürgern der Stadt, die es ihrem *Curator* und ehemaligen *Prätor* nicht vergessen hatten, dass er im Kampf gegen das furchtbare Feuer gefallen war, das sie alle bedroht hatte.

Der aufmerksame Leser wird die trauernden Hinterbliebenen vermissen – aber es gab keine. Gaius Volturcius Crassus war in Rom mit Valeria Sophonia verheiratet gewesen, der er aber nach wenigen Jahren den Scheidebrief geschickt hatte, weil sie es mit der ehelichen Treue durchaus nicht sonderlich ernst genommen hatte. Da die Ehe kinderlos geblieben war, gab es nur noch einen Bruder, der hinter der Bahre hätte gehen können. Der aber war Legat in Syrien und somit dienstlich verhindert.

Der Zug hatte jetzt die von Einheimischen bevölkerte Vorstadt hinter sich gelassen und sein Ziel fast erreicht. Links und rechts des Weges standen die Menschen schweigend und bezeugten dem

Toten ihren Respekt. Wenig später war der Begräbnisplatz erreicht. Dutzende von kleineren und größeren Grabmälern, die meisten aus Stein, manche aber auch aus Holz, bildeten einen ungesäumten Platz, dazwischen auch viele einfache Steine, die in kurzen Worten an die Verstorbenen erinnerten.

»*Deponite*!« Auf dieses Kommando hin setzten die Träger ihre Totenbahre ab, um sie gleich darauf auf den vorbereiteten Scheiterhaufen zu legen. Die Musikanten stellten ihr Spiel ein, die Klageweiber ihr Geschrei. Alle versammelten sich um den Toten und warteten auf den letzten Dienst, den man ihm noch erweisen konnte, die *Laudatio funebris* – die Totenrede. In Ermangelung eines Verwandten war diese Aufgabe dem Dienstälteren der *Duumviri* zugefallen, dem Manlius Caecilius, und er entledigte sich dieser Aufgabe mit der Souveränität des Berufspolitikers. In kurzen aber beredten Worten schilderte er die glänzende Laufbahn des Verstorbenen in Rom und in der Provinz und beklagte trauervoll den allzu frühen Tod. Besonders stellte er heraus, dass Volturcius Crassus sich bis zuletzt für die junge Stadt eingesetzt habe, und er sehe es als besonderen Verdienst des Verstorbenen an, dass er im Kampf für diese Stadt gefallen sei. Dann wandte er sich dem Leichnam zu und rief mit pathetischer Stimme. »Diese Münze soll Charon bewegen, dem Toten eine gute Überfahrt ins Reich der Seelen zu schenken.«

Er hob die Münze hoch, damit sie jeder sehen konnte, und legte sie dann unter die Zunge des Verstorbenen.

»Möge es dem edlen Toten in der anderen Welt niemals an Speise und Trank mangeln!«

Mit diesen Worten wies er auf den ersten der beiden großen Tonkrüge hin, die vor dem Scheiterhaufen standen. In ihm waren Teller, Schüsseln, Messer, Gabel und mehrere Becher enthalten.

»Möge der edle Tote in der anderen Welt nichts von dem vermissen, was ihm in dieser am Herzen lag!«

Damit zeigte er auf den zweiten, größeren Krug, der eine kleine Auswahl von Waffen, Schmuck und Kleidung enthielt. Einer der Legionäre reichte ihm sodann eine Fackel, die Manlius Caecilius in die Höhe hielt.

»*Vale* – Leb wohl, Gaius Volturcius Crassus! *Sit tibi terra levis* – möge dir die Erde leicht sein!«

Dann zündete er den Scheiterhaufen an, dessen Flammen Sekunden später hoch in den Himmel stiegen. Sogleich stimmten die Musiker ihre Weisen wieder an, und die Klageweiber begannen mit ihren Klagen, schauriger und schlimmer als zuvor.

Schweigend beobachteten die Trauergäste, wie die Flammen den Körper des Verstorbenen verzehrten. Mancher musste daran denken, dass der *Curator* eben im Kampf gegen diese Flammen gefallen war. Jetzt hatten sie ihn ein zweites Mal erreicht und würden ihn für alle Zeit vernichten. Wenn die Flammen erloschen sein würden, würde man die Überreste in einer Urne sammeln und zusammen mit den Grabbeigaben beisetzen. Bald würde ein würdiger Grabstein die Erinnerung an den Toten festhalten, der Auftrag für die Herstellung war bereits ergangen.

Nachdenklich und schweigend verließen die meisten Trauergäste den Bestattungsort, während einigen tatsächlich schon die ersten scherzhaften Worte über die Lippen sprudelten.

XVIII.
Die Witwengruft

Während an der Begräbnisstätte *Ad efferendum* noch die letzten Flammen des Totenfeuers glühten, schmückte man in der Ubierstadt schon längst die Straßen für das große Fest. Isis, die geheimnisvolle Gottheit aus dem Osten, forderte ihren Tribut.

Beide Hauptstraßen der Stadt waren mit Girlanden und bunten Bändern geschmückt, wobei vielfach die halfen, die gestern noch die letzten Flammen des furchtbaren Feuers ausgetreten hatten. Entlang des Zugweges hatten die fliegenden Händler ihre Stände errichtet und rieben sich die Hände angesichts der zu erwartenden Einnahmen. Gehörte auch Isis nicht zu den römischen Gottheiten, die von Staats wegen verehrt wurden, so war doch ihre Anhängerschaft im ganzen Reich so zahlreich, dass der städtische Magistrat nicht anders konnte, als sich den Feierlichkeiten anzuschließen. Isis genoss unter anderem deshalb so große Verehrung, weil ihre Priester die Kunst der geheimnisvollen Mystik in besonderer Weise beherrschten und weil »der Zug so bunt und so lustig ist«, wie es eine der Frauen ausdrückte, die ihren Platz am Zugweg schon am frühen Morgen in Beschlag genommen hatte. Eine bunte Kinderschar tollte um sie herum, aber sie harrte in unendlicher Langmut aus bis zu dem Zeitpunkt, wo es aus tausend Kehlen schallen würde: »*Agmen venit* – der Zug kommt!«

»Beeil dich doch, Marcus!«, rief Dirana und packte schnell einige Sachen zusammen. Sie warf einen besorgten Blick durchs Fenster. Langsam legte sich Dämmerung über die Stadt.

»Wir werden noch zu spät kommen und den Beginn des Zuges versäumen.«

»Ja doch«, murmelte Valerius, dem solche turbulenten Ereignisse ein Gräuel waren.

»Der kleine Titus wird den Zug lieben. All die bunten Wagen und Gruppen, die Gesänge und tanzenden Priester.«

Falten des Unmuts zogen über Valerius' Stirn. »Ich hasse das durchdringende Geklapper der *Sistra*«, gab Valerius unwillig zurück und lächelte sein Söhnchen liebevoll an, das leise plappernd die Prozedur des Umziehens über sich ergehen ließ.

»Und meine Liebe, über dich muss ich mich doch wundern. Was würde Maternus sagen, wenn er erführe, dass du Freude an jenem bacchantischen und orgiastischen Treiben hast?«

»Aber die Wagen, Marcus, die schönen Wagen.« Sie gab dem kleinen Titus einen Klaps, was ihn zu einem hellen Jauchzen veranlasste. »Sie sind wunderbar geschmückt. Und dann die herrlichen Figuren darauf! Sie können mir doch auch gefallen, ohne dass ich Anhängerin dieses scheußlichen Kultes wäre.«

»Titus liebt bunte Wagen«, meinte der Kleine mit wichtiger Miene.

»Das einfache Volk mag Gefallen an den *carrus navales* haben«, sagte Valerius mürrisch, »nach meinem Geschmack sind sie nicht. Zu oft ...«

»Nun verdirb uns nicht den Tag«, unterbrach Dirana ihn und verschloss seinen Mund mit einem stürmischen Kuss, »gönn mir ein wenig Abwechslung.«

Valerius verzichtete auf eine Antwort. Sie zogen ihre Mäntel über und verließen schweigend das Haus. Ein kalter Luftzug empfing sie und eine dichte Menschenmenge, die durch die Gassen zum *Forum* strömte, wo der Zug seine Aufstellung nahm. Als sie gerade die Thermenanlage passierten, packte Dirana Valerius am Arm.

»Ach schau doch, Titus, sieh nur! Ein *Nugator.* Lasst uns doch einen Augenblick zuhören!«

Während die Augen des kleinen Jungen wie gebannt an der bunt gekleideten Gestalt hingen, die gestenreich ihr Publikum in Atem hielt, versuchte Valerius einen zaghaften Einwand.

»Aber wir werden ...«

»Oh ja, Titus möchte Geschichten hören«, krähte Titus und zupfte Valerius ungeduldig am Ärmel.

»Bitte, Liebster. Ich hab so lange keinen *Nugator* mehr gehört. Seit Kinderzeiten nicht mehr. Isis wird uns schon nicht davonlaufen.« Diranas energische Stimme duldete keinen weiteren Widerspruch, und Valerius fügte sich seufzend. Und damit war endgültig geklärt, dass die Isis-Prozession, die eben noch keinen Aufschub zugelassen hatte, nun hinter der Attraktion eines orientalischen Märchenerzählers zurückzustehen hatte.

Irgendwie hatte einer jener bunten Märchenerzähler den Weg aus dem fernen Orient an die Ufer des Rheins gefunden. In den arabischen Provinzen saßen sie an jeder Ecke und unterhielten ihre Zuhörer gegen ein kleines Honorar mit den prächtigsten Geschichten. Auch in Rom waren die Männer in den bunten Kostümen keine Seltenheit und belebten das ohnedies vielfältige Straßenbild. Und auch dieser hier mochte als typischer Vertreter seiner Zunft gelten. Seine malerische, mit tausend bunten Schleiern und Tüchern ausgestattete Kleidung, der goldfarbene Turban, der das Haupt verhüllte, und der schwarze Bart, der bis tief auf den Bauch herabhing – das alles verlieh der Gestalt eine schillernde Farbenpracht, die irgendwie nicht in das Grau der germanischen Provinzstadt passen wollte.

»Pscht!«, machte Dirana, obwohl Valerius gar nichts gesagt hatte. Ihre Kritik richtete sich wohl auch eher an die Umstehenden, die mit leisem Geflüster ihrem Erstaunen Ausdruck verliehen, nun aber unter den bösen Blicken Diranas erschreckt verstummten. Bedächtig strich sich der Mann über seinen Bart und sorgfältig musterte er seine Zuhörer. Dann erfüllte seine sonore, fremdartige Stimme den kleinen Platz und schuf inmitten der geräuschvollen, lärmenden Umgebung eine Oase kurzfristiger Stille.

»So hört denn, ihr Leute aus der schönen Stadt der Ubier am mächtigen Strom des *Rhenus,* was sich vor langer Zeit im fernen Kleinasien zugetragen hat. Die Götter sind meine Zeugen, dass es sich so und nicht anders zugetragen hat. Meine Lippen sollen für immer versiegelt sein und meine Zunge möge verdorren, wenn ich etwas anderes als die reine Wahrheit erzähle.«

Er machte eine kurze Pause und leckte sich über die Lippen. Dann fuhr er fort: »Zu Ephesus, jener ionischen Stadt im fernen Kleinasien, wo der berühmte Tempel der Diana steht, ereignete es sich einst, dass eine Frau, die wegen ihrer Keuschheit und Sittsamkeit nicht weniger gerühmt wurde als wegen ihrer makellosen Schönheit, ihren Gemahl zu Grabe tragen musste. Nicht nur mit fliegenden Haaren und entblößter Brust trauerte sie nach Sitte des

Landes, nein, sie folgte dem Verblichenen auch in dessen Gruft und beweinte ihn darin ohne Unterlass bei Tag und bei Nacht. In der kalten Katakombe wollte sie hungern und dürsten, bis sie der Tod dem Gatten wieder vereint. Weder Verwandte noch eine Abordnung des städtischen Magistrats mochten sie von diesem Vorhaben abbringen. Fünf Tage schon harrte sie aus, und der Tod kreiste mit schwarzen Schwingen um die dunkle Gruft.«

Geschickt hatte der *Nugator* seine Stimme zu düsterem Tone gesenkt und vernahm mit Befriedigung die Achs und Ohs seiner ergriffenen Zuhörerschaft. Auch Dirana befand sich ganz im Banne der Erzählung, und selbst der kleine Titus, der sonst solche Vorgänge mit munterem Plappern zu begleiten pflegte, hing an den Lippen des Mannes. Sklaven, die an der Ecke vorbeigehastet waren, hatten ihre Lasten abgestellt und den Kreis vergrößert, ja ein vornehmer Bürger hatte gar seine Sänfte abstellen lassen und lauschte hinter dem Vorhang den düsteren Worten.

»Alle Welt war von dieser Trauer gerührt, und die Stadt erstickte in Tränen. Nur eine treu ergebene Dienerin leistete der Herrin Gesellschaft, sie fastete und trauerte mit ihr. Nun aber geschah es, dass der Statthalter jener Provinz in der Nähe der traurigen Gruft einige Räuber ans Kreuz schlagen ließ und die Bewachung der Hinrichtungsstätte einem jungen Soldaten übertrug. So sollte verhindert werden, dass die Leiche eines der Schandbuben gestohlen würde. In der Nacht nun sah jener Soldat ein Licht in der Gruft und hörte ein Wimmern und Klagen, dass es ihn erbarmte. Leise schlich er sich dorthin und gewahrte im kargen Licht einer Laterne das schöne Weib. Zuerst hielt er es für ein Gespenst«, der Erzähler riss die Augen weit auf und alle Hörer taten es ihm gleich, »als er aber den Toten sah, wurde ihm klar, dass hier ein Weib an der Leiche ihres Mannes klagend saß. Er holte seine karge Ration aus dem Beutel und bot der Frau davon an. Mit allen Worten, die er fand, redete er dem Weibe zu und suchte ihr Trost zu spenden. Sie aber, die Treue, ließ sich nicht trösten. Sie raufte ihre Haare, schlug sich auf die Brust und klammerte sich an den kalten Gatten. Der Soldat aber gab so schnell nicht auf. Immer wieder redete er auf das Weib ein und brachte die schönsten Speisen, auf dass sie etwas zu sich nehme. Die Dienerin ist es, deren Herz er zuerst erreichte.«

Von ferne konnte man schon die Posaunen und Schellen der nahenden Isis-Prozession hören, aber keiner verließ den Platz. Nur kurz schien Dirana auf das ferne Geräusch zu lauschen, dann wandte sie eilends ihre Aufmerksamkeit wieder dem Erzähler zu. Der fuhr mit erhobener Stimme fort, wie um das konkurrierende Geräusch zu übertönen.

»Betört vom Aroma des Weines, griff die Dienerin zum Becher und nahm wenig später auch von der dargereichten Speise. Nun waren es zwei, die auf die klagende Frau einredeten – und endlich gelang es. Auch die Herrin tat wie ihre Dienerin und sättigte sich wieder an Speise und Trank. Damit aber gab sich der wackre Soldat nun nicht zufrieden. Mit derselben Hartnäckigkeit, mit der er der Frau zurück ins Leben geholfen hatte, attackierte er nun ihre Sittsamkeit, und nach kurzem war er auch hier erfolgreich. Also lagen sie nunmehr jede Nacht zusammen, freilich nicht, ohne die Türen der Gruft zu schließen, damit jeder, der zu dem Grabmal komme, glaube, die Keuscheste der Gattinnen habe ihr Werk vollendet und sei mit dem toten Gatten vereint.«

Einen Augenblick hielt der *Nugator* inne, um die Reaktion seiner Zuhörer abzuwarten. In der Tat ertönte von da und dort unwilliges Gemurmel, weil diese Entwicklung nicht allen gefallen mochte. Einer, ein kräftiger Fischhändler, räsonierte laut: »So sind sie, die Weiber. Der Gatte ist noch nicht ganz kalt, und da suchen sie schon die Lenden des Nachbarn!« Aber er wurde von seiner Umgebung niedergezischt. Befriedigt ließ der orientalische Erzähler seine Blicke schweifen, hob die Arme zu großer Gestik und setzte seine Erzählung fort: »Nun geschah es aber, dass die Eltern eines der Gehenkten merkten, dass der Wachdienst nur sehr nachlässig versehen wurde. Und so hängten sie unbemerkt die Leiche ihres Sohnes ab, um ihn würdig zu bestatten. Wie nun der Soldat am nächsten Tage merkte, dass ihm an den Kreuzen eine Leiche fehlte, machte er sich große Sorgen und fürchtete zu Recht eine Strafe seines strengen Statthalters. Dies erzählte er der trauernden Witwe, die nunmehr getröstet war, und zugleich auch, dass er nun aus Schande aus dem Leben scheiden müsse. Sie aber möge ihn würdig neben ihrem Gatten bestatten, darum nur bitte er. Die Frau aber besaß nicht weniger Barmherzigkeit als Sittsamkeit und rief aus:

›Das mögen die Götter verhindern, dass ich zu gleicher Zeit zwei Menschen, die mir die liebsten sind, begrabe. Lieber will ich den Toten aufhängen, als den Lebenden umbringen!‹ Sprach's und ließ den toten Gatten aus dem Grabe nehmen, um ihn am leeren Kreuze aufzuhängen. Und als am nächsten Tag die Menschen an der Richtstätte vorbeikamen, fragten sie sich, wie es der Tote wohl geschafft habe, an das Kreuz zu gelangen!«

Die Arme sanken herab, die Gestalt entspannte sich, die Geschichte hatte ihr Ende gefunden.

Die Reaktion der Zuhörer war recht unterschiedlich. Während die Männer zum Teil mit zotigen Bemerkungen lachten, manche auch schimpften, waren die Gesichter vieler Frauen errötet, und es war wohl weniger die Aufregung über eine spannende Geschichte als mehr die Scham über jene scheinbar treulose Geschlechtsgenossin, die ihnen die Farbe ins Gesicht trieb. Eine Reaktion aber war allen gemein: Der kleine Topf, der vor dem Erzähler stand, füllte sich in Windeseile mit kleinen und großen Münzen, was der Fremde mit Befriedigung wahrnahm. Auch Valerius entrichtete seinen *Obolus.* Zwar hatte ihm die Geschichte weniger gefallen, aber die Art, wie der *Nugator* sie erzählt hatte, verdiente Respekt und einige Münzen.

»Und jetzt?« Valerius hatte die Hoffnung, dass Dirana den Gedanken an die Prozession aufgegeben hätte und vielleicht stattdessen ...

»Jetzt schnell zum Forum«, rief Dirana mit glühenden Wangen und machte alle Hoffnung zunichte, »du hast doch die Musik schon gehört. Wir werden bestimmt keinen guten Platz mehr bekommen. Aber egal! Hat dir der bunte Mann gefallen, mein kleiner Liebling?«

Titus krähte vor Vergnügen und schlang seine Ärmchen um den Hals der schönen Mutter. So schnell, wie sich der Zuhörerkreis gebildet hatte, löste er sich auf, und am Schluss stand der Erzähler allein da und zählte befriedigt seine Einnahmen, während seine Zuhörer zur nächsten Attraktion strömten.

Je näher man dem *Forum* kam, um so undurchdringlicher war die Menschenmenge in den engen Gassen. Längst hatte Valerius den kleinen Titus auf den Arm genommen und bahnte seiner kleinen Familie kraftvoll einen Weg. Die Isis-Prozession führte vom *Forum* aus über den *Cardo Maximus* in nördliche Richtung, um dann hinter dem *Prätorium* zum Rhein abzubiegen. Hier würde der bunte Zug seinen Abschluss finden. Die Straßen waren auf beiden Seiten dicht von Zuschauern gesäumt, und Valerius hatte großes Glück, unweit der *Aula Regia* einen Stehplatz für sich und Dirana zu ergattern. Der Zug hatte schon begonnen, und die erste Gruppe bunt geschmückter Tempeldiener war bereits vorbei. Sie begleiteten den Zug mit Harfen, Flöten und Pfeifen, aber deren dezenter Ton ging im tosenden Lärm völlig unter. Der einzige Laut, der alles zu übertönen schien, war das unangenehme Geräusch der *Sistra*, jener Metallstäbe, die in gebogenem Blech steckten und durch heftiges Schütteln ein hell tönendes, ohrenbetäubendes Geklingel erzeugten.

»Furchtbar!«, rief Valerius und schüttelte unwillig den Kopf, aber Dirana und Titus achteten nicht auf seine Empörung, sondern klatschten begeistert in ihre Hände. Hinter den Tempeldienern erschien jetzt ein Chor aus etwa zwanzig Sängern, der die Göttin mit wohlklingenden Hymnen pries. Während sie sangen, tanzten sie zum Klang der Instrumente, und je länger der Zug andauerte, um so ekstatischer wurden ihre Bewegungen. Es folgte ein Wagen, auf dem Priester und Priesterinnen in langen, fremdländisch anmutenden Gewändern standen. Auch sie schwangen begeistert ihre Klapper. Einige der Priester trugen die Gesichtsmaske eines Hundes, und Dirana belehrte Titus, dass dies die Maske des ägyptischen Totengottes Anubis sei. Kaum war der Wagen vorbei, folgte eine Gruppe kahlköpfiger Priester in langen schleppenden Gewändern aus weißen Leinen. Sie trugen Figuren der Göttin Isis auf ihrem Arm.

»Wer ist das Baby da?«, schrie Titus und zeigte aufgeregt auf das Kind, das die Göttin auf dem Arm trug.

»Das ist Horus, der Sohn der Göttin!«, rief Dirana atemlos. Ihre Wangen waren gerötet, und die Aufregung hatte ihr den Atem verschlagen.

»Sie geht nie ohne ihren kleinen Horus aus«, ergänzte lächelnd eine kräftige Frau, die neben Dirana stand. »Wahrscheinlich liebt sie ihn so wie deine Mutter dich, nicht wahr?«

Titus schenkte ihr ein bezauberndes Kinderlächeln und starrte im nächsten Moment wieder auf die Prozession.

Inzwischen war es völlig dunkel geworden, und nur die Fackeln, die von den Zugteilnehmern getragen wurden, warfen ihr flackerndes, unheimliches Licht in die Menge.

»Da kommt er! *Carrus navalis*! *Carrus navalis*!« Ein einziger Schrei aus tausend Kehlen ertönte und hallte kraftvoll an den Hauswänden wieder. Die Menge geriet außer Rand und Band und reckte die Köpfe, um den Wagen genauer zu sehen, der jetzt ins Blickfeld geriet. Ein langgestreckter, prächtig geschmückter Wagen in Form eines Schiffes. Hölzerne Fische in bunten Farben symbolisierten das ihn umgebende Meer. Auf dem Wagen standen Priesterinnen, die Süßigkeiten in buntem Papier in die Menge warfen. Gleichzeitig steigerte sich das Geklapper der *Sistra* zu einem ungeahnten Crescendo und wurde nur noch durch das Geschrei der fast schon hysterischen Menge übertönt. Isis – Schutzgöttin der Flüsse und Meere, ging es Valerius durch den Kopf. Mit diesem orgiastischen Fest wurde nicht zuletzt auch der Wiederbeginn der Schifffahrt gefeiert. Gleich würden Sklaven das mit Spezereien und Weihegeschenken beladene Schiff vom Wagen nehmen und den Fluten des Rheins übergeben, und damit waren die Seewege wieder eröffnet.

Valerius spürte plötzlich einen leichten Stoß von hinten und drehte sich um. Ein bärtiger Mann, das Gesicht von einer Kapuze fast verhüllt, murmelte eine flüchtige Entschuldigung und drängte sich eilig durch die Menge davon. Valerius achtete nicht weiter auf ihn. Schweigend lehnte sich Dirana wie schutzsuchend an ihren Mann und schien das Spektakel zu genießen. Immer noch schrien die Menschen und versuchten die Süßigkeiten aufzufangen, die auf die Menge herabprasselten.

»Möchtest du gar nichts für unseren kleinen Schatz fangen?«, fragte Valerius, der immer noch Titus auf dem Arm hielt. Aber Dirana antwortete nicht. Valerius warf ihr einen Blick zu – und erschrak. Dirana war leichenblass und begann gleichzeitig, langsam an seiner Schulter herabzusinken. Im gleichen Augenblick stieß die Frau, die neben Dirana stand, einen schrillen Schrei aus und zeigte entsetzt auf den Blutfleck, der sich allmählich aus dem Mantel herausschälte.

»Dirana! Mein Schatz, was ist? Was ist geschehen? Wer ...?«

Lautlos war Dirana auf die Stelle des Bodens gesunken, die die erschreckte Umgebung in Windeseile geräumt hatte.

»Marcus, Liebster, lass mich nicht allein. Es ist so kalt. Es tut so weh!«

Valerius drückte Titus der Frau in den Arm, die die Szene aus schreckgeweiteten Augen beobachtete, und beugte sich entsetzt über seine Geliebte. Er schlug den Mantel zurück und entdeckte eine stark blutende Wunde, die ganz offensichtlich von einem heftigen Messerstich rührte.

»Helft mir«, schrie er, »ich brauche Hilfe!« Ratlos und hilfesuchend blickte er um sich. Einige Männer eilten herbei und halfen ihm wortlos, Dirana vorsichtig aus der Menge herauszutragen. Die kräftige Frau mit Titus auf dem Arm folgte ihnen atemlos.

»Zum *Prätorium*, schnell!«

Zum Amtsgebäude waren es nur wenige Schritte, und die diensthabenden Legionäre, die Valerius erkannten, sprangen sofort hilfreich hinzu.

»Tragt sie in die Halle«, befahl er. »Ist ein Arzt in der Nähe?«

»Ein Arzt?«

»Ja, ein Arzt, du Dummkopf! Siehst du nicht, dass sie sofort ärztliche Hilfe braucht? Sie verblutet mir ja unter den Händen.«

Längst hatte er ein Stück seiner *Tunica* abgerissen und presste es auf die Wunde. Aber das Blut hatte seinen Weg schon hindurch gefunden und zeichnete langsam, aber stetig ein bizarres Muster auf die weiße *Tunica* Diranas.

»Peliodoros!«, rief einer der Legionäre. »Ich werde den Arzt Peliodoros rufen. Er wohnt ganz in der Nähe. Mögen die Götter geben, dass er zu Hause ist.«

Doch die Götter schienen ein Einsehen zu haben, und nach wenigen Minuten, die Valerius wie eine Ewigkeit vorkamen, stürzte der Soldat in die Halle, in seiner Begleitung ein kleiner hagerer Mann, dessen schmales Gesicht nur noch von einem letzten Kranz weißer Haare umgeben war. In seiner Hand trug er eine verschlissene Tasche.

»Schneller ging es nicht, Tribun«, keuchte der Legionär. »Die Menschenmenge, sie zerstreut sich erst langsam. Aber ich habe ihn gefunden. Wir mussten erst ...«

»Macht Platz! Aus dem Weg!« Die brüchige Stimme des griechischen Arztes tönte energisch durch die Halle, und die Umstehenden traten sofort zur Seite. Mittlerweile hatten die Männer die leichenblasse Dirana auf einen Tisch gelegt. Kein Ton kam über ihre Lippen, und die Brust hob sich kaum merklich in schwachen Atemzügen.

»Habt ihr ein kleines Nebenzimmer, wo ich in Ruhe die Untersuchung durchführen kann?«

Der Legionär zeigte den Weg und mit aller Vorsicht brachte man die Bewusstlose in einen kleinen Nebenraum. Die karge Ausstattung wies ihn als Warteraum für Besucher aus, aber immerhin stand an der Seite des fensterlosen Raums ein großer Tisch, den man eilends mit einer wärmenden dicken Decke bedeckt hatte.

»Licht! Ich brauche Licht!«

Im Nu war der Raum durch mehrere Fackeln in trübes Licht getaucht. Der Arzt schien zufrieden.

»Und jetzt alle raus! Ich muss die Verletzte untersuchen. Du kannst natürlich hier bleiben, Tribun«, ergänzte er mit einem schnellen Blick auf Valerius. Aber Valerius zog es vor, ebenfalls den Raum zu verlassen. Der Anblick seiner leichenblassen Geliebten versetzte ihm einen Stich ins Herz.

»Hier, edler Tribun, trink!« Einer der Legionäre reichte ihm einen Becher Wein, und Valerius stürzte ihn hastig herunter.

»Was ist mit Mama?« Angstvoll starrte der kleine Titus seinen Vater an, und Tränen stahlen sich aus seinen Augen. Immer noch trug die kräftige Frau, die durch Zufall Zeugin des schlimmen Geschehens geworden war, ihn auf dem Arm und streichelte sacht über seinen Kopf.

»Ich weiß es noch nicht, mein kleiner Liebling«, murmelte Valerius geistesabwesend, denn durch seinen Kopf zogen die Szenen der letzten Minuten. Der Bärtige mit der Kapuze stand vor seinen Augen. Hatte der damit zu tun? Hatte der Anschlag nicht in Wahrheit ihm gegolten?

»Wie ist dein Name?«, fragte Valerius die unbekannte Frau. Die kräftige Matrone hatte inzwischen den Stand ihres Gegenübers erkannt und antwortete voller Respekt: »Lavinia, Herr. Ich bin die Frau des Bäckers Vetusius. Wir haben unseren Laden an den Thermen. Bestimmt ...«

»Ja, schon gut.« Valerius' Stimme verriet wachsende Ungeduld. Seine Narbe an der Stirn brannte höllisch, und er kratzte so lange daran, bis Blut heruntertropfte.

»Was hast du gesehen, Lavinia? Ich meine, hast du irgendetwas bemerkt, wie es ... äh ... ich meine, wie es zu der Verwundung gekommen ist? Hat irgendjemand hinter uns gestanden, der sich plötzlich entfernt hat?«

Lavinia schien die Szene im Geiste noch einmal zu durchleben.

»Da war nur dieser bärtige Mann mit der Kapuze, der direkt hinter uns stand.«

»Du hast ihn auch gesehen?«

»Freilich habe ich ihn gesehen. Und gestunken hat er wie ein gallischer Ziegenbock.«

»Kannst du ihn näher beschreiben?«

»Beschreiben? Wozu? Ich kenne ihn!«

»Bei Jupiter, du kennst ihn?«, schrie Valerius. »Und das sagst du erst jetzt?«

»Du hast mich ja nicht gefragt, Herr«, gab Lavinia beleidigt zurück.

»Ja ... äh ... entschuldige. Wer ist es?«

»Wie er heißt, weiß ich nicht genau. Aber er hat eine *Taberna*, gleich um die Ecke von unserem Laden. Eine üble Spelunke, wir besuchen sie nie. Gewiss hast du auch noch nie deinen Fuß über seine Schwelle gesetzt. Es sind meistens ...«

»Wie heißt die Kneipe?«

»*Ad Tres Sorores.* Wie der Name schon sagt, muss sie früher einmal drei Schwestern gehört haben, aber dann ...«

»Ja, schon gut. Und die Kneipe gehört diesem bärtigen Kerl?«

»Ganz sicher, Herr. Ich sehe ihn fast täglich. Ich meine, er heißt, Minerva hilf ... äh ... Faustus oder ... nein, warte, Ausonius, Aufidius, nein ... Aulus. Er heißt Aulus, ich weiß es genau.«

»Hab Dank, Lavinia. Ich werde mich darum kümmern. Vielleicht hat er ja etwas damit zu tun.«

»Und der Kleine?«

»Wie?«

»Ich meine, was wirst du jetzt mit deinem süßen Söhnchen anfangen, jetzt, wo die Mutter ...« Sie vollendete den Satz nicht.

»Titus? Ja, jemand wird sich um ihn kümmern müssen. Ich weiß noch nicht.«

»Wenn du es wünschst, Herr, werde ich das gerne tun. Du musst wissen, die Götter haben es Vetusius und mir versagt, eigene Kinder zu haben.«

Valerius dachte einen Augenblick nach. Tausend Gedanken schossen ihm durch den Kopf. Titus! Wer bei allen Göttern mochte sich nun um den Kleinen kümmern? War er nicht vielleicht auch in Gefahr? Einstweilen ...

»Ich nehme dein Angebot an«, sagte er entschlossen. »Nimm ihn mit und pass gut auf ihn auf. Ich werde es dir entgelten.«

Lavinia schien entzückt. »Mach dir keine Sorgen, Herr, und kümmere dich um dein Weib. Die Götter mögen ihr baldige Genesung schenken. Sobald ich kann, will ich Minerva ein Opfer bringen. Und den Kleinen, ich werde ihn hüten wie meinen Augapfel.«

»An den Thermen?«

»Wie? Äh, ja, wir wohnen über dem Laden. Das dritte Haus hinter den Thermen, es ist gelb gestrichen. Du kannst es nicht verfehlen. Komm, mein Kleiner!«

Valerius verabschiedete sich zärtlich von seinem völlig verstörten Söhnchen. »Geh mit Lavinia, mein kleiner Schatz, und folge ihren Worten. Ich komme dich so bald wie möglich besuchen.«

XIX.

Tod einer alten Köchin

Inzwischen hat sich die Menschenmenge verlaufen. Viele nehmen das Isis-Fest zum Anlass, um sich in den umliegenden Tabernen und Kneipen an wilden Zechgelagen zu erfreuen. Rings um das *Forum* bleibt kein Platz in den Kneipen leer, und der ausgelassene Gesang der Zecher erfüllt die menschenleeren, dunklen Gassen.

Auch die Kneipe *Ad Tres Sorores* ist bis auf den letzten Platz gefüllt. Betrunkene Männer und kaum bekleidete Frauen, die sich kreischend auf ihren Knien winden. Schamlos dulden sie die gierigen Finger der Männer auf ihren Leibern und ermuntern sie durch zotige Reden. Der billige Wein fließt in Strömen, und die beiden Sklaven, die heute bedienen, kommen mit den Bestellungen nicht nach. Das verspricht eine gute Einnahme, aber Aulus, der Wirt, hat nicht wie sonst seine Freude daran. Der stämmige, bärtige Mann hockt missmutig in einem winzigen Nebenraum und lässt das wütende Geschrei seines Tischnachbarn über sich ergehen.

»Pscht! Nicht so laut! Meine Gäste ...!«

»Deine Gäste mögen in den Hades fahren«, schreit der Mann. Die Kapuze, die sein ganzes Gesicht verdeckt, ist etwas verrutscht und gibt ein Gesicht frei, das von Wut fratzenhaft entstellt ist.

»Bei Pluto, du bist ein blutiger Anfänger! Statt des Mannes erwischst du seine Frau! Du musst völlig betrunken gewesen sein, du elender Stümper.« Krachend fährt dem Wirt eine Ohrfeige ins Gesicht. Sein Kopf prallt nach hinten gegen die gekalkte Wand. Immer weitere Schläge prasseln auf Aulus ein, der sie jammernd hinnimmt. Zwischendurch versucht er in jämmerlichem Tone, sich zu rechtfertigen: »Aber gerade in dem Augenblick, in dem der Dolch ihn treffen sollte, macht das unselige Weib eine Bewegung und schiebt sich dazwischen. Was hätt' ich denn machen sollen? Die Götter waren gegen uns!«

»Die Götter! Die Götter!«, höhnt sein Gegenüber. »Die Götter haben mit deiner armseligen Stümperarbeit nichts zu schaffen.

Wenn das der ...«, er verkneift sich den Namen, »wenn das bekannt wird, hast du dein Leben verwirkt!«

»Gnade«, winselt der schmierige Wirt, »ich habe immer getan, was von mir verlangt wurde. Noch nie habe ich ...«

»Ist sie wenigstens tot?«

Eiskalt und mitleidslos ist die Stimme des Mannes. Er scheint sich wieder beruhigt zu haben und blickt den Wirt durchdringend an. Der windet sich unter den Blicken wie unter der Folter. Leise stammelt er: »Ich weiß es nicht, der Stoß traf ja ganz falsch. Statt das Herz des Tribunen hab' ich die Seite der Frau getroffen.«

»So! Nun, dann bring dein Werk zu Ende. Wir werden das Beste daraus machen. Auch so lässt sich der Sache noch etwas abgewinnen.«

»Du meinst, ich soll sie ...?«

»Hör zu, Aulus, du schmieriger Nichtsnutz. Das ist deine einzige Chance. Ich werde es unserem ... äh ... Auftraggeber schon erklären. Aber sterben muss sie, und zwar sofort!«

»Aber wie soll ich das machen?« Aulus winselt wie ein geschlagener Hund. »Sie haben sie in das *Prätorium* gebracht, und das wird bewacht. Sicher wird auch der Tribun an ihrem Bett wachen, und dann ist da noch der Arzt.«

»Deine Sache. Deine einzige Chance. Wenn sie stirbt, wirst du leben. Lebt sie, stirbst du. So einfach ist das! Wenn du die Sache erledigt hast, treffen wir uns am Westtor. Ich erwarte dich spätestens bis zur dritten Stunde. Hast du verstanden? Zur dritten Stunde, nicht später!«

Aulus nickt nur. Zur dritten Stunde. Er wird da sein. Eine Frage aber hat er noch. »Was ... äh, was ist mit meinem Lohn? Ich meine ...«

»Dein Lohn?«

Die Gestalt mit der Kapuze lacht höhnisch. »Du willst für deine Stümperarbeit auch noch bezahlt werden? Sei froh, wenn dir dein Leben bleibt.«

Dann wird seine Stimme ruhiger. »Wenn du deine Arbeit zu unserer Zufriedenheit erledigst, sollst du deinen Lohn erhalten.«

»So viel wie beim letzten Mal?«

»So viel wie beim letzten Mal. Wir waren noch immer großzügig, oder?«

Aulus nickt stumm.

Der Mann hat seine Kapuze gerade gerückt. Er will hier nicht gesehen werden. Schon will er aufstehen und gehen, da kommt ihm eine Idee.

»Bring mir ein Stück *Papyrus* und einen *Stilus*«, lautet der knappe Befehl.

»Papier? Griffel? Wozu das?«

»Tu es«, faucht der Mann, »tu es und frag nicht so blöde, du verstehst eh nichts!«

Aulus bringt sofort das verlangte Papier. Der Mann kritzelt hastig einige Zeilen darauf und faltet es zusammen.

»Das hinterlässt du an ihrer Leiche!«

»An ihrer Leiche?«

Wieder eine schallende Ohrfeige. Blut spritzt aus der Nase des bärtigen Wirts.

»Tu es einfach, du Esel, und frag nicht weiter!«

***

Valerius kam es wie Stunden vor, bis Peliodoros endlich aus dem Zimmer trat, in das man Dirana gebracht hatte. Der Arzt wischte sich seine Hände an der grauen *Tunica* ab, die blutbefleckt war.

»Wie geht es ihr?«, rief Valerius

»Ein Messerstich. Er hat sie seitlich unterhalb des Herzens getroffen. Im Augenblick schläft sie. Ich muss unbedingt in meine Praxis. Die Wunde braucht einen Kräuterverband, den ich dort herstellen muss. Jemand sollte auf sie aufpassen, bis ich zurück bin.«

»Ja, natürlich«, murmelte Valerius, »kommt sie ... ich meine, wird sie überleben?«

»Das wissen die Götter«, sagte Peliodoros sachlich, »wenn die Klinge die Lunge getroffen hat, müssen wir das Schlimmste befürchten. Aber auch ohne diesen schlimmsten Fall wird es sehr kritisch werden. Sie hat sehr viel Blut verloren, und die Wunde kann sich entzünden, denn es ist zu befürchten, dass das Messer unsauber war.«

»Verstehe!«

»Ich bin in einer halben Stunde mit einigen Sklaven zurück. Hier kann sie nicht bleiben. Ich habe in meinem Haus einen Raum, in dem ich sie besser versorgen kann. Wenn du einverstanden bist, werden wir sie dorthin bringen.«

Valerius nickte nur.

»Wenn sie aufwacht, sprich ganz ruhig mit ihr. Sie darf sich nicht aufregen.« Mit schnellen Schritten verließ der Arzt das Gebäude.

Vorsichtig öffnete Valerius die Tür. Dirana lag immer noch auf dem Tisch. Sie war bis zum Hals mit einer Decke zugedeckt. Das Gesicht war wachsbleich und maskenhaft. Valerius ergriff ihre Hand und setzte sich neben sie. Nach wenigen Minuten schon öffnete Dirana ihre Augen und blickte Valerius liebevoll an.

»Hast du Schmerzen, *Muscula*?«

Ein feines Lächeln zog über ihre Lippen.

»Nicht so schlimm, Liebster, nicht so schlimm.«

Aber ihr schmerzverzogener Mund strafte sie Lügen.

»Wo ist Titus?«, hauchte sie und zupfte unruhig an der Decke.

»Er ist in guten Händen, mach dir keine Sorgen.«

»Was, was ist eigentlich geschehen? Ich verstehe das alles nicht.«

»Jemand hat dir von hinten einen Dolchstoß versetzt. Ich bin dem Burschen schon auf der Spur.«

»Warum nur, warum?«

»Ich weiß es nicht, noch nicht, aber ich vermute, dass der Anschlag mir gegolten hat. In dem Gedränge hat der Täter wohl sein Ziel verfehlt.«

»Hängt es mit deinem Auftrag zusammen?«

»Ich bin sicher, dass es so ist.«

»Dann bist du auch in Gefahr, mein Liebster!«

»Ich werd' schon auf mich aufpassen. Im Augenblick ist nur wichtig, dass du bald wieder gesund wirst. Peliodoros wird bald zurückkehren und deine Wunde mit einem Kräuterverband versorgen. Das wird dir sicher gut tun, nicht wahr?«

»Sicher wird es das«, murmelte Dirana, und Sekunden danach war sie wieder eingeschlafen. Vorsichtig hoben drei kräftige Sklaven Dirana auf eine Bahre und trugen sie heraus. Peliodoros und Valerius folgten ihnen.

»Ich werde tun, was ich kann, Tribun, aber ich bin nicht allmächtig. Du solltest inzwischen zu deinen Göttern beten, wer immer sie sind.«

Valerius nickte.

»Wer ist übrigens Maternus?«

»Maternus?« Valerius blickte den Arzt erstaunt an. »Wie kommst du auf diesen Namen?«

»Dirana hat ihn mehrfach gemurmelt, bevor sie das Bewusstsein verlor. Ich hatte den Eindruck, dass er ein wichtiger Mann für sie ist. Sie wollte ihn unbedingt sehen.«

»Ich werde ihn rufen lassen«, sagte Valerius, »er ist ... er ist so etwas wie ein Freund der Familie.«

»*Bene*, aber erst muss sie zu Kräften kommen. So, hier sind wir schon.« Er wies auf ein niedriges Haus kurz vor dem Nordtor.

»Du kannst uns jetzt verlassen. Komm morgen zur fünften Stunde, dann kann ich mehr sagen.«

Valerius drückte einen Kuss auf die wächsernen Lippen seiner Frau und sah lange dem kleinen Zug nach, der das Haus des Arztes betrat. Dann wickelte er sich in seinen Mantel, denn die Nacht war sehr kühl geworden, und strebte mit schnellen Schritten seinem Haus zu. Die stämmige Gestalt, die sich hinter einem Brunnenmonument verborgen hatte, entging seinem müden Blick.

***

Mitternacht war längst vorbei. Die Straßen waren ausgestorben, und nur die kleinen Trupps der städtischen *Vigiles* zogen einsam ihre Runden. Einige wenige Zecher strebten weinselig ihrer Wohnung zu und gaben lauthals einige Gassenhauer von sich. Behutsam löste sich eine stämmige Gestalt aus dem Schatten der Wand. Wie ein Hirsch, der vorsichtig witternd eine nächtliche Lichtung betritt, sah sich der Mann nach allen Seiten um, bevor er sich dem Hause des Arztes Peliodoros näherte.

Die Tür war nicht verschlossen und gab dem Druck der Hand willig nach. Stockdunkel war es in dem kleinen Haus, und der Mann ging ganz langsam durch die winzige Eingangshalle.

Wo beim Hades sollte er sein Opfer in dieser Dunkelheit suchen? Er trat gegen einen Tisch und zog behutsam den Fuß zurück. Jetzt bloß keinen Lärm machen, dann wäre alles vorbei. Aber hier war er schon einmal gewesen. Zwar war das Jahre her, dass er hier seinen Zechkumpan und Freund Tulliosus besucht hatte, den ein Pferdefuhrwerk überfahren hatte, aber er erinnerte sich genau daran, dass die Kranken im ersten Zimmer des Ganges auf der linken Seite gelegen hatten. Wenn Pluto ihm gewogen ist, dann haben sich die Dinge nicht geändert. Vorsichtig tastete er sich an der Wand entlang. Hier mündete der schmale Gang, der zu den kleinen Zimmern führte. Im ersten Zimmer zur linken Seite musste sein Opfer liegen. Die kleinen *Cellae* waren nur durch einen Vorhang vom Gang abgetrennt. Behutsam hob er den Vorhang und schlüpfte in den Raum. Pluto sei Dank! Die regelmäßigen Atemzüge eines Schlafenden empfingen ihn. Gefunden! Leise, ganz leise trat er an die Liege heran. Der fahle Schein des Mondes, der durch die winzige Fensteröffnung fiel, enthüllte ihm die weiblichen Rundungen der Schlafenden, die sich deutlich unter der Decke abzeichneten. Behutsam legte er seine kräftigen Hände um den Hals der Frau, dann drückte er zu. Ein kurzer ächzender Laut, ein letztes Zappeln der Beine, dann war die Tat getan. Schon wollte der Mann den Raum verlassen, da fiel ihm noch etwas ein. Er kramte in der Tasche seines Wollmantels und fischte einen Zettel hervor. Den steckte er der Toten grinsend in den weit geöffneten Mund. Dann verließ er das Haus so unbemerkt, wie er es betreten hatte.

***

Laut klagend zieht der Trauerzug über das *Forum*. Gemietete Klageweiber raufen sich die Haare und schlagen sich gegen die entblößten Brüste. Hinter der Leichenbahre schreitet Agrippina in einer blutroten *Tunica*. Gemessenen Schritts geht sie durch die Straße, blickt nach beiden Seiten und genießt sichtlich die Bewunderung, die ihr von der Menge entgegengebracht wird. Der kleine Titus wirft jauchzend Süßigkeiten in die Menge und tanzt ausgelassen um die Bahre herum. Auch Seneca steht am Wegesrand und blickt ernst auf die Prozession.

Neben ihm steht grinsend und feixend Martialis, der junge Spötter. Er zeigt hohnlachend auf die Wandinschrift, die er gerade verfasst hat. Jetzt kommt eine Abordnung der städtischen *Vigiles*. Ihre Kleidung ist verschmutzt und ärmlich. Statt Waffen tragen sie Musikinstrumente, Posaunen, Klappern, Hörner. Und Trommeln, immer wieder Trommeln. Laut schlagen die Männer auf ihre Instrumente, so laut, dass die ganze Stadt von ihrem Klang widerhallt. Wenn doch dieser Lärm nicht wäre ...

»Wach auf, Tribun! Schnell!«

Marcus Valerius Aviola erwachte schweißgebadet. Ein Traum, nur ein böser Traum! Aber sehr realistisch, denn die rasenden Kopfschmerzen mussten wohl von den Trommeln rühren, oder? Aber das Trommeln gegen seine Tür war kein Traum. Taumelnd erhob er sich und wankte zur Tür. Ein Sklave stand atemlos vor seiner Tür und keuchte: »Verzeih, Tribun, aber Peliodoros bittet dich, sofort zu ihm zu kommen. Es ist etwas ... passiert.«

Schlagartig war Valerius wach.

»Dirana? Was ist mit ihr geschehen? Los, sprich, oder ich werde dich ...!«

Der Sklave duckte sich. »Bitte verzeih, edler Herr, ich weiß nichts. Mein Herr hat nur gesagt, ich soll dich sofort holen.«

»Warte einen Augenblick!« So schnell hatte Valerius seine Uniform sonst nur angezogen, wenn feindliche Horden vor dem Lager gestanden hatten. Ein wenig Wasser ins Gesicht, mehr Zeit war nicht. Zusammen stolperten sie durch die leeren Gassen. Die Stadt war gerade erst erwacht.

»Welche Zeit?«, rief Valerius.

»Die erste Stunde, Herr!«

Sie überquerten das *Forum*, rannten an der Säulenhalle vorbei und erreichten den *Cardo Maximus.* Weiter die Hauptstraße hinunter in Richtung Nordtor. Vor dem Nordtor bogen sie links in eine Gasse ein und standen kurz danach vor dem kleinen Haus des Griechen. Der stand in der Tür und erwartete sie schmunzelnd. Schmunzelnd? Valerius war verwirrt.

»Gut gemacht, Caesix! So schnell warst du noch nie.«

Valerius wunderte sich über die Fröhlichkeit in der Miene des Arztes und rief atemlos: »Was ist los? Wie geht es Dirana?«

»Der geht es gut. Aber tritt erst einmal herein. Es muss nicht die ganze Straße wissen, was sich hier ereignet hat.« Er führte ihn durch die Eingangshalle in einen kleinen Raum, der offenbar sein Behandlungszimmer war.

»Darf ich dir etwas anbieten?«

Valerius verneinte ungeduldig.

»Ich verstehe«, sagte Peliodoros, »aber sei versichert, Dirana geht es gut. Sie hatte eine schlimme Nacht hinter sich, aber gegen Morgen ging es ihr spürbar besser. Dennoch hat sich hier heute Nacht etwas Merkwürdiges ereignet, und da kommt mir der Leiter der städtischen Polizei gerade recht.«

»Polizei?«

Valerius musste ein ziemlich dummes Gesicht gemacht haben, denn der Arzt lächelte nur.

»Folge mir bitte!«

Sie verließen den Behandlungsraum, und Peliodoros öffnete den Vorhang des gegenüberliegenden Raumes und schob Valerius einfach hinein. Auf der Liege vor ihnen lag die Leiche einer älteren Frau, das bleiche Gesicht im Todeskampf verzerrt. Die blau angelaufenen Würgemale am Hals verrieten auch dem unkundigen Betrachter sofort den Grund ihres Todes.

»Sie wurde erwürgt, nicht wahr? Wer ist sie?«

»Ja, sie wurde erwürgt«, bestätigte der Arzt, »und sie ist oder besser war meine alte Köchin Babilia.«

»Deine Köchin? Wer bei Juno sollte Interesse daran haben, deine alte Köchin zu erwürgen? Es sei denn, du hast ihre Küche nicht mehr ausgehalten.«

»So schlecht hat sie nicht gekocht. Im Gegenteil, sie hat mir viele Jahre treu gedient. Ich bedauere ihren Tod sehr, umso mehr, als sie wohl nur durch das blinde Walten der Tyche zum Opfer wurde. Der Mörder muss sie in der Dunkelheit für eine andere gehalten haben.«

»Für eine andere?«, murmelte Valerius erschrocken. »Du meinst für ... Dirana?«

»Lies diesen Zettel, Tribun! Ich fand ihn im Mund der Toten!«

Mit diesen Worten reichte er dem Tribun ein Stück zusammengerollten *Papyrus.* Valerius rollte das Zettelchen auf und las voller Erstaunen:

Tribun,
diesmal hat es nur dein Weib getroffen. Beim nächsten Mal kann es dein Filius sein, beim übernächsten Mal bist du es!
Stell deine Ermittlungen ein, oder ihr alle werdet sterben!!!
Jemand, der es gut mit euch meint!

XX.
Verdienter Lohn

»Dirana war in großer Gefahr, nicht wahr? Mag auch der erste Anschlag mir gegolten haben, jetzt hatte es der Täter auf sie abgesehen.«

»Sie war zu keiner Sekunde in Gefahr, Tribun. Sie schlief in meiner Kammer, und das ist der einzige Raum im Haus, der über ein solides Schloss verfügt.« Peliodoros seufzte. »Ich werde mich wohl jetzt auch um ein gutes Schloss für die Eingangstür kümmern müssen.« Dann sagte er mit ernster Miene: »Ich weiß nichts von deinen Angelegenheiten, Marcus Valerius Aviola, aber du scheinst gefährliche Gegner zu haben. Wie die Dinge liegen, bist du in großer Gefahr. Und nicht nur du! Wo ist eigentlich dein Sohn?«

»Ich werde ihn umgehend in Sicherheit bringen, und Dirana auch. Ist sie transportfähig?«

»Ich fürchte nein.«

»Dann werde ich hier zwei meiner Männer stationieren, bis ich sie an einen sicheren Ort bringen kann. Du bist einverstanden?«

Peliodoros hatte keine Einwände. Zusammen besuchten sie Dirana, die Valerius aus munteren Augen zuversichtlich anstrahlte. Selbstverständlich hatte man ihr den nächtlichen Anschlag verschwiegen.

»Es geht mir schon viel besser, Liebster. Sicher kann ich schon morgen nach Hause, nicht wahr, Peliodoros?«

Peliodoros schüttelte sein kahles Haupt.

»Morgen noch nicht, edle Herrin. Noch besteht die Gefahr, dass die Wunde sich entzündet.«

»Was würde dann passieren?«, fragte Valerius zaghaft, dem die Gefahr sich entzündender Wunden aus dem Kriegsdienst nur zu bekannt war.

»Du wirst es aus den Feldlazaretten kennen, Tribun. Ich müsste sie dann ausbrennen oder herausschneiden.«

»Ausbrennen! Herausschneiden!«, hauchte Dirana erschrocken.

»Noch ist es nicht so weit, sei unbesorgt. Wenn der Heilungsverlauf so andauert, müssen wir uns keine Sorgen machen. Ein Sklave wird ständig in deiner Nähe sein.«

»Und ich werde dir zwei meiner Männer zur Wache hier lassen«, ergänzte Valerius.

»Du gehst fort?«

»Ich muss mich um den kümmern, der hinter diesen Sachen steckt. Er wird dafür bezahlen. Bei den Göttern, das wird er!«

»Bitte sieh auch nach Titus. Der Kleine, sicher wird er furchtbare Angst haben.«

Valerius versprach es und verschloss die bittenden Lippen mit einem langen Kuss. Dann machte er sich auf den Weg.

***

Zufrieden streicht sich Aulus, der schmierige Wirt der Kneipe *Ad Tres Sorores,* über den ungepflegten Bart. Er hat seinen Auftrag erledigt und seinen Fehler gutgemacht. Sein Auftraggeber wird zufrieden sein. Aber seine Augen funkeln hasserfüllt. Wie der mit ihm umgegangen ist, wird er nicht vergessen. Irgendwann kommt die Gelegenheit ...

Eben ist die Sonne aufgegangen und taucht die erwachende Stadt in ein blasses Licht. Es ist ordentlich kalt, und Aulus wickelt sich in seinen Mantel, zieht die Kapuze tief ins Gesicht. Man muss ihn ja nicht erkennen, und er ist ein bekannter Mann, jedenfalls in bestimmten Kreisen. Wenn das hier erledigt ist, will er mit den Leuten, die ihm das eingebrockt haben, nichts mehr zu tun haben. Zu gefährlich, viel zu gefährlich. Da lobt er sich seine *Taberna.* Die ernährt ihren Mann auf leichtere Weise.

Behutsam lugt er aus dem Hauseingang hervor. Hier, hinter dem alten Tempel des Jupiter Dolichenus, stehen einige verkommene, unbewohnte Häuser, die der Magistrat bald abreißen lassen wird. Platz für neue, schöne Wohnhäuser. Einen besseren Platz für einen verschwiegenen Treffpunkt gibt es in ganz *Colonia Claudia Ara Agrippinensium* nicht. Aulus grinst. Er kennt sich in der Stadt aus.

Und auch sonst. Wie er das heute Nacht gemacht hat. Respekt! Einfach in das Haus des Arztes hinein, die Frau des Tribuns erwürgt und wieder heraus. Keiner hat's gemerkt, kein Sklave ist schreiend hinter ihm hergelaufen, niemand hat ihm die *Vigiles* auf den Hals gehetzt. Einfach war's, ganz einfach! Und die Frau? Was geht sie ihn an. Ehemalige Sklavin des *Aedils*, die sie war. Aulus kennt sie noch aus der Zeit, als sie Amulette und solche Sachen in den Gassen am *Forum* verkauft hat. Zu gerne hätte er sie damals auf sein Lager gezogen ... Aber die Schöne hatte nicht einmal eine Antwort für ihn, wenn er ihr auf den Gassen nachgestellt hatte. Schnippisch und schnöde hatte sie ihm einmal empfohlen, sich an die »Damen« seines Etablissements zu wenden. Arrogantes Luder! Schnappt sich einen echten Tribun und spielt die feine Dame. Verkehrt nur noch in besseren Kreisen, die edle Herrin. Aulus spuckt aus. So eine wie die müsste er in seiner Taberne haben, da würden die Sesterzen in seinen Lederbeutel springen. Aber die ist ja zu fein für so was. Nun ist sie tot, und Aulus wird daran verdienen. Er weint ihr keine Träne nach!

Wenn sein Auftraggeber nur endlich kommen würde.

Aulus verspürt ein menschliches Bedürfnis, traut sich aber nicht, den Hauseingang zu verlassen. So erleichtert er sich eben gegen die alte Tür, die kaum noch in ihren rostigen Angeln hängt. Die Wachen am Westtor haben ihm eben schon einen misstrauischen Blick zugeworfen. Mit denen will er lieber nicht ins Gespräch kommen.

Wann kommt er endlich? Aulus möchte seinen Lohn einstreichen und dann ins Bett. Er ist müde, furchtbar müde. Heute wird er auch auf Vinacia verzichten, die ihm sonst die Nacht versüßt. Jung ist sie ja nicht mehr, aber erfahren. Das macht einige Jahre wett.

Schritte, leise Schritte.

»Aulus?« Kaum hörbar wispert eine Stimme seinen Namen.

»Hier bin ich«, flüstert er und tritt vorsichtig aus dem Schatten des Eingangs.

»Das ist gut, sehr gut! Wir kommen, um dir deinen verdienten Lohn zu bringen«, murmelt eine Stimme, und das ist auch das Letzte, was Aulus in seinem schändlichen Leben hören wird. Krachend fährt eine Keule auf seinen Kopf nieder. Vorsichtig blicken die beiden Männer um sich. Niemand hat sie gesehen. Sie schleifen den schweren Körper des bewusstlosen Mannes über die Straße, eine dünne Blutspur markiert ihren Weg. Bis zum Tempel des Jupiter Dolichenus sind es nur wenige Schritte. Und vor dem Tempel steht eine knorrige alte Eiche ...

***

Bis zu den Thermen war es nicht weit. Aber vorher hatte Valerius einen Abstecher zu seiner *Statio* gemacht und fünf Mann seiner Wache mitgenommen. Langsam erwachte die Stadt, und die kleine Truppe marschierte mitten durch die Schar der Händler, die am *Forum* ihre Stände aufbauten. Hinter dem Platz bogen sie links ein, überquerten eine Seitenstraße und sahen zur Linken schon das Thermengebäude. Valerius warf einen Blick in die Straße.

»Augenblick, Männer!«

Das dritte Haus hinter der Ecke verfügte über einen safrangelben Anstrich. Ein großes Schild in Form einer Brezel verkündete dem hungrigen Betrachter:

*** Feine Backwaren ***
Gefüllte Brote, Kuchen, Pasteten
Zuckerbackwaren aus eigener Herstellung
** Vetusius freut sich auf euren Besuch **

Der Laden war schon geöffnet, und Sklaven trugen Säcke von Mehl hinein. Irgendwo hinter dieser safrangelben Mauer würde der kleine Titus in einem Bettchen liegen, und Valerius war darüber sehr beruhigt. Trotzdem würde man einen sichereren Platz für ihn finden müssen, und Valerius wusste auch schon wo. Zur Sicherheit aber ließ er zwei Mann zurück und schärfte ihnen höchste Wachsamkeit ein.

»Weiter, Männer. Kennt ihr die Kneipe *Ad Tres Sorores*?«

Einer der Männer machte eine abschätzige Handbewegung.

»Eine üble Spelunke. Oft schon wurden wir dorthin wegen Schlägereien oder Diebstählen gerufen. Die Huren dort beklauen ihre Freier gerne, wenn sie betrunken genug sind. Da vorne um die Ecke, dann das zweite Haus.«

Die *Taberna* hatte noch nicht geöffnet, und die billigen Huren hatten ihren Platz vor dem Eingang auch noch nicht eingenommen. Wuchtig schlugen die Faustschläge gegen die massive Tür.

»Sollen wir sie aufbrechen?«, meinte einer der Männer.

»Warte noch, Castus!«, grummelte Valerius und schlug erneut gegen die Tür, diesmal mit dem Schwertknauf.

»Aufmachen! Im Namen des Kaisers!«

Dieser Satz, den er in seiner Zeit als Prätorianertribun häufig angewandt hatte, mochte hier in der Provinzstadt etwas vermessen klingen, verfehlte aber seine Wirkung nicht. Schlurfende Schritte näherten sich von innen der Tür, ein Riegel wurde zurückgeschoben, dann lugte ein müdes, verhärmtes Gesicht durch den Türspalt.

»Ja?«

Valerius gab ein Zeichen, und einer seiner *Vigiles* warf sich mit voller Kraft gegen die geöffnete Tür. Die Gestalt hinter der Tür wurde unsanft zurückgeworfen und prallte gegen einen der Tische. Ein Schwall abgestandener Luft empfing sie, eine Mischung aus saurem Wein, billigem Essen und den Ausdünstungen vieler Menschen.

»Aber ...«

Valerius schnitt den aufkeimenden Protest des Sklaven sofort ab. »Wo ist der Wirt? Wo ist Aulus, dein Herr?«

Der Mann verzog das Gesicht schmerzhaft und betastete die Beule, die er sich am Tisch zugezogen hatte. Er machte ein trotziges Gesicht.

»Is nich da.«

»Durchsuchen!«

Valerius' Männer stellten die ganze Kneipe auf den Kopf, den Wirt fanden sie nicht. Valerius zückte sein Schwert und tippte mit der Spitze auf die Nase des Sklaven.

»Wann hast du Aulus zuletzt gesehen? Antworte, du Wurm!«

Schreckensbleich erwiderte der Sklave: »Gestern Abend, edler Präfect, gestern Abend.«

In seiner Not hatte er Valerius befördert, aber der ging nicht darauf ein.

»Aulus wird polizeilich gesucht! Wer ihn versteckt oder seinen Aufenthaltsort nicht preisgibt, obwohl er ihn kennt, wird bestraft. Sklaven gehen *ad bestias.* Der Laden hier wird auf behördliche Anordnung vorerst geschlossen. Es ist ein entsprechendes Schild anzubringen. Zuwiderhandlungen werden ebenfalls hart bestraft! Abrücken!«

Valerius wusste sehr wohl, dass er seine Kompetenzen erheblich überschritten hatte, aber das war ihm in diesem Augenblick völlig egal. Mochte man ihn doch zur Rechenschaft ziehen!

Sie machten sich gerade auf den Rückweg, als zwei weitere *Vigiles* atemlos auf sie zustürmten.

»Meldung, Tribun!«

»Sprich, Mann!«

»Am Tempel des Jupiter Dolichenus hängt ein Mann!«

»Hängt ein Mann? Bei allen Göttern, was sagst du da?«

»Ja, Tribun. Man hat ihn gerade gefunden. Er ist noch warm.«

»Wer bei Jupiter ist es? So sprich doch, Mann!«

»Es ist der Wirt der Taberne, aus der ihr gerade kommt. Es ist Aulus! Er hängt da an der Eiche vor dem Tempel! Aber vorher hat man ihm den Schädel eingeschlagen!«

»Da war jemand schneller als ich«, murmelte Valerius enttäuscht.

XXI.
Maternus – Bischof von Colonia

Mitte März 59 n.Chr.

»Ist es noch nicht genug?«, seufzte Nero und betastete unwillig die Bleiplatten, die schwer auf seinem Brustkorb lasteten.

Terpnus, sein Musiklehrer, eilte geflissentlich herbei.

»Nur noch wenige Minuten, mein *Cäsar*, dann will ich sie dir abnehmen. Aber du weißt ...«

»Ich weiß«, unterbrach Nero ihn ungnädig, »und wenn ich nicht sicher wäre, dass du es gut mit mir und meiner Stimme meinen würdest, hättest du längst deinen Auftritt im *Circus* gehabt.«

Terpnus wurde für einen Augenblick bleich. Einen schwierigen Schüler hatte er da. Schwierig und launisch. Wer sich heute noch seiner Gunst erfreute, konnte morgen schon zur Beute der wilden Bestien im *Circus* werden.

»Du weißt, wie wichtig die Musik für mich ist, nicht wahr?«

»Ich weiß es, edler *Caesar,* wir ...«

Aber Nero hörte gar nicht zu. Finstere Gedanken schlichen durch sein Hirn. Der Sohn des berühmten Thrasyllos, der schon zu den auserwählten Ratgebern des göttlichen Tiberius gehört hatte, hatte ihm prophezeit, dass er seinen Thron verlieren würde. Und wenn das wirklich so kommen sollte, wollte er eben seinen Lebensunterhalt als gefeierter Künstler verdienen. Als Sänger, als Dichter, als Kitharöde, als Wagenlenker. Bei den Göttern, er hatte so viele Talente, dass er sich nicht entscheiden konnte. Freilich galt es zuerst, diesen Sturz überhaupt abzuwenden. Auch als Kaiser und mächtigster Mann des Reiches konnte man diese Talente pflegen – und gleichzeitig regieren.

So ging es bisher, und es gefiel ihm.

Aber Agrippina stand im Wege! Keine Gelegenheit ließ sie aus, Terpnus und seine hohen Künste lächerlich zu machen. Aber lange würde er das nicht mehr mitmachen ...

»Und wenn wir damit fertig sind, werden wir uns der Wasserorgel zuwenden. Zwar spielst du schon wie ein rechter Meister, göttlicher *Cäsar*, aber es bedarf doch der ständigen ...«

»Genug! Genug für heute! Nimm mir die Platten ab und verzieh dich!«

Diesen Ton kannte Terpnus zur Genüge. Er duldete keinen Widerspruch, und Terpnus zog es vor, eilends den Raum zu verlassen.

Nero musterte die Gardisten vor seiner Tür. Hübsche Germanen. Gut gebaut und männliche Gesichter. »Ruft mir den Anicetes! Und den Tigellinus. Aber schnell!«

Einer der Gardisten rief einen Sklaven. Der rannte davon, und einige Minuten später standen die Gewünschten im Raum. Anicetus versuchte gerade noch, die Reste seiner Mahlzeit von der *Toga* zu tilgen, was ihm einen ungnädigen Blick des Herrschers eintrug.

»Nun, meine Herren Ratgeber! Wie weit sind eure Pläne gediehen?«

Anicetus blickte Tigellinus an, der schaute auf Anicetus. Anicetus war mitten vom Mahl abberufen worden, Tigellinus vom feurigen Liebesspiel. Sie zögerten einen Augenblick mit der Antwort. Zu lang! Ungeduldig herrschte Nero sie an: »Ihr schweigt? Hab' ich euch dafür zu den mächtigsten Männern des Reiches gemacht, dass ihr schweigt? Eure Geldtruhen quellen über von Gold und Silber, und ihr schweigt. Euer *Cäsar* schwebt in höchster Not, und ihr schweigt?«

Zornig warf er einen Apfel nach Anicetus und traf ihn am Ohr. Der nahm das schweigend hin, aber Nero wollte sich ausschütten vor Lachen. Tigellinus wagte einen schüchternen Vorstoß.

»Es ist nicht so einfach, großer *Cäsar*. Immerhin geht es ... geht es ... um deine Mutter. Da ist der Kreis der Mitwisser so klein wie möglich zu halten, oder?«

»Klein, ja?« Neros Gesicht war plötzlich wutentstellt.

»Und was ist das? Meine Agenten haben es gestern abgefangen.«

Er nestelte an seiner bunten *Tunica* und brachte eine kleine Schreibtafel hervor. Anicetus und Tigellinus warfen einen kurzen Blick darauf und erschraken.

Für Agrippina
In den nächsten Tagen solltest du dein Haus nicht verlassen und erst recht keine Einladungen annehmen. Gefahr droht von einer Seite, von der du es nicht erwartest!

Eine Unterschrift fehlte.

»Ist es das, was ihr unter Geheimhaltung versteht?« Nero schäumte. Er trat voller Wut gegen ein Sitzkissen, das quer durch den Raum flog.

»Wer ... äh ... wer könnte es geschrieben haben?«, fragte Tigellinus vorsichtig.

»Das wissen wir noch nicht, aber wir werden es schon noch herausbekommen.«

»Der Palast hat tausend Ohren«, sagte Tigellinus und bemühte sich um einen sachlichen Ton.

»Die Hauptsache ist doch, dass die Nachricht Agrippina nicht erreicht hat, nicht wahr? Die Götter sind uns gewogen, also sei unbesorgt, *Cäsar.«*

»Und wer sagt mir, dass es nicht noch weitere Schreiben dieser Art gibt?«

Anicetus überlegte einen Augenblick lang, dann antwortete er schnell, um Tigellinus nur ja zuvorzukommen: »Woher sollte der unbekannte Schreiber wissen, dass seine Warnung abgefangen wurde? Da er das aber nicht wissen konnte, hat er sicherlich nicht ein zweites Schreiben verfasst, edler *Cäsar.*«

Nero brummte etwas vor sich hin und nickte trotzig. Das hatte ihn überzeugt. Seine Wut verzog sich so schnell, wie sie gekommen war. Die Männer waren erleichtert. Anicetus wagte sich erneut vorsichtig aus der Deckung.

»Es ist auch völlig egal, was der Schmierer auf seine Tafel gekratzt hat. Wir sind mit dem Schiff schon fast fertig. Aber die Dinge brauchen ihre Zeit. Wer wüsste besser als du, *Cäsar,* dass es nicht noch einmal zu einem Misslingen kommen darf.«

»Du meinst wie mit dem Bett, nicht wahr?«

»Ja, Herr. Und doch war es nicht meine Schuld.«

»Quak! Schuld! Du quakst wie eine meiner Enten auf dem Teich. Das mit dem Bett hast du vermasselt, und nur meine göttliche Gnade hält dich am Leben. Aber ihr solltet meine Geduld nicht überstrapazieren! Dieses Weib nervt ohne Ende. Kein Tag, an dem sie mir nicht sagt, wie ich mich kleiden soll, wie ich regieren soll, wen ich lieben soll, wen ich bestrafen soll. Und auf der anderen Seite höre ich von meiner liebreizenden Poppaea nur immer, ich solle endlich erwachsen werden. Ich, der *Imperator* und *Cäsar* des größten Reiches auf Erden. Lachhaft, nicht wahr?«

Er machte eine kurze Pause um tief Luft zu holen. Dann fuhr er mit sich überschlagender Stimme fort: »Mein Reich erstreckt sich vom Rhein bis zum Tiber, von der Donau bis zum Euphrat, von den dunklen Wäldern Britanniens bis zu den ewigen Wüsten Arabiens. Der stolze Nubier zahlt mir ebenso Tribut wie der langbärtige Gallier, der schweigsame Ägypter ebenso wie der kampflustige Thracer. In meinem Reich geht die Sonne nicht unter, und wo immer die Sternennacht dunkle Erde bedeckt, wo immer die Sonne Licht schenkt, steht einer meiner Legionäre und wacht. Ich ... ich bin der *Imperator,* der *Cäsar*, ich bin ... Gott, Gott, Gott!«

Speichel spritzte in die Gesichter der beiden Männer, die erschrocken schwiegen. Mit seinen sorgfältig manikürten Fingern wies er auf seine Vasallen und schrie: »Ihr, ihr werdet tun, was euer *Cäsar* von euch verlangt, oder, bei Jupiter, euer Leben ist verwirkt!«

Einen Augenblick herrschte unnatürliches Schweigen. Dann fiel Anicetus auf seine Knie und hob seine Hände wie zum Gebet. Tränen rannen über sein Gesicht (wer mag schon über ihre Echtheit urteilen), und mit erstickter Stimme stammelte er: »Edler *Cäsar*, großmütiger Herrscher, Göttlicher! Ein Missverständnis. Das alles ist ein großes Missverständnis. Siehe, wir arbeiten Tag und Nacht daran, deinen Wünschen nachzukommen.«

»Und wie schon gesagt, wir sind fast fertig«, ergänzte Tigellinus mit fester Stimme. Die Komödie, die der devote Anicetus hier veranstaltete, widerte ihn an.

»Was, was heißt das genau?«

Anicetus schien sich gefasst zu haben. Er erhob sich wieder, hob die Hand wie zum Schwur und sagte feierlich: »Ich schwöre bei Jupiter, bei Juno und Minerva: Noch vor Ablauf der großen *Quinquatrien* wird Agrippina sterben!«

Nero blickte ihn misstrauisch an. Gleichzeitig bemächtigte sich seiner große Erregung. »Du meinst ... versteh ich dich richtig? Du schwörst? Und haftest für deinen Schwur mit deinem Leben?«

»Ich hafte mit meinem Leben, göttlicher *Cäsar.* Die großen *Quinquatrien*, die hohen Festtage der Minerva, dauern fünf Tage, vom 19. bis zum 23. *Martius.* Agrippina wird den zweiten Tag nicht mehr feiern! Wenn sie den zweiten Tag noch erlebt, magst du mein Haupt den Palasthunden zum Fraß vorwerfen.«

»Den Palasthunden, ja? Das ist ein Wort, hi hi, ein tapferes Wort. Nie werde ich dir das vergessen, treuer Freund. Lass dich umarmen und sei gewiss, dein *Cäsar* wird es dir entlohnen.«

»Dein Glück ist mir Lohn genug«, sagte Anicetus schmeichlerisch, während Nero ihn an seine Brust zog.

»Und du, mein Tigellinus? Du sagst gar nichts?«

»Ich genieße es, dass du glücklich bist, denn dein Glück ist auch mein Glück.«

»So, ist das so?«

Nachdenklich sah Nero seinen Polizeipräfecten an.

***

Einigermaßen ratlos starrte Marcus Valerius Aviola auf die Liste auf seinem Schreibtisch, bis die Buchstaben vor seinen Augen zu verschwimmen begannen. Es machte alles keinen Sinn! Er kam mit seinen Ermittlungen nicht weiter, und die Zeit lief ihm davon, das spürte er. Wieder streckte er die Hände zu dem kleinen Kohlebecken hin, das dem winzigen Raum der *Statio* wenigstens einen Anflug von Wärme verlieh. Der Winter hatte sich überraschend zurückgemeldet, und die Stadt lag noch einmal unter einer dichten Decke von Eis und Reif. Rastlos wanderten seine Gedanken zu Dirana zurück. Vier Tage waren seit dem feigen Anschlag vergangen, und Peliodoros hatte endlich einer Verlegung Diranas zugestimmt. Nun befand sie sich zusammen mit dem kleinen Titus auf dem Landgut des Subrius Caesonius in *Durnomagus* und das bedeutete: Sie waren in Sicherheit.

Die Tochter des Caesonius, die liebreizende Antonia, war Diranas Freundin, und zusammen hatten sie in *Colonia Agrippinensium* im Auftrag von Caesonius einen kleinen Weinhandel betrieben, der freilich zur Zeit geschlossen war. Zugleich war Antonia die Freundin von Valerius' bestem Freund, Gaius Tullius Eximius.

Valerius seufzte. Wie gut hätte er in diesen Zeiten einen Freund wie ihn gebrauchen können, aber er hatte gehört, dass Gaius überraschend für einige Wochen zur Garnison von *Mogontiacum* abkommandiert worden war. Es gab Probleme mit dem aufrührerischen Stamm der germanischen Chatten, und deshalb fanden im Gebiet von *Mogontiacum* Truppenkonzentrationen statt. Wenn alles gut ging, würde Gaius in einigen Tagen zurückkehren, so hoffte jedenfalls Antonia.

Valerius legte die Liste beiseite und griff noch einmal nach dem Brief, den er soeben aus Rom erhalten hatte. Beunruhigend, was da zu lesen war, und beunruhigender noch, dass der Freund so offen sprach. Das konnte beide in höchste Gefahr bringen. Nicht auszudenken, wenn dieser Brief in falsche Hände geraten wäre:

Quintus Horatius Pulcher sagt seinem lieben Freund Marcus Valerius Aviola einen herzlichen Gruß

Einige Wochen ist es jetzt her, dass ich deine angenehme Gesellschaft genießen durfte, und ich darf wohl sagen, dass ich sie vermisse. Statt deiner treibt sich der junge Martialis fast täglich hier herum, und so sehr ich ihn und seine freche Zynik liebe, kann er mir doch deine Gesellschaft nicht ersetzen. Außerdem werde ich den Verdacht nicht los, dass es weniger meine Gesellschaft als meine Küche ist, was er sucht! Aber nun zu Wichtigerem:
Wie ich dir gesagt habe, habe ich hier in Rom meine Ohren und Augen überall, und so erhalte ich auch Informationen, die einem Normalsterblichen nicht zugänglich sind. Was ich – glaubhaft – erfahren habe, muss dich sehr beunruhigen! Deine – ich will sie Auftraggeberin nennen – befindet sich in höchster Gefahr!!
Wenn du diesen Brief erhältst, ist der Plan schon geschmiedet – und mehr als das –, der ihr das Leben nehmen wird. Nach allem, was ich gehört habe, sollte die Dame am Fest der Minerva, das in

wenigen Tagen beginnen wird, besser zu Hause bleiben und alle Türen fest verschließen. Ich habe ihr einige Zeilen zur Warnung zukommen lassen (und das zur Sicherheit auf doppeltem Wege!), befürchte aber, dass sie sie nicht erreichen werden, oder wenn, dann jedenfalls zu spät! Wie du dir vorstellen kannst, habe ich das nicht für sie getan, denn meine Einstellung zu ihr kennst du. Ich tat es aber für dich und hoffe, dass du mich dafür loben wirst. Wie du bemerkt hast, habe ich diesen Brief aus guten Gründen nicht der kaiserlichen Post anvertraut, obwohl meine Beziehungen dazu ausgereicht hätten. Aber der private Weg ist oftmals sicherer und manchmal sogar schneller. Gleichwohl solltest du ihn, wenn du ihn zweimal gelesen hast (ich kenne dich gut, nicht wahr?), dem Feuer anvertrauen.

Sei gegrüßt und umarmt, der edle Petrus lässt dich ebenfalls grüßen und wünscht dir den Segen unseres Herrn

Quintus Horatius Pulcher

Agrippinas Leben stand auf der Kippe, das war ihm schon vor Erhalt des Briefes klar. Jetzt aber wurden seine Befürchtungen nachdrücklich bestätigt. Dieser Horatius! Es gab wohl nichts, was er nicht wusste. Und eine Warnung an Agrippina hatte er geschrieben, obwohl er diese Frau zutiefst verachtete. Ob sie noch rechtzeitig kam? Gedankenversunken nahm er die Zeilen seines Freundes Horatius und legte sie in das Kohlebecken. Schwermütig beobachtete er, wie die gierigen Flammen den *Papyrus* verzehrten.

Schwer stützte Valerius seinen Kopf in die Hände. Er spürte, dass er den Kampf verlieren würde. Wie damals! Damals konnte er Claudius nicht retten, jetzt nicht Agrippina. Beide hatten sich ihm anvertraut, und beide hatte er enttäuscht. Und dabei hatte er seine Familie noch in höchste Gefahr gebracht. Und so viele Menschen waren gestorben, zu viele. Er hatte ihre Namen alle auf einer Liste notiert:

Vindurix, gallischer Wirt
Publius Statilius Taurus, ehem. Aedil
Honoria, seine Geliebte

Viridorix, Schreiber des Curators
Faustus Celerinus, Quaestor (Unfall?)
Gaius Fulvius Petrusius, Gutsbesitzer
Gaius Vironius, Thermenpächter (Unfall?)
Gulvenius (?), Verwalter des Petrusius (und sein Mörder)
Gaius Volturcius Crassus, kaiserl. Curator
Aulus, Tabernenwirt
Babilia, Köchin des Peliodoros

Valerius starrte auf die Namen. Einige, wie Honoria und Viridorix, hatten den Mördern wohl eher zufällig im Wege gestanden oder waren, wie Babilia, die unglückliche Köchin des Peliodoros, Opfer einer Verwechslung gewesen. Bei Gulvenius wusste man nicht, ob er tot war. Vielleicht hatte er es ja geschafft nach ... wie hieß der Ort noch ... ja, *Durnomagus.* Vielleicht wartete er ja dort noch auf seine Silana. Darum musste man sich jedenfalls noch kümmern. Andere, wie Statilius oder Volturcius, hatten hohe Magistratsämter innegehabt und zur falschen Zeit auf der falschen Seite gestanden. Der reiche Petrusius hatte als Mäzen und Finanzier des Agentenkreises gegolten, war deshalb gestorben. Vindurix, der ekelhafte alte Tabernenwirt, war schon früher Agent Agrippinas gewesen. Ihm war keine Träne nachzuweinen! Nur das Eingreifen der Götter hatte damals einen Erfolg seines hinterlistigen Anschlags auf Valerius verhindert. Aulus hatte vermutlich seinen verdienten Lohn für einen zweimal missglückten Anschlag erhalten. Und Vironius, der nette Thermenpächter? Wie passte der auf diese Liste?

Oder war es doch nur ein Unfall gewesen, jener Karren, der ihn auf nächtlich-nebliger Straße wie eine Fliege zerdrückt hatte? Ebenso ungeklärt wie der mysteriöse Unfall des Celerinus auf der Baustelle. Unglücklicher Unfall oder kalter Mord? Und wer steckte dahinter? Wer hatte aus Rom den Auftrag erhalten, all diese Parteigänger und Agenten Agrippinas zu ermorden? Sein Name hatte auf der Tafel gestanden, die ihm Tullius Torquatus Niger gezeigt hatte, aber leider war er nicht leserlich gewesen. Nur der Buchstabe *s* am Ende. Damit endeten fast alle Namen. Zu wenig, viel zu wenig! Und von wem wurden diese Aufträge erteilt? Der, der diese Aufträge erteilt hatte, würde am Schluss nicht zögern, die *Augusta* selbst zu beseitigen, wie es im Brief des Horatius deutlich anklang.

Fragen, Fragen, Fragen. Aber keine Antwort. Wollte er das Letzte verhindern, musste er den Drahtzieher finden, und zwar jetzt!

Ein dezentes Klopfen an der Tür.

»Ja?«

Eine seiner Wachen steckte seinen Kopf durch die Tür.

»Da ist jemand, der dich sprechen möchte.«

»Wer ist es, Vaniclius?«

»Ein gewisser Ma... Maternus.«

»Maternus? Äh ... ja, bitte ihn herein. Ich komme sowieso im Augenblick nicht weiter. Und bring uns einen Krug Wein, aber nicht von dem sauren. Der edle Maternus verdient etwas Besseres.«

»Ja, sicher, Tribun. Wird erledigt!«

Er gab die Tür frei, und die hohe schlanke Gestalt des Maternus trat in die kleine Kammer ein, das Gesicht freudig bewegt. Herzlich umarmten die beiden Männer sich.

»So vieles ist passiert, seit wir uns zuletzt sahen«, begann Maternus.

»Ja, edler Maternus, sehr vieles. Und wenig Erfreuliches.«

»Ich habe von dem Anschlag auf die verehrte Dirana gehört. Geht es ihr schon besser?«

»Peliodoros, der Arzt, ist zufrieden, und so will ich es auch sein. Aber die Sache ist noch nicht ausgestanden, noch kann es zu einem Rückfall kommen. Peliodoros sprach von der Möglichkeit einer Entzündung.«

»Hm«, machte Maternus, »ich werde für sie beten. Wie war es in Rom? Hast du Petrus gesehen?«

»Petrus? Äh ... ja, ich habe ihn kennen gelernt. Ein beeindruckender Mann.«

Plötzlich schlug sich Valerius vor die Stirn. »Petrus! Er gab mir ein Schreiben für dich mit. In all der Aufregung hab' ich das ganz vergessen. Verzeih mir!«

Maternus lächelte gütig. »Und wo ist es?«

»Ja, natürlich. Einen Augenblick. Ich habe es hier irgendwo abgelegt.«

Eine Zeit lang kramte Valerius in Rollen und Schriftstücken, die in einem Holzregal abgelegt waren. Dann hob er es triumphierend in die Höhe.

»Hier ist es!«

Rasch griff Maternus nach der Schriftrolle und entrollte sie. Er las laut vor:

Simon Petrus
Knecht und Apostel Jesu Christi
an den Auserwählten in der Diaspora in Germanien
Gnade dir, Maternus, und Friede in reichem Maße

Gerne habe ich die Grüße erhalten, die du mir durch Valerius hast zukommen lassen. Er scheint ein redlicher Mann zu sein, der unserem Glauben nicht mehr allzu fern steht. Wie ich dich kenne, wirst du nichts unversucht lassen, um ihn der Gnade unseres Herrn zuzuführen.
Hier in der Hauptstadt des Reiches nehmen die Dinge keinen guten Gang, und ich befürchte, dass die Tage der Drangsal, die uns unser Herr vorausgesagt hat, bald beginnen werden. Umso wichtiger aber ist es, dass die Menschen in den Provinzen in ihrer Arbeit nicht nachlassen, was auch immer hier passieren mag. Dich, geliebter Maternus, ernenne ich hiermit zum Bischof der Ubierstadt mit dem langen unaussprechlichen Namen.
Ich weiß, dass du mit den Diakonen Eucharios und Valerius tüchtige Helfer an deiner Seite hast. Ihr sollt die herrlichen Taten dessen verkündigen, der euch aus der Finsternis zu seinem wundervollen Licht berufen hat. Damit wird euch große Ehre zuteil, da ihr glaubt. Die Ungläubigen aber sind die Steine, die die Bauleute verworfen haben. Denket also immer daran: Viele sind berufen, wenige aber auserwählt.

Es grüßt euch die Gemeinde in Rom und Marcus, mein Sohn.
Grüßt einander mit dem Kuss der Liebe!
Friede sei mit euch allen in Christo! Amen

Simon Petrus

Aufmerksam hatte Valerius den Worten gelauscht. »Ich gratuliere dir herzlich, Maternus, zu deiner Ernennung. Aber was, bei Mercur, ist ein *Bischof*?«

Maternus runzelte bei der Anrufung Mercurs leicht die Stirn. »Es wäre mir lieber, du würdest gerade in diesem Zusammenhang nicht einen heidnischen Gott anrufen.«

»Verzeih, Maternus. Ist mir so ... herausgerutscht. Gewohnheit, weißt du.«

»Aber zu deiner Frage. Einen Bischof nennen wir den Leiter einer Gemeinde. Petrus zum Beispiel ist Bischof von Rom. Bischof sein, das bedeutet aber nicht, den anderen vorzustehen, sondern ihnen zu dienen. So wie der Herr uns gedient hat.«

Valerius machte ein ratloses Gesicht. »Ist es nicht ein Widerspruch, wenn ein ›Herr‹ dient?«

Maternus schmunzelte. »Auf den ersten Blick hast du Recht. Aber schau, was unser Herr Jesus Christus getan hat: Er ist auf diese Welt gekommen, hat allen Menschen die frohe Botschaft des ewigen Lebens gebracht und hat sich, als seine Zeit gekommen war, für uns ans Kreuz schlagen lassen. Ans Kreuz, an das man sonst nur Verbrecher und böswillige Sklaven schlägt. Gibt es einen größeren Dienst, als solch eine Erniedrigung auf sich zu nehmen?«

Valerius schwieg, und gleich fuhr Maternus fort: »Er hat gelitten wie der elendste Mensch, er hatte Angst, zum Schluss gar fühlte er sich von seinem Vater verlassen.«

»Verlassen? Wieso?«

»Nach den Berichten, die Marcus auf Geheiß des Petrus verfasst hat, soll er kurz vor seinem Tod gerufen haben: ›*Mein Gott, mein Gott, warum hast du mich verlassen?*‹«

Wieder herrschte Schweigen, und Valerius versuchte mühsam, die Worte zu verstehen.

»Das versteh' ich nicht«, brach es dann aus ihm heraus. »Wenn dieser Jesus Gottes Sohn war, warum hat sein Vater dann zugelassen, dass sein Sohn unter so furchtbaren Qualen sterben musste? Ich meine, Jupiter würde es niemals zulassen, dass seiner Tochter Minerva so etwas passieren würde.«

Eine Welle des Unmuts zog über Maternus' gütige Miene. Er war ein duldsamer Mensch, aber die Erwähnung römischer Götter machte ihn stets zornig. Dennoch nahm er sich zusammen und sagte in der Stimmlage, in der ein Vater seinem unmündigen Kind etwas erklärt: »Jupiter! Minerva! Liebster Marcus, ich würde wirklich wünschen, du würdest nicht immer wie ein Kind die mythologischen Geschichten eurer Götterwelt heranziehen. Sie gehören in das Reich der Fabeln und Märchen. Gut genug, kleine Kinder zu erschrecken oder zu verzaubern.«

»Aber ...«

Ungnädig fuhr Maternus fort. »Es gibt nur einen, wahren Gott, und das ist unser Herr! Sicher mag dir dies seltsam vorkommen, und du bist ja auch in einer gänzlich anderen Götterwelt aufgewachsen, aber es ist Zeit, dass ihr Römer endlich begreift, dass ...«

Diesmal unterbrach ihn Valerius, und auch seine Stimme war nicht frei von Zorn und Unmut.

»Verzeih, edler Maternus, ich sag' es ungern, aber du verlangst zu viel! Da kommst du daher, du und deine Leute, und sagst uns Römern, uns, den mächtigsten Herren der Welt, dass wir ab sofort unsere Götter, die unser *Imperium* seit vielen hundert Jahren machtvoll beschützt haben, vergessen und einem Schreinersohn aus einer der entlegensten Provinzen des Reiches folgen sollen, einer Provinz, aus der noch nie etwas Gutes gekommen ist. Der Mann ist, wie ich inzwischen weiß, von unserem dortigen Statthalter Pontius Pilatus ordnungsgemäß wegen Hochverrats verurteilt und danach hingerichtet worden. Seitdem laufen seine Anhänger dort herum und verbreiten das Märchen, er sei aus dem Grab auferstanden und seinen Anhängern erschienen. Also, wenn du von mythologischen Märchen redest, dann ist das eins! Ein Toter, der aus dem Grab aufsteht und umherwandelt, das hab' ich ja noch nie gehört. Und du nennst mich ein Kind? Kindisch ist es, solche abergläubischen Geschichten zu verbreiten, ja gar eine Religion daraus zu machen!«

Für eine kurze Weile schien es, dass die beiden Männer über ihre auseinander liegenden Standpunkte in einen echten Streit geraten könnten. Maternus nahm einen kleinen Schluck Wein, den er sorgsam mit Wasser vermischt hatte, und sah seinen Gesprächspartner ernst an.

»Dann ist dein Freund Horatius Pulcher auch ein Kind? Und dein Weib Dirana auch, denn sie ist unserem Glauben schon sehr nah. Und Petrus? Du hast ihn kennen gelernt, nanntest ihn beeindruckend. Kinder, alles Kinder, die sich von nichtigem Blendwerk haben blenden lassen? Aber ich sehe ein, es ist zu früh.«

»Zu früh?«

»Zu früh, um dich wirklich für unseren Glauben zu gewinnen. Du hast ja gehört, was Petrus geschrieben hat. Ich werde nichts unversucht lassen, um das Licht unseres Glaubens auch in dir zu entzünden.« Er seufzte. »Aber du bist ein harter Brocken. Ein Patrizier aus uralter römischer Familie, aufgewachsen und verwurzelt in römischem Gedankengut. Das braucht seine Zeit.«

Auch Valerius hatte sich wieder gefasst und legte begütigend die Hand auf den Arm seines Gastes.

»Verzeih, wenn ich aufbrausend war. Auch wollte ich dir nicht zu nahe treten und deinen Glauben schmähen. Aber es ist nicht der meine. Und was die anderen anbetrifft: Es ist mir schon aufgefallen, dass Dirana anders spricht als früher. Und auch unserem Titus erzählt sie viel von eurem Gott. *Sic sit* – Mag es so sein. Mein Weib teilt mein Bett, aber nicht meinen Glauben! Jedenfalls bräuchte es eine ganze Menge mehr als einige wundersame Ereignisse, um mich zu euch zu bringen.«

Eine Zeit lang herrschte Schweigen. Maternus sah sehr nachdenklich aus. Dann fragte er unvermittelt: »Und meinem Zeugnis glaubst du auch nicht?«

»Was meinst du damit, Maternus?«

»Du kennst meine Geschichte. Du weißt, dass mich der Herr auferweckt hat, als man mich als toten Jüngling aus der Stadt Nain heraustrug. Ich war damals zwölf Jahre alt.«

»Wissen? Nun, man hat es mir erzählt«, sagte Valerius und lächelte dünn. Seine Gedanken aber schweiften zurück zu der attraktiven Julia Spatiatica. Er hatte sie damals im Rahmen seiner Ermittlungen vernommen, weil ihr Mann, der Gewürzhändler Flavius Spatiaticus, zu den Opfern der unheimlichen Mordserie gehört hatte. Damals hatte sich Maternus bei ihr vor den mörderischen Häschern des Tullius Torquatus Niger versteckt. Von jener Witwe hatte er zum ersten Mal die wundersame Geschichte des Maternus gehört. Das alles schien schon eine Ewigkeit her, dabei lagen gerade einmal fünf Jahre zwischen den beiden Mordserien.

»Was ist eigentlich aus Julia Spatiatica geworden?«, fragte er plötzlich.

»Du erinnerst dich an sie?«

»Freilich, sie ... sie hat mich beeindruckt.«

»Du sie auch«, schmunzelte Maternus. »Sie hat bislang nicht wieder geheiratet und führt den Gewürzladen ihres verstorbenen Mannes fort. Auch sie ist eine Anhängerin unseres ... Märchenglaubens.« Das Letztere hatte Maternus nicht ohne eine gewisse Bitterkeit gesagt.

»Ich hörte damals, dass du ... nun ... äh ... ein zweites Mal vom Tode erweckt wurdest, nicht wahr?«

»Ja, ein zweites Mal«, sagte Maternus voller Ernst, und seine geistesabwesende Miene zeigte, dass er in Gedanken ganz weit weg war.

»Das war in *Argentoratus*«, murmelte er, und die dünnen Hände fuhren fahrig über die verschlissene *Tunica* aus grober Wolle. Sein Gesicht verzog sich schmerzhaft, als durchlebte er die schlimmen Ereignisse ein weiteres Mal.

»Gepredigt habe ich, gepredigt von Liebe und Vergebung. Aber sie haben mich totgeschlagen. Vierzig Tage, ja, mein Marcus, vierzig Tage habe ich im Grab gelegen. Dann haben mich meine Gefährten erweckt. Erweckt mit dem Stab des Petrus. Der Herr ist mein Zeuge.«

Als er die zweifelnde Miene des Tribuns sah, schob er müde nach: »Aber auf sein Zeugnis wirst du wohl nichts geben, nicht wahr? Und doch ist es die Wahrheit. Schau mich an! Diese Erlebnisse haben ihre Spuren hinterlassen.« Er wies auf seine schlohweißen Haare.

»Alt und grau bin ich darüber geworden, und doch zähle ich erst vierundvierzig *anni*. Würdest du nicht eher glauben, einen alten Greis vor dir zu haben?«

Die Höflichkeit verbot es Valerius, diesen Eindruck zu bestätigen. Tatsächlich sah Maternus aus wie ein alter Mann. Nur die jugendlich-lebhaften Gesichtszüge widersprachen noch diesem Eindruck.

Lange Zeit schwiegen die Männer und hingen ihren Gedanken nach. Plötzlich wurde das Schweigen durch ein Hüsteln unterbrochen.

»Verzeih, Tribun. Ich habe angeklopft, aber ihr habt mich nicht gehört.«

»Vaniclius, ja ... äh, was ist?«

»Das kam soeben aus dem Stabsquartier, Tribun. Der Bote sagte, es sei dringend.«

»Aus dem Stabsquartier?«

Der Milizionär reichte Valerius eine kleine Schriftrolle. Eilig entrollte Valerius den *Libellus* und warf einen hastigen Blick darauf.

Dem Marcus Valerius Aviola einen Gruß

Sobald es deine Zeit erlaubt, wirst du um einen Besuch im Prätorium gebeten.

Pausanias, 1. Kanzleischreiber

Valerius schien etwas irritiert zu sein. Ratlos starrte er auf die Schriftrolle.

»Pausanias? Kenn ich nicht. Wer bei allen Göttern ist das? Und wer will mich so dringend sehen? Verzeih, edler Maternus, wir werden unser Gespräch ein anderes Mal fortsetzen müssen.«

»Natürlich, Marcus. Wenn du nichts dagegen hast, werde ich inzwischen einen Besuch bei Dirana machen.«

»Sicher wird sie sich freuen«, murmelte Valerius zerstreut. In Gedanken war er aber schon im Stabsquartier.

XXII.

Überfall in der Sichelmachergasse

Die Formulierung »sobald es deine Zeit erlaubt« bedeutet im Militärdienst »sofort«, und so betrat Valerius nach weniger als zehn Minuten das *Prätorium*. Jetzt, in der Stunde anbrechender Dämmerung, begannen die Straßen der Stadt sich zu leeren, und die meisten Passanten strebten eilig nach Hause. Ein kühler Wind strich durch die Gassen und Valerius wickelte sich tief in seinen Mantel. Er hatte überhaupt keine Vorstellung, wer ihn so dringend zu sehen wünschte. Die beiden Wachen salutierten mit ernster Miene, und ein Sklave bat ihn, einen Augenblick zu warten, um ihn wenig später in den ersten Stock des Amtsgebäudes zu führen. Hier hatte der Statthalter und Oberbefehlshaber residiert, aber der war vor zwei Monaten abgereist. Der neue konnte unmöglich schon da sein, jetzt im Winter, bei den vereisten Straßen und den zugeschneiten Passwegen.

»Sei gegrüßt, hochedler Tribun«, begrüßte ihn im Vorzimmer ein runzliges altes Männlein, dessen Gesicht von tausend Falten durchzogen war. Eine hässliche Narbe am Kinn zeugte von einem wohl eher unfreiwilligen Kampfeinsatz, denn dass dieser Mann einmal gedient haben könnte, schien mehr als unwahrscheinlich. Die lange, hakenartige Nase und die kleinen gelben Augen verliehen seinem asketischen Gesicht das Aussehen eines Geiers, der auf sein nächstes Opfer wartete.

»Ich bin Pausanias, der erste Kanzleischreiber! Euch stets zu Diensten!«

Er erhob sich von seinem schmalen, mit Schriftrollen überladenen Schreibtisch und deutete eine höfische Verbeugung an, was den Eindruck, dass er einen Buckel besaß, noch verstärkte. Für einen Kanzleischreiber mochte die goldverbrämte *Tunica*, die er um den schlotternden Leib trug, wohl eher als luxuriös gelten. Gleiches galt für die Ringe, mit denen die dürren Finger geschmückt waren. Ohne Zweifel handelte es sich um die profitablen Resultate gelungener Bestechungen, mutmaßte Valerius, und hatte damit, ohne es zu wissen, den Nagel auf den Kopf getroffen. Tatsächlich wird es wohl zu jener Zeit in der ganzen *Provincia Germania* keinen korrupteren Mann als Pausanias gegeben haben, aber auch keinen geschickteren, denn nie war sein habgieriges Dienstverhalten einem seiner Vorgesetzten aufgefallen. Zugleich prahlte er vor Kollegen gerne mit einflussreichen Freunden in Rom, und sein Einfluss reichte – wenn man ihm denn glauben wollte – bis auf den Palatin. Dass ihn der Bannstrahl in die Provinz versetzt hatte, verschwieg er natürlich wohlweislich.

Neugierig betrachtete er den Tribun und rieb sich die knochigen Hände. »Wir kennen uns noch nicht, nicht wahr, Tribun? Wie ich gehört habe, bist du der Leiter der städtischen Vigiltruppe. Man erzählt viel Gutes über dich und deine Truppe hier. Du hast alles im Griff, wie man heute so sagt.«

Valerius war erstaunt über die Geschwätzigkeit des buckligen alten Schreibers und verspürte wenig Lust, das Gespräch mit ihm fortzusetzen.

»Hat man mich hierhin gerufen, um ein Gespräch mit einem geschwätzigen alten Kanzleischreiber zu führen?«, rief er unwirsch.

»Geschwätziger alter Schreiber? So, so«, murmelte Pausanias beleidigt. Sein Gesicht zeugte von heller Empörung. »Ei, der Herr ist von hohem Ross. Er spricht nicht mit einem gewöhnlichen Schreiber. Ein Valerier, von altem edlen Blut, zu nobel, um mit dem alten Pausanias ein wenig zu schwätzen. Wer weiß, vielleicht würde es ihm ja gut auskommen, wenn er sich mit Pausanias gut stellen würde.« Listig blitzten seine kleinen Augen, und die schmalen Lippen verzogen sich hämisch.

Das reichte nun! Ohne Zögern packte Valerius den Alten an seinem dürren Hals und hob ihn ein wenig in die Höhe.

»Wirst du mir jetzt sagen, du alte Kanzleikrähe, wer mich hierhin bestellt hat und warum? Oder, bei Mars, ich prügele es aus dir heraus.«

Das Gesicht des Alten lief rot an, und er hielt sich wehleidig den Hals. Schwer atmend krächzte er: »Mögen die Götter ...«, er hustete röchelnd, »dir dein unwürdiges Benehmen vergeben.« Wieder ein rasselnder Hustenanfall.

»Man ...«, seine Stimme wurde schrill, »man sieht sich im Leben stets ein zweites Mal, und es könnte sein ...« Er vollendete den Satz nicht, sondern wankte zur Tür des Amtszimmers. Schweigend öffnete er sie und wies hinein. Hätten Blicke töten können, wäre Valerius auf der Stelle umgefallen, denn der Blick, den Pausanias dem Tribun nachwarf, war voller Hass. Ächzend rieb er sich die gichtigen, dürren Hände, das Gesicht zu einem bösartigen Grinsen verzogen. Man sieht sich stets zweimal ...

Valerius brauchte einen Augenblick, um sich an die Dunkelheit des kleinen Raums zu gewöhnen. Nur spärlich wurde er von zwei Öllampen erhellt, und das kleine Fenster, das zur Ostseite herauszeigte, gewährte jetzt zur elften Stunde kaum noch Licht. Träge floss der *Rhenus* durch sein Bett, und das andere Ufer lag schon in völliger Dunkelheit. Den Mann, der da über Papiere gebeugt an seinem Schreibtisch saß, erkannte Valerius zunächst nicht. Erst als er den Kopf hob und das karge Licht auf die kräftigen Züge seines Gesichts fiel, erkannte er ihn – Lucius Duvius Avitus, der Statthalter und Oberbefehlshaber!

»Ich grüße dich, Tribun Marcus Valerius!«

Die sonore Stimme des Statthalters strahlte Wärme aus.

»Gruß auch dir, Lucius Duvius Avitus!«

»Ich sehe dich überrascht, nicht wahr?«

»In der Tat, das bin ich. Ich wähnte dich in Rom. Als wir uns das letzte Mal hier in diesem Raum sahen, sprachst du von gepackten Taschen und deinem Nachfolger. Auch hörte ich, dass du einige Tage später abgereist bist.«

»*Recte*, Tribun. Aber ich kam nicht weiter als bis *Mogontiacum.* Dort traf ich mich mit meinem Amtskollegen Titus Curtilius Mancia. Eigentlich wollte ich nach kurzer Zeit weiterreisen, aber die Nachrichten, die ich dort hörte, beunruhigten mich.«

»Du meinst, die Nachricht vom Tod unseres *Curators*?«

»Nein, davon hörte ich erst hier bei meiner Ankunft. Nein, es scheint Schwierigkeiten mit den Germanen auf der anderen Seite des *Rhenus* zu geben.«

»Welche Schwierigkeiten?«

»Wir haben mit den Friesen einen Vertrag, der uns ein bestimmtes Gebiet als reservierten Bereich für unser Heer zusichert. Nun sind die

Germanen im Begriff, in genau dieses Gebiet einzusickern. Damit aber nicht genug. Die Nachbarn der Friesen, die Ampsivarier, haben eine Gesandtschaft zu meinem Amtskollegen geschickt. Sie beanspruchen dieses Gebiet nunmehr für sich. Es wird möglicherweise zu kriegerischen Auseinandersetzungen kommen. Das alles scheint man in Rom schon zu wissen, denn eine Woche nach meiner Ankunft in *Mogontiacum* kam der Befehl, dass ich bis auf weiteres Statthalterschaft und Oberbefehl in *Germania Inferior* behalte. Dazu versehe ich vorübergehend das Amt des *Curators.* Und nun bin ich wieder hier.«

Er lächelte Valerius freundlich an. Dann ergriff er plötzlich seinen Arm und rief: »Wir wollen einen kleinen Spaziergang durch die Stadt machen. Hier im *Prätorium* fällt mir langsam die Decke auf den Kopf. Ich kann vor lauter Aktenstaub nicht mehr atmen. Ich bin ein Mann des Feldlagers, nicht der Akten, wie unser ... guter Pausanias draußen.« Bei den letzten Worten hatte er die Stimme deutlich angehoben.

»Ich habe ihn schon kennen gelernt«, erwiderte Valerius, »ein unangenehmer Bursche ...«

Doch Duvius Avitus legte seine Finger auf die Lippen und bedeutete Valerius zu schweigen. Er hüllte sich in seinen Mantel, und beide Männer verließen das Amtsgebäude. Schweigend wandten sie sich nach links, gingen am Marstempel vorbei in Richtung *Capitolium.* Plötzlich ergriff der Statthalter das Wort.

»Verzeih, dass ich dir plötzlich zu schweigen befahl. Dieser Pausanias ist nicht nur ein unangenehmer Bursche, ich bin sicher, er ist auch ein Spion, der mich überwachen soll.«

»Dich überwachen? Wer ... ich meine, in wessen Auftrag sollte das geschehen?«

»Ich weiß es noch nicht, aber ich werde es herausfinden. Ich wurde gewarnt. Wie du vielleicht weißt, stammen Afranius Burrus, dein ehemaliger Vorgesetzter bei den Prätorianern, und ich aus dem gleichen Geburtsort, das verbindet.«

Valerius schüttelte den Kopf. »Wusste ich nicht!«

»Wir stammen beide aus *Vasio Vocontiorum.*«

»Das liegt in ...«

»In der *Narbonensis.* Jedenfalls wurde ich von Burrus gewarnt, dass man mir mit dem guten Pausanias eine Laus in den Pelz gesetzt hat. Aber da der gute alte Viridorix von den Göttern plötzlich abberufen worden war, brauchten wir im Stabsquartier dringend einen neuen Schreiber. Und auf einmal stand Pausanias vor mir, frisch aus der Hauptstadt, ein kaiserliches Empfehlungsschreiben in den gichtigen Fingern, eins, das man unmöglich übersehen konnte. Irgendjemandem war es sehr wichtig, dass er diese Stelle bekam, und seitdem geht alles, was ich sage oder diktiere, durch seine Finger. Mir ist sehr unwohl dabei, aber immerhin kenne ich die Gefahr. Du solltest dich nicht mit dieser Laus anlegen!«

Zu spät, dachte Valerius. Die Warnung kam zu spät. Er würde sich künftig vor dem hochnäsigen Schreiberling in Acht nehmen.

Sie verließen die Parallelstraße zum *Cardo Maximus* und bogen nach links in eine kleine Seitengasse ab, die zum Rhein herunter führte. Hier befanden sich die kleinen, aber ansehnlichen Wohnhäuser derer, die in der Ubierstadt zu einem gewissen Wohlstand gekommen waren: Händler, Kaufleute, Gasthausbesitzer. Die Häuser waren gepflegt, und die meisten von ihnen verfügten über einen dezenten bunten Anstrich. Wie so häufig waren die der Straße zugewandten Fassaden fast fensterlos. Hier besaß man Reichtum, aber man zeigte ihn nicht.

»Überhaupt scheint die Tätigkeit eines Schreibers in unserer kleinen Stadt mit Gefahren verbunden zu sein, nicht wahr?«, nahm Avitus lächelnd das Gespräch wieder auf.

»Gefahren? Wie meinst du das, Statthalter?«

Lucius Duvitus Avitus zeigte auf eine *Latrina Publica*, die einige Schritt von ihnen entfernt stand. Das Lächeln war aus seinem Gesicht verschwunden. Das windschiefe Häuschen der öffentlichen Toilettenanlage machte den Eindruck, dass der nächste heftigere Windstoß es wegfegen würde. Die Tür am Eingang war herausgebrochen und lag davor.

»An diesem ungastlichen Orte fand einst ein amtlicher Schreiber seinen unwürdigen Tod. Erinnerst du dich?«

Valerius war höchst erstaunt. Woher bei den Göttern wusste er das?

»Sextus Arusius. Du meinst den Schreiber des *Aedils.*«

Duvitus Avitus nickte nur und rieb sich die kalten Hände. »Es stimmt. Man fand ihn hier. Erwürgt von unbekannter Hand. Er war eines der Mordopfer, die es hier vor fünf Jahren gegeben hat. Er war wie die anderen Christ und musste sterben, weil er ...«

»Weil er Mitwisser eines tödlichen Geheimnisses war, nicht wahr?«

Valerius musste ein ziemlich dummes Gesicht gemacht haben, denn der Statthalter brach in schallendes Gelächter aus.

»Du wunderst dich, dass ich dies alles weiß, nicht wahr?«

»In der Tat. Du warst damals noch gar nicht hier, oder irre ich mich?«

»Du irrst nicht, mein Freund, das geschah noch zu Zeiten meines Amtsvorgängers Aulus Pompeius Paulinus. Übrigens der Schwager von Seneca, was ihm diesen Posten eingetragen haben dürfte. Nein, ich war damals Legionslegat in der *Narbonnensis*. Aber es gibt Akten über die damalige Zeit, und manchmal kann auch ein Aktenstudium Leben retten.«

Er erklärte diese dubiose Anmerkung nicht weiter und blieb plötzlich stehen. Sie standen vor dem *Capitolium*, jener großen dreischiffigen Tempelanlage, die den capitolinischen Gottheiten Jupiter, Juno und Minerva geweiht war. Das Gelände lag in fast völliger Dunkelheit, und nur eine einsame Fackel erleuchtete spärlich den Eingang. Um diese Zeit wollte niemand mehr opfern oder beten. Der Statthalter zeigte plötzlich auf den Tempel.

»Und auch hier musste damals jemand sterben. Ein alter Priester. War es nicht so? Wie hieß er doch gleich?«

Valerius erinnerte sich genau. Man hatte den alten Mann in seinem Blute schwimmend aufgefunden, von hinten erstochen.

»Garunnian«, murmelte der Tribun.

»Ja, so hieß er wohl. *Levis sit ei terra* – Möge die Erde ihm leicht sein!«

Lucius Duvius Avitus drehte sich abrupt herum und legte seine Hand mit festem Griff auf den Arm seines Begleiters.

»Marcus Valerius Aviola, was ist hier los?«

»Wie meinst du das? Was soll ...?«

»Bei Jupiter, weich mir nicht aus. Du weißt, ich bin dir gewogen und schätze deine Arbeit. Die Berichte, die der verstorbene *Curator* über dich angefertigt hat, sind des Lobes voll. Aber jetzt, jetzt weich mir nicht aus. Was passieren hier in *Colonia Claudia Ara*

Agrippinensium für merkwürdige Dinge? Garunnian, Arusius und die anderen, das ist Jahre her. Aber inzwischen sterben hier wieder Menschen. Sie sterben in einer Zahl, als ob das gelbe Fieber grassieren würde. Menschen werden ermordet, seltsame Unfälle geschehen. Das alles schafft Unruhe, die Bürger der Stadt fragen sich, was die Administration dagegen tut. Selbst bis zu meinem Amtskollegen in *Mogontiacum* sind die Dinge gedrungen. Und hier? In der ganzen Stadt spricht man von nichts anderem. Freilich nicht offen, aber heimlich und versteckt. In den Tabernen, in den Thermen, auf dem Marktplatz flüstern die Menschen darüber. Sie kennen kaum ein anderes Thema. Und immer wieder wird dein Name genannt.«

Valerius brauchte einen Augenblick um sich zu sammeln. Konnte er dem Statthalter vertrauen? Oder taumelte er in die nächste Falle? Und wie viel wusste Duvius Avitus bereits?

Der Statthalter kam ihm zu Hilfe. »Du stehst in Agrippinas Diensten, nicht wahr?«

Valerius blickte ihn ungläubig an.

»Weiß ich von Burrus. Er lebt nach der Devise: *Ne dicto omnia, quae scis, sed omnia scito, quae dicis* – Sage nicht alles, was du weißt, aber wisse stets, was du sagst. Wir sind seit Kindertagen befreundet, ich erwähnte es schon, nicht wahr?« Wie zum Beweis seiner Offenheit fuhr er mit gesenkter Stimme fort: »Seine Tage am Hof scheinen gezählt, wie auch die Senecas. Es sind andere Leute, die nun das Ohr des Kaisers haben. Gewissenlose Ehrgeizlinge wie Anicetus oder der intrigante Tigellinus. Vor denen muss man sich hüten. Was ist nun? Redest du mit mir oder nicht? Ich werde dich nicht nötigen. Wenn du nicht willst ...«

»Agrippina ist in tödlicher Gefahr. Alle, die in letzter Zeit ums Leben kamen, gehörten zum Kreis ihrer Agenten. Ich soll herausfinden, wer dahinter steckt, zumindest hier in unserer Stadt.«

»Ein offenes Wort, Tribun, ich danke dir. Und was hast du bisher herausgefunden?«

»Um ehrlich zu sein: nichts, fast nichts! Die Götter sind gegen mich.«

»So, die Götter? Hm ... kennst du einen gewissen Fulvius Regulus?«

Valerius verneinte.

»Man fand ihn in einem Löwenkäfig der Arena von *Mogontiacum.* Bis zur Unkenntlichkeit zerrissen von den wilden Bestien. Die Götter mögen wissen, wie er in den Käfig hineingelangt ist.«

»Fulvius Regulus? Fulvius Regulus?« Valerius dachte angestrengt nach. Wie immer, wenn er nervös war, juckte seine Narbe an der Stirn unerträglich, und er begann sich heftig zu kratzen.

»Moment! Der Name stand auf der Liste, jedenfalls teilweise.«

»Auf welcher Liste?«, fragte der Statthalter, und eine große Spannung war ihm anzumerken.

»Auf einer Tafel, die mir Tullius Torquatus Niger gezeigt hat. Auf ihr waren die Namen derer verzeichnet, die für die Organisation der als Unfälle getarnten Morde zuständig waren. Leider konnte man die Namen kaum lesen. Ich erinnere mich aber, dass für *Mogontiacum* ein ähnlicher Name angegeben war.«

»Hm ...«, machte der Statthalter. »Welchen Namen erwähntest du gerade?«

»Welchen Namen?

»Ich meine, wer hat dir die Tafel gezeigt?«

»Tullius Torquatus Niger!«

»Der ›Schwarze‹! Was hat dieser Schurke mit der Sache zu tun?«

»Er führt den Agentendienst der *Augusta.*«

»Der ›Schwarze‹? Da hast du den rechten Vorgesetzten!« Lucius Duvius Avitus lachte laut auf.

»Kennst du das Wort unseres trefflichen Horaz, das wie kein anderes auf ihn passt?«

Bevor Valerius antworten konnte, hatte der Statthalter den großen Satiriker schon zitiert: »*Virtus post nummos* – Erst das Geld, dann die Tugend. Und auch die Einheimischen hier haben ein Sprichwort, das passt: ›Den Fuchs zum Wächter des Hühnerhauses machen‹.«

»Ich weiß, dass Niger viele Feinde hat, und sei versichert, ich bin weit davon entfernt, ihm zu vertrauen. Aber ich habe keine Anzeichen dafür, dass er Agrippina nicht blind ergeben ist.«

»Wo sind wir eigentlich hier?« Lucius Avitus unterbrach den Tribun und blickte sich um. Seine Nase bebte, als hätte er Witterung aufgenommen. Völlige Dunkelheit umgab sie inzwischen, und nur der blasse Mond zeigte ihnen mit fahlem Schein noch den Weg. Längst hatten sie das bessere Viertel der Kaufleute verlassen und waren unbemerkt in jene Gegend der Ubierstadt gekommen, die die Einheimischen in Anlehnung an das berüchtigte Viertel Roms die kleine *Subura* nannten. Die menschenleere Straße war mit Kot und Unrat bedeckt, ein fauler Gestank zog in ihre Nasen. An den Seiten lagen Haufen von Abfall, um den sich verschiedene Katzen lautstark balgten. Von Zeit zu Zeit huschten fette Ratten am Straßenrand entlang, blieben kurz stehen und schienen die beiden Passanten mit großen glühenden Augen zu beobachten. Ein streunender einäugiger Hund mit stumpfem Fell wich ihnen ängstlich aus. Die zweistöckigen Häuser aus Stein waren übergegangen in brüchige Holzhäuser, viele verfallen und unbewohnt. Nur hinter wenigen Holzläden waren blasse Lichtschimmer auszumachen.

Valerius sah sich um. Sie waren nicht allzu weit vom Südtor entfernt. »Die Einheimischen nennen diese Gasse *Inter falcarios* wegen der Werkzeughersteller, die früher ihre Betriebe hier hatten. Die meisten aber sind weggezogen. Wer jetzt hier noch wohnt, der lebt von der kostenlosen Getreidespende. Beutelschneider und Tagediebe haben das Revier für sich in Beschlag genommen. Das Problem ist dem städtischen Magistrat aber bekannt. Es existieren Pläne, das ganze Viertel abzureißen und durch breitere Straßen und schönere Häuser zu ersetzen. Aber im Augenblick fehlt es am Geld, wie überall.«

Plötzlich ertönte ein Pfiff. Leise Schritte und dumpfes Gemurmel drangen an ihr Ohr.

»Bist du bewaffnet, Statthalter?«, flüsterte Valerius und zückte das Schwert, das er unter dem Mantel trug. Wie immer trug er unter dem Mantel seine Uniform und volle Bewaffnung.

»Nein«, gab Duvius Avitus leise zurück. »Unglücklicherweise ...«

»Dann nimm das«, sagte Valerius und reichte ihm seinen Offiziersdolch. »Du wirst es brauchen!«

»Ein Überfall?«

Bevor der Tribun antworten konnte, schälten sich zwei Gestalten aus der Dunkelheit und versperrten ihnen den Weg. Leise Schritte hinter ihnen zeigten an, dass sie von mehreren Männern umzingelt waren.

»Hoher Besuch in unserem Viertel. Seid gegrüßt, edle Herren. Sicher werdet ihr nicht vergessen, den fälligen Wegezoll an die Bruderschaft der Sichelmacher zu entrichten!«

Ein Dunst ekliger Ausdünstungen ging von dem Sprecher aus. Im blassen Mondlicht gewahrte Valerius einen kräftigen, untersetzten Mann in einem abgeschabten Wollmantel. Der Mann war völlig kahlköpfig, trug aber einen dichten schwarzen Bart. In seiner Hand funkelte die *Sica*, der tückische Dolch der Wegelagerer.

»Aus dem Weg, verdammtes Räubergesindel!«, schrie Lucius Duvius Avitus. »Ihr wisst wohl nicht, mit wem ihr es zu tun habt!«

»Das ist uns egal, edler Herr! Ihr seid zwei und wir sind vier, nur das zählt hier! Also zahlt euren Zoll und geht eurer Wege. Wer nicht zahlt, kommt nicht durch.«

Er schlug sich gegen die breite Brust und verkündete selbstbewusst: »Das ist mein Revier.« Der andere neben ihm nickte grinsend und ergänzte glucksend: »Sein Revier!«

Lässig spielte der Anführer mit seinem kleinen Dolch und grinste die beiden Männer frech an, wobei er ein schadhaftes Raubtiergebiss entblößte.

»*Impetus*!«

Diesen Schrei kannte man in allen Teilen der Welt, in die jemals ein römischer Legionär seinen sandalenbewehrten Fuß gesetzt hatte. Es war der alte Schlachtruf der Legionen, den der Statthalter von sich gab, und im gleichen Augenblick stürzte er sich auf den Sprecher und versuchte, ihm seinen Dolch in den Leib zu rammen. Der aber wich geschickt aus und stieß seinerseits mit der *Sica* nach dem Angreifer. Nur knapp verfehlte er den Arm des Statthalters.

Valerius hatte sich inzwischen herumgedreht. Die beiden Männer hinter ihm waren kleiner und von gedrungener Gestalt, typische Handlanger, aber keine Kämpfer. Sie schienen auch, abgesehen von einem Holzknüppel, unbewaffnet. Blitzschnell drang Valerius auf sie ein. Dem ersten versetzte er mit der flachen Klinge des Schwertes einen schmerzhaften Schlag gegen die Brust, den zweiten stieß er nieder, als dieser gerade mit dem Knüppel auf ihn einschlagen wollte. Ein wilder Schrei zeigte ihm, dass er gut getroffen hatte. Während der eine blutüberströmt auf den Boden sank und der andere sich stöhnend die Brust rieb, drehte Valerius sich blitzschnell um.

Dem kahlköpfigen Wortführer der räuberischen Gruppe war es inzwischen gelungen, dem Statthalter den Dolch zu entwenden. Die beiden Männer waren in ein wildes Ringen vertieft, und die kurze *Sica* des Räubers schwebte wie eine metallgewordene Drohung über dem Kopf des Avitus. Ganz plötzlich aber ging Avitus in die Knie und ließ sich nach hinten fallen. Für einen Augenblick stand der verdutzte Anführer allein da, die Hände zum Stoß erhoben. Im nächsten Augenblick schon hatte Avitus dem Mann einen fürchterlichen Tritt in den Unterleib versetzt, was einen heulenden Aufschrei zur Folge hatte. Während der Kahlkopf noch zu Boden ging, schnellte Avitus nach vorne und ließ eine krachende Rechte an das Kinn des Mannes folgen, die ihm endgültig den Rest gab.

Nun endlich wollte auch der Dritte eingreifen, der bisher ergriffen dem Kampf zugesehen hatte. Er stieß einen tierischen Schrei aus, zog aus seinem Mantel eine dicke Eisenstange und wollte diese gerade auf den Kopf des Statthalters niedersausen lassen, als ihn das Schwert des Tribuns von der Seite durchbohrte. Und dies geschah so heftig, dass die Klinge auf der anderen Seite heraustrat. Einen Augenblick lang stand der Mann da, ungläubig starrten seine trüben Augen auf die grässliche Wunde, seine Finger klammerten sich um die blutrote Schwertspitze. Dann fiel zuerst die Eisenstange mit blechernem Klang zu Boden. Sekunden später stürzte der Mann wie ein gefällter Baum. Ein Schwall von dunkelrotem Blut trat aus dem Mund des Sterbenden.

Mit einem Ruck zog Valerius sein Schwert ungerührt aus dem Leib des Toten und blickte sich um. Drei Männer lagen tot oder kampfunfähig auf dem Boden, der vierte war geflohen.

»Wo bleiben deine *Vigiles*, wenn man sie braucht?«, grinste Avitus. Er erhob sich keuchend und klopfte mit kräftigen Schlägen den Schmutz von seinem Umhang.

»Gute Arbeit, Tribun! Du warst zur rechten Zeit da!«

Nachdenklich betrachtete er die Eisenstange, die vor seinen Füßen lag.

»Bei Jupiter, du hast mir das Leben gerettet. Ich werd' dir das nicht vergessen!«

Valerius winkte ab. »Bei allen Göttern! Du bist auch nicht in schlechter Form, *Procurator.* Wo hast du diesen Trick gelernt?«

»In der *Arena* meiner Heimatstadt. Als Jugendlicher habe ich oft beim Training der Gladiatoren zugesehen, und die besten Tricks habe ich mir gemerkt.«

Rasche Schritte aus der Richtung des Südtors näherten sich, laute Stimmen, Hundegebell, tanzender Fackelschein erhellte die enge Gasse.

»Stehen bleiben! Die Waffen nieder!«, herrschte eine altersraue Stimme. »Was ist hier los?«

Als das Fackellicht den Kampfort erreicht hatte, wurde der Sprecher blass. Er nahm stramme Haltung an und salutierte.

»Oh ... Statthalter, Tribun. Ihr ... Ihr müsst verzeihen, ich habe euch nicht sofort erkannt.«

Der Sprecher war ein Legionär der Torwache. Seine zahlreichen Narben und das entschiedene Auftreten wiesen ihn als *Veteranus* aus. Zwei weitere Legionäre waren ihm gefolgt, der eine von ihnen war heftig bemüht, den mächtigen Molosserhund zurückzuhalten, den er an einer schweren Kette hielt. Der Mann war offensichtlich durch den kurzen Lauf schon völlig außer Atem und benötigte einige Sekunden, bevor er sprechen konnte. Dass er außerdem vor einem Tribun und gar dem Statthalter persönlich stand, nahm ihm den restlichen Atem. Schließlich begann er stockend: »Wir ... wir ... haben den Kampflärm gehört und ...«

»Schon gut«, sagte Valerius. »Es ist alles in Ordnung. Wie ist dein Name?«

»Quintus Fiducius, Herr.« Langsam wurden seine Atemzüge regelmäßiger.

»Wo hast du gedient?«, fragte der Statthalter mit freundlichem Lächeln.

»*Legio I Italica.* Standort *Lugdunum*, Herr!«

»Dienstgrad bei Entlassung?«

»*Optio ballistariorum*, Statthalter!«

»So. Unteroffizier bei unserer trefflichen Artillerie warst du?«

»Ja, Herr!«

»Verheiratet? Kinder?«

»Verheiratet? Äh ... ja, Statthalter. Sechs Kinder«, ergänzte er mit einem leichten Grinsen.

»Steh bequem, Quintus Fiducius, ehemaliger *Optio ballistariorum*! Wir sind hier nicht auf dem Kasernenhof und auch nicht im Feldlager. Du hast Dienst am Südtor?«

»*Ad gallicinium* – bis zur Hahnenschreizeit!«

Der Veteran verwendete einen altmodischen, längst aus der Mode gekommenen Zeitbegriff. Vermutlich war er mit diesem Begriff in die Legion eingetreten und hatte sich an die neueren Begriffe nicht mehr gewöhnen können.

»Meine eigentliche Wache ist an der *Porta praetoria*, aber weil es am Südtor einige Kranke ...«

»Schon gut!«, unterbrach ihn Valerius. »Wie lange dienst du schon?«

»Vierundzwanzig Jahre Legion, Herr, drei Jahre als Veteran!«

»Tüchtig, tüchtig!«, schmunzelte der Statthalter. »Solche Leute braucht der Kaiser, auch wenn du wie in diesem Fall etwas spät gekommen bist.«

»Sicher, Herr, aber als ich ...«

»Schon gut, Soldat. So, nun nehmt die zwei hier in Bewachung und sorgt dafür, dass der Dritte abtransportiert wird.«

Der Soldat warf einen kurzen Blick auf das bärtige Gesicht des Anführers, der langsam wach zu werden begann.

»Kennst du den Mann?«, fragte Valerius und säuberte sein Schwert am Mantel des vor ihm liegenden Mannes, der das mit wütenden Blicken verfolgte.

»Sicher, Herr. Das ist Castix. Merkwürdig! Der Bursche treibt sich eigentlich mehr im Norden der Stadt herum, aber vielleicht hat er ja sein Arbeitsgebiet erweitert.«

»Arbeitsgebiet? Was arbeitet denn solch ein Bursche?«, wollte der Statthalter wissen.

»Er ist wohl der Ansicht, dass er hier Wegezoll kassieren darf. Er nennt das eine Bruderschaft, aber er ist nichts als ein gewöhnlicher Wegelagerer. Wir haben schon viele Klagen über ihn gehabt.«

Castix rieb sich das Kinn und gab einen knurrenden Laut von sich, was den Veteran dazu bewog, seinen Fuß auf die Brust des Räubers zu setzen.

Auch der Riesenhund schien zum tödlichen Sprung anzusetzen, und dem Hundeführer stand angesichts dieser Situation sichtbar der Schweiß auf der Stirn.

Den Namen Castix kannte Valerius aus zahlreichen Akten, die auf seinem Schreibtisch lagen.

Valerius hatte sie bisher nur überfliegen können, aber dieser Name war ihm doch in Erinnerung geblieben. Er und seine Bande mussten für eine Vielzahl ähnlicher Überfälle verantwortlich gewesen sein.

»Gut, Quintus Fiducius«, sagte Valerius nun, »du wirst über den Vorfall hier ein Protokoll aufnehmen. Meinen Bericht dazu und den des Statthalters wirst du morgen früh auf dem Tisch haben. Dann leitest du den ganzen Vorgang an meine Wache weiter!«

»Jawohl, Tribun!« Quintus Fiducius hob den rechten Arm zum Gruß und salutierte.

»Und nun zu dir, tapferer Castix, der du mit Vorliebe nächtliche Spaziergänger überfällst und sie um ihre Geldbeutel erleichterst!«

Valerius hob die rechte Augenbraue und seine Miene spiegelte höchste Abneigung wider.

»Für die nächsten Jahre werden wir dich und deine feinen Kameraden aus dem Verkehr ziehen. Das wird die Gegend hier etwas sicherer machen.«

»Da sie kräftige Burschen sind, werden wir für sie sicher einen gemütlichen Platz auf einer Mittelmeergaleere finden. Ohne Zweifel werden sich tapfere Männer wie sie prächtig am Ruder machen, was meinst du, Tribun?«, ergänzte der Statthalter mit einem breiten Lächeln.

»Aber ...!« Mit finsterer Miene startete Castix einen Einwand, aber der Statthalter schnitt ihm sofort das Wort ab: »Halt's Maul, du Hund! *Roma locuta, causa finita* – Rom hat gesprochen, die Sache ist erledigt. Abführen!«

XXIII.
Sechs Tropfen Tod

Das Landgut des Subrius Caesonius kurz hinter *Durnomagus* gehörte zu den größten in der Umgebung und brachte seinem Herrn in schöner Regelmäßigkeit prachtvolle Gewinne ein. Anders als bei den meisten Kleinbauern und Pächtern herrschte hier auch im Winter keine Not. Längst waren die Trauben geschnitten und der Wein gekeltert, jetzt reifte der Saft in vielen hundert Fässern und Amphoren. Subrius Caesonius verfügte über nur wenige Sklaven. Er zog es vor, in den Zeiten, in denen die meiste Arbeit anfiel, Tagelöhner zu beschäftigen, die er in arbeitsärmeren Zeiten wieder entlassen konnte. Auch aus *Colonia Claudia Ara Agrippinensium* kamen zur Herbstzeit viele nach *Durnomagus* und blieben einige Wochen dort, um danach mit sparsam gefülltem Geldbeutel wieder in die Stadt zurückzukehren.

Ruhe lag über dem großen Gut, nur ab und zu unterbrochen von dem hellen Geschrei einiger Sklavenkinder, die auf dem Hof *Muscas capere* spielten. Die ersten wärmenden Sonnenstrahlen hatten die Kinder aus ihren bescheidenen Quartieren gelockt, und »Blinde Kuh« gehörte zu ihren Lieblingsspielen. Hin und wieder rief Carnicia, die alte Magd, sie zur Ordnung, aber schon Sekunden später ertönte das Triumphgeheul so laut wie zuvor, wenn eines der Kinder mit den verbundenen Augen ein anderes gefangen hatte.

Im ersten Stock des Haupthauses lag Dirana, die fiebernden Augen sehnsüchtig zu dem kleinen Fenster gewendet, an das eine große Linde mit ihren nackten, blattlosen Zweigen regelmäßig kratzte. Sie freute sich über das glockenhelle Lachen der Kinder und wäre am liebsten mitten unter ihnen gewesen. Ein tiefer Seufzer brachte den Körper der Fiebernden kurzzeitig in Bewegung. Marcus hatte sie schon seit zwei Tagen nicht mehr besucht, aber Dirana ahnte den Grund. Wenn es seine Zeit erlauben würde, würde er kommen, und sie könnte ihn voller Liebe in ihre abgezehrten Arme schließen, so wie den kleinen Titus, der jeden Tag wie ein Sonnenschein kam, geduldig Stunden an ihrem Bett verbrachte und das Herz der Kranken wärmte.

Nachdem die Wunde anfangs einen prächtigen Heilungsverlauf genommen hatte, war nun seit zwei Tagen das Fieber gekommen. Peliodoros, der griechische Arzt aus *Colonia Agrippinensium,* hatte nachdenklich den Kopf geschüttelt. Das wollte ihm nicht gefallen, und vor allem hatte er keine Erklärung dafür, denn die Wunde war fast schon verheilt und sonderte keinen Eiter ab. Sie war nicht heiß und von blassroter Farbe, alles günstige Zeichen. Und doch war das Fieber gekommen, und nichts schien dagegen zu helfen. Mehrfach schon hatte Peliodoros die kranke Frau zur Ader gelassen, hatte ihr mit Kräutern versetzte bittere Säfte eingeflößt, aber nichts half. Zuletzt hatte man gar aus *Burungum* eine weise alte Frau kommen lassen, die im Ruf stand, sich mit Krankheiten aller Art besonders auszukennen. (Peliodoros durfte das gar nicht erfahren, er wäre sonst tödlich beleidigt gewesen.) Aber auch das alte germanische Weib mit den vielen Runzeln und Warzen, die ihrem Gesicht etwas Hexenhaftes verliehen, hatte das Fieber nicht vertreiben können. Sie hatte merkwürdige Sprüche über der Kranken gemurmelt, Kräuter und andere aromatische Pflanzen im Zimmer verbrannt und zuletzt den willenlosen Körper Diranas mit einer übel riechenden Salbe bestrichen – aber umsonst. An Pflege und Mühe lag es also nicht.

Täglich brachte man ihr frische, kräftigende Hühnerbrühe, duftendes braunes Brot, knackige rote Äpfel und dazu einen lieblichen roten Wein. Aber seit das Fieber da war, hatte Dirana bis auf ein paar Löffel Brühe alles zurückgehen lassen. Der bloße Gedanke an irgendeine Nahrungsaufnahme verursachte in ihr ein starkes Gefühl von Übelkeit. Stundenlang saß auch die Freundin Antonia an ihrem Bett, tupfte die heiße Stirn mit kühlenden Umschlägen und sprach ihr gut zu. Sie machte sich große Sorgen und hatte schon mit dem Gedanken gespielt, Valerius eine Nachricht zukommen zu lassen, aber der Vater hatte ihr abgeraten: »Marcus Valerius ist zur Zeit sicher sehr beschäftigt. Man munkelt, dass es in der Stadt zu mehreren Mordfällen gekommen ist, und er hat sie aufzuklären. Auch der Statthalter ist zurückgekehrt und beansprucht ihn sicher. Wenn er die Zeit findet, wird er kommen, also lass ihn in Ruhe arbeiten. Wir werden das Fieber schon vertreiben.«

Einzig der gestrige Besuch von Maternus hatte etwas Freude auf die bleichen Züge der Fiebernden gezaubert. Lange hatten sie gesprochen, und Maternus hatte ihr wieder von seinem Herrn Jesus Christus erzählt, was Dirana mit atemloser Neugier aufgenommen hatte. Und dann hatte Dirana ihm von ihrem größten Wunsch erzählt: Sie wollte getauft und damit in die kleine Gemeinde der Christen aufgenommen werden.

»Eigentlich«, hatte Maternus gemeint, »eigentlich bedarf es einer größeren Vorbereitung, um diesen wichtigen Akt vornehmen zu können. Aber ich glaube, dass unser Herr Jesus Christus gewiss nichts dagegen hat, bei dir eine Ausnahme zu machen.«

Als er das sagte, verschwieg er wohlweislich den Grund, warum er von weiterer Vorbereitung absah. Aber es war Maternus klar, dass er hier eine Sterbende vor sich hatte und ihm allenfalls noch Stunden blieben, in denen er sie taufen konnte.

»Glaubst du an Jesus?«, hatte Maternus gefragt, und Dirana hatte mit ganzem Ernst geantwortet: »Ich glaube!«

So ließ Maternus sich eine Schale klaren Wassers bringen. Dirana hob mit Mühe ihren Kopf, und während Maternus das Wasser über ihrem Kopf ergoss, sprach er: »Ich taufe dich hiermit im Namen des Vaters, des Sohnes und des Heiligen Geistes. Möge Gott dich mit seinem Segen erfüllen.«

Dann legte Maternus seine Hand auf ihre heiße Stirn und salbte sie mit einem wohlriechenden Öl. Nur die Freundin Antonia war während dieser einfachen Prozedur anwesend und freute sich mit Maternus über das glückliche Lächeln, das über die schmalen Züge der Getauften floss.

»Jetzt bin ich eine Tochter Gottes, nicht wahr?«

»Ja, mein liebes Kind«, hatte Maternus gemurmelt und nur mühsam seine Tränen zurückhalten können, denn er wusste, dass seine kleine Gemeinde ihr neuestes Mitglied schon allzu bald verlieren würde. Der unbarmherzige Schatten des Todes schien schon durch das Zimmer zu schleichen, bereit, sein Opfer im nächsten Augenblick zu packen und dieser Welt zu entreißen.

»Wenn doch Marcus dieses Glück kennen würde«, hatte Dirana aufgeregt geflüstert, und für eine kurze Zeit war etwas Farbe in ihr Gesicht zurückgekehrt.

»Bitte, Maternus!«, hatte sie gebettelt. »Du musst alles tun, um ihn und auch unseren Titus zum wahren Glauben zu führen.«

Maternus hatte es versprochen. In dieser Situation hätte er alles versprochen, auch wenn ihm klar war, wie aussichtslos das versprochene Unterfangen im Augenblick sein musste. Wenn Dirana sterben würde, würde der Tribun, der ohnedies den alten Göttern anhing, sich kaum für diesen neuen Glauben gewinnen lassen. Zum Schluss hatte er ihr den Segen seines Herrn gespendet und versprochen, er wolle für sie beten und sie recht bald wieder besuchen. Danach war Dirana wieder in die Einsamkeit ihres verzehrenden Fiebers gefallen.

***

In der Küche des Landgutes herrscht emsige Betriebsamkeit. Die Vorbereitungen für das Abendessen werden getroffen, und mehrere Sklavinnen sind unter der strengen Aufsicht der Herrin Sempronia mit Backen, Braten und Kochen beschäftigt. Der Fasan muss noch gerupft, der Schweinebraten gefüllt, das Gemüse geputzt werden. Zwei Sklavinnen beschäftigen sich nur mit der mehrgängigen Nachspeise. Die eine schlägt emsig Eier in eine Schüssel, die andere fügt Honig, Koriander und Rosinen dazu und verrührt alles zu einem süßen Schaum. Einige Gäste wird man heute bewirten, und da muss das Essen von besonderer Güte sein. So will es Sempronia, die strenge Herrin.

In einer Ecke der großen Küche, dicht am wärmenden Herdfeuer, steht die junge dunkelhäutige Sklavin Sala und rührt zitternd durch die Hühnerbrühe. Sie zittert, weil sie friert, denn sie ist die Wärme ihres Heimatlandes Africa gewöhnt und hat sich auch in den fünf Jahren, in denen sie jetzt schon Subrius Caesonius dient, nicht an die Temperaturen ihrer neuen kalten Heimat gewöhnen können. Sie zittert aber auch aus anderem Grunde. Gleich wird sie wieder einen Teller frischer Hühnerbrühe zu der Kranken im ersten Stock bringen – und sie wird wieder etwas aus der kleinen Phiole hineinschütten, die sie sorgsam unter ihrem groben Kleid verborgen hat. Der Gedanke lässt sie erzittern, und sie seufzt tief auf.

»Was hast du, Sala?«

Aber die Sklavin schüttelt zu der Frage der Mitsklavin nur den Kopf und rührt weiter. Die Kranke tut ihr Leid und ihr kleines Söhnchen auch. Und der gut aussehende Tribun, ihr Mann, ebenso. Sie alle wird sie ins Unglück stürzen. Aber sie hat keine andere Wahl. Man hat ihr den Auftrag gegeben – Dirana zu vergiften, und die Phiole mit dem tödlichen Gift wurde direkt mitgeliefert. Sie hat keine andere Wahl, und deshalb hat sie auch keinen Augenblick daran gedacht, sich ihrem Herrn Subrius Caesonius anzuvertrauen. Zwar ist der gütig und gerecht und würde ihr sicher helfen, aber sie weiß, was das für ihr Kind bedeuten würde.

Denn ihre kleine Tochter Salania befindet sich in der Hand des Mannes, der die grausame Tat von ihr gefordert hat, und er hat keinen Zweifel daran gelassen, was Salania passieren wird, wenn sie das Verlangte nicht tut. Mit zynischen Worten hat er damit gedroht, die kleine achtjährige Salania an einen Sklavenhändler zu verkaufen, der orientalische Bordelle versorgt. Und auf die zaghafte Frage, warum die arme Frau sterben müsse, hat er voller Hass geschrien: »Was geht's dich an, Sklavenhure! Das Weib muss sterben, nur das zählt!«

Seit zwei Tagen gibt Sala nun die tödlichen Tropfen in die Brühe und hört erschreckt von deren Wirkung, denn im Haus wird von fast nichts anderem gesprochen. Für heute hatte man ihr gar die Verdopplung der Dosis befohlen, und im gleichen Maße hatte sich auch ihre Verzweiflung verdoppelt. Würde man ihre feige Tat entdecken, müsste das ihren sicheren Tod bedeuten. Würde sie sich aber weigern oder ihrem Herrn Anzeige machen, würde ihre Tochter ... Tränen der Verzweiflung rinnen über ihre dunklen Wangen und tropfen unbemerkt in die heiße Brühe. Niemand darf es merken, sonst ...

Jetzt ist die Suppe fertig. Mit fliegenden Händen schöpft sie sie in die braune Trinkschale – und zuckt zusammen, denn laut hat Sempronia herübergerufen: »Ist die Suppe endlich fertig, Sala?«

Die Sklavin nickt nur, heftig bemüht, den Schwall von Tränen zu unterdrücken, der sich in ihren Augen gesammelt hat.

»Dann nimm von dem frischen Brot, und bring es unserer lieben Kranken. Verschütt' aber nicht wieder die Hälfte wie gestern! Und danach kannst du mit Latinia Kohl putzen, hörst du? Nun beeil dich schon, steh nicht so faul herum!«

Die Herrin, mit der man sonst sein Auskommen hat, ist immer nervös, wenn am Abend Gäste kommen. Da tut man gut daran, ihr aus dem Wege zu gehen. Aus dem Tonkrug mit dem frischen Brot nimmt Sala eine kräftige Scheibe und verlässt zitternd die warme Kochstube. Hier im *Atrium* ist es kalt, denn die wärmenden Frühlingsstrahlen sind noch längst nicht durch das feste Gemäuer gedrungen. Mit zitternden, klammen Fingern holt sie die unheilbringende Phiole hervor und blickt sich um. Sie ist allein! Die Tränen rinnen über ihr Gesicht und sammeln sich auf dem mosaikbelegten Boden. Aber niemand sieht es! Sechs Tropfen träufelt sie in die Suppe, doppelt so viel wie bisher. Sechs Tropfen, die den Tod in sich tragen! Dann steigt sie mit schleppenden Schritten die Stufen zum ersten Stock hinauf. Sechs Tropfen! Nur noch wenige Schritte zu der Tür, hinter der die Todgeweihte liegt ...

***

»Ich versteh' das nicht«, murmelte Castus.

»Was verstehst du nicht, Castus?«

Unter den städtischen *Vigiles* nahm Castus eine besondere Stellung ein. In Abwesenheit des Tribuns fungierte er als dessen Stellvertreter. Da er in der Ubierstadt geboren war, gab es niemanden, der die Stadt, ihre zusammengewürfelte Bevölkerung, ihre Nöte und Probleme besser kannte als der stämmige rothaarige Mann.

Castus kratzte sich an seinem wuscheligen Haarschopf und schüttelte den Kopf. Gleichzeitig wedelte er mit einer Schriftrolle.

»Das Protokoll hier, die Aussagen, die Berichte. Es will alles nicht passen!«

»Bei den Göttern, kannst du dich vielleicht etwas genauer ausdrücken?«

Valerius hatte den kleinen Schreibtisch in seiner *Statio* verlassen und schaute aus dem kleinen Fenster auf den mächtigen Strom, der sich schlammbraun träge dahinwälzte. Jetzt im Frühjahr brachte er den ganzen Schlamm und Schmutz all der zahlreichen Nebenflüsse mit, den diese aus den Bergen herabtransportierten. Abrupt drehte sich Valerius herum und fixierte seinen Stellvertreter.

»Also?«

»Hm ... ich meine, die Sache mit Castix.«

»Der Straßenräuber, den wir gestern festgenommen haben? Was ist mit ihm?«

»Du musst wissen, Tribun, dass Castix eine *Sodalitas*, eine so genannte Bruderschaft befehligt.«

»Ja und?«

»Diese Bruderschaften existieren in der ganzen Stadt und sind bestens organisiert. Sie bieten den Händlern, Wirten und kleinen Kaufleuten ihren Schutz an, gegen entsprechende Bezahlung natürlich. Wir nennen das Schutzgelderpressung. Wer nicht zahlt, wird übel verprügelt, hin und wieder brennt auch ein Laden oder eine Garküche ab.« Er machte eine kurze Pause und leerte den kleinen Wasserkrug in einem Zug. »Außerdem überwachen sie die Straßen. Sie stehen vor allem nachts an den Kreuzungen und nehmen ›Wegezoll‹ von den Passanten. Es handelt sich meistens nur um ein paar As, nicht mehr, deshalb zahlen die meisten und haben ihre Ruhe.«

Valerius war verwundert. »Wieso weiß ich das nicht?«

»Verzeih, Tribun, aber ich wollte dich mit solchen Kleinigkeiten nicht belästigen.«

»Und was ... was tun wir gegen solche üblen Banden?«

»Nichts, Tribun, eigentlich nichts. Um gegen diese Banden vorgehen zu können, müssten wir viel mehr Leute haben.«

»Viel mehr? Wie viele?«

»Wie viele? Nun, wahrscheinlich bräuchten wir zweihundert Leute, um alle Pflichten wahrnehmen zu können. Feuerdienst, Streifendienst, Wachdienst, Ermittlungen, Festnahmen ...«

»Zweihundert? Die Götter müssen deinen Verstand getrübt haben. Wer sollte das bezahlen?«, lachte Valerius. »Weder der Statthalter noch die städtischen *Duumviri* würden dafür die Schatulle öffnen. Aber jetzt zurück zu diesem Castix. Du sagtest, es passt nicht. Aber Castix hat doch genau das getan, was du beschrieben hast.«

»Sicher, Tribun, aber im falschen Viertel!«

»Im falschen Viertel? Bei *Mars*, wie meinst du das?«

»Schau, Tribun! Die Stadt ist von diesen Bruderschaften, wie sie sich gerne selbst nennen, in vier Teile eingeteilt worden. Wir kennen ihre Strukturen genau, denn hin und wieder nehmen wir einige von ihnen fest, und mit etwas Druck machen sie ihr Maul auf und plaudern. Sie haben zu viel Angst vor unseren Galeeren oder dem Kreuz!«

Castus machte eine genussvolle Pause. Mehr zu wissen als sein vorgesetzter Tribun war ein Gefühl, das ihm offenkundig Freude bereitete.

»*Ergo,* der Westteil untersteht einem mit Namen Gasivian, soweit ich weiß, ein ehemaliger gallischer Gladiator. Den Ostteil hat ein gewisser Sylion. Soweit wir wissen, handelt es sich dabei um einen Syrer, der von unseren Auxiliartruppen desertiert ist. Der nördliche Teil gehört diesem Castix, und der südliche einem entlaufenen Sklaven, der sich selbst *Rapax* nennt, der Räuberische. Siehst du, genau hier liegt das Problem. Castix war im Gebiet des Rapax tätig, etwas, was Rapax niemals dulden und Castix sich niemals erlauben würde. Diese Banden haben eine Art ... äh ... Ehrenkodex, der es streng verbietet, im Bereich eines anderen zu kassieren. Das hätte außerdem unweigerlich blutige Auseinandersetzungen zwischen den Banden zur Folge.« Er zeigte auf die Schriftrolle. »Tribun, in deiner Aussage steht, er habe seine Bruderschaft als die der Sichelmacher ausgegeben, nicht wahr?«

Valerius nickte. »Sichelmacher, ja, das sagte er.«

»Siehst du?«, sagte Castus triumphierend. »Castix führt aber die Bruderschaft der Gerber und Schuster, weil die vor allem in der Nordstadt ansässig sind. Die Sichelmacherbruderschaft beherrscht aber den Südteil, untersteht also nicht dem Castix, sondern dem Rapax. Hätte also Rapax euch mit seinen Leuten überfallen, dann wäre sozusagen alles in Ordnung gewesen, nicht wahr?«

Valerius lachte. »Alles in Ordnung, meinst du? Schön zu hören, dass du es in Ordnung findest, wenn dem Statthalter und dem Vigiltribun fast der Schädel eingeschlagen wird. Aber ich verstehe nun. Es passt wirklich nicht!«

Seine alte Wunde an der Stirn begann zu jucken, ein untrügliches Zeichen dafür, dass irgendetwas nicht stimmte.

Eifrig blickte Castus seinen Vorgesetzten an. »Jetzt siehst du es ein, Tribun, nicht wahr?«

Valerius nickte ergeben, und Castus freute sich darüber.

»*Bene,* mein kluger Castus. Dann erkläre mir: Warum hat Castix überhaupt diesen Überfall unternommen? Er musste wissen, dass er sich in furchtbare Schwierigkeiten mit diesem ... äh ... Rapax bringen würde.«

»Vielleicht ging es ihm gar nicht um das Geld, vielleicht war es gar nicht einer der üblichen Überfälle. Du musst wissen, Tribun, dass Castix und seine Männer eigentlich nie bewaffnet sind, wenn sie ihrer Tätigkeit nachgehen. Ihnen reicht normalerweise die Anzahl der Männer und ihre drohenden Gebärden aus, um die Leute gefügig zu machen. Aus dem Protokoll habe ich aber entnommen, dass sie mit Dolchen und Knüppeln bewaffnet waren. Untypisch, völlig untypisch!«

Eine Weile starrte Valerius schweigend aus dem Fenster. Langsam kam ihm ein bestimmter Verdacht. »Du glaubst also, mein überaus kluger Castus, dass es gar kein normaler Überfall war, dass sie es gar nicht auf unsere Geldbeutel abgesehen hatten ...«

»... sondern euch töten wollten. Dabei sollte es wie einer der üblichen Überfälle aussehen. Weil aber die Überfallenen sich gewehrt haben, starben sie. Da würde wohl keiner Verdacht schöpfen. Richtig, Tribun, das glaube ich!«

»Bei allen Göttern!« Valerius, der sich gerade hingesetzt hatte, sprang erregt auf und fuchtelte wie wild mit den Händen. »Das bedeutet, dass sie von irgendjemandem gedungen wurden, und den werden wir finden! Endlich eine Spur. Sie wird uns zu dem geheimnisvollen Drahtzieher im Hintergrund führen. Wo zum Hades ist dieser Schurke? Wo habt ihr Castix eingesperrt? Bring ihn sofort her!«

»Eingesperrt? Tribun, wovon sprichst du? Er ist schon auf dem Weg zum Mittelmeer. Der Statthalter höchstpersönlich hat, wie du dich sicher erinnerst, angeordnet, dass Castix und seine zwei Kumpanen auf die Galeeren geschickt werden. Sie haben *Colonia Agrippinensium* bereits zur zweiten Stunde mit dem ersten Transportboot verlassen. Ich selbst habe sie zu unserem Flottenstützpunkt *Castra Vetera* gebracht. Sie sind übrigens auf der Aurelia, einer unserer schnellsten Triremen!«

XXIV.
Zu spät!

Sobald Valerius erfahren hatte, dass Castix schon auf dem Weg zum Mittelmeer war, setzte er alle Hebel in Bewegung, um seiner habhaft zu werden. Wie er von dem Hafenmeister erfuhr, brachte das Transportboot Aurelia die Gefangenen zunächst nach *Bonna.* Von da führte der Wasserweg über *Mogontiacum* nach *Noviomagus.* Bei *Argentorate* wurde umgeladen, und den weiteren Transport über Land übernahm dann eine berittene Wachmannschaft.

»Aber in *Bonna* gibt es mindestens zwei bis drei Stunden Aufenthalt, weil Katapulte und Geschütze aufgeladen werden müssen, die für *Mogontiacum* bestimmt sind.«

Diese Bemerkung des Hafenmeisters stimmte Valerius wieder etwas hoffnungsfroher. Er sandte einen seiner Männer als Eilboten nach *Bonna* mit dem Auftrag, den Gefangenen Castix umgehend wieder nach *Colonia Agrippinensium* zurückzubringen. Zur Sicherheit hatte er eine entsprechende Anweisung des Statthalters beigefügt. Nun galt es abzuwarten, ob der Bote noch rechtzeitig eintreffen würde. Würde die Aurelia nämlich vor Eintreffen des Eilboten *Bonna* wieder verlassen haben, wäre es endgültig zu spät. Niemand könnte dann noch den Transport aufhalten, und den Gefangenen auf einer der Mittelmeergaleeren zu finden, dürfte fast ausgeschlossen, auf jeden Fall aber verspätet sein. Denn eines war Valerius inzwischen klar geworden: Derjenige, der hinter dem Anschlag in der Sichelmachergasse stand, hatte mit Sicherheit auch mit den anderen Mordfällen zu tun, bis hin zu dem missglückten Anschlag, der versehentlich Dirana getroffen hatte.

Dirana! Der Name zog wie ein Wirbelsturm durch seinen Kopf. Bei allen Göttern! Ich habe sie seit drei Tagen nicht mehr besucht. Über all den Dingen hier war keine Zeit dafür geblieben. Heute Abend! Auf jeden Fall heute Abend würde er nach *Durnomagus* reiten und seine Geliebte besuchen. Er hatte für sie auf dem *Forum* bei Rigobert, dem kleinen gallischen Goldhändler, eine hübsche Kette erstanden und hoffte, dass Dirana ihre Freude an ihr haben würde. Und Titus vermisste er, den kleinen Wirbelwind. Er freute sich schon auf das Gesicht des Kleinen, denn er hatte auch für ihn ein kleines Geschenk. Einer seiner Leute hatte ein hölzernes Legionsschwert mit den Initialen *T V* geschnitzt, und Titus würde es lieben, ganz sicher.

Ein Klopfen an der Tür weckte ihn aus seinen Träumereien.

»Tribun?«

»Phaidon?«

»Hast du Zeit für den Bericht?«

»*Intra*! – Herein mit dir!«

Valerius warf einen sehnsüchtigen Blick auf den Erbseintopf mit Schweinswürsten, den man ihm aus der nahen Garküche geholt hatte. Muss warten, Dienst geht vor! Seit Tagen hatte er nichts Richtiges mehr zu sich genommen, und so war ihm die Idee gekommen, jetzt, zu früher Stunde, einen deftigen Eintopf zu sich zu nehmen. Seufzend schob er die Schüssel zur Seite und brach sich nur eine Kante des frisch gebackenen Brots ab. Aufmerksam musterte er den Eindringling, der sich zwischen ihn und das leckere Erbsengericht geschoben hatte.

Der schlanke junge Mann mit den langen rötlich-blonden Haaren war erst seit einigen Wochen bei der städtischen Polizei- und Feuertruppe, hatte sich aber in dieser Zeit bereits als besonders tüchtig und zuverlässig erwiesen. Obwohl sein Name eher auf eine griechische Abstammung schließen ließ, behauptete er felsenfest, vom gallischen Stamm der Sequaner abzustammen, und seine äußere Erscheinung gab ihm völlig Recht. Markant an dem jungen Burschen war seine kurze, abgehackte Sprechweise. Obwohl er nie bei den römischen Legionen oder ihren Hilfstruppen gedient hatte, schien er die militärisch kurze Sprechweise eines *Centurio* überaus zu lieben. Er war Wachführer der Nachtwache gewesen und hatte um diese Zeit seinen Bericht abzugeben. Die sechste Stunde war Rapportstunde!

»Also?«, seufzte Valerius und räkelte sich unwohl auf seinem Stuhl. Solche Berichte gehörten meist zu den langweiligsten Dingen seines Dienstes.

»Also ... hatten einige Überfälle, überwiegend Westteil. Am Tempel des Jupiter Dolichenus wurde Mann namens Tomocrates überfallen, befand sich wohl gerade auf dem Heimweg.«

»Tomocrates?« Valerius wurde hellhörig.

So hatte der Majordomus im Hause des verstorbenen *Aedils* geheißen. Valerius erinnerte sich gut an ihn und seine Frau Lilia. Beides sehr freundliche Leute. In diesem Hause war Dirana Sklavin gewesen, bevor der furchtbare *Aedil* sie verkauft und Valerius sie auf abenteuerlichem Wege in *Mogontiacum* von dem grässlichen Metzger Quintus Vinucius freigekauft hatte, freilich nicht ohne sanfte Gewalt. Und Lilia war es gewesen, die Dirana beim ersten Treffen mit Valerius mit einem wunderschönen Kleid ihrer Herrin ausstaffiert hatte.

Dirana!

Er musste den Namen geflüstert haben, denn Phaidon fragte höflich nach: »Tribun?«

»Äh ... nichts, weiter!«

»Weiterer Überfall bei Thermen! Opfer gewisser Vestusian, Holzhändler und Schreiner, schwer verletzt. Unsere Leute konnten zwei Täter schnappen, einer entwischt.«

»Gut so! Weiter!«

»Am Marstempel wurde entlaufener Sklave festgenommen. Gehört dem Titus Volusenius. Wurde zur Bestrafung seinem Herrn übergeben!«

»Aha!«

Zufrieden registrierte Phaidon, dass er inzwischen einigermaßen die Aufmerksamkeit seines Tribuns hatte, und so fuhr er unbeschwert fort: »Dann Brand an *Porta praetoria*. Kleines Haus mit Bäckerei. Konnte gelöscht werden, bevor Feuer auf angrenzende Taberne übergriff.«

»Sehr schön! Weiter!«

»Beutelschneider gefasst! Hatte am *Forum* mehreren Passanten Geldbeutel abgeschnitten!«

»Was ist das für einer?«

»Germanischer Rumtreiber. Neu in der Stadt! Wurde mit Ruten verprügelt und aus der Stadt gejagt!«

»Fertig?«

»Noch nicht, Tribun!«

Ein tiefer Seufzer. Nahm das denn kein Ende? Es gab so viel Wichtiges zu tun. Er wollte unbedingt Dirana und seinen Sohn besuchen. Er musste unbedingt die Ermittlungen wegen der Agentenmorde fortsetzen, den Castix verhören. Schließlich war nicht weniger als das Leben der *Augusta* in Gefahr. Und hier ging es um Beutelschneider und entlaufene Sklaven! (Und der Erbstopf war auch inzwischen kalt!)

»Also weiter!«

»Am *Rhenus* wurde Leiche eine Mannes geborgen. Hatte sich am Uferholz verfangen. Muss schon lange dort gelegen haben.«

»Weiß man etwas über seine Identität?«

»Noch nicht, Tribun. Leiche wird noch untersucht. Liegt zur Zeit im *Prätorium*.«

»Im ... *Prätorium*?«

»Im Keller dort! Peliodoros wird sie sich anschauen.«

»Hm ... gut! Sage mir Bescheid, wenn man Näheres weiß!«

»Jawohl, Tribun!«

Er bemerkte die wachsende Ungeduld seines Zuhörers und beeilte sich fortzufahren: »In der Gasse der Seidenweber am *Capitolium* wurde wieder Unrat auf die Straße ...«

»Erbarmen!«, rief Valerius nun mit gequälter Stimme. »Bitte, mein lieber Phaidon, kannst du mich nicht von solchen Nichtigkeiten verschonen?«

»Nichtigkeiten? Unrat landete auf Kopf von Gaius Sallustius Passienus. Immerhin ehemaliger *Consul!*«

Valerius musste schmunzeln. Auch diesen würdigen Herrn kannte er – und seine Gedanken gingen weit zurück in die Vergangenheit. *Aquila Novaesia* – Adler von *Novaesium*, so hieß das edle Gasthaus, in dem er mit Dirana den ersten Abend hatte verbringen wollen. Aber Dirana war zu diesem Zeitpunkt noch eine *Serva* gewesen, und Sklaven war das Betreten eines solch noblen Hauses natürlich verboten. Hätte ja auch niemand gemerkt, denn Dirana sah an diesem Abend – wie übrigens immer – wahrlich nicht wie eine Sklavin aus. Aber eben jener *Consular* Gaius Sallustius Passienus, der rührige Großneffe des in Rom überaus bekannten und geschätzten Schriftstellers, hatte es dem Wirt gesteckt, und der hatte natürlich nichts Eiligeres zu tun gehabt, als sie des Hauses zu verweisen.

»Sklaven ist das Betreten dieses Hauses verboten!«

Die hohe Fistelstimme des Wirtes klang noch in seinen Ohren. Der Wirt, dieser hochnäsig blasierte Kerl! Wie hieß er noch? Faustus Syn… Sym...? Egal! Aber genau in diesem Augenblick war Valerius' alter Freund Gaius Tullius Eximius dazugekommen und hatte die Situation immerhin so gerettet, dass es noch zu einem ehrenvollen Rückzug gereicht hatte. Wie viele Jahre war das jetzt her?

»Tribun? Äh ... verzeih!«

»Ach ja, ich ... ich war wohl weit weg. Also der alte Sallustius hat so einen Nachttopf auf die Rübe bekommen? Schadet ihm nicht!«

»Wie?«

»Ich meine, das ist natürlich eine Unverschämtheit. Hat man ... äh ... hat man den Täter erwischen können?«

»War wieder einmal der alte Sopholios, Gesangslehrer aus zweitem Stock!«

»Ach der!« (Nie gehört!)

»Aber jetzt ... jetzt bist du sicher fertig, mein Phaidon, oder?«

»Noch nicht ganz, Tribun, ein Letztes noch! Hier ist Bericht von Gatruvius und Selex über befohlene Beobachtung orientalischer Sekte. Haben sich wieder getroffen. Diesmal im Hause einer ...«, er warf einen Blick auf das Schriftstück, das er in der Hand trug, und ergänzte, »Flavia Spatiatica. Mehr als dreißig Personen haben sich ...«

Plötzlich hatte der Bericht die Aufmerksamkeit des Zuhörers gewonnen. »Moment, Phaidon! Sagtest du Flavia Spatiatica? Und was ist das für eine orientalische Sekte, von der du da sprichst?« Doch während er das sagte, ahnte er schon die Antwort.

Phaidon blickte erneut auf seinen Bericht. »*Recte,* Tribun. Flavia Spatiatica. Witwe von Gewürzhändler. Haus wurde befehlsgemäß überwacht. Sektenanhänger nennen sich *Christiani.* Führer gewisser«, wieder ein sichernder Blick, »Führer gewisser Malernus.«

»Du meinst Maternus?«

Ein weiterer Blick auf die Rolle. »Verzeihung, ja, Maternus. Handschrift von Gatruvius furchtbar!«

»Und wieso wird diese ... äh ... Sekte überwacht? Befehlsgemäß? Was? Wer gab den Befehl? Ich jedenfalls nicht. Ich weiß ja nicht einmal davon! Unerhört ist das! Bei *Jupiter!* Unerhört! Da werden hier harmlose Bürger von meinen *Vigiles* überwacht, und ich, der vorgesetzte Offizier, ich weiß nichts davon. Da hört sich doch alles auf!« Valerius war zornig aufgesprungen und hatte mit der Faust auf den Schreibtisch geschlagen. Staub wirbelte durcheinander, und einige Papierstücke verließen fluchtartig die Tischplatte.

Phaidon blieb völlig unbeeindruckt. Er hob die Papiere mit ruhiger Hand auf und legte sie ordentlich zurück auf den Tisch. Dann antwortete er mit gelassener Stimme: »Verzeih, Tribun! Befehl kam vorige Woche aus Rom! Unterzeichnet von Tigellinus persönlich! Du ... du hast ihn wohl noch nicht gelesen. Lag unter Papieren hier auf Schreibtisch! Castus hat ihn in deiner Vertretung gelesen und entsprechende Anordnungen erteilt! Überwachen seit drei Tagen. Haben jede Woche Bericht nach Rom zu erstatten!«

Einen Augenblick herrschte betretenes Schweigen. Vieles ging Valerius durch den Kopf. Man überwachte die harmlosen Nazarener, die auch Christen genannt wurden. Man schnüffelte hinter Maternus her, einem Mann, der die Güte in Person darstellte. Der Befehl dazu war aus Rom gekommen, unterzeichnet von Tigellinus, dem Bluthund. Das ließ nichts Gutes ahnen. Aber warum nur? Auch Dirana sympathisierte mit dieser jungen Bewegung, auch sie könnte in Gefahr geraten, wenn diese Menschen in Rom als Gefahr angesehen würden. Aber warum nur, bei allen Göttern? Welche Gefahr konnte dem mächtigen Kaiser von Rom von dieser kleinen Gruppe drohen, die Liebe und Vergebung predigte? Valerius beschloss, sich darum zu kümmern. Aber zuerst musste er ...

Beschwichtigend legte er seine Hand auf Phaidons Schulter. »Tut mir Leid, dass ich so aufbrausend war. Aber es ist im Augenblick alles ein bisschen viel für mich. Man kommt zu nichts mehr. Die Papiere der letzten Wochen stapeln sich hier, und ich habe noch keinen Blick darauf geworfen. Gut, dass Castus wenigstens ... ich meine, dass habt ihr gut gemacht. Was ist nun mit dieser ... Sekte?«

»Steht alles im Bericht, Tribun!« Lächelnd übergab Phaidon seinem Vorgesetzten die kleine Schriftrolle.

»Danke. Ich werde sie später einschauen! Fürs Erste wollen wir ...«

Ein zaghaftes Klopfen an der Tür unterbrach die weiteren Ausführungen des Tribuns. Der Wutausbruch des Tribuns war in der Wachstube wohl gehört worden. Zögernd schob sich ein schmales, lockenumrahmtes Gesicht durch die Tür.

»Cassius? Was ...?«

»Verzeihung, Tribun!« Dem Wachhabenden war es anzusehen, dass er ungern hereinplatzte. Er druckste einen Augenblick herum, fasste dann Mut und sagte mit trotziger Miene: »Aber soeben kam ein Eilbote aus *Durnomagus.*« Er stockte wieder und sah hilfesuchend zu Phaidon.

»Ja? Und? Nun lass dir doch nicht alles aus ...«

»Er brachte diese Nachricht!«

Eilig händigte er Valerius eine kleine Wachstafel aus, auf der hastig ein paar Worte gekritzelt waren.

An Marcus Valerius Aviola

Komm sofort nach Durnomagus auf mein Gut.
Höchste Eile erforderlich!

Subrius Caesonius

***

Nördlich von *Colonia Agrippinensium* gibt es einen kleinen Ort, den die Weltgeschichte vergessen hat: *Burungum*. Umgeben von dichtem Eichenwald ducken sich einige wenige Häuser in den Schatten der dunklen Bäume, ein verlassener Gutshof und ein uraltes Gasthaus liegen am Rande der winzigen Ortschaft. Die wenigen Leute hier sagen, dass dieses Gasthaus schon vor Zeiten des großen Cäsar hier gestanden habe, und der einäugige Wirt behauptet steif und fest, er habe sein Auge bei jener Schlacht verloren, die Quinctilius

Varus vor fast fünfzig Jahren gegen Arminius, den Cheruskerfürsten, geführt habe. Er gehöre zu den wenigen Überlebenden, und den vereinzelten Gästen, die sich heute noch in sein heruntergekommenes Haus verirren, erzählt er lang und breit von den blutigen Abenteuern vergangener Zeiten.

Früher freilich, als sein Weib Anicia noch gelebt hatte, war das *Hospitium* ein gern besuchtes Ausflugslokal für die Agrippinenser gewesen, und die Küche der Hausherrin galt selbst unter Kennern als ausgezeichnet. Mit ihrem Tod aber hatte alles abrupt ein Ende gefunden, und jetzt galt die Herberge nur noch unter Wegelagerern, Räubern und Schmugglern als Geheimtipp. Verirrt sich ein Reisender zufällig hierher, wendet er sich mit Grausen ab, wenn ihm noch die Zeit dazu bleibt. So mancher aber, der sich des Nachts in die Obhut des einäugigen Quinctilius – so nennt er sich frech nach seinem angeblichen Feldherrn – begibt, wacht umgeben von Mordbuben auf und tut bald seinen letzten Seufzer. Nie aber wird seine Leiche gefunden, denn die Wälder sind tief und verschwiegen!

Die beiden Männer, die sich schweigend im Hinterzimmer jener Kaschemme gegenübersitzen, müssen ein großes Interesse haben, nicht gesehen, geschweige denn erkannt zu werden. Obwohl die kalten Ostwinde nämlich längst durch milde Lüfte aus dem Westen abgelöst wurden, sind sie eingehüllt in dicke Mäntel, die Kapuzen weit ins Gesicht herabgezogen. Der eine von ihnen ist groß und von hagerer Gestalt, der andere einen Kopf kleiner, von verwachsener Statur. Schweigend starren sie auf das Kaminfeuer, das nur spärlich brennt, bis der Hagere das Gespräch beginnt: »Musste das sein?«

Der Kleinere dreht sich abrupt um, fixiert sein Gegenüber mit tückischen Augen und grinst. Die Narbe, die sich am Kinn dahinzieht, scheint durch das Grinsen um das Doppelte zu wachsen.

»Du meinst das Weib?«

Der Hagere nickt schweigend.

»Ja, es musste sein. War was Persönliches!«

»Hm! Woher hattest du das ... äh ... Zeug?«

Der Bucklige kichert albern. »Erinnerst du dich an Antrusta, die alte Hexe?«

Der andere nickt wieder. Nur zu gut erinnerte er sich an das teuflische Hexenweib, das vor Jahren in seiner Hütte verbrannt war. Sie war die Schwester von Locusta, der bekanntesten Giftmischerin Roms. Ohne jemals von gleicher Prominenz gewesen zu sein, hatte sie doch die Kunst des Mischens tödlicher Säfte genauso gut beherrscht.

»Ich hab' es aus ihrem ... äh ... Nachlass.«

»Gut. Das ist deine Sache. Aber jetzt ist Schluss. Morgen stirbt sie, ich weiß es genau, hab' meine Informationen. Und dann ist dein Auftrag hier erledigt!«

»Sie stirbt?«

Der Bucklige reibt sich die dürren Hände, und in seinen gelben Augen blitzt hämische Freude. Der andere blickt ihn aus kalten Augen durchdringend an.

»Ja, sie wird sterben, das Ziel ist erreicht! Hörst du? Ich sage es noch einmal, damit ist deine Mission, was das anbetrifft, hier erledigt. Den Tribun lässt du ungeschoren! Auch dazu gibt es klare Anweisung aus Rom. Man ist übrigens dort mit dir sehr zufrieden!«

Für einen Augenblick zieht schmerzliche Enttäuschung über die Miene des Alten.

»Der Tribun bleibt ungeschoren? Aber meine Vollm...«

»Vergiss sie! Du hast meinen Befehl vernommen!«

»Gut, ja. Ähm ... und zufrieden ist man, ja?« Der Bucklige lässt ein krächzendes Lachen hören, er hat die Enttäuschung schnell verwunden. Man wird ja sehen. »Zufrieden, ja? Heißt das ... äh, dass ich wieder nach Rom ...?«

»Nein! Noch nicht! Man hat einen neuen wichtigen Auftrag für dich.«

»Einen neuen Auftrag? Aber du sagtest doch, man ist zufrieden mit mir und deshalb ...«

»... deshalb erhältst du einen neuen Auftrag. Er kommt vom *Cäsar* höchstpersönlich, Tigellinus hat ihn unterschrieben.«

»Vom ... *Cäsar* persönlich? Worum handelt es sich?« Misstrauen färbt das alte Gesicht.

»Lies!«

An die Agentes in rebus in
Colonia Claudia Ara Agrippinensium

Vom Tage des Erhalts dieser Verfügung an ist jene orientalische Sekte, die Nazarener oder auch Christiani genannt werden, streng zu überwachen. In ihre Versammlungen sind Agenten einzuschleusen.
Die Führer der Sekte sind in ihrem täglichen Ablauf genauestens zu überwachen.
Über alles müssen genaue Berichte angefertigt werden, die zunächst dem regionalen Agentenführer zu übergeben sind, sodann auf dem schnellsten Weg nach Rom zu senden sind.
Über die gesamte Aktion ist striktes Stillschweigen zu wahren.
Eine Zusammenarbeit mit den örtlichen Behörden des Magistrats, insbesondere Polizei- oder Vigilbehörden ist untersagt!

T.

»Warum sollen diese harmlosen Spinner überwacht werden? Lass sie doch ihren gekreuzigten Eselsgott anbeten, sie tun doch keinem etwas. Ich selbst kenne einige von ihnen und ...«

»Halt's Maul, alter Narr.« Der Hagere ereifert sich, seine Augen funkeln zornig. »Ich sitze nicht hier in dieser verkommenen Bruchbude, um mit dir über Befehle zu diskutieren, die von höchster Stelle kommen. Im Übrigen sind sie nicht harmlos. Diese Nazarener sind wie eine Pest, die sich langsam, aber sicher über das ganze *Imperium* ausbreitet. Man kann sie nicht mit Isis-Priestern oder Mithrasanhängern vergleichen. Sie kennen nur einen Gott und haben den Hochmut, alle anderen Götter zurückzuweisen. In ihrem gottlosen Frevel mögen sie auch die Göttlichkeit unseres *Cäsars* nicht anerkennen. Sie kennen keine Toleranz und verdienen also auch keine. Ich weiß aus höchsten Quellen Roms, dass man bald, sehr bald entschieden gegen sie und ihre Führer vorgehen wird. Und wenn das geschieht, müssen wir hier in der Provinz vorbereitet sein.«

»Wir?«, murmelt der Alte. »Wieso ... wieso leitest du dann nicht den Einsatz hier? Ich kann die Kälte und den Wind hier nicht mehr ertragen. Mir fehlt die Sonne, die Wärme, das Meer. Meine alten Knochen ...«

»*Tace!* Was interessieren mich deine alte Knochen? Häng dir von mir aus eine Pferdedecke um, aber komm mir nicht so! Ich werde dringend in Rom gebraucht. Auch dort werden sich demnächst einige Dinge tun. Die Tage von Burrus und Seneca neigen sich dem Ende zu, und da ist es gut, wenn man in der Nähe ist. Der Kaiser wird Nachfolger suchen.«

Der Alte lacht geringschätzig und macht eine wegwerfende Handbewegung. »Burrus! Seneca! Pah ... du willst ihnen auf ihre Stelle folgen? Die Schuhe dürften dir zu groß sein.«

»Was geht's dich an, Alter? Tu du hier deine Arbeit gut, und du wirst die Sonne Italiens und den Glanz Roms bald wieder sehen. Ach, bevor ich es vergesse: Auch die städtischen Vigilbehörden haben den Auftrag zur Überwachung dieser Sekte erhalten. Sie stehen schon in dunklen Eingängen und beobachten, diese Anfänger. Lass sie ruhig gewähren, sie werden eh nichts herausfinden. Aber halt dich fern von ihnen, und verlass du dich nur auf unsere Leute!«

Aber der Alte mit dem Buckel hat schon gar nicht mehr hingehört. Er sieht sich in einer *Caupona* auf dem *Forum Romanum* sitzen, umgeben von wärmenden Sonnenstrahlen, und schlürft behaglich einen Becher Falernerweins.

»Und wenn dieser Auftrag erledigt ist, wird meine Verbannung aufgehoben?«

»*Certe* – sicher!«

»Und man wird mich nicht bestrafen für das, was ich ...?«

»Das hast du doch schriftlich, oder?«

Der Alte nickt. Aber er ist noch nicht zufrieden.

»Du schwörst es?«

»Ich schwöre es bei Jupiter und beim Capitol!«

»So sei es!«

Und während der Hagere noch eilends die ungastliche Stätte verlässt, zieht der Alte eine Schriftrolle aus seiner Tasche. Er streichelt sie, als wäre es das Wertvollste, was er auf dieser Welt hat. Dann steckt er sie mit einem zufriedenen Lächeln zurück in die Falten seines Gewandes.

***

Bei schnellem Ritt und ausgeruhtem Pferd benötigt man für die Strecke von *Colonia Agrippinensium* bis *Durnomagus* etwa eine Stunde. Valerius schaffte es in kaum mehr als vierzig Minuten, obwohl der einsetzende Regen die Straße schlüpfrig gemacht hatte. Am Ende der achten Stunde erreichte er atemlos das Weingut des Subrius Caesonius und übergab den schweißnassen Rappen einem herbeieilenden Sklaven. Der Hausherr erwartete ihn mit düsterer Miene im *Atrium*.

»Was ist passiert? Geht es um Dirana?«

Subrius Caesonius nickte erschüttert, Verzweiflung stand in seinem Gesicht.

»Ist sie ... ich meine ... ist sie ...?« Er brachte den Satz nicht zu Ende. Irgendetwas in ihm warnte ihn, dass er eine furchtbare Antwort bekommen könnte.

Stumm ergriff Caesonius seinen Arm und führte ihn in den ersten Stockwerk. Jammern und Wehgeschrei tönten bereits durch das reich verzierte Treppenhaus. Mit einem Ruck machte sich Valerius los und stürmte die wenigen Stufen hinauf. Der Raum, aus dem das Jammern kam, war leicht auszumachen. Doch zunächst konnte Valerius gar nichts sehen, denn mehrere Menschen, die um das Bett herumstanden, versperrten ihm den Blick. Als sie ihn bemerkten, machten sie lautlos Platz und zogen sich zurück. Auch das Wehgeschrei endete abrupt.

Dirana lag auf ihrem Bett, geschmückt mit einer blütenweißen *Toga*, das schöne Gesicht so bleich wie das Gewand. Mit Winterblumen hatte man ihr Gesicht umrahmt. So wie sie da lag, sah sie aus, als ob sie träumte, die vollen Lippen zu einem leichten Lächeln verzogen. Vorsichtig setzte sich Valerius auf den Rand des Bettes, vorsichtig, als könne er die Schlafende wecken. Aber Dirana schlief nicht.

Die eiskalte Hand, die Valerius zwischen seinen Fingern spürte, zeigte, dass sie schon seit mindestens zwei Stunden tot sein musste. Schmerzbewegt drehte sich Valerius herum. Wie durch einen Schleier nahm er die Umstehenden wahr: Sempronia, die stillbewegte Frau des Hausherrn, Antonia, schluchzend und aufgelöst, die Freundin der Verstorbenen, Maternus, der gramgebeugt in der Ecke stand und Gebetsverse murmelte, Peliodoros, der ratlose Arzt, dessen Miene Verzweiflung ausdrückte, weil er nicht hatte helfen können, und Gaius Tullius Eximius, Valerius' hünenhafter Freund. Die schmutzige Reisekleidung zeigte an, dass er gerade erst von seiner Abordnung zurückgekommen war, an seinen Sandalen klebte noch der Lehm der Landstraße. Sie alle starrten ihn schweigend an, unfähig, ein Wort zu sagen.

Gaius löste die Erstarrung als Erster. Schweigend, mit Tränen in den Augen, setzte er sich neben den Freund und umarmte ihn mit festem Druck. Als sie sich voneinander gelöst hatten, fragte Valerius mit erstickter Stimme: »Wann? Wann ist sie gestorben? Wann und woran? Woran bei allen Göttern? Es ... es ging ihr doch so gut!«

Subrius Caesonius schluckte, um dann mit brüchiger Stimme zu antworten: »Heute Morgen ging es ihr auf einmal schlechter. Schon seit zwei Tagen hatte sie ein unerklärliches Fieber, aber plötzlich stieg es immer mehr. Wir haben alles getan, aber es wollte nicht sinken. Natürlich haben wir Peliodoros sofort gerufen, aber auch er konnte nicht helfen!«

Fragend blickte Valerius den Arzt an, immer noch umklammerte er die kalte Hand Diranas. Peliodoros räusperte sich vernehmlich.

»Ja, Tribun, wir haben alles getan. Ich habe sie zur Ader gelassen, habe fiebersenkende Säfte vom Saft der Birkenrinde verabreicht – nichts half. Es ist mir völlig unerklärlich, woher das plötzliche Fieber kam. So einen Fall habe ich noch nie erlebt! Die Wunde ist sauber und rein, fast verheilt. Nichts sondert sie ab, was auf eine Entzündung schließen lässt. Es ist mir ein Rätsel ... ein absolutes Rätsel! Wollte man die Ursache ihres Todes genau wissen, müsste ich ... müsste ich ihren Leib öffnen. Häufig kann man aus den Organen ...«

»Nein!«

Valerius' Schrei hallte durch den Raum und brach sich an den freskengeschmückten Wänden. »Du wirst sie nicht aufschneiden wie ein Opfertier. Niemals!«

Die Vorstellung, Peliodoros könne den makellosen Leib Diranas aufschneiden, gar die Organe entnehmen und einer wissenschaftlichen Untersuchung unterziehen, erfüllte Valerius mit unsäglichem Grauen.

»Dann werden wir die Todesursache nie herausfinden«, murmelte Peliodoros und zog sich zurück. Valerius erhob sich und ging mit geballten Fäusten auf und ab. Mit einem Mal drehte er sich herum und rief schmerzerfüllt: »Lasst mich allein. Lasst mich alle allein mit ... mit ihr!« Schweigend verließen alle den Raum.

XXV.

Das Drama von Baiae – Das zweite Attentat

19. März 59 n.Chr.

An der schönsten Stelle der Bucht von Neapel liegt *Baiae*, der prunkvolle Bade- und Kurort, berühmt durch seine verschwenderische Anzahl von Thermen und die heißen, schwefelhaltigen Quellen, mit denen eine Gunst der Natur den Ort ausgestattet hat. Im Sommer exklusives Seebad, im Winter Mittelpunkt jeden gesellschaftlichen Lebens und Treffpunkt der vornehmen Welt. In prachtvoller Robe stolziert man in der Stadt umher, schlendert an den geschmückten Stränden entlang oder durch die ausgedehnten Myrtenhaine und zerreißt sich mit Vorliebe die Münder. Klatsch und Gerücht gedeihen hier wie sonst nirgends. Die Spitzen der römischen Gesellschaft pflegen sich hier von der Mühsal der Tagespolitik zu erholen. Auf den waldigen, in üppiger Vegetation prangenden Hügeln rings um die Bucht liegen prachtvolle Landhäuser und gewähren ihren noblen Besitzern von marmornen Terrassen aus einen herrlichen Blick auf das Azurblau des Meeres. Tagsüber genießt man die stets laue Luft und ein Bad in den heilenden Quellen, am Abend findet man sich zu einer der zahllosen Lustbarkeiten ein, die in den prächtigen Palästen oder auf den rosenbekränzten Barken der Reichen und Schönen stattfinden. Kühle, luftdurchwehte Abende, sternhelle Nächte, der aromatische, sinnenverwirrende Zauber des Klimas locken die Menschen in die gepflegten Platanenhaine, und die lauschigen Lauben aus geschorenen Buchshecken tönen wider vom zärtlichen Geflüster der Liebenden. Momente des Genießens, weltvergessene Seligkeit, Überfülle des Luxus.

Der dem geneigten Leser schon bekannte Spötter Martialis wird später einmal, ganz gegen seine Gewohnheit in völliger Ernsthaftigkeit, ausrufen: »Wollte ich *Baiaes* Lob in tausend Versen besingen, hätte ich es immer noch nicht nach seinem Verdienst gelobt, ein freundliches Geschenk der Natur ist es, dessen sie sich rühmt!« Und auch der große Horaz stimmt in den Lobgesang ein: »Kein Meerbusen der Welt überstrahlt den lieblichen Reiz von *Baiae.*«

Freilich ist der Ort nicht weniger für seine Schönheit als für seine Sittenlosigkeit bekannt, weshalb der Dichter Propertius seine Geliebte Cynthia vor den dort lauernden Gefahren mit den Worten warnt: »Seine Ufer haben schon so manchem Liebespaar die Trennung gebracht und unzählige ehrenhafte Jungfrauen ins Verderben gestürzt!«

Und Ovid, der weltberühmte Dichter der Metamorphosen, meint, dass schon manche Frau, die in den heißen Quellen der Thermen Heilung gesucht habe, statt der erwünschten Heilung eine schmerzende Wunde im Herzen davongetragen habe. Auch dem sittenstrengen Seneca, der den Kaiser oft genug zu begleiten hat, ist das zügellose Treiben zuwider. Seinem Freund Lucilius schreibt er: »Diesen Ort muss man meiden. Zwar verfügt er über gewisse natürliche Vorzüge, doch hat ihn die Genusssucht selbst als Wohnsitz ausgesucht. Es macht mir keine Freude, in einem Gasthaus zu sitzen, betrunkene Menschen am Strand entlangwanken zu sehen, dem Treiben der umherfahrenden Boote zuzuschauen und den Liedern zuzuhören, die über das Wasser gegrölt werden.«

***

Nicht weit entfernt von *Baiae*, am nördlichen Horn der Bucht, liegt der Hafen *Misenum,* Hauptquartier der misenischen Flotte. Und hier im Hafen tut sich seit Tagen Ungewöhnliches: Ein ganzer Bezirk ist von einer Prätorianercohorte abgesperrt, und Zutritt wird nur wenigen gewährt, die sich ausweisen können. Eine Fülle von Handwerkern, alle aus Rom angereist und den Einheimischen fremd, arbeitet dort ohne Pause. Ein Hämmern und Sägen schallt durch das Gelände, dass sich die Anwohner verwundert anschauen. Zwar ist es nicht ungewöhnlich, dass hier Schiffe gebaut werden – dass aber ein ganzer Bezirk hermetisch abgeriegelt wird, ist doch merkwürdig. Und sogar des Nachts plagt die Anwohner der Baulärm, der aus dem fackelerleuchteten Gebiet kommt. Doch wird eine Beschwerde, die ein Mutiger eingereicht hat, vom städtischen Magistrat mit dem Einwand beiseite gewischt, es geschähe auf Befehl des Kaisers. Danach gab es keine Beschwerden mehr! Als das Hämmern und Sägen ein Ende gefunden hat, erreicht eine kurze Notiz den Kaiser, der sich in seinem Palast westlich von *Baiae* aufhält:

Mein Cäsar!

So wie es versprochen wurde, wurde es gehalten!
Das Schiff ist gebaut, alles ist vorbereitet.
Mögen die Götter dich schützen!

Anicetus, Kommandant der Classis Misenica

Als man die Nachricht durch einen zuverlässigen Boten in den Palast bringt, nimmt Nero den dünn geschliffenen Diamanten, der ihm beim Lesen helfen soll, in die Hand und beäugt neugierig das Täfelchen. Neben ihm räkelt sich Poppaea auf der Liege und knabbert gelangweilt an ein paar Trauben. Sie lässt den *Cäsar* nicht aus dem Augen. Plötzlich geht ein Leuchten über seine aufgedunsenen Züge. Alles ist bereit. Das tödliche Spiel kann beginnen!

***

»*Optima mater* – allerbeste Mutter!« Mit diesen Worten hatte Nero seine Mutter empfangen, als sie das Schiff verlassen hatte, das sie von *Antium* nach *Baiae* gebracht hatte. In seiner golddurchwirkten und samtverbrämten Toga sah er wahrhaft königlich aus, wie Agrippina voll Stolz bemerkte. Auch das rote, mit einem Lorbeerkranz bekrönte Haar hatte er etwas gekürzt, was seine Mutter mit Freude registrierte. Jetzt sah er wirklich aus wie ein *Cäsar* und nicht wie ein phrygischer Wagenlenker aus dem *Circus Maximus.* Eine ganze Schar von Höflingen, unter ihnen auch Seneca und Burrus, Anicetus und Tigellinus waren Zeugen einer überaus herzlichen Begrüßung gewesen. Das war ein Umarmen und Küssen zwischen dem Kaiser und seiner Mutter, dass sich manche der Anwesenden ob dieser ungewohnten Herzlichkeit nachdenklich ansahen. Eine prachtvolle, mit Goldintarsien geschmückte Sänfte, getragen von sechs dunkelhäutigen Riesen, brachte den Kaiser und seinen Ehrengast zum nahen Palast.

Agrippina lag in den weichen Seidenkissen – und war glücklich. All die, die sie vor der Annahme der Einladung gewarnt hatten, hatten Unrecht gehabt. Die alte Harmonie zwischen Mutter und Sohn war wiederhergestellt. Die Vorstellung, schon bald wieder ihre frühere Machtposition einnehmen zu können, erfüllte sie mit fast kindlicher Freude. Vergessen war auch die Warnung, die eine unbekannte Hand ihr auf ein kleines Wachstäfelchen geschrieben hatte. Sie solle auf keinen Fall die Einladung ihres Sohnes annehmen. Gefahr drohe! Pah! Welche Gefahr könnte ihr schon von ihrem eigenen Blut drohen? Unsinn! Hatte nicht ihr Sohn vor zwei Tagen noch in einer öffentlichen Rede unter großem Beifall erklärt, es sei römische Tugend, den Zorn der Eltern zu ertragen und sich selbst zu mäßigen? Gab es ein deutlicheres Zeichen für seinen Versöhnungswillen? Sie hatte jedenfalls das kleine Täfelchen sofort ins Feuer geworfen, wo die Warnung zischend verglühte. Der überaus freundliche Empfang hatte alle Erwartungen überstiegen und alle möglichen Besorgnisse, die auch ihr Vertrauter Crepereius geäußert hatte, in die lauen Winde der misenischen Bucht zerstreut.

Und dann das Gastmahl. Wegen des lieblichen Abends hatten die Sklaven auf Befehl des Haushofmeisters nicht im großen Speisesaal angerichtet, sondern auf einer der großen Terrassen aus Marmor, die weit auf das Meer herausragte. Zahllose Fackeln, in silbernen Halterungen paarweise an der Terrassenbrüstung befestigt, warfen ihr unstetes Licht auf die zu Tisch Liegenden. Statt unter der mit bunten Ornamenten aus griechischer Mythologie geschmückten Decke des Saales speiste man unter dem unendlichen Himmelszelt hell strahlender Sterne. Wer zwischen all den Genüssen einen Blick auf die Meeresfläche warf, konnte hin und wieder silberhelle Fische aus dem Wasser springen sehen, die in verliebtem Taumel einander jagten.

Und so gut hatte Agrippina lange nicht mehr gespeist. Die kaiserliche Küche hatte alles aufgeboten, was einem verwöhnten Gaumen munden musste. Da war zunächst die Vorspeise. Emsige Sklaven brachten silberne Platten mit frischem Salat, in Honig gedünstete Schnecken, Bergspargel umlegt mit Eiern und Oliven, dazu fein gewürzte Sardellen in *Garum*, jener unvermeidlichen Fischsoße, die zu keinem Gang fehlen durfte. Als Hauptgang reichte man köstlich zubereiteten Fisch in Orangensoße, mit Apfel und Honig gefülltes Zicklein, Fasanenbrust in Schnittlauch und Minze zart gedünstet, Schweineeuter in spanischem Pfeffer, gefüllt mit Oliven, Zwiebeln und Gurken. Und als eigentlich schon niemand mehr essen konnte (die unappetitliche Prozedur mit der Pfauenfeder war am kaiserlichen Hofe schon längst verpönt), wurden noch riesige Platten mit süßem Obst, Birnen, Äpfeln, Trauben und Nüssen gebracht, umlegt mit feinstem Backwerk, in Honig und Safran geröstet. Dazu trank man je nach Geschmack honigsüßen Wein, den kräftigen Falerner oder den herben Caecuber. Je mehr das Mahl fortschritt, umso mehr wurde auf das Einmischen von Wasser verzichtet, und die ersten Gäste begannen unter den gnädigen Blicken des Kaisers schon, den Gastgeber mit lauten Gesängen hochleben zu lassen.

Agrippina nahm von allem nur sehr wenig. Zum einen war sie es gewohnt, wenig zu sich zu nehmen, zum anderen quälte sie an jenem Abend ein Magenschmerz, der vermutlich auf die Aufregung vor dem Treffen zurückzuführen war. Der Kaiser hatte sie ganz vorne, unmittelbar neben sich platziert, was einen vollkommenen Überblick über die ausgelassene Tafelrunde ermöglichte. Hinter der *Augusta* stand ihre Leibsklavin Acerronia mit wachem Blick. Sie ließ die Herrin keinen Augenblick aus den Augen, so hatte es Crepereius befohlen.

Neben dem Kaiser lag Poppaea Sabina, vom Wein schon erhitzt, in einem wenig züchtigen Gewand. Sie sprach dem Wein heftig zu und flüsterte Nero dauernd irgendetwas ins Ohr, was diesen immer wieder zu heftigen Lachanfällen zwang. Ihnen zur Seite lagen Seneca und Burrus, beide sparsame Esser und Trinker, die ständig in sehr ernste Gespräche vertieft zu sein schienen. Daneben Anicetus und Tigellinus, beide mit ihren Frauen. Tigellinus putzte regelmäßig seinen Teller mit Brot ab und schaute gierig auf den Teller seiner Frau, ob da etwas übrig bliebe, was er noch vereinnahmen könnte. Anicetus hingegen aß wenig, trank aber umso mehr, dennoch nicht so viel, dass er die Kontrolle verlieren könnte. Auf den übrigen Clinen lagen die weiteren Gäste, sämtlich Mitglieder der feinsten Gesellschaft, jedenfalls so weit sie das Glück hatten, zufällig in *Baiae* zu weilen. Was würden sich die anderen, die noch in Rom waren, ärgern, dieses Fest verpasst zu haben!

Am Ende des Tisches hatte man einen Platz für Crepereius Gallus gefunden, den Freigelassenen und engsten Vertrauten der *Augusta*. Er aß so gut wie nichts, trank nur Wasser und beobachtete das ganze Geschehen mit wachen Augen. Das Misstrauen war ihm deutlich ins Gesicht geschrieben. Auch die zahlreichen Darbietungen, die der *Cäsar* sich zur Unterhaltung seiner Gäste hatte einfallen lassen, konnten ihn nicht amüsieren. Nicht die gadetanischen Tänzerinnen in den hauchdünnen Gewändern aus koischer Seide, nicht die phrygischen Musikanten mit ihren Schellen, Citharen und Trommeln, nicht die afrikanischen Feuerschlucker, auch nicht die Zwerge, die in bunter Tracht übereinander stolperten und die angeheiterten Gäste zu Beifallsstürmen animierten. Selbst Euphlemios, der lustige einbeinige Dichter, den Nero kurzzeitig zu seinem Lieblingspoeten auserkoren zu haben schien, konnte Crepereius nicht von seinem Verdacht ablenken. Und während die Mutter in aufgeräumter Freude mit ihrem kaiserlichen Sohne parlierte und sich ungeahnte Herzlichkeit beider bemächtigte, warf der Freigelassene besorgte Blicke nach links und nach rechts und konnte doch nichts entdecken, was seinen Verdacht hätte nähren können.

***

Mitternacht ist längst vorbei, und die *Clepsydra*, die prachtvolle Wasseruhr im Speisezimmer, hat die Gäste schon vor Stunden mit blechernem Klang auf die Vergänglichkeit des Tages hingewiesen, als man zum Aufbruch sich entschließt. Dennoch recht früh für ein römisches Gastmahl, aber die Kaiserinmutter hat ja noch einen Heimweg vor sich. Der Kaiser lässt es sich nicht nehmen, die Mutter eigenhändig zum Hafen zu begleiten, und sämtliche Gäste folgen in fröhlicher Prozession. Nur Poppaea beklagt Kopfschmerz und bedauert, nicht mitkommen zu können. Umso besser, denkt Agrippina und ergreift fest die Hand ihres Sohnes.

Eine sternhelle Nacht, die weit auf das unbewegte Meer hinausschauen lässt, haben die Götter gesandt, als wollten sie die kommende Untat der Welt enthüllen. Da kommen dem Festzug schon Sklaven und Arbeiter entgegen und klagen, dass das Schiff der edlen *Augusta* bei der Einfahrt in den Hafen eine kleine Havarie gehabt haben müsse. Jedenfalls sei es seeuntüchtig und viel zu gefährlich für die Heimfahrt. Schließlich dürfe die Kaiserinmutter keiner Gefahr ausgesetzt werden ... Als Einziger scheint Crepereius Gallus die drohende Gefahr zu spüren. Aufgeregt redet er auf Agrippina ein, aber Nero stößt ihn beiseite und zieht die Mutter fort.

»Schau, Mutter!«, ruft Nero aufgeregt und zeigt auf das prachtvolle kleine Schiff, das da am Kai dümpelt. Mit Blumen und Girlanden geschmückt, die Holzteile mit Gold verziert, das Schiff einer Göttin!

»Mein Geschenk zum Abschied!« (Wie wahr!)

Eine kleine Trireme, eine Galeere mit drei Ruderreihen, schmiegt sich in die sanften Wellen des Hafenbeckens. Es trägt an seiner Standarte das Wappen der *Augusta.* Während Agrippina noch begeistert in die Hände klatscht, spürt ihr Vertrauter, dass das Wort Abschied wohl allzu wörtlich zu nehmen ist. Aber Agrippina wischt den Versuch eines Einwandes mit barschen Worten beiseite. Herzlich umarmen sich Sohn und Mutter. Dann besteigt Agrippina das Schiff. Nero aber bleibt zurück, mit unbewegter Miene starrt er auf das Meer.

Zusammen mit Acerronia begibt sich Agrippina unter den prunkvollen Baldachin aus meerblauem Samt, der im hinteren Teil des Schiffes zum Schutz der Reisenden vor dem sprühenden Wasser aufgestellt wurde. Erleichtert sinkt Agrippina in das mit Kissen weich ausgelegte Sofa und lässt ihren Gedanken freien Lauf. Wie schön ist es doch, sich wieder mit dem Sohn versöhnt zu haben! Sie ist wieder die *Augusta*! Und niemals wieder wird sie sich diesen Rang nehmen lassen.

Acerronia steht hinter ihr. Sie beugt sich über die hohe Lehne des Sofas und massiert mit sanften Griffen den strapazierten Nacken.

Währenddessen steht Crepereius wachsam neben dem Steuermann und beobachtet argwöhnisch das Geschehen. Er findet es merkwürdig, dass der größte Teil der Mannschaft im vorderen Teil des Schiffes versammelt ist. Fast sieht es so aus, als drängten sie dort um einen unsichtbaren Mittelpunkt. Vielleicht hat er sich aber doch geirrt? Aber noch sind sie nicht zu Hause. Erst wenn sie dort wieder sicher angekommen sind, will er ...

Ein plötzliches Knirschen und Knarren lässt ihn herumfahren. Mit berstendem Krach stürzt das mit Blei beschwerte Dach des Baldachins herunter, eine Wolke von Staub und Dreck hinterlassend. Bretter springen aus ihrer Halterung, Metallteile fliegen spitz wie Pfeilspitzen über das Deck. Gläser, Schalen und Gefäße zersplittern mit mächtigem Getöse. Crepereius will den Mund noch zum Warnschrei öffnen, doch zu spät. Er wird von dem eisernen Mittelträger getroffen und ist auf der Stelle tot! Aus schreckgeweiteten Augen blickt Agrippina auf den Toten. Die hohe Lehne des Sofas hat sie und ihre Sklavin einstweilen gerettet, nur eine leichte Schulterwunde hat sie sich zugezogen. Gleichzeitig geht ein Ächzen und Knirschen durch den ganzen Rumpf, als wolle das Schiff auseinander brechen. Doch der Rumpf bricht nicht! Wie wird Anicetus das erneute Versagen seiner Konstruktion dem Kaiser erklären können?

Auf dem kleinen Schiff herrscht völliges Chaos. Jetzt rächt sich, dass nur ein Teil der Mannschaft in das unsägliche Vorhaben eingeweiht war. Der eingeweihte Teil versucht nun, das zu erledigen, was die Konstruktion des Anicetus zu tun nicht in der Lage war. Aber die Versuche, das Schiff doch noch zum Kentern zu bringen, stoßen auf den entschiedenen Widerstand der anderen, die sich selbst in Lebensgefahr wähnen. Es kommt zu wildem Geschrei und wüstem Kampf. Einigen der Ruderer, die sämtlich eingeweiht waren, gelingt es, die Ventile unter Deck zu öffnen, die dem Wasser seine Bahn ebnen sollen. Schnell steigt der Wasserpegel, und langsam, aber sicher legt sich das Schiff auf die Seite. Agrippina, die bisher atemlos und entsetzt dem ganzen Treiben zugesehen hat, entschließt sich zu handeln. Immer noch ahnt die Arglose nicht, dass es der Wille ihres Sohnes ist, der sie dieser tödlichen Gefahr ausgesetzt hat. Sie schiebt es auf eine böse Laune der Natur oder den Zorn Neptuns.

»Komm!«, raunt sie Acerronia ins Ohr, und Sekunden später gleiten die beiden Frauen unbemerkt in das kühle Wasser der misenischen Bucht. Schiffstrümmer, Balken und Planken bedecken die Wasseroberfläche und bieten ihnen ersten Halt. Die *Augusta* ist eine ausgezeichnete Schwimmerin, Acerronia hingegen ist dieser seltenen Kunst völlig unkundig. Bald schon trennen sie die Wellen, und so sieht Agrippina gerade noch, wie sich ihre Sklavin mit letzter Kraft einem Boot nähert, das inzwischen von den Seeleuten zu Wasser gelassen wurde.

»Rettet mich! Ich bin Agrippina, die Mutter des Kaisers!«, schreit Acerronia in größter Not und von entsetzlichem Grauen gepackt muss Agrippina mit ansehen, wie die Männer angesichts dieses Hilfeschreis mit ihren Rudern und Stöcken auf die Wehrlose einschlagen. Sie schlagen so lange auf sie ein, bis die Rufe verstummen und die Sklavin blutüberströmt untergeht.

Da, da erst dämmert es Agrippina, dass dies ein Anschlag war, der ihr gegolten hat. Und die eiskalte Faust, die sich um ihr Herz zu schließen scheint, gilt nicht der Gefahr, der sie erst einmal entronnen ist, sondern dem unzweifelhaften Urheber der schrecklichen Tat. Auf einem Balken lässt sie sich forttreiben, fort von diesem Ort einer schrecklichen Bluttat. Wenig später stößt sie auf ein Fischerboot. Der bärtige Mann nimmt sie auf, ohne lästige Fragen zu stellen, und bringt sie sicher an Land.

XXVI.

... der wird leben in Ewigkeit!

Gleißendes Sonnenlicht lag über der Ubierstadt und trug schon eine Ahnung des kommenden Sommers in sich. Geschäftig eilten die Menschen hin und her, emsig bemüht, die Spuren des harten Winters aus den Häusern zu tilgen. Die Alten saßen auf den Bänken am Forum und wärmten die müden Knochen, Kinder spielten auf dem großen Platz zwischen den Ständen der Händler, die sie mit unwirschen Worten zu vertreiben suchten. Das Ganze unter dem Blick des Kaisers, der gnädig von seinem Podest auf die lärmende Schar heruntersah.

Fernab vom städtischen Lärm, im Hause der Witwe Flavia Spatiatica nahe dem Westtor, saßen Valerius und Maternus, tief versunken in ihre Gedanken. Gestern war Dirana bestattet worden, und Valerius war auch heute noch vom Schmerz wie betäubt. Sie hatten im *Peristyl* des Hauses einen schattigen Platz gefunden, in der Nähe einer immergrünen Ilixhecke, die sie von dem Rest des Innenhofes abschirmte. Die Hausherrin hatte sie mit Wein, Obst und Gebäck versorgt, aber nichts davon wurde angetastet. Sie selbst hatte sich diskret zurückgezogen und die beiden Männer ihrem Schmerz überlassen. Valerius hatte Maternus mitgeteilt, dass sie unter Überwachung der städtischen Polizeibehörde standen, und der Bischof von *Colonia Agrippinensium* hatte das kummervoll zur Kenntnis genommen und versprochen, die Mitglieder seiner Gemeinde würden nichts tun, was das Missfallen der Behörden erregen könnte. Im Übrigen, so hatte er nachdrücklich betont, verhielten sich auch Christen grundsätzlich kaisertreu, denn ihr Herr habe auf entsprechende Frage einmal gesagt: »*Gebt dem Kaiser, was des Kaisers ist!*«

»Ich weiß nicht, was dich in deinem Schmerz trösten könnte«, sagte Maternus nun leise. Er hatte seine Hand auf den Arm des Tribuns gelegt und blickte ihn aus gütigen Augen mit Wärme an.

»Aber vielleicht das: Sie ist kurz vor ihrem Tode eine der Unsrigen geworden.«

»Eine der Euren? Wie meinst du das?«

»Ich habe sie getauft!«

»Was bedeutet das, taufen?«

»Rein äußerlich bedeutet es nicht mehr, als dass ich eine Schale mit Wasser über ihrem Kopf entleert habe. Aber das ist nur ein Symbol, ein Symbol für die innige Verbindung, die sie dadurch mit unserem Herrn Jesus Christus eingegangen ist.«

»Und Dirana wollte das? Ich meine, getauft werden?«

»Sie wollte es mit jeder Faser ihres Herzens.«

Bei dieser Bemerkung zuckten Valerius' Mundwinkel schmerzlich zusammen. Der Anblick der Toten trat so deutlich vor seine Augen, als säße er jetzt an ihrem Bett.

»Dieser dein Herr, ist er auch getauft worden?«, fragte er nach einer längeren Pause.

»Natürlich. Wenn man so will, ist er als Erster getauft worden, und zwar von einem Prediger namens Johannes. Und als er getauft wurde, es geschah in einem Flusse namens Jordan, da öffnete sich der Himmel und eine Stimme rief herab: *Das ist mein geliebter Sohn, an dem ich ein Wohlgefallen habe. Auf ihn sollt ihr hören!*«

»So ist sein Vater ein mächtiger Gott?«

»Marcus Valerius, es gibt nicht mächtige und weniger mächtige Götter, es gibt nur einen Gott. Es mag für deine Ohren anmaßend klingen, aber all die, die ihr als Götter verehrt, denen ihr Tempel baut, sie sind nichts als Abbilder der Menschen selbst. Sie essen und trinken, sie heiraten und begehen Ehebruch, sie zeugen Kinder, sie morden und tun alles, was wir Menschen tun. Sie tun es, weil die, die an sie glauben, wollen, dass sie es tun.«

»So hat dein Gott nichts gegessen?«

Maternus unterdrückte mühsam ein Lachen. Das wäre jetzt sicher nicht angebracht gewesen, andererseits klang so viel unbeholfene Naivität aus dieser Bemerkung des verzweifelten Mannes, dass sie schon sehr zum Lachen reizte.

»So lange er auf Erden lebte, hat er gegessen und getrunken wie ein Mensch, denn er war ein Mensch.«

Valerius schüttelte den Kopf. »War er nun Gott oder Mensch?«

»Auch wenn das schwierig für dich sein sollte: Er war beides. Sein Vater, unser aller Gott und Schöpfer im Himmel, hat ihn auf die Erde geschickt, damit er als Mensch unter Menschen lebe. Dabei hat er aber sein ... äh ... Gottsein nie aufgegeben, verstehst du?«

Valerius blickte ihn ratlos an. »Gut, lassen wir das, ich versteh es ohnedies nicht. Aber Dirana hat es auch nicht geholfen. Sie ist tot, ihr schöner Körper wurde den Flammen zum Raub, und alles, was von ihr blieb, ist eine kalte Urne.«

»Falsch, Valerius, ganz falsch. Sie lebt!«

Bei dieser Bemerkung bildete sich eine steile Falte des Unmuts auf Valerius' Stirn, und er begann, sich heftig an seiner Stirnwunde zu kratzen, ein Zeichen höchster Erregung.

»Treib nicht deinen Spott mit mir, Maternus. Sag mir nicht, dass sie lebt. Ich selbst habe sie gestern zu Grabe getragen, und du, du warst dabei, nicht wahr?«

»Natürlich haben wir sie zu Grabe getragen, und dennoch lebt sie.«

»Und wieso kann ich sie dann nicht sehen? Warum ist sie nicht hier? Wie soll ich das Titus erklären, der dauernd nach ihr fragt?«

»Titus wird es noch nicht verstehen, aber du kannst es verstehen, wenn du in deinem Herz bereit dafür bist.«

Valerius antwortete nichts, und Maternus fuhr mit leiser Stimme fort: »Die Menschen leben hier auf der Erde, die Toten aber sind bei Gott, es fehlt ihnen an nichts, sie leben in himmlischer Freude, wie die Engel.«

»Engel?«

»Später, aber lass dir sagen, Dirana lebt. Jesus Christus hat es uns gesagt, und ich glaube mit jeder Faser meines Herzens daran.«

»Was hat er gesagt, dein Jesus Christus?«

»*Wer an mich glaubt, der wird leben in Ewigkeit!* Und er ist nicht mein Jesus Christus, sondern der Erlöser all derer, die bereit für ihn sind.«

»Leben, aber wo? Und wie? Warum kann ich sie nicht sehen?«

Im gleichen Augenblick kündigten leise Schritte die Rückkehr der Hausherrin an.

»Verzeih, edler Maternus, wenn ich störe, aber Eucharios ist an der Pforte und möchte dich dringend sprechen.«

»Danke, Flavia.« Und zu Valerius gewandt sagte er: »Du hörst, die Gemeinde sucht ihren Hirten. Ich muss dich verlassen, aber wir werden unser Gespräch fortsetzen. Zuvor aber möchte ich dich einladen.«

»Einladen. Wie meinst ...«

»Zu einer unserer Versammlungen. Du wirst unseren Glauben nicht besser kennen lernen, wenn du es willst, als wenn du unsere Versammlungen besuchst. Nur musst du dich gut tarnen, sonst werden deine eigenen Leute dich auf ihre Listen schreiben. Sie führen nämlich eifrig Buch über unsere Versammlungen und deren Besucher.«

Er wandte sich schon zum Gehen, doch kam er zurück und griff in die Tasche seiner *Tunica.* Er holte eine alte, verschlissene Schriftrolle hervor und entrollte sie, bis er die Stelle, die er suchte, gefunden hatte. Seine Miene hellte sich auf, und er drückte die Rolle Valerius in die Hand.

»Lies das, lieber Freund, ich weiß dich des Griechischen mächtig. Aber hüte die Rolle wie einen Schatz. Petrus selbst hat sie mir gegeben, es ist ein Original, keine der vielen Abschriften.« Und schon war er davongeeilt.

Verwundert betrachtete Valerius das Schriftstück in seiner Hand. Es war alt, an manchen Stellen kaum noch lesbar, so oft musste es von Hand zu Hand gewandert sein. Mancher Leser hatte es mit unleserlichen Randbemerkungen verziert, an der unteren Ecke fehlte ein Stück. Aber die Stelle, die Valerius ihm gewiesen hatte, war deutlich lesbar. Und Valerius las:

Und es kamen einige Sadducaeer zu ihm, die behaupteten, es gebe keine Auferstehung, und sie legten ihm diese Frage vor: »Meister, Moses hat uns vorgeschrieben: Wenn jemandes Bruder stirbt und eine Frau hinterlässt, aber keine Kinder, so soll der Bruder die Frau zur Ehe nehmen und seinem Bruder Nachkommen erwecken. Da waren nun sieben Brüder. Der erste nahm eine Frau und starb kinderlos. Da nahm sie der zweite zur Frau, starb aber ebenfalls kinderlos, dann der dritte und so schließlich alle sieben. Sie starben alle, ohne Kinder zu hinterlassen. Zuletzt starb auch die Frau. Wem von ihnen wird sie nun bei der Auferstehung angehören? Alle sieben haben sie ja zur Frau gehabt.«

Auferstehung? Dieses Wort kam Valerius völlig fremd vor. Zugleich spürte er etwas von der Brisanz, die in dieser Frage lag. Er war gespannt, wie sich der »Meister« wohl aus der Affäre ziehen würde.

Jesus aber antwortete ihnen: »Die Kinder dieser Welt nehmen zur Ehe und werden zur Ehe genommen. Die aber für würdig befunden werden, an jener Welt und an der Auferstehung von den Toten teilzunehmen, nehmen nicht mehr zur Ehe und werden nicht mehr zur Ehe genommen. Sie können dann auch nicht mehr sterben. Sie sind den Engeln gleich und Kinder Gottes, da sie Kinder der Auferstehung sind. Dass aber die Toten auferstehen, hat schon Moses angedeutet an der Stelle vom Dornbusch, wo er den Herrn den Gott Abrahams, Isaaks und Jacobs nennt. Er ist doch kein Gott der Toten, sondern der Lebenden ...«

Valerius schwirrte der Kopf. Moses, Abraham, Isaak, Jacob, bei allen Göttern, was waren das für Leute? Und doch. Er ist ein Gott der Lebenden, nicht der Toten. Nur was hieß das? Er musste unbedingt Maternus fragen. Und zur nächsten Versammlung dieser merkwürdigen Gemeinde wollte er auch gehen.

Leisen Schrittes war Flavia Spatiatica neben ihn getreten. Valerius kannte die attraktive Frau mit den rehbraunen Augen schon seit seinem ersten Aufenthalt in der Ubierstadt. Im Rahmen seiner damaligen Ermittlungen hatte er sie befragt, denn ihr Mann, der Gewürzhändler Flavius Spatiaticus war das erste Opfer jener Mordserie gewesen. Valerius erinnerte sich aber genau daran, dass damals zwar ihr Mann zu jener Gruppe der Christen gehört hatte, nicht aber sie. Im Gegenteil, soweit er sich erinnerte, hatte sie ziemlich abfällig vom neuen Glauben ihres Mannes gesprochen. Er nahm sich vor, sie nach den Gründen ihres Gesinnungswechsels zu fragen, denn offenbar gehörte sie jetzt nicht nur zu dieser Sekte, sondern stand auch in besonderem Verhältnis zu ihrem Leiter Maternus. Immerhin fanden in diesem Hause regelmäßig Treffen dieser Gruppe statt.

Valerius spürte plötzlich, wie Flavia sanft ihre Hand auf seine Schulter legte. »Es tut mir so Leid«, sagte sie mit warmer Stimme, »was mit Dirana geschehen ist. Ich habe sie einmal auf einer unserer Versammlungen kennen gelernt, zu der Maternus sie mitgebracht hat. Sie muss eine sehr liebenswerte Frau gewesen sein, nicht wahr?« Ohne die Antwort abzuwarten, fuhr sie fort: »Sie verströmte neben ihrer Lebensfreude auch das, was wir ... Herzenswärme nennen. Du weißt, was ich meine?«

Valerius nickte still. Eine Weile lang gingen sie stumm durch die Laubengänge des kleinen Innenhofes, der so viel Frieden und Harmonie verströmte. Auf dem Brunnen in der Mitte hatten sich mehrere Spatzen niedergelassen, die mit frechem Gesang balgten.

»Wie bis du eigentlich zu deinem neuen Glauben gekommen?«, fragte Valerius plötzlich.

Flavia blickte ihn befremdet an. »Neuer Glaube? Wie meinst du das?«

»Nun, als ich dich zum ersten Mal traf, damals, kurz nachdem dein Mann erm... äh, starb, machtest du mir nicht den Eindruck, dass du dem Glauben der Nazarener allzu viel abgewinnen könntest.«

Mit einer grazilen Handbewegung lud Flavia ihren Gast ein, in einer kleinen Sitzgruppe aus Bastmöbeln in der Ecke des Hofes Platz zu nehmen. »Ach, das meinst du. Ich verstehe.« Sie schien einen Augenblick nachzudenken, und ihre Gedanken müssen sich weit, weit fortbewegt haben. Sie räusperte sich und griff nach einer der dunkelroten Trauben, die in einem Silberkörbchen lagen.

»Erst war es der Mensch, dann der Glaube!«

»Äh ... was, ich verstehe nicht.«

Flavia lachte ein silberhelles Lachen, das ihre kleinen Grübchen besonders zur Geltung brachte. Sie trug eine weiße *Tunica*, die an den Rändern blau eingefärbt war. Mit einem Lächeln schüttelte sie das mittellange nussbraune Haar, als wolle sie die Gedanken herausschütteln. »Ich meine, es war zuerst der Mensch Maternus, der mich nachdenklich werden ließ. Seine Güte, seine Wärme. Die Dinge, die er sagte und wie er sie sagte. Mit der Zeit wurde mir mehr und mehr klar, dass das, was da aus dem Orient zu uns kam, etwas ganz Neues war. Nichts, was ich vorher gehört hatte, war so voller Liebe wie dieses. Kannst du dir vorstellen, dass Jupiter den Römern befehlen würde, ihre Feinde zu lieben? Oder dass Juno die Menschen lehren könnte, die Mitmenschen genauso wie sich selbst zu lieben?« Flavia wartete keine Antwort ab. »Oder dass Mars verkündet, dass, wenn einer dir zur Linken eine Ohrfeige gibt, du ihm auch die rechte Wange hinhalten sollst?«

»Solche Dinge gebietet euer Gott?«

Flavia nickte eifrig. »Das und viel mehr. Ich kann es dir unmöglich jetzt alles erzählen, und überhaupt kann es dir Maternus viel besser erzählen, denn er hat Jesus persönlich gekannt. Wie ich ihn doch darum beneide!«

Abrupt wechselte sie das Thema. »Was wirst du jetzt eigentlich mit deinem Söhnchen machen? Ich meine ...« Sie setzte den Satz nicht fort, denn eine düstere Wolke der Trauer zog über Valerius' Gesicht.

Der schluckte und räusperte sich, bevor er antwortete: »Ich habe mir meine Gedanken darüber gemacht. Subrius Caesonius hat vorgeschlagen, er könne auf seinem Landgut bleiben. Man werde ihn wie einen späten Sohn hegen und pflegen.«

»Und? Wirst du dem zustimmen?«

Valerius schüttelte den Kopf. »Ich denke, ich werde ihn zu meinen Eltern bringen. Sie haben ihn noch nie gesehen und werden sicher ganz begeistert sein.«

»Wo leben deine Eltern? Hier in der Nähe?«

»Nein, sie leben auf ihrem Landgut in *Tarquinii*.«

»Den Namen habe ich noch nie gehört«, sagte Flavia. Sie nahm einen Krug klaren kühlen Wassers und goss davon in die beiden einfachen Tonbecher, die auf dem Tisch standen. Dankbar nahm Valerius den Becher zur Hand. Die Sonnenstrahlen und das Reden hatten seine Kehle ausgedörrt.

»Das ist eine alte etruskische Königsstadt, kaum mehr als eine Tagesreise von Rom entfernt. Ich habe lange nichts mehr von meinen Eltern gehört und würde mich sehr, ja wirklich sehr freuen, wenn ich sie bald wiedersehen könnte. Sie sind schon alt, und wer weiß ...«

»Wie heißt dein kleiner Sohn eigentlich?«

»Titus.«

Flavia machte einen nachdenklichen Eindruck. Sie zögerte einen Augenblick, dann sagte sie stockend: »Würdest du ... ich meine, könntest du dir vorstellen ... äh ... deinen Sohn ... äh ... Titus auch einer fremden Frau anzuvertrauen?«

»Einer fremden Frau?«

»Mir!«

»Dir? Bei den Göttern, wieso dir?«

Ein schmerzlicher Zug lag um Flavias Mund. Sie schwieg einen Augenblick, dann sagte sie leise: »Der Herr hat Flavius und mich nicht mit Kindern gesegnet, wie du vielleicht weißt. Nun wohne ich in diesem hübschen Haus, führe den kleinen Gewürzhandel und habe sonst nichts zu tun.«

»Wenn du nicht gerade die Christen der Stadt beherbergst«, meinte Valerius ernst.

»*Recte*, aber das füllt mich nicht aus. Wie gerne würde ich Kindergeschrei in diesen Mauern hören, hätte wieder eine Aufgabe. Sicher würde es der Kleine hier gut haben. Aber vielleicht kommt dir mein Angebot seltsam vor. Immerhin kennen wir uns kaum. Verzeih, dass ich es überhaupt gesagt habe.« Nervös wischte sie sich durch ihr Gesicht und zupfte an ihrem Haar.

»Darf ich darüber nachdenken?«

»Nachdenken? Äh ... natürlich. Sicher. Denk darüber nach!«

XXVII.

Agrippinas Tod

Auf dem Landgut des Subrius Caesonius ist wieder der Alltag eingekehrt. Jetzt im Frühjahr gibt es eine Menge zu tun. Das Haus muss geputzt werden, Scheunen und Speicher sind zu reinigen, die leeren Weinamphoren bedürfen der säubernden Hand. Und während die Sklaven unter der strengen Aufsicht der Herrin Sempronia ihren Pflichten nachkommen, ertönt lautes Kinderlachen vom Hof. Die Kinder der Sklaven, sicher zehn an der Zahl, spielen unbeschwert mit dem Recht der Jugend. Da werden Reifen mit Stöcken getrieben, dort werden huckepack Reiterkämpfe nachgespielt. Die einen ziehen an starken Tauen, andere versuchen, mit gezielten Würfen kleine Türme aus Nüssen zu zerstören. Unter denen, die da fröhlich spielen, ist auch die kleine Salania, die dunkelhäutige Tochter der Sklavin Sala. Kaum jemand auf dem Hof hatte bemerkt, dass die Kleine für einige Tage verschwunden war, und wenn jemand doch gefragt hatte, hatte Sala mit bekümmerter Miene geklagt, dass die Kleine krank sei. Sie habe rote Flecken und liege in ihrer Kammer. Vielleicht etwas Ansteckendes. Das hatte alle Fragen schnell beendet.

Und nun ist Salania wieder da, sehr zur Freude ihrer Mutter, die die Kleine küsst und herzt, als sei sie soeben von einer Weltreise zurückgekehrt. Und auch der kleine rotbäckige Titus ist bei den Kindern, die da gerade mit Triumphgeschrei huckepack einen Strohballen erobert haben.

An der Seite am Scheunentor sitzt die alte Arnicia. Sie muss schon über achtzig *anni* haben, so genau weiß das hier niemand. Von der Hausarbeit ist sie längst entbunden und erhält vom Herrn ein Gnadenbrot. Der ist nicht wie mancher anderer, der seine alten Sklaven aussetzt, damit sie, unnütz wie sie jetzt sind, ihm nicht den Schädel leer fressen. Und zum Aufpassen auf die Kinder eignet sie sich immer noch gut – wenn sie nicht, wie jetzt gerade, sanft eingeschlafen ist. Aber die Sonnenstrahlen zaubern eine solche Wärme auf die alten Knochen, dass man gar nicht anders kann, als den Kopf zur Seite zu legen und für ein paar Augenblicke die Augen zu schließen. Nur für ein paar Augenblicke. So entgehen ihrem müden Blick die beiden zerlumpten Gestalten, die sich ungesehen auf den Hof geschlichen haben. Der eine von gedrungener Gestalt und kurzem blonden Haar, der andere mit langer schwarzer Mähne und ungepflegt, die schlanke hohe Gestalt leicht gekrümmt. Die beiden Männer schauen sich vorsichtig um. Der Blonde brabbelt jetzt etwas in merkwürdiger Sprache zu seinem Gefährten und zeigt grinsend auf den Knaben, der gerade hoch auf dem Strohballen steht und jauchzt. Es ist Titus, der Tribunensohn.

Plötzlich setzen sie sich in Bewegung, stürmen auf die Strohballen zu. Mit raschem Griff greifen sie nach dem kleinen Burschen. Aber der wehrt sich. Den Langen tritt er heftig gegen das Bein, und dem kleinen Blonden haut er mit der Faust auf die Nase. Gleichzeitig beginnt ein Schreien und Zetern, dass nicht nur die alte Arnicia sofort wach wird, sondern auch mehrere kräftige Sklaven aus der Scheune stürmen. Mit schnellem Blick haben sie die Situation erfasst. Sie greifen nach ihren Heugabeln, nach Stöcken und Stecken und prügeln auf die beiden Männer los, dass es eine wahre Freude ist. Krächzend und schimpfend humpelt die alte Arnicia auf die Kampfbolde zu und entleert über dem verdutzten Haupt des Blonden einen Kübel voll Unrat, der auf seine Entsorgung wartete.

Das reicht. So schnell es die Umstände zulassen, verlassen die beiden Männer die ungastliche Stätte und eilen jammernd zu den beiden Gäulen, die sie vor dem Hof abgestellt haben.

Der Tribun Marcus Valerius Aviola aber, der eilig nach *Durnomagus* prescht, um endlich wieder seinen kleinen Titus zu sehen, wundert sich über die beiden verschmutzten Reiter, die ihm da begegnen. Zerlumptes Gesindel, die erbärmlichen Schindmähren, auf denen sie sich mühselig halten, nicht viel besser. Der eine von ihnen stinkt gar zum Erbarmen, wie Valerius bei der kurzen Begegnung feststellt. Offenbar hat jemand über seinen Kopf einen Kübel Mist gekippt. Schmunzelnd setzt Valerius seinen Ritt fort.

***

Noch hatte die Sonne ihren täglichen Lauf nicht begonnen, und tiefe Finsternis lag über *Baiae*. Denn der Mond hatte sein Angesicht verhüllt, als wolle er nicht Zeuge des Verbrechens werden, das sich da anbahnte. Die Einwohner des Badeorts lagen in nächtlicher Ruhe auf ihren Betten. Aber nicht alle!

Zu denen, die in jener Nacht keine Ruhe fanden, gehörte Claudius Tiberius Nero, der allmächtige Herrscher über das *Imperium Romanum.* Nervös wanderte er auf und ab, immer wieder durch die dunklen Gänge seines Palastes. Er hatte dem Wein reichlich zugesprochen, und sein Gang schwankte. Er wartete. Wartete darauf, dass Boten ihm endlich den Erfolg seiner unseligen Untat verkünden würden.

Und die Zeit wurde lang. Längst war Nero in den großen leeren Speisesaal zurückgekehrt, hatte sich auf das längliche Sofa an der Stirnseite geworfen, um Sekunden später wieder aufzustehen und mit hastigen Schritten das Zimmer zu durchmessen. Immer wieder zeigte ihm der blecherne Klang der *Clepsydra*, dass erneut eine Stunde verronnen war. Aber kein Bote kam. Wütend trat er gegen eines der Seidenkissen, das weit durch den Raum flog. Er hatte alle Vertrauten, Diener, Sklaven weggeschickt, wollte allein sein. Auch Poppaea hatte es vorgezogen, sich schmollend in ihre Gemächer zurückzuziehen.

Endlich Geräusche im Gang. Wenig später öffnete sich die Tür. Anicetus stürmte herein und warf sich vor die Füße des Kaisers: »Es ist vollbracht, erhabener *Cäsar*, das Werk ist vollendet!«

Nero wurde leichenblass, schwankte zwischen grenzenloser Erleichterung und taumelndem Entsetzen. Er rang nach Luft und setzte sich schwer atmend auf einen Sessel.

»So ... so hast du es selbst gesehen?«

Anicetus hatte sich erhoben, sein Gesicht drückte Stolz und Zufriedenheit aus. Zufrieden auch, weil Tigellinus, sein verhasster Rivale um die Gunst des Kaisers, in der Stunde dieses Triumphes weit weg ist. Er inspiziert die Prätorianertruppen auf dem Marsfeld zu Rom. In dieser Situation ist es sehr wichtig, die einzigen Truppen in Rom bei der Stange zu halten.

»Man hat es mir berichtet, edler *Cäsar.*«

»Man hat es dir berichtet? Was heißt das? Sprich, Mann, sprich!«

»Meine Konstruktion hat genauso funktioniert, wie wir es geplant haben. Das Schiff brach sozusagen auseinander, die Kaiserin trieb im Wasser. Wie du weißt, Göttlicher, ist sie eine gute Schwimmerin.«

»Ich weiß, ich weiß. Weiter!«

»Nun, in ihrer Not rief sie: ›Helft mir, ich bin Agrippina, die Mutter des Kaisers!‹ Daraufhin haben ihr meine Männer den Schädel eingeschlagen!«

»Den ... den Schädel eingeschlagen?«, flüsterte Nero tonlos. Im Geiste sah er das Bild seiner Mutter vor sich, wie sie blutüberströmt im Wasser trieb und die Ruderblätter wieder und wieder auf ihren Kopf einschlugen. Der liebevolle Abschied von der Mutter tauchte vor seinen Augen auf, wie sie ihn umarmt und geküsst hatte. Geliebt und gehasst hat er sie, bewundert und gefürchtet, immer alles mehr, als sich ein schlichtes Menschengemüt vorstellen kann. Plötzlich schüttelte er sich, der Lorbeerkranz flog in weitem Bogen auf den Boden. Er gab ein hysterisches Lachen von sich und schrie: »So ist sie endlich tot! Die Gefahr ist vorbei. Jetzt beginnt mein *Imperium*! Wein! Bringt Wein! Wir werden den Göttern ein Dankesfest ausrichten.«

Aber noch bevor der Wein in die silbernen Kelche gefüllt war, trat ein Leibgardist ein und flüsterte etwas in Anicetus' Ohr.

»Was ist? Was flüstert ihr hinter dem Rücken des Kaisers?«, schrie Nero und fuchtelte aufgeregt mit dem Weinbecher herum, dass der rote Rebensaft über seine prächtige *Tunica* lief. Wie mit blutigen Flecken tränkte der Saft das teure Kleidungsstück, und hätte Nero an sich heruntergeblickt, ihn hätte das nackte Entsetzen gepackt. Wild packte er den Leibgardisten am Arm und schüttelte ihn heftig.

»Sprich, Mann, wenn dir dein Leben lieb ist!«

»Ein Bote.«

Die Stimme des Leibgardisten war kaum hörbar und seine Miene von Grauen entstellt.

»Ein Bote von ... von der edlen Agrippina!«

»Waaaaaaas?«

Mit einem Aufschrei ließ Nero den Becher fallen. Der Wein ergoss sich über seine Beine und die goldenen Schuhe, bildete auf dem weißen Mosaikboden eine hässliche, blutrote Pfütze. Nero merkte es nicht, mit blödem Gesicht starrte er den Mann an. Betreten blickte der Soldat beiseite.

»Bei *Jupiter*, was soll dein Geschwätz von einem Boten, ha!«

Wie eine Furie drehte er sich auf dem Absatz herum. Speichel tropfte aus dem geöffneten Mund.

»Wie soll Agrippina einen Boten schicken? Sag es mir, mein Anicetus! Sag es mir!« Kreischend deutete er mit dem Zeigefinger auf seinen Flottenkommandanten, der den Worten des Prätorianers in namenlosem Entsetzen gelauscht hatte.

»Dann kann er nur aus der Unterwelt kommen«, rief Anicetus erregt aus. »Sie ist tot. Tot. Tot!«

»Weckt mir den Seneca. Und den Burrus! Ich will sie sofort hier sehen. Auf der Stelle!«

Schnell stürmte der Prätorianer hinaus, erleichtert, dem Zorn des Verrückten entgangen zu sein.

»Wer ... wer ... ist der Bote?«, fragte Nero. Sein Atem ging schwer und rasselnd.

»Lucius Agerinus«, antwortete Anicetus stockend, »er ist einer von Agrippinas Vertrauten. Ein Freigelassener.«

Nero dachte einen Augenblick nach. Er hatte sich wieder etwas gefasst. Plötzlich schien er einen Entschluss gefasst zu haben, wie das tückische Grinsen in seinem Gesicht anzeigte. Sorgsam ordnete er seine Kleider, mit einem Lappen wischte er den Wein von Beinen und Füßen.

»Gib mir deinen Dolch«, herrschte er plötzlich Anicetus an. »Dann nimm dir ein paar Männer der Wache, und versteck dich im Nebenraum! Sobald Seneca und Burrus da sind, mag der Bote eintreten!«

Ratlos blickte Anicetus seinen Herrscher an.

»Nun mach schon, du Dummkopf. Ich muss jetzt das zu Ende führen, was du in deiner grenzenlosen Dummheit verbockt hast!«

Schweigend reichte der Flottenkommandant seinem Kaiser den Dolch. Dann verließ er den Saal, froh, seinen Kopf noch auf dem Hals zu haben.

***

Ganz offensichtlich hat man Seneca eiligst aus dem Bett gerissen, denn die mürrische, müde Miene des Philosophen spricht Bände. Burrus sieht deutlich besser aus, ein Militärmann ist es eben gewohnt, des Nachts aus dem Bett gerissen zu werden. Sein grimmiges Gesicht aber drückt deutlich aus, dass ihm die Entwicklung hier ganz und gar nicht behagt. Offenbar haben die Gerüchte schon ihren Weg durch die weiten Flure des Palastes genommen.

»Führt den Mann herein!«

Die Flügeltür öffnet sich und ein junger, gut aussehender Mann kommt atemlos herein, das Gesicht freudig erregt und errötet. Schweißnasse schwarze Haare kleben an seiner feuchten Stirn. Er schaut sich in der riesigen Halle um, entdeckt Nero und wirft sich ihm zu Füßen.

»Mein großer *Cäsar*! Welche Freude habe ich dir mitzuteilen! Deine Mutter, die göttliche *Augusta,* hat den Schiffsunfall überlebt. Sie ist verletzt, aber gesund. Sie befindet sich in ihrem Landhaus am Lucriner See. Durch mich schickt sie dir folgende Zeilen.« Damit übergibt er Nero eine Wachstafel, auf die hastig ein paar Zeilen gekritzelt wurden, kaum leserlich, aber die Handschrift der Mutter ist ihm vertraut.

Geliebter Sohn!
Durch die Gnade der Götter und dir zum Glück bin ich aus schwerem Unfall entronnen. Sicher bist du in großer Sorge nun um mich und willst deine geliebte Mutter in die Arme schließen. Doch bedarf ich jetzt der Ruhe und bitte dich einstweilen nur, den Göttern in meinem Namen ein Opfer zu bringen.

Agrippina

Mit einem Aufschrei wirft der Kaiser die Tafel gegen die Wand, wo sie zerbricht. Im gleichen Augenblick zerrt er unter seinem Gewand den Dolch des Anicetus hervor und wirft ihn dem verdutzten jungen Mann vor die Füße. Gleichzeitig bricht er in hysterisches Schreien aus: »Mörder! Zu Hilfe!«

Das klirrende Geräusch der fallenden Waffe ist das Signal: Anicetus und seine Männer stürzen aus dem Nebenraum hervor.

»Nehmt diesen da fest! Er wollte euren Kaiser ermorden!«

Grob packen die Wachen den Boten, Agerinus leistet keinen Widerstand. Die Überraschung ist an seiner Miene abzulesen.

»Hinweg mit ihm!« Neros Stimme überschlägt sich. »Der Henker! Der Henker soll sich um ihn kümmern! Sofort! Ich befehle es, ich, der göttliche *Cäsar.*«

Ohne Zögern zerren die Wachen den Unglücklichen fort. Seneca betrachtet das ganze Spiel mit Abscheu und sichtlichem Widerwillen, während Burrus, der alte Kriegsmann, betreten zur Seite blickt. Aber die Komödie duldet keinen Widerspruch.

»Und nun, meine Freunde?« Betont freundlich spricht Nero die beiden Männer an.

»Ihr habt es selbst gesehen, wie Agrippinas Bote kam, um mich zu morden, nicht wahr?«

Die Männer schweigen, der eine vor Scham, der andere vor Furcht. Doch der Kaiser deutet das als Zustimmung.

»Was ist also jetzt zu tun?« Sein Ton wird weinerlich, und er lässt sich erschöpft auf das Sofa fallen. Mit dem Ärmelstück seiner durchschwitzten *Tunica* tupft er sich geziert den Schweiß von der Stirn.

»Sie wird es wieder versuchen! Wird ihre Diener und Sklaven bewaffnen und mich ermorden.«

Einen Augenblick lang hält er inne, das Gesicht ist von Furcht entstellt. Wer weiß schon, ob die Furcht echt ist oder Ergebnis hervorragenden Schauspiels?

»Oder vielleicht ist sie schon auf dem Weg nach Rom, um die Senatoren auf ihre Seite zu bringen. Oder auf dem Weg nach Germanien, um die Truppen dort gegen mich aufzuwiegeln. Sie, die Tochter des edlen Germanicus, wird dort viele Ohren finden. Oh ihr Götter!« Mit dramatischer Geste hebt er beide Arme zum Himmel.

Aber Seneca und Burrus schweigen immer noch. Da dreht sich der Kaiser um. Scharf fixiert er seine beiden Gefährten, sein Blick wird tückisch.

»Ihr sagt nichts, meine Freunde. Habt ihr mir also auch die Gefolgschaft gekündigt?« Mit raschem Griff hebt er den Dolch auf, der immer noch auf dem Boden liegt, und drückt ihn dem überraschten Burrus in die Hand. Gleichzeitig zerreißt er die *Tunica* mit schneller Hand und bietet die nackte Brust dem Verdutzten dar: »Dann stoß diesen Dolch in meine Brust, Unseliger, und bring den Verrat zu Ende! Mögen die Götter dir verzeihen, mein geliebtes Volk wird es nicht können.«

Dabei schießen Tränen aus seinen Augen, langsam perlen sie an den aufgedunsenen Wangen herab. Seneca hat das unbestimmte Gefühl, in einem drittklassigen Schmierentheater zu sitzen, aber Burrus lässt entsetzt den Dolch fallen, fällt auf die Knie und ruft aus: »Mein *Cäsar*, mein Herr! Wie kannst du an unserer Treue zweifeln?«

Befriedigt schließt der Kaiser sein Gewand wieder. Lächelnd nimmt er die devote Gunstbezeugung entgegen.

»Dann gib deinen Leuten den Befehl, die *Augusta* zu töten. Sie hat Hochverrat begangen!«

»Das kann ich nicht«, ruft Burrus gequält, »nie würden sie das Schwert gegen die Tochter des Germanicus richten! Sie haben dem Haus der Cäsaren den Treueid geleistet, und das gilt auch für Agrippina.«

Jetzt nimmt Seneca das Wort. Ruhig und sachlich spricht er, wie es seine Art ist. Bedächtig legt er die Hände zusammen, und seine Miene trägt die gleiche Gelassenheit, als befände er sich in der Wandelhalle der Philosophen und diskutiere mit ein paar Peripatetikern: »Und würden sich deine Soldaten ruhig verhalten, wenn man ... wenn man gegen Agrippina vorginge?«

Burrus ballt die gewaltigen Fäuste. Was verlangt man da von ihm! »Wenn es schnell ginge«, bringt er mühsam hervor, »jetzt, heute Nacht, bevor alle Welt weiß, was hier passiert.«

»Und wer? Wer soll das Unternehmen leiten?«, fragt Nero. Er hat nie an der Treue der Männer gezweifelt, aber manchmal, manchmal muss man sie auf die Probe stellen. Im Übrigen hat ihm nicht gefallen, wie die Männer ihn haben zappeln lassen, ihn, den göttlichen *Cäsar*. Das wird er sich merken, und zu gegebener Zeit wird er ...

Wie auf Kommando betritt Anicetus in diesem Augenblick den Saal. Er will melden, dass der Gefangene dem Henker übergeben wurde, und dass er im ganzen Palast das Gerücht gestreut habe, Agrippina habe ein Attentat auf ihren kaiserlichen Sohn veranlasst.

Die Blicke der Männer fallen wie zufällig auf den Flottenkommandanten.

»Er hat es begonnen, mag er es auch zu Ende führen!«, entscheidet Seneca, und seine Stimme duldet keinen Widerspruch. Voller Abscheu ist der Blick, mit dem er Anicetus streift.

***

Zaghaft meldet die Sonne erstes Rot, als ein Trupp von Bewaffneten auf das Landhaus Agrippinas am Lucriner See zusprengt. An der Spitze Anicetus, dahinter seine besonderen Vertrauten, der Schiffshauptmann Herculeius und der Flottencenturio Obaritus. Sie rücken aus, als gelte es, ein barbarisches Heer abzuwehren, und doch ist es nur eine Frau, der ihr Besuch gilt. Nur eine Frau!

Viel Volk hat sich um das Haus der *Augusta* versammelt, denn die Geschichte von »Unfall« und wundersamer Errettung hat sich auch in der Nacht schnell herumgesprochen. Als aber Anicetus und seine Schergen auftauchen, fliehen sie auseinander. Anicetus ist jemand, mit dem nicht zu spaßen ist. Das weiß in *Baiae* jedes Kind. Wütend treibt der Flottenkommandant seine Leute an. Es geht auch um seinen Kopf. Bei den Göttern, seine Konstruktion hat wieder versagt, und statt der Kaiserinmutter schlagen diese Trottel eine Sklavin tot. Alles muss man selber machen! Nur noch wenige Minuten, dann ist das Haus erreicht ...

Agrippina liegt erschöpft auf ihrer Liege. Nur spärlich wird ihr Schlafraum vom unsteten Licht einer Fackel erhellt. Die Angst vor dem, was da noch kommen mag, macht sie fast wahnsinnig. Nervös zupft sie an ihrem offenen dunkelblonden Haar, ordnet fahrig die dünne Nachtkleidung, die sie eben übergestreift hat. Die Wunde an der Schulter ist verbunden, nur ein pochender Schmerz erinnert noch an die Szene im nachtdunklen Meer. Schlimmer, viel schlimmer pocht die Wunde in ihrem Herzen! Und doch mag sie es nicht glauben. Vielleicht ist der *Cäsar* krank. Hat die teuflische Poppaea seine Sinne verwirrt? Kurz hat sie mit dem Gedanken gespielt zu fliehen. Aber wohin? Die Arme ihres mächtigen Sohnes reichen überall hin. Sicher, in Germanien wäre sie in Sicherheit, dort liebt man sie, bringt ihr den nötigen Respekt entgegen. Einen Augenblick schweifen ihre Gedanken weit fort, in das Land mit den dunklen Wäldern und den breiten Strömen.

Colonia Claudia Ara Agrippinensium! Einen Augenblick gedenkt sie in zärtlicher Erinnerung ihrer Geburtsstadt, der freundlichen Ubierstadt am *Rhenus*, deren Gründung sie veranlasst und deren Mauern sie seitdem nie mehr betreten hat. Das war unter Claudius, ihrem kaiserlichen Gatten.

Claudius! Sie sieht ihn vor sich, seine kräftige Gestalt, der sabbernde Mund, die unbeholfene, aber stets freundliche Art. Eine Schüssel mit Pilzen erscheint vor ihren Augen, tödliche Pilze. Jetzt ist die Zeit gekommen, für die frühere Schuld zu bezahlen. Sie weiß es, aber sie hat Angst. Die Furcht kriecht wie kalter Nebel die Beine hoch, legt sich wie Blei auf die Brust und nimmt jede Luft zum Atmen. Und noch ein Gesicht taucht aus dem Nebel vergessener Vergangenheit auf: Britannicus, der schüchterne junge Prinz, Claudius' Sohn aus der ersten Ehe mit Messalina. Auch den hat Nero auf dem Gewissen. Damals hätte sie ihm Einhalt gebieten müssen, aber ... aber sie hat es nicht getan. Und jetzt ist es zu spät.

Fenster und Türen sind fest verschlossen, aber es ist niemand mehr da, der sie schützen könnte. Alle haben das Haus verlassen, als hätte sie eine unsichtbare Furcht davongetrieben. Einzig Lavinia ist bei ihrer Herrin geblieben und versorgt sie in rührender Anhänglichkeit. Sie hat ihr schon einmal das Leben gerettet, damals, als das Bett plötzlich zusammenbrach. Jetzt weiß sie, dass auch dies ein Attentat war! Plötzlich werden ihre Gedanken gestört. Ein berstendes Geräusch von der Eingangstür lässt sie erschreckt hochfahren.

»Ich werde nachsehen«, sagt Lavinia zitternd.

»Auch du verlässt mich?«, murmelt Agrippina und sieht der jungen Sklavin traurig nach.

Im *Atrium* stößt Lavinia auf Anicetus und seine Männer, die sich gewaltsam Zutritt zum Haus verschafft haben. Mit einem rohen Lachen stößt Herculeius das Mädchen beiseite.

Agrippina sitzt hoch erhoben auf ihrem Bett. Knirschende Schritte, raue Stimmen, das metallene Geräusch eisenbewehrter

Beinschienen, sie künden vom nahenden Tod! Alle Angst fällt mit einem Mal von ihr ab, kühler Stolz belebt ihre Züge. Sie ist die *Augusta*! Julia Agrippina, Tochter des Volkshelden Germanicus, Enkelin des Agrippa wie des Tiberius, Urenkelin des göttlichen Augustus, Schwester des Caligula, Witwe des Claudius, Mutter des Nero. Jeder Zoll an der stolzen Frau weist auf die julisch-claudische Dynastie hin, das edelste Blut Roms. Hat nicht Gaius Julius Cäsar, ihr berühmter Urahn, immer mit Stolz auf seine göttliche Herkunft hingewiesen? Venus selbst, die aus Schaum geborene, liebreizende Göttin der Schönheit, war die Stammmutter dieses Geschlechts, das aus dem fernen Troia einst seinen Weg an die Gestaden Latiums fand.

Abrupt werden die stolzen Gedanken beendet. Anicetus, Herculeius und Obaritus drängen sich in den Raum, die Vorhalle ist voller Bewaffneter. Mit kühlem Blick mustert Agrippina die Eindringlinge. Ihr Blick bleibt auf Anicetus haften.

»Bist du gekommen, um mich zu besuchen, dann melde deinem Herrn, dass ich mich wohl befinde.«

Sie macht eine kleine kunstvolle Pause und holt tief Luft, um dann, lauter als zuvor, zu sagen: »Kommst du aber als Henker, dann wisse, dass dieser Befehl niemals von meinem Sohn kommt!«

Nach diesen Worten streckt sie sich auf der Liege aus wie zum Schlafe. Daraufhin versetzt ihr Herculeius wortlos mit dem Schwert einen ersten Schlag auf den Kopf. Halb betäubt schon und blutüberströmt, richtet sich Agrippina noch einmal auf, zerreißt das dünne Gewand über dem Unterleib und schreit: »*Ventrem feri* – in den Leib stoße, in den Leib, der Nero einst getragen hat!«

Und Anicetus gehorcht. Er hebt das kurze Schwert. Kurz blinkt es im Schein der Wandfackel auf, zaubert für einen Moment einen blitzenden Strahl auf das blasse Gesicht des lächelnden Opfers. Dann treibt er sein Schwert mit einem mächtigen Stoß in den Leib Agrippinas.

XXVIII.
Das Dunkel lichtet sich

April des Jahres 59 n.Chr.

Von all den grauenhaften Dingen, die da im fernen Rom passiert sind, weiß man naturgemäß in *Colonia Claudia Agrippinensium* nichts, noch nichts. Hier gehen die Menschen ihren alltäglichen Arbeiten nach, seufzen über die letzte Preiserhöhung beim Bäcker oder ärgern sich darüber, dass der Eintritt in die Thermen unter dem neuen Pächter um ein As erhöht worden ist. Alle aber freuen sich darüber, dass der harte Winter vorbei ist. Ein fröhliches Schwatzen, Singen und Lärmen erfüllt die kleine Stadt am Rhenus. Die rußenden Kohlebecken, die warmen Mäntel und die dicken Beinkleider hat man in die hintersten Winkel des Hauses verstaut, und die Menschen geben sich ganz den Freuden eines strahlenden Frühlings hin.

Aber es gibt auch Stellen in der Stadt, an denen nie ein wärmender Sonnenstrahl zu sehen ist, an denen Tag und Nacht Finsternis zu herrschen scheint. Der Keller des *Prätoriums* ist so ein Ort. Einige Fackeln, die in den Wandhalterungen stecken, tauchen das unheimliche Gewölbe in ein gespenstisches Licht. Hier werden Vorräte aufbewahrt, hier ruht vor allem in großen, in die Erde eingelassenen Tonamphoren der Wein und harrt seiner Reifung. So will man verhindern, dass der Wein trüb und schwach werden könnte. Freilich muss man in strengen Wintern ebenso Vorsorge vor dem Bodenfrost treffen, weshalb für diesen Fall große Kohlebecken bereitstehen. Denn dieser Ort gehört ohne Zweifel zu den kühlsten der Stadt. Tief in den Boden eingelassen, bestehen die Wände nur aus Lehm und Erde, nur mit Holzbalken an Decken und Wänden gestützt. Der feuchte Lehm aber schafft durchgehend Kühle, selbst im Sommer, weshalb man gerne hier alle möglichen Vorräte lagert, jedenfalls die, die die Feuchtigkeit nicht verdirbt.

Aber manchmal lagern auch ganz andere Dinge hier!

In der Mitte des Raums steht ein großer dunkler Eichentisch, auf dem sonst Sklavinnen Obst und Gemüse für die Lagerung vorbereiten. Was aber heute da liegt, ist für eine Lagerung weit weniger geeignet. Auf dem Tisch liegt die aufgeschwemmte nackte Leiche eines Mannes. Die seelenlosen Augen sind weit aufgerissen und scheinen klagend auf die Decke des Gewölbes zu starren. Auch der Mund steht weit offen, als wolle der Mann seine Qual herausschreien. Denn nicht nur sein Tod muss furchtbar gewesen sein, auch das, was fremde Hände mit seinem Leib inzwischen angestellt haben, wird er sich zu Lebzeiten kaum gewünscht haben. Mit einem vertikalen Schnitt ist der Oberkörper des Mannes geöffnet worden, weit klafft der Leib auseinander. Ein graues Tuch verdeckt den Unterleib. Das kleine Tuch, das über dem Kopf liegt, ist zur Seite verrutscht und gibt den Blick frei auf die entstellten Züge des Mannes, die kaum noch Ähnlichkeit mit dem lebenden aufweisen.

»Wie lange hat er etwa im Wasser gelegen?« Valerius betrachtet angewidert den toten Körper.

Peliodoros wiegt seinen Kopf. »Vielleicht vierzehn Tage, vielleicht länger, vielleicht kürzer. Genau kann man das nicht sagen.« Seine Stimme ist sachlich. Dies ist nicht die erste Wasserleiche, die er geöffnet und untersucht hat.

»Ich verstehe«, murmelt Valerius.

»Du kennst ihn, nicht wahr?«

Valerius nickt. »Es ist Gulvenius, der Verwalter des ermordeten Gutsbesitzers Fulvius Petrusius. Freilich hat er lebend besser ausgesehen, aber seinem Charakter ist er jetzt ähnlicher.«

»Wie meinst du das?«, fragt Peliodoros verwundert.

»Er war ein wahrer Schurke. Wir hatten ihn im Verdacht, seinen Herrn getötet zu haben. Doch als wir ihm auf die Spur kamen, gelang es ihm zu fliehen. Weit scheint er wohl nicht gekommen zu sein. Wir hatten eine Nachricht abfangen können, nach der er sich mit seinem Weib in *Durnomagus* treffen wollte.«

Interessiert hat der Arzt zugehört, will gerade eine Frage stellen, aber Valerius fährt schnell fort: »Ist er ertrunken?«

»Nein«, sagt Peliodoros mit Entschiedenheit. Er deutet auf die Male in Brust und Halsbereich, die kaum noch als Wunden zu erkennen sind.

»Er wurde erstochen. Mehrere Stiche in Brust und Hals. Aber ich vermute, dass er noch gelebt hat, als man ihn ins Wasser warf, denn wenn man auf die Lunge drückt, sondert sie Wasser ab.«

Man hatte einen lästigen Zeugen beseitigt, das war Valerius klar. Aber damit war die Spur auch tot für ihn. Silana, sein Weib, wusste mit Sicherheit nichts.

Silana! Er verscheucht den Gedanken an die Nacht mit ihr aus seinem Kopf. Nun, da Dirana tot ist, erfüllt ihn das Geschehen im Gutshof mit Scham. Mit einem flüchtigen Dank verabschiedet sich Valerius und verlässt den unheimlichen Keller.

***

Auf der *Statio* angelangt, erwartete ihn eine freudige Überraschung. Sein Freund Gaius Tullius Eximius grinste ihn mit breitem Lächeln an.

»Ich dachte, ich muss mich einmal um meinen alten Freund kümmern. Was machen deine Ermittlungen?«

Gemeinsam gingen sie in sein kleines Amtszimmer. Als Valerius die Tür geschlossen hatte, sagte Gaius schnell: »Ist es wahr, was Antonia mir erzählt hat? Man hat vor kurzem versucht, Titus zu entführen?«

Für einen Augenblick bildete sich eine steile Falte des Unmuts auf Valerius' Stirn. Er atmete tief aus.

»Ja, es stimmt. Aber es waren blutige Anfänger. Die Sklaven von Caesonius haben sie vom Hof geprügelt. Und«, schmunzelte er, »auf dem Heimweg sind sie mir begegnet. Hätte ich nur gewusst ... na ja. Meine Leute suchen schon seit drei Wochen die ganze Stadt ab nach ihnen. Bei der Beschreibung, die wir ihnen geben konnten, ist es nur eine Frage der Zeit, bis wir die beiden haben.«

Ein plötzlicher Lärm aus dem Nebenraum ließ die beiden Männer aufhorchen. Sekunden später klopfte es an der Tür. Das abgehetzte Gesicht eines *Vigilen* tauchte auf.

»Verzeih, Tribun, aber ...« Er begann zu stocken und blickte Valerius hilflos an.

»Acco, was ist los? Was stammelst du hier rum?«

Der Angesprochene, ein kräftiger Mann von kleiner gedrungener Gestalt, räusperte sich vernehmlich.

»Der Gefangene ... äh ... er ist ...« Verlegen fuhr er sich durch das struppige schwarze Haar.

»Welcher Gefangene?«

»Äh ... dieser Straßenräuber, du weißt schon, Tribun, der, der auf die Galeeren sollte. Ich meine, man hat ihn eben zurückgebracht. Aber ...« Wieder brach er unvermittelt ab.

Valerius ahnte Schlimmes. Er sprang auf und trat auf den stammelnden Mann zu.

»Castix, ja? Was ist mit ihm?«

»Er ist ... er ist geflohen!« Gleichzeitig duckte sich der Milizionär, als erwarte er, wegen dieser Nachricht geschlagen zu werden.

»Entflohen? Du meinst, ihr habt ihn entkommen lassen?« Valerius' Stimme überschlug sich fast. »Bei den Göttern, sag, dass es nicht wahr ist!«

»Doch, Herr. Gatruvius und Segovax hatten ihn am Hafen abgeholt, nachdem wir durch einen Boten von seiner Ankunft benachrichtigt worden waren. Wir hatten gedacht, dass das reichen müsste, denn er war an den Händen gefesselt. Aber dann ...« Verlegen blickte er auf den Boden und knetete seine Hände. »Dann, plötzlich kurz hinter der *Porta Martis*, sind zwei Mann hervorgestürzt, beide vermummt. Mit Stöcken haben sie auf unsere Männer eingehauen und den Gefangenen befreit. Dann ... dann waren sie weg!«

»Waren unsere Männer etwa nicht bewaffnet?«

»Nein, Tribun, sie dachten, du verstehst, der kurze Weg, und der Gefangene war ja gefesselt, und überhaupt ...«

»Wo sind Gatruvius und Segovax? Ich will sie sofort sehen!«

»Sie ... sie sind im Krankenzimmer. Peliodoros kümmert sich um sie. Aber, wenn ich das so sagen darf, Tribun, sie trifft doch keine Schuld, denn wer ...«

»Schweig, Mann! Das war mehr als leichtsinnig. Wo ist Castus?«

»Er hat frei.«

»Hol ihn sofort her. Welcher Manipel hat Dienst?«

»Der zweite und der vierte, Tribun!«

»Wer führt die beiden Manipeln?«

»Vaniclius den vierten, Thrax den zweiten, aber der ist krank. Du weißt schon, er hat's mit dem Magen.«

»Mit dem Magen, so? Bei den Göttern, soll er nicht so viel fressen, der Dickwanst! Gib sofort Großalarm, Acco! Castix muss sich noch in der Stadt befinden. An seinem kahlen Kopf und dem dichten schwarzen Bart wird man ihn leicht erkennen.«

»Äh ... verzeih, Tribun, Castix trägt keinen Bart mehr. Den hat man ihm wohl auf dem Schiff geschoren.«

»So? Egal, dann eben kein Bart. Trommel sofort den fünften Manipel zusammen, außerdem die Reservemannschaft der Stadtcohorte. Leichte Bewaffnung, Treffpunkt hier an der *Statio*! Beeilung!«

Acco beeilte sich, das Zimmer zu verlassen. Valerius dachte einen Augenblick nach. Jetzt nur nichts vergessen, sonst würde ihm sein im Augenblick wichtigster Zeuge entwischen. Sein Blick fiel auf die Tür, an der ein junger schlanker Mann mit langen rötlichblonden Haaren schweigend lehnte und interessiert die Unterhaltung verfolgte.

»Phaidon!«

Der Angesprochene schlug gegen seine Brust, nahm stramme Haltung an und trat einen Schritt vor.

»Tribun?«

»In einer halben Stunde will ich hier mindestens dreißig Mann vor der Tür sehen.«

»Jawohl, Tribun!«

»Schick einen halben Manipel zu den Stadttoren. Die Tore sind sofort zu schließen. Niemand verlässt die Stadt ohne meinen Befehl, niemand betritt sie. Niemand, verstanden?«

»Verstanden, Tribun!«

»Gut. Außerdem übernimmst du ab sofort den zweiten Manipel. Ich ernenne dich hiermit zum Manipelführer!«

Ein Strahlen zog über das Gesicht des jungen Mannes.

»Danke, Tribun. Übernehme den Zweiten!«

Mit einem zackigen Gruß ging er hinaus.

»Kann ich dir irgendwie helfen?«

Gaius Tullius Eximius war hinter Valerius getreten und legte seine Hand auf die Schulter des Freundes.

»Gerne, mein Freund. Du übernimmst die Reservetruppen der Stadtcohorte. Die haben keinen Offizier. Das würde mir sehr helfen.«

***

Etwa eine halbe Stunde später standen etwa fünfundzwanzig Männer in leichter Bewaffnung vor der *Statio*, drei Manipeln mit ihren Unterführern und zehn Männer der städtischen Veteranencohorte, die ebenfalls Valerius unterstand. Valerius, Gaius, Castus und Phaidon standen um einen Tisch im Wachzimmer herum, auf dem eine Karte der Ubierstadt ausgebreitet lag. Mit raschen Worten teilte Valerius die Stadt in vier Bezirke ein und wies jeder Einheit einen Bezirk zur Durchsuchung und Überwachung zu. Er gab noch einmal eine genaue Beschreibung des Gesuchten.

»Und denkt daran, Männer: Wir müssen diesen Burschen unbedingt finden, und zwar lebend. Er kann die Stadt noch nicht verlassen haben, und wir werden ihn finden! Verdächtige sind festzunehmen, Häuser können, wenn nötig, durchsucht werden. Sagt, ihr handelt im Auftrag des Kaisers, das wird euch die Türen öffnen. Die Götter seien mit euch!«

Mit diesen Worten entließ er sie, und Minuten später waren die kleinen Suchtrupps in den verschiedenen Stadtbezirken verschwunden. Valerius selbst führte den fünften Manipel und hatte sich den südwestlichen Stadtbezirk vorgenommen, der nach Osten durch den *Cardo Maximus,* nach Norden durch den *Decumanus Maximus* und nach Westen und Süden jeweils durch die Stadtmauer begrenzt war. In Eilschritten überquerten sie das *Forum*, ließen die Thermen links liegen und marschierten in Richtung des Tempels von Jupiter Dolichenus. Mit düsterem Blick musterte Valerius den gewaltigen Eichenbaum, an dem man vor einigen Tagen die Leiche des Aulus gefunden hatte. Der zwielichtige Wirt der Spelunke *Ad tres sorores* wäre sicher auch ein wichtiger Zeuge gewesen, aber sein unsichtbarer Gegner war ihm wie so oft zuvorgekommen.

»Halt! Stehen bleiben!«

Die beiden Gestalten, die sich da gerade in den Schatten des Tempels drücken wollten, als sie die Geräusche der eisenbeschlagenen Militärsandalen hörten, kamen Valerius sehr bekannt vor. Der eine klein und gedrungen, mit kurzem blondem Haar, der andere hoch aufgeschossen mit gekrümmtem Gang, das lange schwarze Haar strähnig auf die Schulter herabhängend. Das merkwürdige Paar hätte er auch auf größere Entfernung sofort erkannt. Auf sein Kommando hin hatten seine Männer blitzschnell die beiden zerlumpten Männer gestellt und hielten sie in Schach. Sie leisteten keinen Widerstand.

Es waren die beiden Männer, die vor einigen Wochen versucht hatten, seinen Sohn Titus zu entführen. Der Kleinere von ihnen stank auch jetzt noch erbärmlich. Offenbar hatte er bislang keine Gelegenheit gehabt, den übel riechenden Dreck abzuwaschen, den die alte Arnicia über seinem Kopf entleert hatte.

»Wer seid ihr? Wie heißt ihr?«, herrschte Valerius die Männer an, erntete aber nur verständnisloses Kopfschütteln. Aus blöden Augen starrten sie ihn schweigend an.

»Vielleicht verstehen sie kein Latein?«, mutmaßte Lucius, einer der *Vigilen.* Sein rotes Gesicht war von Pickeln übersät und glänzte im Licht der Sonne wie ein fettiger Pfannkuchen.

Valerius sprach sie nun auf Griechisch an, erhielt aber wiederum keine Antwort. Auch der Versuch in einheimischer germanischer Sprache, die Valerius inzwischen leidlich beherrschte, war nicht mit Erfolg gekrönt. Verständnislos blickten die Männer ihn an.

»Sicher sprechen sie einen entlegenen Stammesdialekt. Oder sie sind taub und stumm.«

»Wir werden sehen, Lucius«, murmelte Valerius. »Eporedix und Celtillus, fesselt sie. Dann bringt ihr die beiden zur *Statio* und haltet sie dort unter strenger Bewachung. Ich werde mich später mit diesen beiden Vogelscheuchen beschäftigen. Aber bei *Mars*, lasst sie nicht entwischen, oder ihr werdet mich kennen lernen!«

Die beiden Milizionäre wurden ziemlich blass bei dieser Drohung ihres Tribuns. Eilends brachten sie die mitgebrachten Hanfstricke zum Vorschein und fesselten die beiden Gestalten, die die Prozedur klaglos über sich ergehen ließen.

»Die anderen weiter!«

Sie wandten sich jetzt nach rechts in Richtung *Decumanus*. Aufmerksam musterten sie die vorbeigehenden Menschen. Hausfrauen, die schwer bepackt vom Markt kamen, eitle und herausgeputzte Müßiggänger, die die Sonne genossen, Sklaven, die im Auftrag ihres Herrn durch die Stadt hetzten, Händler, die auf vor den Bauch geschnallten Brettern Backwaren und gefüllte Brote anboten: Die Sonne hatte sie alle wieder aus ihren Häusern gelockt, aber kein verdächtiger Kahlkopf war darunter!

Sie hatten gerade die Hauptstraße erreicht, als sie auf einen Menschenauflauf an der Säulenhalle des *Forums* aufmerksam wurden. Offenbar spielte sich dort ein Handgemenge ab, denn die Menschen hatten einen Kreis um die Beteiligten gebildet, und kreischende Stimmen von zuschauenden Frauen feuerten die Kämpfer an.

»Lucius, schau nach, was da los ist! Vielleicht sind es ja unsere Leute.«

Der Milizionär beeilte sich, dem Befehl nachzukommen, kam aber wenig später mit rotem Gesicht zurück.

»Nein, Tribun, ein Betrunkener hat den Gemüsestand von Vertico umgestoßen, du weißt schon, der dicke Gemüsehändler aus *Tolbiacum*.«

Valerius nickte wortlos.

»Und nun verhaut die Frau des Gemüsehändlers, die noch viel dicker ist, den armen Kerl mit ihren Gurken.«

»Gut so! Weiter!« Valerius gönnte seinen Männern keine Pause. Sie mussten Castix finden. An der *Porta Herae* bestätigten ihnen die Wächter, dass die Tore seit einer halben Stunde geschlossen seien. Nein, sagten sie, sie hätten einen Mann, auf den die Beschreibung zuträfe, nicht gesehen. Aber was sie mit all den Leuten machen sollten, die draußen stünden und hereinwollten, oder mit denen, die drinnen stünden und herauswollten? Dabei zeigten sie auf eine lange Reihe von Männern und Frauen, die murrend vor dem Tor standen und die Wächter beschimpften.

»Sollen eben warten!«, gab Valerius kurz zurück und machte sich wieder auf den Weg.

***

Nach einer Stunde intensiven Suchens waren sie noch keinen Schritt weitergekommen. Auch die Befragung unzähliger Passanten hatte sie nicht weitergebracht. Niemand hatte den kahlköpfigen Straßenräuber gesehen. Die Sonne hatte sich inzwischen hinter tiefschwarzen Wolken versteckt, und erste kleine Regentropfen durchnässten die Suchenden. Nur wenig später ließ ein gewaltiger Donnerschlag die Stadt erzittern, Sekunden darauf ergoss sich ein ergiebiger kalter Regen über die Männer. Valerius schüttelte die Tropfen von seiner Uniform und blickte unwillig zum Himmel.

»Auch das noch! Die Götter meinen es nicht gut mit uns. Egal, Männer. Wir gehen jetzt in den Nordteil. Das Revier der Bruderschaft der Schuster und Gerber. *Sein* Revier. Hier wird er sich am ehesten verstecken.«

So schnell wie der Regen gekommen war, hatte er sich verzogen, und die nassen Straßen der Stadt dampften im Licht der zurückgekehrten Sonne.

Sie hatten jetzt den *Decumanus Maximus* in nördlicher Richtung überschritten und kamen durch eine kleine Gasse, in der mehrere Schuster ihr Gewerbe ausübten. Eilig schafften die Männer die Sandalen und Schuhe wieder heraus und füllten die regendurchnässten Gestelle mit ihrer Ware.

Eine sich überschlagende Stimme, die man in dieser Lautstärke dem kleinen, blassen Schreier gar nicht zugetraut hätte, pries seine Ware an: »Leute, kauft bei Solidax. Feinste Ware! Ausgehschuhe aus feinstem Oberleder, geschmückte Damenschuhe, weiß und farbig, Stiefelsandalen in allen Preisklassen. Geht nicht an eurem Glück vorbei, gutes Schuhwerk lässt euch die Mühen des Weges besser ertragen.«

»Kennst du den Castix, Meister Solidax?«

Solidax hatte dem Tribun gerade einen Militärstiefel vor die Nase gehalten in der trügerischen Hoffnung auf ein gutes Geschäft.

»Den Castix?«, murmelte der Schuhmacher. Misstrauisch blickte er sich nach allen Seiten um. »Freilich kenne ich den, wer kennt diesen üblen Burschen nicht?«, gab er dann mit gesenkter Stimme zurück.

»Dann wirst du mir sicher sagen können, wo ich ihn finden kann. Wir ... äh, wir haben etwas mit ihm zu besprechen.«

Solidax warf einen abschätzigen Blick auf die Soldaten, die inzwischen einen Kreis um die beiden Männer gebildet hatten. Kaum hörbar flüsterte er: »Hier, in dieser Öffentlichkeit über ihn zu sprechen, wäre mein sicherer Tod, Tribun. Komm heute Abend, nach der zehnten Stunde, wenn alle Geschäfte geschlossen sind. Dann können wir reden!«

***

Die weitere Suche hatte nichts gebracht. Alle Suchtrupps fanden sich bei der Wache ein, doch keiner konnte einen Erfolg vermelden. Der kahlköpfige Castix war wie vom Erdboden verschwunden.

So fand sich Valerius bei Anbruch der Dämmerung in der Gasse der Gerber und Schuster ein. Jetzt um diese Zeit war die kleine Gasse wie ausgestorben, und da auch keine Fackel sie erhellte, lag sie im zwielichtigen Dunkel rascher Dämmerung. Vorsichtig tastete sich Valerius weiter, das Haus des Solidax war schnell gefunden, es war das vierte Haus hinter der Ecke. Die schmale, zerbrechlich wirkende Holztür war nur angelehnt. Auf sein leises Klopfen erhielt der Tribun keine Antwort.

»Solidax? Meister Solidax?«

Keine Antwort! Valerius öffnete die Tür einen Spalt breit und schlüpfte hinein. Nun umhüllte ihn völlige Dunkelheit. Nur das zaghafte Licht der Dämmerung fiel noch durch den Türspalt und wies ihm den Weg durch einen niedrigen Flur. Es roch nach Leder und scharfen Gerbstoffen, gemischt mit dem Geruch nach billigem Kohl und noch billigerem Wein. Valerius zog sein Kurzschwert aus der Scheide. Man konnte nie wissen ... Behutsam tastete er sich an der rau verputzten Wand entlang.

»Solidax? Wo zum Hades steckst du? Wir waren verabredet, erinnerst du dich nicht?«

Aus dem Augenwinkel nahm er eine Bewegung wahr, einen plötzlichen, kühlen Luftzug. Er riss sein Schwert hoch, machte eine Ausfallbewegung nach vorne. Im gleichen Augenblick krachte irgendetwas Schweres auf seinen Kopf. Leuchtende Sterne in allen

Farbstufen tanzten für einen Augenblick vor seinen Augen, während ein stechender Schmerz seinen Kopf durchzuckte. Dann umgab ihn völlige Dunkelheit ...

***

Dunkelheit! Stechende Schmerzen! Ein übler Geschmack im Mund! Leise Stimmen! Langsam kehrte das Bewusstsein zurück, aber die Dunkelheit blieb. Man hatte ihm Augen und Mund locker verbunden und die Hände straff gefesselt.

»Er kommt zu sich«, murmelte eine unbekannte Stimme.

»Gut, packt ihn und bringt ihn herauf!«

Diese Stimme kannte Valerius, aber er konnte sie im Augenblick nicht einordnen. Ein stechender Schmerz durchfuhr seine Schläfen, als ihn kräftige Arme hochrissen und auf die wackligen Beine stellten. Fast wäre er sogleich wieder gestürzt, aber kräftige Arme verhinderten es. Stolpernd ließ er sich von seinen unbekannten Bewachern durch den Raum ziehen. Eine Treppe stellte sich ihm in den Weg. Behutsam nahm er jede Stufe.

Jetzt hatten sie das Haus verlassen. Valerius hatte jedes Zeitgefühl verloren, aber die nachtdunkle Schwärze vor seiner Augenbinde ließ nur den Schluss zu, dass es mitten in der Nacht sein musste. Ein frischer, belebender Wind zog über sein Gesicht und brachte etwas von seinen Lebensgeistern zurück.

»Wohin bringt ihr mich? Wisst ihr nicht, dass ihr euch schwerster Strafe aussetzt, wenn ihr einen kaiserlichen Tribun entführt?«

Ein derber Schlag in den Nacken brachte ihn zum Schweigen.

»Halt's Maul, kaiserlicher Tribun. Freu dich, dass du lebst. Wer weiß, ob du das in ein paar Stunden noch sagen kannst.« Den Worten folgte ein krächzendes Lachen und ein weiterer Schlag, diesmal in die Seite.

Plötzlich wurde er an beiden Armen gepackt, ein weiterer Mann griff nach seinen Beinen. Valerius stemmte sich dagegen, ohne etwas ausrichten zu können. Mit einem schmerzhaften Krachen landete er auf der Ladefläche eines Karrens. Unmittelbar danach packte ihn ein heftiger Würgereiz, denn die Decken, die man über ihn geworfen hatte, stanken zum Göttererbarmen.

Sofort setzte sich der Karren in Bewegung. Dem Tempo nach mussten ihn zwei Ochsen ziehen. Rumpelnd und knarrend holperte er über den harten Boden. Sie konnten sich hier auf keiner Hauptstraße befinden, denn der Boden war nicht gepflastert. Valerius konnte nicht abschätzen, wie lange die Fahrt gedauert hatte, als plötzlich ein scharfes »Halt!« ertönte. Abrupt kam der Karren zum Stehen. Wie aus weiter Ferne drang die Stimme an das Ohr des Tribuns.

»Was habt ihr geladen, und wohin wollt ihr?«

»Bauschutt«, erwiderte eine Stimme gleichmütig. »Wir bringen ihn ins Lindenthal, wie immer.«

»Wessen Baustelle?«, wollte die befehlsgewohnte Stimme wissen, die offenbar einem Soldaten gehörte.

Kurze Pause. Dann sagte die bekannte Stimme, die Valerius nicht einordnen konnte:

»Baustelle des ... äh ... Quirinius, hinter den Thermen.«

»Quirinius? Kenn ich nicht! Wer soll das sein?«

»Der neue Thermenpächter, du weißt schon. Er hat einiges umgebaut, und jetzt will er den Dreck raus haben.«

»Ach, die Thermen sind neu verpachtet? Das ist was anderes. Öffnet das Tor!«

Valerius hätte verzweifeln können. Er hatte doch ausdrücklich befohlen, dass die Tore verschlossen blieben und niemand, wirklich niemand die Stadt verlassen durfte! Wenn man ihn erst aus der Stadt geschafft hatte ...

Er nahm alle Kraft zusammen, die Beine waren ja nicht gefesselt, dann bäumte er sich auf und trat mit aller Macht gegen den seitlichen Holzaufbau des Karrens. Ein greller Blitz durchfuhr ihn, und der Schmerz lähmte ihn für einen Augenblick völlig. Gleichzeitig verkündete ein dumpfes splitterndes Geräusch, dass die morsche Wand des Karrens solch brachialer Gewaltanwendung nicht gewachsen war.

»Halt! *Consistite* – Stehen bleiben! *Ad arma* – Alarm! Alle Männer heraus!«

Sein Kraftaufwand hatte offenbar den gewünschten Erfolg erzielt.

Aufgeregtes Stimmengewirr, polternde Schritte genagelter Soldatensandalen, das liebliche Geräusch von Schwertern, die hastig ihre Hülle verließen, die keuchenden Geräusche ringender Männer, ein dumpfer Schmerzenslaut.

»Haltet den Mann da fest, lasst ihn nicht entkommen!«

Dann wurde endlich mit einem Ruck die stinkende Decke entfernt, und Valerius blickte in das überraschte Gesicht eines Veteranen, der als Wache am nördlichen Stadttor eingesetzt war.

»Tribun? Du?«

XXIX.
Tödliche Vollmacht

Am nächsten Morgen, früh zur zweiten Stunde, platzte das kleine Wachbüro aus allen Nähten. Marcus Valerius Aviola saß an seinem kleinen Schreibtisch. Um ihn herum hatten sich die Männer seiner Wache gruppiert und bildeten einen undurchdringlichen Kreis um die drei Gestalten, die entmutigt und gefesselt auf dem Boden hockten. Der kahlköpfige Castix starrte ihn hasserfüllt an, daneben saß Solidax, der tückische Schuster. Das Trio wurde komplettiert von einem Mann, den Valerius nicht kannte. Auf Befragen hatte er seinen Namen mit Avelix angegeben. Er habe mit all diesen Machenschaften nichts zu tun und sei nur zufällig in die Sache geraten. In der Ecke standen die beiden zerlumpten Gestalten, die versucht hatten, Titus zu entführen, und glotzten mit blöden Augen auf die Szene. Nach wie vor war ihnen kein Wort zu entlocken.

»Nun rede schon, Castix«, herrschte Valerius den kahlköpfigen Straßenräuber plötzlich an, »dein Schweigen nutzt dir nichts mehr. Die Galeeren warten schon auf dich, aber an mir läge es, dein Schicksal zu erleichtern.«

»Fahr zum Hades, Römer!«, schrie Castix voller Verachtung und spuckte dem Tribun vor die Füße, was ihm eine heftige Ohrfeige durch einen der Wächter eintrug. Der Kahlkopf bäumte sich auf und warf sich mit einem knurrenden Laut herum, aber die soliden Hanfstricke an Armen und Beinen gaben nicht nach.

Gaius Tullius hatte die Szene mit Widerwillen beobachtet, jetzt trat er an Valerius heran und flüsterte ihm etwas ins Ohr.

»Bringt den Mann heraus, aber, bei allen Göttern, lasst ihn nicht noch einmal entkommen.« Er wartete ab, bis sein Befehl durchgeführt worden war, dann fixierte er Solidax mit scharfem Blick.

»Dir droht dasselbe Schicksal, Mann. Noch hast du Gelegenheit, es abzuwenden. Wenn ich recht informiert bin, hast du doch eine Frau und Kinder, nicht wahr?«

Solidax schien unter seinem Blick zu vergehen. Er wand sich vor Angst, Schweißperlen bedeckten seine Stirn und rannen unaufhörlich auf seine verschmutzte *Tunica.*

»Drei, Herr. Drei Kinder habe ich. Erbarmen, Herr, Erbarmen. Bei Juno, der mildtätigen Beschützerin der Familien, schickt mich nicht auf die Galeeren! Wer soll für meine Familie sorgen? Und mein Laden. Wer wird ...?«

»Schweig!« Abrupt unterbrach Valerius das Gestammel des Mannes. »Wenn du dir das Schicksal jenes Mannes ersparen willst, dann rede, aber tu es jetzt, denn meine Geduld neigt sich dem Ende zu. Sprich, wer war dein Auftraggeber? In wessen Auftrag hast du mich in deine armselige Hütte gelockt?«

Solidax schien einen Augenblick nachzudenken. Sein unsteter Blick wanderte durch den Raum.

»Und, und wenn ich rede, was ... äh, was passiert dann mit mir, Herr?«

»Das steht nicht in meiner Macht, aber so viel kann ich dir versprechen: Du wirst weder auf die Galeeren geschickt noch in die Arena gehen müssen!«

Ein Seufzer der Erleichterung entrang sich seiner schmalen Brust.

»Gib mir dein Ehrenwort als Tribun darauf, Herr!«

»Du hast es, aber nun rede!«

»Kann man mir vorher die Fesseln abnehmen, und ... und kann ich etwas zu trinken haben?«

Auch diese Bitten wurden gewährt.

Solidax massierte sein Handgelenk, an dem die Fesseln deutliche Spuren hinterlassen hatten. Er nahm einen tiefen Zug aus dem Wasserbecher. Dann sagte er ein Wort: »Pausanias!«

Valerius war völlig verblüfft und fragte nach: »Habe ich richtig gehört? Du nanntest den Namen Pausanias? Den alten buckligen Schreiber des Statthalters?«

Solidax nickte. »Von ihm erhielten wir den Auftrag, von ihm persönlich. Über die Hintergründe weiß ich nichts. Nun habe ich dir alles erzählt, kann ich jetzt gehen?«

Valerius war wie benommen. Die alte Kanzleikrähe sollte hinter diesen Anschlägen stecken? Unmöglich!

»Gehen? Nach Hause? Du scherzt. So schnell geht das nicht. Wir werden erst deine Angaben überprüfen. Solange wirst du unsere Gastfreundschaft genießen. Was hast du überhaupt mit Pausanias zu tun?«

»Von ihm erhielten wir den Auftrag, Castix zu befreien und danach zu verstecken, denn auch Castix handelte in seinem Auftrag, als er euch überfiel.«

Pausanias, Castix, Solidax, langsam begann sich der Kreis zu schließen, aber dahinter musste jemand anderes stehen. Pausanias konnte unmöglich alleine gehandelt haben ... Er fixierte den blassen Schuster mit einem scharfen Blick.

»Und du? Du bist wahrscheinlich Mitglied in seiner ... Bruderschaft?«

»Freilich bin ich das«, gab Solidax mit einem Anflug von Trotz zurück. »Wie hätte ich sonst meinen Laden führen können? Die einen von uns sind Mitglieder, die anderen zahlen. So ist das hier eben.«

Einen Augenblick lang blickte Valerius den Schuster nachdenklich an. Nervös trommelten seine Finger auf der Tischplatte. Wieder suchte seine Hand die Narbe an der Stirn, die ganz fürchterlich juckte. Vieles ging ihm durch den Kopf. Wie sollte ein kleiner Schreiber hinter dem Mordkomplott stehen? Oder handelte er gar in höherem Auftrag? Stand vielleicht sogar der Kaiser oder einer seiner mächtigen Vasallen dahinter? Die Liste, die Niger ihm gezeigt hatte, fiel ihm ein. Der unleserliche Name, der mit -s endete. Pausanias?

Dann war er zu einem Entschluss gekommen.

»Phaidon, Lucius, Celtillus, ihr kommt mit. Die anderen gehen wieder an ihre Arbeit zurück. Der Mann hier«, er wies auf Solidax, »bleibt vorerst unter scharfer Bewachung. Ebenso jener ... äh ... Avelix. Gaius, mein Freund, willst du mich begleiten?«

Gaius Tullius Eximius straffte seine gewaltige Gestalt. »Zum Statthalter?«

Valerius nickte. »Zum Statthalter!«

***

Überrascht blickte der alte Schreiber auf, als die Männer in seine Schreibstube stürmten. Wie immer hatte er seinen Dienst im *Prätorium* schon zur ersten Stunde angetreten und war in die Abschrift eines Befehls des Statthalters vertieft, als die Männer hereinstürmten. Als er sie erkannte, verzog sich sein faltiges Gesicht zu einem bösartigen Grinsen.

»Welch hoher Besuch! Der edle Tribun selbst gibt mir die Ehre. Und ein paar seiner Leute hat er mitgebracht, wohl zum Schutz? Fürchtet er gar einen alten buckligen Schreiber?« Er rieb sich die Hände und wartete keine Antwort ab. »Nun, was verschafft mir die Ehre?« Er erhob sich und faltete die Hände vor seinem dünnen Bauch.

Valerius trat einen Schritt auf ihn zu und rief mit fester Stimme: »Im Namen des Kaisers, du bist festgenommen!«

Pausanias wirkte durchaus nicht erschrocken. Vielmehr setzte er ein freches Grinsen auf.

»So, im Namen des Kaisers! Ob der das wirklich weiß, was ein kleiner Tribun hier in der Provinz so treibt? Und wie lautet die Anklage, werter Herr?«

»Du wirst angeklagt, an einem Anschlag auf mich beteiligt zu sein. Entführung und Mordversuch an einem kaiserlichen Tribun, das wird dich den dürren Hals kosten!«

Wieder zog ein geringschätziges Grinsen über das Gesicht des Alten. »Und die Beweise? Gibt es auch Beweise für diese unerhörten Anschuldigungen?«

»Wir haben einen Schuster namens Solidax in Haft, der dich beschuldigt.«

»Den Solidax habt ihr, so. Da habt ihr aber einen feinen Zeugen. Aber der wird euch nichts nutzen, ihr wohlgeborenen Herren.«

»Du leugnest?«

»Durchaus nicht!«

Valerius gab sich keine Mühe, sein Erstaunen zu verbergen. »Nicht? Du leugnest nicht? So gestehst du also die Tat?«

»Diese, und auch andere, wenn es beliebt.«

»Andere? Welche ... anderen meinst du?«

Mit aufreizendem Gleichmut sagte Pausanias: »Ich war es, der deine liebreizende Dirana in den Hades befördern ließ!«

Atemloses Schweigen beherrschte den ganzen Raum, nur gedämpfte Geräusche einer erwachenden Stadt drangen aus der Ferne hinein. Einen Augenblick glaubte Valerius, die Sinne müssten ihm schwinden. Er taumelte, und es war gut, dass der feste Griff seines Freundes Gaius ihn hielt. Dann stürzte er sich auf den Schreiber, packte ihn am Hals und schüttelte ihn wie einen morschen Baum.

»Was«, keuchte er, »was bei Pluto hast du mit dem Tode meines Weibes zu schaffen? Sprich, oder ich breche dir dein morsches Genick sofort!«

Pausanias versuchte vergebens, sich dem eisenharten Griff zu entwinden. Sein Gesicht lief rot an, und die Zunge wurde zwischen den dünnen Lippen sichtbar. Valerius lockerte den Griff und stieß den Mann von sich weg, der erschöpft auf den Stuhl sank. Hasserfüllt starrte Pausanias ihn an, während er langsam wieder Luft holte.

Mühsam nach Atem ringend keuchte er: »Durch mein Gift starb sie, Tribun, wobei mir eine kleine Sklavin etwas ... etwas geholfen hat!« Er hatte sich wieder erholt, und das höhnische Grinsen kehrte in sein Gesicht zurück.

»Freilich, der Messerstich während der Isis-Prozession hatte schon dir gegolten. Aber nach deinem hochmütigen Auftritt hier beschloss ich, dir eine *Lectio* zu erteilen und dein feines Weib in den Hades zu befördern.«

»Aber der gedungene Täter hat sie zunächst verwechselt und statt ihrer die Köchin des Peliodoros erwischt, nicht wahr?«, wandte Gaius sachlich ein.

»Ein kleiner Unfall«, lächelte der Schreiber, »aber wir haben ihn ja noch, den allmächtigen Göttern sei Dank, korrigiert.« In diesem Augenblick war es mit der mühevollen Selbstbeherrschung des Tribuns vorbei. Er holte aus und seine geballte Faust landete mitten im Gesicht des verdutzten Schreibers. Der taumelte mit einem heiseren Aufschrei zurück und prallte mit seinem gekrümmten Rücken gegen ein Schriftrollenschränkchen. Doch sogleich erhob er sich wieder, wischte das Blut aus seinem Mundwinkel und verzog die Miene zu einem höhnischen Grinsen.

»Welch tapfere Tat. Bei den Göttern, eines kaiserlichen Tribuns aus der edlen Sippe der Valerier wahrhaft würdig. Aber höre, denn du weißt noch nicht alles. Ich war es auch, der dein feines Söhnchen entführen ließ, leider hat es nicht so geklappt, wie ich es wollte.«

»Diese beiden stummen Strauchdiebe hast du gedungen?«

»Freilich, Tribun! Zu dumm, um alleine eine *Tunica* anzuziehen, aber schweigsam, nicht wahr? Das ist wichtig, wenn man sie fassen sollte!« Er kicherte albern und rieb sich zufrieden die Hände. »Gut ausgewählt, nicht wahr? Sie gehören zum barbarischen Stamm der Pictonen, weit entfernt am *Mare Cantabricum.* Sie sprechen kein Wort Latein und verstehen kein Wort, wenn man sie befragt. Du siehst, ich habe an alles gedacht.«

»Aber warum nur, warum?«, schrie Valerius, der so viel Hass und Infamie kaum fassen konnte.

»Weil ich dich hasse, dich und deine feine Familie«, keuchte Pausanias, und in seine Augen trat ein unheimliches Glühen. »Bei den Göttern, wie ich euch und euresgleichen hasse!«

»Was ... was nur kann in dir einen solchen Hass erzeugen?«, flüsterte Valerius tonlos.

»Oh, mein edler Freund«, erwiderte Pausanias spöttisch, »da gibt es mehrere Gründe, und sie hängen alle mit deiner feinen Familie zusammen. Da wäre zum einen dein edler Vater. In jungen Jahren war ich sein Schreiber – sicher hast du das nicht gewusst. Als ich einmal versehentlich etwas Schreibtinte auf seine *Toga* vergoss, ließ er mich so auspeitschen, dass ich die Narben noch heute spüre. Möchtest du sie sehen?« Ohne eine Antwort abzuwarten, fuhr er hastig fort: »Deinem Onkel Marcus Valerius Messala, dem edlen *Consul*, verdiene ich mein Exil hier in diesem kalten, barbarischen Land, und das nur, weil ein paar Münzen für einige Gefälligkeiten in meine Tasche gewandert sind. Er hat mich beim Kaiser der Korruption angeklagt und meine Verbannung gefordert. Doch das ist nicht alles. Hast du vergessen, wie du dich bei unserem ersten Zusammentreffen hier in diesem Zimmer benommen hast? Zu stolz warst du, um mit einem Schreiber ein kleines Gespräch zu führen. Weißt du nicht, dass Hochmut immer von den Göttern bestraft wird? Hast du das Beispiel des Tantalus vergessen, der in seinem unsäglichen Stolz die Götter herausgefordert hat? Verglichen mit ihm geht es dir doch noch recht gut, wenn du an seine Qualen in der Unterwelt denkst, oder?«

Valerius antwortete auf diesen albernen Vergleich nichts, und so fuhr Pausanias ermutigt fort: »Eure *Gens* ist von solchem Hochmut, dass es nicht ungestraft bleiben darf!«

»Und das ... das reichte, um meine Familie auslöschen zu wollen?«, sagte Valerius atemlos.

Pausanias schüttelte den Kopf und grinste. »Nein. Ich habe sozusagen das Angenehme mit dem Notwendigen verbunden.«

»Wie ... wie bei *Jupiter* meinst du das?«

»Das sollst du gleich sehen«, rief Pausanias. Er beugte sich unter seinen Schreibtisch und zerrte eine kleine Schriftrolle hervor. Fast zärtlich strich er über die Rolle, dann überreichte er sie mit arroganter Geste an Valerius. »Lies das«!, schrie er höhnisch.

Er stand jetzt ganz dicht vor Valerius und sein Speichel spritzte in das Gesicht des Tribuns. »Ich handelte in höchstem Auftrag, in allerhöchstem, sozusagen!«

Verblüfft entrollte Valerius die Schrift. Er traute seinen Augen kaum. Was er las, ließ seinen Atem stocken:

An jedermann im Reiche, der dies liest!

Hiermit wird im Namen des Kaisers verkündet, dass der Inhaber dieser Vollmacht, der Schreiber Pausanias, ermächtigt wird, in eigenem Namen und nach eigenem Gutdünken zu handeln. Was er im Rahmen dieser Vollmacht tut, entzieht sich jeder Strafbarkeit. Es ist ihm weiterhin von Seiten aller kaiserlichen Beamten, Magistraten und Behörden auf seine Anforderung hin jegliche Unterstützung zu gewähren. Wer sich diesem Befehl nicht fügt, hat mit schwerster Verfolgung zu rechnen.

Verkündet zu Rom an den Iden des Februaris
Gaius Ophonius Tigellinus
Praefectus vigiliarum Urbis

Wie vom Blitz gerührt starrte Valerius auf die Buchstaben, dann ließ er die Rolle sinken. Gaius nahm sie ihm aus der Hand. Er warf einen schnellen Blick darauf und wurde blass. In diesem Augenblick öffnete sich die Tür des Amtszimmers. Unbemerkt war Lucius Duvius Avitus eingetreten. Der Statthalter warf einen Blick in die schweigende Runde, dann fragte er mit erhobener Stimme: »Darf man erfahren, was sich hier in meinen Amtsräumen abspielt?«

Wortlos reichte ihm Gaius die Schriftrolle. Während Lucius Duvius Avitus die Zeilen überflog, zog sich seine linke Augenbraue nach oben, was bei all seinen Untergebenen als Zeichen höchster Missbilligung, ja geradezu völliger Abscheu verstanden wurde.

»Was bedeutet das?«, herrschte er Pausanias an.

Der Schreiber setzte ein überlegenes Lächeln auf. »Genau das, was dort steht, Herr. Jeder Beamte, jede Behörde hat mir Hilfe zu leisten – mit Verlaub, auch ihr, hoher Herr! Ich ... ich handle in höchstem Auftrag. Im Interesse des Reiches, sozusagen.« Während er das mit besonderer Wichtigkeit gesagt hatte, wuchs seine gekrümmte Gestalt sichtlich, und seine tückischen Augen strahlten.

Ratlos blickte der Statthalter um sich. Sein Blick fiel auf Valerius, der immer noch wie gelähmt an der Tür lehnte.

»Marcus Valerius, was ist hier los? Ich erwarte Aufklärung!«

Mit wenigen Worten setzte der Tribun den fassungslosen Statthalter ins Bild. Einen Augenblick lang herrschte völliges Schweigen.

»Du steckst hinter den Morden?«, schrie Lucius Duvius Avitus dann und fuchtelte wutentbrannt mit seiner Hand vor dem Gesicht des Schreibers herum.

»Zu viel der Ehre, Herr. Nicht hinter allen! Aber ich tat, was ich tun musste. Die Vollmacht hier, ausgestellt von höchster Stelle, sie gab mir das Recht ...«

Aber Duvius hatte keinen Blick für das Dokument. Im gleichen Augenblick griff der Statthalter nach dem Schwert von Valerius, und bevor noch jemand wusste, was geschah, hatte er es blitzschnell aus der Scheide gezogen und Pausanias tief in sein Eingeweide gestoßen.

Mit einem ungläubigen Gesichtsausdruck sank Pausanias zusammen. Mit einem Ruck riss Avitus das Schwert aus dem entseelten Körper und blickte auf die Männer, die die Szene atemlos beobachtet hatten.

»Die Vollmacht mag ihm das Recht gegeben haben, aber dieses Schwert gab mir die Pflicht, die Welt von einem elenden Spion und Mörder zu befreien.«

Im gleichen Augenblick wurde die Tür aufgerissen, und ein junger Legionär stürzte atemlos herein. Nur kurz fiel sein Blick auf den toten Schreiber, der in seiner blutigen *Tunica* vor dem Schreibtisch lag.

»Verzeihung, Statt ... Statthalter«, stammelte er. »Eine Eilmeldung aus Rom!«

Dabei übergab er eine in Stoff eingewickelte Wachstafel. Mit zitternden Händen riss Avitus die Verpackung auseinander. Seine Augen flogen über die Wachstafel. Dann drehte er sich zu den Umstehenden um und sagte mit tonloser Stimme:

»Agrippina ist tot!«

XXX.
Der Ritterring

Mühsam bahnte Marcus Valerius Aviola sich einen Weg durch das Menschengedränge auf dem sonnendurchfluteten *Forum* der Ubierstadt. Zwei Tage waren seit jener dramatischen Szene im *Prätorium* vergangen, zwei Tage, in denen Valerius mit seinen Ermittlungen noch keinen Schritt weiter gekommen war. Mit der impulsiven Tötung des hasserfüllten Schreibers hatte der Statthalter, ohne es zu wollen, zunächst einmal jede Möglichkeit einer weiteren Aufklärung verhindert. Inzwischen hatte man zwar einen Veteranen gefunden, der die Sprache der Pictonen beherrschte, und die beiden zerlumpten Gestalten hatten die Aussage des Schreibers bestätigt, aber was nutzte das jetzt noch? Nach einer kräftigen Tracht Prügel hatte man sie aus der Stadt getrieben. Castix hatte kein Wort ausgesagt und war jetzt endgültig auf dem Weg zu seiner Galeere.

»Verzeih, Tribun!«

Einer der Markthändler, ein dicker Wurstverkäufer, hatte Valerius angerempelt und entschuldigte sich sofort. Wortlos ging Valerius weiter. Sein Ziel war das *Prätorium.* Ein Sklave hatte eine Nachricht des Statthalters überbracht, nach der er sich sofort dort einzufinden hätte. Ein Sonderkurier des Kaisers sei eingetroffen und wünsche ihn sogleich zu sprechen. Wer mochte das sein? Egal, das spielte jetzt auch keine Rolle mehr. Agrippina war tot.

Wie im Falle ihres kaiserlichen Gatten Claudius war er wieder zu spät gekommen. Zu spät, um seinen Auftrag wirklich zu erfüllen. Die Götter waren gegen ihn. Die Götter? Oder der eine, von dem ihm Maternus so viel erzählt hatte. Und Flavia Spatiatica, die er gestern besucht hatte. Der kleine Titus fühlte sich ausgesprochen wohl bei ihr und wurde offensichtlich nach Strich und Faden verwöhnt. Zum Abschied hatte Flavia ihm einen langen Blick der Zuneigung zugeworfen, aber Valerius war im Augenblick kaum in der Lage, das ernsthaft zu registrieren oder gar über mögliche Folgerungen nachzudenken.

Er hatte jetzt das Amtsgebäude des Statthalters erreicht. Verwundert bemerkte er, dass eine *Decurie* von Legionären vor dem Amtsgebäude lagerte. Keiner der Soldaten war ihm bekannt. Entweder stammten sie aus der Garnison von *Novaesium* oder sie bildeten den Geleitschutz für den kaiserlichen Sonderkurier. Als die Soldaten seinen Rang erkannten, nahmen sie Haltung an und grüßten vorschriftsmäßig. Wortlos erwiderte Valerius den Gruß. Er betrat das Gebäude und grüßte flüchtig den salutierenden Legionär am Eingang.

Ein neuer Schreiber versah seinen Dienst im Vorzimmer, ein junger blonder Mann mit angenehmen Gesichtszügen. Als er den Tribun erblickte, erhob er sich unverzüglich von seinem Platz.

»Sei gegrüßt, Tribun.«

Auf den fragenden Blick des Tribuns hin ergänzte er hastig: »Ich bin Ampesix, der neue *Secretarius* des Statthalters. Willst du dich noch einen Augenblick gedulden? Ich werde deine Ankunft sofort melden.«

Marcus Valerius Aviola nickte ihm freundlich zu und stellte sich ans Fenster. Jetzt, zur siebten Stunde, herrschte reger Verkehr in *Colonia Claudia Agrippinensium,* und die Straßen waren voller Menschen, die geschäftig durch die Stadt eilten. Ein buntes Bild des Friedens. Valerius seufzte.

Die Tür des Amtszimmers öffnete sich.

»Der Statthalter bittet dich herein, Tribun.«

»Danke, Ampesix!«

Lucius Duvius Avitus saß gebeugt an seinem Schreibtisch. Der einst so stattliche Mann wirkte schwer angeschlagen. Seine hängenden Schultern und die trotzige Miene seines Gesichtes verhießen nichts Gutes.

Aber der Statthalter war nicht allein. An dem kleinen Fenster stand eine lange, hagere Gestalt in einem schwarzen Umhang, die das Treiben auf der Straße zu beobachten schien. Beim Eintritt des Tribuns drehte sie sich langsam herum. Und als Valerius ihn erkannte, wäre es fast wieder um seine Selbstbeherrschung geschehen gewesen.

Vor ihm stand – Tullius Torquatus Niger, der »Schwarze«!

»Niger? Du?«, entfuhr es ihm.

Tullius Torquatus Niger nickte ihm mit einem dünnen Lächeln seiner schmalen Lippen zu.

»*Salve,* Tribun Marcus Valerius Aviola. Du scheinst überrascht zu sein?«

»Überrascht? Äh ... ja. Ich hatte ... nun, ich hatte mit dir nicht gerechnet. Man hatte mir gesagt, ein Sonderkurier des Kaisers ...«

»Und da hast du weniger an mich gedacht, nicht wahr?«

Der Statthalter hatte dem Gespräch der beiden Männer schweigend zugehört.

»Ich lasse die Herren jetzt alleine«, sagte er und erhob sich schwerfällig. Ohne ein weiteres Wort verließ er den Raum. Niger blickte ihm unfreundlich nach.

»Die Ermordung eines kaiserlichen Agenten war unklug«, sagte er, »er wird sich für den Tod des Pausanias in Rom vor dem *Cäsar* zu rechtfertigen haben. Mein Begleitkommando wird ihn sicher nach Rom eskortieren.«

»Welchen Vorwurf könnte man Duvitus machen? Pausanias war ein Spion und Mörder. Er ist für den Tod meines Weibes verantwortlich. Selbst die versuchte Entführung meines Sohnes geht auf sein Konto. Und ebenfalls ein Anschlag auf mich. Er hat sein Schicksal verdient.«

»Was Pausanias tat, tat er auf kaiserlichen Befehl, jedenfalls das meiste. Ich gebe zu, durch persönliche Empfindungen veranlasst, ist er ... ich meine, er ist etwas über das gesetzte Ziel hinausgeschossen. Das mit deinem Weib tut mir Leid, das musst du mir glauben. Es war weder geplant noch gebilligt. Ohne Zweifel hätte man ihn dafür zur Verantwortung gezogen. Aber nun ...«

Er vollendete den Satz nicht, sondern blickte Valerius vieldeutig an. Bevor Valerius antworten konnte, fuhr der »Schwarze« fort: »Pausanias war unser Agentenführer hier, der, dessen Name auf der Liste so unleserlich war. Du erinnerst dich?«

Der Tribun erinnerte sich nur zu gut. Er lachte böse auf.

»Unser Agentenführer?« Seine Finger verkrampften sich, und die Narbe brannte wie verrückt.

»Du hast wieder einmal die Seiten gewechselt. Du hast Agrippina verraten!«

Wieder lächelte Niger dünn. Aus einer Tonkaraffe schenkte er sich und seinem Gast etwas Wein ein und vermischte ihn sorgfältig mit Wasser. Valerius übersah den angebotenen Becher geflissentlich.

»Verraten? So würde ich das nicht nennen. Und ich weiß auch nicht, Tribun, ob du hier im fernen Germanien die Dinge so richtig beurteilen kannst. Was meinst du mit Seitenwechsel? Jedenfalls arbeitete ich schon bei unserem ersten Treffen in Agrippinas Haus für den *Cäsar,* auch wenn ich dir aus guten Gründen einen anderen Eindruck vermitteln musste.«

Während er sprach, kratzte er sich heftig an seiner Narbe. Jetzt erst fiel Valerius auf, dass der Mann den goldenen Ring des Ritterstandes trug. Und unter seinem Umhang konnte man auf der *Tunica* die schmalen vertikalen Purpurstreifen der *Clava angusta* erkennen, die den Träger als Ritter auswiesen. Die Götter müssen mich mit Blindheit geschlagen haben, durchfuhr es Valerius.

Und wie aus dem Nebel vergangener Tage tauchte das würdige Gesicht Senecas vor seinen Augen auf, der ihn damals in Rom vor Niger gewarnt hatte. »Er spielt immer falsch, er kann gar nicht anders« – waren das nicht die Worte des Philosophen gewesen? Und das unschuldig schöne Gesicht des jungen Horatius Pulcher trat vor seine Augen: »Er würde alles tun, um in den Ritterstand aufzusteigen, selbst seine Mutter würde er verkaufen!« Valerius erinnerte sich genau an die Worte des jungen Mannes. Nun, seine Mutter hatte er nicht verkauft, aber seine Herrin Agrippina. Und jetzt hatte der »Schwarze« es geschafft. Würde dieser Mann auch eines Tages noch sein Endziel erreichen, den senatorischen Rang?

»Woran denkst du, Marcus Valerius?«

Niger nahm einen Schluck Wein und blickte Valerius nachdenklich an.

»An unsere Begegnung in Rom, in dieser Spelunke. Hattest du nicht gesagt, du als Einziger seiest Agrippina treu und loyal gegenüber, bis zum Tod?«

»Bis zum Tod? Nun, sie ist tot. Also bin ich von meiner Treuepflicht entbunden. Aber im Ernst, Tribun, ich musste diese kleine Komödie spielen, um deinen notorischen Argwohn zu zerstreuen. Verzeih mir. Tatsächlich war keiner deiner Schritte, die du als provinzieller Stoffhändler in Rom unternommen hast, ohne Beobachtung. Decimus Batistus aus Narbo, bei allen Göttern, du hast deine Rolle hervorragend gespielt. Auch bei deiner Festnahme durch die Vigilen. Ich hatte sie übrigens veranlasst, wollte sehen, wie du dich aus der Affäre ziehst. Aber das ist dir bestens gelungen. Ich habe mir nachher das Protokoll durchgelesen, zum Totlachen. Du wolltest ihnen sogar Wintermäntel zum Sparpreis beschaffen. Bei den Göttern, welch eine göttliche Komödie!«

Schweigend ließ Valerius den Spott seines übermächtigen Gegenspielers über sich ergehen.

»Und all diese Menschen, sie mussten alle sterben?« Fast zaghaft wandte Valerius das ein, und die Gesichter der Ermordeten wanderten langsam durch seinen Kopf. Manche, wie der Schurke Vindurix, hatten tatsächlich ihren Tod mehr als verdient, aber andere ...

»Sie waren alle Agenten Agrippinas, und es galt sie zu beseitigen, damit am Schluss auch der unselige Kopf selbst fallen konnte.«

»Unselig? Ihr hattest du doch Treue geschworen?«

Niger verzog bei diesem Vorwurf keine Miene und schwieg. Fast gelangweilt betrachtete er seine gepflegten Fingernägel.

»Und Gaius Volturcius Crassus, der *Curator*? War es nun ein Unfall oder vorsätzlicher Mord? Er ... er stand doch auf eurer Seite. Hattest du mir nicht in Rom gesagt, dass ich alle Nachrichten über ihn ...«

»Er drohte unsere Sache zu verraten. Bekam auf einmal Gewissensbisse, der alte Narr. Den ersten Anschlag hat er überlebt, den zweiten nicht. Die Feuersbrunst in eurer kleinen Ubierstadt bot eine einmalige Gelegenheit.«

»Mörder!«, schrie Valerius plötzlich. »Verräter! Niemand hätte den Tod mehr verdient als du!«

Seine Hand tastete nach seinem Schwert, aber dann zuckte sie zurück, und er nahm den Weinbecher, der unberührt auf dem Tisch stand, und warf ihn mit einem Aufschrei gegen die Wand, wo er krachend zerplatzte.

»Die Götter mögen dich für alle Zeiten in der Unterwelt strafen, Tullius Torquatus Niger! Nichts ist dir heilig, niemandem bist du treu, du kennst keine Ehre, du spielst stets ein doppeltes Spiel, verflucht seist du! Und das alles für diesen albernen kleinen Ritterring!«

Ungerührt und schweigend hatte Niger den Wutausbruch des Tribuns über sich ergehen lassen. Jetzt aber stand er unvermittelt auf, hochrot glühte die Narbe, die sich vom Kinn bis zum linken Ohr erstreckte und sein sonst so ebenmäßiges Gesicht verunstaltete. Narbe und Wut entstellten sein Gesicht zu einer hässlichen Fratze, als er Valerius heiser anschrie: »Was weißt du Elender über diesen goldenen Ring hier?«

Drohend hob er die Hand und hielt den Ring ganz dicht vor Valerius' Augen. »Nichts, nichts weißt du. Dir wurde er in die Wiege gelegt, eurer *Gens* steht auch die Senatorenlaufbahn offen, du musst nur zugreifen.«

Mit hochrotem Kopf schritt er durch den Raum und starrte Valerius finster an.

»Mein Vater, bei den Göttern, er war ... Fischhändler in Ostia. Fischhändler. Und, bei allen Göttern des Himmels und der Erde, ich sage dir, den Geruch wirst du nie mehr los. Seit meiner Jugend kenne ich nur den Gestank von Fischen. Er hat mich abends in den Schlaf begleitet, und er war morgens das Erste, was ich wahrnahm. Fische, immer nur Fische! Und da habe ich jetzt die Möglichkeit, die eine Möglichkeit meines Lebens, für immer diesen Gestank loszuwerden. Auf der Straße ehrfurchtsvoll gegrüßt zu werden, bei den Spielen auf den privilegierten Sitzplätzen sitzen zu können, die Ämterlaufbahn des *Cursus honorum* zu beschreiten, am Ende gar den breiten Purpurstreifen des Senators anlegen zu dürfen, das, das, mein Freund, sind Ziele, um derer willen man auch schon einmal seinen Auftraggeber wechseln darf! Aber was weißt du davon? Dir hat all diese Privilegien dein Vater vererbt, ohne dass du auch nur einen Handschlag tun musstest. Also schweig du mir von Ehre und Treue!«

Niger atmete tief aus und setzte sich auf den Stuhl des Statthalters. Mit einem Schluck leerte er seinen Weinbecher und goss erneut nach, diesmal ohne Wasserzusatz.

»Ich glaube, ich verstehe, was in dir vorgeht, Niger«, sagte Valerius leise. Zornig bebten seine Lippen.

»Aber dennoch kann niemand dein Verhalten billigen. Es verstößt gegen jede Form von Sitte und Anstand. Jeder hat sich mit dem Stand abzufinden, in den er geboren wird und ...«

Niger lachte höhnisch auf.

»Pah! Sitte und Anstand! Mit dem Stand abfinden! Das sagt aber nur einer, der in höherem Stand geboren ist. Freilich ist das bequem, und so lässt sich auch ein Volk trefflich regieren, wenn jeder eben mit dem zufrieden ist, was er hat, und nicht nach Höherem strebt. Halte ein Volk nur dumm und ohne Ehrgeiz, und wenn es aufmuckt, tröste es mit *panem et circenses*, etwas von der nötigsten Nahrung und dazu kostenlose Unterhaltung. Dann hält es sein Maul und lässt die Oberen regieren. Nein, Marcus Valerius, nicht mit mir, ich will raus aus dem Fischgestank, und ich habe es geschafft. Ich bin jetzt ein ehrenwerter Ritter, und bei *Jupiter*, ich hab' es mir verdient.«

Er machte eine kurze Pause. Sein Gesicht glättete sich wieder und der Tonfall wurde sachlich.

»Nun zu dir.«

Valerius blickte ihn fragend an.

»Das mit Dirana tut mir Leid, es war nicht Bestandteil unseres Planes. Ebenso wenig natürlich die versuchte Entführung deines Sohnes Titus. Pausanias hat sich diesbezüglich ... äh, ich sagte es schon ... etwas selbstständig gemacht. Du hättest ihn auch nicht so reizen dürfen. Wieder ein Ergebnis eures überzogenen Standesdünkels. Nun gut. Mit dem Tode der *Augusta* ist die Sache beendet. Ansonsten machst du deine Sache hier gut, soweit ich höre. Du hast die Erlaubnis, hier zu bleiben. Und mehr noch, ich habe eine gute Nachricht für dich: Der Kaiser hat mich ermächtigt, dich im Range eines *Praefectus* zum obersten Offizier aller hier in der Stadt residierenden Truppen zu ernennen. Du wirst nur dem Statthalter unterstellt sein, dem neuen natürlich. Der neue Statthalter heißt Publius Sulpicius Scribonius Rufus, ein untadeliger Mann. Er genießt das Vertrauen des Kaisers in besonderer Weise. In längstens vier Wochen wird er sein Amt hier antreten. Nun, was sagst du zu deiner Beförderung, Präfect? Das verschlägt dir die Sprache, nicht wahr?«

So viel Infamie verschlug Valerius tatsächlich die Sprache.

XXXI.
Gehe hin in Frieden!

Juni des Jahres 59 n.Chr.

Die Ubierstadt lag im verblassenden Schein der untergehenden Abendsonne. Auch jetzt noch lastete die dumpfe Hitze des Tages über den Häusern und Gassen. Die Händler hatten ihre Stände eingepackt, die meisten Menschen nahmen in ihren Häusern oder in den zahlreichen Garküchen ihre sparsamen Abendmahlzeiten ein. Eine seltene Ruhe lag über der beschaulichen kleinen Stadt. Nur aus den Laubengängen im Peristyl der hübschen Witwe Flavia Spatiatica ertönten wilde Geräusche. Titus machte mit seinem kleinen Holzschwert sämtlichen unsichtbaren Barbaren den Garaus. Dass dabei auch eine schöne Vase aus blauem Alabaster zu Bruch gegangen war, nahm die Gastgeberin mit sanftem Lächeln hin.

Flavia Spatiatica saß in ihrer Lieblingssitzgruppe nahe dem Brunnen und genoss die Kühle, die das plätschernde Wasser spendete. Neben ihr, an einem runden Holztisch mit bunten Ornamenten, saßen Marcus Valerius Aviola und Bischof Maternus. Schweigend beobachteten sie das Kind bei seinen wilden Spielen.

»Er wird wohl ein Kriegsmann werden wie sein Vater«, nahm Flavia nach einiger Zeit das Wort und blickte Valerius aufmerksam an. Der hatte heute zu Maternus' Freude einmal die Militäruniform mit einer safrangelben *Tunica* vertauscht.

»Wer kann das wissen?«, entgegnete der Gottesmann sanft und zuckte mit den Schultern. »Vielleicht wird er ein Mann Gottes und hilft uns, die frohe Botschaft in diesem Land zu verbreiten.«

»Maternus hat Recht, edle Flavia. Sicher ist es noch viel zu früh. Allerdings gebe ich gerne zu, ich sähe ihn lieber in Legionärsuniform als ...«

»... als im kargen Gewand des Gottesmannes, nicht wahr?« Schmunzelnd unterbrach Maternus den Präfecten. »Aber die Wege des Herrn sind wunderbar. Und Kinder entwickeln sich nicht immer so, wie ihre Väter es wünschen, und manchmal ist das auch gut so. Und schließlich gibt es da ja auch noch seine Ziehmutter.«

Dabei warf er Flavia Spatiatica einen bedeutsamen Blick zu. Valerius war dieser Blick nicht entgangen.

Acht Wochen waren seit dem Treffen mit Niger vergangen. Niger war wieder abgereist, der alte Statthalter war auf dem Weg nach Rom, und der neue – entgegen der Ankündigung – noch nicht da. Valerius hatte nach langer Überlegung die Beförderung zum Präfecten angenommen. Damit war er zur Zeit der ranghöchste Offizier in *Colonia Claudia Ara Agrippinensium.* Wem hätte es genutzt, wenn er die Beförderung ausgeschlagen oder gar den Dienst quittiert hätte, wie ihm sein erster Gedanke eingeflößt hatte? Freilich war ein schaler Geschmack geblieben, aber auch sein Freund Gaius und selbst Maternus hatten ihm dazu geraten. Maternus freilich in der wenig uneigennützigen Hoffnung, Valerius werde ihn und seine kleine Gemeinde in den aufkommenden Stürmen besser schützen können. Denn dass sie beobachtet wurden, dass die Stimmung sich gegen sie kehrte, das hatten die *Christiani* längst bemerkt, und allen war klar, dass dies schon die ersten Vorboten jenes Unheils sein mochten, vor dem Petrus gewarnt hatte.

Seit nun mehr als zwei Monaten unterstand Titus der fürsorglichen Liebe der Witwe und war ihr sehr ans Herzen gewachsen. Wer die beiden beobachtete, konnte sehen, dass auch der kleine Titus in ihr längst mehr als eine Betreuerin sah. Flavia nahm eine der köstlichen blauen Trauben, die in einer silbernen Schale auf dem Tisch lagen, und steckte sie mit einer grazilen Bewegung in den Mund. Aber sie schwieg.

»*Cacat*«, rief Titus plötzlich.

Mit einem Lächeln erhob sich Flavia. »Ich komme.«

Dann verschwanden beide in Richtung der kleinen *Latrina,* die am Ende des Säulengangs ihren Platz hatte. Maternus nutzte die kurze Gelegenheit, um das Anliegen vorzubringen, das ihm schon lange auf dem Herzen lag.

»Denkst du nicht daran, Flavia irgendwann einmal zu ... zu deinem Weibe zu machen und Titus eine neue Mutter zu geben? Ich meine, ich will mich keineswegs in deine höchstpersönlichen Belange einmischen, aber ...«

»Schon gut, Maternus, ich verstehe dich. Glaubst du, mir sei nicht auch schon dieser Gedanke gekommen? Auch glaube ich, dass eine zarte Flamme der Liebe in Flavias Herzen für mich brennt.«

»Das hast du wirklich wie ein Dichter gesagt«, meinte Maternus bewundernd.

»Um ehrlich zu sein, es ist eine Formulierung des großen Ovid. Aber sie gefällt mir so gut, dass ich sie gerne bei passender Gelegenheit zitiere. Aber ... aber ich brauche noch etwas Zeit. Noch steht Diranas Bild in meinem Herzen, und es will nicht weichen.«

»Das ist gut so, mein lieber Freund. Auch tut Eile nicht Not. Lass dir Zeit, du wirst schon zum richtigen Entschluss kommen.«

»Außerdem«, Valerius nestelte an der Tasche seines Gewandes und brachte eine kleine Schriftrolle zum Vorschein, »außerdem dürfte dies einer baldigen Entscheidung im Wege stehen. Das Schwert steht dem Herz im Wege.«

»Wie meinst du das? Was ist das?«

Valerius reichte die Rolle Maternus.

»Mein Marschbefehl! Ich werde schon morgen aufbrechen!«

Der Legat Lucius Cornelius Piso
sendet dem Präfecten Marcus Valerius Aviola einen Gruß

Hiermit wirst du aufgefordert, dich binnen vier Tagen in der Garnison zu Novaesium einzufinden. Ausrüstung und Bewaffnung für einen längeren Zeitraum sind mitzubringen. Alles Weitere wird vor Ort mitgeteilt. Der Befehl ist diskret zu behandeln.

Septimius Varonus Severus, Legatus
Stabsbüro Le. XVI. Gallica
Serodix, 1. Legatsschreiber

»Ich weiß noch nichts Näheres, aber Gaius Tullius hat durchblicken lassen, dass es wieder einmal gegen aufsässige Germanen geht. Wahrscheinlich auf die andere Rheinseite.«

Flavia war still hinzugetreten und machte ein äußerst bekümmertes Gesicht.

»Das ist sicher gefährlich, nicht wahr?«

»Kaum gefährlicher, als es in letzter Zeit hier war«, entgegnete Valerius leichthin.

»Und wie lange wirst du wegbleiben?«, fragte Maternus.

»Das wissen die Götter!«

Diese Antwort trug ihm ein Stirnrunzeln des Bischofs ein, der, wie um seinen Protest auszudrücken, unmittelbar danach ebenfalls zur *Latrina* strebte.

»Du wirst Titus fehlen«, sagte Flavia leise, um dann kaum hörbar zu ergänzen, »und mir auch!«

Valerius stand auf und nahm sie vorsichtig in den Arm.

»So trügt mich mein Gefühl nicht, dass ...«

Sanft legte Flavia ihre Finger auf Valerius' Lippen.

»Ich weiß, dass du noch Zeit brauchst, und du sollst sie haben. Wisse aber, wenn du zurückkehrst, werde ich zusammen mit Titus auf dich warten.«

Damit hauchte sie ihm einen zarten Kuss auf den Mund.

»Und nun muss ich mich um den Kleinen kümmern, schau nur, wie müde er ist!«

In der Tat gähnte Titus herzhaft. Lachend packte sie sich Titus, ohne auf sein Geschrei zu achten, und brachte ihn ins Haus. Maternus hatte die Szene aus der Ecke des Peristyls beobachtet und trat jetzt freudig bewegt näher.

»So ist es Recht, mein Freund. Und wenn du zurückkehrst, werden nicht nur Flavia und Titus auf dich warten. Auch ich werde auf dich warten. Und ich werde nicht allein sein. Mein Herr und Gott wird neben mir stehen und ebenso auf dich warten. Knie nieder, Marcus Valerius Aviola, ich will dich für deine gefährliche Mission segnen!«

Und als der Präfect sich niedergekniet hatte, legte ihm der Bischof seine Hände auf den Kopf und sagte: »Der Herr schütze und bewahre dich auf all deinen Wegen. Er helfe dir stets, das Rechte zu tun und dich vor dem Falschen zu hüten. Er möge dich wohlbehalten zurückführen in deine Heimat zu den Menschen, die dich lieben. Gehe hin in Frieden!«

***

Epilog

Agrippinas Tod

(nach Sueton, Leben der Cäsaren)

Er erdachte ein Schiff, das nicht seetüchtig war und auf dem sie durch Schiffbruch oder Einsturz der Kajüte umkommen sollte. Den Kapitänen, die die Kaisermutter mit einem Schnellsegler zu ihm gebracht hatten, erteilte er den Auftrag, den Segler wie zufällig bei einem Zusammenstoß zu havarieren; dann zog er das Festessen in die Länge und bot Agrippina, die wieder nach Baulum zurückfahren wollte, an Stelle des unbrauchbar gewordenen Seglers jenes heimtückische Gefährt an, begleitete sie mit heiterer Miene bis zum Strand und küsste sie sogar beim Abschied auf den Busen.

Den Rest der Nacht verbrachte er wachend in großer Ungeduld und wartete den Ausgang seines Unternehmens ab. Als er aber erfahren hatte, dass alles anders gekommen sei und sie sich schwimmend gerettet habe, wusste er sich nicht mehr anders zu helfen, als heimlich neben ihrem Freigelassenen Lucius Agerinus, der ihm voll Freude meldete, seine Mutter sei heil und unversehrt, einen Dolch fallen zu lassen, ihn wie einen von seiner Mutter gegen ihn ausgesandten Mörder zu verhaften und in Ketten zu legen. Seine Mutter aber ließ er durch Anicetus, seinen mörderischen Schergen, in ihrem eigenen Hause umbringen, als habe sie durch Freitod der Strafe für das entdeckte Verbrechen entgehen wollen.

Noch grässlichere Einzelheiten werden berichtet, und zwar von zuverlässigen Autoren: Nero sei herbeigeeilt, habe ihre bleichen Glieder betastet, das eine getadelt, das andere gelobt und zwischendurch, als er Durst bekam, getrunken.

Und doch, bei allen Glückwünschen, die er nach dieser schändlichen Tat erhielt, konnte er nie mehr die Gewissensbisse ertragen, die ihm jene Tat eintrug. Und oft gestand er später, dass er vom Geist seiner unseligen Mutter und den Geißeln und brennenden Fackeln der Furien umgetrieben werde. Ja, er versuchte sogar, durch ein von Magiern veranstaltetes Opfer den Geist der Abgeschiedenen zu versöhnen.

Auch während seiner Reise in Griechenland wagte er es nicht, an den Eleusinischen Mysterien teilzunehmen, wo durch Heroldsruf alle Unfrommen und Verbrecher von der Einweihung fern gehalten werden. So büßte der Unselige die schändliche Tat, aber die wahre Strafe sollte erst noch folgen ...

Ortsverzeichnis

lateinisch	*deutsch*
Antium	Anzio (Italien)
Arar	Saone
Argentorate	Straßburg
Augusta Treverorum	Trier
Baiae	Baia (Italien)
Bonna	Bonn
Borbetomagus	Worms
Burungum	Worringen
Castra Vetera	Alteburg, Flottenstützpunkt bei Köln
Castra Vetera	Xanten
Colonia Claudia Ara Agrippinensium	Köln
Confluentes	Koblenz
Divodurum	Metz
Durnomagus	Dormagen
Gelduba	Geldern
Hispania	Spanien
Juliacum	Jülich
Lugdunum	Lyon (Frankreich)
Lupia	Lippe
Lusitania	Portugal
Mare Internum	Mittelmeer
Mare cantabricum	Atlantik vor Südfrankreich
Massilia	Marseille
Misenum	Miseno (Italien)
Mogontiacum	Mainz
Mosella	Mosel
Narbo	Narbonne, Hauptstadt der Provinz Narbonnensis (Frankreich)
Novaesium	Neuss
Noviomagus	Nijmwegen (Niederlande)
Noviomagus	Nyon (Frankreich)
Puteoli	Pozzuoli (Italien)
Rhenus	Rhein

lateinisch	*deutsch*
Scarpona	Charpeigne (Frankreich)
Silva Ardenna	Eifel
Tolbiacum	Zülpich
Vasio Vocontiorum	Vaison
Vicus Altiaiensium	Alzey
Vienna	Vienne (Frankreich)

Literatur

Unter den Büchern, die der Autor benutzt hat, sind folgende herauszuheben:

Christoff Neumeister: Das antike Rom. C.H. Beck 1997

Marion Giebel: Reisen in der Antike. Artemis & Winkler 1999

Wolfgang Rosen/Lars Wirtler: Quellen zur Geschichte der Stadt Köln. Band I, Bachem 1999

Karl-Wilhelm Weeber: Alltag im Alten Rom. Artemis & Winkler 1995

Gerta Wolf: Das römisch-germanische Köln. Bachem 2000